东莞市文化精品专项资金扶持项目

珠江潮

陈玺 著

SPM 南方传媒 | 花城出版社

中国·广州

图书在版编目（CIP）数据

珠江潮 / 陈玺著. -- 广州：花城出版社，2022.4
（2022.12重印）
ISBN 978-7-5360-9668-4

Ⅰ．①珠… Ⅱ．①陈… Ⅲ．①长篇小说－中国－当代 Ⅳ．①I247.5

中国版本图书馆CIP数据核字(2022)第040027号

出 版 人：张　懿
责任编辑：邹蔚昀　林佳莹
技术编辑：薛伟民
题 字 人：谁　堂
封面设计：张年乔

书　　名	珠江潮 ZHUJIANG CHAO
出版发行	花城出版社 （广州市环市东路水荫路11号）
经　　销	全国新华书店
印　　刷	佛山市浩文彩色印刷有限公司 （广东省佛山市南海区狮山科技工业园A区）
开　　本	787毫米×1092毫米　16开
印　　张	23.75　1插页
字　　数	390,000字
版　　次	2022年4月第1版　2022年12月第2次印刷
定　　价	58.00元

如发现印装质量问题，请直接与印刷厂联系调换。
购书热线：020-37604658　37602954
花城出版社网站：http：//www.fcph.com.cn

给曾经在这片土地上打拼的人
留下一份温情的人生脚注

目 录

1. 怀思 / 001
2. 佘家 / 005
3. 北逃 / 010
4. 地主 / 016
5. 田螺 / 020
6. 偷油 / 024
7. 夹缝 / 034
8. 闲言 / 041
9. 逃港 / 048
10. 砖厂 / 054
11. 观光 / 062
12. 相见 / 073
13. 到港 / 080
14. 跟班 / 090
15. 催婚 / 096
16. 入伍 / 104
17. 父亡 / 109
18. 苦撑 / 115
19. 曙光 / 124
20. 召唤 / 129
21. 归来 / 138
22. 落地 / 153
23. 征地 / 161
24. 迁坟 / 167

25. 港潮 / 176
26. 商铺 / 185
27. 残疾 / 194
28. 高升 / 208
29. 走私 / 215
30. 英皇 / 225
31. 春天 / 235
32. 润泽 / 243
33. 上市 / 255
34. 瑛子 / 268
35. 雪梅 / 278
36. 展会 / 284

37. 苦恋 / 290
38. 作难 / 296
39. 释怀 / 306
40. 弥月 / 315
41. 探访 / 322
42. 过冬 / 327
43. 相逢 / 333
44. 狮门 / 339
45. 探病 / 345
46. 相聚 / 352
47. 送别 / 358
48. 典礼 / 363

后　记 / 371

1. 怀思

锦堂做梦也没有想到，自己这辈子会和太平山有缘，能住进太平山巅的别墅；更没有料到身体硬朗的他，会坐在轮椅上，而且一坐就是十三年。

摁着轮椅扶手的按键，他滑到崖头的罗汉松下，眨巴着下垂肿胀的眼皮，朝北瞭望着艳阳下波光粼粼的海面。裹着皱皮的喉结蠕动了几下，他的嘴角抽搐着，倔强地偏着头，叹了几口气，眺望着远方。

6月午后的港岛，泛着淡淡海腥味的风和山林间蒸腾的热气，像久违的恋人，缓缓地簇拥成团，飘浮中瞥着腹下的海湾和山体，呢喃缠绵。雨后的太平山，一袭翠绿。茂密的森林好似雄狮的毛发，敷在逶迤翘立的躯体上，窥视着翠碧的港湾。绳子般的山径，缠绕着山体，将密林中稀落的别墅穿起。轮船鸣着闷笛，拖着漫溯的海浪，在海面上漂浮。艳阳下，蜻蜓一样的直升机在林子上盘旋，眨眼工夫，一头扎进密林，没了声息。

望着崖头古树掩映的石材砌成的英式别墅宽大的窗，锦堂用纸巾沾着鼻头的汗，摆头打量着云层间日头，耷拉在扶手上的右手不停地颤抖着，轮椅刺啦着一走一顿，进了厅堂。滑到穿衣镜前，锦堂搓着耳垂，盯着镜中稀疏白发齐整拱卫着几坨锈着黑斑的秃顶，望着两道浓密翘立的白眉，蝉翼般缩在眉骨上，间或挑动。他抬手摸着搭在稀落的睫毛上松弛的眼皮，搓着挺直的鼻梁，瞥见松弛歪斜的右嘴角，他放下手，捶打着已经有些萎缩的腿，索然感到生命的无奈和凄然。

轮椅滑到茶几旁，他在腿上铺了块布，左手握起放大镜，捡起茶几上的一沓纸，瞄了几眼，叹息中垂下放大镜，靠在椅背上，缓缓闭上眼睛。

花梨格挡的门滑开。系着白色围裙的阿姨，轻手轻脚进来，将冒着热气的咖啡，放在茶几上。锦堂嘴角抽着，将垂落拉丝的口水，吸了回去。阿姨掏出毛巾，欠身捻着他的嘴角，附在他耳边，瞥着门外，轻声告：先生，阿昌回来了！

眼眉颤了下，瞥着腿上的纸，锦堂哼哼几下。犹豫一会儿，轻轻抖了下手里的纸，他操起放大镜，比着嘴巴，晃头垂目瞄着。

阿昌悄然进屋，屁股搭在覆着黄色坐垫的红木椅上，侧欠着身，肘撑在大腿上，揉搓着掌丘，仰头奉上柔和中混着淡淡歉疚的笑容。表情倦了，仍不见父亲发话，他不时调整着坐姿。垂下放大镜，锦堂闭目靠着椅背。伸长脖子，阿昌嘘问他的身体。锦堂抬起手，指着那沓纸，手里的放大镜颤着。阿昌将晃动的领带，塞进衬衣的扣子间，眯眼晃头叹气，自解道：老豆①，如今搵食艰难！如果说十多年前，内地的发展主要在沿海，这些年内陆城市就像摊鸡蛋饼，遍地开花，一个个商业中心就像雨后的蘑菇，成批地冒出来，我们的专卖店就得跟进，装修档次堪比香港，铺租翻番上涨，加上人工费用，公司这几年都在咬牙撑着。

厅堂的窗纱呼啦晃动着，应和着阿昌的说道。眉毛挑了下，锦堂有些浑浊的眼睛在松垂的眼缝间游离着，他挺身喘了口气，抬手捏着没有知觉的腿，偏头打量着窗外的绿野。阿姨推门进来。阿昌站起来，端起盘子上冒着热气的咖啡，放在茶几上。俯身说：老豆，这几年内地的网上购物，就像海潮，一浪接着一浪，成了年轻人的购物习惯。实体店越来越冷落。莱莉雅几千家门店的销售，一年不如一年。好在咱们有自己的工业区。业内好几家传统品牌，都快撑不住了。举起杯子，锦堂对着椅子晃了下。阿昌落座。他放下杯子，拿起纸巾，沾着嘴角说：阿昌，老豆知道你不易，世道变化，谁也挡不住。凝望着墙上镜框的照片，锦堂眨巴着眼睛，颤着手晃了几下，闭起眼睛说：莱莉雅是咱佘家几代人的心血，看着它就像我的身子，一天不如一天，我真的是心有不甘哪！阿昌走到他身后，双手搭在他肩上，轻柔地搓摸着。锦堂抓住他的手，让他坐在边上，晃动鼻头，拍着不争气的腿叹气说：阿昌，老豆去了那边，你老爷问起莱莉雅的事，你说我哪有脸面给他交代。阿昌嘴角抽了几下，搓着他的手，顺势蹲在他的膝下。手指弹着那沓纸，锦堂点着阿昌的手背又道：你们送来的财务报告，我看了几遍，似乎没有起色的希望。这些天，一九七八年我只身回狮门办厂的情形，一幕一幕地直

---

① 老豆，粤语口语，意为父亲。下同。

在老豆眼前飘。商潮如虎呀,你要机巧善变,善变之本,需立于莱莉雅本业。

临走的时候,阿昌笑着说:老豆,老家的荔枝熟了。我将祖屋后坡上的桂味和糯米糍,摘了两箱,交给了阿姨。她冰一下,您趁着新鲜,尝尝味道。锦堂的身子挺了挺,松垂的嘴唇抽了几下,颤抖的手指痉挛地弹着。阿姨送上果盘,捡起两颗荔枝,剥掉赤红起皱的皮,递给锦堂。他接过来,捏入嘴中,松弛的嘴巴瞬间有了劲,噗喋嚼着,他半眯着眼睛,追寻着儿时的味道。

屋角老式钟表的单摆,有节奏地嘀嗒着。锦堂闭眼,靠着椅背,这熟悉的声音,曾经陪着老豆,现在又伴着自己,他常常凝望着镜框中老豆的照片,揣摩着那些年老豆的心思。搥打着没有知觉的腿,他感到时间于自己,不再是通过四季的变化昭示它的存在,也不是浸在下垂的皱纹中,更不是演绎在光秃的天顶上,时间看似不紧不慢地嘀嗒,却在催促着他须得快马加鞭,让他感受到自己的生命之箭,正在向靶心飞驰。摆钟响了。他睁开眼,拿起放大镜。秘书阿青抱着沓文件,探身进屋,笑吟吟地坐在边上。她抽出烫金的信封,递过来,说是香港同乡总会的宴请函,邀请锦堂参加共叙乡情的荔枝茶会。知道内地过来的人,没有几个是相识的,他搓膝摇头,让她依旧以身体为由告假。

落日像灯笼,漂在海面上。翻涌的海浪,闪着橙黄的光。这些年,每当日头西坠的时候,只要天气晴好,锦堂习惯坐在平台上,默默地打量着繁忙的海湾,他时常感叹自己的生命就像这退去的海潮,变得无奈而又悠然。每年天文大潮来临的那几天,他不顾风大云低,执意要坐在平台的石栏前,对着幽暗无际的海面,看着白色的巨浪一个接着一个压过来,锦堂便会从病恹恹的神情中出来,变得兴奋。这让他想起自己当年抵着风险,毅然决然回到狮门时的那种果敢。繁忙的海湾和清幽的山林,镀了层橙色的膜。靠在别墅平台的躺椅上,眺望着暮色中灯带穿起的霓虹,锦堂举起手,指着对面灯影余光下的那块地方,转头对着阿姨,嘴巴噗喋着。阿姨低下头,知道他想起了香港的工厂。她俯身点头,笑吟吟应着。锦堂噘着嘴,露出孩童般自豪而又倔强的笑容。

用完晚餐,阿姨点了根沉香,摁开书房的音响。《帝女花》的声腔,拖着凄婉的尾音,从窗户飘动的帷幔间,一顿一挫地飘出来。循着袅袅的音韵,锦堂偏头瞥着书房。阿姨将他推进书房。来到香案前,锦堂接过阿姨递上的三炷香,对着她递上的火苗,颤抖伸过去。阿姨手中的火苗随着他的抖动移动,香头泛起了红烬。他捧着香,举过头顶,上下拜了三下,在阿姨帮助下,将冒着青烟的香插在香台上。透过缭绕的青烟，瞄着相框中威严的老豆和慈祥的母亲，锦堂咂巴着下垂的嘴巴，沉浸在往事的回忆中。

《禅院钟声》的节奏响起。摁着轮椅的按键，锦堂踱到音响前，眯眼打量着音响上随着声韵高低闪烁的红绿相间的排扣一样的光。他靠在椅背上，瞟着窗外的夜色，他想象着当年回狮门办厂，后来时兴卡拉OK，他和映芬陪几个台湾的客户去夜总会的情形。进入包房，映芬忙前忙后，刻意将自己从暧昧的光影和温情的氛围中洗脱出来。锦堂点了这首曲子，他拿起话筒，递给映芬。在客户的嬉闹推搡和鼓励下，映芬羞怯怯地拿起话筒。水晶球光斑旋转的空间中，映芬举着话筒，盯着屏幕，就是不承接锦堂的目光。锦堂走到她前面，随节奏晃着身子，他要用这样的声腔，将自己埋藏在心间想说却不能说的话，向映芬倾诉。一曲终了，映芬放下话筒，弯腰捂脸跑进洗手间。他默然坐在沙发上，盯着洗手间透出的光，听着哗哗的水声，猛吸着香烟。

阿姨进来，关掉音响，伺候锦堂吃药洗漱。锦堂躺在床上，摆了下手。她轻手蹑脚走到门口，弯腰回望，缓缓地带上门。一轮圆月挂在夜空，月光洒在床上。静息了一会儿，锦堂颤开眼睑，透过睫毛上蘸着的泪液，瞄着父亲的遗像，恍惚中他在对着他，含笑絮叨。瞥着座钟的单摆，锦堂揪着翘立的白眉，他感慨静流的生命，本然地昭示着时间的真谛。人们却要将自身生命中过多的感悟塞进去，让匀速的生命之舟摇曳。即使这种摇曳和晃荡仅是感觉上的，人们往往在自己构筑的虚幻时空里，欢呼生命的精彩，也感叹生命的悲催。难以安睡的时候，母亲房间混着木鱼的音韵，常常让锦堂回到了儿时，好似躺在妈妈的时间。木鱼的嗒嗒声，像妈妈拍着他的肩。锦堂举起放大镜，在眼前抖动着，母亲模糊的笑颜，瞬间复活了。从狮门移居香港的这些年，得闲的时候，母亲习惯独自坐在棉榻上，对着父亲的遗像发呆，絮叨着狮门的旧事。

窗帘扑啦了几下。拿起枕边的相册，操起放大镜，锦堂对着照片晃着。父亲挺着腰板，手搭在膝盖上，威严地坐在椅子上。母亲穿着绸衫，娇羞地坐在边上，抱着锦堂。母亲说那是锦堂满月，父亲从香港回来，摆了弥月宴，在狮门的照相铺照的。锦堂翻着，盯着那张泛黄的标着"一九五九年完小毕业留念"的照片，他叹气摇头，呆望沉思。二十多个孩子，脖子上系着红领巾，站在后排的他，脖颈上没有这样的标志。边上的高中毕业照，映芬盘腿坐在前排正中，脸上洋溢着青涩的朝气。他晃着放大镜，对着照片映着。沉寂的往事，动画般倏然复活了，一幕接着一幕，在他眯着的眼前，叠合晃动。

2. 佘家

锦堂是怎么来到这人世间的,他本人并不知道。那些事是他懂事后从长辈口中知道的。锦堂的出生带着蹊跷,也裹挟着父亲对命理风水执信的宿命,更得说说一个关键人物,他就是狮门的转眼安义。

锦堂本姓佘,祖上是狮门的名门大户。

狮门居珠江东岸,南眺香港,北望广州,它既是珠江口的咽喉所在,也是南粤商贸名埠。佘家有水田几百亩、成片的山林果园,祖辈经营货运,也有自家的船队,在粤港间做着买卖。民国兴盛时,佘家拥有狮门半街商铺。佘家老爷子穿行于粤港两地。他娶了两房姨太太,家室居于港岛,年节时回来,访亲拜祖。

狮门河涌的北头,住着安义家。安义的父亲和佘家老爷,算是发小。生下安义后,安义妈落了一身病。安义生下来是个转眼,眼珠蒙了层眼翳,见了光,不受控制地转动。安义妈抱着安义,坐船到县城的红楼。医生拿起手电筒,照着检查了半晌,摇头说只能认命了。回到狮门,街坊们摸着襁褓中安义粉嘟嘟的脸,有安慰的,也有安慰了几句,转身在田间地头说三道四的。安义爸听街上人说,他得了个转眼仔,那是做了亏心事的报应,心里难受得火烧火燎的。安义妈知道了事情的原委,抹着眼泪,拍着裤腿,说她对不起老公。抽了一锅水烟,安义爸放下水烟壶,坐在床边,摸着安义的脸,拍着老婆胳膊,安慰道:这就是命,咱得认命呀!别的孩子会走的时候,安义还在席子上爬。别的孩子会说话的时候,安义噗噗吹着气,就是不能言语。抱着安义,安义妈访遍了十里八乡的郎中,吃了不少中药，依旧没有起色。狮门庙会，她抱着安义到佛堂进香，瞥见边上的抽签台，在街坊的号闹下，拿起签筒晃了一阵。签筒掉下一支竹片，她捡起来，递给含笑的算命先生。先生举起竹签，白了一眼安义，闭眼晃脑，背过身，对着内室木窗缝透过来的光，踱了几步，回身说道了一番。听到安义将来也是人中龙凤，安义妈困顿茫然的脸上露出了久违的笑容。她走出寺庙，街坊将占卜的事传扬开来，邻里们还是将信将疑。过了三岁，安义滴溜着的眼珠有了神采，噗噗吹起的嘴巴中有了含混的语义。此时安义妈已经病入膏肓。安义钻入妈妈怀里，扯着她的大襟，搓摸了半晌，倏然起身，推开屋门，撒腿跑到村头，扬手喊着父亲。安义妈走了。安义爸坐在堂屋檐下，打量着落日下的河涌，抽着水烟，唉声叹气。他中年得了安义，没有想到孩子是个转眼，琢磨着老婆的牵挂和命相的说道，他暗下决心，要让安义上学，学个掐文断字的营生。

不顾亲朋好友的劝说，安义爸将安义送入镇上的私塾。走在狮门的街道上，安义眼珠难以自控地滴溜着。眼珠对上了，就是个清朗多彩的狮门；眼珠错开了，便是个黑色的廊洞。孩子们敬畏先生的戒尺，摇头晃脑地诵读着经文典籍。安义蹲在树下，拿着树枝，龇牙在地上画着。站在屋檐下，先生攥着教杆，撩着鼻梁上的石头镜，将他唤过来。先生摸着山羊胡须，没等他出声，安义将课文倒背如流。先生笑着走进厅堂，半眯着眼睛，问了一串问题。安义挠着脖子，嘻嘻应答。先生上街，遇到安义爸，将安义夸赞了一番，临别时摇着头说，可惜孩子的眼睛不好，不然将来定有出息。

安义爱国文，更执迷于典籍故事。读了几年私塾，他从狮门算命先生那里索来《麻衣神相》和《滴天髓》等命相杂书，滴溜着眼珠，瞥上一眼，骨碌着眼睛，闷头嘀咕一阵，揣悟着世间俗事，他时常坐在祠堂前的榕树下，前言不搭后语地咧嘴絮叨着。同学们放学，好些要随父母下地。他趿着鞋，不时扯着裤带，侧耳窥探着街上的动静，瞄着码头上落的人流，他刺溜到榕树头，蹲在人群外面，搓摸着被他搓摸了好些年变得光润的青白相间的鹅卵石，滴溜着眼珠，听评书艺人讲古，闻风水先生解命。

父母亡故后，安义辍学了。他不事农活，整日游荡。大佬埋怨了几句。安义心性清高，受不得兄嫂的白眼，他提着铺盖，将佘家靠近鱼塘蕉林废弃的柴棚，收拾一番，搬了进去。

回到狮门，佘家老爷在自家的染坊巡看了一番，他来到油坊，和油坊管事的絮叨了几句，就撩起长袍的前摆，随着管家跨过门槛。祠堂前的榕树下聚着一群人。他掏出香港带过来的香烟，抖出来派给乡里。安义蹲在街角，细长的脖子举着干瘪的脑袋，偏头对着树梢透过的日头，龇牙嘻嘻滴溜着。佘家老爷指着他，打量着问：这是谁家的仔？知道安义能识文断字，念及和安义爸的交情，他让管家将安义收留在自家的油坊，帮着记账。街坊有啥纠结的事，常在油坊前门的檐下絮叨。安义蹲在边上，嘴搭在竹筒上，噗噗抽着水烟，眼睛滴溜着。街坊散去的时候，安义站起来，嘿嘿笑着。大家转过身，呆愣地望着他，正要离去。安义挠头嬉笑着点说几句，不时惊得街坊们瞪眼愕然。后来的几件事，都从了安义的判断。街坊们都说安义会算命，遇到闹心的事，就会备上酒菜，请他过来，点拨几句。

街坊的尊重和不时的恭维，让安义畅快起来。他寻来命理八卦的线装旧书，坐在天井下，听着圆木挤压出油的咯吱声，瞭着赤背冒汗工友们的嬉闹和忙活，打量着天井上方的树梢，琢磨着书中的玄妙。落日时分，忙活了一天的狮门人，挥着蒲扇，拎着水烟筒，围聚在江边的大榕树下，捕鱼归来的渔民和香港回来的商客，叙聊着外面的新鲜事。安义坐在石凳上，不时插上几句话。说书人转身，晃着水烟筒，瞥着安义，嘿嘿笑着。安义对着夜空，眼睛滴溜着。说书人挪着屁股，趔着身子，顺着他的视线，瞄见江面上洒着清辉，挂着一轮圆月和苍穹下漫天的繁星。他拍着大腿，惊呼道：我算明白了！

人群一惊，脖颈展缩，成堆的脑袋转了过来。说书人站起来，踱了几步，倏然回身，指着苍茫的夜空，扬手笑着说：安义和常人不同。他总是用眼珠祈求着日月星辰。这命理风水，阴阳八卦，都是从天相演义而来的。众人愣住了，齐刷刷盯着安义依旧转动的眼珠，露出虔诚敬慕的神情。说书人捡起一根细枝，捣着烟灰，猛地吹了几口，仰起头说：安义眼不好！为啥？我揣摩着，老天就是派他来到狮门，帮大家算命解难来了。

放暑假了，佘家大太太带着子女，回到狮门。她吃斋念佛，和信众做完法事，品着住持递上的香茗，听着安义的神奇。香港重光前的那年仲夏，佘家老爷从香港坐船归来。大太太带着儿女，到渡口静候。船靠岸了。老爷撩着丝质袍子的下摆，在船夫阿权的搀扶下，踮脚晃身上岸，他拉着儿女的手，摸着他们的头，关切地嘘问着。晚饭后，老爷和管家坐在堂屋中，合计着狮门的生意。月光洒到窗户时，他攥着水烟壶，捶着腰眼，拎起袍子，跨过门槛，进了大太太的院子。

  瞟见老爷的影子，大太太碎步迎上来，挥着手帕，让下人准备冲凉的热水。她拎起挂在墙上的鸡毛掸子，迈着小脚，围着老爷，给他撩身上的尘。冲完凉，老爷坐在太师椅上，月光映着他的丝绸白衫。他捻上烟丝，擎着银质的水烟筒，吧嗒吧嗒抽着。大太太絮叨着镇上的事，说着安义的神奇。老爷想起前段时间，他随着一帮生意上的朋友，到黄大仙庙上香，顺便抽了个签。住持拿着签牌，摇头伏在他耳边，眨着眼细声说他将有场灾祸。他有些心悸，问住持破解之法。住持趔身，轻叹不语，双掌竖起，放在胸前，闭目念了串阿弥陀佛。

  第二天清早，老爷来到油坊，转悠了半晌，揭开门帘，走进账房。安义赶紧起身，从抽屉拿出账本，弯腰坐在窗前的椅子上，他翻着账簿，说着油坊的情况。听了几句，老爷站起来，掏出香烟，递给安义。他抽出一根香烟，在烟盒上弹了几下，对着管家递上的火苗，深吸一口，盯着安义转溜的眼睛，弹着烟灰，侧身偏头，笑着问：安义，狮门人都说你会算命测字，你帮叔测测命理运程。安义赶紧站起来，拱手晃了几下，摆手应道：老爷金贵之身，我乃乡野之技，怎敢扰了老爷的八字命理？老爷摆着手，笑着说：生灵熙熙，上天总会悯怀一些人，拙中藏巧，你就当我是个油坊的工匠。

  老爷报上八字。安义掰着手指，龇着牙，嘴角抽了几下，眼珠朝着窗户滚溜着，轻轻絮叨着，他蜷缩在椅子上，闭上眼睛，好像睡着了。老爷抽着烟，欠身盯着他，捂着嘴巴，将挂在嗓子眼儿的咳咳，吭哧着憋了回去。安义缓缓颤开眼睛，挺起身子，摇着头说：老爷，从八字看，您可能有一劫。老爷站起来，来回踱了几步，低头说：但说无妨。安义站起来，贴着他的耳朵，低声说：家财会破，人没有血光之灾。老爷挺起身子，一串喷嚏，回身探问：可有化解的良方？

  安义坐下来，闭上眼睛，沉思良久，他扶着椅子，欠身偏头，对着贴上来的老爷的耳朵应道：八字是天意，人变不了。人的姓名是父母按照族谱，请先生续的，藏纳着玄机。老爷姓佘，佘字的顶是个人字，中间是个二字，下面是个小字。暗含着老爷做人要完美，就得有两个小来支撑。老爷眨巴着眼睛，挠着脖子，低头问：请明示！安义笑了，偏着头说：老爷的原配是大，小就是须得纳两房妾。您现在尚需纳多一房妾，得在狮门。您运程之脉的根在这里。老爷皱着眉头，疑惑地点着头，噢噢应着，随即抱拳晃了两下，撩起袍子，随着开门的管家，匆匆出了账房。

2. 佘家

过了一年，佘家老爷纳了房妾，她就是锦堂妈。安义不知道她的大名，就听见管家叫她阿玲。又过了两年，阿玲生下了锦堂。老来得子，老爷甚是高兴。狮门弥月宴客，他将安义请过来，坐在上席，私下酬谢。得到狮门大户的器重，安义成了狮门的名人。他还是滴溜着眼睛，对于乡里难解的索问，他总是笑嘻嘻絮叨着，没有半点的自傲。

佘家总管穿行于粤港，时常用报纸包扎东西。安义去东家的账房对账，见八仙桌上有沓报纸，拿起来展开对着窗户翻看。管家走过来，操起那沓报纸，塞给安义。知道了报纸来路，他让佘家相好的伙计将这些皱巴巴的报纸拿来。夜深人静的时候，他靠在床上，调亮床头的汽灯，慢读静悟，知道了好多外面的新鲜事。

结完了几天的账，听着外面的喧闹声，安义拎着竹椅，推开了油坊的前门。刚跨出门槛，东家的船老大阿权扯着他的胳膊，将他推进门，抖着手里纸单，揽着他的肩膀说：阿义，总管吩咐明天要将染坊的布匹，装船送到江门，来回要好几天。我要领壶油，这是账房开的单子。进了昏暗的账房，安义揭开灯罩，点着油芯，盖上灯罩，拧亮灯焰，贴着灯罩，盯着单子看了半晌。他摸着门框出来，顺着天井的台阶，进了上房。拿到油，阿权随着安义，出了油坊。榕树下的几个年轻仔站起来，拦住阿权，推搡摸索着从他的裤兜搜出一包香烟，每人叼上一根，让他讲讲外面的新鲜事。阿权撩起裤腿，坐在让出来的青石板上，将香港听说的事，凭着自己的理解，口沫喷溅地渲染了一番，瞥着大家懵懂崇拜的目光，他扬起手掌，啪的拍了一下腿肚子，手指搓着蚊子的血皮，拍着手说：好些事，说给你，你们也听不懂。他站起来，抖着裤脚，走了几步，回身道：这就叫见识。安义缓缓站起来，摆手应道：别一知半解糊弄人，外面的情况根本不是你说的那样。阿权僵住了，他不敢相信安义会当着这么多街坊的面让自己下不了台。他转过身来，放下油壶，拨开人群，瞪眼走到安义跟前，捏着他瘦弱的胳膊，偏头问：安义，你将刚才说的话再说一遍，我没有听清。见冒起了火星，街坊们呼啦站起来，几个人将阿权拉开，安慰着让他快回去，另几个人将安义推入油坊，带上了门。

3. 北逃

几天后的黄昏，榕树下聚着群纳凉的人。一艘渔船靠岸，阿权带着几个浑身湿透的船工，垂头丧气地赤足上岸，不顾树下人的招呼，喘着气向东家宅子跑去。安义站起来，望着若有若无的飘忽的影子，他抬起手，掐摸着手指，嘀咕了几句，向油坊走去。

得知装着布匹的船，在伶仃洋海域被海匪袭劫，管家呼地站起来，他解开衫子的衣扣，操起衫子，飞快地抖了几下，站在门口，将账房叫过来，让他将布匹的运单拿过来。他转过身来，瞪着蹲在墙脚的阿权，不停地跺着脚，用折起的扇子拍打着掌心说：哎呀呀，这批货可不是个小数呀！老爷人在香港，狮门的生意吩咐我打理，出了这等事，我的脸面就不要了，只是如何让我向老爷交代呀！

得知承运布匹的船被海匪袭劫，佘家老爷雇请了两名私家侦探，乘船回到狮门。掌灯时分，他匆匆填饱肚子，将阿权和几位船工叫到里屋，让两名侦探单独轮番探问。东方泛白的时候，阿权捂着咕咕作响的肚子，扒着门框，出了东家的宅子。草草地填饱肚子，他推开厢房的门，撩起蚊帐，和衣躺在床上，询问场景一幕幕在眼前飘。最后的询问，两名侦探一起提问，和善客气的表情没有，眼神中闪烁着怀疑，刚开始恰似聊天一样的盘问，变成了尽力控制着的叱问。阿权一连抽了几根烟，嗓子有些发痒，他蓦然坐起来，搓着发凉的面颊，突然想起了安义。他撩开蚊帐，站起来，捏着瘪瘪的烟盒，抖出一根香烟，捻在嘴上，眯眼咂巴了几口，急促地踱着步，他真不知道接下来会发生什么事，他思前想后，决定不再计较与安义的争执，还得上门求他测算一下。阿权推开房门时，国柱光着屁股，揉着惺忪的睡眼，站在树下撒尿。阿权走过去，摸着国柱的头，蹲下来在儿子的屁股蛋上捏了两下，瞥了眼厨房泛起的炊烟，他㖒地站起身，向油坊走去。

转过街角，就是油坊的门。阿权贴墙探头，平息着呼吸，倏地闪到门口。平时敞开的门闭合着，里面传来压榨油汁的咣当声。他脸贴着门缝，从门缝瞄溜了瞬间，轻轻推开虚掩的门，弯腰顺墙溜到堆放油渣的檐下，头埋在腿间定了下神，听到账房的说话声。阿权趴在油渣麻袋上，伸长脖子，从窗户纸的缝中，看见东家嘟着脸，抽着水烟，坐在靠墙的椅子上，旁边站着总管。他张嘴瞪眼，将头埋在麻袋间。听到屋内的咳嗽声，阿权将耳朵贴在窗户上，就听见安义低声慢语，吞吞吐吐地说：老爷，布船被劫，虽则疑点重重，你也请我做了掐算，说到底那都是一种推测。要弄个水落石出，就像香港侦探说的那样，还得请官家出面。油坊的咣当声停息了。阿权低头朝上房瞥了眼，蜷身顺着墙脚，闪到门口，弯腰溜出了大门。

推开了自家的房门，阿权咣当关上了门，惊慌地揭开柜子，拿出几件衣服，用包袱包起来。媳妇跑进来，拉扯着问，后面跟着噘嘴抹泪的国柱。摸索裤兜，阿权掏出一沓钞票，放在柜面上，他推开房门，走了几步，又折返回来，抱起国柱，在他的背上拍了几下，顺手搓了几张钞票，揣入裤兜，一把揽过媳妇的头，贴在她耳边吩咐道：船被劫了，没办法，我得出去躲躲。他摸着儿子的头，又道：没事，天塌不下来。照顾好阿柱。

出了狮门，阿权没有走远，他躲在通往县城山坡上的坟冢间。太阳偏西的时候，他瞄见弯弯曲曲的沙土路上，骑马的警官带着几个警察，进了狮门的街口。阿权拎起包袱，他不敢走大路，只能攀着树枝，踩着腐烂的树叶，顺着丛林中的山径，向北边逃去。阿权打着短工，心里发虚的时候，他就会拿起包袱，继续北逃。半年以后，阿权来到了连江口，帮着当地的一位东家船运货物。八月十五的那天下午，货物上船，刚离开码头，北边山坳中传来了枪声。东家站在船头，瞄见溃逃过来的国军，倏地蹲下来，摆手让阿权拉满船帆，调整风标。船到了北江江心，溃逃的一群国军，晃着手里的银圆，喊着让船靠岸，送他们过江。东家趴在货物后面，挥手让阿权垂下船帆，在江心抛锚。岸上军官见喊话没用，拽过部下的步枪，对着船扣了一梭子弹，威胁着让他们靠岸。枪声稀落了下来，岸上嘶喊声没了。船东家抬头瞄着映着绛红色落日的江面，扯着阿权的胳膊，从口袋里掏出一块月饼，掰开递给阿权一半，笑着说：看来今年八月十五，我要在船上过了。一轮明月挂在清朗的夜空，泛着白色雾气的江面两岸，是呼啦晃动着的墨色竹林。东家从船舱里拎出一瓶米酒，给阿权倒了半杯，两人呷了口酒，有些发抖。码头上燃起了几堆篝火，成群军人围坐篝火边。岸上传来喊叫声。船东家晃到船头，见老婆站在岸上篝火旁，挥手喊着。他转过头，手搭在耳边，听到她喊道：老公，这是解放军，不是国军。解放军说对岸都是国军，让你别过去，不然船和货物就没了。

犹豫了半晌，船东家让阿权拉起船帆，货船晃悠着向码头驶去。第二天正午，船家正在码头搬运货物，来了几位解放军。打头的是赵连长，他将船东家叫到树下，递上烟，笑着说：阿叔，部队要过江，得租借你的船。船东家低头抽着水烟，盯着江面，疑惑地瞥了他一眼。赵连长站起来，拍着船东家的胳膊：阿叔，我们是解放军，不是国民党的军队，有纪律。租借你的船，我们按照行情付给你租金，损坏了，我赔给你。说着，他接过一位战士手中的银圆，递给船东家。东家缓缓站起来，接过银圆，在掌心搓了半晌，猛然缓过神来，扬起手应道：老总，就这么定了！啥时过渡，你吱声。赵连长瞄了眼日头，说午饭后就渡江。

东家在码头招呼，阿权站在船头掌舵，赵连长带着战士帮忙。回程是空船，有些逆风。阿权不停地摆弄着船帆。赵连长和三个战士拿起桨，弯腰划水。几句寒暄后，赵连长说解放军是穷人的队伍，以后就是穷人的天下了。听着赵连长的说话，想着自己的事，阿权约莫感到要变天了，自己那点事不再是事了。心事开解了，他觉得浑身猛然有了劲。赵连长听不懂他的答应，他只能用憨厚的笑和利落的动作，回应部队给他带来的转运。夕阳就要坠入江中的时候，最后一船解放军上岸了。临别时分，赵连长抽出皮带中的白毛巾，递给阿权，拍着他的肩说：小伙子，你也是穷苦人家出身，咱们是一个阶级。渡江辛苦了，送你一条毛巾，留个纪念吧。阿权接过毛巾，打量着上面的红星，挠头笑了。赵连长随着队伍上岸，他转身招手，对阿权喊道：小伙子，说不定咱们还会见面哩！

解放大军像江口的潮水，漫到了南岭。香港的报纸和电台，凭着臆想和偏见，恣意抹黑，弄得人心惶惶。佘家老爷连忙从香港回来，掂着银质水烟壶，对着夜空，在天井下踱步沉思。大老婆迈着小脚，跨出门槛，扶着门框，问他啥事，老爷抹着眼睛，瞅着月光中的袅袅青烟，他跺脚叹气，摆着手说：你不知道,就要变天了!咱这块地方,眼看就是共产党的天下。

想起安义,大太太挪动着小脚,走到他跟前,对着他的耳根道:老爷,你不妨问问安义,听听他对世事的掐算。

回港前的那天下午,佘家老爷带着管家,来到油坊。安义滴溜着眼睛,对着账本,拨弄着算盘。管家弯腰跨过门槛,站在天井下,喊道:老爷看大伙来了!油坊的伙计们举起油渍渍的手,抹着脸上的汗,赤着冒汗的上身,紧着腰间的裤带,喘着气出来。老爷在油坊转了一圈,扬手让管家派烟。管家扯开烟盒的锡纸,弹着几根,递给伙计们,笑着说:这是双喜,南洋的,老爷从香港带过来的。安义两只手指搓着香烟,举在眼前,借着天井的光,盯着烟上的字,眼睛滴溜着。

老爷进了账房。管家将安义唤来,从门缝瞥了几眼,咯吱带上门,从腰间抽出几张报纸,递给安义,指着上面的图,说老爷让他看看。安义吃力地看完了,眼睛对着窗户透过来的光,滴溜眨巴着。沉默片刻,老爷站起来,探头低声问:阿义,阿叔问你,佘家的家财会不会有啥闪失?安义闭上眼睛,靠在椅背上,嘴上叼着香烟,又像睡着了,鼻孔冒出的烟,表示着他的呼吸。看着老爷焦急的神情,管家举起手,想拍一下。老爷站起来,瞪眼摆手。管家退了两步。主仆两人就像下人,站在安义两边,盯着他那顶着白色灰烬又不时闪烁的烟蒂。红点到了唇边,口水漫出,浸着烟蒂,香烟成了黑色的灰柱。安义缓缓睁开眼,拱手说:老爷乃尊贵之身,能屈就下临油坊,闭门探问安义世事。安义安居僻壤,蒙老爷抬爱,有口饭吃,内心感念。世事变迁,乃生之常态。安义乃乡野废人,未有点化迷津之能,让老爷失望了。

老爷搓着脸,心想阿义也算是个读书人,心直口快,不像那些江湖术士,腹内空空,却口若悬河。他掏出怀表,瞥了眼,走到门口,单脚跨过了门槛,又心有不甘地回望了一眼。安义咳了几下,嘴巴抽着,好像有话要说。老爷回身坐下,单手敲着桌子说:阿义,阿叔也是见过风浪的人,有啥话,但说无妨。安义的鼻子呼哧了几下,淡然道:老爷,我是听着评书长大的。《杨家将》我最喜欢,能从头讲到尾。北宋年间的杨老令公,一生英明,他致命的错,就是娶了佘氏为妻。老爷一头雾水,敲桌探问:此话怎讲?安义凄然一笑,摇着头说:为保大宋江山,令公一溜儿郎,命殒疆场。我反复琢磨,就是因为这个命硬的女人姓佘。人的姓名是父母所赐,包含着天意,也暗蕴着命理运程,不可小视呀!

佘家老爷约莫明白了安义的说道。他侧身偏头，矜持了半晌。安义摆着手说：老爷，您老自己琢磨吧！话不好说得太明白。老爷靠在椅子上，瞅着屋顶，瞥着金丝楠木的家具，挺直腰应道：阿义，既然是命，你想逃也逃不掉。咱总该有点筹划吧！管家看着老爷，眨巴着眼睛，低头贴着安义的耳畔，让他说下去。管家抽出烟，给安义递上并点着。安义猛吸了几口，讪笑着说：损兵折将这句老话，咱们都听过吧！那可不是随便说的，我寻思着那是后来的名士大儒对于令公一生的总结。

老爷偏过头，瞄了眼窗外，低声问：我是生意人，带兵打仗的事，我弄不明白。我这边的事，未来怎解？安义抿嘴笑了，伸出手指，轻点茶水，在八仙桌的大理石面上，写了个"佘"字，又在边上写了个"赊"，画了个圈，手指点着桌面说：老爷，您姓"佘"，又是狮门数一数二的大户。姓佘的有钱了，就是个"赊"字。"赊"字两解，一是"贝"本该不归您，您是赊过来的，到时还得还给人家；二解就是将"贝"佘出去。解来解去，老爷，我估计您可能要家财散尽呀！

老爷脸似猪肝，呼地站起身，在屋子飞快地踱着步，突然仰天长叹，拍了下安义的肩，嘿嘿笑着，风一样地跨出门。安义给佘家老爷测字算命的事传开了。佘氏户族的人，不解本家老爷的宽厚，竟对安义的说道不以为然，大家见到安义，常怒目叱问，认为那是对佘姓的侮辱。佘家的绸缎庄在狮门正街开张，生意甚是红火，狮门人耻笑安义的妄测误判。安义没了往昔的光彩，他很少去祠堂前的大榕树下了，常躲在油坊，坐在天井下，依旧翻着古旧的书。

两个月后，解放军横扫南粤。阿权将赵连长送的白毛巾，挎在腰带上，不时抖着上面的红五星，在解放军到达狮门前几天，趁着夜色回到家。老婆抹着眼泪，走进厨房，对跟在后面的阿权说：你走了后，警察局的人来了几次，盘问了我多次，弄得我和阿柱上街，街坊们总在背后指指点点。阿权坐在炉膛前，点火烧锅，他搓着脸，摇头叹息。国柱妈捣着盆子中的米，加了一瓢水，晃着盆子续道：阿权，最可气的你想都想不到。阿权折断树枝，扔进炉膛，抬头板脸问：啥事？国柱妈摆手说：前些天，我和阿柱去榕树下。阿玲牵着锦堂，在油坊前和一堆人听安义说香港的事。国柱跑到树沟，扯榕树的根须。锦堂跑过来，扯起国柱，推了他几下，瞪眼指着他的鼻梁，说他是贼。阿柱委屈地咬着嘴唇，眼泪在眼眶打转转。锦堂抬脚踢他。阿柱顺势将他扯了下，锦堂滚到树沟，滚了一身泥。佘家的管家从油坊出来，操起扫把，就要打阿柱，硬是让街坊拉住了。阿权呼地站起来，走到屋檐下，拿起靠墙的竹筒水烟，点上火，噗噗抽了几口，呛得他憋涨着脸，一串咳嗽。

在家里闷了两天，阿权不好意思出门，每天从媳妇嘴里探听狮门的变化。他让媳妇将白毛巾洗干净，晾在树枝上，他拎着水烟筒，围着毛巾，盯着上面的红五星，想起了赵连长。夕阳染红了河涌幽暗的水面，阿权扯起毛巾，挎在裤带上，在院子踱了几步，正要推门出去。媳妇迎面回来，将他推进院子，摆手说：佘家老爷回来了，总管带着阿玲，在码头迎候哩。阿权退到屋檐下，扯起毛巾，使劲甩了几下，竟有了嘭嘭的响声。他走到媳妇边上，趔身应道：放心吧！佘家那是秋后的蚂蚱，蹦跶不了几天。赵连长说，将来是穷人的天下。穷人的天下，就得收拾像佘家这样的大户。

佘家老爷赶回狮门，带着大太太和阿玲，牵着锦堂，在总管的引领下，将狮门的田产和祖业看了一遍，神情中透着凄然的无奈和不舍。半躺在藤椅上，他抽着水烟，愁思了两日，想着自家成排的铺面作坊，大片绿油油的水田和码头上的船只，他带着家眷，在祠堂祭拜了一番。回到祖屋，和大太太合计半夜，他跺脚叹气，忍痛将锦堂母子留下，守住祖业，坐等时局变化，梦想着有朝一日，他又回到故里，旺祖兴业。

4. 地主

狮门来了土改工作队。阿权终于等到了这一天,他挎上白毛巾,见到街上有人,便扯起毛巾,假装擦脸,故意抖动着上面的红五星。狮门素来商贸繁荣,好些买卖人关心的是生意,担心的是自己的买卖能不能做下去,对于土改的宣传,好些人并不上心。阿权和佘家的事,让狮门人心里嘀咕,看到他在街上游来荡去,街坊们都是冷眼打量,并没有给予他期望的回应。三个月后,佘家被列为侨资侨产,按照相关政策,并没有大的变化。阿权心里想不明白,他晃荡到码头边上,想着当年自己做船老大的情形,买了瓶米酒,要了盆鸭喉炖萝卜,自斟自饮。有些醉意的时候,公所的门前锣鼓喧天,鞭炮轰鸣。他仰头喝完最后几滴酒,随着稀落的人流,挤到公所门前,瞄着红色条幅上"抗美援朝"的字和穿着军装准备上车的胸前佩戴着红花的入伍战士。隔着人群晃动的头和肩,阿权眨巴着眼睛,忽然看见赵连长走出来,拉开车门,坐进了驾驶室。阿权扒开人群,抽出裤带上的白毛巾,屈身弯腰,从人缝挤到前面,发狂甩着毛巾,踮脚伸脖晃头,蹩脚地喊着赵连长,但见赵连长朝窗外摆了下手,汽车缓缓离开了。

人群散开了,阿权抖着毛巾,指着远去的汽车,给街坊说他和赵连长的交情。听了几句,街坊们趋身走了。他挠着脖子,满脸无奈。国柱妈逆着散去的人流,扯起阿权的胳膊,撅了几下,噘嘴埋怨道:田里的稻粒都要落地了,你就知道在街上晃荡。阿权没有想到自己的媳妇,敢当着街坊不留情面训斥自己,甩开了她的撕扯,扭头转入背街。日头偏西的时候,阿权躺在河涌边的荒草滩上,偏见媳妇牵着国柱,拎着农具,向田里走去,他闭眼沉思了半晌,觉得她也不容易,心里有些愧疚。他站起来,扯了条树藤,甩打着,沿着田埂,挽起裤腿,下到稻田。太阳快要落山了,阿权肚子咕咕叫,他感到脊梁发凉,眼前泛着紫色的玻璃球。从田里归来,他看见安义抱着水烟壶,噗噗抽着。阿玲坐在竹凳上,正在对着绣棚扎针,和安义说笑着。锦堂手里攥着香港寄过来的点心,边上蹲着他家的大黄狗。看见阿权过来,安义背过脸,低头抽着水烟,没了声息。锦堂瞥见了国柱,抬手顺着黄狗的脊梁,摸到它的耳朵,见国柱朝他瞪眼,他偏头对着黄狗耳朵,"哧——哧——"两声,顺手扯了狗耳朵。黄狗垂下尾巴,身子向后缩了下,哧地纵身扑了过来,就像扑倒国柱的瞬间,阿权本能地扬起竹耙,大黄狗前腿腾拉跪地,吱啦地叫着翻滚了几下,瘸着前腿,歪头瞥着阿权,趔趄着吠到大榕树后面。阿权驻步,拿起竹耙,蹬着地偏头瞪着安义,脖子上的筋刺溜着喊道:真是狗仗人势呀!阿玲放下绣棚,揪住锦堂耳朵,扯了几下,赔着笑脸,向阿权赔罪。

那年年底,狮门的街上贴出了好些标语,阿权趿着布鞋,缩头转了一圈,想起了连江口运送解放军渡江的场景,他格楞打了寒战,脊梁随即挺起来,眨巴了几下眼睛,突然感到风向好像变了。午饭过后,土改工作队的人让大家在祠堂前开会,宣讲土改的最新政策。阿权喝了几口粥,扯起树枝上的衫子,出了门口,他又折返回来,从柜子里拿出那条白毛巾,搭在肩上,随着稀落的人流,向祠堂走去。祠堂前熙熙攘攘,阿权站在人群后面晃悠了一阵,他呲踏坐在榕树下,拿过立勤老豆的竹筒水烟,从烟袋里拈出一撮烟丝,摁入烟锅,燃着后咕哝着哑巴了几口,他闭上眼睛,青烟从鼻孔缓缓冒出。祠堂门口传来了讲话声,是北方口音的国语,他眨巴着睁大眼睛,倏然直起腰。他闭眼静听,有些耳熟,他扑哧笑了,将烟筒还给立勤的老豆,从青石上跃起来,扑到人群后面,从头缝间瞄见了赵连长的脸。阿权感到血液上涌,扒开人群,瞪眼推搡着挤进去,抽出裤带间的白毛巾,举在空中抖动着。赵连长看见阿权,愣着招了下手。阿权将毛巾挎在手背上,把红五星落在外面,攥着拳头朝边上的街坊晃了几下,他突然看到安义站在右侧,后面站着阿玲和她腿间的锦堂。赵连长讲完话,挽着袖子,快步过来,抓起阿权的胳膊,上下打量了几眼,对跟上来的干部说:你们可不知道,这位阿权帮着部队渡江,也算是革命的功臣。阿权激动地眨巴着眼睛,抓起他的手掌,一紧一松地晃动着,嘴角哧哧翘抖着,就是没有言语。

狮门的土改拖了县上的后腿，上级改组土改工作队，赵连长从部队被抽调到地方，担任狮门土改工作队队长。过来几天，赵连长来到阿权家，通过公所的人翻译，他向阿权详细询问了狮门大户豪门的情况。临走的时候，他握住阿权的手说：阿权，咱们算是老相识了。土改要有声势，全凭土改队员。你熟悉狮门的情况，又经过解放战争的历练，政治上绝对可靠，我想请你加入土改工作队，做我的左膀右臂。阿权一愣，沉睡的心脏忽然清醒，不停地捶打着胸腔，他顺着心脏的任性，抬起右手，来了个歪斜的敬礼，手掌抬起定位的瞬间，胸口的咚咚声也消停了。

前方有抗美援朝，东南沿海有蒋匪军滋扰，土改成了国家巩固新生政权的首要任务。狮门的土改形成了摧枯拉朽之势。佘家老爷侨资侨产的名号没有了，他家成了地主。佘家田产和房产被分掉了。狮门人记起两年前安义测字的事，觉得他就是个半仙。阿玲牵着锦堂，从佘家祖辈留下来的几进几出，有水榭亭阁、假山流水，雕着岭南园林韵味的宅子搬了出来，住进了染坊边上侧巷的小院子。阿权住进了佘家祖屋的上房，他将上房院子与前面房舍隔开，从右边院墙开了个侧门，单独进出。佘家的油坊和正街几间的铺面，作为民族工商业的资产，暂时保留下来。佘家老爷不敢回狮门，不时托人回来，打探情况，让人给锦堂阿玲带来口信，几句安慰后，吩咐她无论怎么样，也得守着祖宗的家业。

牵着锦堂，阿玲常到油坊串门。安义觉得佘家老爷待他不薄，看着阿玲年纪轻轻的守活寡，他知道她的命运从着佘家老爷，老爷又是按照他的测算行事的，他感到心里委实对不住阿玲。瞄着阿玲母子整天在狭窄的巷子进出，安义瞭望着河涌的水面，时常琢磨着，是不是自己的乌鸦嘴，将佘家这么大的家业给说没了。见到阿堂，他知道那是老爷的血脉，也是他成就了阿玲与佘家老爷姻缘的遗子，他便迎上前，将阿堂抱入怀中，用满是胡须的嘴巴，搓着他粉嘟嘟的小脸。阿堂嘴巴吹着沫沫，趔头挥手，搓着他毛茸茸的下巴，打量着他滴溜乱滚的眼睛。他没有怯惧和躲闪，总是喷着口水咯咯稚笑。

过了大半年，狮门的土改落下了帷幕。阿权跟着赵连长，平生第一次从陆路来到县城。在县上开的土改工作表彰大会上，阿权胸前佩戴着红花，坐在第一排，成了狮门土改先进分子的代表。到了那年年底，赵连长正式到了狮门工作，经他介绍，阿权入了党。来年荔枝成熟的季节，按照区公所的指示，阿权带着公所的人，将佘家的油坊封了，几番清算，他推开了阿玲的院门，拿出政府的文件，宣布油坊成为公私合营企业，由区公所直接管理。又过了两年多，油坊成了区公所下属的企业，安义变成了集体企业的职工。

看到狮门的祖业大势已去，佘家老爷犹如热锅上的蚂蚁，他跺脚长叹，又无能为力。郁闷了好几个月，闻知狮门的油坊也被政府征收，佘家老爷生了场大病。躺在病床上，看着香港报纸，听着广播对内地的各种报道，想到貌美如花的阿玲和幼子，他独自垂泪。他托了几班人，想将阿堂母子接到香港，最终都杳无音信。他吩咐账房，找"水客"带些钱过去。账房先生低头应着，弯腰退了出去。佘家老爷的心稍稍安妥了少许。

5. 田螺

　　从记事时候起，锦堂就知道，他香港有个可以做爷爷的老豆。他家是地主。有香港那边的接济，阿玲很少下地，她总是穿着洋布做成的对襟衫，坐在堂屋檐下，穿针走线地绣花。树头的鸟雀叽叽喳喳，她将针扎在绣棚上，手托着腮，搭在膝盖上，偏头茫然地凝神呆望，不时唉声叹气。

　　安义一直没成家。解放前夕，狮门的几位老者照着他的境况，寻思着给他找个有点瑕疵的女人。文弱的安义场面上抱拳谢了他们的好意，回到油坊，钻进账房，点着了一锅水烟，瞄着窗外树梢暮暮的月光，搓着脸，茫然地摇头淡笑。狮门人知道他虽是个转眼，但心高气傲，在找媳妇事上，他一点都不将就。映芬是安义的侄女，比锦堂和国柱小一岁，她聪明伶俐，不时提着篮子来到油坊，将阿叔换洗的衣服拿回家，洗净晾晒折叠好，送到油坊。阿堂不像国柱、立勤他们，要随着家人下地，帮着干活。他穿着香港寄过来的衣衫，裤兜揣着饼干和糖果，在街上溜达。他经常跑到隔壁的油坊，跟在安义的后面，看着他忙活，听他讲稀奇古怪的事，成了他最贴心的人。人民公社成立的那年，锦堂和映芬、国柱、立勤上了学。阿权当了大队长，他的威望投射到了学校。国柱成了班长。社员们围着大队长，一群孩子顺从着家长们闲谈举止的惯性，国柱沐浴着父亲的风采，他像个蜂王，孩子们就是成群的野蜂，追随着他，唯命是从。

　　放学了，锦堂回到家，阿玲给他换了套衣服。他揭开柜子，摸了包饼干，出了巷子，他嚼着饼干，顺着河涌，走到拱桥上。河涌两岸的水田中，社员们像麻点一样，散落在水田中，弯腰插秧。瞄着西落的太阳，阿堂攀着护栏，见映芬在桥下洗衣。他抓住竹子护栏，晃着踩脚，尘土哗哗坠落。映芬偏头眯眼。阿堂闪着头。她噘嘴瞪眼，撩摆着衣服。阿堂坏笑着，贼头鼠脑地溜到桥下，弯腰蹲在映芬边上，晃着手里的饼干，偏头问：阿芬，等下到油坊听安义叔说书去？阿芬拧着衣服，手背撩着脸上的汗，咯咯笑着。

阿堂嚼着饼干，跑上桥，抬头吞咽的瞬间，见国柱和立勤挽着裤腿，抡着藤条，牵着水牛，赤足站在田头的水渠中，瞪着眼睛，咄咄地盯着他。阿堂心里腾然发虚。盯着阿堂手中的饼干，国柱咽着口水，挥着藤条，给了立勤一个眼色。立勤虎着脸，气汹汹地疾步过来，抓住阿堂的衣襟，将他推到栅栏上，卡着他的脖子，喘气呵斥着。阿堂不想让映芬看到自己的软弱，本想挣扎，扭头朝着桥下，瞥了几眼，没有瞄见她。他喘着粗气，推搡了几下，知道自己的抗争不会有结果，他松开手，咪咪笑了，他掏出饼干，捧在立勤的眼前，挠着脖子说：哎——我正想找你们哩。立勤咧着嘴，冷笑着松开手，推了阿堂一把，接过饼干，抡着藤条，瞪着眼走开了。盯着立勤的背影，阿堂抱头趄身，弯腰瞥着田头的国柱，灰溜溜走了。

来到油坊门口，阿堂听到里面喧闹。他靠在门框，偏着头，闪脸瞄了眼。权叔坐在天井下的竹椅上，一手摇着蒲扇，一手拎着衣襟抖着，内衬印有中国人民解放军字样的背心。听着他洪钟般的说笑声，阿堂怯惧地退到榕树后。权叔迈着流星步，推着自行车出来。映芬提着篮子，轻快地碎步走来，走到阿堂身后，呼地推了他一把。阿堂身子蜷曲着转过来，见是映芬，他曲着的身子，即刻挺直了，学着权叔的样子，从榕树后走了出来。映芬白了阿堂一眼，扯了下阿堂的袖子，蹲在榕树下，捡起树枝，簌簌画了几条线，掏出一把滚溜润滑的鹅卵石子，啪地放在地上。阿堂跟着掏出自己的石子，手藏在身后，挪动屁股，随着"一、二、三"的口令，他们倏地伸出手。阿堂赢了，他拨弄着，选中一颗石子，从固定好的点，贴在地面弹碰方框中映芬的石子。

田里的人赶着水牛，扛着农具，缩着困乏的身子，下地归来。油坊的咯吱声没了。工人们说笑着，拿起搭在铁丝上的衫子，结伙走了。阿堂收起石子，数了数，揣入裤兜。映芬跟着他进来，蹲坐在天井下安义的两侧，听他讲《杨家将》的故事。檐下放着几口瓷瓮，阿堂趴在瓮口，好似江水退潮后淤着的油渣上，浸着层亮晶晶的油。他拈了坨油渣，放在嘴边，咂巴着舔了下。安义叔站起来，摸着柱子过来，笑着说：这个季节，田螺正好。去摸些螺回来，没人的时候，咱炒着吃。

　　朝霞透过黑斑状的云彩，像天上垂下透明的丝绦，映着翠绿的稻田和茂密的山丘，溪流将田野分隔开，恰似不规则的绿毡。阿堂躺在床上，翻过身，一束霞光映在脸上。他眨巴着眼睛，想起摸田螺，他呼地坐起来，穿衣趿鞋，操起竹箩，迎着朝霞，顺着小溪，向山丘凹陷的地方奔去。他不时驻足回头，瞭望映芬的身影。他怕国柱刁难，与映芬约好了，分头摸螺，午间在油坊见面。

　　溪水悠悠，阿堂脱掉鞋子，挽起裤腿，踩着水底酥软的青泥，弯着腰摸螺。黑褐色的田螺，僵卧草丛中，攀附在溪边的青苔上。他伸手捞起，晃着洗净，放进竹箩。随着箩的晃动，田螺伸出裹着黄白色黏液的触角，噗噗吹着口水。直到太阳爬上树梢，阿堂才直腰站起，拎起收获颇丰的箩，在水中晃荡着。看到溪边嫩绿的紫苏，他踩着泥草上岸，揪了几把紫苏叶，放入箩中。他坐在溪边，搓着脚上的青泥，晃头眺望着弯弯曲曲的田径，还是没有映芬的影子。他瞄了眼日头，穿上鞋，拎着箩，操起一条树枝，拍打着脚下的蚊蝇。

　　到了溪流的汊口，另一条溪道传来喊叫声。阿堂驻足回望，国柱和立勤站在水中，搓着手中的螺。他挠头一笑，回身走了两步，国柱喊住了他。立勤走来，扯过他的箩，在水中抖动着，晃着对国柱说：人家的螺个大，吃起来方便！国柱咧着嘴巴，哼哼着接过箩，颠了几下，直起腰说：你仗着香港老豆的汇款，不下田劳动，却吃香的喝辣的，溪中好螺都让你捡去了，这不公平，我要没收你的螺。立勤接过阿堂的箩，浸在水中抖着，将国柱箩中的螺，掂着倒进自己的箩，再把阿堂的螺倒进国柱的箩中。见自己的箩满了，冒尖的螺啪啦滚落，他摆着下巴说：国柱，把我筐中的螺，给他一些，不然他妈会骂他的。国柱摆着手。立勤将螺倒入阿堂的筐，递给了他。阿堂有些委屈。他拎起竹箩，摇了几下，扯着耷拉的裤脚，看着国柱他们走远，他转过身，朝上游瞭望了一阵，噘嘴默然地走了。

　　妈妈要下田，映芬收拾完厨房，想起了和阿堂的约定。她提着竹篮，顺着田埂，向狮门人惯常采螺的溪边走去。站在沟渠中，盯着草丛，她蹚着水捡螺。拐了个弯，树下的水塘传来扑通声，从草隙望去，两个身子嬉闹击水，一股股冒着青泥的浊流涌了过来。立勤看到她，手捂着胯间，屈着身子，惊慌地喊着，让她不要过去。映芬的脸红了，转身拎着竹箩，低头往回走。

国柱没有擦身上的水，他提上裤子，拎着竹箩，喊着映芬，追了上来。映芬噘着嘴，吐着舌头，嘟拉了几下。蹲在她的竹篮前，国柱拨弄着田螺，抖动着自己的篮子，摆着手说：阿芬，你的螺不好。我把螺送给你，以后你想吃田螺，告我声就行了。映芬扯着竹篮。国柱掰开她的手，将她的螺倒进立勤的箩，再将自己的螺倒进去，在水中晃了几下，提起来隔掉水，笑着递了过去。趴在国柱的肩上，立勤坏笑说：映芬，阿柱哥对你多好呀！映芬快步走在前面，他们俩跟在后面，盯着她轻快的步子和摇曳的身段，有说有笑。

　　想起阿堂竹箩里的紫苏，立勤扯住国柱的胳膊，晃着说：咱们家里都缺油，田螺洗净，就是煲粥。人家阿堂回家炒着吃，多馋人呀！映芬从西边的街口，闪进镇子。瞄着她的影子，立勤附在国柱耳边：柱哥，她家在东头，为啥去了西头？眨巴着眼，国柱挠着头，推了立勤一把，扬起手说：去！看看她去哪里。

　　立勤弯着腰，小跑着跟了上去，他顺着树丛和屋檐，盯着她的背影。油坊的人走了。映芬驻步，转身向四周瞥了几眼，挽着竹篮进去。蛙鸣似潮，立勤从墙角溜过来，趴在半掩着的门缝上看。映芬在瓷盆中洗螺。阿堂撅着屁股，从着安义的说道，拿着勺子挖缸底的油渣。立勤溜到榕树后，不一会儿，院子里飘来了香味，他噗喋着嘴巴，咽了几口唾沫。

6. 偷油

狮门小学的操场上，激越的节奏声中，校长给每个新的少先队员，系上鲜艳的红领巾。孩子们举起右手，对着招展的队旗宣誓。阿堂是地主的后代，站在原地，皱着眉头，搓着衣襟，懵然呆望着。映芬站在前排，揪着辫子，趔身从头和肩的缝隙间，嘟着脸瞥着阿堂，满脸同情的神情。国柱瞥了眼，臂肘蹭着她，摆着头让她站直了。国柱成了少先队的大队长，他接过校长递来的旗，举在空中舞着，飘着红色飘带的队列，发出了悦耳的欢呼声。阿堂倏然明白了，他和同学们不一样。这个同学们热望自豪的群体，不属于自己，他是社会的另类。另类的标签，将随着自己的长大，越来越明显。接过国柱手中的旗，映芬和别的同学一样，在空中来回晃着，她瞟了阿堂两眼，好像他就不存在。阿堂顿感失落，以汇款单为符号的父亲，给予他的优越感，即刻没了。他觉得自己就是个弃儿，只能在社会的夹缝中苟延残喘。

出了校门，学生的队伍乱了。阿堂低着头，怯弱地跟在后面。国柱瞥着他，对着立勤嘀咕了几句。立勤堵住阿堂，将他扯到祠堂后面。国柱撩着红领巾，神采飞扬地走过来。扯着阿堂的袖子，立勤指着那面旗子，瞪着眼睛说：阿堂，你听好了，阿柱和他老豆一样，也是大队长，管着咱们。你家通着香港，有什么情况，你要给大队长汇报！

攥住阿堂衣领，国柱一把将他摁在墙脚，手撑在墙上，嘿嘿笑着问：阿堂，田螺好吃吗？在公社的油坊，偷公家的油炒田螺，这事张扬出去，你妈就得进学习班，那个瞎子也要跟着遭殃。阿堂低着头，抹泪抽泣着。立勤拍着他的肩，摆着手说：阿堂，你得明白，阿柱心疼映芬，才没有将这事告诉权叔。你得识做，有些事不要往里挤。挤进去就出不来了！到时你香港的老豆，也是有心无力呀。

国柱挥着旗子，后面跟着一群同学，号闹着跑开了。望着他们疯跑的背影，阿堂顺墙蹲下，头埋在大腿间，抹泪抽泣了起来。立勤跑了一程，又转身回来，挠头踱了两圈，蹲在阿堂前面，扯着他的手，亲和地小声说：阿堂，现在全国都缺粮。别看权叔是大队长，家里日子也是紧巴巴的，更没啥油水。我有个想法，跟你商量一下。阿堂抬起头，搓着委屈的脸，眨巴着眼睛。立勤揽着他的肩，附在耳边，挤眉弄眼地道：你整天在油坊转悠，安义叔不提防你，那些油整天汩汩地往外冒，你说权叔家能吃多少？找个油壶，适当的时候，在油瓮弄两壶油，我送给阿柱，以前的事咱们就算了结了。阿堂趔身，缩在墙脚，摆手应道：不行，那是偷公家的油，会连累安义叔的。

立勤咧着嘴巴，晃头笑着，瞥着蕉林说：阿堂，你现在就是偷油，不过人家不愿说出去。你再去拿点油，那么大的油坊，谁知道？况且这油送给了队长家。队长嘴上不说，心里明白。即使有人多嘴嘀咕，队长哼哼几下，谁还敢再说三道四？阿堂低着头，茫然地搓着脸，沉默了半晌，他皱着眉说：立勤，我得好好想想。立勤站起来，揽起阿堂的肩，边走边说：阿堂，这是我的主意。国柱不知道。我是可怜你，也想帮你，你可别想歪了。这次成了，你家有啥好东西，我都可以转交给阿柱。有他们父子罩着，往后再没人敢欺负你了。

三年困难时期，狮门人填不饱肚子，更没有多少油水。社员们经过油坊，驻足嗅上几下，搓着松垂的肚皮，大家咽着口水，用贪恋的眼神，盯着油坊进出的人。到了秋季，各个大队将歉收的瘪瘪的花生，交到油坊。县上运来绿色的铁皮油桶，排在天井的檐下。阿堂在油坊串游，他记着立勤的话，打量着工人们压榨、出油、装桶和封盖，他筹思着怎么才能了了立勤说的事。

在巷子口转悠了一阵子，看到街道没了人，锦堂就回到家。躺在床上，他思来想去，觉得安义叔不容易，如果按照立勤吩咐，连累了安义，他的良心有些过意不去。秋风吹拂着窗户，咯吱响个不停。他想起镇上有粮油门市部，如果有钱，就能买到油。他知道家里的钱放在柜子下面，还不如悄悄拿上钱，买上两壶油，送给立勤。第二天放学，阿玲在厨房做饭，锦堂溜进她的屋子，带上门，从窗户缝瞥着外面，揭开柜子，单手探入柜底，趔头喘气，摸索了半晌，从包袱中抽出一个绣着荔枝图案的真丝手袋，抽出几张钞票，又将手袋塞进柜底的包袱。他探身出门，拎起屋子夹道间丢弃的两个油壶，扯了一片废纸，包住油壶，缩头晃悠到粮油门市。他递上油壶，搓着裤兜的钞票。售货员放下编织的毛衣，白了他一眼，偏着头问：油票哩？锦堂掏出钞票，放在柜台上。售货员笑了，挑着编织的竹签，退了两步，坐在椅子上应道：回去吧！买油得有油票，光有钱不行。

快到冬至了，锦堂下了课，习惯坐在操场角的树下，对着围墙想心事。他怕见到国柱和立勤。放学排队出了校门，他会在队伍散开的时候，躲到巷子里，顺着墙脚绕回家。快到家门口的时候，他瞄见映芬挎着篮子，从巷子口晃了过去。好长时间没有和她说话了，锦堂不由自主地晃到巷子口，刚闪到油坊门前，朝里面张望，一只手勒住了他的脖子，使劲地晃了下，他挤眼龇牙，晃头侧脸，看见国柱瞪着他，捏着他的脖子问：阿堂，你个地主仔，贼眉鼠眼的，又想偷公社的油了。锦堂灵机一动，掏出裤兜的连环画，笑着递给国柱。国柱松开手，扯过连环画，噘嘴哼了一声，趔身走开了。立勤揽住他的肩，将锦堂扯到巷子，笑着说：阿堂，我整天和阿柱在一起。前几天，国柱妈因为冬至没油吃，还和权叔吵了一架。锦堂白了他一眼，挠头苦笑着。拍着他的肩，立勤摇头说：阿堂，油的事，你看着办！我再不催你了。你想通了，这两天就去办，想不通，就当我没有说过。

油坊下班了。望见映芬走了，锦堂侧身从门缝闪进油坊。推开账房的门，安义弯腰摸着肚子，滴溜着眼珠，呻吟着松解裤带，摸索着向茅厕走去。知道他拉肚子，阿堂跑回家，揣着妈妈藏在柜子中的保济丸，将两个油壶放入竹笼，盖上破布，踱到油坊门前。天黑实了，阿堂从榕树下闪来，顺着墙脚，溜进油坊，转身带上门。安义躺靠在竹椅上，偏头问：谁呀？下班了！有啥事明天再来。阿堂将竹笼放在花生壳后，撩起牛皮纸掩住，他缩着身子，晃到安义的身边，蹲着将保济丸塞入他的手心，笑着说：安义叔，这是保济丸，香港寄过来的，吃了肚子就舒服了。摸着他的手，安义搓着药瓶，点头笑着。

吃了药，靠在竹椅上，安义说起了《三国》。阿堂三心二意地听着，不时瞥着窗外。安义哎哟了两声，抓住椅子的扶手，趿着拖鞋，在阿堂的搀扶下，夹着屁股，趔趄着走了茅厕。阿堂弯腰低头，轻手轻脚，就像一只硕大的老鼠，他拿出油瓶，张望着弯腰溜进油坊。夜色下一瓮出槽的油，冒着热气，成群的苍蝇嘤嘤嗡嗡在油面盘旋着。他定了下神，咽着口水，将油壶簌地摁了下去，看到冒泡没了，他哧地提起来，手指往下抿掉外壁垂流的油，紧张地塞上盖子。他拎着油壶，猫腰探头，轻手轻脚出来，将油壶放入笼中。他深深地吐了口气，机警地张望着天井上方的屋檐，快步走到茅厕外，等着将安义扶回房间。

  阿堂拎着竹笼张望着，顺墙溜到祠堂后面，将竹笼放入稻秸中，扯了几片芭蕉叶，盖在上面。他顺着街巷，在江边供销社门口，找到了立勤。来到祠堂后面，蹲在草秸堆中，阿堂瞥着四周，从草秸中掏出油壶，递给立勤。立勤瞪大眼睛，笑着接过油壶，揭开盖子，鼻子搭在壶口，用力地呼哧了几下，舌头蜻蜓般撩了下油面，噗喋着嘴巴，闭眼咝咝地吸着气。阿堂感到躯体中集聚的闷气，倏然飘走了，他有了轻快的超脱感。他拍着立勤的肩，吐气站起来，底气十足地张望着，跑了几步，手挎在裤兜中，大摇大摆地回家了。

  坐在靠窗户的课桌前，想着昨晚的事，阿堂的眼睛不停地瞥着国柱，邀功的神色中混杂着献媚，挑动的眼神中暗含着询问。国柱偏着头，瞄着映芬，眼的余光点到了阿堂。他白了阿堂一眼，轻轻晃了下手，对着他比着嘴巴，眼眉抖了几下。阿堂的心解开了，他偏着头，呆愣地盯着映芬晃动的辫子和细白的脖子。国柱腿上落了只蚊子，他弯腰拍下去，展开手掌，湿漉漉的一摊血。瞥见阿堂望着映芬失魂的样子，他的嬉笑瞬间变成了怒目叱瞪。阿堂的身子抖了下，陡然清醒，他笑着点头，承接中稀释着国柱的怒气。

  放学了，权叔骑着自行车，哐当着经过学校门口。放学的队伍挡了路。校长站在门口，招呼着他。他下车问儿子的情况。国柱站在边上，扯着胸前的红领巾，听着校长的表扬。阿堂躲在同学背后，他怕权叔，平常碰到他，都是躲着走。想起昨晚的事，他从人缝挤过去，站在车头前，仰望着权叔背心下刺溜出来的胸毛，手从自己光溜的胸，滑到腋下，扯着几根绒绒的汗毛，瞬间感到权叔的强大。权叔很少看到阿堂，他愣了下，听到国柱的说道，他嘟着脸，抓起车头，顿了几下，推着车子离开了。阿堂头昏脑涨，不解权叔为何这般神态。

  没有融入国柱的群落，放学后，阿堂茫然游荡着，顺着习惯，他蹲在油坊前的榕树下。油坊传来嘈杂声，几个穿着白衬衣的人，进进出出，好像有啥事。他竖起耳朵，临门瞥着。权叔喊道：安义！你是个半瞎子，公社将你放在油坊，那是政府对你的关照。安义诺诺应着。权叔手指着天井，呵斥道：安义，你知道，这批油是县上的国防任务，数量对不上，那就是破坏国防建设，那是件多大的事呀！阿堂像抽了筋，他扒着树干，心里堵得慌。权叔的声音湮没在帮腔的嘈杂声中，像成群蜜蜂的嗡嗡声，只要他稍有反抗，蜂群便会拥上来，将他蜇得鼻青脸肿。

听到院内的脚步声，阿堂缩身躲到树后。权叔带着人，骂咧咧地走了。阿堂蹲在树下，撕心裂肺的愧疚涌上心头。他蹲在树后，搓着面颊，盯着小时候玩石子的地面，愣着发呆。风吹着门扇，咯吱了几声。他缓缓站起来，从树后面，顺着墙走到门口，隔着油坊虚掩的门缝，望见安义愣着神，呆坐在草秸上，瞄着西落的太阳，平时不停滚溜的眼珠在黑暗码头抛锚。隔着门缝，阿堂唤了声叔。安义站起来，摸索着走过来，龇牙摇头，无可奈何地说：阿堂，油坊成了是非之地，叔不愿牵连别人，你以后就别过来了，省得别人说闲话。阿堂的眼眶湿了，他抓住安义干瘪的手，犹豫着要不要说出实情，掂量再三，他实在没有勇气承认。他推了下门，手从门缝间探过来，抓住安义的手，晃着说：叔，都是我整天围着您，让您分神，才出了这样的乌龙事。

安义紧了几下攥着的手，摆手叹气，皱着眉说：阿堂，阿叔就是个废人。老天开眼，能让我来世间走上一遭，叔这辈子就心满意足了。这事只能听天由命了，你别为叔操心。阿堂松开手，低头抹着泪，抽泣着摇头，他又攥住安义叔的手，狠劲地晃着。安义长长叹着气说：告诉你妈，让她别为这件事操心，叔这辈子帮人算命解难，虽说自己没有经过大事，可也见识过人世间各种稀奇古怪的事，落到自己身上，遇到啥事，叔都想得开。阿堂嘴角抽搐着，呜啦着点头。安义松开他的手，晃着头续道：阿堂，人生就是一个接着一个的磨难，你还小，以后会遇到各种各样的坎儿，这都是命。人世间的坎儿就是沟渠，人就是渠中漫流的水。水就得顺着渠流，这就是世事。世事就像天气，久旱必有甘霖，这又是天理。他推了阿堂一把，迅速地带上门，转身靠着门扇，软溜着溜下，蹲坐在门槛上。阿堂一个趔趄，顺着闭合的门扇，蹲靠在门墩石上。街头的竹林小径传来自行车的叮当声。他赶紧站起来，盯着油坊的门，转头瞥着车上穿着海军背心的人，灰溜溜地跑进巷子。

推开院门，妈妈从厨房的窗户趔身探头，让他吃饭。阿堂低头嘟着脸，没有理会她的招呼，推开房门，咣当关上门，他扑在床上，趴在枕头上，任凭妈妈捶门探问，他就是不开门。阿堂心里胸口堵得慌，他转身躺在床上，盯着屋瓦下的电灯线和灯泡，好像得了癔症。阿玲坐在屋檐下，不再作声，她将冷了的饭菜，端进厨房，伸手拉开电灯，给锅里添了瓢水，拿起干丝瓜做成的抹布，瞥着窗外，来回刷洗着锅底。月亮从屋脊上爬起来，阿堂的房门开了。阿玲快步过去，扯着他的胳膊，追前撵后地问发生了啥事。阿堂低头搓着脸，依旧没有言语，就是不停地摇头，直至进了茅厕。

狮门放映电影，社员们拎着凳子，嬉闹着结伙朝戏楼走去。阿堂独自坐在前门门槛上，下巴搭在撑起的手掌上，偏头瞄着巷口，盘算着像往常那样，引领着安义叔去看电影。他慢悠悠走到巷子口，犹豫着站在油坊门前，见大门紧闭，他手摁在门扇上，推了几下。门关着。他转身走下台阶，瞭见映芬随着几个姐妹，说笑着朝拱桥走去。阿堂瞬间有了看电影的动力，他尾随在后面，又不敢靠近。国柱带着立勤，坐在桥台上，见映芬她们走来，瞬时像通了电，蹦跃起来，拍着屁股上的土，讪笑着迎了上去。阿堂即刻蹲下来，头躲在护栏间，偏头瞄着前面的动向。立勤抡着藤条，蹦跳着过来。阿堂呼地站起来，一把将立勤拉到桥边，不知哪里来的勇气，推着将他摁在护栏上，说了安义叔的事，瞪眼要他兑现承诺，别让权叔再追究了。

立勤耸肩，嘿嘿笑了。对视中，阿堂的眼里没了火气，变得虚弱，他垂下眼皮，脚踹着地上的石子，满脸苦求的神情。拍着他的肩，立勤贴着他耳朵说：阿堂，权叔现在不帮，不等于他不想帮，也不能说以后他就不帮。他可能比你还着急，毕竟油都流进他的肚子中。他一定有啥难处，又不便吱声，等风头过去了，我想他就会抹平这件事的。阿堂的心松瘫了，将信将疑地瞥着他。立勤拽着他的胳膊，正言道：阿堂，这件事就是有什么冬瓜豆腐，你也得兜着，千万不能说油给了权叔家。如果说漏了嘴，权叔肯定不会承认，还会恼羞成怒，到时你就得落个拉拢干部，或者诬告干部的罪名。事情到了那个地步，说实话，你和你妈，我估摸着在狮门恐怕就待不下去了。阿堂倒吸了口凉气，他心里一颤，犹豫着眨了几下眼，刚刚稍稍宽慰的心又紧得有些发慌。

幕布闪了几下，放映员对好了光。喇叭吱啦了半晌。权叔站在放映机前，讲着形势。阿堂没有像平时那样，而在人群中窜溜，瞄见国柱站在映芬身后，他的身后是成群月牙形拱卫着的他的同学。阿堂挠着头，悻悻地晃到供销社前的台阶上，盘腿坐在树下，打量着幕布下攒动的人头，听着一高一低的对白，他眼前闪着安义叔关门时可怜的表情。他抬头望着满是星斗的夜空，感到孤独的无助。他想起映芬，筹思着要不要告诉她，毕竟安义也是她的叔叔。转念一想，他又觉得她帮不了，让她知道自己偷了油，连累了安义叔，她会怎么看他？他想起妈妈，说给她听，会不会牵连到她？想起立勤的告诫，他低头搓着面颊，愁苦地叹着气。

吃了早饭，拎起书包，阿堂要去上学。妈妈站在檐下，叫住他，走过来低声问：阿堂，你整天在油坊晃悠，听说你安义叔偷了公家的油，公社要处理他。阿堂低下头，踹着地，翻眼瞥了她一眼。妈妈有些纳闷，扯着他的胳膊说：你安义叔就一个人，从不贪便宜。说他偷油坊的油，狮门有谁会相信？阿堂嘟着脸，怯望着妈，就是不应声。瞄了眼日头，她松开手。阿堂溜走了。到了油坊门口，听着榨油的吆喝声，阿堂瞥着四周，顺墙趴在门缝间，朝院子瞄了几眼，他没看到安义的影子。

日头西坠的时候，阿玲坐在檐下刺绣，安义的事让她的心绪乱了，几颗荔枝绣了大半天，就是没有平常的韵致。巷口传来了吆喝声，她一分神，背面冒出的针尖，戳了下她的指头。她挺了下身，啜了口细气，轻快地放下绣盘，匆匆闪出门，从巷口偏头瞄了眼油坊。

从厨房出来，阿玲瞥了眼屋脊上的月亮，让阿堂不要乱跑，说等下去油坊。阿堂感到安义叔的事，妈妈有了主意，他憋屈的心，腾然轻松了。他隔着窗户，见妈妈揭开柜子，在柜底摸索着。阿玲出了屋子，撩起院子铁丝上的毛巾，拍了下身上的尘，她推开门，和阿堂走到巷子口。油坊没了喧嚣。阿堂顺着墙，推开油坊的门，他回身招手，看着妈妈进门，他随着闪进门，转身关上了门。

谁呀？账房传来安义沙哑的探问声。阿堂跑过去，趴在门框应道：安义叔，我妈看您来了！安义嘿嘿着，从黑暗中显身。他摸着窗台，坐在檐下的竹椅上，招呼着阿玲坐下。阿玲瞄着安义，拍着裤脚，犹豫着说：阿义，油的事，我听说了。狮门的人私下都说，冤枉了你。阿堂垂下头，捡起树枝，挪着屁股，戳在地上划着。安义喷着烟，摸着下巴，凄然一笑，摇着头说：说道归说道。我在油坊，油丢了，我也是有嘴难辩啊！阿玲点着头，茫然一笑，叹了口气应道：阿义，这些年，我们母子在狮门无依无靠，阿堂还小，也不太懂事，我遇到啥事都得装在肚子里。你和佘家算是故交，好在你念旧，心里装着世事，我有啥解不开的心结，也会和你絮叨几句，你也会至情至理开导我几句。说实话，我和老爷好多年没说过话了，老爷好多事都问你的意思。我常常想，你的说话就是老爷的意思。安义挺了身子，笑着摆手。阿玲掏出一沓钞票，侧过脸说：阿义，听你的事，我的心乱糟糟的，荔枝都绣不到一起。这两年，你给我们母子操了不少心，你碰到这档子事，我不能不管。佘家是地主，想帮忙也是有心无力，好在老爷从香港不时寄些钱回来，我给你拿些钱过来，你让人家将丢了的油，折算成钱，你将油钱补上去，说不定这事就算过去了。说着，她转身，就要将钱塞进安义的手中。

安义趔身缩手，瞪眼摇头应道：阿玲，安义是个什么人？你心里清楚。这些年，你从祖屋大宅搬到染坊边，时常过来和我坐坐。阿堂和映芬围着我。我给他们讲古，书中的仁义道德，我记在心里。阿堂接过妈妈手里的钱，掰开安义叔的手指，硬要塞给他。安义站起来，摸着他的头，瞥着天井，冷笑着叹了口气：丢了油，我有责任。油我没有拿，这也是事实。现在给人家几斤油钱，丢油的事就算咱认了，那样岂不是辱没了我安义一世清名？他走到天井下，抬头望着夜空，扬起手续道：阿玲，人家到了人世间，讲究儿孙满堂，家财万贯。我安义无妻无儿无女，钱财对我就是个负担。我安义留给人世的就是个清名，如果连这份清名都没了，我安义哪还有脸面活在这人世间？阿玲站起来，扳下阿堂举起的手，拍着他的肩，轻声说：阿堂，你得记住，你安义叔虽然眼睛不好，但他却是狮门的圣贤。安义摸索着回过身来，摆着手说：你们想帮我，安义心领了。钱我万万不会收的，你们放在我看不见的地方，让人发现了，我就说不清了。安义将他们送到门口，摸着阿堂的头说：阿堂，你长大了，别让你娘操心。阿堂眨巴着眼睛，抿嘴点头。安义摆着手，望着他们的背影续道：阿堂，有空阿叔给你讲古。

半个月后，安义被公社油坊开除了，他回到了生产队。

在油坊赖着待了几天，安义知道自己成了闲人。油脂厂的厂长碍于情面，不好催安义离开。他买了包烟，推开安义的门，知冷知热地絮叨了半晌，扭扭捏捏地吐出了公社的要求和他的苦衷。安义晃头笑了，瞄了眼窗户透过来的光，摆手应了厂长。他摸着门框，拎起墙脚的棍子，咔嗒着回到祖屋。大哥前面几个儿子，映芬最小，一大家子挤在祖屋。记忆中，安义约莫记得后院有间柴房。他随着映芬娘走进后院，看见原来柴房拆掉了，搭了两间房。映芬娘说老大一家住在里面。回到堂屋檐下，安义坐在竹凳上，沾着眼角，说了自己的情况，说他得搬回来住，让大哥家想办法，给他腾出个能容身的地方。晌午田间归来，映芬爸知道了兄弟的境况，靠在檐下，抽着竹筒水烟，想了半晌，他想起大队水库岸头的泄洪房，平时都是空着。他将老婆叫到跟前，说了自己的想法，临了又摇头说阿权难说话，也不知他能不能答应。坐在院子吃饭的映芬，听到老豆的话，偏头瞄了几眼。晚饭的时候，大哥喝了几口粥，抹着嘴角，说安义的事，阿权不同意。一家人僵住了，盯着狭窄的院落，不知道怎么安顿安义。映芬帮着收拾碗筷，听了老豆的话，看着一家人愁苦的神情，她忽然想起了国柱。天色暗了下来，映芬推开门，她知道国柱、立勤一伙，晚饭后时常跑到拱桥下面游水，她望着桥下的草丛，上了拱桥，趴在护栏上，眺望着河涌的水面。国柱扎了个猛子，嘴巴噗噗吹着气，露出了脸，他瞥了眼桥面，瞭见好像映芬一样的影子，趴在桥栏，他猛然扑腾着水面，扬手抹掉脸上的水珠，喊了几声，扑腾着向岸边游去。映芬知道国柱会过来，她下了桥，站在桥头的树下。国柱抖着头发上的水滴，快步跑到映芬身边。映芬转过身，嫣然一笑，走前几步，说了安义叔的可怜，让国柱给他老豆说几句，让他住进泄洪房。国柱挠头，他知道老豆从来都是六亲不认，他娘求他的外父家的事，他一件都不通融，他也不知道安义的事，老豆能不能答应。映芬没有想到国柱是这般表情，她来气了，摆着手说：阿柱，你难做就算了，就当我没说过这话。言罢，她噘着嘴，气呼呼地走了。国柱追了两步，想辩解几句，映芬根本不给他机会。国柱扯了条树藤，坐在桥墩上，抽着边上草丛。立勤上岸，笑嘻嘻过来，本想戏弄几句，看到国柱这般神情，他蹲在他膝盖前，拍着他的腿问咋回事。国柱瞅了下四周，说了安义的事。立勤站起来，跟着上火了，他将国柱拉到桥下，抖着手说：阿柱，我看到你家清汤寡水的，才出了这个主意，没想到事情越闹越大，要开除安义。我觉得对不住阿堂。这段时间我总躲着他，不知道怎么回应他。国柱抡起树藤，抽着裤腿，转身问：这些我都知道！你说怎么办？立勤笑了，揽住国柱的肩应道：阿柱，你老豆疼你，你回去跟他好好说，不行，就和他来硬的，他一定会答应你的。

　　回家的路上，国柱思量着自己的策略。他知道阿堂偷油送给他家，这事千万不能说。他只能说安义住泄洪房的事。果然不出立勤的预料，国柱说了安义住泄洪房的事，权叔就像闪电，呼地站起来，一顿训斥。国柱腾地站起来，扬起脚，将竹篮踢得飞起来，弹在墙上，又蹦到鸡群。鸡群抖动翅膀，咯咯狂叫，腾起一团团土尘。权叔愣住了，他没有想到国柱会这样。他挠头平息着呼吸，脖子上刺溜的青筋垂落了，走过来，拍了几下阿柱的肩。国柱甩开他的胳膊，瞪眼喊道：你让我咋在学校做人哩？权叔笑了，刚开始笑中还有些火气，到了尾声，已经变得舒坦快意了。他猛然觉得儿子长大了。听到他口口声声说咋做人，阿权更是感到阿柱懂得社会了，将来肯定有出息。阿权手搭在阿柱肩上，一紧一松地捏了几下，眨巴着眼睛说：阿柱，你看着老豆风风火火的，其实我也有自己的难处，大队的事政策性很强，随意不得。你也知道，你舅家和姑姑家的事，我从来都是公事公办，不敢有私情。安义的事，老豆破例应了你，不但让他住泄洪房，还让他看护水库，队上给他记工分。

心里的愧疚，就像河涌蔓生的荒草，裹着阿堂的心。他怕见到安义叔。安义叔住进了泄洪房。他围着那间屋子，转悠了好几天。映芬提着篮子，上了堤坝，帮着叔叔晾晒被子，将屋子清扫了一遍，她挎着篮子走了。阿堂躲在树丛中，鼓起勇气，推开泄洪房的门。安义坐在床边，湿气从南向的窗户，飘着浮尘，吹了进来。他抬起头，拎着竹筒水烟，晃了几下，笑着问：噢，是阿堂吧？阿叔也想你了，快进来！阿堂接过竹筒水烟，晃着看了几眼。安义摇头，讪笑着说：阿堂，此一时，彼一时，这都是命。公社说我贪污了公家的油，还在背后妄议国家的政策，将我划入"右派"。阿叔这是落难了，成了生产队的社员了，也只能抽这个了。

阿堂嘟着嘴，踹着地上的柴草，屋内蚊子乱飞。他伸手拍了几下问：阿叔，我家里有蚊帐，明天我给你拿过来。安义龇牙笑着，撩起裤腿，挠着腿肚子说：阿堂，阿叔熏了半辈子烟了，身体就像烟火上挂着的腊肉，蚊子见到了，都得躲着。

窗外的天色暗了下来，映芬提着竹篮，闪进屋门。她麻利地揭开纱布，端出一碗稀粥，拿出两个红薯，放在竹凳上。她低头站在门口，瞥着阿堂不停用脚搓着地面的石子。安义喝了粥，拿起红薯，扯掉皮，咬了口嚼着，他摆着手说：来！阿叔给你们讲《三国》。天下没有过不去的坎儿，日子还得一天一天地过，别愁眉苦脸了。

7. 夹缝

公社开完"挖浮财"的会，权叔踩着自行车回来，将大队的地主、富农，叫到大队部开会。他坐在办公桌后面，挥着指间飘着红烬的香烟，咳了几声，板着脸说：这三年国家不容易，社员们总算熬过来了。公社刚开了会，广大贫下中农反映，三年困难时期，狮门的地主富农家，仗着藏起来的家底、香港的汇款和水客私下送来的钱，眼看着贫下中农吃不饱饭，依旧吃得白白胖胖的。一群人低着头，就是不作声。阿权站起来，走到阿玲跟前，瞥着她踱了几步，弹着烟灰，冷笑着续道：有些人年纪轻轻的，前门不出，二门不进，还过着东家太太的生活。阿玲的脸腾地红了，她放下刺绣的针，低头扯着裤腿。阿权蹲在她边上，喷了几口烟，侧脸盯着她玉润的脸，笑着说：阿玲，当年佘家老爷娶你，我是佘家的船夫。是我用船将你接到码头，和立勤他爸将你抬进了佘家的门。佘家的情况，咱们心里都明白，我就不把话说到底了。你回去好好想想，拿不定主意，也可以去泄洪房，问问安义，他是个明白人。现在的政策是自愿交出家里的私财，就算有觉悟。佘家是狮门的大户，还有些人都盯着佘家哩，我想你得做个表率。

阿玲低着头，脚尖拨着地上的烟头，还是不作声。阿权扔掉烟头，踩了几下，蹿到她前面，他呼地站起来，走到门口，瞥了几眼院子树梢上的日头，他缓缓回过身来，撩起衫子的开襟，扯了下印着红字的背心，嘴角抽着说：啥叫敬酒？啥叫罚酒？你们掂量掂量。你们这些人，谁先有个态度，谁家就主动，不然你就等着公社的驻队干部过来。阿玲瞥着大家，怯怯地搓着手。阿权站在门口，偏着头说：佘家太太，我知道你不会下地插秧干活，在大队做刺绣，你也凭着心情，可以说三天打鱼，两天晒网。这样，现在是新社会了，你不能像旧社会那样，养尊处优，你得干活，这叫自食其力。阿玲抬头，抿嘴点了下头。阿权续道：阿玲，下地干农活，你肯定不行。最近县上轻出公司竹器的订单紧，人手紧，我们商量了，大队也不为难你，从明天起，你到大队的竹器场上班，给竹器师傅打打下手。

回到家，阿玲坐在檐下，想起当年老爷的叮嘱，她一筹莫展。阿权影子直在她眼前晃，思前想后，她没有去找安义，她约莫感到阿权的话中有话，她不愿连累安义，和娘家兄弟合计了半宿，她将老爷留给她的银圆细软、解放前成捆的大额钞票和这些年香港那边汇来的结余下来的钱，交给了大队。

竹器出口，工人们铆足劲，加班加点。场里大都是有手艺的男人，也有几位整天笑吟吟的"铁姑娘"，她们像男人一样，抢着干活，有使不完的劲。阿玲不适应，跟在后面凑合着。姑娘们没嫌弃她，有空就帮着，用刀片划着竹皮。吃不消的时候，她跟场长请假，被奚落了一番。她硬着头皮，跟着师傅，她嫩滑细白的手变得粗糙，手掌起了层茧。

阿玲到了竹器场，阿堂的吃饭没了着落。香港的汇款，依旧像花瓣，不时飘过来，阿玲经济上不用发愁。没有办法，阿玲硬着头皮，向场长提出，想在竹器场的灶上给阿堂搭一份餐食。场长抽着烟，笑着没有个态度。在师傅的点拨下，阿玲在镇上买了一条香烟，用报纸包好，趁没人注意的时候，塞给了场长。阿堂的吃饭有了着落，阿玲心里清整了好多。阿堂长成小伙子了，他不能再游手好闲了。星期天和假期，他跟着社员们，下地干活。无论在学校，还是在生产队跟着社员劳动，立勤当初以油为媒，对于阿堂的承诺没有兑现，他依旧是地主仔。阿堂很苦闷，他看不到自己未来有啥希望，好在他能时常看到映芬的影子，这成了他苍白生活和孤独灵魂中的慰藉。学校和生产队劳动的时候，国柱围着映芬，同学们和社员们开着他们的玩笑，虽然映芬满脸不屑，阿堂的心里依旧酸溜溜的，他时常告诫自己，他和国柱不同，人家能坦荡做人，他只能夹着尾巴，灰溜溜生活。百无聊赖的时候，阿堂呆然坐在油坊前的榕树下，望着清幽的河涌，想着小时候围着安义叔听故事的情景。他掐算着映芬去泄洪房的规律，总是在她没到的时候，早一点过去，和安义叔絮叨几句。夜深人静的时候，望着黑魆魆的屋顶，阿堂白天心理上捆扎的各种约束疏解了，在这孤独湿热的空间中，他可以放飞自己的欲望和心绪，他觉得有满肚子的话，要向映芬诉说。盘算着见到映芬，他一定要痛痛快快地表白一番。可等到在泄洪房遇到了映芬，他夜里心里反复倒腾的话，就像水中受到滋扰的八爪鱼，倏然缩成一团，怎么也展不开。映芬挎着竹篮走了。月光爬上了树梢，阿堂坐在水泥墩上，瞄着长满枯草的沟渠，瞅着秋夜白啦啦的月光，他不时叹气，听安义叔说着佘家的过去和狮门的故事。

香港来信，说老豆想办法，给锦堂办理赴港的手续，让他耐心等候。知道老爷的盘算，想到儿子将要投亲去港，和他老豆团聚，阿玲一下子有了生活的动力。高中毕业后，映芬到竹器场上班，她和阿堂妈亲近，时刻护着她。阿玲僵着的心，慢慢开解了，她握着映芬的手，闭着的嘴巴，有了笑容。原本沉默寡言、手脚迟缓和默然叹气的她，像变了个人，在映芬的拉扯下，她和女工们打成一片，歇息时也会同师傅们开几句玩笑。

老豆信上叮嘱，让阿堂不要张扬。他买了包烟，田间地头歇息时，给社员们派烟。原本愁眉苦脸、游离在人群外面的锦堂，变得活泛了。国柱瞅着他，心里不是个滋味。收工的时候，他扯住立勤的胳膊，附在他耳边嘀咕了几句。立勤的腮帮抖了几下，用热切的眼神盯着阿堂的背影，鸡啄食般地点着头。过了河涌的拱桥，立勤叫住阿堂，将他拉到桥边，瞪着眼睛说：阿堂，你就是个地主仔，你得规规矩矩做人，不许乱说乱动。阿堂心里有底，想到这么多年的屈辱，他咬住嘴唇，倏然挠头笑了。记忆中，怯弱、无奈而又忧伤的阿堂，突然变得决然而又抗拒，立勤心里一惊，看着落日的霞光，他眨巴着眼睛，踱了几步，揽着阿堂的肩说：阿堂，我们和国柱都是发小，一起光着屁股长大。放在旧社会，你就是少爷，我顶多也就是个仆从。现在是新社会，我知道你们家有香港的汇款，你不抽烟，为啥口袋装着烟，居心何在？我和阿柱合计了一番，觉得你就是想用这些糖衣炮弹，变着法子拉拢和腐蚀队上的社员。

阿堂低头，瞥着霞光下涂着橙色的河道和淤泥上一丛丛根蒂被水流掏空孑然摇曳的茅草，他的一腔委屈，涌上心头。他闭上眼睛，顺了几口气，掏出香烟，攥在手里，捏了几下，他盯着立勤，冷笑着举手，就要扔进河涌的瞬间，立勤一把攥住他的手腕，解开他的手掌，将香烟抠过去，拍着抚平烟盒，埋怨着说：烟没罪，你有错，别拿烟出气。立勤嘟囔着，搓着烟盒，快步走了。阿堂缓过神，瞄着光霭中立勤的背影，他即刻明白了，立勤就是找个借口，堂而皇之地夺走他口袋里的香烟。

7. 夹缝

推开院子的门，阿玲走进来，唤着阿堂的名字。阿堂迷糊了一阵，揉眼应着坐起，伸手拉开电灯，走出房门。妈妈抢着毯子，拍着身上的尘，问他吃了没有。阿堂挠着脖子，靠在堂屋的柱子上，摆手说他不饿。她进了厨房，煮上泡好的米粉，淋了个鸡蛋絮，盛在碗中，递给阿堂。她摘下头巾，抹着眼睛，絮叨着映芬的好。临睡的时候，阿堂撩起床席，抽出香港来信，对着昏黄的灯，盯着读了几遍。他郁结的情绪，疏解了好多，在对香港的憧憬中，进入了梦乡。

香港来信，说港英的移民署受理了父亲的申请，核准后会交给内地有关部门，让阿堂安排好母亲的生活，准备赴港。阿堂苦苦期盼而又慢慢冷却的心，瞬间复活了，对国柱的刁难和奚落，他不再放在心上。阿堂嘻哈的神情，让国柱和立勤挠头纳闷，不解其中的因由。阿堂心里激动，没有絮叨的对象，他顺着河涌，间或跑上几步，踹着岸边的蒿草，抬头看见了远处的泄洪房。安义叔靠在竹椅上，嗑着瓜子，眼珠滴溜着。他偏过头，感到透光的窗洞中有个影子，他攥着瓜子，停住嘴巴，挺身问：谁？没等阿堂吱声，他愣了下，晃着手，笑着说：哎——阿堂呀，快进来！

掏出香烟，阿堂递上一根，火柴点上。安义抽了口，慢慢吐出，眼睛眨巴着说：阿堂，阿叔感到你有啥好事？阿堂嘿嘿着，刚要笑出来，他捂住嘴巴，憋气掂量了瞬间，吐着气说：叔，我现在是个好劳力了！队上的活忙，最近没时间看您，就想跟你絮叨几句。安义龇牙笑了，摇着头说：阿叔眼不好，但我能感觉到你的心事。不愿说就算了，叔不难为你。不说你这姓了，就你锦堂这个名，我估摸着，你将来就会有一番出息的。

映芬挎着篮子，推门进来。她让阿堂扶着安义叔，到屋外坐，她要收拾屋子。盯着她轻快的身子，阿堂将安义叔扶到屋外，转身进屋，拿起扫把，嬉笑着跟在她后面。映芬推着他的背，轻轻地捶了几下，笑着将他推出门。阿堂背上滚溜着酥麻，他往后挺着背，试图抓住悄然顿消的异样，却怎么也留不住。他趴在门框。向西的窗洞，一抹昏黄的光，掠飘着一起一落的尘。映芬娇美的身子，在明暗中晃动着。他眨巴着眼睛。映芬抢起辫子，甩在身后，回头瞄着阿堂的失神的眼神，她愕然一愣，随即哧哧笑了，她扯起席子，对着他抖了几下。

健硕的水牛，嘴巴反刍着，耷拉着清淋淋的口水，卧在河涌的淤泥中。阿堂跟着映芬漫步过来。牛停了咀嚼，耳朵竖起抖了几下，嘟噜着沾满泥巴松垂的颈，眨巴着空洞的眼，摆头哞哞了几声。挎了根树枝，阿堂站在岸上，和映芬撩着牛脸，盯着牛婴儿般懵懂的表情，他们高兴得手舞足蹈。树荫掩映的小径上，传来自行车的哐当声。树荫间，两坨军装黄闪了几下。阿堂定眼一瞧，国柱带着立勤，骑车窜了过来。

扯了下映芬的衣袖，阿堂转过身来。国柱叼着烟，屁股搭在坐垫上，一只脚踩着踏板，一只脚踮着地上。立勤跨步坐在后座上，双腿撑在地上。国柱眯着眼睛，偏头瞥着水牛，努着嘴巴，晃头对立勤说：牛多可怜，就像旧社会地主家的长工，白天干活，回来还要受地主家的欺负。这集体的牛，咱这主人不在，地主仔就拿它出气，你说咱当主人的，能不管吗？他抖着车头，晃了几下。立勤下来，围着他们转了个圈，抖着嘴上的烟，对着映芬坏笑着说：阿芬，现在是新社会，谁要是欺负你——他转过头，指着国柱，自豪地吸了口气，瞪着阿堂续道——国柱哥给你做主。

映芬攥着辫子，噘着嘴，猛地仰起头，将辫子甩到身后，瞥了眼阿堂，摆手瞪着眼，摇着边上的树说：去！不要你操心。

想到要去香港，承接着映芬的眼神，阿堂有了底气。他指着自行车，笑着说：国柱，你掉链子了！国柱吥掉烟蒂，低头一看，链条耷拉在地上。他下车，给立勤个眼色。立勤捡起树枝，蹲在地上，搭上链条。国柱掏出烟，弹出一根，抖着叼在嘴上，点着吸了口，对着阿堂吹了口。阿堂咬着牙，屏住呼吸，他想动手，又怕吃亏。想到自己就要赴港，他盯着国柱，咽了几口唾沫。国柱一愣，他从来没有见过阿堂有这般神情。走到映芬跟前，他讨好地笑着，殷勤地说：阿芬，两条路，这是贫下中农的车，这是地主富农的手，你是坐贫下中农的车，还是牵地主富农的手，这看似简单，里面却包含着阶级斗争，你得想好了！

立勤转着踏板，一阵嘤嘤声响起。国柱跨上自行车，指着后座，对映芬说：上来吧！阿芬。立勤，你留下来，好好帮下阿堂。立勤上前，捏着阿堂的胳膊。阿堂猛地跳起来，抡着胳膊挣脱，虎着脸嚷道：管住自己就行了！国柱的脸抽搐了下，他闭着眼睛，头轻轻晃着，依旧笑着让映芬上车。映芬愠怒，摆着手，快步上了田埂。国柱哐地扔掉自行车，风火般走过来，攥起阿堂的衣领，朝上扯了几下，咬着牙说：阿堂，做事得醒目些，不然，你到时撞得头破血流，还不知道是咋回事！他啪地松开手，跨上自行车，摆手喊了声走。立勤抓住后座，跑着推了几步，跃上后座，骂骂咧咧地扬长而去。

又过了三个月，赴港的事还是没有动静。阿堂的耐心在消落，情绪低落时变得暴躁。田间地头，国柱挂着农具，晃着一条腿，偏头瞥着他，指桑骂槐地找碴儿。立勤站在边上，盯着阿堂，挤眉弄眼。忍无可忍的时候，阿堂也会红着脸，挽起袖子，拎着农具，呼地站起来，争执几句。社员们站起来，挡在中间，推扯着将他们分开。国柱眨巴着眼，他纳闷原本绵羊般温顺的地主仔，竟敢和自己对着干。

上中学的时候，锦康是阿堂的班主任。阿堂不能入团，是同学们冷对的另类。他不时将家里好吃的东西，偷偷塞给国柱，没有过几天，国柱似乎忘了，他又成了被嘲弄的对象。阿堂成绩好，常受老师的表扬。锦康老师知道好多同学跟着国柱，号闹着欺负阿堂，他尽可能护着，没人的时候，拍着他的肩，间或鼓励几句。那个年岁，想到要去上学，阿堂就会条件反射地想到国柱，他头晕心怯，锦康老师慢慢成了他上学的心理支撑。

狮门的喇叭播报着红卫兵串联的消息。田里回来，阿堂来到公社门口。穿着黄军装上衣的人，胳膊系着红卫兵字样的袖筒，结伙进进出出。锦康老师调到公社，主管文教。阿堂掂量好几天，他想找锦康老师，探问赴港的事。几个人提着桶，扫把淋着糨糊，给公社的照壁上贴大字报。一大段文字，说锦康是资产阶级的"白专"典型，要揪斗他。阿堂倒吸了口气，退到公社的厨房边，蹲在石阶上，寻着锦康老师的身影。国柱骑着自行车，佩着红袖筒，戴着军帽，后面跟跑着一伙人，喊着口号，冲了进来。阿堂缩着身子，弯腰溜到厨房背后的烟筒旁坐下，头埋在大腿间，捡起树枝，撩着地上的蚂蚁，他不时偏头从夹道瞄上一眼院子，听着院子的呐喊声，盯着地面上的蚂蚁窝，琢磨着哪个是蚂蚁的头领。

国柱和立勤带着人，串联去了。阿堂消停了好多。生产队收工回来，他草草填饱肚子，揣上几件衣服，踩着田埂，来到泄洪房，和安义叔絮叨了半晌。夏夜的黄昏，湿热空气罩着山丘河岳，阿堂劳动了一天，浑身黏糊糊的。他抖着衣服，站起来，走出屋门，转头说：阿叔，你早点歇息，我到水库里游一会儿泳。他沿着堤坝走了几步，安义叔靠在门框，摆手应道：阿堂，这几个月，好些青年趁着夜色，悄悄下水游泳。你说怪不怪，游着游着，好些人就不见了踪影。阿堂驻步，琢磨着愣了下，回头笑了。

穿过一片林子，阿堂脱掉衣服，拍着滋扰的蚊子，探身下到水库的草丛中，摸索熟悉着水性。他屈身沉入水下，吸了一口水，脸缓缓露出水面，即刻引来一团蚊蛾。蛾子盘旋助阵，蚊子对着他的面颊发起冲锋的瞬间，他憋足了气，噗地吹出扇状的水雾,将蚊蛾驱散开来。太阳落山了,水面灰煦煦的,暗藏着杀气。他换着姿势,测试着体力。潜泳的时候,阿堂回想着安义叔的话,他的头刚露出水面,脚踮在淤泥上,草丛中的几个头,划着水,嘿嘘着过来。他不想让人看到自己练习游泳,便抹着脸上的水珠,深吸了口气,潜入水中,屈身静卧。不一会儿,阿堂感到水中的草株簌簌颤动,他吱溜滑出水面,噗地吐了口气,见几张水淋淋的脸,对着自己嘿嘿笑。

嘿嘿着应了下,阿堂上了岸,见堆在荒草上的衣服湿了,他拎起来,抖了几下,裹着胯,他弯腰穿过树林。映芬站在泄洪房门前,踮脚伸脖,朝这边张望。他赶紧躲到树下,手捂着胯,蹲在地上。映芬走进屋。他站起来,刚走了两步,她又走出来,依旧朝这边张望着。他蹲下来,几只蚊子叮着他。他伸出手,在大腿上狠狠一拍,摸着几个红斑。映芬听到动静,往前走了几步。阿堂后退着,生怕她跑过来。屋子传来安义叔的声音。映芬回到屋,挽着篮子,一步三回头地离开了。

和来水库游泳的人熟了,阿堂知道真像谣传的那样,好些人苦练游泳,都是为偷渡香港做准备。他明白了涨潮和退潮的时间,知道了要在退潮前下水,顺着退潮的海浪,游漂到香港那边。他们比试着耐力,将道听途说的信息,合计在一起,商量着逃港的线路。阿堂买了两包烟,放在床头,正要离去。安义拉着他的手,摩挲着说:阿堂,凡事得准备充分,将困难想多一些,这叫未雨绸缪。人一辈子,有些事做错了,可以总结经验,重新来过;有些事只有一次机会,弄不好,就会有闪失。捏着他干瘦粗糙的手,阿堂本想说道几句,又怕连累安义叔,他鼻子一酸,抖着他的手,点了下头。

刚跨出门,安义叔站起来,摸索着走到门口,拍着阿堂的肩说:阿堂,老爷今年该有七十三岁了。阿堂一愣,明白了他的意思。他转过身,将他扶到床边,说过几天再来,便脱开手,扭头抹着眼睛,快步跑开了。

8. 闲言

　　晌午时分，竹器场忙活着赶交订单。场长摇着蒲扇，趿着拖鞋，转悠着给工友们加油。阿权做了大队的书记，几个生产队的人不再叫他阿权，改叫权叔，以示尊敬。他穿着白色的衬衫，骑着自行车，带着大队会计，进了竹器场的门。权叔骑着车子，在堆满竹子和成品的院子里转悠了一圈，瞥见阿玲蹲在地上，正在整理剥下来的竹片。他骑车到了台阶前，坐在坐垫上，单脚踩在台阶上，瞥着她弯腰忙活的背影，摸出一根香烟，拈在嘴上，燃起猛吸了几口，透过缭绕的青烟，眯眼打量着。他感到阿玲身上的贵气没了，原本纤媚娇美的身姿穿上了工装，显得壮实了好多。场长碎步快走着过来，递上一缸茶水，见他盯着阿玲，摆手笑道：权叔，阿玲现在不错，可以说和贫下中农打成了一片，一心一意给国家赚外汇。权叔回过身来，吐掉了烟蒂，下了车子，随着场长进了办公室。场长挪了把藤椅，看着权叔坐下，贴着他的腮，轻声说：劳动改造这句话，我原来不信。通过阿玲的事，我信了，劳动真能改造一个人。权叔靠在椅背上，瞥了他一眼，沉思了半晌应道：阿玲变了，你这个场长功不可没。既然她已经融入了工农的群体，我们就得关心人家，再拉她一把，不能再用老眼光看人家了。场长赔笑点头，掏出一根香烟递给权叔，帮着他点上。权叔喷了口烟，直起脊梁，敲着桌面说：阿玲最大问题，就是还在为佘家老爷守节，心里盼着他早日回来。本质上就是期待变天，这是十分反动的，也是敌我之间的斗争。场长退了两步，挠着脖子，一脸纳闷。权叔抬手，搓了搓鼻梁，又说：要断掉阿玲的念想，就要让她嫁给贫下中农。场长愣住了，半晌回不过神来。权叔笑了，摆着手续道：当然了，新社会讲究婚姻自由，愿不愿意，还得人家阿玲说了算，咱们不能强着来。场长上下打量着权叔，突然笑了，捂住嘴巴还在笑。权叔跟着笑了，他缓缓站起来，揽住场长的肩膀，轻声说：我不是开玩笑，你得当成一件事。场长偏头应道：权叔，我明白了。要怎么做，你尽管吱声。

  院子的忙活停息了。厨师站在台阶上，喊了声开饭了。场长请权叔去镇上食堂吃饭。权叔白了他一眼，晃着手说：让人给我打饭，就在你们饭堂吃，顺便聊聊你们的生产。权叔吃饭，就像他雷厉风行的性格，端起饭盆，三下五除二就刨了个底朝天。他喝了几口汤，咂巴着嘴，一连打了几个饱嗝。靠在藤椅上，他摆手让场长将阿玲叫进来。阿玲端着饭盘，走进来，坐在门口的矮凳上，瞥了眼暗光中靠着椅背晃着身子出神地打量着她的权叔。她感到浑身不自在，赶紧低头吃了口饭。拿起桌上的牙签，权叔撩着牙缝，缓缓地说：阿玲，场长对你的表现评价很高，大队很满意。不过有件事，我得提醒你一下，你和佘家老爷的婚姻不符合新社会一夫一妻的政策。你们的婚姻不解除，就说明你心里还盼着佘家老爷回来。佘家老爷回来，那是要变天的大事，你心里可得有个掂量。阿玲将饭盘放在地上，低头搓着脸。权叔叹了口气，轻声又说：阿玲，我知道，让你和佘家老爷离婚，也是不现实的事。为了证明你和佘家老爷划清了界限，对他已经死心了，也为了你以后的自由和幸福，你得找个人家，组成新的家庭。场长站起来，走到阿玲跟前，眼白着她，朝权叔晃头，他忽然想起国柱妈，即刻垂下头，摆手劝道：阿玲，人生一世，别那么较真！我觉得权叔关心你，也是真心为你着想哩。阿玲啜着气，轻轻地摇头。权叔直起腰，搓着下巴说：阿玲，我知道你心里委屈，你没有必要替地主老财背黑锅。从他们的阵营中出来，完全融进工农大众的行列，你会感到天蓝水清。场长瞄了眼权叔，摸着头感到自己把权叔想偏了，便随着他的话语，本着转弯的道歉，劝了阿玲几句。阿玲难以自控，抽泣了起来。权叔站起来，走到门口，朝院子瞄了几眼，回过身来，温情体恤地说：阿玲，你回去好好想想。新社会讲究婚姻自由，谁也不能强迫你。阿玲抬起头，瞥了他一眼，点了下头，拿起饭盘，就要离开。权叔又说：阿玲，我知道你有文化。你在狮门有文化又单身的男人里寻思一下，对谁有意思，给我说一声，我帮你们牵牵线。阿玲嘟着嘴，头晃得像拨浪鼓。权叔让开门口，扬起手续道：安义咋样？有文化，还没结过婚，又对你知冷知热的。阿玲呼地挺起身子，苦着脸趔开身侧跑了。权叔笑了，瞧着她哆嗦的背影，晃着手续道：我得闲，去问问安义！

到了午后，权叔回到大队部，躺在藤椅上迷糊了半晌，他眼前不断闪着阿玲曾经的和现在的影子，特别是她说话时的各种表情，想到往事，他心里有少许的快意。他睡不着，随手拿起桌上的报纸，随意翻了几下，搭在脸上闭上了眼睛。还是没有睡意，想到人死了，脸上要盖上一张纸，权叔吱啦扯掉报纸，挺直身子，喝了几口冷茶，他举起手，伸展着身子，走到院子里，踩上自行车，向水库的泄洪房走去。

泄洪房的檐下，挂着几个焉巴的丝瓜。安义躺在竹椅上，半闭着眼睛，手里耷拉着一本线装的书。坝面下传来自行车上坡的哐当声，他愣了一下，偏头瞄了一眼，青灰色视野中，一个影子闪了过来。将自行车靠在树干上，权叔没有理会安义，进了泄洪房看了几眼。安义挺了身子，偏头问：阿权，你现在是大队书记了，怎么想起到这里来了？权叔弯腰走出屋门，拎起矮凳，坐在安义对面，燃起一根香烟，抽了几口，偏头瞭望着葫芦形的水面，笑着说：阿义，过去的事咱们就不说了。看到你现在这个样子，我真是可怜你，难道你就这样要打一辈子光棍？安义咂巴着嘴，摇头笑了。权叔朝前挪动着凳子，关切地说：阿义，你也知道狮门咱们这一块，我也算个当家的。按照祖上传下来的规矩，当家的都有要给户族的光棍说个老婆的义务。当然了，现在是新社会，不讲究这些了。不过人都是要过去的，将来我到了那边，祠堂的祖宗们问起你的事，我不知道该怎么交代。思来想去，我想给你说个媳妇。安义眼睛咕溜了几下，拱手谢绝了。吹了一口烟，权叔趔着身子说：安义，我知道你心气高。没文化的，你看不上。那些没文化的女人，找个男人，就图个身体好，能干活养家，说实话，人家也看不上你。像你这种情况，我寻思了好长时间，觉得阿玲挺合适你的。安义闻言，就像被野蜂蜇了，他呼地挺起身子，甩手喘着粗气结巴着说：阿权，千万不要胡说。说这样的话，那是会折寿的。权叔爽朗地笑了，他撩起衫子的开襟，抖了几下说：安义，你生活在新社会，思想还在旧社会，满脑子的忠孝仁义。你娶了阿玲，那才是和万恶的旧社会决裂。况且阿玲一个女人家，也怪可怜的，你们过活在一起，知冷知热的，多好呀！安义呼地站起来，拎起椅子，甩向水库下面，踉跄着快步走到坝边，扬起手瞪着阿权，厉声喊道：阿权，我不许你再说这件事，多说一句话，我就从这里跳水。权叔扔掉烟头，站起来招着手，笑着应道：不说了！咱们不说了！婚姻的事讲究你情我愿，你不同意就算了，何必这么冲动哩！

过了两天，竹器场的场长到大队办事。权叔从窗户看到了，他从窗户探出头，将他叫到屋子，随手带上门，给他倒了缸水，转身递给他，摇头笑着说：哎——前天我给安义说了想让他和阿玲过活的事，你猜怎么着？场长放下水缸，聚目盯着他。权叔摆着手说：听到要和阿玲过活，安义就要跳水。场长吸了口气，挠着脖子，有些迷瞪。权叔走过来，拍着他的肩说：安义呀！别看他是个半瞎子，骨子里还是有正气的。他这种宁愿去死，也不愿意和地主家搅和在一起的气节，就值得好些人学习。

回到竹器场，场长站在台阶上，望着阿玲病殃殃的影子，他心里有料，憋在胸口难受。他靠在椅子上，闭眼想了半晌，权叔告诉他这件事的时候，是那么坦然，也没有叮嘱他不要给别人说，临出门的时候，还在他的肩上捏了几下，他琢磨着权叔的意思。竹器场下班，场长和办公室的几个同事坐在院子，摇着蒲扇纳凉。他让厨房炒了几道菜，开了一瓶酒，一伙人边吃边聊。说到阿玲的事，几个同事望着院墙外的月亮，都说安义有权叔牵线，如果和阿玲的事成了，算是祖上积了八辈子的德。场长摆着手，咪咪笑了。几个人伸长脖子，齐刷刷地瞪着他。场长摇着头说：安义可不像你们说的那样。大家纳闷了。场长低下头，对着围拢过来的脑袋，瞥了眼院门，低声应道：告诉你们，安义听说要和阿玲过活，气得要跳水库，人家死都不愿意。几个脑袋散开了，互相瞪着，疑惑和不解的眼神叠加，几个人都为安义感到惋惜。

贪了几杯酒，场长摇晃着回到家里。老婆将他扶进屋子，白了他几眼，埋怨絮叨着。他趁着醉意，将安义的事说了。场长老婆来了兴致，嘟着的脸展开了，递给他一杯水，坐在他边上，扯着他的胳膊，眼睛滴溜，问了个底朝天。场长呜啦应对着，填充着老婆费解的空白。第二天下地，场长老婆一边干活，一边想着安义和阿玲的事，她用想象和猜忌，不断加工，觉得绘声绘色了，向队上的妇女半遮半掩嘀咕了几句。女人们的兴趣上来了，她瞄了四周，嘟着脸摆了下手说：行了！我这个人最忌讳在背后捣人舌头。你们也别追问了。散工回去的路上，几个妇女还在兜着圈子探问。场长老婆驻步，附在她们耳根，神秘地说：我等下去河涌边洗衣服，有心情的就过来吧！

一伙妇女端着盆子，蹲在河涌边青石板上洗衣，边上的草丛中，是一群光着屁股玩水的孩子。场长老婆站起来，摆手呵斥着赶走了那群孩子，将自己着色加工的安义与阿玲的事，用抑扬顿挫的声调，伴着不断变换的手势和表情，过瘾地演绎了一番，说得那群妇女目瞪口呆。安义和阿玲的事传开了，成了狮门人单调生活的调味剂。从旧社会过来的人，凭着自己健忘的回忆，不断加工和演义，这些说道传到权叔的耳朵，他听了直摇头。从竹器场回家的时候，阿玲感到街上的人见到她怪呼呼的，好些人聚在一起，对着她指手画脚。映芬不相信这些说道。午休的时候，她将玲姨叫到外面，吞吞吐吐问了些事情，阿玲这才知道外面关于她与安义的传闻。阿玲气得坐立不安，她让映芬帮她请假，径直回到家，推开房门，扑在床上大哭了一场。阿玲抽泣着昏睡了过去，睁开眼的时候，天色暗了下来，想到阿堂就要回来，她瘫软着坐起来，捋着凌乱的头发，茫然一笑，趿上拖鞋，拎起围裙，推开了厨房的门。

回到家，阿堂坐在屋檐下，他没有留意妈妈的神情，草草地刨了碗饭，便撂下碗，钻进他的屋子，拉亮电灯，轻轻地关上门。他取下挂在墙上的日历，分析着退潮的规律，筛选着出发的时间。在选定的日子上，画了个圈。抽了根烟，阿堂搓着脸，想了一会儿，他揭开柜子，拿出地理书，对着模糊的线条，按照水库中几个人的说道，拿着笔，点划着地图，筹思着逃港的路线。

好些人串联去了，生产队的点工成了摆设。阿堂爬起身，从床席下摸出几块钱，揣在裤兜里，来到码头边上的早餐档，他要了碗茅根粥，点了盘肠粉，正在埋头吃喝。权叔骑着自行车，从石块街颠簸着过来。撑好自行车，他喊着肠粉，撩起裤脚，坐在竹凳上，摸出一根烟，叼在嘴上，趔头瞥着靠在码头的船帆。阿堂使劲吞咽着，盯着权叔移动的脚板，就要撒腿离开的瞬间，权叔抖着烟灰，睨瞥着阿堂问：没有下田？阿堂顺势捂着肚子，虚弱着表情，媚笑着说：叔，肚子疼，到卫生院开点药。权叔疑惑地操起筷子，摆了几下。阿堂弯着腰，想跑却又慢吞吞晃着身子，蜷曲着离开了。

来到卫生院，让医生开了包酵母片，阿堂揣在裤兜。闪进新华书店，指着墙上的挂图，他让售货员拿来张省地图，付了钱，折叠后塞进腰带下，撩衣盖住。到了供销社门市，他买了个竹篮，要了个网兜，拿起皮球，拍了几下，付完钱，放入竹篮。看着街道稀落的行人，他溜出门，顺着墙檐，一快一慢地回到家。天黑了，阿堂没有惊扰安义叔。他独自来到水库边，脖子系着网兜的皮球，游到水库中，力气不济的时候，抱着皮球，漂在水面上。

夏日黄昏的狮门，池塘和水沟中的蛙鸣，此起彼伏。蟋蟀伏在草丛中，啾啾鸣叫。阿堂压低草帽，从巷子走到村后，他踩着荒草，弯腰向水库走去。蕉林传来说话声。他即刻驻步，抓开芭蕉叶，看见三个坐在田埂上的背影，窃窃私语。他刚要绕道过去，听见说到了妈妈，他愣了一下，侧耳细听，他僵住了，想走开却怎么也迈不开腿。他蹲在芭蕉叶下。一个戴着草帽的背影叹了口气，偏头低声说：听说那锦堂不是佘家老爷的，有人说他是安义的……锦堂瞬间崩溃了，他咬着牙，挺身扯下一片蕉叶，呼地冲过去，抢起来嘶吼着向三个背影拍去。背影一惊，缩着身子溃逃了。阿堂蹲在地上，使劲扯着头发，头不停地磕着膝盖。折腾了半晌，阿堂抹着眼泪，瞪着眼，气呼呼奔向泄洪房。走到安义跟前，他僵住了，嘴角颤抖着翻眼瞪着他，好像不认识。安义倏然明白了咋回事。他颤巍巍站起来，举起手，正要解释，阿堂走过来，抓起靠着藤椅的水烟筒，抡起来，在地上磕了几下，指着安义喊道：安义，你为什么骗我？说着他抡起胳膊，将水烟筒扔进水库中。安义气得上气不接下气，嘴巴噗喋着，就是没有言语。阿堂回身，踹了脚竹篮，喊道：安义，从今往后，咱们谁也不认识谁！

　　阿堂隐没在水库的林木中。安义后退了几步，呲踏坐在快要散架的藤椅上，他感到胸口发闷，有些眩晕，捶着胸口，好半晌才缓过气来。他猛然想起了阿堂，他会不会想不开，有什么三长两短？他抓起靠在屋檐的棍子，嗒嗒探着路，身子哆嗦着向林子走去。映芬提着篮子上了坝面，瞭见安义这般样子，听见他喊着阿堂，她约莫知道是咋回事。她放下篮子，快步走过去，搀住安义叔，随着他缩着身子，对着茂密的树林，呼喊着阿堂。走到水库的草丛间，阿堂边走边脱衣服，将衣服甩在荒草滩，他一头扎进水里，攥住水草，闭着气晃着头，想了结自己。随着呼吸的困难，成长的画面就像电影的胶片，簌簌在脑海里闪过，想到自己的屈辱，他又觉得不甘心，想到妈妈这些年的苦衷，如果自己走了，她孤苦伶仃在这冰冷的狮门，该如何生活？也许她会疯掉，就像鲁迅书中的祥林嫂。他有些迷糊，噗噗喝了两口水，他扑棱挺起身子，头跃出水面，大口喘着气。听见安义叫他，阿堂痛点散开，他嘴角抽搐着，又扎进水中，向前游了几下。这些年，安义叔给他关怀和教诲，在阿堂心中，父亲的位置是个空白，安义就像他滚溜的眼睛，时常游荡在阿堂心中，给了他父亲般的疼爱。偷油的事，成了他心中难以愈合的对于安义愧疚的痛。这种在生活磨砺中集聚的深沉的情感，在听到蕉林背影那几句闲言碎语的时候，成了反向透心彻骨的恨。父亲是佘家老爷，这让阿堂出生时就背负着屈辱，也给了他无尽磨难。按说当这个根蒂般的标签更换的时候，他应该高兴，却引发了他轻生的冲动。也许他在忍受着父亲带给他的屈辱的同时，他的内心深处却在享受着祖上富贵的荣耀。国柱他们在奚落和折磨他的时候，正是祖上自卑的惯性发泄，内心却隐藏着浓烈的嫉妒。喝了几口水，阿堂感到肚子胀起来，他张开嘴巴，水柱代替了空气，直往他胸前里呛，他隐约听到了映芬的喊叫声，倏然闭上嘴巴，一个摆子，喷着水柱，跃出水面，瞄见夜色中映芬抖动的身影，听着她带着哭腔的呼唤，他喘着粗气，抹了把脸上的水珠，难以自控地摆了下手。

在水草中躺了一会儿，阿堂躲进草丛，拎起散落的衣衫，他顺着树林，从坝面另一侧下去。站在坝面上的安义，晃着棍子，擂着地面，用沙哑的声音朝着阿堂蠕动的影子喊道：阿堂，阿叔是那种人吗？你可千万不能冤枉了你这个瞎子叔呀！映芬宽慰着将他扶进屋，拎起竹篮，轻快地走下斜坡，跟在阿堂身后，间或说道几句。阿堂拎起树藤，抽打路边的荒草，就是不吱声。他暗下决心，要尽快逃离这个是非之地，到香港去，即使他不是佘家血脉，也要闯出一番天地，不枉在人世间走了一遭。

快到村口的时候，阿堂驻步，挥手让映芬在前面走。瞄着月光下映芬轻快的身影，想到自己就要逃港，阿堂后悔自己没有和映芬说上几句知心的话。他悄悄地进了村口，瞥着狮门有点羞涩晃动的夜光，他机敏地打量着四周，弯腰推开了家门，遁入屋子。妈妈在屋子咳了几声。阿堂隔着窗户，本想招呼一声，他掂量了一会儿，手在窗户上滑了下，进了自己的房间。他蹭掉拖鞋，侧靠在床头，叼着烟，眯眼打量着买来的地图。他拿出剪刀，将那块区域的图剪下，灯下抖着，晃了几下，夹入本子中。

9. 逃港

　　国柱和立勤串联归来，带着一伙人，打开公社的喇叭，通知社员们到狮门的戏楼开会。社员们就像看戏，结伙嬉笑着，涌向戏楼。阿堂躲在屋中，盯着日历上的标注，踱了几步，挠着脖子，提醒自己越是最后的时候，越要挺住，不能露出蛛丝马迹。想到"暗度陈仓"的成语，他撩起椅背上的衫子，揣上香烟，推开院门，随着街上的人流，寻着映芬的身影，来到戏楼前。

　　戏台两边的树杈上，捆架着高音喇叭，播着雄壮的乐曲，台上站了排穿着军装上衣，扎着武装带，挎着半自动步枪，戴着红袖筒的小伙。边上和广场四周，红旗招展。各个大队的干部，指挥着让每个队的人坐成堆。国柱像变了个人，他挽起衣袖，不时扯着武装带，在台上走来走去。权叔坐在前排，手指夹着烟，眯眼盯着英武的儿子，嘴角向上抖着，露出自负和得意的笑。映芬坐在社办企业的女工间，低着头，盯着飞快跳动的竹签，线头在竹签的牵引下，上下探头，变成一只袜子。

　　立勤跑上台，对着国柱耳语几句。国柱走到喽头前，拧着关掉音乐，喊着让大队清点人数。瞥见映芬低头针织，他吹了几下，让大家集中精神开会。县上的造反派头头，讲了一番。国柱掏出红色封皮的语录，振臂喊了几句口号，他翻着本子，宣讲大好形势和串联的经历。阿堂抽着烟，眯着眼望着台上，国柱变得模糊，成了动画的图景。他垂下头，捡起根树枝，踹平脚下的沙土，循着记忆，嘴巴叨咕着，画着地图，斟酌着自己的盘算。会议结束的时候，刚刚做完检讨的公社书记,扯起唛头,说县上通知,天文大潮就要来了,排水要跟上,不要出现海水倒灌的事。

像拧紧发条的闹钟,阿堂瞬间紧张起来,他的心怦怦跳着,听着窗外的风声,瞥着乌云翻滚的夜空,日历上勾画的圈,像一根绳索,从纸上弹出来,荡在空中。阿堂掂量着,要不要告诉映芬。一连抽了几根烟,阿堂和衣躺在床上,迷糊着睡着了。到了后半夜,一串惊雷和炫目的闪电,将他震醒。他起身靠在床头,点上一根烟,默然抽了半晌,他操起本子,给映芬写信。他告诉映芬,留在狮门,纵使自己有千般情,现实都不会成全自己。与其苦恋,祈求老天开恩,不如放手一搏。此去若有闪失,他让她忘了自己,替自己安慰母亲。他恳求映芬,给他五年的时间,如果他不能回来,也没有将她接到香港,也请她忘了他,寻找自己的幸福。信写好了,阿堂感到潦草,他下床坐在柜前,重新抄了遍,抽出一个信封,装好信,用糨糊封好,压在床席下。

怕连累母亲,阿堂反复掂量,没告诉妈妈,自己即将离去。临行前的那天,他捏着皮球,觉得圆滚滚地涨着,容易被人怀疑。用竹签扎进气孔,他放掉气,揣着瘪瘪的皮囊,来到供销社。售货员从柜台下拿出气针,扎进去,鼓着腮帮,将皮球吹了起来。阿堂暗喜,他买了根气针,揣在裤兜,回到家。做好晚饭,摆上桌,阿玲撩着围裙,招呼阿堂过来吃。明天就要走了,阿堂心里难受,想到这些年遭受的白眼和屈辱,以及这些天狮门有关妈妈和安义的传闻,他鼻子泛酸,眼睛有点湿润。他揣着信,失魂地坐在餐桌前,低头无言,狼吞虎咽地吃着。阿玲瞄着他,有些纳闷,不停地给他夹菜。阿堂仰起头,咀嚼着,他举起筷子,直夸妈妈的饭菜好吃。

屋梁上垂着昏黄的灯泡。从厨房出来,阿玲解下围裙。坐在低矮的竹凳上,阿堂手夹着香烟,低头贪恋地抽着,他偏头眯眼,脚踹着青砖。阿玲蹲靠在门扇上,抹着眼睛,眺望着清朗的夜空,轻叹了口气。有好多话想说,有好些事想问,阿堂却又不知从何说起,从何处发问。他扔掉烟头,搓着脸,瞅着地面说:听人私下说,附近的好多人,偷渡去了香港,没半年就往家里汇钱。我看狮门的好些年轻人,都有这个心思。阿玲没有应声。他看着妈妈,想试探一下她,便笑着偏头说:妈,老豆在那边,也想办法让我过去,假如有一天,我真的去了香港,他不会不理我吧?阿玲嘴角抽搐着,凄然一笑,摇着头说:你老豆离开狮门的时候,你刚学会走路。他把你抱在怀里,眼泪吧嗒的,就是舍不得你。

靠在屋檐下，阿堂呆呆地瞭望着月下屋脊上晃动的蒿草。阿玲晃着身，摆手轻声说：阿堂，早点睡吧！明早还要下地哩。阿堂转过身，抓着妈妈的手，举在眼前搓摸说：妈妈，我长大了，也会做饭了。你不用操心，累了就请假吧。阿玲抽出手，眨巴着眼睛，感到有些异样。他想起了映芬，便笑着说：妈，戏楼前开会，我碰到了一位高中同学，他缠着让我帮他个忙，给阿芬带封信，我推托不掉。你明天上班，见到阿芬，将这封信交给她。阿玲蒙了，呆愣瞥着阿堂，犹豫着接过信，捏了几下，揣在怀里。

公鸡打鸣的时候，阿堂呼地坐起身，怀着对人生新的憧憬，他撩起蚊帐，摸黑背起行囊，将准备好的杂物，埋在被单中，搭成睡觉的形状。他弯腰顺着墙脚，拉开大门的闩，滑开一道缝，闪出门转身带上。走到巷子口，他转身回望着自家的屋脊，一股悲凉和凄然，瞬间涌上他的心头。他顺墙缓缓蹲下来，哽咽着哧哧了几下，抹着眼泪，倏然站起身，钻进茂密的竹林，踏上他在地图上反复标注和测算的逃港之路。

做好了早饭，阿玲站在屋檐下，喊着阿堂吃饭。见没有答应，她吃完饭，招呼着说早饭在桌上，便操起手套，匆匆出门了。午饭的时候，阿玲想起阿堂交代的事，她端着饭盆，寻着映芬。场长挥着筷子，说她家里有事，今天请假了。下午散工，她来到映芬家，邻家阿嫂说安义住院了，她在卫生院照顾他哩。

走到河涌的拱桥桥头，阿玲想到她和安义的传闻，她犹豫着要不要去卫生院找映芬。她坐在桥墩上，瞄见场长老婆正在和一群妇女洗衣服，她觉得如果就此和安义疏远了，恰好应验了她难于启齿和证明的传闻，她应该像原来那样，堂堂正正去看望安义。她相信安义的人品，她明白他对于佘家的感激是发自内心的，他在坚守着内心的礼道和仁义。阿玲站起来，走到拱桥上，站在桥边，盯着那群妇女打量着。场长老婆收住了说笑，将洗好的衣服放进竹篮，拎起篮子，闪着身子快步离开了。阿玲笑了，她抒起发髻，别好发卡，瞪着那群息声的妇女，来到供销社的副食门市部，买了包点心，来到狮门卫生院。安义靠在床上，拎着竹筒水烟。映芬拧干毛巾，给他擦脸。阿玲进门，放下点心，盯着安义扑闪的眼，问他怎么了。安义直起腰，抹着嘴巴，笑着说：番薯吃多了。肠胃不舒服。阿玲坐在竹椅上，牵着映芬的手，絮叨着解开了点心，递给安义一块。安义捏着点心，另只手接在下面，咬了口，抿嘴嚼着，点头说好几年没吃过这样的点心了。门外响起自行车的嗒嗒声。国柱的哥哥国梁将他妈扶下车。医生从屋子里快步出来，搀着权叔老婆，热情地问哪儿不舒服。国柱妈驻步，探头瞄了眼阿玲和安义，噘着嘴进了诊室。阿玲站起来，低头将映芬叫出来，附在她耳朵，嘀咕了一番。映芬越听越糊涂，她驻步愕然，看着玲姨从衣兜掏出那封信，笑着放在她手里。

出来卫生院的大门，阿玲买瓶生抽，匆匆回到家。她收起晾晒的衣服，坐在檐下的矮凳上，轻快地折着衣服。映芬推门闪了进门，快步走到她跟前，搓着辫子，望着阿堂住的厢房，哽咽着直摇头。阿玲扔掉衣服，呼地站起来，拉着她的手，端详着问：阿芬，出啥事了？快给玲姨说说。扑闪着长长的睫毛，映芬转过身，附在她耳边，哭丧着脸说：玲姨，阿堂……他……走了！阿玲一愣，快步推开厢房的门，撩开蚊帐，她突然明白了阿堂昨晚有些反常她却没有在意的絮叨。映芬站在门框，搓着衣兜里的信，盯着墙上领袖的挂像，拱起双手抖动着，闭目嘟囔着，默默地祈祷阿堂平安。

拉着映芬的手，阿玲和她一起坐在檐下，瞅着晚霞。阿玲叹着气说：阿芬，玲姨知道，阿堂心里有你，这些年我们的日子是怎么过来的，你最清楚。一个大小伙，当不了兵，招不成工，考不了学，只能窝在生产队，整天蜷曲着自己的心性，承受着欺负，你说他能有啥出息？映芬抿着嘴，点了下头。阿玲抬起身，挪着凳子，贴在她身旁，朝门外瞥了几眼，手搭在嘴上，贴在她耳边说：阿芬，阿堂喜欢你，玲姨心里比谁都清楚。无论在学校，还是回到生产队劳动，他都是在夹缝中喘气，纵使心里想你发慌，也不能在人面前表露出来，为了不招惹别人，还得故意疏离你。这些你心里得有个数呀！将映芬送到门口，阿玲又嘱咐道：阿芬，阿堂的事，不能说出去。他此去能不能见到他老豆，那就看他的造化了。阿芬攥着她的手，搓着安慰道：玲姨，阿堂表面上不声不响的，但他做事有头脑，也有章法。他不会有事的，您放心就是了。

东方泛白的时候，阿堂喘着气，拎着几乎瘫软的身子，钻进一间外墙写着"森林防火"的屋子。他顺着墙，坐在地上，掏出几块饼干，嚼了几口，感到嗓子冒火，他拧开水瓶，咕咚了几口，摸出烟盒，抽出根"椰树"，点着猛吸了几口。他眯着的眼闭上了，快要燃尽的烟头，从松开的指间滑落，起了鼾声。窗户透来的炽烈阳光，漫了过来。阿堂梦见趴在草丛中，前面就是铁丝网，探照灯转着，照得草丛白啦啦的，不远处传来说话声，他抬头瞄去，几个扛着步枪的民兵，说笑着过来了。

嘴角流着口水，随着噎住的鼾声，阿堂头一摆，阳光刺眼，他倏然醒来了。

他揉着眼睛，吭哧着鼻子，嗅到腐臭，定眼一瞧，屋角堆着团粪便，擦过屁股的纸团，盖在上面。他站起身，从窗户探头，打量着四周，原来这里是荔枝林。他捂着鼻子，踩着枯草，弯腰捡起那张纸，盯着污迹，贴在墙上展开，上面有大队的红字抬头。扔掉纸，他坐在门口，掏出本子，抽出那张裁剪的图片，找到那个大队的位置。他搓着脸，眯眼喷着烟，盘算标记着下来的行程。

山坳传来簌簌声。阿堂偏头瞄去，几个灰黑色的影子，沿着盘山泥径，晃了过来。他赶紧捻灭烟头，操起行囊，弯腰溜到屋外，倏地钻进林子，趴在起着青苔的巨石后。几个人扛着铁锹，铲着荔枝树的排水渠，靠在屋子外的阴凉处，掏出烟，互相点上，吧嗒抽着。领头的进屋方便，捡起地上的饼干盒，抖着说：地上有烟蒂，像是刚抽的，这饼干盒，里面干干净净，墙脚还有拉尿的印记。他直起腰，朝四周张望着，大声说：我估计着逃港的人刚来过，还没有走远。他转过身，笑着问：大队有交代，发现逃港的线索，要报告！你们说怎么办？

他们中间，有位老汉摆着指间的烟，咳嗽着吐了口痰，摇着头说：我家老二去年过去了，给我帮衬了不少。天下的人都不易，逃港也是迫不得已。咱就睁只眼，闭只眼，遇事别那么认真。几个人应和着，扔掉烟，站起身，走的瞬间，老汉摆着手说：正南的山口外，那里的人认真，朝东绕过去，路远却省事！

从石头后出来，看着地上的烟蒂，阿堂知道遇上了好人。他们讲的是客家话，自己说的是白话，如果碰巧遇上，一问一答，就知道他是外地人。阿堂爬上山脊，踩着藤蔓密实的山径，黄昏时刻，爬过了山岭。脚下的山像位老者，前面的丘就像是老者的儿孙，牵连着站在珠江东岸，默然眺望着碧浪翻滚浩瀚的海面。阿堂撩起裤脚，靠在树干上，拍着腿肚子上凶猛寻食的蚊子，他突然感到，自己就像蚊子，不知道哪只手，什么时候拍下来，祈祷自己能逃脱成为一摊血水的厄运。

脚下的土地人口稠密，好多人讲白话，阿堂找了个掩身的地方，用藤扎住脚腕，掏出毛巾盖在脸上，他得小睡一下。湿热的天气，他的身体就像瘫在蒸笼中，蚊虫吱吱啾啾，隔着裤子，依旧痒痒难耐。天色暗了，蚊蝇好像得到了线报，知道久无人迹的旷野，摆着个会动肉囊，它们成群结伙，向他发起了军团攻击。他发疯地拍打着成团的蚊子，呼地站起身，操起行囊，撒腿弯腰，踩着湿滑的泥径，晃悠着身子，向山脊下潜去。

一夜的摸索探行，阿堂口干舌燥，没了气力。满天星斗隐去的时候，他靠在树干上，扯着喉结，舔着干裂的唇，拈出一根烟，手捂着一明一暗的烟头，对着滋扰的蚊虫喷着，总算发泄了他的愤怒。启明星眨巴着，好像在和大地再见。阿堂嘴巴发苦，黏稠的口液裹着舌头，即便奋力吞咽几下，再也没了内容。他站起来，摁住宽大的树叶，跪在地上，嘴巴承接着折叠而来的甘露。口有异味，他顺着惯性，嚼了下，像触电了蹦跶咳嗽着，手指探入喉咙，吐出条裹着粘黏青汁的毛毛虫。阿堂感到恶心，他拎起行囊，打量着黑魆魆的山峦，判断着水源，从树林中钻出来，向着两座山的夹腋移动，踹着青苔的泥径，撅着屁股，扬手晃悠着滑下去。

听见水声，阿堂有了劲，他扯着树枝，停在溪流的岸边。盯着汩汩清幽的溪水，他将行李放在树下，扯着藤蔓和裸露的根须，踩着鹅卵石，蹲在溪前，掬水漱口，抹了把脸，咕咚着解了渴。天色未明，他脱掉鞋，将肿胀发麻的脚放入水中，清爽顺着脚心腾升，他咯噔颤了下，倏然意识到不妥，刚穿上鞋，岸上树林里闪出几个人，喊着让他站起来，举起手别动。阿堂心里一凉，心劲速地溜走了，他成了具任人摆布的皮囊了。

10. 砖厂

　　到了边防派出所，公安做了讯问笔录，让阿堂签名，按上手印，将他关进屋子。屋子里好几个人。有的坐在地上，唉声叹气；有的合抱着双臂，靠在窗前，对着外面的天空发呆。不一会儿，又进来一个。阿堂觉得面熟，探头一问，才知道他是高中时另一个班上的阿财。阿堂掏出半包烟，递给大家，知道了这些人都是逃港被截获的。天刚亮，来了辆解放牌卡车。公安打开门，将屋子里的人叫出来，呵斥着排好队，看着他们爬上车。几名边防民兵，扛着枪，站在车厢四个角上。一位老公安拉开驾驶室的门，坐了上去。车子喘着气，冒着黑烟，颠簸着出了院子，顺着坑洼不平的沙土路，在山林中穿行。

　　正午的时候，车子进了山野间的砖厂，门口有两个持枪的民兵站岗。下车后，大家排好队，点完名，被分派到砖厂的工地。阿堂心里没底，他低头干活，沉默寡言。工友们嘻哈喧闹，让他紧张的心情，稍稍松弛了些。阿财趿着拖鞋，裤腿挽得高高的，走起来一颠一颠的，干瘦的脸就是头骨包着层皮，他的颧骨高起，眼窝深陷，鼻子塌塌的，两个鼻孔就像发霉的花生米，口朝上翘着，他滴溜着可能是真诚，但看起来绝对是奸猾的眼睛。他和阿堂搭伙，用板车将晾晒干的砖坯，推进窑中，卸下来垒在窑壁。

　　权叔坐在凳上，脚蜷起来，撑在椅面，手夹着烟，耷拉着眼睛，吧嗒抽着，另一只手在脚拇趾内侧搓着。电话响了。他抬起手，抓住话筒，听着听着站了起来，扯着电话线，踱着步。放下话筒，他让会计骑车，将阿玲喊来。去往大队的路上，阿玲心里七上八下，她预感到阿堂出事了，想到儿子可能遭遇不测，她脊梁发凉，有些头晕，嘴巴干干的，额头沁出一层冷汗。她咬着牙，盯着前面会计的背影。她盘算着如果阿堂这次安然无恙，她宁愿让他窝囊闷在狮门，也决然不会让他冒险了。她快步走到前面，扯着会计的胳膊，苦着脸问：出啥事了？会计甩开胳膊，趔身虎着脸，白了她一眼，撒腿快走了起来。她琢磨着，定是儿子出事了，想到阿堂遭遇不测，她浑身冒汗，身子有点晃悠。她控制着，不敢往下想，思绪却像潮水，咕咕下渗。走到大队门口，她抓着门框，眼前冒着金星。

　　瞪着阿玲进来，权叔扬手呵斥着，让她坐在门口的凳子上。阿玲定了下神，怯怯地将屁股搭在凳子上。权叔急火火地踱着步，他突然驻步，拍着桌子，低头盯着她问：你们家阿堂呢？阿玲抿着嘴，愣了下神，摇头瞥着权叔布满血丝、咄咄逼人的眼睛，她低头搓着脸，思量了半晌，仰起头应道：阿堂就喜欢跟着国柱，他也想进步，会不会也去串联了？权叔语噎，涨红着脸，摇头用颤抖的手指着她说：我警告你，阿玲，别将阿堂和我们家国柱扯到一起，他们可是不同道上的人！想到阿堂可能的不测，她瞬间没了神，耷拉着头，拍着大腿，抽泣着直摇头。权叔抽着烟，脚踩在凳子上，眨巴着眼睛，嘴角抖动着，不时瞥着阿玲。僵持中，阿堂凄苦的面颊直在她眼前晃悠，阿玲实在忍不住了，她仰起头，祈求着问：权叔，阿堂……他怎么了？！

　　指着电话，权叔扬手哎哎着说：他逃港，让边防民兵抓了！知道儿子活着，阿玲紧绷的神经，倏然间有了弹性。她站起来，焦急地问：他在哪儿？回来后，我得好好教训他！将我孤苦伶仃留在狮门，他就忍心吗？权叔走到门口，站在门框中，偏着头说：他在砖厂。公社通知，让大队写个保证，才能去领人。阿玲走过来，挠着凌乱的头发，祈求地说：权叔，阿堂是晚辈，您别和他计较了。这些年，您对我们怎么样，我心里清楚。他这一走，辜负了您，您心里难受，我也知道。您还得好人做到底，想办法将他领回来。

　　权叔摇着头，摊开的手抖着说：阿玲，公社要大队写保证，谁能保证你家阿堂，不再逃港？阿玲眨巴着眼睛，走前两步，拍着胸口应道：权叔，我给大队立个字据。权叔嘿嘿笑了，摆着手说：你——就你——给大队保证？！电话铃响了。权叔接了电话，推着自行车，在阿玲的祈求和拉扯中，他跨上车走了。大队会计出来，安慰着说：阿玲，这事急不得，谁家的孩子到了砖厂，都要待上十天半个月，就是得让他们知道，逃港被抓的滋味。

回到竹器场，吃饭的时候，阿玲将映芬叫到边上，说了阿堂的事。映芬愕然看着她，宽慰了几句，低头思量了半响，扯着她的袖子，偏过头轻声说：我找国柱，给他说下，让他给他爹说道说道。毕竟大家从小长大，同学一场。阿玲叹着气，怜爱地看着映芬。映芬瞄了眼她，红着脸低下头。她扯着玲姨的胳膊，附在耳边说：玲姨，权叔就是头倔驴，脾气上来了，谁的话都不听。国柱发起脾气，他就变成了蔫驴，火气就瘪了。

工友们熟了，说话慢慢没了顾忌。歇息的时候，在大家期待和蛊惑下，阿财绘声绘色地讲着道听途说的香艳逸事，逗得大家咽着口水，用渴望的眼神，呼应着他。月光从窗户映在地上，十几个人睡在屋子的地上，没有人巡视的时候，嘀咕着逃港的经历。阿堂很少说话，总是坐在边上，木然地听着。几个逃港被抓了几次的人，和砖厂的民兵混熟了，他们分享着逃港的经验。阿堂听着，检讨着自己的得失。几天后，阿堂感到这个砖厂，看起来是个收容站，有人站岗放哨，进出都要检查，里面真是个学习班，每个人讲着逃港的经历，别的人七嘴八舌地评说着，用自己的经验，给出完善的建议。

阿堂沉默寡言。阿财掂量着，觉得他有点来头。他围着阿堂，套着近乎，不时探听他的情况。听到他是狮门佘姓，阿财瞪着眼睛，抖着手指，咻咻笑着说：地主！你是佘家的地主仔！阿堂低头，踹着地上的砖屑，沉默瞬间，仰头讪笑，点了下头。阿财的眼瞪得更大了，他知道佘家在香港的实力，想到以后到港，攀上佘家这条大船，他的心里倏然膨胀。工友们累了，进入了梦乡。阿财转过身，推了阿堂一把，趄着头轻声说：过两天我就出去了，得筹划下次行动，你有什么打算？阿堂瞥了他一眼，想起安义叔的话，他打着哈哈，摇着头说：阿财，我和你不同，我家是地主，能不能从这里出去都是个问题。我也算是尝到逃港的滋味了，我妈在狮门，我不想折腾了，我得尽孝。阿财眨巴着眼睛，滴溜着他，半信半疑地一把揽住他的脖子，附在他耳边亲热地说：阿堂，在香港，你就是少爷。你认了我这个兄弟，我就认你作少爷，啥事你招呼一声，咱就是死党了。阿堂趄着身子，没想到落难这里，有人却将他当成了少爷。

阿堂搓着脸，摆着手说：别胡说，这里不是香港，让人听到了，我真的就出不去了。阿财趄着身子，手搭在他的肩上，滴溜着四周，神秘地说：阿堂，锦康是我姑父。你的事等我出去，找我姑父说下，让他给大队招呼一声，你很快就能回家了。听到锦康老师是阿财的姑父，阿堂顿感亲切许多，他偏过头说：锦康老师是我的班主任，上学时很关照我。你说我的名，他肯定知道。

阿财收拾行李，就要出去了。阿堂站在檐下，看着他出来。阿财揽住他，贴着他耳朵说：少爷，我先走一步了！阿堂推了他一把，虎着脸不让他胡说。阿财扯着他的胳膊说：再忍耐几天，你要相信我。出门的瞬间，阿财回头招手，咪眯一笑。阿堂心里空落落的，即刻逃离的期望，一股脑涌上了心头。一起进来的人，接二连三地走了。盯着窗外的月亮，他掐算着时日，心里的希望之焰，像燃尽的柴火，慢慢变成了灰烬。

国柱神采飞扬，踩着自行车，一个急刹车，车头摆着停在映芬面前。他伸长脖子，拍着车头，笑着说：阿芬，地主仔被抓了，在砖厂劳动改造哩！映芬瞥着他，噘嘴望着江面。国柱的脚翻转着踏板，链条嗒嗒着。映芬转过脸。他摸出一根烟，点着吸了几口，模仿着他爹的模样，拍着车头说：这些年，我的感觉是对的。他家的根在香港，他迟早都要出问题的。这就是有什么根，就结什么果。映芬偏头瞄着夕阳，走前两步，抓着他的车头，晃了几下，盯着他说：阿柱，阿堂和咱们一起长大上学，现在出了这事，你得想想办法，给你老豆说声，让他将阿堂保出来。国柱哼哧一声，仰起头，瞪着眼，激动地说：阿芬，你可得站稳立场，这件事我也没办法。阿芬瞥了他几眼，挥着手说：国柱，算我白说了！我没有想到，你的心原来这么硬！国柱推着自行车，追上来，苦笑着说：阿芬，别生气嘛！我回家给我老豆说一声，但不一定管用。

得知阿堂的事，锦康骑着自行车，来到大队。权叔坐在椅子上，端着茶缸喝水，他没有起身。锦康递上一根香烟，坐在他对面，说了公社对逃港者的政策，笑着央求道：权叔，锦堂家虽然是地主成分，他们孤儿寡母的，想起来蛮可怜的。你代表大队，将阿堂领出来，回来好好教育教育！瞥着这位靠边站的公社干部，权叔摸着下巴，瞥了眼窗外，慢条斯理地应道：公社管着大队。你是公社干部，公社出个证明，不就成了，找大队干什么？锦康摇着头，他瞥了眼权叔，深深叹了口气，嘟着脸出来，跨上自行车，猛踩着离开了。大队会计走进来，给权叔的茶缸添着水，低头笑着说：书记，形势变得快，谁也说不清，最好就是谁也不得罪，将来无论谁上台，都不把咱们看成对立面。这就是孔孟的中庸之道。权叔抽着烟，瞥了他一眼，疑惑地搓着脸，摇头叹了口气。

从立勤那里知道了阿堂的事，立仁牵着水牛，扛着犁铧，经过坝面。安义坐在树下，招呼他歇歇脚。立仁放下犁铧，蹲在安义边上，操起他的水烟筒，噗噗抽了几口，他抹着嘴巴，说了阿堂关在砖厂的事。安义闭上眼睛，沉默一阵，拿起蒲扇，拍着蚊子，叹着气说：阿玲怪可怜的，一个女人家，遇到这些事，真难为她了。立仁牵着牛走了。安义站在树下，扬起手说：立仁，回去见到映芬，让她来一趟，就说我有事找她。

得到了立仁的口信，映芬放下正在晾晒的衣服，阿叔从来没有给她带过口信，她估摸着他是不是肠胃炎老毛病又犯了。她拿起毛巾，擦干手上的水珠，快步向水库方向走去。沿着坡径爬行，瞄见阿叔站在夕阳下，正在朝这边张望，她忐忑的心定稳了好多。瞥见她上了坝面，安义叔罗圈着腿，扬起手向前哆嗦了两步，一把抓住她的手，急切地问：阿芬，阿堂出事了，你知道不？映芬点了下头。安义叔甩开她的手，埋怨她没有告诉他。映芬搀住他的胳膊，让他进屋，应道：阿叔，阿堂的事我也着急。玲姨怕你担心，让我不要给你说。映芬叹了口气，又说：阿叔，你也是这般境况，就是给你说了，你也有心无力，帮不上啥忙！快到门口了，安义伸手抓住屋檐的棍子，摇了几下，决然瞪眼应道：阿芬，阿叔行得端，走得正，从来就不怕闲言碎语。走！带着阿叔，去找阿玲，我帮她想想办法。映芬扯着他的胳膊，就是不挪脚。安义松开了手，伸着棍子探路，嘴里嘟囔着，颤巍巍地朝坡径走去。望着他羸弱却又坚毅的背影，映芬摇着头，快步走上去，搀扶着安义叔，向村口走去。

蹲在堂屋檐下，权叔噗噗抽着竹筒水烟。老婆端上饭菜，撩着围裙，喊着国柱吃饭。国柱坐上桌，盯着竹筒水烟，摆手笑着说：爹，您好歹也是个大队书记，别抽水烟了，让别人笑话。放下水烟筒，权叔捏着口袋的香烟，端起碗，笑着说：阿柱，爹在外面抽香烟，回家抽着水烟舒服。

门咯吱开了。阿玲顶着头巾，闪了进来，后面跟着安义。她手里提着一壶油。国柱妈走上前，将安义迎进来，瞥了眼阿玲。权叔板着脸，低头夹着菜。拍着他的胳膊，老婆一个劲地朝他使眼色。安义摸索着坐在国柱递来的凳子上，滚溜着眼珠，打量一番。权叔直起腰，瞪了他一眼，望着屋檐，突然想到这是佘家的祖屋。安义欠着身子，撩着胡须，沙哑着说：阿权，解放前你是佘家的船队舵手，我是佘家油坊的账房。佘家的败落，咱们是看着过来的。安义是个废人，无依无靠，那年被公社赶回村子，你让我住在泄洪房，还给我记工分，这些我都记在心里。权叔放下筷子，瞥了他一眼，摆着手说：这都是政策，你要感谢，就感谢政府吧！安义咂着嘴巴，点头应道：阿权，我心里都是那些"四旧"的东西。

你知道，安义从没为了自己的事，求过任何人。佘家对我有恩。阿堂关在砖厂，他可是佘家老爷的根苗呀！我念及故旧，抹下面子，带着阿玲过来，求你看在年轻时候佘家给了我们一个饭碗的情分上，把阿堂保出来！国柱妈站起来，拎起围裙，噘嘴拍着裤腿。安义笑了，滴溜着宅院的天井，直起腰又说：阿权，咱们都是从旧社会过来的人，安义是什么样的人，你虽然不言语，心里清楚。有关阿玲和我的传闻，狮门人传得越来越邪乎了。你现在是大队的书记，安义请求你站出来，给安义说句公道话。权叔低头抽着闷烟，抖着裤腿，就是不吱声。安义站起来，摇头笑了，摆手说：阿权，安义不怕那些传闻，就是觉得辱没了人家阿玲。我能从泄洪房摸索着回来，跟着阿玲一起过来，就是要告诉狮门那些喜欢捣舌头的人，安义堂堂正正，从来就不怕那些流言蜚语。权叔跟着站起来，喷着烟踱了几步，安义顺手拉住他的胳膊：阿权，我的事你不帮忙就算了。阿堂的事，你如果不帮忙，我就在你家的院子坐到天亮，看看狮门人到时怎么说道这件事。权叔挣脱了他的拉扯，正过脸，缓缓地说：安义，阿堂的事，锦康也找过我了。这事真的不好办！我怕将他保出来，到时他再逃港了，那就是政治问题，大队没法向公社交代呀！

　　探听到砖厂的情况，为了儿子，阿玲顾不得尊严了，她抹着眼泪，哽咽着说：权叔，您就可怜可怜我们娘儿俩吧！阿堂不懂事，让您闹心了。您的关照，我们都记在心里！权叔抽出根烟，国柱帮他点上。他喷着烟，眯眼瞥了眼阿玲，笑着说：你上次说你给我立个字据，换大队的保证。我思来想去，觉得还是不合适！你们的心情，我都能理解，但我的担心又有谁能分担呢！国柱妈走过来，胳膊轻轻地搓着权叔，抬脚朝桌下挑了下。阿玲拎起油壶，凄然一笑，晃着说：权叔，没啥带的，就一壶油。你收着，也是我的一个心意。阿堂的事，您费心，实在不行，我也就不为难您了。安义拎起棍子，揣了两下油壶，就要随阿玲离开。权叔一愣，弯腰拎起油壶，扬手喊道：你们这是干什么哩？这不是合伙用糖衣炮弹，拉拢腐蚀党员干部吗！说着，他拦在门口，瞪眼呵斥着让他们拿走那壶油。

　　国柱蹲在屋檐下，一直没有作声，他喷着香烟，眯眼挠头，看着油壶，感到阿堂妈话中有话，再看看安义神秘莫测的动作和神情，好像都在暗示着那年阿堂偷油的事。他倒吸了一口气，心想如果他们说出那件事，岂不是就将自己摆了出来，也让老豆下不了台？他站起来，盯着那壶油，心想不是让老豆下不了台，可能真的让他下台了。想到老豆下台，这是他心里万万不能接受的。他虎着脸，瞥了老豆一眼，走过去，笑着扶住安义，拎起油壶，跺脚瞅着老豆，扬起手大声说：老豆，阿堂家也不易。老话说得好，得饶人处且饶人嘛！人家锦康老师也找过你了。狮门人嘴上不说，眼睛都在看着哩。咱就不能仗义点，让人竖起大拇指，给咱晃几下吗？权叔的头偏着，瞥着儿子，愣了一会儿，他突然笑了，晃着手说：国柱，你比老豆心胸大，将来能成大事。行了！老豆听你的，明天我就把阿堂从砖厂保回来。

　　裹满尘土和污垢的头发，像干枯的蓬蒿，罩在阿堂头上。他从门中闪进，贴着门扇，喊了声娘。阿玲正抖着簸箕，去米中的糠壳。儿子黑瘦的脸上，龇着排白牙。她放下簸箕，腾闪着扑过来，抓着他的胳膊，眯眼端详着，嘴角抽泣了半晌，摸着他干瘦的手，抖着问：阿堂，你怎么成这个样子了？攥着她的手，阿堂嘴唇哆嗦，嘿嘿笑着。阿堂进屋，拿出香烟，靠在屋檐下，半闭着眼睛，接连抽了两根烟。阿玲拿出衣服，让他赶紧冲凉，别让人见到笑话。

　　冲完凉，阿堂坐在屋檐下的矮桌前，盯着妈妈端上桌的饭菜，哑巴嘴巴，喉结不停地蠕动着。接过妈妈递来的筷子，他端起饭碗，将菜夹入碗中，盖在饭上，搅和在一起，飞快地刨进嘴里，喘气大口嚼着，不时打着嗝。看着他的贪吃相，阿玲撩起围裙，抹着眼睛，摆手让阿堂慢点吃，她走进厨房，递上一缸水，让儿子边吃边喝。撂下饭碗，阿堂趿着鞋，推开久违的房门，看着逃港前屋子的物件和摆设，他靠着门扇，怅然若失地吸了根烟，摇头苦笑着躺在床上。阿堂睡了个自然醒，困乏的身子有了力气。傍晚时候，阿财刺溜闪进来。阿玲问他找谁。他问阿堂在吗，她瞥了眼厢房，没等她出声，阿财快步过去，推门进去。阿玲疑惑着，走近贴耳一听，里面传来少爷长少爷短的絮叨声。她一愣，会不会是老爷打发人，来接阿堂过香港。纳闷的瞬间，映芬拎着篮子进来。她撩开篮子，递给玲姨，转身笑着说：我妈说阿堂受苦了，家里没啥，她让我拿些鸡蛋过来，给他补补身子。阿玲接过篮子，拉着她的手，点头笑着。

　　听见映芬的声音，阿堂趿着拖鞋，从厢房出来。阿财跟在后面，瞥了眼映芬，点头嘿嘿着。阿堂妈让他们聊，她去做饭。映芬跟进厨房，她推了出来。阿堂将映芬让进房间，她坐在床上，他靠着柜子站着，想起那封信，他红着脸，有点不好意思。阿财坐在门槛上，打量着映芬，浑身不自在。映芬叹着气说：阿堂，咱这儿也是鱼米之乡，能吃饱肚子，你就别折腾了，看你成什么样子了。想起逃港的经历，阿堂搓着脸，苦笑着点头。阿财站起来，摆着手说：那么多人跑过去，好些人发财了。人家老豆在那边，他不算逃港，他那是父子团聚。

　　映芬回家了。阿财没有离去的意思，他吃完饭，扯着阿堂的胳膊，一个劲地鼓动着逃港。阿堂笑着，叹了口气说：阿财，这趟把我折腾得够呛！你看我妈成啥样子了？我和你不一样，弄不好，我妈就得遭罪。阿财贴过身，拍着阿堂的肩，笑着说：在这边，你就是个地主仔，受人欺负。到了那边，你就是佘家少爷。咱现在有路了，虽然崴了脚，等你脚好了，咱们还得往前走呀！

11．观光

　　浓云裹着西落的日头，闷热的湿气顺着云层透过的光柱蒸腾着。阿堂随着社员，挽着裤腿，到了田头插秧，他撩起湿透的衫子，抹着脸上的汗。国柱将秧苗扔在地头，蹲在溪边，撩着开襟，抖了几下，招呼着蹲在边上的立勤，掬水洗脸。他抹了把脸，淋着手上的水珠，偏头见阿堂坐在社员堆中，呆愣地瞭望着河涌。他拽过立勤，瞥着阿堂，嘀咕了几句。立勤捋着湿漉漉的头发，对着蹲在地头的权叔，笑着弯腰，跳跃着跨过田头的社员，踱到阿堂身后，脚尖轻轻地踹着他的屁股。阿堂趔着身子，仰头瞥了眼。立勤收住稀拉的表情，瞪眼皱眉，摆了几下头。立勤跃上缓坡，钻进林子。国柱叼着烟，跨过水沟，哼着电影插曲，踹着地上的荒草，跟了过去。

　　头埋在腿间，沉思了一会儿，阿堂站起来，怯愣地挪着步子，转身瞄着歇息的社员，循着窸窣的声音，跟着走了过去。国柱叼着烟，蹲着方便。立勤晃着树枝，驱着蚊虫。阿堂捂着鼻子，趔身转过头。国柱喷着烟，挪着屁股，点头让阿堂蹲下。烟头蹦跶了几下，国柱嘴角抖着抽了几下，憋着气说：油的事，立勤和我知道，我老豆真是不知道。你想就他那大公无私的性格，能为几斤油折腰吗？他瞪了阿堂一眼，阿堂笑着附和。国柱吐着气说：阿堂，你得明白，你能从砖厂出来，多亏我老豆。油的事就算结了，咱谁也不亏欠谁的，不许你以后再提这件事。他举起手掌，倏然抡过去，啪地拍在屁股上。阿堂趔身站起。国柱拎着裤子，展开手掌，晃着一摊蚊子血，瞥着阿堂，对立勤说：这就是教训，血的教训啊!

　　吃完晚饭,阿玲收拾着厨房。仰头望着透过树梢的月光,阿堂茫然地挠着脖子。村头喇叭吱啦一阵。阿堂揣起窗台的香烟,推开院门,走走停停地向祠堂踱去。权叔扯着嗓子,讲着形势。桥下河涌传来悦耳的说笑声。国柱和立勤游了过来,站起来,抹着脸上的水,讲着他们跟着县上的学生,去外地串联的新鲜事。映芬赤脚站在水里,搓着石板上的衣衫。立勤潜入水中,咻溜冒出头,回头瞥着国柱,嘿嘿着问:映芬,想不想到广州转转?映芬拎着衣衫,直起腰,瞄着月光下站在水中的国柱。立勤趴在水里,闪着白牙说:国柱想带你乘坐渡口的货轮,到广州逛逛。边上洗衣的妇女,嬉闹起哄,说跟了国柱,她就是支书家的儿媳妇了。映芬瞪眼,抖着浸在水中的衣衫,甩向立勤。立勤潜入水中,冒着泡溜了。

　　瞄着人群中映芬起落的背影,蹲在树下抽了根烟,阿堂叹着气,手撑着膝盖,缓缓站起来。县上的广播员激动地说,有重大新闻,让社员同志们注意收听。河涌嬉闹的人群,倏然息声,僵在月光下,瞭着电杆上的高音喇叭。阿堂困乏的身子,随风格楞几下,胸腔怦怦着,他抬起脚,向河涌踹了块石子,朝榕树下走去。喇叭传来女播音员激越的声音,田间地头,社员们没有见过她,她每天傍晚,用声音挠着坐在村头树下抽着竹筒水烟的社员们。时间长了,声音中生出了容颜,她成了村上年轻小伙调笑开涮的引子。听着她的声腔,阿堂眯着眼,想的却是映芬,觉得她的声音清润柔和,比播音员的声音好听。

　　东深供水工程竣工,东江水到了香港。为了展示祖国天翻地覆的变化,香港同胞能参加观光团,回内地观光水利工程。

　　静谧的狮门沸腾了,猫在院子里的人,走到街上,招呼着聚在一起,说着香港的亲戚,掂量着他们会不会回来。祠堂前榕树下纳凉的人,抖着肩头的衣衫,站起来议论着。石径上传来自行车的嗒嗒声,权叔踩着踏板过来。人群围住他,他撑好自行车,顺着人群让出的道,叼着烟,走到树下,坐在青石板上,瞥了大家一眼。人群倏然静了,细长脖子上黑瘦的脸,转贴过来。他弹着烟灰,咳了几声,嘟着嘴里的痰。蹲着的人,趔开身子,让出一坨地。他呼咻几下,转头吐在树根上。权叔站起来,扬起手说:这就是个说道,也是个态度。我想解放前在香港做工的,做小买卖的,能回来转转。月光下期待的眼光,伴着叹气,散开了。权叔扔掉烟头,指头点着说:那些"地富反坏"分子,胆敢侥幸回来,那就是自投罗网。

蹲在外围的棱坎上，双手攀着膝盖，下巴贴在手背上，阿堂眨巴着眼睛，眼睛在权叔摆动的手掌和月下一排排晃动的脑袋间转换。国柱拍着树干，刺溜蹲在他边上，胳膊搭在他的肩上，侧脸龇牙笑着。立勤倏然蹲在另一侧，肘磕着他，将他挤在中间。立勤在阿堂裤兜摸索着。阿堂嘟着脸，掏出香烟递给他。立勤晃出一根，递给国柱，自己叼上一根，划着火柴，隔着阿堂递过去。国柱对着阿堂，眯眼喷了口烟，将他揽过来，低声说：阿堂，你老豆是狮门的大地主，剥削了那么多人，让他千万别回来！回来了，就得算旧账。立勤嘴巴贴上来，警着国柱，关切地说：阿堂，怎么说咱们都是同学。我和国柱出去串联了两个月，外面的事见得多。国柱关心你，才有这番说话，你知道就行了。阿堂搓着面颊，闭眼沉思了一会儿，瞄着榕树下散开的脑袋，站起来，点头走了。

推开院门，妈妈坐在檐下，撩着竹箩的豆子。见阿堂垂头进门，将他唤过来，指着边上的竹凳，让他坐下。她将竹箩放在地上，拍着手上的尘，望着月光，缓缓说：阿堂，政策有了，不知你老豆心里有没有咱娘儿俩，会不会回来看看。阿堂拿起树枝，在地上戳着划了几下，摇头应道：那都是宣传。权叔说贫下中农的香港亲属，回来没啥问题。地主富农的亲属，可能不敢回来。阿玲拿起蒲扇，晃了几下：阿堂，这些年，妈常做梦，梦见你老豆。妈觉得，他心里惦着老家，过得也不畅快，我估摸着，你老豆会回来的。

一个月后的黄昏，社员们赶着牛，踩着田埂，蠕动着回村。不远处的沙土路上，传来一阵嘤嘤声，两个旋转的银色轮子，上面是穿着黄军装的影子，从坡上窜来。权叔驻足，手搭凉棚，打量了一会儿。影子清晰了，立勤单脚着地，跨在车梁上，抹着脸上的汗，对着一溜社员，扬起手说：权叔，我三叔从香港过来了，在桥头的友谊商店，给我家买了辆凤凰自行车。国柱将锹把塞给阿堂，趋身推着权叔，跑过去，摸着闪亮的车头，摁着车铃。他将立勤扯下来，跨上去，带着立勤，撅着屁股，晃着车头，嗒嗒回村了。

祠堂前的榕树下，聚着下地归来的社员。权叔从石径过来，腋下夹着沓报纸。国柱骑着车，带着立勤，从镇上过来。权叔坐在树下石板上，晃着报纸，指着图片说：桥头来了四辆车，拉着香港人，让他们瞧瞧咱们的建设成就。立勤下车，接过报纸，指着上面的图片，笑着说：我三叔就是坐这样的车过来的，他问了村子的好些人，叹息就是不能回村看看。权叔要过报纸，摆着手说：你二叔是个做工的，在香港也是工人阶级，他回来不妨事。

11. 观光

　　映芬提着篮子，顺着河涌过来，向着榕树下驻足低头，瞥了几眼，沿着祠堂边上的小径，向坝面走去。瞥着她的背影，立勤扯着自行车的后座。国柱晃着身子，瞄见映芬碎步快行的影子，脚踮着地，摆了下车头，跨上车走了。

　　瞥着国柱和立勤恣意嬉闹的影子，阿堂靠在树后，闭眼沉思了一会儿，弯腰顺着墙脚，缓缓荡了过去。到了祠堂的侧墙边，他循着自行车的叮当声，猫着腰，踹着路畔的荒草，掩着树，一跑一顿地前行着。国柱骑车拦住映芬，单脚踮地，笑着让映芬坐上来，感受他的车技。立勤连忙下来，拽着后座，嬉笑着说：映芬，下午刚骑回来的新车，坐上去，让国柱送送你。映芬顿步晃篮，瞪眼躲闪。国柱踮步晃着车头，咪咪笑着，央求着她。阿堂躲在树后，挪步想冲过去，掂量着又缩了回来。立勤扯着篮子。映芬扬起手，噘嘴斥道：立勤，别仗着你家有个新自行车，在村子晃来荡去，你就是个狗腿子。立勤肃然松开手，愣站着，挠着脖子。一辆手扶拖拉机，突突地过来。立勤提着后座，挪开车子。立仁踩着刹板，嘟脸盯着立勤，瞄着映芬，转脸问：拉拉扯扯，干啥哩？立勤笑着攀上拖拉机，随着一道黑烟进村了。望着映芬的背影，国柱不甘地顿着车头，跨上车走了。

　　站在坝面下的草丛中，阿堂瞭见映芬浴着晚霞，进了泄洪房。坐在渠坎上，他揪了撮青草，扯断嗅着。在砖厂辛苦劳作的间隙，阿堂间或会想起蕉林背影的对话，这时候，他就会感到心里发潮，胸口堵得慌。躺在砖厂的通铺上，听着工友们此起彼伏的鼾声，他还是难于自控想起背影的说道，他瞪眼瞄着窗外的月光，解析着安义和妈妈，按照他们的心性和作为，他怎么都难以将他们嵌入背影的说道中去。闹心费解的时候，他有时真想给阿财说这件事，让他帮着分析，转念一想，他又摇头叹息，觉得难于启齿。上次他毅然决然地逃港，他的心里涌动着要去香港，向老豆求证自己身世的强烈冲动。从砖厂回来，妈妈给阿堂说了安义叔的仁义和难得。田间地头劳动的时候，好些邻里都夸安义的仁义，感叹狮门人冤枉了他。阿堂站起来，踱步望着坝面，他挠头寻思着自己是不是错怪了安义叔。为了让他从砖厂出来，安义叔舍弃顾忌求人帮忙，在狮门人看来，这是仁义，阿堂将其和背影的说道勾连起来，他心里一凉，已消解的心结突然突兀起来，顶得他胸口有些难受。

　　坝面上传来说话声，屋子的灯亮了。阿堂拍着脚腕的蚊虫，弯腰爬了上去。映芬抡着竹竿，拍打着被褥。安义坐在边上，嘴角吸纳着，咂巴着竹筒水烟。阿堂站在屋后，回身瞭望着坝面下的狮门：缭绕着炊烟的村落，散布在泛着红光的水道边。附近村子的喇叭，叠合着变了调，拖着长长的尾音，萦回在空旷的原野上。瞥见了阿堂，映芬停了拍打，笑着过来，竹竿晃了几下。安义仰头咳了几声，眼珠弹球般在眼缝中闪溜着，偏头哑着嗓子，唤着锦堂的名字。阿堂帮着映芬，扯着被角，抖了几下，将被角递给映芬，眼睛婆娑着说：国柱欺负你，我都看到了。映芬折起被子，抱着回屋，回头一笑，噘着嘴说：阿堂，你和我不一样，我不怕他们。你别搅和进来，我怕他们又要给你找事。

咳了几声，安义晃着手，让阿堂坐下。阿堂踱了几步，瞥了眼映芬，转头瞅着安义叔，他闭上眼睛，抬手搓着眼皮下的眼珠，想到如果传言是真的，那映芬就是他的堂妹了。他的心里五味杂陈，垂下手，摸出一根香烟，没有给安义叔派烟，撩起裤脚，默然坐在矮凳上，喷着青烟，望着坝面下狮门的点点烟火。喇叭传来权叔的声音。安义嘴巴呕巴着，转身偏头问：阿堂，看着镇上有香港亲属的人家，好些到桥头去见面，你心里不舒服吧？阿堂叹着气，扯着耳垂，低头应道：权叔说能回来的，都是成分好的。我觉得我老豆不敢回来。安义笑着摇头，摆着手说：阿堂，听话要听音。我听县上的广播，这是要让香港人回来看看，感恩内地兴修水利，给香港同胞供水。喇叭上不是常说一句话，叫吃水不忘挖井人吗！映芬提着竹篮，从屋子出来，和安义叔招呼了一声，顺着坝坡下去了。阿堂站起来，应着安义叔的絮叨，趔着身子，瞥着映芬的头沉入坝面。他摆着手，捻灭烟头，辞别安义叔，趿着鞋跑下坝面。安义站起来，摸索着操起竹竿，偏头听着喇叭的颤音，他咧嘴嘻嘻笑了。

快到村口的时候，阿堂收住脚步，坐在芭蕉林边，看着映芬进村。水塘里躺着几头水牛，嘴巴懒洋洋地捻着岸上的青草。他摸了块石子，向牛群扔去。牛抖着臀，扑通着站起，仰头哞哞叫着。一个骑车的影子，从村头颠了过来，像是阿财。阿堂起身，撩着芭蕉叶，走到路边。看着窜过去的烟尘，他喊了声。阿财一个急刹，车轮噗噗抖着，停在沙土路上，回头见是阿堂，他抬起车头，掉过来蹬了几下，抹着额头的汗，问他怎么躲在这儿。学着立勤的姿势，阿堂跨坐在后座上，间或踮脚，蹬上几下，一起进了家门。堂屋黑着，阿堂知道妈妈加班。推开厢房的门，阿财问他想好了没有。阿堂推开窗户，摇头瞥着他。扯着他的衫子，阿财附在耳边说：我们村前几年逃港的人，参加香港的观光团，在桥头参观东深供水工程，家里人跑到桥头，和他见面，说逃港不违法，不然公家也不能让他回

11. 观光

来。阿堂眨巴着眼睛，想起权叔的说道，觉得事情并不像他说的那样，既然逃港违法，怎么可能让这些人，大摇大摆地回来哩！阿堂挠着头，逃港的人能回来，老豆估摸着也能回来。

院门咯吱响了。阿堂出来，见阿财走了进来，妈妈和阿财招呼了一声，拍着身上的尘，进了厨房。阿财扯着阿堂进屋，撅着屁股，肘撑在桌上，笔点着纸，急切地说：阿堂，现在对逃港客宽松一些，咱们得抓紧时间，不能再犹豫了！阿堂叹着气，拍着他的肩：说实话，我也想早日过去。前几年，老豆帮我办过去香港的手续，不知道卡在哪个环节，始终没有结果。现在香港人能回来观光，如果我老豆回来，我得先和他见个面，听听他的想法，才能确定怎么做。阿财站起来，挠着脖子，摇头笑着说：你是不是放不下那个映芬？阿堂喉结蠕动几下，瞥了眼屋梁垂下的灯，眼睛眨巴着应道：阿财，你说对了，我心里装着映芬，想到我逃到香港，她留在狮门，我心里就打退堂鼓。

逃港的人接二连三地回到桥头，和家人见面，带回香港的服装和收音机。立仁的大舅子逃港，回来观光，送给立仁一件港式的夹克和巴掌大的收音机。穿着新装的立仁，在院子里踱了半天，抑制不住激动的心情，从平时低调的框子中探出，不顾老婆的阻拦，他扯着收音机的天线，转着按钮，将收音机贴在耳边晃着，走出了院门。站在桥上，瞄着河边洗衣的妇女，他抖着衣服的开襟，晃着收音机。路过的人驻足，偏头好奇地看着。立仁老婆提着篮子，下到河边，蹲下浸湿衣服，随着妇女嬉闹的手指望去，看到立仁神气地站在桥上。她站起来，扬起手，斥责了几句。

立仁弯腰下桥，后边跟着一群人。他溜达着，来到大榕树下。纳凉的老人，拎着竹筒水烟，龇牙听着吱唔吱唔的声音中间或飘来的吟唱，好奇地站起来。放学归来的孩子，拉扯推搡，疯跑着围过来，鹅颈般细长的脖子伸过来，黑瘦脸上坠着滴溜的眼珠，侧耳听着飘闪的音乐。立仁爸对着竹筒水烟，噗噗吸了几口，眯眼喷着烟说：逃港的人回到桥头，国家是允许的。权叔对政策理解不对，我估摸着，那些成分不好的人，也会回来观光。

从大队部出来，权叔晃悠着来到祠堂前，瞄见人堆中晃着胳膊的立仁，他咳了几声，背着手踱过来。立仁爸站起来，晃着手说：人家几年前逃港，今天回来观光，送给立仁的衣服。权叔偏着头，闭眼听了一会儿，摆着手说：立仁，偷听香港的广播，政策不允许，赶快关掉。立仁推着孩子，从人堆里出来，收回天线，调到省台。孩子们意犹未尽，抹着鼻子，乌溜溜的眼珠盯着权叔，甚是不解。

瞄见灰黑色的人群中，立仁穿着红白格子的夹克，立勤一个手刹，单脚踮在路肩上。跨坐后座的国柱，揉着眼睛，盯着晃动的格子。他拍着立勤的腰，来到榕树下。立勤走过来，拽过收音机，抽出天线，调大音量，走到江边，晃着听着。国柱围着立仁，转了一圈，手搭在立勤肩上，扯着银色的天线。权叔嘟着脸，将立勤喊过来，瞪着眼说：立勤，你的入党申请，我看过了，你得有个表现。别像你哥那样，穿着花里胡哨的衣服，听着香港那边的音，在街上晃荡。你得有个定性，知道哪些事不能做。立勤蔫了，垂下头，红着脸将收音机递给立仁。国柱要过收音机，走到河边，扯出电线，来回晃着。

看不到映芬，阿玲有点纳闷，她问竹器场的师傅，知道安义病了，映芬请假照看去了。下班回来，经过桥的时候，她看见映芬在河边洗衣。她站在桥边，问安义怎么了。映芬站起来，拍着手上的水珠，扬起手说：老毛病，他那间屋子湿气重，他关节炎犯了，走不动路了。回到家，阿玲揣着钱，来到镇上，在街巷稀落的晚市上，买了几斤土茯苓和一条猪的前腿骨。回到家，她削掉土茯苓的皮，放入瓦罐沸腾的水中。她拿出镊子，捏净腿骨皮上的黑毛，斩成小块，开水中稍事沸煮，放入绛红色的汤中。瓦罐噗噗冒着气，她摘下头巾，抹着眼睛，往炉膛添着柴枝。

门外传来嗒嗒声，随之就是噗噗的吸气声。阿堂撑起自行车，嗅着进来，蹲在瓦罐边，慌脚乱手地揭开盖子，眯眼瞄着。妈妈扯着他的胳膊，让他骑车，等会儿和她去看望安义。安义坐在躺椅上，映芬撩开竹篮上的纱布，将粥和腌菜放上桌。阿玲跟着自行车，上到坝面。她进屋拿了个搪瓷碗，将温热的汤汁倒出，递给安义，笑着说：你得祛祛湿气。安义接过碗，嘴巴搭着碗沿，喝了几口，抹着湿漉漉下巴说：阿堂妈，我一个无儿无女的废人，你还记得我的病，我真不知道怎么说。阿玲拎起瓦罐，倒了碗汤，让映芬喝。映芬哑巴着嘴巴，摆手趔身，沿着林中小径，向山头走去。阿堂站起来，瞄着坝面下蝌蚪一样的光点，跟了过去。

啃了几块骨头，咕噜着喝完汤，安义恰似腊肉般干瘪的肚子，鼓了一点。阿玲收起碗筷，对着拿起竹筒水烟的安义问：逃港的人，都回来观光了，也不知道我们家老爷，敢不敢回来。安义吹了口水烟，摸着下巴，瞄着夜空应道：哎！这世事就像天气，热的时间长了，就得吹风；旱的时间长了，就得下雨。中国的学问，就在一个变字。做人不能认死理，得随着四季的变化，不断增减衣服，才不会生病。他指着瓦罐，续道：湿气重了，就得补祛湿的汤水。阿堂妈恍惚明白了，点头茫然地望着满天星斗。水库的蛙鸣，一阵高过一阵，草丛间缩身蹦跳的甲虫，啾啾鸣着。不远处传来几声狗吠。阿玲偏着头问：权叔是支书，他在村头的榕树下，跺着脚说地主富农不敢回来。这是不是上面就是这个意思？放下竹筒水烟，安义捶打着膝盖，摇头应道：权叔那个人，就是一根筋。他就是知道跟着形势往前冲，那也是他的想法，你也别当真。阿玲知道老爷在的时候，遇到拿不定主意的事，也要回到狮门，亲自登门，向安义问询。她相信安义的判断，偏头搓手笑了。安义挺了下腰，眼珠滚溜着，扬手嘱咐道：阿玲，回去也别再探听了，就在家里耐心等着。香港那边传来话来，让阿堂告我一声。一晃快二十年了，我也想在有生之年，拉着老爷的手，和他絮叨几句知心话呀。

纳凉的人叨咕着镇上的新鲜事。权叔的判断，在各种消息的旋涡中，沉了下去。他依旧来到树下，坐在人群中间，抽着香烟，展开报纸，引道着社员们的猜测。

收拾完家务，阿玲坐在檐下，摇着蒲扇，她确信安义的判断，等待中有些焦灼，不时地唉声叹气。老爷是个讲究的人。多年的劳作，她白皙嫩滑的皮肤，变得黝黑起皱，细柔的小手，起了老茧，苗条的身姿变得粗壮。她不知道老爷见到她这般模样，会不会从心底嫌弃她。她渴望见到老爷，又怕见到他。

坐在榕树旁的河涌边，阿堂侧耳静听着社员们的絮叨。权叔闪着身子，咳嗽着过来。阿堂趴在斜坡的草丛间，瞄着权叔权威的手势，听着他沙哑却又顿挫的说道，阿堂掂量着老豆会不会回来。人群散去，阿堂拍着裤脚，垂头缩身，推开家门。妈妈站起来。他说着榕树下的消息。妈妈走过来，安慰了几句。他推开房门，撩起蚊帐，扑在床上，叹气翻身，盯着黑魆魆的屋顶，在幻觉中想起了阿财，憧憬着未来。

日子静流，老豆会不会回来，成了阿堂母子的心结。坐在屋檐下，阿堂和妈妈该说的话，似乎已经说完了。无言的沉默夹着叹气，他们的情绪叠加，沉闷和无奈的气氛笼罩着小院。暗夜的树梢，一群鸟雀扑棱着翅膀，嘎嘎鸣叫着，好像在嘲笑他们。阿堂抬头。鸟雀落在树梢，挤弄着成了型，像权叔缩着脖子的头。他呼地站起来，跑了几步，抬起脚，踹着树干。树梢抖动，鸟雀抖着翅膀，盘旋着盯着院子，鸣叫着离开了。妈妈站起来，让他早点睡。回到屋子，想到阿财近段时间没有过来，逃港念头就像海中的八爪鱼，挠着阿堂悒惶的心。

晌午时分，阿堂浑身像散架了，他扛着农具，下田归来，刚推开家门，身后传来自行车的嗒嗒声。他跨过门槛，回身见绿色的邮政车，荡了过来。邮递员喊着他，跨在车梁上，从兜中拿出张纸，晃着说：阿堂，你老豆的电报，约你们到桥头见面。阿堂格楞一下，身子瞬间挺直，他接过电报，对着暮暮的日头，眯眼看了一会儿，掏出香烟，递给邮递员。他快步进院，用瓷缸打了盆水，拎起铁丝上的毛巾，捻搓着擦了把脸，坐在屋檐下，叼着香烟，将电报看了几遍。想起竹器场的妈妈，他腾地起身，跨上自行车，向竹器场驰去。

杂草丛中堆着青竹，一群妇女站在边上，戴着手套，用刀片剥着竹皮。阿堂推开门，寻着戴着垂着黑色纱布竹帽的妈妈。看见阿堂，工友扯着阿堂妈的胳膊。阿堂妈愕然摘下竹帽，拍着腿上的竹屑，随着儿子走到树下。和儿子嘀咕了一会儿，她拎着竹帽，扇着凉风，走到编竹篮的场长身边，附耳说了几句。场长忙活的手停了，下垂的褶子脸，扬了起来，摆手笑着，让她回家。映芬从竹棚出来，弯腰走过来。阿堂对着她，摆着头，眼珠朝门外咕溜了几下，便和妈妈走出院子。映芬瞥着门口，忙活了一会儿，闪出门口。阿堂晃着电报，挤眉弄眼地说：我老豆要回来。瞥了眼树梢的日头，场长放下竹篮，瞥着厨房袅升的炊烟，手捶着腰，站起来，拎起窗台的铃铛，摇了几下。他拎起竹筒水烟，拈上烟丝，噗噗吸了几口，笑着说：佘家老爷要回桥头，和家人见面。上了岁数的师傅，抹着下巴，讲着佘家的旧事。

大队部屋檐的阴下，台阶上摆着象棋。权叔坐在报纸上，跷着二郎腿，摇着蒲扇，搓着蠕动的腿肚子，盯着棋盘，瞄着蹲在台阶下，手撑着脑袋一脸茫然的立勤，不时催促着。立勤拿起马，在方格上晃着，犹豫着落了子。权叔嘿嘿笑着，操起炮，就要落子，会计慌张着跑过来，伏在他耳边，说了阿堂家的事。权叔呼地直起身，趔着身子，瞪着会计，用棋子拍着腿问：真的还是假的？会计说村子人都知道了，人家拍来了电报。权叔的手揣在裤兜。立勤掏出香烟，给他点上。他眯眼喷了口烟，弹着烟灰说：斗地主这么多年了，地主在香港，社员们斗不到。现在地主回来了，大队没个态度，也不好交差。会计赔笑点头。权叔摆手吩咐：给公社去个电话，问问大队该怎么做。他转过头来，挠着脖子，落下棋子。立勤晃着棋子，吃掉了他的马。盯着棋盘，权叔乱了方寸，看到败局已定，他扯着棋盘，站起来，端着茶缸，进了办公室。

空中两坨黑云，像画报上筋骨暴起的铁拳，遮住了落日。一阵清凉的风，从河面漫过来。从着习惯，社员们聚在祠堂前的榕树下，议论着佘家老爷回来的事。权叔对着喇叭，讲了一会儿形势，他操起一沓报纸，夹在后座，骑车晃着回家。佘家老爷要回来，这是社员们没想到的，他们纳闷，对权叔每天坐在榕树下的说道，有了疑惑。立仁窜到路边，晃着手，招呼权叔下车，给社员们说道几句。社员们站起身，盯着权叔嘟着的脸。权叔刹车，瞥着人群，脚踮在地上，刚要开声，听到几声闷雷，他摇着头，撅着屁股，踩着踏板，一溜烟地咣当着离开了。望着他颠簸的背影，社员们满脸不解。

黑着脸，坐在桌边，吃完晚饭，权叔没有像平时那样，抽烟说着外面的事。他搓着脸，唉声叹气。老婆眨巴着眼，筷子敲着桌，问他啥事。权叔拍了下腿肚子，借着窗户透过的光，盯着翘着翅膀、瘫在手掌的蚊子：佘家老爷要回桥头，你知道吗？老婆收拾碗筷，停手转头：阿玲这些年不易，佘家老爷回来，他们见上一面，她心里好受些。权叔下垂的嘴角抖了下，摆着手说：真是妇人之见！我给社员们说，地主不敢回来。现在他回来，那就是掌我的嘴巴，让我的脸面往那儿摆！国柱刨着饭，抬头纹褶起，翻眼盯着老豆，放下碗笑着说：放心吧！地主能回来，咱们管不住，咱却能让他的儿子去不了。他妈扬起毛巾，拍着他的头，正色道：阿柱，你可别乱来！人家能回来，说明国家允许，和家人见面，那也是天经地义的事。你要乱来，传扬出去，狮门的人怎么看咱家？

竹器场准了几天假，阿堂妈将家里清洁了一番，她揭开柜子，拿出包袱，拿出中意的衣衫，洗了晾在院子里。国柱憋着气，总在找阿堂的碴儿。阿堂随着社员劳作，故意躲着他。当着社员们的面，国柱不好发作。下地归来，他坐在立勤自行车后座上，在狮门的街上窜。行到拱桥上，瞥着阿堂家院子晾晒的衣服，他扯着立勤的腰，停下耳语了一番。阿堂不敢去榕树下，他推开院门，蹲在河涌树下，望着对岸戏水的孩子。手扯着立勤的后襟，顺着坡度，国柱下了车，一左一右坐在阿堂边上。国柱伸出胳膊，揽住阿堂的脖子，手揪着他的鼻子，笑着问：阿堂，老豆要回来，高兴吧！阿堂涨红着脸，肘在国柱的腿上撑推了几下。国柱瞪着眼，卡住他脖子，指着院子里的衣服：老地主要回来了，你家院子彩旗招展，这是在向贫下中农示威哩！在阿堂裤兜摸出香烟，立勤燃起一根烟，塞在国柱嘴上。国柱深吸了两口，对着阿堂的眼睛，噗噗喷着。阿堂的腿挣扎着，想坐起身。国柱扭住他的脖子，顺势半躺着，侧身压着他腿，眯着眼说：阿堂，现在正是考验你的时候。老地主回来，你去探望，说明你没有和地主家庭划清界限。你不去看望，让老地主空欢喜一趟，证明你站在贫下中农的立场上，和自己家庭划清了界限。怎么做，你得三思而行。

瞄着国柱离去的身影，阿堂闭眼，躺在草丛中，感到狮门这个地方，他是待不下去了，泪珠泛出眼睑，顺着脸颊滚落。他想起了阿财，也不知道他逃港的事，筹划得怎么样。阿堂缓缓起身，想起安义叔的叮嘱，他骑着自行车，向坝上驰去。安义拄着棍，站在坝面，对着一抹夕阳，难耐激动的心绪，给他说着佘家的旧事。阿堂默然听着，好像那也是评书，和自己无关。安义叔坐下来，问怎么去桥头。阿堂搓着脸，想说出自己的担忧，想到国柱瞪眼龇牙的神情，他搓着脸应道：安义叔，我和我妈商量，本想和你一起过去。我大岭山有个姨，我妈好些年没有去过了，她想早一天过去，在她家住上一晚。安义闻言，眼睛咕溜着，扑哧笑了，他摇着头叹道：噢——噢——那阿叔就不给你们添麻烦了！瞄着他黯然伤感的神色，阿堂嘴角抽了几下，趋身低言：阿义叔，这样，我给映芬说一声，让她陪着你，搭运输公司的汽车过去。

生产队收工了。阿堂缩在后面，见社员们顺着田埂走远了，他拐进荒草小径，快步爬上山丘。他喘着气，站在圆形墓碑上，伸长脖子，瞭望着东北方向起伏的山峦，想象着喇叭里说的供水工程，遐想着和老豆见面的情形。一阵凉风，空气中震颤着飘来喇叭中权叔的声音，他一个趔趄，闪下墓碑，跪在地上，抬头一看，见是国柱太爷爷的坟冢。他缓缓起身，坐在墓碑上，打量着婆娑的林梢。推开院门，阿堂抓起抹布，擦拭着自行车，他将车子翻过来，放在地上，拎着油瓶，鸡毛蘸上油，涂在链条上，然后他抓起踏板，用力转了几圈。阿玲抱着衣服，站在堂屋檐下，捶着腰眼，淡然笑了。

12. 相见

周六午后，阿堂妈收拾好东西，催促着出发。阿堂推开院门，站在河涌坎上，见社员们结伙下田。回到家，他捏着车胎，让妈再等下。日头爬上了偏西的枝头，他推开门，在外面溜达了一会儿，他带上妈妈，转身锁上门，他们骑上自行车，沿着坑洼不平的沙土路，顺着记忆，向大岭山方向奔去。到了姨家，阿堂骑车来到汽车站，问明天去桥头班车的时间，算着能提前赶到，他松了口气，一下子感到畅快了。他买了包香烟，哼着小曲，蹬着车子，摆动着车头，惊着了树沟的鸡群，车轮撩着尘土，在鸡群的咕咕声中，他回到姨家。阿堂的姨看到阿玲带着儿子过来，听到佘家老爷回来，约定明天在桥头见面，就让老公在街上定了只大岭山出名的荔枝柴烧鹅，做了碗芋头扣肉，又蒸了条山坑鲩鱼，傍晚时分，大家围坐在月光下的矮桌旁，她拉着阿玲的手，说着妹妹的不易。听说明天要赶早去桥头。阿堂的表哥撩起衫子，露出印着"农机站"字样的背心，他晃着手，偏头对阿堂说：阿堂，明早我要去趟常平，到时送你和阿姨过去。阿堂的姨站起来，从厨房拎出几串腊肠，她让妹妹带上，见到佘家老爷，送给他们。阿玲推托不过，只好笑着将腊肠装进包中。

天刚亮，安义摸索着洗漱干净，换上映芬送来的衣衫，他拄着棍子，走出屋子，站在坝面上，迎着清风，眯望着东方的红霞，瞄着坝下的小径。映芬瞒着父母，推着自行车，上了坝面。她让阿叔攥着自行车后座，沿着坡径，走到坝面下。她搀着他坐上车，踩着踏板，踮脚划了几下，从自行车的前梁跨上车。

国柱拎着藤条，站在汽车站门前，瞥着街口。班车进站了，看不到阿堂，他窃笑阿堂还是听话的。立勤骑着车，在国柱前一个急刹。他抹着额头的汗，喘着气，指着村子说：阿堂家的门锁了！没有人。瞄了眼车站进出的人，国柱闭眼晃着脖子，倏然睁开眼说：立勤，这小子给咱玩了出空城计。立勤点着头。他摇头续道：还是地主家的花花肠子多，咱们太单纯了。他推着立勤自行车的后座，刚要跨上去，见映芬带着安义过来。国柱拦住映芬，瞥着安义问：阿芬，你们干啥去？映芬嘟着脸，白了他一眼，吐了舌头应道：你管得着吗！说着将车头靠在立勤身上，搀着安义走进车站，回头扬手说：立勤，麻烦你将自行车送到我家。

暗道连着明渠，供水工程像条逶迤的青蛇，将新丰江的清流，送到了香港。太阳露出脸，赶到桥头和香港亲友会面的人流，提着竹篮，成群结伙，从车站、村舍和荒草中的小路，聚到供水工程划定的区域内，盯着腾着翠玉般浪花的清流，大家伸长脖子，瞄着公路的尽头，渴望飘曳着水汽的地平线的尽头，闪出豆瓣一样蠕动的车辆。供水工程的岸边，插着一面面红旗。电杆上的喇叭，播放着雄壮的乐曲，播音员用激越的腔调，宣讲着大好形势和工程建造的壮举。表哥开着拖拉机，将农副产品送到食品加工厂。看着工人们卸货，他卸掉拖厢，开着车头，将阿堂娘儿俩送到桥头镇圩。

阿堂让妈妈坐在供销社门口，他顺着小巷，看到邻近观光区的铺头，外面挂着"兑换外汇"的牌子。他摸出香烟，递给店主。店主含笑接过烟，问着阿堂的情况，向他叮嘱一番。看着他要离去，店主扯着他的胳膊，眼珠咕溜着说：细佬，有港币拿过来，100港币兑25元人民币。他从柜台摸出一根烟，神秘地递给阿堂，掏出打火机，嘎嘣弹出火苗，给他点上。阿堂抽了口烟，闷在嘴里，不舍地噗噗吐出。店主探过头，拍着他的肩，笑着问：不一样吧？阿堂点着头。店主探头张望了几下，扯着阿堂，走到里间，他扯开盖着麻袋的货品，弯腰趔头，神秘地悄声说：细佬，我这里啥都有，价格适中，你买了别人也不知道。

探听到观光团到达时间，阿堂想起了映芬和安义叔。他从人群中挤出来，拉着妈妈，向汽车站走去。车站门口站着几位穿着黄军装、戴着红袖筒的基干民兵，警觉地打量着进出的人群。阿玲驻步，躲在阿堂身后。阿堂有和民兵打交道的经历，想起店主的叮嘱，他宽慰了几句，和妈妈进了车站。从耳根取下没抽完的香烟，拿看着上面的图标，阿堂用拼音拼读着。一辆汽车冒着黑烟，突突地进了站。映芬推开车窗，探头瞄见了阿堂，她推开车窗，挥手喊着。蜷曲的身子弹了起来，阿堂追着车跑，挥手应和着，他站在车门前，将安义搀扶着下车。阿堂引领着，躲着迎面挤过来的人流，他们进了巷子。阿堂牵着安义叔的手，映芬随着喇叭的节奏，扬手蹦跳着，和玲姨说笑着。阿堂感到从来没有过的欢畅，瞅着映芬欢快的身影，正是国柱的警告，让他想起让映芬带着安义叔过来，这又像冥冥中成全着他们的桥头之行。想到这里，对于国柱的怨，在阿堂心间默然间淡化了好多。

走到那家店铺前，店主拎着竹藤的暖瓶，倒了几杯水，递给他们。安义喝了口水，听着店主絮叨，他眨巴着眼睛，竖起拇指笑着说：你有眼光，能做这门生意，不容易呀。店主拎着水壶，正要加水，喇叭传来了鼓点声。他瞥了眼手表，指着巷口说：观光团快到了，你们快过去吧。安义放下杯子，偏头摸着墙，缓缓站起来，他牵着阿堂的手，眼睛滚溜着，一起来到巷口。戴着红袖筒的人，在人群中穿行。阿堂知道，那是县上派来的公安专员。他们挥着手，讲着要求和纪律。花生米大小的大巴，在和着尘土的光晕中，沿着岸上的公路，轰鸣着颠了过来。穿着白衬衫，系着红领巾的学生，挥着花束，欢迎观光省亲的港客。成群的港客，依次下了车，陌生地瞭望着水渠和山峦，打量着站在学生后面的人群，伸长脖子寻着自己的亲人。讲解员引领着。港客们沿着渠岸缓行，他们三心二意地听着讲解，依旧朝人群张望着，不时脱掉遮阳帽，对着人群挥着。

放下手中的花束，随着老师的哨子，学生们收队了。热望和激动的人群，熙攘着涌动起来。两位老公逃港的妇女，眼巴巴盯着那边，抽泣地抹着眼睛。公安专员扬起手，喊道：别挤了！港客回来看供水工程，咱们就是要让他们见识一下祖国的繁荣和对香港的支持，这是大事。和亲属顺道见面，这是小事。大家可别轻重不分呀！人群静了下来。安义眨巴着滚溜的眼睛，瞄着散开的港客，他扯着阿堂袖子，指着那边说：阿堂，我瞄见你老豆了，他穿着灰色的衫子，戴着浅色的墨镜，蜷曲着身子，正在朝这边张望哩！阿玲瞥了安义一眼，顺着他指的方向，她手搭凉棚，踮脚伸脖，眼神中既有望穿秋水的渴望，也浸含着淡淡的羞怯和忐忑不安。

观光团散开了。港客像扇形的豆粒，瞄着路肩的人群，轻声唤着亲人的名字，顺应着心灵感应的本能，挥手应和着过来。听到唤自己的名字，阿玲拍着阿堂的肩，眼泪夺眶而出，她扯着阿堂的胳膊，难于自控往前挤着，指着前方，大声喊道：阿堂，你老豆过来了！安义屈着身子，颠了几下，指着晃动的人流，扬起手喊道：老爷，这边！我们在这边！老豆瘦小的身子，在人缝中闪了几下。瞄见了人流涌动中灰色的衫子，顺着安义叔的嘀咕，阿堂缩身扬手，拨开推搡的人群，往前挤了几步，他抓住老豆干瘪的手，眼泪吧嗒地喊道：老豆，我就是锦堂呀！公安专员刚要推他，见他们的手搭在了一起，言语对上了，随即松开红绳，放他们进去了。老豆晃着手，嘴巴颤抖着，说不出话来，他怜爱而又愧疚地盯着阿堂，上下捏着他的胳膊，感慨地说：成了大小伙了！阿堂抹着眼睛，趔身牵起妈妈手，搭在老豆手上。阿玲嘴角抽着，搓着他的手，嘴角抽搐着，带着哭腔说：老爷，阿玲总算见到您了！我还以为这辈子，再也见不到您了！下垂的眉毛抖了几下，老爷端详着阿玲，他的鼻头晃动了几下，闭眼摇着头，捏搓着阿玲粗糙的手掌，哽咽着说不出话来。瞥见了安义，他对阿玲轻声说：难为你了！阿玲。这些年，我一直惦着你们，一想到你们娘儿俩，我心里就堵得慌。

安义吸纳着嘴巴，感怀地笑着。他晃前一步，手搭在老爷手上，笑着问：老爷，您还记得我吗？安义呀，油坊的账房！听到他喊老爷。公安转过头来，瞪了安义两眼。老爷攥起安义的手，点着头问：还一个人？安义抹着嘴角，摇头应道：老爷，我一个人习惯了。老爷松开了安义的手，扯着边上穿着西装的中年人说：你们看看，我都忘了介绍了。他指着阿玲和阿堂，对那中年人说：这是你三娘，他就是你细佬。又侧身指着安义，介绍道：这位就是我常提起的安义叔。老爷指着那中年人，对锦堂说：锦堂，这是你二哥锦文。二哥点头，和大家招呼着。映芬从人群中冒出头来。阿玲扯着她，对老爷说：这是映芬，她和阿堂一起长大，安义的侄女，在竹器场护着我哩。老爷慈爱地看着她，点头笑了。

心中的悲情释放了，寒暄一阵子，阿玲挽着老爷，走到树荫下。锦文扯着锦堂，指着饭馆牌子，嘀咕了几句。映芬挽扶安义，一帮人找了个饭馆坐下。二哥问老豆想吃啥，老豆摸着下巴，盯着阿玲笑了，絮叨着家乡的几款美味。锦文进了饭馆，点好菜，他拎起茶壶，正要给大家加水。映芬走过去，接过茶壶，轻快地围着桌子，给水杯添茶。商店前一片喧闹。锦文站起来，扯着锦堂，一起进了商店。锦文出来，附在老豆耳边，嘀咕了两句。老豆扯着阿玲的袖子，扬手对安义说：好不容易回来一趟，走，咱们进去看看！

这是间供销社的华侨商店，摆放着只能用港币购买的商品。门口撑着一排凤凰自行车，边上就是蜜蜂牌缝纫机。柜台前摆着成捆的布。一群妇女扯着布头，看着标价，商量着购买的款式和尺寸。另一头柜台上，售货员拿出几只手表，对着挂钟,调着时间。几个顾客套在手腕上,抖动着手表,顿时找到了公社干部的感觉。几位港客扭着收音机的开关,吱吱声中传出悦耳的曲子。老豆屈着腰,挽着阿玲转了一圈,他坐在缝纫机前的凳子上,对锦文吩咐道:看大家需要啥,赶快挑选吧。见大家不动,他松开阿玲的手,指着柜台说:这里的东西,你们在外面就是有钱,也难以买到。别愣着,中意的,就拿过来!放在一起,让锦文买单吧!安义摆着手,蹲在边上。映芬揪着衣角,晃着身子,也是不动。锦堂走过去,拍着自行车的坐垫,摁着铃铛。锦文提着后座。阿玲摆着手,说家里有了,不用买新的。锦堂将映芬拉到缝纫机前,晃着银色的转轮,瞄着蚂蚱一样的机头,白了她一眼,附在她耳边,红着脸轻声道:映芬,买个缝纫机,帮我做做衣服。映芬抿嘴一笑。阿堂笑着说:过了门,我就不用再买了。映芬推了他一把,娇羞得低头不语。阿玲站起来,牵着映芬,来到柜台前,和她商量着,在每个人身上比衬着,扯了一堆布。锦堂挑了块手表,抖着腕子,在安义眼前晃着。安义摆着手说:时间对我不紧要,我坐在坝上,感受着日落日出,那也是我活着的念想。有个手表,看着指针抖动,我的心绪就乱了。老豆摆着手,对锦堂说:给你安义叔选款收音机,他喜欢听评书。安义摸着几款收音机,眼睛贴在波段盘,滴溜瞄着。锦堂扯着映芬,帮她选了款蝴蝶牌女表,两个人抖着手腕上的表,对望着嘿嘿笑了。

屋外的喇叭响了。锦文拿起账单,要去结账,他附在老豆耳边说:时间不早了。安义攥着棍子,随着站起来。饭馆的店主见客人回来,和老婆端着盘子,摆上菜盘,将一盘米饭,放在中间。老豆举着筷子,欠身指着腩肉蒸鱼干,阿玲起身,给他夹了几块。他夹起一片腩肉,对着日头端详了一会儿,看着垂滴的油汁,转脸对阿玲说:你还记得吗?我离开狮门的最后一道菜,吃的就是腩肉蒸鱼干。这些年,我到酒楼吃饭,都要点这道菜,却始终吃不出家乡的味道。阿玲掏出手绢,擦着湿湿的眼眶,抿嘴不住地点头。老豆放下筷子,攥着锦堂的手,摇着头说:阿堂,照顾好你妈。老豆回到香港,再想想办法,将你们接到香港去。眯了眼望树梢的日头,他摆手叹息道:当年就是舍不得老家的田产和铺面,才将你们母子留在狮门。这些年,我算是想明白了,田地是社会的,咱们不过伺应着,没有亘古不变的家财。一家人和和乐乐在一起,才是圆满的生活。接过锦文递上的包,老豆摸索着,掏出一只玉镯,给锦堂妈带上,看着她说:这是那年我在香港给你买的,想着送给你,没想到这一别,就是近二十年。现在给你戴上,也算了却了我的一桩心事。他掏出一包衣服，递给阿堂，拍着他的肩说：堂，这是你二哥给你买的，也不知合不合身。

大巴车启动了，喇叭催促着港客上车。老豆掏出一沓钱，抽出几张，塞给安义。安义趔着身子，就是不要。他加了几张，放在映芬手中说：我和你阿叔虽然年龄上有差异，也算是世交了。你收着，给你阿叔买些东西。锦文站起来，背挡住叼着香烟的公安专员。老豆将剩下的钱，塞给阿玲，嘴角抽了几下，他摇着头说：你们生活不易，我也是有心无力。这些钱，你留着，贴补家用。公安专员趔身，探头盯着手掌中攥着的一沓钞票，烟头蹦跶了几下，突然扬起手喊道：时间到了，赶快上车！锦文挽起老豆。他拉着阿玲的手，眨巴着眼，苦笑了一会儿，摇头搓摸着她的手，脸上挂着牵挂，嘴巴抽搐着说：阿玲，我的身子骨一年不如一年，也不知道这有生之年，还能不能回到狮门，再看你们一眼。阿玲眼睛婆娑着，攥着他的手，松开又捏紧，好像在给予他力量。老豆抓起锦堂的手，不舍地说：阿堂，老豆在香港给你们母子，留着地方。如果老豆有个闪失，你就找你二哥。阿玲再也控制不住了，她哇地哭了起来，赶紧捂住嘴巴，压抑的泪水顺着指缝，随着啜泣的抖动，恣意地流了下来。映芬赶紧过来，挽着她的胳膊，附在她耳边宽慰着。

大巴嘟嘟了几声。公安专员拦住送别的群众，指着大巴，晃手喊着，让港客赶快上车。安义低着头，攥着老爷的手晃着。公安专员推了他一把。他抬起头，滴溜着眼珠，瞄了公安一眼。公安趔身一惊，退了两步。安义笑着说：老爷，阴天变成晴天的时候，成坨的云团中得先有缝隙，缝隙会透着太阳光。我默默思考着，您跟二公子回来，就是这道缝隙。您养好身子骨，等着天晴那天，再回狮门看看。

佘家老爷瞄着天，点头松开了手，在老二的搀扶下，一步三回头地走了。阿堂贴着树干，晃着手，偏头盯着老豆蹒跚着上了车。他感到老豆给他说的那些，在汽车开动的那刻，又变成了虚幻的渴求。他多么想搀扶着老豆，带着妈妈一起登上汽车。大巴上了公路，拖着烟尘，蠕动着变成了晃动的花生粒，消失在地平线的尽头。送别的亲友，缓过神来，人们没了声息，低头默然地散开了。

过了巷子口，想到港币不能用了，阿堂让妈妈到那间铺子，将港币兑成人民币。阿玲默思了片刻，犹豫着抽出一沓港币，递给了阿堂。阿堂扯着映芬，踩着石块小径，张望着快步进了巷子。安义坐在街边，倒腾收音机。买了自行车的人,前梁坐着孩子,后座上坐着老婆,晃着车头,摁着车铃,沿着沙土路回去。阿堂买了几包烟,给了安义叔两包,他掏出打火机,嘎嘣点着,在他的眼前晃了几下,递给安义。映芬买了排发卡,她抽出一个,箍住头发,仰头问阿堂:怎么样?阿堂扑哧笑着说:真像洪湖赤卫队里的韩英。

13. 到港

桥头归来,阿堂沉浸在与老豆见面的追思中。他没了随着社员下田劳动的动力。从竹器场回来,阿玲见到他穿着二哥送的衣服,站在屋檐下,眯眼望着树梢。她做好饭,将阿堂叫到饭桌前,夹着菜说:阿堂,老豆走了,你还是生产队的社员。不能老待在家里,别让大队对你有看法。阿堂拍着裤腿上的柴草,摆着手应道:妈,我知道了。

好多天不见阿堂出工,权叔听了队长的报告,他嘟着脸,没有吱声。田头歇息的时候,他从田埂上过来,看着绿油油的水田说:咱们就指望着稻田,来填饱肚子,不像地主家,有香港的汇款,下田劳动也是三天打鱼,两天晒网。社员们仰起头,嘿嘿着点头。权叔抖着烟头,踹着田埂的荒草说:老地主回来了,和小地主接上了头,地主一家神气了,看不起下田了。国柱呼地站起来,折断一根树枝,拍打着草丛,瞥了眼立勤,扬手说:咱们都是老实本分的农民,地主家的后代脑袋转得快,别看他表面上点头哈腰的,他想的和咱们不一样。

收工回来,队长弯着腰,趿着鞋,踱到阿堂家门前,转悠了一阵子,他犹豫着推开阿堂家的院门。阿堂穿着港式的夹克,坐在屋檐下,晃着手腕的表。见队长进来,他愕然站起来,笑着将他让在凳子上。队长盯着他,摆手让他不用倒茶,他笑着说:阿堂,家里有事?阿堂挠着脖子,瞥着队长,犹豫着摇头。接过他的香烟,队长吸了口,眯眼吐着烟说:阿堂,一个人闷在家里,也不是个事。现在正是稻子灌浆的时候,队上劳力紧,你要下田劳动,不然社员们有意见。阿堂的脸红了，他搓着脸，试图解释，嘴巴嗫嚅了半晌，也没有找到合适的词。队长站起来，打量着院子晾晒的衣服，摆着手走了。

国柱妈在河边洗衣，竹器场的妇女绘声绘色地说着映芬戴上了手表，将映芬陪着安义，到狮门见佘家老爷的事，绘声绘色地絮叨了一通。立勤妈站起来，噘着嘴应道：难怪阿玲像变了个人，原来是带着未过门的媳妇，拜见家公去了！国柱妈搓着衣服，疑惑地嘟着脸，她知道儿子喜欢映芬，便直起腰，摆着手应道：别乱说！传扬出去，对人家映芬不好。那位妇女笑着说：人家那是久旱逢甘霖。立勤妈手背抹着额头的汗，扑哧笑了，转过头说：都是快要入土的人了，见个面又能怎么样呢？那么多人，还有公安和民兵看着，就那么点时间，他们还能怎么样哩！

佘家老爷回桥头的事，在狮门的大街小巷传开了。权叔觉得丢了面子。这些天，他很少对着喇叭讲话。从大队骑车回家，路过祠堂前的大榕树，瞥见树下聚着一堆人，他也没有像平时那样，下车坐上一阵子，扬手说道一番。推开自家的院门，他拎着凳子，坐在檐下，翻着凳子上的报纸。老婆冲了杯茶，放在窗台上。他瞥了眼，见窗台上放着大半杯"双蒸"酒，便扬起手，吩咐道：备两个菜，我和阿柱喝上两杯。

天色暗了下来，国柱妈拉亮堂屋的灯，在门框的光影中放下矮桌，摆了几碟菜。门外传来自行车的丁零声，国柱从立勤自行车后座上下来。立勤抓着车头，对着院子飘来的香气，伸长脖子，嗅了几下。权叔站起来，招手说：立勤，陪叔喝几杯。立勤摆着车头，笑着走了。几杯酒下肚，权叔嘟着的脸展开了，他手指夹着香烟，说着阿堂家的事。国柱妈坐在边上，附和着说了洗衣时那群妇女的议论。权叔端起酒杯，抿了一口，嘴唇嘟囔着，操起筷子。国柱用酒杯啪地顿了下桌面，瞪着赤红的眼，哼啦喘着粗气，手指敲着桌子叱问道：老豆，现在是新社会了。贫下中农当家做主，也不是一句空话，咱不能让地主家胡来！国柱妈后悔不该接老公的话题。她扯着国柱胳膊，劝慰道：阿柱，河边洗衣的闲话，那些妇女添盐加醋的，谁会信啊？国柱放下筷子，腾地站起来，踢开凳子，气呼呼出了院子。国柱妈扯着他的胳膊，就是拦不住。她反身回来，白了眼醉醺醺的老公，埋怨着说：真是你的亲儿子！你也不说道几句，总顺着他那性子。

赤脚站在水田里，阿堂感到气氛不对，觉得国柱在伺机找碴儿。快到田头了，他故意放慢脚步，看到社员们散坐在田埂上，他用眼睛瞄着国柱的影子，思量了一会儿，屈身蹲在几位社员中间。立勤爸撩着水，洗着脚上的青泥，笑着问：阿堂，听说你老豆给你买了个表？阿堂低着头，拿着枯枝，戳着渠边的草根，就是不吱声。社员们转过头来，七嘴八舌地说：阿堂，有手表是好事，平时咱们都是瞄着日头收工，下雨天就麻烦了。有了手表，咱们就能按时收工。你也别自私了，戴上表，给队里做个贡献嘛。队长趔着身子，探头过来，对着阿堂嘿嘿了半晌，竖起拇指说：在理，说得在理！

从砖厂回来，田间的劳作，让阿堂潜藏的心性，蛰伏了许多。见了老豆，他已经烫平的心性，不知不觉中皱了起来。他不是怕劳动，他心里就是受不了国柱变着法子地倒腾。队长有意思，社员们有要求，他回到家，从枕头下摸出手表，站在院子里，对着太阳晃着。清早出工，阿堂戴着手表，走到队长身边，报着时间。渠边铲土的时候，银色表链顺着他黑细的手腕，嗒嗒窜溜着，反射的太阳光，映到国柱的脸上。国柱眯眼抡着铁锨，拍起一坨水花，指着阿堂呵斥道：将你那玩意儿收起来，再映到我，我就用砖头砸碎它！边上的社员拉着国柱，笑着劝说。阿堂停住了铁锨，委屈地瞅着队长，愣了半晌，他默然摘下手表，低头揣进裤兜。

眯了眼看看明晃晃的日头，队长扬手问阿堂时间。阿堂摸出手表，报上时间。队长拎起铁锨，在水中划了几下，喊了声收工了。社员们扛着铁锨，顺着田埂回村。国柱上了田埂，阿堂犹豫着随在队尾。快到沙土路的时候，国柱趔身让后面的社员过去，见到阿堂过来，他和立勤挡着田埂，拦住了阿堂。阿堂怯怯地低头，脱掉刚穿上的鞋，想从水田绕过去。立勤一把抓住他的胳膊，附在他耳边，看似亲热地冷笑着说：别急！国柱有事找你。阿堂愣了一下，蜷曲的身子就要蹲下。立勤挽着他的胳膊，将他扯到沙土路边。

收工社员在树荫和阳光的交替中，成了蠕动的影子，消失在拐弯的地方。国柱呼啦转过身，一把撩起阿堂衣领，瞪眼咬牙地将他摁在树干上，腮帮抖动着说：阿堂，你有钱了！是不是？听说你和映芬戴上了情侣表，是不是定亲了？定亲了，就得说一声，这样偷偷摸摸算啥事呀？

阿堂憋着气，身子瘫软着往下蹲。立勤走过来，挽着他的腋下，撑住他的身子。国柱喷着唾沫，不断地逼问。立勤松开手。阿堂可怜巴巴地望着国柱，摸着头，低声说：安义叔要去桥头，映芬陪着他。表是我老豆买的，就两个款，碰巧选了同款。没你说的那个意思。国柱踱着步，猛然将一粒石子踹进水里，他抖着手，点着阿堂的鼻头，嚷道：阿堂，实话告诉你，映芬喜不喜欢我，我也不知道。我喜欢映芬，她知道，立勤知道，狮门的人都知道。我警告你，别不识好歹，最好离她远点。你一个地主仔，自己有几斤几两，回家好好掂量掂量。阿堂低头盯着地面，搓着草根，他忽然抬起头，聚目盯着国柱，眼神中透着憎恨，他偏了下头，目光中闪着一丝轻蔑，瞭望着不远处的山丘。国柱抹着下巴，转头问立勤：他还是不服气！立勤笑了，他揽住阿堂的肩膀，缓缓地说：阿堂，你和映芬走到一起，将来生下一窝地主仔。这窝地主仔就像你现在这样，你忍心吗？到那时，阿芬想哭都没有眼泪了。我劝你还得替人家想想，要学会放手。

　　裤兜里的手表晃着，磕到国柱的腿。国柱从阿堂的裤兜掏出手表，眯眼端详着表盘，看到一闪一闪的反光，他翻过来，晃动着表盘，用炽烈的反光，射在阿堂的眼睛上。阿堂呼地挺直身，闭眼摇着头，喘气推了他一把。国柱嘿嘿笑了，抬起胳膊，卡住他的头，将阿堂拥到树干上，晃着手表问：阿堂，告诉我，舒服不舒服吧！他突然松开手，推了锦堂一把，扬起手说：阿堂，我告诉你，头顶的太阳就是国家的政策。我们就是要聚焦政策，好好照照你这个地主仔，让你知道生活在狮门，你就得夹着尾巴做人。立勤过来，扯了下国柱的胳膊，笑着说：行了！阿堂也是个醒目仔，他知道该怎么做。大家毕竟都是同学，收着点。将手表套在手腕上，国柱晃了几下，问立勤：听说手表能防水，咱实验一下。立勤摆着手。国柱蹲在水沟边，扑地将表沉入水中，撩起了一坨青泥。立勤扯着他的胳膊，抓过手表，抖了几下，递给了阿堂，他推着国柱走了。

　　在裤腿上擦了几下手表，见缝隙中沉着的泥，瞄着他们离去的背影，阿堂突然感到，和老豆见面激发的憧憬，依然离他很远。现实浑然依旧，往前的路，他真的不知该如何走。知道榕树下有人，阿堂绕到村后，从东头进村。映芬端着盆子，去河边洗衣。阿堂低头缩身，蔫蔫地装作没有看见她。映芬扬起手，喊着阿堂。阿堂抬头，瞄见她嫩滑的臂肘上晃荡的手表，泛着熠熠的光。他没有搭理，心里埋怨她洗衣的时候，还要戴着手表。推开院门，阿堂没有理会妈妈。他将铁锹靠在檐下，快快地进了厢房，他斜躺在床上，摸出一根烟，一口接着一口，吸了一阵子。成长的画面，像幻灯片那样，映在蚊帐的顶棚上，直在他眼前晃，眼泪盈满眼眶，倏然滑落。看到柜子上的地图，他想起了阿财。他瞬间感到阿财的说道有道理，狮门他是很难待下去了，只要逃到香港，老豆絮叨的事，才能变成现实。

天黑了，阿玲做好了晚饭，她伏在门缝，催促阿堂吃饭。逃港的事，在他的心里沉寂了好些天，白天的遭遇，让他念头重燃，阿堂倏然间有了动力。他推开房门，没有理会妈妈，推起自行车，向阿财家奔去。村口遇到阿财，他放下肩头的农具，顿了几下，一把抓住阿堂的胳膊，愕然笑着问：阿堂，怎么样？你想好了？眨巴着眼睛，阿堂比着嘴巴，点着头说：阿财，我翻来覆去地想了好些天，觉得你说得有道理。狮门我是待不下去了。咱们信号依旧，还得筹划那件事。

看着阿堂手腕上的手表，阿财摘下来，戴在自己手腕上。阿堂骑车，他跨坐在后座上，对着门前的街坊，嘻哈晃着手腕。走进阿财家的院门，阿财将他让进屋子，轻手蹑脚地关上门。他们放下窗帘，拉亮电灯。阿堂不知道他葫芦里卖的什么药。阿财扯着他，坐在床边，从抽屉里拿出几张纸，展开说：看到了没有！上面有红色的公社的抬头。阿堂皱着眉，盯着他。阿财挠着脖子，笑着说：我到公社找我姑父，趁大家不注意，悄悄地从办公室的公文簿上撕下的。阿财折起纸，夹在书中，晃着说：就差公章了。弄个公章，自己写好介绍信，盖上红戳，咱们就不用钻树林了，就能大摇大摆地去罗湖了。到了那里，咱躲进草丛，趁着退潮，潜入水中，事就算成了。阿堂眨巴着眼睛，默思了一会儿，摊开手问：笑话，哪里来的章子？阿财瞥了眼窗户，揽过他的头，嘴巴对着他的耳朵说：你可记得，在砖场的时候，有个沉默寡言的中年人，我问过他，他说只要给钱，他能帮着盖印章。

回到家里，阿堂掂量着阿财的盘算，他眯着眼，拿起桌上剪去一块的地图，举在空中，对着电灯晃了几下。两天后的傍晚，阿财来到阿堂家，和玲姨招呼了一声，便进了阿堂的屋子，随即带上了房门。知道阿堂主意已决，他揽住阿堂的脖子，亲热地笑着说：少爷，那人要二十块钱。细佬穷，实在拿不出手。阿堂踱了几步，揭开柜子，掏出个信封，凑了二十块钱，折成一沓，递给了阿财。他轻声嘱咐道：阿财，钱我先给你。有什么冬瓜豆腐，你得担着，把我扯进去，事情就复杂了。阿财笑着，让他放心。他揣起钱，拉开门闩，回头眯眯一笑，推着自行车，消失在夜色中。

阿财走的时候，阿玲正在厨房。盯着他贼头鼠脑的样子，她解下围裙，从厨房走出来。阿玲在儿子门前踱了几个来回，她想推门进去，看个究竟，又怕阿堂不高兴。琢磨了半晌，她坐在屋檐下的竹凳上，拿起了绣棚，走着针线，不时瞭望着阿堂的窗户。阿玲有些犯困，针线走得没了章法，她放下针线，站在屋檐下，打量一会儿，犹豫着推开了阿堂的房门。阿堂靠在床上，正在发愣，他赶紧挺起身子。阿玲眨着眼睛，指着屋外问：阿堂，你这几天和那个阿财走来窜去的，是不是商量去那边的事？阿堂讪笑着，摇着头应道：娘，你多心了！没有那事。阿玲不信儿子的话，她噘嘴瞪眼，一脸疑惑。阿堂趿着鞋，站起来说：娘，我如果走了，狮门就剩下您一个人了，你的日子咋过哩？见到了老豆，我也想开了，到哪里都是过日子，现在这样，咱娘儿俩在一起，不也挺好的？我不想再折腾了。阿玲叹了口气，瞄着窗外，她转过头，眼泪吧嗒地摆着手，抓住阿堂的手，搓着说：阿堂，只要你将来有出息，妈妈再苦再累也就值了。听镇上人说，好多逃港的人，都是撞了好几次，最后才跑过去的。妈思前想后，你待在狮门，也没啥出息。佘家在狮门这条根枯了，在香港的那条根却枝繁叶茂。你还得认祖归宗呀，这也是你老豆的心愿。

阿财的村子里，有个叫志军的人，在罗湖边防部队提干了。他回家探亲，阿财和他聊过几句，知道他在边防，负责后勤。志军有两个兄弟，和阿财一般大。阿财和阿堂逃港失败，在边防和砖厂都有案底。他们躲在房间，商量着如何写好介绍信。阿堂打个草稿，谎称是志军的两个兄弟，说公社有些农副产品，到部队联系销售。两个人趴在柜面上，反复斟酌，最后由阿堂抄写在盖着公章的纸上。阿财掏出印有公社落款的牛皮纸信封，折好插进信封。他们分了工，回家分头准备，约定阴历八月初一出发。

有了介绍信，阿堂心里稳定了好多。他们在太平车站碰头，买了去罗湖的车票。坐上汽车，阿财对着阿堂挤眉弄眼。汽车摇晃着，驶进一个有边防战士站岗的院子。阿堂知道要进行边防查验，瞥着院子里穿着军装的人，他心里有些发慌。阿财趋身，一把抓住他的手，捏了几下，偏头说：没事，咱们有介绍信，别紧张。到时由我来应付，你看我的眼色行事，尽量少说话。车子噗噗喷了几下气，咪地停在指定的位置。车门打开，一位军官带着两名战士上了车，说要边防查验。乘客们掏出介绍信，攥在手里，等待查验。一个战士接过阿财递上的介绍信，核对着问了几句，纳闷去联系农副产品的销路，为什么要派两个青年劳力去。军官接过介绍信，又问了几句。阿财站起来，指着介绍信上的名字，笑着解释道：解放军同志，你们罗湖边防，有个叫志军的同志，是我们村子的，我是志军的弟弟，这位是我们大队的会计，我是带路找我哥，他代表大队谈价格。军官笑了，将介绍信还给了阿财。车子重新上路，阿堂揽住阿财的肩，捏了几下。汽车颠簸着，不一会儿到了罗湖车站。下了班车，阿财伸了几下懒腰，眯眼瞄着夕阳下罗湖边防管制区的牌子。他贴在阿堂的耳根，叮嘱着让他跟在后面，不要作声，由他在前面应付。快到边防检查站门口的时候，哨兵警惕地盯着他们，扬手让他们靠边，正色呵斥道：这里是边防管制区，请你们马上离开！阿财晃着介绍信，笑着走上前，将介绍信递给那位战士，憨厚地挠着脖子说：同志，我是司务长的弟弟，这位是我们大队的会计。公社有一批农副产品，想联系卖给你们边防部队。哨兵打开信，低头看着。警卫室走出位穿着四个兜的军官。阿财瞄了眼，点头哈腰，赔着笑脸，说出了志军的名字。四个兜弹着烟灰，接过介绍信，他展开介绍信，瞄了一眼，扬手说：噢——原来是司务长的弟弟呀。我听他说过，想接你到部队来当兵。他们好奇地进了门，瞄着荒草中清幽的河水和不远处的海湾，瞄着对面茂密的山峦，他们激动得咽着口水。军官转头笑着说：别看了！对面就是香港。你们沿着这条路，朝里面走，向右拐，走一段坡路，山脚下就是部队的后勤区。

河边竖着铁丝网，隔一段距离，就是个水泥柱子，上面架着聚光灯。阿财扯着阿堂的胳膊，私语嘀咕着，商量着下水的地方。快到海湾的时候，前面是片被草藤遮盖的滩涂，铁丝网下面有个虚掩的铁丝小门。他们放慢脚步，侧耳静听，弯下腰，背靠着背，用鹰一样的眼睛，扫视着四周。见四下没人，阿财嘘了声，他们蹲下来，说声"走"，便猫着腰，倏地钻进草丛中，弯腰碎步快走了一会儿，趴在草丛中，侧耳探听着路面上的动静。

天色暗了下来，对面的山坳中，显出了一片灯海。一束束强光，晃动着叠合在河面上。学着电影中解放军匍匐的姿势，他们背着行囊，咬牙爬行。见到闪过来的灯光，他们倏然埋在荒草中，低头屏住呼吸。脚下湿漉漉的，踩上去有了弹性。阿财抬头，前面就是呼呼涌动着海浪的墨色海湾。阿堂跟着阿财，掏出瘪瘪的皮球，插进气针；将球吹胀，装进网兜，拎在手中。他们弯腰蹚着海水，张望着潜入水中。水抵到脖子，他们将网兜系在脖子上，手摁着皮球，隐没在水草中。岸上的路上过来了一溜人，他们打着手电筒，对着水草比画着，渐渐走远了。阿财摆了下头。两个人就像黄鼠，头晃闪着，斜着身子，脚蹬手划，摇晃着滑向海中，碰到闪来的光，他们便抱着球，憋着气将头埋在水中。水草远去，黑魆魆的海湾闪向身后。海水慢慢退潮，裹挟着他们，阿财招呼着阿堂，荡向对岸划去。

见到锦堂,佘家老爷激动得老泪纵横。他拉着阿堂的手,探问老家的境况和阿堂妈的身体。他摇头叹息,悔不当初听信了大老婆的叨咕,将他们娘儿俩留在老家。老豆安排锦文,开车带着阿堂,让他见识了香港的繁荣,帮他量身定做了几身衣服。老豆捎话过来,说今年八月十五,算是佘家全家团聚。他要在鲤鱼门摆酒,让阿堂见见兄弟姐妹,也要将他介绍给香港的亲朋好友。

阿财在佘氏下属的莱莉雅服装厂做工。阿堂也住在那里,老豆没有安排他的工作。他在附近的街区游荡,买了沓报纸,回到宿舍,躺在床上,翻来覆去地看着。工厂下班了,他便拉上阿财,一起去街上溜达,蹲在小吃档前,品尝着香港的美味。书报摊的老板,将新出的杂志,摆上了书架。阿财吃着牛腩粉,咕噜喝着汤,瞄着杂志封面袒胸露乳的女郎,他嘴巴僵住了,失神地盯着。阿堂抬起头,笑着拍了下他。他噗地将汤吐进碗中,阿财抹着湿淋淋的下巴,不好意思地笑了,依旧偏头瞄着。阿堂买完单,阿财攥着那本杂志,正要扯外面的薄膜。店主拦住了,扯过杂志,轻蔑地埋怨了几句。阿堂要过杂志,看了标价,付了钱,将杂志递给阿财。阿财如获至宝。阿堂拉着他,去房间看电视。阿财咧嘴笑了,手搓了个响,跟着阿堂匆匆上楼了。

二哥五十多岁了,头发花白,他做事一丝不苟,见人总是笑呵呵的。他管理着莱莉亚服装厂。八月十五快到了。按照老豆的吩咐,他带着阿堂,做了个发型,给沓封好的利市,让阿堂见到晚辈,都要派个利市。回到住处,阿堂兴奋地换上西装,穿上皮鞋,他对着镜子,撩着粘上发胶的头发,感到头发就像戴了个罩子,有些不舒服。站在镜前,他女人般地侧头晃身,总觉得有点别扭。瞥了眼床上的领带盒,他抽出领带,搭在脖子上,看着盒子背面的示意图,他往上一勒,领结和长短都不是那回事。他想到了红领巾,如果当年自己加入了少先队,现在打领带就不是个问题了。他羞于问别人,想起了阿财,他扯下了脖上套着的领带。

坐上车,二哥给阿堂介绍香港的风俗习惯,叮嘱他要注意的细节。车子到了鲤鱼门,他们下了车,他跟着二哥,顺着走廊,来到一个偏厅。酒店经理拿着菜单,将锦文叫出去,他们站在外面,商量着酒会的细节。大哥大名叫锦辉,六十多岁,请阿堂喝过早茶。他快步进来,摆着手,说老豆和太太来了,招呼着阿堂往外走,准备迎候。二哥摆着手,交代了几句,随着大家出来。老豆的车到了。酒店的侍应拉开车门。老豆颤巍巍垂下一只脚。老大贴上去,腆着肥胖下垂的肚子，将他扶出来。老豆站定，矍铄地瞄了眼天，微笑着扫视着大家。大太太下车，拎包站在边上。老豆走前几步，抓住迎上来的阿堂的手，笑着拉过来，递给大太太。大太太裹着粉底下垂的脸，颤了几下，宽大的唇线裂开，露着笑容，摩挲着阿堂的手，将他拉到跟前，端详着说：那年离开老家的时候，你才会挪步，现在都成小伙子了。她转过头，对着先生说：像他妈！老爷嘿嘿笑着，他牵着阿堂的手，缓缓走进酒店。

老豆和二太太住在太平山。大太太住在西贡，年节时，老豆和她见个面。公众场合，老豆和大太太出席，二太太不闪面，即使出来，也由儿女们侍候着。老豆和大太太落座，见二太太站在边上，他招手让阿堂过来，指着二太太说：阿堂，这位是你二娘。二太太走过来，牵着阿堂的手，盯着老爷，笑着说：阿堂像你年轻的时候。大太太挥着手帕，瞥了她一眼，嘟着脸说：阿玲住在香港的时候，你都没见她。二太太拉着阿堂的手，瞥着先生，晃着身子说：这些年，老豆想到你娘儿俩，就叹息睡不好。你回来了，一大家子算是团聚了，你老豆也开始打太极了。

开席了，儿孙们排队，给长辈敬酒。按照二哥的交代，阿堂举着酒杯，给兄弟姐妹敬完酒，他搓着利市，派给晚辈。他端着酒杯，跟着两位兄弟，给佘氏的亲朋好友敬酒。这些年，佘家老爷不喝酒，儿女给他添酒，他咧着嘴，弹着桌子。老豆红着脸，哆嗦着站起来，晃着酒杯。大家坐下，息声静望。老豆像个孩子，抿嘴笑着，将阿堂唤到身边，眨巴着眼睛，牵着他的手，端详一会儿，干涩而又底气十足地说：各位亲朋好友，佘氏一路过来，可谓风雨兼程，有诸位的帮衬，也算是枝叶繁茂。我五十八岁得了小儿锦堂，他蹒跚学步时，世道突变，我牵心祖业，忍痛将他们母子留在故里，没想到这一别，就是二十多年。今日老天开眼，让小儿回到老夫身边，我心甚慰。他举起酒杯，晃了几下，扫视着说：诸位知道，我不胜酒力。今天是个好日子，平时都是你们敬我，今天我敬大家一杯酒。我请大家真心接纳锦堂，尽力提携帮衬他，让他有回家的感觉。

听了老爷的话，众人过来，举杯祝福，温情问候，给阿堂敬酒，然后交换名片。二太太亲昵地拉着阿堂，站在老爷身边，笑着说：锦堂，我那里就是你的家，二娘欢迎你过来。有没有女朋友呀？阿堂红着脸，他想起了映芬，刚想点头，又觉得映芬还没答应，他犹豫着没有吱声。二太太低头，伏在老爷身边，笑着说：放心吧，锦堂的婚姻，包在我身上了。老爷有点晕乎，耷拉着眼皮，呆然地随笑点头。酒席到了尾声，望着老豆有些困顿的醉意，锦辉快步过来，附在他耳朵嘀咕了几句，要送他回去。老爷攥住他的手，舌头呜啦着说：锦堂来了，你外面的朋友多，帮着细佬赶紧办个身份，最好是港英居民身份。瞥了眼大太太，锦辉含笑应和着。老爷叫来老二，眯眼吩咐道：让锦堂在服装厂做事，你用心带带他！

大太太站起来，在侍应引导下，去了卫生间。从卫生间出来，二太太站在门口，笑着将她拉进包间，扯着她的手，笑着说：大姐，这么多年来，咱俩亲如姐妹。锦堂来了，我们都高兴。老二打理服装厂，得心应手，现在锦堂过去，也不知老爷心里是怎么盘算的。大太太叹了口气，笑着说：老爷也不容易。手心手背都是肉，他总觉得亏欠锦堂太多了，我能理解。最好给些钱，让锦堂做点别的，不要都挤在服装厂。二太太眨巴着眼睛，撩着大太太的胳膊，温情贴在她耳根，偏头低声说：大姐，您私下给老大吱个声，阿堂的身份，别急着办。只要他没有香港身份，他就和咱们不一样，将来好多事就好处理些。大太太摸着胸前的翡翠，转头疑惑地看着她，她叹了口气，犹豫着点了下头。

不知自己能喝多少酒，在家族亲友的温情中，阿堂喝醉了。回程的车子上，他咳嗽着，在二哥的搀扶下，他下车蹲在草丛中，连呕带吐。回到住处，他兴奋难耐。靠在床头，他打开电视，突然想起了映芬。清醒的时候，阿堂推开窗户，用混着睡意和醉意的迷离的眼，眺望着海湾和顺着山峦密布的霓虹和灯海，想到半个月前，自己还躲在家里，和阿财密谋着逃港的事，他有种恍然隔世的幻觉。想起妈妈憔悴愁苦而又期待的脸，他鼻子一酸，也不知道她此时怎样，会不会因为他的逃港，被送进学习班？妈妈如果看到了今晚的情形，她定会高兴的。阿堂暗下决心，得好好干事，不能辜负老豆和妈妈的期望。

14. 跟班

工厂帮外国公司按样品加工服装,订单很多,人手吃紧。逃港的人,在香港师傅的调理下,为了挣钱,没日没夜地加班。二哥将阿堂叫到办公室,搓着脸说:阿堂,老豆让你跟着我。你也带了一群大陆过来的人,这些人一旦上手了,他们上劲勤奋,吃苦耐劳。你想想办法,多找些偷渡客过来。我问了一些工厂,大家都在雇用他们。阿堂意识到,自己也是偷渡客。他和阿财聊了二哥的意思。阿财拍着胸膛,说他们整天在一起,大家都有老乡和亲戚的门路,这事交给他来办。

阿堂在布料的采购、裁剪、车缝、烫熨和装箱发货环节,都待了段时间,二哥让他熟悉工厂的流程。香港师傅知道他是小东家,总是笑眯眯的,不时过来和阿堂套个近乎。香港的好些管理层,表面上客客气气,他们对内地过来的人,骨子里就是瞧不起。阿堂是偷渡客,有阿财的窜溜,他和偷渡过来的人,有种天然的亲近感。做工的间歇,他让阿财招呼这些工友,不敢走远,就在附近找个排档,打打牙祭。阿堂做人厚道,这些人感到,在异乡遇到了贵人。他们心里有了踏实感,号闹着喝上几杯酒,好些人红着脸,趁着酒劲,晃着酒杯,仗义地表态,要死心塌地跟着阿堂,做他的死党。阿堂被欺负惯了,从来不敢想象有群人会围着他,拥戴着表忠心,他有点手忙脚乱了,腼腆地应和着。

牵挂着妈妈和映芬,阿堂和阿财叨咕着,想写封信回家。阿财听了,直摇头,搓着脸说:东家,你跟我不同。你走了,村子人见不到你,那就是失踪,或者遭遇不测，这事就挂起来了，没人找你妈的麻烦。你给家里写信，人家看是香港来的，那就是逃港，这是自投罗网。人家就有了借口，说不定会变着法子，折腾你妈妈。老豆喊阿堂过去吃饭，问老大阿堂身份的事。老大抬头，瞥了眼大太太，笑着说：老豆，现在偷渡客多，港府意见相左，还要等上一段时间。老二给父亲加了碗汤，汇报着服装厂的情况，将阿堂赞了一番。父亲看着阿堂，笑着说：阿堂，不要担心，你是我的仔，这是铁板钉钉的事。香港讲究法治，法治就要尊重事实。

喝了口汤，阿堂看着大哥，摆手笑着应道：老豆，大哥忙！这事我不着急。他搓着手，支吾着问：老豆，我出来这么长时间，总得给我妈说一声。写封信回去，怕惹麻烦；不吱声，我怕她焦急担心。父亲嚅动着嘴巴，放下筷子，拿起餐巾，沾着嘴角，笑着说：你的担心有道理。那边的情况，你最清楚。这样吧，给家里汇点钱，留个言，写上"都好！勿念，望你也好"。你妈是个读书人，伶俐着哩，她一看就明白了。阿堂点着头。父亲靠在椅背上，闭着眼，叹了口气说：好些事急不得。凡事都要顺势而为！机会到了，将你妈接过来，这也是对老豆的救赎。

瞥了眼阿堂，大太太从牙签盒摇出牙签，掩住嘴巴，撩着牙缝。

针车上干了三个月，阿财找到阿堂，说那是女人做的事，他不想干了。阿堂拍着他的肩，在他的肩胛骨上捏了下，笑着说：大佬，服装厂都是女人做的事。码头上扛麻袋，那是男人做的，就你这身板，行吗？阿财挠着脖子笑了。两个人下了楼，在街巷的排档吃碗牛腩粉，他们穿过马路，坐在海滩的水泥堤坝上，瞄着狮门方向，嘀咕着抽了两根闷烟。阿堂觉得阿财得有点技术，才能在香港站得稳，便扳着他的肩膀：阿财，说正经的，你去做外单的裁剪部，怎么样？裁剪部大部分是男的，算是手艺人。阿财滴溜着眼睛，笑着答应了。到了年底了，莱莉雅生意不错，阿财接到年终奖，捏着厚实的信封，他瞪着眼睛，悄悄揣在裤兜，溜进洗手间，蹲在靠窗的便位上，摸索着掏出香烟，燃起一根，美滋滋吸了两口。他弓起身子，从裤兜掏出信封，抽出一沓钞票，舌头舔了下手指，每搓一张，都要停一下，好像在怀疑钞票的真假。嘴上叼着香烟，阿财眯眼，搓着膝盖上的钱，沉浸在家里取到他的汇款时激动和喜庆的想象中。香烟燃到了过滤嘴，撩起呛人的气味，他噗地吹掉烟蒂，提起裤子，瞄了眼胯下的黄水，扣上皮带，嗒嗒下楼，哼着小曲，给家里汇了钱。出了邮局，阿财高兴得手舞足蹈。他扯片树叶，抠掉黄边，折叠着衬在唇上，手捂着嘴巴，吱吱吹了起来。对面走来两个姑娘，循声张望着。他扬起手，吱吱招呼着。

天暗了下来，阿堂扯着阿财，走进茶餐厅，吃了碗馄饨面。他们端着奶茶，吸着吸管，推搡着出来。到了厂门口，阿财将奶茶杯，扔进垃圾桶，站在前面说：阿堂，裁剪部不是那回事，就是将薄板模子，搭在布料上，操起电动剪刀，顺着模子切下去，学不到东西。阿堂摸着下巴，默思瞬间，摇着头说：阿财，干，就得好好干！大家都知道，我们一起过来，你不好好干，丢的是我的脸。阿财歉疚地笑了，拍着他的肩，让阿堂放心。进门的时候，阿堂伏在他脖上，轻声说：我问一下莱莉雅那边，如果缺裁剪的，我给二哥说声，让你过去，跟着香港师傅，学习裁剪女装。

圣诞节快到了，香港的街头和商铺摆上了圣诞树，入夜后火树银花，一派节日的景象。好多商铺贴出打折的告示，电台说平安夜维多利亚港有烟花表演。服装厂的外单，总算发货了，忙碌的气氛疏解了。阿堂叫了辆的士，到了弥敦道，听着圣诞歌曲，他随着人流，沉浸在新奇和轻松中。阿财随着香港的时尚，买了包衣服，他要脱掉逃港客的底子，在新年到来时，从穿衣到造型，将自己变成地道的香港人。

二哥请阿堂喝茶，他们来到跑马地的酒楼，从推车上拿了几笼点心，要了煲粥，沏上茶。二哥把报纸放在凳上，笑着说：细佬，这半年来，老豆将你托付给我，照顾不周，你见谅。阿堂拿起茶杯，和锦文碰了下，让他别客气。二哥笑着问：细佬，二娘在老豆跟前，说过要给你寻个对象，她将这件事吩咐给了你二嫂。她很上心，一直帮你留意。她知道老豆的喜好，看不过眼的，她便一口回绝了。她说她姐家有位女仔，刚从学校出来，贤惠知理，在家外贸公司做文员。你要是有意，她找个时间，安排你们见个面。

阿堂低下头，想起了映芬。记起让她等五年的约定，他觉得不能违背承诺。二哥瞄着他，喝了口茶问：咋样？阿堂抬起头，摇着头说：二哥，我刚来港，就想跟着您，多学点东西，先将公司的事做好。我不想那么早考虑这些事。二嫂有心，我得谢谢她。二哥嘿嘿笑着，往上扳着晃动着的二郎腿的脚腕，拍着隆起的肚皮说：阿堂，香港不同狮门，婚姻得双方中意。好多人一场恋爱，谈了几年，觉得不合适，最后还是分手了。你千万别指望见个面，约会几次，买点东西，女仔就会和你结婚，她们精着哩！

二哥喝了口粥，拿起报纸，抖着指间的万宝路，瞪起了眼睛。他拖过报纸，点着上面的图片，对阿堂说：细佬，这几年香港发展很快，核心要素就是大量偷渡客的到来。他们吃苦耐劳，薪水低，让香港的好多行业，有了国际竞争力。好多工会和厂商协会，联名要求港府修订劳动法例，给偷渡客临时居留权。阿堂来神了，这也是他最大的心病。他偏着头，盯着那段文字，默读了两遍。二哥抖着报纸，阿堂直起身，他拍着阿堂的肩说：细佬，我琢磨着，年前年后，港府可能要发放一批临时居留证。你回去和阿财商量下，趁这个机会，争取给厂子里没有身份的人，都办个临时居留证。

　　阿堂站起来，拎起茶壶，给二哥斟茶。二哥趔着身子，搓着牙签，手指弹着桌面，待他坐定，笑着说：细佬，这种居留是临时的，港府说变就变，到时也是个麻烦。阿堂兴奋的心情，肃然冷却了，他搓着脸，从手指缝盯着冒着热气的推车、嗡嗡絮叨的食客，感到自己和人家不一样。锦文拉着凳子，挪动着靠在边上，臂肘撑在桌上，偏着头说：细佬，做人得醒目些。香港本土的女仔，心高气傲，也不是咁（这么）容易搞定的。再说了，找个香港女仔结婚，身份这些事，都搞定了，多好呀！这是好多人求之不得的事，你可得慎重呀！

　　回到公司，阿堂去找阿财。阿财烫了个卷发，穿了件仿皮的夹克，腿上是喇叭形的牛仔裤，脚蹬褐色的尖头皮鞋，他哼着小调，滴溜着眼睛，晃了过来。阿堂迎过去，在他胸前拍了下。阿财一个趔趄，抖着装扮，有点不好意思。阿堂上下打量着，看得阿财晃着手，直往后退了几步。阿堂笑了，招了下手。阿财走到跟前，问这身装扮咋样，阿堂竖起拇指。他说照了几张相，要寄给老家，给父母长长脸。阿堂说了临时居留的事。阿财跳起来，撅着屁股，摁着胸前晃动的链子，咚咚地跑上楼。

　　平安夜，老豆派司机将阿堂接到维多利亚海湾酒店的包房，一家人共度圣诞节。包房外是宽大的阳台，摆着圣诞树，放着方桌和几把藤椅，盘子里盛着水果。阿堂坐在大哥旁。父亲问起阿堂身份的事，大哥说托人了，等候回话。酒席到了后半段，孩子们拿着圣诞礼物，拥到阳台上，号闹着看烟花。老豆穿着唐装，戴着鸭舌帽，将阿堂唤到身边，攥着他的手说：阿堂，你二嫂有心，帮你物色了个女仔，听说条件不错，说你有些犹豫。想起映芬和自己的承诺，阿堂眨巴着眼睛，为难地咻咻笑着。

　　瞄了他一眼，老豆笑着说：阿堂，在老家有心上人了？我回去观光，你带着那个叫映芬的女仔，就是安义的侄女，是不是你们有约定？阿堂红着脸，挠着脖子，吭哧了半晌，也没个态度。老豆叹了口气说：这可谓是患难见真情，你娘儿俩在老家落难，有女仔中意你，定是真情，老豆理解。现在这种境况，我看不到你们能走到一起的可能。这些事，老豆劝你一句，当断就得断，不然受伤最深的，还是那位女仔。捏着老豆的手，阿堂感到干瘪冰凉。老豆叹了口气，看着他说：阿堂，兄弟姐妹中，你最小，吃的苦却最多。他们和和美美一家子，我不用操心了。老豆最牵挂的，就是你的事。有心仪的香港本土女仔，要多接触，觉得中意的就订个婚。老豆几个地方，都有屋子。你想住到哪片，我就让你大佬装修一下，这样，我的心也就安妥了。

外面响起噗噗的闷响。孩子进来，说放烟花了。大哥扶着老豆，坐在藤椅上。二太太从包里掏出小毛毯，盖在他腿上。湾畔高楼林立，披着五彩霓虹，秀美的维多利亚海湾，像位多情的少女，典雅地静卧在山体间。海边长廊挤满了人。富有的人家，坐在高楼的阳台上，悠然地品着美酒，闲适地看着斑斓的夜空。冒着火星的点，射向夜空，随着一声炸响，各种形状的彩条在夜空散开，一束暗去，一束接上，交替无忌地叠合在夜空。老豆盯着噗噗的烟花，嘴角咻咻着，现着孩子般稚气的愕然。阿堂眺望着烟火，这是他没有见过的，即使在梦里，也没有这般璀璨的情景。他琢磨着父亲的话，用忠孝和温情稀释着自己的坚守和固执。将父亲送上车，阿堂走到二嫂边，温和地道谢，看着二哥，答应适时和那位女仔见个面。二嫂冷傲的脸上，像绽放的烟花，露出菊花般的笑容。她扯着阿堂的胳膊，绘声绘色地说着那个女仔的好。

进入腊月，按照中华年节的讲究，香港人在街区的空地，摆上灯具。黄大仙庙附近，拜佛、求签和还愿的人，络绎不绝。商铺挂着腊肉香肠，摆出年节属相的年糕。港府划出几条街，黄昏时分，摆摊的商贩，推着板车，上面堆放着货品，到了档口，招呼着撑起棚子，卸下货架，将琳琅的货品摆上，拿来插板，引亮电灯，撩起背心，擦着脸上的汗，摁开收录机，艳媚的节奏声中，他们扬手叫卖。

阿堂总觉得，还是和逃港的工友亲近，在这群人中间，他能体会到羡慕和尊重。得知港府劳动法例将要变化，大家看到了希望，浮萍一样的心，瞬间有了归属感。阿财带着这帮人，走出工厂，穿过两个十字路口，来到夜市。阿堂抽着烟，跟在后面。好多人掏出六合彩的单，对着号码，摇头撕掉彩票，号闹着钻进人头涌动的夜市中。阿堂扔掉烟头，瞄着阿财的爆炸头，来到海鲜排档，和档主嘀咕着，他扬手喊道：诸位，快过年了，今天我请客，算是给兄弟们拜个早年！阿财拧着嘴巴，吹了个尖厉的口哨，撅着屁股颠了几下，喊道：各位工友，东家请客，大家别客气！

  桌上垒着盘子，台下横七竖八地摆着啤酒瓶。这伙人像啤酒瓶，东倒西歪，勾肩搭背，眨巴着醉眼，呆愣地盯着阿堂。阿财晃着杯子，走着霹雳舞步，漫到阿堂边上，扯起他搭在桌上的胳膊，呜啦着要敬酒。阿堂喝多了，嘿嘿傻笑着，拿起半瓶酒，碰了下，仰头倒进嘴里。泡沫从嘴角溢出，顺着脖子漫了下来。阿堂突然蹲在地上，拍着大腿，抽泣着哭了。大家清醒了许多，围着他，探问因由。阿堂的头埋在腿间，嚷叫着说对不住阿芬。大家蒙了，阿财攀着他们的肩，呜啦着说出原委。几位工友扯着阿堂的胳膊，都说他傻，就是一根筋。劝慰道：大家都没办法，谁也不欠谁的。听着大伙的劝导，阿堂憋屈的心，平复好多。买完单，阿财架着他，扭着颠着趔趄着，回到莱莉雅。

15. 催婚

过年前几天，二嫂约好那位女仔，做了桌丰盛的菜肴，让老公将阿堂请到家。阿堂心里放不下映芬，木偶般跟着二哥，来到他们家。二嫂切水果，见阿堂进来，笑着迎上去。她从鞋柜拿出拖鞋，撕掉标签说：阿堂，这双拖鞋是新的。二嫂转了几家铺，给你挑选的，就是你的专用了。阿堂脱掉皮鞋，换上拖鞋，看着屋子的摆设，有些不自在。他的屁股搭在沙发上，拿起本杂志，翻看着。

二嫂递上茶，摆上果盘，抬起手腕，瞄下时间，笑着说：时间还没到。她做出口生意的，整天和老外打交道，不会迟到的。上学的时候，好几个男仔追她，油嘴滑舌的，她都看不上。她喜欢有内涵、深沉点的男生。我和你二哥合计着，觉得你很合适。阿堂放下杂志，搓着手，脚蠕动着。二哥过来，扬起手说：准备菜，小弟好不容易过来，别絮叨了。女仔咋样，接触几次，就知道了。

墙上的挂钟响了，门铃跟着响了。二嫂从厨房出来，扬手笑着说：看看，多准时！二哥站起来，走了过去。阿堂站起来，瞥着门口，一位穿着白色裙子、中等身材的女仔，弯腰点头进来。二嫂走在前面，指着阿堂说：这位是锦堂，姨夫大陆过来的弟弟。女仔大方地笑着，自报静怡。阿堂拉着二哥，附在他耳边说：二哥，辈分不对，这样就乱了。二哥愕然，愣了瞬间，推门进了厨房。菜摆上桌。二哥招呼着坐上桌，开了瓶香槟，斟上酒。二嫂解下围裙，笑着说：平时都是下人煮饭，只有老公生日，我才会下厨。也不知道菜合不合你们的口味。她看着阿堂，拈着酒杯的颈说：阿堂，二嫂当女仔时，织过布。到了这把年纪，我想，家就像是织布，男的是经线，女的就是纬线。辈分是按照男方排的，女的这边就不讲究了。如果你们有缘，我还是你二嫂，也是静怡的姨妈。

二嫂一个话题续着一个话题。阿堂从着敬酒的规矩和话题的惯性，点头附和着。静怡文静，含笑听着姨妈的叙叨，不时瞥阿堂几眼。到港半年了，阿堂和香港的女仔没有单独接触过，他将映芬的言笑举止，套在静怡身上，感悟着其间的差别。他心里试图将比对生成的毛边除掉，任由他遐想之刀，无论怎么去雕着，她们都难以叠合在一起。聊到接单出口的事，静怡的话匣开了。听着阿堂的说道，她不时插话询问，时而点头，时而沉思，给出自己的建议。二哥含笑看着，欠起身子说：静怡，工厂的单量大，你考虑下，到姨夫公司来，薪水不错噢！

站在楼下的巷子，二嫂给阿堂使眼色，看到静怡上车，她推着他说：静怡一个女仔回家，我不放心，你将她送到楼下。车子沿着海边公路，在夜色中穿行。看着静怡，阿堂想找个话题，化解尴尬，一急，脑子一片空白。瞥着窗外，他感到这繁华的城市和静谧的海湾，都不属于自己，他只是个有父亲疼爱的偷渡客。静怡大方得体。他敏感的神经，总在她一颦一笑间，将他大脑中闪烁的轻视和不待见的标签，粘贴上去，却找不到位置。车子到了。阿堂拉开车门，让静怡下车。他掏出名片，抬头望着这栋住宅，晃着名片说：有空联系，欢迎来我们公司。

来年夏初，港府在港岛设几个点，登记逃港客。车子停在楼下，二哥快步上楼，将阿堂叫到办公室，说了这件事。让他通知各个部门，凡是要登记的，将手头的活停下来，赶快去登记。

工厂瞬间炸锅了。逃港客从各个楼层跑出来，顺着楼梯，嗒嗒地下来，结伙站在院子里。阿财站在门口，让大家不要急。阿堂站在楼梯转弯处，扬手告诉大家最近的路线和登记地点。出了工业区，阿财招了辆的士，几个人拥上去，吵嚷着去的地方。的士佬笑着，问是不是登记身份。他们点着头，盯着窗外，随着车辆速行的颠簸，推揉晃着身子。

登记点在巷子中，巷口站着几个警察，腰间挂着警棍、手枪和铐子。阿财僵靠墙边，心想港府会不会引蛇出洞，将这些偷渡客集中起来，一起收拾。狭小的巷子，警察堵住巷口，他们就成瓮中之鳖了。一个警员摆着手，踱着步，见蹲缩在墙边的阿财，挥手指着巷内，笑着喊道：快过去领表！阿财眨巴着眼睛，朝身后一瞄，黑压压的人流涌了过来。他招了下手，一伙人撒腿，躲着警察，媚笑着点头,向挤满人的领表口奔去。

走出厂门,跑了两步,阿堂觉得不能和工友挤在一起。他抖着烟盒,叼起一根烟,点着喷着烟。公司的行政经理跑出来,让他等一下。公司的车将他送到巷口。巷子挤满了人,相互推搡叫喊着,像世界末日的逃离。同学、朋友或者亲戚相见,拉手晃着,眼里闪着泪花,亲热地絮叨着。往进走了两步,阿堂被窜溜的人,挤得身子直打趔趄,他有些茫然。阿财钻出来,抖着手中的表,抓住阿堂的胳膊,侧着身子,推着人流,拽着阿堂,朝前刺溜着。前面的工友,见阿堂过来,笑推开边上的人,闪出一道缝,侧身揽着人流,让他过去。

阿财带着几个人,挤到领表的窗口,拿到登记表,快入门的时候,派给大家。站在前面,他踮脚伸头,朝里面张望着,见出来的人满脸得意,他扯着那人,笑着嘀咕几句,对着身后的人吩咐着。站在阿财后面,想到自己的身份,能够这样解决,不用麻烦别人,阿堂心里轻松了。门口的警察,每次放进七个人。进了大厅,阿堂随着人流,撅着屁股,站在靠墙的条桌前,摘下上衣口袋的笔,划了几下,写不出来,他摁着顿着。阿财走过来,接过钢笔,往手心吐了滴口水,将笔头浸在里面,撩了几下,手上划了几下,笑着递给阿堂。阿堂接过笔,笔尖拎着泡沫,他抡起胳膊,轻轻地掂了几下,在登记表上填上自己的名字。他将笔递给阿财,排队轮坐在一个方格间。警员看着文件夹,问了几个问题,在文件夹画了几下,摆手让他进入下个环节。阿堂照了相,留了指模,随着人流出来。一抹阳光透过楼间,映在阿堂脸上。他手搭凉棚,抬头眯眼,瞄了下炫目的太阳,一阵眩晕。他跺了几下脚,瞬间有了踏实感。

三个月过后,阿堂的居住证下来了。他晃着瞄了一眼,揣入裤兜,手摁在外面,咚咚跑回办公室。关上门,屁股落座,脚尖蹬了下,大班椅后退,他转过身,操起烟灰缸,放在桌边,脚搭在条台上,燃起一根烟,深深地吸几口,闭上眼睛,猜想着妈妈和映芬知道他拿到香港的居住身份,会是个什么表情。他摸着居住证,捻灭烟蒂,挺直腰掏出来,靠在椅背上,翻看着封皮和背页,他屏住呼吸,小心翼翼地搓来封面,眯着眼瞧自己的头像,就像欣赏明星。看到名字,他腾地蹦起来,"佘"成了"余",他变成余锦堂了。他将居住证扔在桌上,估摸着是笔有问题,后面的人挤着,自己书写时过了,或是口水墨渗漏,往上出头了。

老豆的身体,一日不如一天,他隔三岔五地让阿堂过去,和他絮叨半晌。想起了芭蕉林背影的说道，阿堂心里盘算着，拉家常中知道了老豆和母亲结婚后在香港和狮门两地居住。他清楚了妈妈怀孕的时候，应该在香港。盘结在心头的疑团消散了，阿堂一下子感到生命的美好，却又觉得对不住安义叔。居住证下来了。他本想让老豆高兴一下，看到串了的姓，他知道老豆一生都有偏执的家族荣誉感，又怕他知道了生气。清明节那天，家族的老少，在父亲的住所，对着香案上摆放的族谱和祖宗残旧的画像，献上乳猪和祭品，按照辈分，焚香叩拜。老豆在大哥的搀扶下，嘴角抽搐着，身子像根藤条，抖索着折弯，又颤抖着直起。坐在太师椅上，他眼睛婆娑，打量着儿孙，他捻着长长的白眉，晃手指着香案，半开玩笑地说：过两年，我就不在这里了，也跟着祖宗上桌了。大太太噘着嘴，责怪他不该这样说道。

儿孙们离开了。父亲留下阿堂。父子俩坐在屋外平台的藤椅上，品着茶，瞄着夜色中的维多利亚港湾，絮叨着村子里的事。老豆心绪不错。阿堂欠起身，说身份办下来了。老豆晃着脖子，偏过头，笑着点头，夸赞老大。阿堂想说几句，话到嘴边，又咽了下去。他掏出居住证，翻开放在老豆眼前。他戴上挂在胸前的老花镜，专注地盯着。阿堂低下头，指着名字，轻声地说：老豆，名字弄错了，佘成了余。老豆疑惑地抬起头，嘴巴抽了几下，抹着眼角，嘴角成了慈祥的笑。他轻轻叹了声，点着头说：也好。这些年，我一直纠结安义解放前的说道，越想越觉得有些道理。后来的世事，也照着他的说道来了。佘姓让你吃了苦头，这冥冥中的失误，可能就是老天的怜悯，也暗示着要让佘家出头。好！阿堂，顺从天命吧！佘家出头了，就成了余，这是好事。你也别声张，心里清楚就行了。

有了居住证，阿财僵着的心性，慢慢展开了。他跟着师傅，在外面有了一伙朋友。阿堂不敢给家里写信，他让阿财帮助，打听妈妈和映芬的情况。阿财家里来信，说阿堂妈还在竹器场；国柱应征入伍，去了广西边防；别人提亲，映芬都是不愿意，她还没婆家；立勤在大队做事。阿堂要过信，没事的时候，躺在床上，瞄着电视，眼前飘着妈妈屈着身子，凄苦的脸，国柱穿着军装耀武扬威的神采，映芬含羞期盼又有点埋怨的神情。

二嫂像把火，在阿堂周围撩着。她叨咕着老公，试图点燃阿堂恋爱的激情。拿到香港居住证，阿堂有了底气，他从僵愣的壳子出来，约静怡爬山郊游，不时和她到红磡，观看歌星的演唱会。静怡开朗大方，似乎在等着他的表白。阿堂从她的神态中，感受到她的期待和无奈。想到对映芬的承诺，阿堂的心就战栗，映芬似乎也在用行动，等候他的归去，他不忍心让她失望。

入秋以后，天气慢慢凉了。公司订单像雪片飞来。二哥住在公司，接待一拨拨的客户。阿堂协调打样、裁剪、车衣和熨烫，不时跑到车间，同工友们絮叨几句，实在忙不过来的时候，他穿上工衣，和工友们干活。二哥将他叫到办公室，说自己睡眠不好，经常头晕，有点吃不消了，接单的人抢手，有点心不在焉，盯得不紧，就会将公司的单转到其他工厂，让公司的客户流失。阿堂搓着脸，笑着安慰了几句。二哥摇着头说：细佬，接单的事，还得让信得过的人做，我想来想去，觉得静怡合适。她原来的公司做床上用品，我们主打的是运动服和休闲装，客户的要求有相通的地方。阿堂瞄了他一眼，沉思片刻说：大佬，让静怡过来吧，这样您也放心些。

二哥安排车，让阿堂接静怡。阿堂挠着脖子，坐上车，随着车子的颠簸，他耷拉着眼睛，映芬和静怡的影子，在挡风玻璃的光影中飘着。他扯着安全带，头靠着车门，起了鼾声。车子一个刹车，颠了几下。阿堂揉着眼，推开车门。静怡出来了。阿堂瞬间清醒了，连忙跑上前，撩起后门，将她的东西放上车，拉开侧门，看着她拎起裙子，坐上了车。

看似文弱的静怡，将公司的客户梳理出来，将每个客户的需求偏好和未来市场的趋势，用框图标示出来。她送来的文件，大多是英语。阿堂知道，香港成功的商人，好多都会用英语交流。他买来几本英汉对照的书，用拼音拼读单词，把握不准的，用汉语标注读音。几个月后，学着香港人，他可以在白话中，蹦出几个蹩脚的英语单词。静怡拿起文件夹，捂着嘴巴，咻咻笑着，随即纠正他的发音。

又是一年圣诞节，公司赶着交货，厂区灯火通明。在楼梯碰到阿堂，静怡见他眼睛赤红，腮下生了两颗黄米大小、冒着白尖的红丁。她扯着阿堂，来到附近的餐厅，要了盅清润的靓汤，盛在碗里，吹了几下，推在他跟前。阿堂愣愣地盯着，心里翻腾着被人关怀和疼爱的激动，他理性的甲胄松了。静怡瞥着他异样的神情，红着脸，让他趁热喝。阿堂哎地应了声，眨巴着眼睛，喝着汤，翻着眼睛盯着她，嘴巴吸溜着，混着嘿嘿的傻笑。

圣诞节前两天，公司的订单完成了。阿堂约上静怡，听着圣诞音乐，徜徉在弥敦道的人流中。夜幕降临，华灯初上，港岛就像娇艳多姿的女郎，随着飘闪的霓虹，翘首站在维多利亚海湾，摆弄着妩媚的风情。阿堂趴在海边栅栏上，凝望着飘着彩带摇曳的渡轮。缭绕在海湾和山体间，璀璨夺目的灯海，像孪生姐妹，和海中的影子连成一体。裹着霓虹的楼顶，透着红色的雾气和云彩。海轮从高楼拦腰穿过，白色的水涟，让僵直的楼群软化，抖动着向岸上的姐妹挤眉弄眼。静怡穿着宽松的羊毛衫，双肘撑在栅栏上。阿堂侧过脸，瞄着她柔曼的身姿，他拥在她身旁，搓着白嫩细滑的手，他想起当年和映芬蹲在油坊的榕树下玩石子，映芬那双裹着泥垢的黑瘦的手。

父亲住院了。阿堂跟着二哥，来到医院，穿上白大褂，在护士的引导下，来到特护病房。父亲半闭着眼睛，嘴巴无力地哑巴着，听到脚步声，他吃力地睁开眼睛，拉着阿堂的手，让他坐在身边。他挺了下身子。护士调整病床，将他的枕头升起来。瞥着铁架上的管子和瓶子，瞄着飘着曲线的显示屏，他捏了下，对着两个儿子，嘿嘿笑着。阿堂眼眶湿润了。老豆扯了下他的手。阿堂俯身，贴着他嘴巴。他沙哑着说：阿堂，老豆怕是不行了，将来见到你妈，就说我对不住她，我心里有她，也忘不了她。阿堂哧哧哽咽着。二哥递上纸巾，拍了下他的肩。老豆轻声说：阿堂，听你二嫂说，给你介绍个女仔，很贤惠。你将她带过来，让老豆看一眼。阿堂含泪抿嘴，晃着父亲干瘪的手，转头瞥了眼二哥，一个劲点头。

走出医院，阿堂激动难耐，他掏出烟，抖出一根，叼在嘴上，点着猛吸了几口，仰头看着蓝天，吐着青烟。二哥站在边上，打量着他，不停地挠头。嘴上的烟火在下渗。阿堂转过身，平坦着手，抖着了几下。二哥拉着他的胳膊，缓缓地说：细佬，静怡不错，你们挺般配的，这是前世修来的缘分。你也不要犯难，抽时间带给老豆看看。阿堂摇着头说：大佬，我还没向她表白，这可怎么办？二哥拍着他的肩，笑着说：细佬，如果你愿意，我让你二嫂传个话。你们先见见老豆，老豆满意，我和大佬给你办个订婚仪式。阿堂摇头苦笑，扯着二哥胳膊，僵持了一会儿，无奈地点头应了。

靠在床上，眯着眼睛，阿堂纳闷：刚开始见到静怡，在自卑的心头，他供奉着映芬，她是他心中的女神，和在他的血液中。他表面感谢二嫂的热心，内心又抗拒她的多事；他表面上应承着，内心却拒绝静怡进入自己的生活。一段时间的接触，他总是在静怡的身上，找寻映芬的影子。静怡来到公司，相处时间长了，他牵心映芬的力在衰减，瞄着静怡富有活力的身姿，映芬慢慢成了一闪而过的影子。阿堂从抽屉里拿出笔记本，抽出那张泛黄的毕业照，映芬盘腿坐在前排，倏然间变得陌生了。

有了老豆的嘱托，二嫂三天两头带话过来，催阿堂带上静怡，去探望老豆。阿堂知道，就老豆的身体和性子，一旦见面，就会催着举办婚礼。想起对映芬的承诺，一起成长的往事，缠绕着他的身心，让他煎熬难耐。他约上阿财，走进街口的排档，要了几瓶啤酒。几杯啤酒下肚，阿堂的情绪上来了，他红着脸，絮叨着与映芬的往事。阿财眯着眼，晃着二郎腿，竖起拇指说：没有想到香港的花花世界，都没有把你拽入温柔乡。你真是个痴情郎。阿堂解开衣襟，抖了几下，哈哈笑了。阿财挺身一愣。阿堂抓起一瓶啤酒，仰头咕噜着倒入嘴中，将空瓶啪地拍在桌上，抹着嘴角的沫沫，嘴角抖了几下，趴在桌上，抖着肩膀，呜呜哭了起来。边上的人转过头，问怎么了。阿财摆着手，摘下叼着的烟，笑着说：失恋，失恋了！人群正过头去。他站起来，拍着阿堂的肩，摆着手说：我大佬也是有身价的人，你们香港的女仔，就是绝情！

　　酒瓶滚在地上。阿财捡起来，蹲在阿堂边，揽着他脖子，嘀咕了半晌。他搀扶着阿堂，走出排档，晃过街口的斑马线，坐在榕树下的石凳上。呆呆靠在椅背上，默然盯着榕树裹着黑絮的垂枝，阿堂顺手攥着一根，拉扯着。阿财抖出一根烟，挭在阿堂嘴上，夹住烟把，给他点上。阿堂白了他一眼，摇着头说：我还是放不下映芬。阿财单脚放在凳子上，俯身说：老细，身份办下来了，听说咱也能参加那个观光团，回去看看。阿堂手夹着烟，直起身子。阿财低声说：要是实在放不下，就参加观光团，悄悄回去一趟，给映芬说明情况，我相信她也是个明事理的人，感情上一百个不愿意，理智上还是能理解你的。阿堂喷了口烟，搓着脸说：阿财，我最担心我失踪了，权叔和我妈过不去，才不敢和家里联系。这事要是让大队知道，我妈日子就难过了。阿财放下脚，踱了几步，摆着手说：老细，你放心吧。你现在姓余，不姓佘。你得记住，你是香港的余锦堂，不是狮门的佘锦堂，也不是村里人挂在嘴上的阿堂。阿堂摸着下巴，若有所思地点着头。阿财欠身，贴在他耳边，低声说：老细，先报名参加观光团，听说要排队。日子定了，我给家里传话，那天让映芬到桥头，和你见面。阿堂弹着烟灰，瞥着宽阔的港湾，点头应了。

　　公司的车闪着灯，在街口等着转向。一根烟蒂从玻璃夹缝伸出，司机瞄见阿堂，摇下玻璃，探头招呼着。坐在后排的二哥，随即摁下玻璃，疑惑地瞧着阿堂醉醺醺的样子，扬起手招呼着。阿财背过身，遮住阿堂，扯着他胳膊抖了下。阿堂赶紧站起，挺直腰应着二哥，看着车子离开。阿财扯着阿堂，来到工业大厦楼下，推门进了永安旅行社的门市，拿起书架上的广告单张，踱到柜台前，说明来意。服务生笑着说：先生，回内地的观光团，主要由香港的中旅公司做。我们这边可以报名，还要将资料拿过去排队。阿财问了最近的中旅门市，点头谢着出了门，拦了辆的士，到了油麻地的中旅门市。

　　掏出居住证，阿堂填完表，递给一位戴眼镜的小姐。她拿起居住证，手摁着表栏，核对了一番。阿堂从屁股上裤兜里，抽出钱夹，抽出几张钞票，递给她。那位小姐将找回的钱，放在一张纸上，笑着推给他，推着鼻梁的眼镜，瞥着他说：余先生，这是编号，参加观光团的人多，大陆那边有限定，每个周末一个团，固定的人数，所以要按照编号排队，出发前我们会给你电话。阿财偏头，趴在柜台上，眼眉挑着问：小姐，余先生等着和那边一位女仔见面，不能耽搁，能不能插个队？她笑着，摇头回绝了。阿财站起来，打量着四周，偏着头低声说：小姐，我加钱，帮忙想想办法。她退后一步，瞥了阿财一眼，转身朝后面望了眼，还是摆手谢绝了。

　　揣着编号纸，走出中旅门市，阿财掏出烟盒，见没了香烟，他将烟盒捏扁，扔进垃圾箱。往前走了几步，站在店铺的烟架前，他摸着裤兜，要买香烟。路肩过来个人，贴着他，站在烟架前，掏出香烟，递给他一根，笑着问：先生要回去？阿财一愣，指着边上的阿堂说：是那位先生。他忽然感到有料，偏着头问：时间等不及，有没有办法？那个人笑了，叼着的烟蹦跶了几下，眯眼应道：我倒是有些门道，不过得给些茶水费。阿财贴着他的耳朵问：多少钱？那人捏着阿财的两根手指，晃了几下。他松开手，扯过阿堂，抽出他的钱夹，搓出几张钞票，塞给那个人。那人会心地笑着，记下阿堂的编号，留下片子，缩身走了。阿堂发蒙，扯着阿财的袖子，疑惑地问：这样行吗？他走了，不闪面，我们在哪里找他？阿财味地笑了，拍着他的肩说：放心吧！老细，这就是香港，各人都有自己的门道，他就是吃这碗饭的。阿堂感到荒唐。阿财指着那家门市，低声说：老细，只有那位小姐知道咱们要加快。街上这么多人，他偏找我说道，一定是得到了信息。公司有制度，他们做不到。出了公司，制度没有，事情就好办了。阿堂呆呆地看着他，随即赞了几句。阿财扯着他前行，偏头说：老细，香港这地方，做事有两条道，面上的是正道，堂而皇之地，让你找不出瑕疵，但是条件高，马虎不得；面下还有另一条道，你得识做，灵活，只要有钱，好多事都可以拐弯抹角地做成。坐在写字楼的人，穿着西装，温文尔雅，他们找的是正餐。街面上的人，穿着T恤，他们找的是野餐。你想吃的东西，正餐经常没有，只能在街巷的小档口去寻。

16. 入伍

在狮门，没了阿堂的影子，大家都知道，他逃港了。镇上逃港的人，慢慢和家里有了联系。阿玲理解儿子的苦衷，从香港汇款单的留言，她知道儿子有了归宿，心里顿觉坦然了。阿堂逃港的那段时间，权叔将阿玲喊到大队部，盘问了好几次。阿玲抹着眼泪，说人家逃港了，总有个踪迹，阿堂忽然不见了，她的心里比谁都难受，又说儿子在生产队受了委屈，会不会想不开了，走上了绝路。她心里明白，阿堂逃港的事要是坐实了，权叔从砖厂保他出来，他肯定不会善罢甘休。听到权叔寻找阿堂的下落，国柱妈数落说：这事你就不要追究了。大家都是明白人，弄清楚，对谁都不好。权叔喷着烟，叹了口气，他觉得老婆说得有理。

锦堂走了，国柱带着立勤，围着映芬，讨好了好长时间。映芬不冷不热地敷衍着。坐在河涌的斜坡上，瞄着映芬洗衣的身影，国柱捻灭烟蒂，捡起几粒石子，对着水面打水花。他原以为锦堂是块绊脚石，没想到搬走了锦堂，映芬对他更疏远了。锦堂在的时候，他还有个奚落的对象，锦堂走了，他的火气没有了发泄的目标。他和映芬一样，对于锦堂的离去，也感到莫名的失落。他心里放不下映芬，夜深人静的时候，他和锦堂比较着，探究着映芬冷面对他的因由。老豆是大队支书，村里的社员们让着他，这并没有在映芬那里赢得筹码，反倒让她同情锦堂，从内心鄙视他。国柱思前想后，觉得要赢得映芬的芳心，就得从老豆的羽翼中出来，活出个人样来。他找到立勤，说了自己的困惑。立勤建议他入伍，将来穿着四个兜回村，那该是何等的荣耀。

回到家里，国柱坐在屋檐下，叼着香烟，在口吸鼻喷中闭上眼睛，他想象着自己穿着四个兜的军装，在河边遇到映芬。映芬眨巴着眼睛，愕然中满脸崇拜，笑吟吟走来，拉着他的手嘘长问短。他遐想着老豆推门进院，见他穿着一身军装，又该是何等的高兴。院门咯吱一声开了，权叔推车进来，国柱的想象断开了。他揉着眼睛，呼地站起来，走到老豆跟前，虎着气说：老豆，今年征兵什么时候开始？我要去当兵。权叔愣了下，打量着儿子，随即笑着说：部队是个大熔炉，锻炼一下也好。撑好自行车，他摸出一根烟，国柱给他点上。他吸了口烟，手指抖着香烟，眯着眼说：将来提干了，那更是咱家的风光，也算老豆这辈子打下的基础没有白费。

　　从县上体检回来，国柱在村子里转悠，社员们聚过来，祝福叮嘱。他踱到河边，看不到映芬的身影。想到她常去照料安义，他朝坝面走去。映芬提着篮子，腋下挟着包衣服，从小径过来。国柱闪到路肩树下。锦堂走了，他的脾气没了去处。他梦想着见到映芬，瞄见她的影子，想起她冷冷的脸，他又怕见到她。躺在床上，反复掂量着要给她说的话，在见到她的那刻，倏然间忘了，他红着脸，支支吾吾的，就像个傻子。手抓着大腿，使劲地捏了几把，他告诫自己：国柱呀，你怎么越来越不像国柱了！你是权叔的儿子吗？这个样子，你怎么能成为一名勇猛的革命军人？他拿定主意，鼓起勇气，迎了上去。映芬看见他，驻步趄身。国柱挠着头说：阿芬，我要入伍了，到广西去当兵。映芬一愣，笑着说：好啊，这是好事！将来咱们这些同学中，出个军官，我们脸上也有光呀。国柱嘿嘿笑着。映芬闪了过去，回身说：国柱，你就是个当兵的料。他愣了，弄不明白她的意思，追着说：映芬，到时送我一程？映芬回身，摆了下手。国柱硬着头皮喊道：映芬，到了部队，我会给你写信的！

　　穿上军装，胸前佩上红花，立勤给国柱提着背包，锣鼓声中，权叔两公婆将他送进公社。国柱心神不定，瞄着送行的人群，寻着映芬的影子。看不到映芬，他心里不是个滋味。他感性的潮水在退去，理性束扎着他，暗示着他们没有想象中的未来。国柱蔫了。送行的人看到他这般模样，以为他舍不得父母，扯着他的胳膊，齐声安慰着。国柱伸长脖子，依旧对着人群张望。公社干部过来，和权叔握手，赞扬他送子参军。权叔瞥着儿子，不解他怆惶的神情。老婆扯着他的袖子，附在耳边说：别看国柱平时像个牛犊，真要离开咱们，他还是舍不得。权叔笑了，拍着他的肩说：国柱，放心去吧！我们身体还硬朗，你不用操心。立勤知道国柱的心思，他也觉得映芬不近人情，捏着国柱的胳膊说：你的心思我知道，有些事，得慢慢来，只要有耐心，就会有收获。国柱呼地抱住立勤，手捶着他的后背，爬在他肩上说：细佬，大佬真的舍不得你呀！国柱随着新兵，排队上车。车子开了，战士们对着父母和亲友，招手告别。国柱嘟着嘴巴，控制着自己的情绪，他的眼睛湿了，这是他记事以来没有过的事。车子出了公社的大门，他抓着护栏，还在人群中寻着映芬。

身后的锣鼓声静息了，车子在青翠的沙土路上爬行。瞭望着熟悉的山水，想起映芬熟悉的面容和娇美的声音，国柱轻轻地叹了口气。汽车在坝侧面的公路爬行，他踮起脚，伸长脖子，追寻最后的奢望。突然，他看见映芬搀扶着安义，从泄洪房出来。国柱再也控制不住自己的情绪，他扬起手，嘶吼着唤映芬。战友们愣住了，随即笑起来。他摘下军帽，抖动着喊道：映芬，再见了。映芬挽着安义的胳膊，看着树影中爬坡的汽车，扬起手应和着。国柱知道，安义身体不好，也知道映芬孝顺，他终于为映芬没有来送他，找到合适的理由，心里的不快和埋怨，在她应和的瞬间，倏然飘走了。

锦堂走后，抖着手腕的表，映芬就想起阿堂。瞄着她的手表，国柱像有气，常奚落她。她摘下手表，压在枕头下，入夜躺在床上，她拿出手表，用手帕擦拭，上好发条，盯着表盘嘀嗒的指针，就会想起阿堂。国柱当兵，她松了口气，将手表拿出来，又戴在手上。阿堂妈牵挂着儿子，闷在心里，没有个絮叨的对象。映芬空闲的时候，来到锦堂家，和她坐在屋檐下，谈天说地。竹器场做工的时候，她将手表脱下，放在窗台上。厂长眯着蒙蒙日头，放下编着的篮子，跨上台阶，拿起映芬的表，定眼一瞧，指针不动了。他举起来，晃了几下，还是不动。他喊来映芬。映芬接过表，放在耳畔听了下，晃着在手掌磕着，指针还是不动，他白了场长一眼，将表揣进衣兜。

到了家门口，有位姑娘推着自行车，站在门口，腼腆地看着映芬。映芬上前，没等她开口，那位姑娘问：你是阿芬姐？映芬笑着点头。她走了两步，四下张望着，仰头贴着她的耳边，轻声说：我是阿财的妹妹。阿堂哥让我哥传话过来，他周末参加香港的观光团，让你到桥头见面。映芬愕然一愣，手搭在她的肩上，点头应着。姑娘推着自行车，走了两步，回过身，伸长脖子说：我哥让你保密，不要给任何人说。映芬点着头，看着她上车离去。回到屋子，她琢磨着要不要给阿堂妈说声，想起那位姑娘的神态，她觉得阿堂没有告诉她妈，定有他的考虑。

　　还是几年前的那个点，大巴突突地过来。锦堂从第二辆大巴上下来，他一眼就看到穿着红衫子，手表在举着的手腕上晃荡的映芬，他多想冲过去，将她揽在怀里。看见阿堂，映芬蹦跳着，喊着他的名字。公安专员瞥着她，摆手让她后退。参观草草结束了，港客散开，向着人群走来。锦堂跑过来，用热切的眼神，灼灼地盯着映芬，扯着她的手，来到商店侧面的榕树下。映芬靠着粗壮榕树，阿堂揽着她，闭眼喘气，下巴抵着她的额头，结巴着问：阿芬，你还好吗？我妈怎么样？映芬仰起头，扑闪着睫毛，点头笑着说：都好！阿堂闪开身子，听说国柱当兵了？他嘿嘿笑了，瞅着树梢，摇了几下头。歉疚积聚在心中，看着映芬清纯的容颜，他不知道该怎么说，才不会让她受伤太深。他不敢正视她的眼睛，闭眼平复着呼吸，他牵起她的手，进了商店，在她百般推托和他千般盛情下，买了些东西。阿堂要了几道菜，在饭馆靠窗的角落坐下，他要瓶酒，倒了两杯。感到他情绪不对，映芬劝他不要喝酒。他抓起杯子，在她面前晃了下，倒进口中。他吐着舌头，呼啦喘着气，抓起筷子，吃了口菜，挣扎地笑着说：阿芬，见到你，我真高兴。映芬攥着他手，盯着他问：阿堂，有什么事？你就告诉我，别难为自己。锦堂嘿嘿笑了，瞥了眼手表，再次见到你，真高兴的话。矜持中，映芬觉摸到他心里的秘密。她不再追问，搓着起皱的面颊，嘴角抽搐着，啜泣了几下。喇叭通知上车的时间。锦堂喝了杯酒，红着脸，腿发软，一下跪在她边上，抓起她的手，捶打着自己的胸膛，呜呜着低声说：映芬，我没有办法呀！老豆身体不好，他想在有生之年，看着我成家，我不能抗拒他的愿望。映芬攥着拳头，蜷在胸前，任凭他拉扯，就是不出手。她抹着脸颊的泪，凄然笑了，抓着阿堂的手，嘴巴抖动着说：阿堂，我们虽然有约，我知道咱们分隔两地，走不到一起。你是个孝子，我理解你的难处。看来我们今生是有缘无分了。她摘下手表，递给阿堂，摇着头说：你走了，我才知道，因为戴着同款的表，你受了委屈。前几天，这只手表停了，我就纳闷，现在我明白了。表也有灵性，我将它物归原主，免得我戴着它，心里恓惶。

　　没等锦堂反应过来，映芬抹着眼泪，倏地起身，头也不回地跑了。锦堂抖着手表，喊着阿芬，挤向人群。公安专员拦着他，不让他越线。锦堂跺着脚，盯着买下的东西，甩着手，噢噢应着，抱头蹲在地上，揪着头发，抓狂地挪着屁股。汽车发动了，港客上车。公安专员扯着他的胳膊，指着冒烟的大巴，催他上车。

锦堂蓦然站起，晃着身子，瞅着散去的人群，哈哈笑着。他趔趄着，手在空中抖着，向大巴走去。那位公安专员见东西落下了，叫喊着，锦堂不搭理，他将东西裹在袋子中，提着送到车门前，递给导游。

大巴开行了，锦堂推开玻璃窗，手拍着车壳，茫然地瞭望着后退的人群。映芬站在坎上，瞄着锦堂酣醉癫狂的神态，她趴在树杈上，抖着身子，哇哇哭了。人群散去，她逆向来到那家饭馆，站在饭桌前，依旧沉浸在悲情的想象中。店主收拾桌子，端着盆子过来，笑着说：刚才那位先生是你什么人？映芬呆然笑了。店主低头问：老公？她依旧笑着，好像他不存在。店主摇着头说：香港，那是个花花世界。老公过去，有了钱，就有了新欢，这事我见得多了。映芬缓缓转过脸，笑着说：他是个有情有义的好人。店主让她等下，将一沓钱塞进她手里，摆着手说：那位先生走得急，这是找回的钱。

17. 父亡

返回香港，锦堂在宿舍躺了几天。阿财告假，挖空心思地开导他。二哥推门进来，摸着他的额头，问要不要去医院。阿财知道病因，笑着说不碍事，过两天就好了。二哥说老豆想阿堂了，让他赶紧养好病，去医院探视。天快黑的时候，静怡提着水果，炖了一盅汤，送了过来。在锦堂的腰眼戳了几下，阿财附在他耳边，嘀咕了几句，飞眼笑着出去了。静怡将汤汁倒进碗里，拿起勺子，撩起一勺汤，吹了几口，送到锦堂嘴边。锦堂扑哧笑着，直起身，接过碗，搅拌着喝完汤，顿觉有了精神。

二哥将车子停在病区，捧来一束鲜花，递给阿堂，对着他眨下眼。阿堂下车。二嫂叫他。他转过身，静怡羞怯地过来。阿堂递上花，支吾着说：二嫂的话，就是我的意思，希望我们能走到一起。静怡抬起头，抓住阿堂的手，挽着他的胳膊，进了病区。

阿堂和静怡的订婚仪式，在尖沙咀的酒楼举行。大佬代表父亲，按照香港的风俗，下了聘礼。双方家长商定了结婚的日子。老大来到医院，将订婚的事，附在老豆耳边，絮叨一番。老豆咧着嘴，点头笑着，扯着他的手说：老大，阿堂母子的事，是老豆的心病。细佬的婚礼，我得撑着去，不然我的心里不安呀。

父亲吩咐：阿堂的婚礼按中式风俗举行。阿财自告奋勇，说阿堂的婚装，他来裁剪。按照师傅的指点，他买来布料，给阿堂做了身长袍马褂。衣服熨烫平整，他咚咚上楼，帮着阿堂试穿，揪着他的后脑勺，说得留个辫子。父亲翻出珍藏的照片，让照相馆放大，让老二交给阿堂。阿堂解开布包，有张父母亲抱着他的照片，还有张母亲的单人照和父母结婚的照片。二哥转过身，转告老豆的意思：让阿堂将这几张照片框起来，挂在自己的新房。又说阿堂大婚，他妈应该是最高兴的人。她来不了香港，让阿堂和静怡举办婚礼时，按照规矩，对着母亲的照片，行跪拜之礼。

婚礼前，佘家在香港的报纸，发了联姻告示。婚礼那天，阿堂带着静怡，和两位兄嫂门前迎宾。父亲坐在轮椅上，偏着头，松弛的嘴巴耷拉着，见亲朋好友道贺，他抬起手，微微摆着。大太太站在边上，看到没有客人，抽出纸巾，帮他沾着口水。婚礼开始，阿堂和蒙着盖头的静怡，扯着红绸子，款款进来，在司仪的招呼下，完成了礼拜。老豆呆滞的眼睛，活泛起来，他吃力地转着头，嘴角抽动着，露出稚气的笑容。

过了年，佘氏控股的海运公司，股东开会，通过了新的董事会成员。佘家老二出任公司的总经理。奄奄一息的父亲，将老二和阿堂唤到床前。在二太太陪护下，他拉着老二的手，支支吾吾地说：海运这块，咱们有自己的泊位和码头，也有自己的船队；未来不可限量，你得将全部的心思放进去。锦文看着妈妈，点头让老豆放心。二太太擦着先生的嘴角，俯身低头，贴着他耳边，轻声地说：阿文谨慎细致，做人厚道，您就放心吧！

父亲松开手，二哥站起来。从着老豆的眼神，阿堂坐在床前，将他干枯瘦小的手，捂在掌心，轻柔地搓着。老豆笑了，哑着嗓子，啜着气说：阿堂，二哥将莱莉雅交给你，这个行业是香港的传统产业，厂商多，竞争激烈。接外单，虽说利薄量大，做起来干脆，各个厂商互相压价，得精打细算，才有钱挣。瞄了二哥一眼，阿堂点头应着。老豆咳了几下，指着床头的杯子。二太太兑了些开水，舌头点了下，揽起先生的头。阿堂松开手，撩起他的衣领。老豆抿了口水，躺回床上，喘息平顺了，续道：服装这块，根本上还得靠莱莉雅这个牌子，这也是咱们和那些小公司的区别。阿堂，老豆告诉你，做生意不能就盯着眼前，得有个长远的想法。大道明晰了，好多事做起来，会越来越顺。

二哥要走了，阿堂心里有点舍不得。这些年，二哥从没对他发过脾气，就像台精密的挂钟，默默地用谦和宽容的笑、一丝不苟的作为带动着莱莉雅。想起老豆费心的安排和充满期望的叮嘱，在二哥就要离去的瞬间，阿堂有点心虚。静怡挺着大肚子，帮着收拾东西，他稍稍有了底气。他提着包，将二哥送到楼下，拉开车门，拍着他的肩，看着他上车。随着嘭的关门声，车子出了公司。阿堂靠着门柱，感到人生新的一页，在这看似平常的秋日黄昏掀开了。

打量着阿堂，静怡走过来，扯着他的胳膊，慢吞吞踩着楼梯，回到办公室。瞄着她原本轻盈的身子，变得这般笨拙，阿堂弄不懂其中的奥妙，就是感到神奇。他明白，那也意味着一份责任，想到静怡的预产期，他真不知道没有她的打理，公司的生意会不会出什么乱子。

阿堂成了东家。阿财底气十足，人前人后，他絮叨着和老板的交情。他张罗着那帮弟兄，号闹着要请阿堂吃饭，庆贺一下。阿堂结婚的时候，这些人随了礼金。每当看到他们，阿堂觉得大家赚的都是辛苦钱，他有些过意不去。阿财和几位兄弟，在附近的上海酒楼，定了间可以摆三张台的包房，告诉了阿堂聚餐的时间。阿堂心里有些嘀咕，碍于情面，犹豫着应承了。回到家，他和静怡说起这件事。静怡抿了口咖啡，浅笑着说：阿堂，公司这么多人，来自不同背景。你是公司的老板，不管他们来自哪里，也不管私下和你的交情有多好，你都得按照工作的要求，做到不亲不疏。阿堂欠身低头，倒腾着剪刀，点头说：阿怡，二哥刚走，他们这些年也不容易，都替我高兴，热火着提出来，我要是不去，恐怕情理上过不去。静怡站起来，挺着大肚子，望着窗外的山林。阿堂放下剪刀，揽着她的肩，笑着说：阿怡，你说得对，我心中有数，这事得慢慢来。

推说公司有急事打理，估计大家吃得差不多了，阿堂走进了包房。大家瞬间挺直身子，直愣愣盯着他。阿财叼着烟，从洗手间出来，举起手拍了下，跺着脚喊道：老板来了，你们鼓掌呀！随即哈腰赔着笑，将他送入主位。瞥了眼阿财，阿堂嘟着脸说：不是告诉你了，让大家不要等我，先吃！怎么还没上菜？阿财哈哈着，对门口挥了下手，说了声起菜，转过脸瞄着阿堂，抖着条腿说：老板心疼大家，怕你们饿肚子。诸位，逃港这些年，有三件事，我死都不会忘：一是爬上香港海滩，知道自己安然无恙；二是拿到香港的居住证，咱也成了香港人，不怕警察了；三就是今天，咱们兄弟成了老板。大家得给点力，庆贺热闹一番。

想起往事，这样的气氛中，阿堂瞬间和大家融为一体。敬酒间隙，他燃起一根万宝路，想起静怡的絮叨，他随和放松的笑收住了，想到公司的未来，他温情平滑的眼神，有了棱角，飘着拒人于眼前的冷傲。阿财喝高了，他就像润滑剂，奔着怀旧和热情，黏合着貌合神离的缝隙。阿堂感到，他板起的脸和冷峻的眼神，在他与众人间筑起了篱笆，对于阿财，却没有防护作用。一张一弛的心绪中，大家喝得尽兴。公司的财务买了单。阿财脖上的筋一跐一跐地往上蹿，他瞪着赤红的眼睛，盯着阿堂，嘴巴哝哝着，说锦堂看不起这帮兄弟。

阿堂站起来，拍着他的肩，让他坐下来，温情地说：各位工友，谢谢你们的惦念和抬爱！咱们一起逃港，进厂干活，你们中好多人比我强。我有个香港的老豆，这是我的幸运。现在老豆让我打理公司，诸位多担待，齐心协力，帮我把生意做好。阿堂和诸位是有感情的，只要公司赚到钱，我不会亏待大家。一伙人疑惑的心绪，荡然飘走。他们红着脸，吼着豪壮的话语。阿堂有点激动，他倒了杯酒，举起来，对着灯光，眨巴着眼睛说：各位兄弟，公司有公司的规矩，以后若有得罪，请诸位包涵。说着，他晃了下杯子，一饮而尽。阿财放下酒杯，转身拥着阿堂，随即又推开，在他的胸膛捶了几下，扯着他的胳膊，结伙出了酒楼。

转眼到了秋季，公司的订单倏然增加，超出阿堂的预期。静怡穿着孕装，挺着大肚子，不停地接电话，收传真，查验发货的单证，有自家船运公司的帮衬，她不用为货柜和船运担心。从裁剪部出来，阿财任公司的行政经理，打理着公司的杂事。工人紧缺，阿堂每天给几家劳务公司打电话，请他们帮忙，找些短期劳工。劳务公司回绝了。按照排期，眼看订单不能按期交货，阿堂急得团团转。静怡手撑在腰眼上，晃着身子，苍白有点浮肿的脸上，挂着憔悴。她坐在椅子上，拿起订单，在纸上画着框图，排着工期，抬头说：阿堂，不能交货，那是件大事，不行咱得想办法，将裁剪好的布料，发给别的厂家，就是亏些钱，也不能违约。

阿堂吐了口烟，摇着头，看着静怡，无奈地说：也只能这样了。他知道厂子的几位工友，合伙在西贡开了间服装厂，便将阿财叫来，说了自己的打算。阿财挠着头，说他去问问。静怡摸着肚子，说她感到不舒服，按照医生的吩咐，得到医院做个产前检查。阿堂歉意笑着，让司机开车，要陪她去医院。看着桌上的样品和一摞摞单证，静怡摇着头说：阿堂，我约了二姨，让她跟医生联系好，陪我过去。公司一摊事，你不用去了。

阿堂搀扶着静怡，坐上车。阿财跑下来，笑着说：老板，联系好了，他们能够排出工期，加工费要得不高，我安排司机，将裁剪好的布料送过去。阿堂扶着车门，低头笑着说：听到了吗？外发加工的事，有了着落，你不用担心，放心去医院，检查完找个餐厅，补补汤水。车子走了。阿堂转身，扯着阿财的胳膊，晃了几下，使劲推了一把，嬉笑着说：还愣着干吗？快去安排呀！阿财吐了下舌头，点头跑开了。

  静怡临产，她妈陪护着。阿堂赶到的时候，羊水都破了。产房里穿着医褂、戴着口罩的人进进出出，他坐在凳子上，搓着脸，心怦怦跳着。他站起来，在手术室前踱了几步，俯身低头，眼贴着玻璃，想透过缝隙，瞄上几眼，却怎么也看不到。他侧过脸，耳朵贴着门缝，上下移动着。门开了，一位女医生出来。他往前一颠，撞在她胸前。她抖着戴手套的手，戴着口罩的嘴嚅动着，用镜片后愠怒的眼睛，瞪着他。阿堂满脸羞臊地站起来，转身对着窗户，手哆嗦着摸出烟，刚颠出根万宝路，路过的护士，扯着他的胳膊，指着禁烟标示。阿堂讪笑着，穿过走廊，走到外面天台，点着烟猛抽了口，扒着玻璃窗，盯着产房的动静。

  得了个儿子。

  阿堂想起妈妈，幻觉中似乎混杂着映芬凄然的面容。他坐在椅子上，头埋在腿间，用划开的指头，搓着头发，眼睛湿湿的。二嫂赶过来，拍着他的头。他抬起头，笑着说：儿子，二嫂！二嫂瞪着眼睛，随即灿开笑容。岳母闪出头，笑着摆了几下。他们跟着进了产房。静怡头发凌乱，脸颊和脖颈汗淋淋的，没了血色的干裂的嘴唇，缓缓张开，淡然一笑，瞥了眼身边的婴孩，用贤淑而又邀功的眼神，瞄着阿堂。阿堂咧着嘴，嘿嘿着过去，俯身亲着她的额头，咸咸的味道。二嫂盯着婴孩，逗弄着孩子。

  来到老豆的床前，他闭着眼睛，鼻孔翕动了几下。阿堂贴着二太太的耳朵，说自己得了个儿子，给大太太和老豆说声。二太太笑着说：你老豆最近常昏迷，醒来时会问，阿堂的媳妇生了没？她坐在床前，抓起她先生的手，搓揉了一会儿。他稀疏的眉毛，挑了几下，眼皮颤抖着。她伸长脖子，贴着他耳朵，轻柔地说：阿堂来了！一连说了几遍，他那颤动的眼皮，像粘在一起，就是分不开来。她抬高声调，摇着他的手说：阿堂媳妇生了，是个儿子。老爷子鼻孔的毛，抖了几下，喘了口气，睫毛扬了下，眼皮现出一条缝，浑浊的眼珠滚溜着。阿堂抓着老豆的手，重复了一遍。老豆下垂的嘴巴，咧开抖了下，偏头盯着床头的本子。二太太拿起来，翻了几页，弹着纸页，抬起头说：阿堂，老豆早早给孩子起好了名，他们是"昌字辈"，就叫得昌吧！老豆嘴角抽了下，点着头，困倦地合上眼睛。

  儿子满月，依着老豆的吩咐，从着香港的风俗，大佬在酒楼，摆了佘家的弥月宴。老豆将祖上传下来的银项圈，送给这个最小的孙子。过了半个月，老豆闭上了眼睛，走完了自己的人生历程。

埋葬了父亲，兄弟姐妹集中，佘家的律师公布了老爷子的遗嘱：三个儿子按照各自打理的生意，继承公司的股份。房产分给儿女，铺面分给三位太太。老豆留给阿堂一封信，嘱咐阿堂：将来政策变了，将你娘接过来，在香港安度晚年。

大太太张罗，阿堂兄弟按照传统讲究，做了几场法事，安度老豆的灵魂。阿堂感到老豆活着，佘家就是根青藤，兄弟姐妹，按照顺序，都是藤上的分权。老豆走了，藤根和主干枯了，分权的藤须，扎入地下，有了自己的体系。自己是末端的藤，尽管老根这些年，将能量输送给他，他在港的根须，尚且稚嫩。如果说看起来像自己父亲的哥哥，祭拜老豆，就是走个过程，彰显着家族的讲究和他们的知事明理，阿堂却是透心的悲伤，那是他心里的支撑，更是他做事的胆识和庇护。

18. 苦撑

襁褓中的儿子，咿咿呀呀，嘴里噗噗吐着沫沫。见到阿堂，欢实地伸胳膊蹬腿。阿堂逗着儿子，烦恼瞬间飘走了，他感到生命的粘连和厚重，他叮嘱自己，得打起精神，不能让长眠的老豆失望，也不能让老家的妈妈焦心，要传承家族的事业，让静怡母子过富足的生活。静怡在家里，电话指挥着公司的文员，操心着接单、发货和结算几个核心环节。阿堂将公司的采购，交给阿财。阿财在质量和价格的比对中，调整了原来的供应商。一直跟着二哥的香港采购主管，有了意见，在香港管理层散布着不满。

阿堂紧盯订单，觉得香港的管理层，对自己表情有些冷淡。他觉得会不会公司加班，他们有意见？想到订单高峰期即将结束，他摇着头，也没往深里想。公司的运作，出现了阻滞和脱节。阿堂将主管叫过来，没等他作声，他们列出成串的理由，弄得他哭笑不得。想到是香港老员工，阿堂赔着笑，让他们多多费心。几位跟着二哥出道的主管，约阿堂二哥喝茶，忆着他的好，埋怨着阿堂，说这样下去，他们就辞工了。二哥吸了口凉气，安慰着说：我虽然不在莱莉雅，阿堂是我细佬，你们得多关照。大家都不想看到这些年苦心打拼的事业，就这样滑落下来。你们的意见，我给细佬说说，他也是个明事理的人。

回到家，锦文靠着沙发，摸着脖子，絮叨着阿堂的事。太太剥开橘子，撩掉裹在上面的白丝，递给老公，笑着说：你一直打理服装公司，阿堂跟你也这么多年了，老豆将这块给了阿堂，你尽量别管人家的事，弄不好，阿堂会有想法的。

是不是你和这些人裹在一起，让他难堪？再由你出面，来协调这些事，这不合适。锦文直起身子，看着老婆，放下橘子说：你说得有道理，那都是妇人之见。阿堂如果像你说的那样，莱莉雅迟早都会垮掉，我心里有数，也清楚细佬的人品，我得提醒一下他。

吃完橘子，二嫂递给老公一块纸巾，她抽出一条，擦着嘴巴说：你看这样行不行，你不要吱声。我私下给静怡说说，让她了解情况，由她出面，挽回这些老员工的人心。二哥默思了半晌，点头答应了。

这些日子，阿堂回来，总喜欢抱起儿子，他也像个孩子一般，逗弄一会儿。放下儿子，他便推开落地门，默默站在阳台，眺望着海湾连绵山峦，趴在护栏上，一个劲地抽着闷烟。静怡感到他有心事，问了几次，阿堂都含笑摇头，安慰着让她放心。听了姨妈的话，静怡心里咯噔一下。她懂得公司文化，知道人心散了，这是公司走向衰落的征兆。

通过家政公司，静怡请了名菲佣。她给阿堂说：要给儿子双语的启蒙，菲佣英语好，又是基督徒，她要给儿子感受基督文化熏陶的机会。阿堂眨巴着眼睛，知道这方面，静怡代表着香港上层社会的共识，想到自己在公司的窘境，他点头答应了。静怡回到公司，见到香港的老员工，阿叔长阿叔短地叫着，她弄明白了，他们不爽的焦点，就是公司核心部门的权力被剥夺。她将原来的采购单，和阿财接手后的采购单，比对了一番，拿来剩下的布碎，询问了几家布料行的报价，明白了其中的玄妙。香港好多行业，都有给付佣金的惯例，阿财的接手，让香港采购们的佣金没了，他们难以接受。

回到家，阿堂抱着儿子，嘻哈着上颠下晃。儿子擂着肉墩墩的小拳头，咯咯捶打着他的下巴。静怡接过儿子，放在腿上，笑着问：你知道香港员工对你有意见，起因在哪里吗？阿堂收住笑容，搓脸摇头。静怡说：阿堂，香港虽然是商业社会，也是个人情社会。采购的佣金，是商业惯例，只要在合理的幅度内，老板一般不理会。人情社会就是每一个人都有自己的人脉，人脉的一个表现，便是生意上互相帮衬的客户，突然中断客户的生意，让人没了脸面。阿堂摸出一根烟，叼在嘴上，抖动着，手搓着打火机，噢噢地听着。静怡将儿子交给菲佣，摇着头说：阿堂，你信任阿财，我理解。我查了下单，原来的采购没有出格，在正常的市场行情内。你让阿财接管采购部，他好显摆，压了人家的佣金，让采购部的人不爽，他们私下捣鼓，和公司离心了。

阿堂欠着身子，肘撑在膝盖上，手捋着头发，挺直身子，瞄着窗外，转过头，摊开手问：怎么办？静怡见他听进去了，眨巴着眼睛说：找个理由，将阿财调开，恢复原来的采购。你有空，和那帮公司的老人手，絮叨几句，体恤安慰几句。阿堂捏着自己虎口，大拇指抖动着，默思了半晌说：阿财的毛病，我清楚。还是让他当行政经理吧！静怡想了下，劝慰道：你有空跟他聊聊，说几句知心话。他看起来嘻嘻哈哈，性子上来了，也不好搞。

快过年了，按照公司的惯例，从年度的利润中，拿出一部分，给中层员工封个利市。阿堂找来财务主管，抽出前两年锦文的分配表，回家和静怡商量一番，在原来的基数上，往上提了少许。阿堂和静怡坐在办公室，斟上茶，将公司的骨干逐一请进来，说着感谢的话，送上利市封。想着自己的薪水，摸着口袋的利市，香港员工和内地员工的裂缝弥合了，大家感受到了老板的体恤和温情。

春节过后，部分劳工组织号召本地劳工集会，抗议港英政府放松劳工管制。电视上直播立法会的辩论，讨论限制政策，准备收紧边境管制，羁押偷渡客。阿堂和一帮业内老板喝茶，他们担心没有这些劳工，服装加工的生意，将会大幅度萎缩。回家的路上，阿堂眯眼瞄着车外一闪而过的人流，想起老豆的叮嘱，他感到还得尽全力，将莱莉雅的牌子擦亮叫响。

阿堂和静怡合计，将阿财调回莱莉雅拓展部，让他带着几个人，做品牌推广计划。阿财和几家商业推广公司接触，也同几位当红女星，谈了代言费用，形成报告，递给了阿堂。翻开报告，阿堂有了精神，越往后看，却越没了底气。他直接翻到最后页，瞄见聘请女装设计师的费用、明星代言费和铺面租金，他泄了气，终于明白老豆和二哥都强调莱莉雅品牌，却没有出手拓展的原因。阿堂没有回应。想起那位女星娇滴滴的媚态和暧昧的话语，阿财忍不住了，他三番五次催问。阿堂不想将家底押上，看到阿财饱满的信心和膨胀的热情，他用各种理由搪塞着。

龙舟水的季节，天气湿热。港英政府抓捕偷渡客，不时组织警力，突击到工业区，查验员工的身份，将有偷渡客嫌疑的，带回警署。吃晚饭的时候，看到电视上一群逃港客，被警察押解着，走进铁丝网，阿堂咀嚼的嘴巴僵住了，心里不是个滋味。静怡瞄着电视，忧心地说：阿堂，得拢住厂子这般工人，接下来香港的人工成本，肯定会上升，招工会越来越难。没有廉价的工人，接外单要赚钱很困难，咱们得有点准备。阿堂回过神，抖着筷子，不住点头。他放下碗说：静怡，今年接单，咱得慎重，要重新核算成本。如果工人跟不上，不能按期交货，那就麻烦了。

　　大批没有居留权的逃港客，被遣送回去了，香港的人工成本倏然攀升，薄利行业一下子陷入困境。阿堂测算着成本，员工的薪水，他随行就市；其他的工业成本，他尽力压缩。他测算着毛利率，这是他接单的底线。单量不足，他又一筹莫展，他知道，无论怎样，得保住这批员工。他和静怡不断下调利润预期。莱莉雅那边，搞了系列促销，销量提升了，补回了承接外单的不景气。好多服装公司，接到单，出货后看到人工上升吃掉了薄利，接单变得理性了。到了下半年，接单的价格抬头，阿堂一些流失的客户，又回来了，他的眉头舒展了少许。

　　好不容易熬过了一年，阿堂和财务主管做了个盘点，总算没有亏本，还有点微利。阿堂随和了好多，他找到阿财，说出自己的苦衷，让他张罗着，请大家吃餐饭。阿堂提前到餐厅，站在门口，给大家派着利市，握手说着感谢的话。钟点到了，静怡赶过来，和大家招呼着，在阿财的引导下，站在阿堂身边。阿堂端着酒杯，看着大家说：诸位先生，这一年过得真辛苦！是我到港最艰难的一年。好多服装厂亏损，要借款发工资。锦堂不才，无论自己怎么艰难，没有亏欠诸位。我太太今天过来，和我一起给大家敬杯酒，希望同舟共济，一起渡过眼前的困境。锦堂给大家承诺：只要我有饭吃，决不让诸位喝汤。

　　阿财站在前面，见阿堂和太太举杯喝完，他举起杯，转过身来，挥着手说：诸位，这几年老板忙，表面上和大家疏远了，但他始终有逃港的情结，心里放着大家，他时常跟我叙聊，询问诸位的情况，让我替他将大家拢在一起。阿堂携着太太，给每一围台敬酒。员工们排着队，走过来和他碰杯，眼睛闪着复杂的神情，好像在说：老板，谢谢你的宴请，我们也算尽力了，也不知道明年这个时候，咱们还会不会热闹一番。阿财端起酒杯，走到前台，拍着胸脯，晃着酒杯，红着脸说：诸位，阿堂对咱们如何，咱们心里得有个掂量。他转过身，对着阿堂说：老板，你就放心吧，这班弟兄，心里装着莱莉雅，只要你不嫌弃，我们跟定你了。

　　莱莉雅香港籍的老员工，好多都是公司的中层和师傅，他们依从商业规则，一丝不苟地工作着。几天后，静怡和阿堂在另一家酒楼，请他们吃饭，派发利市。上菜前，阿堂说了番感谢的话。静怡讲了公司的情况，期望大家不离不弃，共度眼前的萧条。大家静静地听着，间或偏着头，滴溜着台上，嘀咕几句。员工温和地笑着,想到同行业许多厂家欠薪,他们内心有些庆幸,也没有感性地表态,在他们看来,老板发薪水,自己就该一丝不苟地把分内的事情做好,这是天经地义的事。

父亲走后,阿堂给妈妈汇钱,写信问候。他想知道映芬的情况,又不好意思问,怕传言出去,对她不好。妈妈来信说,国柱在部队提干了。穿着四个兜的国柱,回家探亲,在狮门转悠。权叔满脸笑容,享受着社员们敬慕的眼光和点头哈腰的恭维。儿子出息了,他的心也大了,对地主富农温和了。权叔托人,向映芬家提亲,映芬父母满口答应,映芬就是没个态度。听说权叔屈驾,来到坝上,坐在泄洪房前,跟安义絮叨了半宿。

估摸着侄女的年龄,安义将映芬叫到跟前,滴溜着眼睛,摇头说阿堂不是负情的人,他在港婚配,也是孝道的无奈,他让映芬现实些。映芬低头,搓着衣角,鼻子抽搐着。安义从古说到今,变着法子说服了映芬。映芬和国柱结婚了。国柱回部队了,权叔找到公社,将映芬从竹器场调到小学,担任民办教师。

坐在办公室,拿着信看了几遍,阿堂拉开抽屉,从塑胶本的扉页,抽出那张高中毕业照,靠在椅背上,晃着照片,有些激动,他不停搓着面颊,唉声叹气。闭上眼睛,想到和静怡结婚,是到港后的第七年,五年承诺过了,他也算没食言。自己成家了,难道映芬还要在老家,坚守着他已经用行动撕碎的承诺?他顿时觉得,自己太自私。阿财推门进来,撩着卷烫的发,将文件放在桌上,单肘撑在台面上,侧着身子,龇着黄牙,咪咪笑着。

阿堂耷拉着眼睛,垂目瞥着阿财,伤感地说:映芬结婚了,你猜她的老公是谁?阿财直起身,撩着下垂的链子,懵然而又惊愕地晃着头。阿堂咧着嘴巴,摇着头说:映芬是自由的,我都有孩子了,不能不让人家结婚。就是和国柱成了一家子,我的气有点不顺。国柱当年是怎么欺负我的,她最清楚!阿财咪咪笑了,摆着手说:老细,都过去了,还想那些事干吗?香港多好呀!东方之珠,是大家梦想的天堂。你吃着鲍鱼,也得让人家碗里,有半条咸鱼吧!

瞥了眼窗外,阿财站起来,扯着阿堂,说要到兰桂坊,享受香港的夜生活。阿堂跟着二哥,陪客户的时候,去过几次兰桂坊,他不喜欢那种嘈杂的环境。车到了兰桂坊,站在门口,阿堂抖出根烟,叼在嘴上,瞥着霓虹闪烁的厅堂,结伴嬉笑的男女,他觉得,这是另一个世界,闪烁着港岛娇艳的妩媚。瞄着远处幽暗的一片地方,他想到工业区的厂房。密密麻麻恰似积木般嘈杂的厂房,就像蚂蚁的巢穴，穿着工服的人，恰似蚂蚁，搬运着布料，拆解着样品，制成模板，操起电动裁剪刀，吱吱着将一沓平整的布料，开膛破肚。料件顺着车间的传送带，到了针车前，随着一串嗒嗒声，粘连在一起，成了件衣服。工人抖着衣服，扯展翻看着，拿起剪刀，撩掉线头，将衣服放上传送带。工人操起冒着烟气的熨斗，将衣服熟练地套在熨板上，边擂边滑，轻快地折叠，衬上衣板，钉上别针，包好垒起。成箱的衣服装进货柜。文员拿着文件夹，查点完毕，咚咚上楼，拨通电话，摁开传真，和银行、船运和订货公司联系。

  流水线和在脚手架暴晒在烈日下戴着头盔亦如蚂蚁般的劳工，那是香港繁荣的底盘。悠然穿行于酒会、游艇和夜总会的人，代表着香港的时尚，是香港媚艳的外表。想到老家，阿堂觉得老家和香港，就像香港的工业区和兰桂坊一样，那是两个世界，映芬和静怡也是两个世界的人。阿财手插着裤兜，瞥着进出的靓女，吹着口哨，从里面晃悠出来。阿堂站在烟灰缸前，眯眼喷着烟。阿财扯着他的胳膊说：老细，别看了，这里没有映芬，要找她的影子，得去西贡那边的渔村。

  一位长得精瘦，戴着金丝眼镜，蓄着披肩发的先生，挽着位时尚女郎，看到阿财，他驻足喊了声。阿财回过身，打量着那位靓女，眉飞色舞地踱过去，嘀咕着将他拉过来，对阿堂说：老细，这位是香港著名的商业策划师，伟哥。莱莉雅的推广方案，就是他做出来的。阿堂掏出名片夹，抽出一张名片，笑着递上去，握手恭维了几句。进了大厅，晃动的霓虹光斑中，挤满随着节奏，踮着舞步，晃着身子，摆着脑袋的男女。他们红着脸，半醉迷离的眼睛，虚无而又随性地漫游着。

  坐在吧台前，阿堂瞥着台上摇摆甩发的吉他手，抿了口冰凉的英伦啤酒。阿财刺溜出来，脑袋哧地贴在阿堂边，扯着他的胳膊说：老细，伟哥等下要过来，想和你聊聊。咱不能挤在吧台喝杯啤酒，这不合您身份，我们得进包房。阿堂扯着他，举着啤酒杯，穿过五光十色的回廊，进了包房。阿财点了果盘和酒水。妈咪带进一溜小姐。阿堂漠然靠着沙发，呆愣地打量着。

  燃起一根雪茄，龇着黄牙，阿财踱着方步，贴着她们的脸和胸，瞄了遍。他将妈咪扯到边，盯着她被胸衣勒着快要暴出的白皙的胸，喷了口烟，转头瞥了眼阿堂，摆着雪茄说：给点面子，好不好！我老细来了，将你们珍藏的叫出来。妈咪摆了下手，女郎们噘着嘴，眨巴着的媚笑，成了自尊滑落后淡淡的无奈，她们撩起裙摆，扯着吊带，晃臀走了。阿财坐下，揽着阿堂的肩，瞥着门口，笑着说：老细，等下，让您眼前一亮！几位高挑白皙的女仔进来，妈咪凑在阿堂边，扳着他的肩，笑着说：老细，这几位都是亚视的明星，年龄小，刚出道，一般不会坐台，今天碰巧，算您有艳福了。阿财跷着二郎腿，扯着胸前的链子，抖着手指间的雪茄，喷着烟说：老大，别害羞！来了就放松些，这也是香港的味道。

阿堂抽出一根烟，燃起，喷烟眯眼，脖子晃着。阿财站起来，按照映芬的体型，将那位叫阿敏的女仔，推坐在阿堂身边。他自己选了个女仔，点了首《分飞燕》，凝望对唱，不时转过身，招手让阿敏主动些，和阿堂掷骰子喝酒。阿财出去了。两个女仔分坐两边，勾肩搭背，用娇滴滴的语言和娇美的神态，挑逗着阿堂。阿堂有点醉意，他硬着舌头，支吾应着，呆愣瞥着门口，还是不见阿财的踪影。

包房的门开了。阿财随着伟哥进来，将他让到沙发。阿敏搀扶着，阿堂欠着身子，晃着起来。伟哥愕然瞄了眼阿敏。她媚笑着，娇滴滴喊着伟哥。阿财倒了几杯啤酒，端起杯子说：老细，伟哥一直说想拜会你，在这里谋面，你们也算是有缘分。伟哥端起酒杯，和阿堂碰了下，细长的脖子上，突兀的喉结像个核桃，蠕动滚溜着，他将见了底的酒杯，对着阿堂晃了下，放在茶几上。阿财剪开雪茄屁股，用喷雾火机撩着燃起，递给伟哥。伟哥打着酒嗝，说着自己成功包装的明星和拓展产品的案例。阿堂靠在沙发上。阿敏将他的手，放在自己腿上，搓着他的手心，趄着身子，肩抵着他，用点头、愕然和微笑，配合着伟哥的说道。阿财欠着身子，仰头盯着飘散的烟，用混着酒沫的嘴，瞄着阿堂，笑着不住地点头。

阿敏捡起烟盒，抽出一根烟，捻在阿堂嘴上，帮他点上。伟哥弹着烟灰。阿财拿起烟灰缸，放在他手下。他跷起细长的腿，偏头瞥着阿堂说：老细，香港就是几个小岛，明星引导着香港的时尚。香港人很少思考哲学问题，他们用精明的头脑，务实地算计着，习惯从着明星效应，将时尚揉在生活中。阿堂点着头，举起酒，和他碰了下，喝了半杯。放下酒杯，伟哥捡起雪茄说：老细，做女装很简单，得有个引领时尚的明星代言。他指着阿敏，续道：阿敏正在拍一部电影，剧本我看过，电影上映了，我估计她会火起来。你现在找她代言，费用比较合算，也可以出钱，包装她，她用代言来回报你的。

阿堂转过头，上下打量着阿敏。阿财蹲在他的前面，晃着他的膝盖，滴溜着眼睛，介绍着阿敏。阿堂靠在沙发上，瞥了眼阿财，半闭眼睛，沉默了一会儿，挺起身，搓着脸颊说：我明白了，可以坐下来谈，估算一下费用。他瞥着伟哥，笑着对阿敏说：生意不好做，这方面的投入，我们也得慎重，希望你们能够理解。阿敏站起来，举起斟满的酒杯说：希望我们能够合作，对于莱莉雅的品牌，我还是有信心的。送走伟哥，阿财掏出一副墨镜，让阿堂和阿敏跳舞，他拿起唛头，扯长引线，模仿着杰克逊，来了段生硬的、好似皮影的摇滚。

莱莉雅两笔订单的回款，出现了延误，两家公司都是核心客户。阿堂不想催得太急，公司的流动资金，顿时紧张了。阿敏代言莱莉雅服装的协议，拟定好了，阿财给了阿堂。资金紧张，阿堂拓展品牌的底气瘪了。按照订单的排期，采购部将要采购布料的品种、数量和单价列表，给了阿堂，盯着付款方式和金额，他感到窗外的天空，瞬间暗了下来。

回到家，阿昌拉着老豆的手，嚷嚷着要出去玩。阿堂靠在沙发上，愁眉苦脸地望着窗外，他虎着脸，摆着手，吼了几声。菲佣从厨房探出头。阿昌抹着泪，不解地瞥着老豆，委屈地走了。静怡回来，阿堂将情况说了，她冲了杯咖啡，平静地说：阿堂，做生意就是这样的。莱莉雅基础好，资金比较充足，你没碰到过这样的问题。不行的话，我们用应收款做个银行承兑。阿堂的心清朗了不少。他站起来，摸着儿子的头，牵起他的手，招呼静怡，要到外面去吃饭。

公司接了些散碎的单，成本飙升。人工还在涨，阿堂想着给大家调薪，看着财务主管拿来的报表，他没了底气。二哥打电话，约阿堂喝茶。自从他接手公司，二哥很少过问公司的事。二哥打理莱莉雅，也经过几次困境，阿堂想向他请教，都没有行动。他脚尖跐地，屁股推了下，脚搭在条桌上，眯眼喷烟，呆愣地瞅着窗外。心想，二哥找他，定有什么事，他不是那种没事泡在茶楼的人。

要了份报纸，穿过铺着地毯的走廊，阿堂走到二哥身后。盯着碧蓝的海湾，二哥品着茶发呆。他抖了下报纸。二哥转头，站起来，握着他的手，拎起茶壶，斟上茶，转头招来盛着蒸笼和点心的推车，拿起冒着热气的笼，问他吃点什么。阿堂品了口茶，夹起一块凤爪，放在嘴里嚼着。看着他，二哥笑着问：细佬，公司生意怎么样？阿堂放下筷子，拿了块纸巾，沾着嘴巴，摇头淡然一笑，挺直身子，说着公司的状况。

拿起牙签盒，弹出根牙签，二哥捂嘴挑着牙缝，用眼神和不断抽动的面腮，和他应和着。阿堂说完了，手掌搓着面颊，一副无奈却又只能无奈的表情。二哥站起来，给他添茶。阿堂腾出只手，手指弹着台面。二哥坐下来，思量瞬间，弹着桌面说：细佬，好多依靠外单的服装厂，都歇业了。你能打个平手，留住工人，实在不容易。做生意就是这样，行情好的时候，来钱快；行情不好的时候，能守住自己的底子，往后才能东山再起。成功的商人，都要承受别人难以承受的风浪，在风浪中寻找机会，在嬗变中华丽转身。

　　锦文做事，从来都是事必躬亲，他很少讲大道理。阿堂挺直身，笑着挠头。二哥指着报纸，敲着桌子说：这两年，香港接的好多外单，都去了马来西亚和泰国。海运行业也不景气，我们没了竞争优势。内地的邓小平复出了，他开明务实，政策似乎正在松动。香港的报纸和精英们，盘算着内地有了好政策，如果允许香港商人过去，又有法制的保障，香港定会迎来一轮爆发式的增长。

　　阿堂眼里闪着激动的亮光，陡然想起妈妈和映芬。他欠着身子问：估计需要多长时间？二哥摇着头，叹了口气说：这些都是报纸和电台的分析。什么时候，谁也说不清楚！阿堂靠着椅背，拿起报纸，低头翻看着。二哥抿了口茶，吐着热气说：阿堂，服装加工的行情，再往下走，你就得收缩外单业务，控制好成本，留住师傅和公司骨干，将莱莉雅的牌子，精心拓展一下。

　　两单货款到账了，阿堂松了口气。他将阿财叫来，翻着他提交的协议，选了最稳妥的方案，承诺莱莉雅的业绩有大幅度的提升，提取一定的数额，用于来年的市场拓展。阿财拿起文件，手拍了几下，说了串OK。财务主管进来，递上单项财务报告，扯着耳垂说：老细，去年那两单最大的订单，没有预计到会延期付款，原来核定的就是微利。货款到账了，我们累加了额外的财务成本，公司产生了亏损。阿堂手指下移着，瞄了眼亏损的数额，摆着手说：两家公司是核心客户，靠着他们的大单，公司才没歇业，还得和他们保持好关系。

　　财务主管收起文件，见老板通情达理，他笑着走了。阿堂站起来，带上门，叼上一根烟，嘎嘣弹开火机，偏头燃着，猛吸一口。他眯着眼，一吐一顿地吹着烟，在这袅袅的青烟中，探知着公司的未来。想到这个时节，往年的客户集体失声，没有下单的意思，他预感到，更加严酷的市场，将要考验自己。

19. 曙光

雷雨过后，炫目的阳光，像面镜子，水艳艳挂在天宇，蒸烤着大地。湿热的空气被下沉的气流压着，贴附着山川河岳。回廊连接的地铁、酒店、商业中心和写字楼，却是个清凉的世界。穿着西装、拎着提包的人，举着饮品，腋下挟着报纸，急匆匆地穿行着。坐上地铁，他们放下包，拿起报纸，随着晃动的车厢，呆滞地盯着报纸，面无表情地浏览着。阿财陪着阿堂，和阿敏签了代言合同。在尖沙咀坐上地铁，阿堂沉浸在阿敏一颦一笑的媚态中。

回到办公室，想着伟哥信誓旦旦的承诺，瞄着书柜竖起的莱莉雅的广告册，阿堂遐想着，若模特换成阿敏，将是个什么样的境况。跟单主管推门进来，递上一份文件，急切地踱了几步，敲着台面说：老细，公司发往西贡服装厂的单，刚排上了单，那家厂子倒闭了，工人追讨欠薪。我们派人将裁剪好的布料运回来，临时和几个工厂联系，希望他们救急，人家都回绝了。阿堂放下文件，抬起头，搓着脸。主管指着交货日期，算着每道工序的时间说：老细，咱们得通宵加班，将这批货赶出来。

公司的主管匆匆进了会议室，通报完情况，阿堂板着脸，扫视着大家，恳切地说：诸位，给员工讲清楚，按加班的薪水，公司给大家补贴。将愿意加班的人，统计出来，调整班组。他转头问阿财：莱莉雅将能够拖延的单，往后压压，帮着将这批货赶制出来。阿堂几天没回家，他待在办公室，抽了几包烟，不时到车间，和加班的工人絮叨几句。困乏难耐的时候，就在沙发上迷糊一阵。午夜时候，楼下传来咣当声。他坐起来，揉着眼睛，走到窗边。一辆货柜车，在门卫的指挥下，缓缓驶进公司。他举起胳膊，打着哈欠，瞬间松了口气。

东方泛白，夜色中黑魆魆的港湾，卷着浪花现了出来。黎明的港岛，安详又静谧，昏黄的路灯，像昏睡的人，耷拉着脑袋，垂在灯柱上，点点续连，勾勒出城市的轮廓。铺着黑色块石的街面，敷着层水汽，车子经过时，轮胎撞出噗噗的声音。工业区北面山坡的教堂，传来叮当的声响。阿堂转过身，抬起手腕。阿财推开门，捂着嘴巴，懒洋洋地闪进。阿堂笑着说：辛苦了，走，我请你吃早点！财务主管进来，翻开文件夹，正要说道。阿堂扯起他的胳膊，说填饱肚子再说。

货柜车出了公司，顺着斜坡，一咻一顿地喷着烟，驶向海边。跟在车后，盯着一闪一闪的尾灯，阿堂猛吸几口混着柴油味湿热的空气，顿感清醒了。阿财捂着鼻子，将他拉到路边，憋着气呜啦着。阿堂笑着说：在老家时，狮门有拖拉机经过，咱们都要跟着，跑上一段，嗅嗅柴油味。阿财扑哧笑了，喘了口气，附在他耳边问：是不是和映芬一起跑？阿堂推了他一把，扬起手说：去，别瞎猜。想吃啥？

街口闪着霓虹招牌的茶餐厅，向他们挤眉弄眼，街对面商业大厦的四楼是间酒楼，早茶的牌子格外醒目，街上有了晨练的人。阿财指着酒楼，拉着财务主管，吆喝着要去喝茶。财务主管摆着手说：阿财，老细还有大堆事，咱就简单点，吃碗牛腩粉，要杯奶茶省事。阿堂打了个哈欠，笑着说：阿财，大家都困了，酒楼吵嚷嚷的，今天将就些，改天我请你喝茶，地方你们来定。

茶餐厅刚开门，师傅穿着白色的厨衣，戴着高顶的帽子，站在玻璃格档后，拿起软溜溜的牛腩，抡着刀，在油喷喷的木墩上，将牛腩剁成小块，堆在案板上。两个锅泛着滚烫的泡沫，边上垒着碗，盛着米粉、馄饨和鱼丝面。站在明档前，看着冒着热气的厨台，阿堂肚子咕咕着。师傅停住刀，搓着口罩，露出笑容，点着头问：余生，好久不见了。刚出锅的牛腩，请里面坐。阿堂点着头，瞥了眼边上正在摆放的书报摊，随着店员，走进餐厅。接过餐牌，听着介绍，阿堂点了自己的餐，将餐牌递给财务主管，踱了出来。

报摊主是位老人，他停住手，缓缓直起腰，打量着阿堂，指着架上的报纸，笑着说：先生，内地政策变了，报纸刊登了！阿堂愣了下，身体中憋涨的困乏和倦怠，瞬间泄了。瞥着霞光熠熠的海面，深深吐了口气，他快步上前，拿起报纸，在老者指点下，见报纸正页醒目位置印着允许"三来一补"的标题。他酥麻的手，揣进裤兜，颤抖着摸了张二十元的钞票，递给老者。老者掏出零钞，摸索着找钱。阿堂摆着手，笑着走进餐厅。

嘴搭在碗上，操着筷子，夹起河粉，阿财刺拉吸溜着。阿堂进来，筷子磕着碗沿，他竖起拇指。阿堂拿起筷子，撩起河粉，眼睛瞥着报纸，愣着吸了口。阿财吃完了，喝了口奶茶，抽出根牙签，撩着牙缝，不解地打量着阿堂。他瞥了眼背页，慢慢弯着腰，偏头瞪大眼睛，扯着报纸，笑着让阿堂松手，他抽出来那张，折叠起来，飞快地远望着。阿堂看完报纸，抿了口奶茶，含笑沉思。

阿财抖着报纸，趔身敲着桌子说：老细，香港报纸就是不着调。阿敏多贤淑的女仔，刚和咱们签了代言合同，这些八卦记者，不知从哪里扒出这些污糟事，说她夜场滥情。阿堂瞥了眼照片，摆着手说：艺人，没有绯闻，那能叫艺人吗？那些女星，不交几个男朋友，就没有让人说道的引子，没有引子，能量再大，能火爆起来吗？阿财垂着头，摆了几下，撩起裤腿，噘着嘴巴，探身挠着腿肚子。

阿堂偏着头，将报纸递给财务主管，眉毛挑了下，笑着说：看看！内地允许港资回去，承接"三来一补"业务。财务愣了，疑惑地接过报纸，飞快地浏览着。阿堂举起手，扭了几下腰，垂下时拍着阿财的肩，笑着说：这两年过得好艰难啊！再这样下去，我恐怕撑不住了。真是天无绝人之路，内地开放，我们终于等到机会了。阿财骨碌着眼珠，走到边上，瞄着报纸，不解地问：老细，那就是宣传，你真的信吗？阿堂站起来，买了单，招着手说：走吧，回去冲个凉，好好睡一觉。

冲完凉，拉上窗帘，阿堂靠在床头，摁亮台灯，又将那张报纸看了遍，瞄着墙上老豆留给他的照片，他幻想着妈妈的神态和映芬的笑颜，奔着对未来的期望，进入了梦乡。醒来拉开窗帘，已是黄昏时分。他推开门，静怡给儿子辅导作业。阿堂坐在沙发上，静怡转过头问：内地有政策了，你知道吗？大家都在议论这件事。阿堂站起来，蹲在儿子身边，摸着他黑泽绒细的头发，笑着说：静怡，我们的机会来了。内地的情况我了解，如果我们带着机器和资金回去，在香港接单，就凭着内地的人工，生意会飞起来。

孩子进屋写作业，静怡冲了杯咖啡，加了块方糖，勺子搅拌着，坐在沙发上，啜了口，平静地说：阿堂，机会是肯定的，好多人都看得出来，关键是政策风险，会不会说变就变。如果那样，就算你回去赚到钱，到时还是竹篮打水一场空。菲佣招呼吃饭。阿堂觉得静怡的说道有理，他站起来，走到阳台，点起一根香烟,瞭望着一抹晚霞,搓着额头,踱着方步。房间的挂钟响了,他捻灭烟蒂,推门进来,摁开电视。映芬盛了碗汤,放在他面前。阿堂按着遥控,调到本港台。

随着熟悉的嘀嘀声,屏幕上闪出主持人的头像,报道完大陆允许港资回内地,开展"三来一补"业务的新闻后,镜头切换到北京,外经贸部的人解读着政策,镜头又切到广州,省里的发言人,介绍广东的情况,说他们渴望港商拿定主意,回来办厂兴业。主持人说晚上八点,本台将推出专题节目,请大陆问题专家和时事评论员,解读大陆的政策。阿堂端起碗,夹着菜,匆匆扒完饭,抿了口茶水,他靠在椅背上,撩着指间的牙签。静怡抹着餐桌,不时盯着墙上的挂钟。

财务主管进来,阿堂接过财务报表,浏览着密密麻麻的方格,看到下方的亏损,他腾地靠在沙发上,手弹着桌面问:我们这样兢兢业业地做,为什么还是亏损?这生意没的做了!主管推着鼻梁上的眼镜,欠着身子,无奈地应道:老细,生意好的时候,加工的每个环节,可以做到无缝对接,管理成本容易控制。现在这般行情,很难预计哪个环节脱节,临时解决问题,费用很高。不过,公司总算没有违约,还是守住了几个大客户。

关上门,阿堂躺靠在大班椅上,闭着眼睛,揪着鼻梁,还是没个主意。想起二哥,他拨通电话,将自己的打算说了。二哥赞赏他的敏感,欣赏他的勇气,说现在看来就是个新闻,没看到大陆在港有什么实质性的动作,让他不要急躁,做好回去的准备,待到条件成熟,政策的细则出来,再付诸行动。阿堂放下电话,想起昨天晚上电视的专题节目,那位戴眼镜的仁兄分析,断定这是大陆开放的先兆,后面可能还有一系列开放的举措。

有人敲门,阿堂起身开门。阿财晃了进来。他回身带上门,伸长脖子说:老细,我问过伟哥,阿敏的事是他们炒作,都是为她新影片上映造势。阿堂噢噢应着,摆着手说:我说那是个引子嘛!你算是跟着他们,白混了!阿财挠着头,自嘲地笑着。阿堂挺着身子问:阿财,说正经事,你跟我回老家去办厂?阿财趔着身子,摆手吐舌,拨浪鼓一样地摇着头。阿堂哧地笑了,拍着桌子说:我一个地主仔都不怕,你怕啥?

阿财摸出烟,抽出一根,他扔给阿堂,自己也叼上一根。燃着后吸了几口,他摆着手说:我不叫你老细,叫你阿堂。你好歹也是莱莉雅的老板,有妻有儿,万一有个闪失,不但妻儿无靠,就是你老豆在九泉之下,也难以瞑目呀。阿堂瞬间肃然,他叹了口气,眨巴着眼睛,皱眉瞥着窗外。阿财站起来,走到他边上,拍着他的肩,劝慰道:阿堂,你家是地主,是专政的对象。我现在还是光棍一条,我怕啥!我也不是胆小,我得为你着想,给你泼泼冷水。阿堂转头,拉起他的手,捏了几下,吐了口浓烟。

夜深了,看着静怡侧卧安睡的身姿,阿堂轻轻撩起毛巾被,趿上拖鞋,来到书房。他摁亮台灯,燃起一根烟,拿出钢笔,在纸上画着。他想起安义叔,想起他对佘家姓氏的说道,他比对着,感到"佘"字上面的两横,就像是当年逃港时的两条边境线,当年冲破这两道线,才有了今天的事业。如果猫在老家,他不敢想象,现在会是个什么境况。他猛然间悟到,内地现时的政策,就是要让他再次冲破这两道杠,他能够感应到,妈妈、映芬和锦康老师听着广播,也期盼着他早日归来。听说锦康老师是公社革委会副主任,想到他当年对自己的护佑和鼓励,阿堂确信,他不会骗自己。他是公社干部,对政策的把握,更准确些。阿堂撤掉面上的纸,拿起笔,遐想着锦康老师的一颦一笑,给他写了封信。

20. 召唤

　　狮门革委会主任是个造反派。县委正在清理"三种人",让他靠边了。由锦康主持公社革委会日常工作。坐在主席台上,锦康传达完县上的文件,他摘下眼镜,端起茶缸,喝了口水,摸出一根烟,燃着吸了口,吐着烟圈看着台下。大队干部坐在条凳子上,有的拎起靠在桌上的竹筒,捻上烟丝,咕噜咕噜,连吹带吸;有的撩起裤腿,搓着脚丫,交头接耳地嗡嗡着。锦康戴上眼镜,咳嗽几下,挽起袖子说:县上开了个会,让公社给下面讲一下,现在形势变了,国家号召引进外资。狮门自古和香港唇齿相依,香港好多老板的根,都在狮门。你们回去后,将大队情况摸排一下,香港有亲属的,要上门做工作,动员他们回来办厂。

　　吃过晚饭,坐在竹凳上,锦康摇着蒲扇,和武装专干下棋。邮递员骑着自行车,链条一绷一松地磕着挡板,叮叮当当窜进来,在锦康前面一个刹车。邮递员腿撑在地上,从车梁兜中,掏出封信,晃着说:主任,您的信,香港来的。锦康拿着炮,就要揾在对家的马上,他僵住了,听到香港来的,想到自己香港没有亲属,他愣了瞬间,攥着炮,站起来接过信。武装专干趄着身子,偏着头瞄着。锦康扔掉手里的炮,嘿嘿笑着说:这是锦堂的字吗?说着他撕开封口,抽出信瓤,摆着头,快速看了遍。他抖着信封,对围观的人说:锦堂想回来办厂,问我国家的政策。

　　走进办公室,坐在椅子上,锦康又看了一遍信,他点上烟,眯眼沉思了一会儿。手搭在电话听筒上,吱吱摇了几下,铃声有了,他拿起听筒,喊着接县革委会。电话接通了，边上围了一圈人，他摇着手，让大家不要出声，他将锦堂信里的内容，向县里汇报了一遍。听筒里传来赵主任洪亮的声音：锦康同志，情况县上知道了。我们马上向公署上报。你要抓住这个机会，将工作做细做实，务必开花结果，让狮门饮上改革开放的头啖汤。围着的人散开了。他们走出公社，见到河涌树下和江边纳凉的人，坐在边上，说着锦堂的事。

手夹着烟，边抽边踱步，锦康扔掉烟头，出门推起自行车，滑了几下，跨上去，出了公社的门，向锦堂家奔去。锦堂妈苍老了好多，花白的头发凌乱地蓬在头上，她弯着腰，提着竹笼，坐在屋檐下，借着堂屋的光，收拾着晾晒的豆子。听到自行车的哐当声，她愣了下，低头拨弄着豆粒。头门咯吱开了，车头进来，锦康笑着说：锦堂妈，我看您来了！锦堂妈懵然站起，手里的豆子嗒嗒落在笼中，愕然地打量着锦康，手捶打着腰问：啥事？

锦康走过来，让她坐下，拿来竹凳，坐在对面，笑着说：我是公社的锦康，你们家锦堂的老师。锦堂妈淡然一笑，点着头说：噢，我知道你做了公社干部。阿堂那年在砖厂，多亏了你。锦康摆着手，伸长脖子说：锦堂给我来信，说他准备回来办厂。锦堂妈的心咯噔一下，愕然瞪着眼睛，摆着手说：锦康老师，阿堂上学的时候，遭人欺负，你总是护着他，他最信得过的人，就是你。你可得劝劝他，别信广播上的说道。佘家那么大的家业，说没就没了，他可不能再犯糊涂了。

锦康哈哈笑了，抬起屁股，将凳子挪了下，伸长脖子说：国家政策变了，鼓励香港人回来办厂，还有一系列优惠政策。锦堂的事，县上知道了，领导很重视，交代我一定要办成。你儿子在香港，生意做得很成功，人家见过大世面，你得相信他，也得相信我，更得相信政府。锦堂妈抹着眼睛，瞥着天空，叹着气说：这世事，我看不清，天底下的钱，能挣完吗？这地主成分，我没有享到福，压得我半辈子抬不起头。我想过平淡的日子，不想什么大富大贵了。

锦康抓起一把豆子，搓着，摇着头说：锦堂留了个电话号码，得到县上邮局，请他们挂过去。这些年您不易，受了不少委屈，也想锦堂了。您准备着，明儿个清早，我让人接您，咱去县上，给锦堂挂个电话，您听听儿子的声音，和他絮叨絮叨。锦堂妈鼻子一酸，凄然抿着嘴，低声抽泣着。锦康站起来，安慰几句，推着自行车出了门。

刚上桥，映芬从对面过来，锦康叫住她。映芬揪着辫子问：老师，听说阿堂要回来办厂？锦康摆着车头，笑着说：阿芬，我刚从锦堂家出来，想让他妈和我到县上，给阿堂挂个电话，给他点信心。你去和锦堂妈说道说道，让她配合公社一下。映芬点着头，轻快地走了。锦康跨上车，又下来，转头喊着阿芬说：这样，你和阿堂是同学，明天请个假，陪着阿堂妈一起去县城吧！

大榕树下的祠堂前，坐着群纳凉的人，他们摇着蒲扇，抽着水烟，说着锦堂的事。锦康的自行车，沿着青石小径嗒嗒着。权叔瞄了眼，噗噗吸了口水烟，放下竹筒，手撑在膝盖上，弯腰站起来，招呼着锦康。锦康捏着刹车，下车驻步。权叔笑着问：听说阿堂在香港发财了，想回来办厂？锦堂点头应道：阿堂有出息，十几年了，心里还惦着老家，难得呀！权叔晃着身子，看着身后的社员，伸长脖子问：当初偷渡的事，就这样完了？我可是给他写过保函的人，这件事弄得我好些年没脸面，公社得给个说法！

知道权叔的厉害，锦康摸出香烟，递上一根。权叔趄着身，让社员拿来水烟筒，晃了几下说：我抽这个舒服。锦康燃着烟，吸了口，瞄着夜空中吐出的青烟，他知道不拦住权叔的碴儿，后面会有一系列的麻烦。他停好自行车，踱了几步，手叉在腰上，瞭望着江水，倏然回过身，盯着权叔，严肃地说：权叔，你是老支书，我们尊敬你。锦堂的事，县上的赵主任很重视，要求公社一定要办好这件事，说有啥困难，可以直接找他。你是老党员，在国家的政策执行上，得有个立场和态度。你不是要个说法吗？我明天去县上，让赵主任给你个说法，你看好不好？

权叔愣住了，他本想奔着自己的资历，在社员面前显摆一番，没有想到锦康这么不给面子。听说要给赵主任汇报，他吭哧着，半响接不上话，他知道赵主任就是解放初期的赵连长，他的入党介绍人。他摸着脑袋，思量了半响，踱步摇头，嘴巴搭在竹筒上，噗噗抽了几口。锦康笑了，拍着他的肩，瞥着边上的社员，摆着手说：权叔，公社相信你的党员品格。自己有看法，这很正常，但得有组织纪律，你要帮着公社做群众的思想工作。权叔喷着烟，倔强地偏着头，看到锦康上车，他晃着水烟筒，抖着身子，瞄着周围的群众，不服气地应道：难道胡汉三真的要回来了！

翻来覆去地睡不着，锦康靠在床头，琢磨着近期的报纸和文件，他将这些文件和政策挂在时间的数轴上，疑惑瞬间开解，他感到身边的一切都在悄悄变化，他恍惚间感到，社会大变革的大幕正在开启。按捺不住激动的心情，想着锦堂的事，他知道这是一豆光，他要小心点着，拼力捂着，不让风吹雨淋。想到这豆光，可能会燎原，他呼地坐起来，推开房门，伸展双臂，咬牙抖动了几下，他真想恣意地振臂狂吼几声。他屏住呼吸，张开嘴巴，气门抵在喉结上，犹豫了片刻，垂手笑着吐了口气。满地烟头，他踹着搓了下，打开收音机，在午夜的音乐声中，闭上了眼睛。

水艳艳的朝霞，撩着树冠，洒在窗户上。锦康撩起蚊帐，端着水缸，挤上牙膏，牙刷入嘴，戳溜了几下。看到公社文书，他取出牙刷，淋着沫沫挥了几下。文书弯腰过来。锦康拎起茶缸，喝了口水，仰头咕噜着，两腮就像婴儿的屁股嘟溜着，猛地对着文书，吹洒了口水，笑着让他骑车，将锦堂妈接到公社。锦康推开柜子，拿出那件只有到县上开会才穿的白色的确良开领短袖，茶缸倒上开水，用缸底烫着褶皱。

门外传来自行车的嗒嗒声，他放下茶缸，扭头瞥了眼门外，撩起衣服，抖了几下，放在床上。锦堂妈从后座下来，拎着粗布包，呆愣站在旗杆下，拘束地打量着。锦康走过去，扬起手说：到街上吃早餐去！锦堂妈摆着手，说她刚喝了碗粥。映芬骑车进来，听说吃早餐，挽着锦堂妈的胳膊，絮叨着竹笋烫粉，扯着她出了大门。

佘家老染坊的门口，回廊有间小吃店。师傅拎起勺，搅和着桶中的米浆，舀起一勺，嗒嗒倒进桶中，又搅拌了几下，舀起一勺，倏地淋甩在圆形褐色的竹笋中，他双手攥着笋沿，抖动转着。乳白色的粉浆漫着，成了个圆。他拍着笋，粉浆匀了，他放在冒着蒸汽的锅上，搭上锅盖。锦康过来。他撩起围裙，点头哈腰着出来。锦康竖起手指，摆了几下说：三碟鸡蛋烫粉、三碗茅根粥。他对着里面喊了声，揭开锅盖，拿起一个鸡蛋，磕破淋在成皮的烫粉上，用勺底来回滑了几下，重新入锅。

接过粥，锦康递给锦堂妈，让她趁热吃。映芬喊着老师，让他坐下，麻利地端上粥和烫粉，拿来辣椒酱，揭开盖子，放在桌上。锦康咕噜着吃完，摸出一张粮票和几张零钞，买完单，燃起一根烟，同街上的人絮叨了几句，瞄了眼日头，对映芬说：县上的班车十二点到狮门，午后一点才发车。咱们等着，不急。你去农机站，让他们将拖拉机头开到公社，咱们坐拖拉机去。

拖拉机突突地，出了狮门，沿着雨后泥泞的沙土路，颠簸着朝县城去了。锦康坐在高起的轮毂的铁椅上，瞄着散落在沟渠田畴的社员，挥手招呼着。社员们站在水田中，摘下草帽，弯腰站起，憎然打量着锦堂妈坐在拖拉机上。他们抹着额头的汗，不解地絮叨着。权叔弯着腰，从水沟畔过来，瞥到映芬，他倒吸了口气，摇头叹气，跺着脚。社员们停了插秧，伸长脖子瞄着。权叔摘下草帽，空中挥着，呵斥几句。大家瞬间缩回脑袋，弯腰插秧。

攥着包，低着头，阿堂妈不好意思朝田间望。拖拉机碰到水沟，嗒嗒着潜下去，又像老牛一样，冒着黑烟，前轮趔趄着爬上来。随着拖拉机的颠簸，锦堂妈朝田间瞄了眼，感到挽着裤腿、站在田里的社员，看自己的眼神变了。锦康笑着说：没事！锦堂这是为家乡做好事，你得底气足些。锦堂妈瞥了眼映芬，直起多年习惯了弯曲的腰。出了狮门的地界，上了铺着沥青的省道，拖拉机成了牛犊，嘟嘟撒着欢儿。映芬搓着锦堂妈的手。盯着青翠的山丘、清澈的溪流和绿油油的水田，锦堂妈想起当年老爷用轿子抬着她过门的情形，脸上露出了笑容。

燃起烟，眯眼摆头，撩着被风拂得凌乱的头发，锦康给映芬个眼色。他们一唱一和，让锦堂妈不要有顾忌，将儿子唤回来。看着映芬的表情，听着他们的说道，锦堂妈约莫感到世道要变了，她犹豫着，点头应了。拖拉机停在县革委会门口。锦康拎着人造革包，跳下车，让她们不要离开，等着他回来。映芬扶着锦堂妈，抓着扶手，下了拖拉机，进了百货公司的门市。摸着柜台上成卷的洋布，锦堂妈问映芬，喜欢哪种布料，她掏出钱，就要扯布。映芬扯着她的胳膊，抖着上衣说：婶子，国柱提干了，一个月好歹有几十元钱，我啥都不缺，您别费心了。

停在路边的拖拉机，厉声突突了几下。转头一瞥，锦康拎着包，对着她们摆了几下。锦康笑得合不拢嘴，眼眉抖了几下说：县上赵主任说，锦堂办厂的事，省上和北京都知道了，要求县上想尽一切办法，确保打响对外开放的第一枪。映芬扯着锦堂妈的胳膊，笑着说：婶子，这下您该放心了吧！锦堂妈嘴角一抽，笑着点了下头。拖拉机到了城楼附近，他们来到邮电局。递上公社介绍信和锦堂的电话号码，锦康探着头，对坐在柜台后的女仔说：同志，我是狮门公社的，要给香港挂个电话。

女仔愣了下，拿着介绍信，走进里屋。不一会儿，走出位穿着靛蓝色中山装，留着分头的干部。他看着介绍信，问了几个问题，拿起台面的电话，拨了几个号码，请示县革委会办公室，得到确认后，让他们等着。女仔走进旁边的屋，戴上耳机，盯着一排孔，将电线插入，喊着要香港，随即重复着电话号码。锦康燃起烟，靠在椅背上，盯着屋顶磨着洋工的电扇。听着嘀嘀嗒嗒的电报声和话务员的喊话声，琢磨着电话接通，他该如何说道。

分头出来，映芬拿着巴掌大的收音机，拉长天线，晃动着。吱吱呜呜的电波声中，有了新闻播报的声音，说越南悍然入侵我云南边境……映芬瞪着眼睛，直起腰，转过头，看着锦康说：国柱就在边境，会不会有啥事？他写信回来，正办我和孩子随军的事。锦康的心思全在锦堂这边，摆手笑着说：没事！新闻说的事，在云南边疆。国柱在广西边防，中间有好长的距离。

女仔摘下耳机，伸出头喊道：狮门公社，进一号电话间，香港长途通了。锦堂抬起腿，拎包趿鞋，快步过去，拉开电话间的门，回身看着锦堂妈，挥手笑着说：等一下，我先说几句。他拿起听筒，想到声音顺着电线，隔山隔水地跑过来，他激动又好奇，对着听筒哦哦几声，听到锦堂的声音，他亲热地絮叨几句，将倒腾半夜的话一股脑倒出来，容不得锦堂插话。他问锦堂的决定。锦堂说情况他清楚了，让他再考虑考虑。锦康的心瞬间凉了，叙了几句师生情，估摸着他一时难有定论，他推开门，对着话筒说：锦堂，你猜谁来了？锦康将话筒递给锦堂妈，随着她声泪俱下的一声阿堂，他带上了门，站在外面，隔着玻璃，瞥着锦堂妈的神情，估摸着说话的内容。

等了半响，锦堂妈抹着眼泪，推开门，朝映芬招了下手，对着话筒说：阿堂，听说你要回来，映芬当天就过来，和我聊了好长时间。今天她也来了，你等等，和她说说话。锦堂妈带着哭腔，咧着嘴巴，发自内心地笑了。锦康拉着她，瞅着电话间映芬羞涩却又含情的神态，急促问：阿堂怎么说的？回不回来？锦堂妈抹着眼睛，握着他的手，打量了瞬间，嘴角抖着，点了几下头。映芬推开门，举着听筒，问锦康要不要再说几句。锦康拿起听筒，随手带上门，对着听筒说：阿堂，狮门的人都盼望你回来！县上说了，你不回来投资，老师这个主任，就别当了，你得替老师想想。

放下听筒，锦康匆匆走出来，问映芬的情况。映芬瞥了锦堂妈一眼，笑着说：阿堂说他将公司的事打理下，争取尽快回来，他想尝尝祖屋后的荔枝。锦康看着邮电局墙上的日历，眨巴着眼睛，掰着手指嘀咕着，突然咧着嘴，嘿嘿笑着。付完长途话费，走出门，锦康指着街上的食堂，问坐在拖拉机上的司机：这附近，有啥饭馆？今天高兴，我请客！司机指着运河对面一栋掩映在树荫中的两层楼，哑巴着说：那就是饮食服务公司的华侨饭店，接待归侨的，贵着哩！锦康扬起包，笑着说：锦堂回来，县上肯定在这里请他吃饭，咱们今天过去，先尝尝味道。

回到狮门,送走了阿玲,锦康将几位干部叫到办公室,他挽起袖子,侧身坐在椅子上,抖着二郎腿,摆着指间的烟,将去县城的情况,绘声绘色地说了一遍。他瞥了眼窗外,问农技专干:今年的荔枝怎么样?专干站起来说:授粉的时候,几场暴雨,挂果的不多,是个小年。他噢噢地点头,抽着烟,沉思一会儿,对文书说:锦堂说,想吃他家祖屋后院那棵树的荔枝,佘家祖屋谁住在那里?武装专干瓮声瓮气地应道:权叔一家。锦堂摆着手,吩咐道:去,叫权叔过来一趟。

坐在堂屋檐下,撩起裤腿,权叔拎起水烟,吧嗒吧嗒抽着。孙子得天蹲在墙边,手攥着树枝,蹲在地上,挠着蚂蚁穴,吸纳着口水,咯咯笑着,胯下是一溜屎粒。打量着孙子,瞥着门框上革命军属的牌匾,想到媳妇和孙子就要随军,他心中的不爽,顿时开解了。映芬哼着小曲,轻快地进门,瞄见家公,她放慢脚步,进屋扯了块报纸,扯起儿子的胳膊,数落着给他擦屁股。权叔放下水烟筒,站起来,拿起铁锹,将地上的屎粒撩起,倒在门前的粪堆上。

映芬和家婆做饭,絮叨着去县上的事。权叔蹲在门外,侧耳听着,消解的气就像炊烟,成团罩在檐下。他咳了几下,偏着头说:阿芬,你是一条腿踏出农门的人了,想着跟国柱到部队过日子吧,村上的事,别跟着掺和!武装专干推着自行车,刚跨进门,就喊着权叔。权叔弯着腰,站起来,举着水烟筒,噗噗着走过去。专干摆着手说:权叔,主任叫你去公社,有事和你商量。权叔眨巴着眼睛,指着厨房说:你先回去,我吃过饭就去。专干笑着说:主任买了瓶"双蒸",等着你哩!

武装专干带着权叔,进了公社的大院。锦康热情地走来,将权叔拉进厨房边的房间,挥着手,让厨师上菜。想起昨晚的事,权叔心里不自在,他嘀咕着,锦康是不是到县上,将自己的事说了?他趔了下身子,想到国柱批斗过锦康,这些年,锦康虽然没有为难过自己,也从来没有请他吃过饭,人家会不会借着这件事,要给他个威严?权叔瞬间觉得,这是场鸿门宴。他摆着手,后退了几步。武装干事手搭在门框,偏头盯着他。他的心一下凉了。想起自家门框上的匾,他有了底气,弯腰往回走了两步,嘟着脸,有了老支书的谱。锦康拉开椅子,笑着让他坐下。权叔抖着肩上的衫子,想到儿媳妇随军,还要公社盖章,他板着的脸松开了,瞅着桌上的"双蒸",嘿嘿点着头。

拎起酒瓶，咔嚓咬掉瓶盖，舌尖点着瓶盖，噗地吐在地上，锦康招手，和武装干事一左一右坐下来。武装干事拎起开水瓶，冲洗着酒杯和餐具。锦堂排好酒杯，咕噜倒满，瞥着权叔，拍着他的肩膀说：锦堂回来办厂的事，省上都知道，听说还要报告北京！你不是让公社给你个说法吗？我见到了赵主任，话到嘴边，还是没有讲。如果你坚持要个说法，我明天给县上打个电话，请示一下他。说着，他端起酒杯，碰了下，一口闷了下去。权叔嘴巴噗喋着，回味着酒味，他摇着筷子，笑着应道：主任，那天不是话赶话吗？到了那个茬，我就随口丢出来了。你千万可别当真。

锦康给专干一个眼色。他给权叔夹着菜，直夸对方不愧是老党员。专干倒上酒，和权叔闷了两杯，看到他有了状态，锦康敲着碟子说：权叔，你住的屋子，原来是佘家的老宅子。堂屋后有棵老荔枝树，几年前我吃过，味道不错。佘家人掂着那棵树上的荔枝。公社的意思，今年的荔枝不多，你们家就不要吃了，留在树上，让人家回来，感受一下味道。权叔有点醉意的眼睛，瞬间瞪起来，他打着嗝，放下酒杯，满脸不解。锦康将剩下的酒，给他加上，酒瓶磕了下，无奈地说：这样，按照收购价格，供销社给你付钱。

睡了一觉，权叔越想越觉得不对劲。武装专干带着农技专干过来，围着那棵荔枝树，转悠了半晌，走出来，对坐在檐下的权叔说：老支书，将堂屋的后门关上，将鸡群赶到前面来，晚上不要落在树上。下午，公社派人来，带上喷雾器，给树喷些"1059"农药。权叔偏着头，瞥着他们，哼哼应着。

青色的桂味饱满起来，镀上了红色，稀落地坠在枝头。一场大雨后，太阳的烘烤，好些荔枝裂开，露出乳白的果肉，随风摇曳着，噗噗落在长满青苔的地上。得天从门缝，腾拉腾拉溜进去，蹲在地上，捡起开裂的荔枝，掰开泛着刺的壳，放在嘴里，扑哧扑哧嚼着，混着荔枝汁的口水，耷拉在嘴角。

听着池塘的蛙声，摇着蒲扇，权叔刚闭上眼，映芬跑来，喊着擂房门。权叔呼地站起，穿上衣衫，和老婆快步出来，随着映芬，来到厢房的床上。得天吐着白色的沫沫，揉着肚子，在床上打滚。权叔一把抱起孙子，大步跨出门，后面跟着老婆和媳妇，他们沿着田埂，向狮门卫生院奔去。得天抽搐着，呕了一口。权叔低头一嗅，跺着脚说：荔枝味，一定吃了没熟变质的荔枝，得了肠胃炎。

冲了碗药剂，几个人按着得天，医生给他灌下去。得天打着摆子，咕噜着趴在映芬怀里，几个人捶着他的背，将泛着恶臭的荔枝沫，呕在盆子。医生瞥了眼,笑着说:呕出来,就好一些,你们看他吃了多少荔枝。得天挂上吊针,躺在妈妈怀里,安然睡着了。权叔松了口气。他走出来,蹲在屋檐下的灯影中,手摸了几下,才知道没带水烟筒。他搓着脸,想到如果公社知道得天吃荔枝,出了问题,他该如何解释。他眯着眼睛,愣愣地打量着月亮,想起解放几十年,自己都是挺直腰杆做人,从来说一不二,社员们见到自己,就像老鼠见了猫,他弄不明白,这世事咋说变就变了。

医生从厕所出来。权叔站起来,将他叫到边上,说得天吃了落果,让他不要将这件事说出去。医生懵然地看着他,犹豫瞬间,打着哈欠,点头应了。他蹲靠着病房的门扇,看着得天间或抖动的手,他叹了口气,摇着头说:得天吃荔枝的事,不要对别人说。传扬出去,也不知道公社怎么看咱这家人哩。撩起得天的衫子,手搭在他的肚子上,映芬轻轻地揉着,她瞥了眼家婆,点了下头。

21. 归来

锦堂没想到，锦康老师会带着母亲，叫上映芬，行了几十公里，到县城给自己挂电话。听说这件事，报告了省上，他有点不知所措。十几年骨肉分离的痛与爱，都浓缩在妈妈的唤儿声中。听到映芬的声音，往事一股脑儿泄了出来。追忆和理智捆扎着他，他真想温情地问声这些年，你过得怎么样？想到人家是国柱的媳妇，他激动的心，瞬间冷却了，客套的问候中，有点不舍地听着她将话筒，递给了锦康。

来到二哥公司，锦堂说了自己的打算。二哥一直在港生活，家乡于他，就是老豆生前絮叨的一个符号。他站起来，瞄着繁忙的码头，转身说：细佬，现在回去，这件事做成了，你就饮了头啖汤。锦堂点了下头。临出门的时候，二哥拍着他的肩，亲和地说：细佬，先回去看看，觉得稳妥，将公司就要淘汰的机器运回去，将那些量大价低的单发过去，先试试水。一切顺了，又能挣钱，再慢慢扩展。

静怡知道阿堂这几年的艰辛，听了他的说道和姨夫的建议，她叹了口气，感到这可能是个机会。他们看着公司几个月的财务报表，拼着家底，商量着回去投资的方案。回到公司，阿堂叫来阿财。阿财就像位艺人，一身新潮时尚的装扮。他燃起烟，跷着二郎腿，摆手自嘲道：老细，我好歹也是个服装设计师，为了莱莉雅，要和那帮艺人打交道，得随着潮流。阿堂靠在椅背上，点着头，缓缓喷了口烟，和缓地问：阿财，我准备回老家办厂，准备回去看看，你将手头的事，交代一下，陪我回去。

阿财滴溜着眼珠，瞬间僵住了，愕然地站起来，急促地踱几步，敲着桌子说：老细，脑子进水了吧！有没搞错，万一回不来，咋办？阿堂笑了，直起腰，让他坐下说：阿财，你是不是在追阿敏，舍不得离开她？阿财骨溜溜转着眼珠，高起的颧骨抖了下，狡辩的表情刚上路，倏然变轨，笑着说：阿堂，你都有儿子了，我和你一起过来，你也催我成家，现在刚有点眉目，你又让我回去，这不是诚心棒打鸳鸯吗！阿堂哼哼笑了，敲着台面，伸长脖子说：阿财，香港是个啥社会，你得看清楚！那些漂亮的艺人，混迹在有钱人的圈子，没有钱，都是白日做梦。

阿财精瘦的身子躺在椅背上，木然地瞄着阿堂，脸上挂着凄然的表情。僵了半晌，他坐直搓着脸，摇着头说：老细，我们一起过来的。你一定要回去，我就陪你回去，要是关起来了，咱们也是个伴儿，有机会咱再跑回来。阿堂嘿嘿笑了，扬起手，将锦康的一席话，絮叨了一番。阿财的心情放松了。阿堂走过去，关上门，撅着屁股，趴在桌上，手指蘸着茶水，在台面上画着说：阿财，我常常想，香港和内地是两种制度，就像仲夏的两团云，内地是一团巨大的云层，蕴含着超级的能量，香港就是团浮云，绕在边上，一个是正极，一个是负极，虽然不时打雷，就是不见雨滴。咱们现在回去，就是道闪电，闪电连通，必有雷雨。

阿财来电了，他仰起头，随着阿堂的手势和说道，兴奋地眨巴着眼睛。阿堂直起腰，点着桌上的水珠说：香港是东方之珠，港人骄傲。其实，香港就是个弹丸之地，香港的未来，绑在内地身上。内地开放了，香港才能凤凰涅槃。阿堂扯着阿财衣领上的金色扣子，他低头说：莱莉雅牌子，做了几十年，始终原地踏步，不见起色，为什么？我想了好长时间，感到一个香港本土品牌，要到欧美市场拓展，同欧美牌子竞争，我看不到成功的希望。香港就这么点人口，本土的品牌不少，竞争激烈。莱莉雅的出路在哪里，你有没有想过？

阿财龇着牙，挠着脖子，摇着头。阿堂推开窗户，瞄着熙攘的工业区，侧头轻声说：阿财，内地人崇拜香港，认为香港是通向世界的窗户。香港品牌，在内地消费者的心里，就是世界品牌。我们跟着世界潮流走，内地才是我们难得的目标市场。我们回去，先做"三来一补"，火候到了，还得秉承老豆的夙愿，将莱莉雅推向市场。

办好回乡证，买了去罗湖的火车票。静怡带着孩子，开车将阿堂送到红磡车站，叮嘱一番，开车走了。望着她的车子，冒烟消失在车流中，想起阿财那天的絮叨，他心里有点发虚。他提着行李，掏出车票，站在门口，抽了根烟。阿财走上台阶。他捻灭烟头，一起进了候车室。乘客持着车票，检票后稀落着上车。车门闭合，阿堂靠在窗边，打量着由慢变快，晃动着的香港街景，倏然意识到，自己来港已经十一年了。

阿财一头披肩的卷发，就像电影中寻亲的黑人男孩，开领的胸前，耷拉着一串金链，他手扒窗户，低头笑着说：老细，现在还来得及，不行咱在罗湖下车，再回来。菜畈中，戴着垂着黑色纱边竹帽的老妪，担着水桶，给蔬菜淋水，锦堂突然想起妈妈，记起老豆的叮嘱，鼻子泛酸。车子停靠站台，乘客络绎不绝，越接近罗湖，人们的举止言谈、衣着装扮，和自己想象中内地的格调越契合。广播响了，前面就是终点站，提醒过关的乘客，准备好证件。

过了香港关，阿堂提着两包行李，和阿财随着人流，走上罗湖桥。站在桥上，看着静流的河水、水草茂密的堤岸、河边的铁丝网，瞄着这似曾相识的景致，他驻足寻着当年下水的地方。阿财扯了他一下，指着界碑，拎着包，往回退了几步。阿堂瞪着他，推搡着过了桥。回廊有排商铺，店主抖着衣服，站在前面，吆喝着生意。好多人走进店，挑选大陆款的军装上衣或灰色的中山装。篮子里放着堆像章和红色的语录，进去的是港客，出来就成了内地客了。

阿堂选了件军装上衣，蓝色裤子。穿上衣服，戴上像章，手里拿着语录，随着记忆，他挥着语录，做了个造型。阿财撩起胸前的链子，塞进衣领中，拿起一顶黄色的帽子，顶在头上，就像南美的战士。边防检查通道边，有家中国银行，前面的人扬起手说：港币内地用不了，银行可以兑换。阿堂进去。柜台摆着牌子，标着一百港币兑换三十三元外汇券。阿堂摸出钱包，抽出五千港币，递给阿财，让他排队兑换。他走出来，摸出一根烟，点着后喷着，眯眼打量着持半自动步枪，站在哨位上的战士。

一群人揣起外汇券，检查着穿戴，拿着语录，进了边防查验通道。阿财走在前面。边防战士接过证件，让他摘下帽子，好奇盯着他卷着的披肩发，问了几个问题。战士拉开抽屉，拿出沓粘着胶布、纸角翻卷的本子，看了好长时间，突然合上本子，倏然站起，健步走进房间。阿财回过头，挠着脖子，讪笑着摇头。一位穿着四个兜的干部，随着战士过来，拿起证件，绷着脸，瞥着阿财。阿财赔着笑，看着盯着，觉得眼熟，好像是那年自己冒名去探望的志军。

军官拿起证件，带着阿财，进了房间。阿堂脑子一片空白，茫然地递上证件，瞥着那间屋子，木讷应答着。他不敢往深里想，心里骂着锦康，踹着地，后悔没听阿财的话。看着身后的人，他想索回证件，退回去，正要开口，那位军官走出来，对着战士挥着手。战士在证件上哐当，盖上章，将他带到房间。阿财帽子放在膝盖上，趔着身子，坐在条椅上，嘴上叼着烟，前面放着杯水，他晃着二郎腿，一副惬意舒坦的神情，或者是死猪不怕开水烫的模样。阿堂瞄他一眼。阿财瞥着头，抖着手说：叫你不要回来，你偏要回，还要拉上我。你看，这下麻烦了，咱们留案底了！

　　倒了杯水，军官递给阿堂，晃着手说：你就是当年和阿财逃港的那个地主仔。你们去了香港，我的麻烦来了，部队外调了一番，将我的晋升冻结了，我写了好几份情况说明。由于牵扯到现役军人，你们的名字留底了，没有想到你们这么快，又要回去了。志军和善，不像要找麻烦。阿堂掏出烟，递上一根。他摆着手，瞥了眼阿财，摆着手说：情况阿财说了，回老家办厂，是国家的政策，也是我们边防部队支持的事。他走到门口，挥着手，说道了几句，转身笑着说：我也是狮门人，盼望家乡早日兴腾。等一下，部队有车去县城，你们可以搭个顺风车。

　　阿堂僵着的心，瞬间放松了。他拎起包，扯开拉链，掏出几包食品，放在桌上。志军走上前，连忙制止，将东西放回去，客气地说：行了！如果你们办厂成功，穿行于粤港两地，咱们见面的机会多着哩！阿财戴上帽子。志军嬉笑着说：阿财，你也太潮了，在香港干啥？这样的发型，回到村子，后面会跟着一群孩子，你爷爷用拐杖挡在门口，不让你进门。阿堂搡了阿财一把，竖起拇指说：他很牛，是服装设计师！志军噢噢着点头。阿堂趔身，眨巴着眼睛，续道：都是女装！他们提起行李，跟着位战士，侧门出来，上了军用卡车的驾驶室。

　　汽车驶上省道，阿财坐在中间，手搭在阿堂肩上，随着汽车的颠簸，晃着身子。阿财掏出包万宝路，点着后递给司机，问着路边的地方。山脊下的十字路，边上有间低矮的屋子，墙上写着标语。阿财探头盯着，扯着阿堂，兴奋地说：那间屋子，就是当年查验介绍信的地方。瞄着茂密的山林，阿堂想起那年揪着藤蔓，在密林中探路穿行的情形。他感到政策确实变了，瞄着司机鲜红的领章和国徽，他暗想，那也曾是自己青年时的梦想。

　　汽车进入县城，沿着运河，鸣着汽笛，缓慢穿行。阿堂偏着头说：同志，到了县上，找个地方，让我们下车。司机盯着前方，笑着说：站长交代，要将你们送到县政府。过了西城楼，阿堂胳膊搭在车窗，盯着这条他来过一次的街道，看着提着竹笼、挑着扁担的女子，他追寻着映芬的身影。汽车停在县政府门口。锦康带着立勤，陪着县上赵主任，快步从院子里走来，喊着锦堂的名字，拉开车门，将他们迎下来。锦康老师握着阿堂的手，上下打量了半晌，咧嘴嘿嘿笑着，拼命地晃着他的手。

阿堂白了眼立勤，阿堂愣了下，对视中他感到记忆中的被人整蛊、奚落和羞辱都没了，立勤有些羞愧和不好意思。想到自己要回家办厂，阿堂梳理着记忆中的结痂，他转过身，兴奋地问：你们怎么在这里？提起阿堂的行李，立勤挠着头，瞄了眼锦康老师，笑着应道：罗湖边防给县上来电话，通知你们已经过关了。县上的赵主任给公社电话，锦康主任就立马带着我，赶到了县城。锦康拍着阿堂的胳膊，指着立勤介绍道：锦堂，你还不知道，立勤现在是大队长了。

踩着台阶，一行人快到政府门口的时候，赵主任推门出来，快步迎了上来。锦康赶紧迎上去，握着他的手，转身给锦堂介绍道：锦康，这位就是县革委会的赵主任。你可能不记得了，他就是当年狮门公社的赵书记。锦堂递上了耷拉的手掌，晃动得有些不自然。赵主任一只手握住他的手，松紧中估摸到了阿堂复杂的心绪，他抬起另一只手，拍着他的手背，驻步说：锦堂同志，噢——不对！按照你们香港的称谓，我应该叫你锦堂先生，现在整个国家都在解放思想，国家政策都在调整，应该说对外开放就像浩荡的东风，不可逆转。锦康在边上点头应和着。赵主任松开了锦堂的手，进了门，他指着厅堂中的巨幅荔枝挂画，单手叉在腰间，拍着胸口笑着说：锦堂先生，作为一级政府，我可以向你保证，开放政策现在仅是个开端，后面会出台好些政策。你尽管放心，国家的政策不会变，只能越来越好。在往事的追忆和现实办厂诉求的焦灼中，锦堂知道如果当年留在狮门，他就是一介草民，根本不可能跨进县政府的大门，赵主任也不可能屈驾在门口迎候他。听了他的一席话，想到自己回来的目的，锦堂翻腾的心绪平复了好多。从楼梯上到二楼，赵主任将锦堂和阿财让在沙发上，招手让服务员上茶。他拿起一沓文件，戴上老花镜，讲解着引进外资的政策。放下文件，他摘下眼镜，靠在椅背上，闭目点着头。锦康拿起阿财上衣口袋的香烟，抽出来递给赵主任，随即掏出火柴，"吱啦"一声划着，递上火苗。赵主任偏头对上火，吸了两口，半闭眼睛睁开，捻着烟蒂的过滤嘴，看了几眼，转头对锦堂说：锦堂先生，你们佘家是狮门的大户,说实话你们家地主的成分,还是我定的。当然了,这都是历史了。在狮门,你们佘家的口碑不错,能成为狮门大户,你们家族定有与众不同的气势。现在国家的政策刚刚放开,你就毅然决然地回来,这就说明你比一般的商人有眼光,有敢于饮头啖汤的气魄。说实话,这也让我对你们佘家刮目相看了。锦堂挺着身子,朝着赵主任,礼貌而又谦和地望着。他指着阿财,介绍了几句,将自己回来办厂的事,细致地说了一遍。赵主任含笑点头,他品了口茶,瞥了眼墙上的挂钟,站起来,握住锦堂的手,要锦堂坚定信心,争取项目尽快落地。他拿起茶几上的眼镜,转过身对锦康吩咐道:锦康,你现在还是狮门主持全面工作的革委会副主任。接下来的事,就看你的了,希望你别让县上失望。一位穿着灰色中山装的人过来,在赵主任耳边絮叨了几句。赵主任将大家送到门口,对锦康叮嘱道:锦康同志,你和县二轻公司联系一下,县上意思就是用他们的名义,承接这个外资项目,由狮门公社来具体运作。赵主任要请锦堂他们吃饭。锦堂握着手,说母亲在家,十几年不见,思亲心切,他想早点回去。

赵主任站在台阶上,让司机送他们回去。绿色的北京吉普驶过来。他拉开车门,看着他们上车,他让锦堂放心,说有什么问题,县上给他做主。车子吸引着路人的眼球,阿堂体会到了做领导的感觉。出了县城,看着熟悉的山水,他激动的心,慢慢贴附在故乡的景色中。锦康坐在前排,不时回过头,指着路边的村落,追忆着从前的事,间或叙聊着投资的细节。到了狮门,阿堂抓着后背的扶手,盯着散落在田畴中密密麻麻的社员,他不知道妈妈和映芬是否就在其中。听到汽车的声音,瞄着飘着红旗的吉普,社员们像一只只蜻蜓,在坑洼的沙土路上,一颠一颠地往前窜。他们直起腰,手搭凉棚,絮叨着县上领导来了。

蹲在渠岸放牛的老农,赶紧站起来,挥着鞭子,将站在路上摇头摆尾对着汽车吹气的水牛赶走,见锦康坐在上面,他笑着点头。锦康拍着车门说:县上派车,送阿堂回来了。车子腾着烟尘,一溜烟走了。老农站在渠边,挥着鞭子,对着田畴劳作的社员,说着阿堂坐着北京吉普回来的事。消息像阵风,在田间传开。老年人直起腰,眯眼打量着日头,说着佘家解放前的事。中年人追忆着阿堂的少年时代。妇女们说着阿堂妈不易,总算盼到儿子回来了。

得知锦康将立勤喊到公社,去了县上,权叔心里犯起嘀咕。见县上的吉普,送阿堂回来,他知道那是县上赵主任坐的车。他蹲在田坎上,搓着面颊,默思着锦康没有虚说。他约莫明白,锦康隔着他,喊上立勤的用意,他感到阿堂回来这件事，公社似乎对自己有了看法。想到这些年自己与赵主任的交情，他的心里涌起一股暖流。瞥了眼远去的吉普车，想到这些年自己从来没有坐过赵主任的吉普车，赵主任却用吉普车将阿堂送回狮门，这不是在打他的脸吗？暖流刺啦地涌动了一下，回流时变成了酸味，他打了个嗝，摇头感到形势变了，他也得识势而为。回村的田埂上，他驻足转身，跺了几下脚，叹了口气，瞄着水渠上游的坝和坝面上昏黄的日头，自己装上一锅烟，默然地吧嗒着。

天暗了下来，权叔耷拉的肚皮，咕咕响着。他默思着村里的景象，自己不闪面，公社和社员们怎么看自己？人前人后跑腿张罗着，又不合自己的心性，他拉不下几十年形成的权威和面子。泄洪房的灯亮了。权叔想起了转眼安义。这些年，自己从来没有进过他的屋。经过坝面的时候，安义坐在树荫下，温情地问候，他都是不抬眼地哼哼两声。想起安义懂得命理，权叔弯着腰，踹着过膝的杂草，喘气爬了上去。

坐在门槛上，安义腿间夹着竹筒水烟，嘴巴搭在上面，噗噗吸着。权叔咳了几声，安义没有应他。他犹豫着踱过去。安义没有像平常那样，支书长支书短地称呼他。权叔心里有点不快，脚搓着坝上的石子，踹向水面。安义抬起头，嘴里喷着烟，抹着稀拉的嘴巴，捏住鼻子，哼哧擤了把鼻涕，抹在门框上，滴溜着眼睛说：阿堂回来了，听说是县上的吉普送回来的！权叔一愣，鼻子哼哼着，蹲在他面前。安义笑着说：这就是命！好多人不信命，说那都是牛鬼蛇神。权叔趔了下身子，倔强瞪了他一眼。安义将水烟筒，靠在门框上，摆着手说：你是大队的支书。阿堂回来，公社的干部都忙前忙后的，你不闪面，场面上说不过去。

权叔搓着脸，叹着气应道：安义呀，阿堂和我家国柱光着屁股，一起长大，按说也是咱的晚辈。他回来了，我心里倒是没啥，若是让我跟在后面，跑前跑后的，说实话，我这老脸还是拉不下来。安义摇着膝盖，缓缓站起来，他弯腰进屋，端出一碟红薯，放在竹凳上，他坐下来，拿起一条红薯，捻掉皮吃着。权叔挪着屁股，拿起一条红薯，掰掉头，塞进嘴中。安义眯着眨巴的眼睛，浅笑着说：我常坐在坝上，听附近几个村子的喇叭。阿权呀！这世事就要变了，阿堂算是赶上趟了。

在锦康的介绍下，锦堂和公社的干部见了个面。阿财跟在后面，掏出"三个五"香烟，派给大家，伸出他的防风打火机，嘎嘣弹开，递上吱啦着的火焰。干部们捻着香烟，盯着上面蓝色的"555"标志，夹在手指间，轻轻吸一口，闭眼品着,又看着牌子,笑着点头。映芬带着玲姨,走进公社大院。锦康从窗户瞥见了,他拨开人群,扯着阿堂的袖子说:阿堂,你看谁来了!阿堂偏头瞄了眼门外,他三步并作两步,盯着妈妈,瞄着映芬,鼻子一酸,看到边上围满了人,他咽了口唾沫,调整着情绪,攥住妈妈干瘪的手,声音都点哆嗦地唤道:娘,您怎么来了?打量着映芬,他苦涩一笑,赶紧收住目光:阿芬,都好吗?映芬点着头。妈妈扯着他的胳膊,让他回家吃饭。

  阿财摘下帽子,从后面钻出来,龇牙笑着说:婶子,您还认识我吗?盯着他的满头卷发,玲姨眯眼思量着。阿堂摇着她的手,笑着说:娘!你不记得了,他就是那些年到咱家,最后和我一起去香港的阿财呀。玲姨转身,端详了一会儿,扯着阿财的胳膊,让他一起去家里吃饭。阿财笑着摆手,说他也要赶着回家。锦康叫来文书,让他骑车,送阿财回家。阿堂挽着妈妈的胳膊,映芬跟在边上,立勤和锦康提着行李,沿着河涌的沙土小路,说笑着上了桥,后面跟着成群结伙推搡号闹着的孩子。下地归来的社员纷纷从屋舍出来,站在门前和阿堂招呼着。阿堂掏出香烟,派烟点火,问候两句。站在街巷中的社员,盯着他们的背影,交头接耳地絮叨着。

  吃完饭,锦康站起来说:阿堂,我让大队给你留着你家祖屋的荔枝,今年是小年,挂果不多,也到了尾期,现在过去吧!阿堂挠着头,难为情地笑着,他瞄着妈妈,摆着手说:我也是随口说说,你还当真了,算了。人家作务了一年,哪好意思过去?锦康走上前,扯着他的胳膊,说公社买下的,就是个心意。阿堂瞥了妈一眼。妈看着映芬。阿堂恍然明白了,那就是映芬的家。想起得天住院的事,映芬心里不是个滋味,回身说她要洗碗,悄然走开了。立勤走上前,推着阿堂。阿堂回身,从包里拿出两包小吃,装在袋中,拎着跟在锦康后面,来到权叔家。

  得天站在门口,攥着小鸡鸡,对着树沟撒尿。一群人过来,他抖了几下,提起裤子,跑回家,喊着阿婆。权叔老婆放下竹篮,直起腰,刚走到门口,看见阿堂,她愣了下,往后退了步,顺便侧着身子,兜起手,请大家进来。阿堂叫了声婶子,眼睛往屋里瞥着,他思量着见到权叔,该如何招呼。看到映芬出来,得天跑上前。映芬摸着儿子的头。阿堂掏出几包小吃,看着映芬问:你儿子?映芬点着头。他递上小吃,顺手摸了下得天的耳垂。

  立勤走在前面,推开堂屋的后门,锦康引导着,来到后院。阿堂仰头,盯着树枝上稀落的荔枝，想起了老豆。立勤架着梯子，拎着竹笼，嗒嗒上到树梢，踩着树枝，摘下半笼荔枝。权叔老婆倒了杯水，递给阿堂。锦康抓起一把荔枝，递给阿堂。阿堂捡起一串荔枝，递给得天。得天趔着身子，怯弱地转头，直往映芬的怀里偎，抱着妈妈的胳膊，嘴巴咬着手指。阿堂吃了颗荔枝，挥手让立勤下来，摆着手说：我尝尝就行了，留给权叔家吧！

出了权叔家的门，锦康摆着手说：阿堂回来，还没有跟他妈好好絮叨，大家散了吧！让立勤送他回家。送走立勤，阿堂带上门，宁静的小院就剩下娘儿俩。阿堂扶着妈妈坐在堂屋檐下的竹椅上，自己拖来小凳，坐在边上。月亮爬上枝头，阿堂拎起提包，拿出老豆留下的照片和遗物，递给妈妈，说着老豆的惦念和愧疚。借着厅堂昏黄的光，妈妈举起照片，手指捻在上面，颤抖着，看到老爷带给她的遗物，她低头抽泣着。阿堂走上前，蹲在妈妈跟前，抓起她的手，搓揉了一会儿。他掏出钱夹，抽出全家合照，递给妈妈，指着照片说：这是您孙子，叫阿昌。妈妈盯着，扭头看着阿堂，抹着眼泪，咧嘴笑着，搓着阿堂的手，好像孙子就坐在她眼前。

公鸡打鸣了，娘儿俩聊着佘家在港的那些事。匆匆回来，一群人陪着，锦堂抑制不住内心的激动，瞄着人群中闪动着的映芬的影子，他多想牵着她的手，漫步田埂，说说积在心里、留在梦里的话。锦堂吭哧着，低着头，看似随性地问着映芬的情况。妈妈叹了口气，摆着手说：堂，你在香港不易，阿芬在村子也不容易。国柱还算争气，前些年提干了。权叔好得意，整天挺直腰杆，板着脸，在村上溜达，不对劲的社员们见到他，都要趔着身子躲开。国柱回来，权叔放下身段，托了好些人，向映芬家提亲。映芬噘着嘴，就是没个态度。她老豆心动了，骂了她几次。阿芬倔强，越是逼迫，她越是不低头。国柱妈找到映芬娘，私下絮叨了大半天。权叔答应，定了亲，他就将映芬从竹器场调出来，到镇上的小学当老师。她妈妈扯着她的手，抹着眼泪，说着权叔家的真心和国柱的痴情，叹息着女人的命运。映芬抽泣着，思前想后，还是没个主意，她跑到咱家，推开你住过的房门，坐在你睡过的床上发愣。我知道她心里装着你，便进了屋子，将她拉出来，坐在檐下。看着树梢的月亮，我真不知道该怎么劝她。她好像也明白我的心思，也没什么言语。我们就那样呆愣坐了半宿。她起身离去的时候，眼里闪着泪花，抿嘴摇头走了。过了几天，映芬应了她妈。锦堂抬起头，打量着树梢的月影，瞥见得天时他心里踢腾着对映芬的埋怨，随着一声叹息，缓释了好多。

打着哈欠，妈妈弯腰站起，扶着屋檐的柱子，瞥了眼偏西的月亮，她揉着腰说：阿堂，你忙了一天了。我和映芬帮你收拾好厢房了，你去睡吧！阿堂扶着她进屋，撩起蚊帐，看着她躺上床。他拉灭电灯，轻轻带上门。推开厢房的门，看到晃动的蚊帐、整洁的床铺，阿堂走到柜子前，翻着用过的物件。他抽出那张剪掉一块的地图，放在鼻子上嗅了嗅，淡忘的往事直在他的眼前晃动。

窗户泛白的时候，阿堂一骨碌爬起来，他撩开蚊帐，穿上裤子，披上衫子，推门出来。妈妈对着堂屋的桌子，跪在草垫上，闭着眼睛，双手合举在胸前，嘴巴嘟囔着。桌上放着老豆的相片，香炉中燃着几根香，烛焰摇曳，坠着淋淋的泪。阿堂过去，愣愣地站着。叩拜结束，妈妈站起来，招手让他上香。她跪在垫子上，对着香烛后的遗像说：老爷，锦堂回来了，给您奉上老宅后院的荔枝。好些年，都没有吃过了，您就尝尝吧！

阿堂放倒墙脚的矮桌，正要吃早饭。锦康推开门，和立勤进来，瞥了眼案上的香烛，愣了瞬间，随即嘿嘿笑着。立勤扯着阿堂的袖子，对着厨房忙活的锦堂妈说：婶子，我昨天让镇上的食堂，准备了只荔枝柴烧鹅。我带阿堂去吃烧鹅濑粉了！阿堂妈从厨房出来，站在门框，撩起围裙，招着手说：饭好了。你们就在家里吃吧！别在外面费钱。立勤摆着手，扯着阿堂，附在耳边絮叨着，不容阿堂回头，跨出头门。

二轻公司的经理到了，手里夹着香烟，坐在公社办公室，和文书聊天。听见外面的脚步声，他快步出来，和迎面过来的锦康握手，锦康指着阿堂说：这位就是阿堂，余锦堂先生？锦康瞬间语噎，转头盯着阿堂，愕然问：不是佘吗？咋改姓成余了？阿堂摆着手，说当年的笔误，懒得改了。阿财骑着自行车，脚搭在台阶上，刹住了车。阿堂指着他，介绍道：阿财，本公司的服装设计师，此次过来，主要评估你们承接订单的加工能力。

一行人走进办公室，分坐两边。阿堂介绍完回家投资的筹算，提出了外汇进入、设备布料报关、香港师傅的雇请和成品报关承运及结算事宜。阿财对用电、厂房和大陆这边的用工，说了自己的想法。二轻公司的经理，从黑色的人造革包中，抽出几张纸，对相关的问题做了回应。锦康端起茶缸，喝了口水，直起腰说：锦堂投资的审批和执照，公署传达了省上的意见，由于政策刚出台，国家有关部门正在拟定相关的细则。中央希望省里根据实际，结合香港投资者的诉求和国际惯例，解放思想，先行先试。

阿堂感到，家乡变了，解决问题，就像在香港谈生意，刀刀见肉，不绕圈子。听了锦康老师的一席话，他心里有底了。他掏出烟盒，扯开封口，散给大家，指着阿财说：他很关键，这件事最终成与不成，都是他说了算。阿财撩着长发，抖着二郎腿，摆着手。阿堂指着他的包，敲了下桌子。阿财直起腰，拎起包，扯开拉链，抽出两件衣服和几块布料，抖开衣服晃着说：这是样品，这是布料。你们抽调精干的裁缝，按照两件样品，做出两件衣服，尽量做到一模一样。

　　二轻公司的经理，拿出老花镜，扯着样品，揉搓着布料，看着缝制的针线和裁剪的刀口，沉思瞬间，看着锦康说：我马上打电话，抽调二轻服装厂的师傅过来，和公社裁缝组的人，把衣服赶出来。锦康站起来，敲着桌子，吩咐文书，将裁缝组组长叫来。他走到阿堂身边，拍着他的肩说：怎么样？我们都是干实事的人。做起事来从不含糊，也不拖泥带水。阿堂站起来，笑着点头。

　　出了公社，锦康让立勤陪着锦堂。锦堂摇着手，说他想单独走走。走到街对面，看着公社的大门和两边墙上艳红的字，在他的记忆中，这里是庄严神秘的地方。权叔多么威武，走进这道门，也得低头哈腰。锦堂顺着街巷的石板路，漫无目的地踱着，瞄见油坊的大榕树，他加快脚步，围着大榕树转了一圈，坐在树下的石板上，燃起根烟，想起了孩提时和映芬蹲在树下玩石子的情形。

　　推开油坊虚掩的门。榨油师傅抹着脸上的油污，半裸着上身，伸出头来，疑惑地瞄着锦堂。阿堂笑着介绍自己。师傅们放下手中的工具，笑着出来。阿堂递上烟，从账房转悠出来，问安义的情况。年长的师傅认出了阿堂，喷着烟说：他前些年没来过。这两年，不时串游进来，坐在昔日的账房中，呆然地抽锅水烟，就默然离去了。阿堂点头应着，隔着缭绕的青烟，安义叔弯腰的身影，似乎还在这个熟悉的空间晃动。

　　出了油坊，阿堂折了根树枝，挥拍着草丛的绒虫星蚁，他顺着排灌沟，向坝面走去。过了蕉林，映芬提着篮子，从田埂过来。锦堂定住了，愣愣地看着她依旧轻快的身影。映芬驻步，低头瞥着他。锦堂眨巴着眼睛，恍惚中回到现实，问映芬干啥去，映芬说去看看叔叔。他噢了一声，摆手说他正要去探望安义叔。锦堂抽了口烟，摇着头说：阿芬，我刚去了趟油坊。看到那棵榕树，我就想起咱们小的时候蹲在树下玩石子的情形。这一眨眼，咱都是有儿子的人了。那个时候，我家成分不好，经常受人欺负，日子过得真是揪心啊。这些年日子好了，我经常想起那个时代，如果里面没了你的影子，那就是黑白呆板的图景，就像煲沸腾的中药，飘散着苦味。有了你的影子，我的回忆就上了色，变鲜活起来，那煲中药就成了清凉解暑的凉茶了。映芬驻步，深情地瞥了眼锦堂，嘴唇搭在抬起的手背上，笑着低声问：阿堂，我在你心里就那么重要吗？扔掉烟蒂，锦堂仰头眯了眼日头，他回过头来，无奈地晃着头应道：阿芬，你就是我的药引子。好长时间看不到你，我的心空落落的，没个着落。映芬白了他一眼，向前走去。锦堂跟在后面，盯着她白皙的颈，轻声续道：阿芬，这些话憋在我心里好些年了，我不能给任何人说。我要让你知道锦堂不是个无情无义的人。

水牛叫了两声。映芬赶紧趔身，拉开和锦堂的距离。有人站在远处的渠坎上，拿着铁锨，打量着这边。映芬驻步，想拉开距离。锦堂回头，招呼她跟上。快到坝面的时候，映芬停住，瞅着锦堂，比着嘴说：阿堂，过去的事，就留在心底吧！狮门不比香港，人多眼杂，村里好些人中意寻得个影子，便在背后嚼舌头。你回来办厂不容易，咱们别因为这些儿女情长的事，让人家说三道四，耽误了你的正事。锦堂弓步站着，盯了映芬一会儿。映芬不好意思，低下头。他拍着大腿，央求道：阿芬，到我厂子来，有你和阿财帮忙，我的心就稳定了好多。映芬笑了，白了他一眼应道：阿堂，我现在是名教师，去哪里得公社说了算。锦堂摆着手，说他给锦康老师说，让她放心。

安义弯着腰，拄着根棍，蜷着身子，从低矮的褐黄色土坯房出来，他滚溜着眼珠，眯眼瞄着太阳，侧耳朝坝面下探听着。阿堂撩起裤腿，沿着石子小径，弓着身子，爬到半坡。安义龇着牙，抹着稀拉的嘴，挥着手问：阿堂吗？一定是阿堂来了！阿堂挺着身子，喊着安义叔，他快步跑上去，攥着他的手，摸着他腊肉一般的臂肘，不停地嘿嘿抖着。映芬笑着进屋，不时探出头来，好奇地瞥着他们交头接耳的嘀咕。

摸索着进屋，安义拎起水壶，对着水杯，倒上水，转身递给阿堂。阿堂扶着他，走出屋子，坐在树荫下。阿堂掏出香烟，给他点上。安义吸了口，眨巴着眼睛，举起香烟，晃了几下，问着阿堂办厂的事。他沉思半晌，抖着指间的烟，笑嘻嘻地说：阿堂，我坐在坝上，常听喇叭，这次国家的政策，真的要大变了。

独居矮屋，安义依旧用大半生的阅历、评书中人物命运的起落、历史典故和只有他自己能够感知的八卦命理，静窥着世事，推演着未来。阿堂点着头，说家乡有了工厂，他会常过来看看他。安义叹了口气，问着佘家老爷最后几年的情况。他竖起拇指，不住点头，夸着老爷的精明。听闻锦堂成了佘姓，他问缘由。

阿堂笑着摆手，在他的催问下，支支吾吾道出因由。安义闭上眼，靠在椅背上，嚅动着嘴巴，他打了个摆子，摸索着抓起棍子，在阿堂的搀扶下站了起来。他翻着眼，瞥了几眼树梢透过的太阳，突然笑了几声，拍着阿堂的胳膊，笑着说：阿堂，看似无意和仓皇中的笔误，实则就是天意呀！这就是命。命理上讲天干地支，生辰八字和阴阳平衡，你的气和命理，应着周围的气和运，你的事业就会畅顺。你从佘姓变成余姓，冥冥中顺了国运之势相，你未来一定会财源广进。

阿堂不解，他懵懵地盯着安义，请他明示。安义擂着棍子，眺望着一明一暗模糊的远方，摸着下巴说："佘"变成"余"，关键点就是出了头。你出头了，就顺了命理。真的出头了，你的生意就从"佘"变成了"余"。阿堂噢噢应和着，他约莫能感到其中的玄妙。安义转过身，摆手笑着说：阿堂，阿叔想了好长时间，做人有时得缩起来，因为外面有刀子和蜂群，你伸展出来，就会被割掉，让蜂群蜇了；有时候你又得伸展出来，因为外面有好多机缘，伸展出来了，你才有搭上的可能。这就是古人说的审时度势。我觉得，现在的世事好，你不但要出头，还得伸长钩子，这样一定会捞到大鱼的。

二轻公司的经理，将烫熨平整的衣服，放在会议室铺着报纸的桌上。阿财摊开样品，搭在上面，每个部位比对着。他撩起衣服，扯着线缝，检查着线条的平直和接口的黏合。锦康指间夹着香烟，弯腰围着阿财，看着他的神色，感知着他的判断，见他的手指在腋窝的接茬撩着，锦康媚笑解释着。阿财趔起身，瞥了他一眼。锦康退了两步，将二轻公司的经理推到前面。阿财抖着衣服，手打着折，轻快地叠好，他坐在椅子上，跷起二郎腿抖着。他掏出烟盒，抖出一根烟，叼在嘴上。锦康掏出火柴，划着递上火苗。阿财趔着头，瞄他，将摸出的打火机，放在桌上，摇头犹豫地搭在即将燃尽的火苗上。锦康掐着火柴梗。香烟燃起，他抖着扔掉火柴，搓着手指，放在嘴上哈气。

阿财偏着头，垂目瞭着大家，沉思了一会儿，将攥在手掌的打火机，推到锦康面前，摆着手说：姨夫，不好意思，都烧到手了。这个美式的防风火机，我送给你了。锦康盯着衣服，摸出火柴说：火柴我用惯了。阿财举起火机，嘎嘣燃起，手夹起香烟，噗地吹灭，他挺直身子，火机磕着桌面说：用脚踩的缝纫机，粗糙的线，能做成这样的衣服，你们真是费心了。如果换上电动针车，精细的线和蒸汽熨烫，我相信你们的质量，就会上个台阶。锦康松了口气，僵滞的脸活泛了。他摸出香烟，递给二轻经理一根，自己叼上一支，他倒腾着阿财的火机，燃起猛吸了口烟，两个人相视一笑，推开窗户，望着窗外，惬意地喷着烟。

回到公社，阿堂和锦康就办厂的时间、程序和设备及料件的进口事宜，做了仔细的对接。锦康站起来，扯着阿堂的袖子，兴奋地说：阿堂，立勤在狮门最好的排档安排了一桌饭，也算是公社的一番心意。权叔是大队的支书，我想请他过来，大家热闹热闹。阿堂心里抽了下，他犹豫着挠着头。立勤攥住他的手，捏了几下。他点了下头。临出门的时候，锦康又嘱咐道：阿堂，叫上你妈。为了你回来，她跟着我，坐着拖拉机，颠簸了半天，去县城给你打电话。她也是公社引进外资的功臣。

坐在屋檐下，说完办厂的事，阿堂说了锦康的邀请。玲姨叠着衣服，听说权叔也去，她摆着手，说她不习惯下饭馆。立勤走进来，拎着一桶油。阿堂站起来，盯着油桶，笑着问：这是干什么？立勤放下油桶，挠着脖子，踱了几步，扬起手，勉强地笑着说：阿堂，就是一桶油，你收下。以前的事，咱就算是结了，我心里也就清整了。阿堂妈不知道咋回事，说立勤家日子也不宽裕，摆手让他拿回去。默思了一会儿，阿堂拦住妈妈，他将油桶提起来，转身放进了厨房。

坐在大排档里面，瞥见阿堂的影子，权叔拎起竹筒水烟，划着火，嘴搭在上面，腮帮子滚溜着。锦康站起来，对着阿堂说：阿堂，你看，权叔就好那口烟。阿堂走过去，叫了声权叔。权叔抬起头，喷着烟，哼哼着点了下头。上菜了，立勤开了瓶米酒，和锦康轮番给权叔敬酒。几杯酒下肚，权叔嘟着的脸，变得随意和知性。立勤踹了脚阿堂，给他挤弄了几下眼。阿堂闭眼低头，攥着酒杯，磕了几下桌面，他吐了口气，呼地站起来，在立勤的引领下，端起酒杯，走过去说：权叔，在家的时候，没少让你操心。那年在砖厂劳动，那可真苦呀！如果没有你开的证明，我也出不来。我出不来，后来就不可能跑到香港去，今天也就不可能回来办厂。锦康闻言，赶紧站起来，端着酒杯过来，对权叔说：人家锦堂在香港做生意，见过大世面，刚才这番话，就说明人家有气度。我觉得人有了气度，才能干成大事业。权叔缓缓站起来，举起杯子应道：阿堂，你和国柱、立勤一起长大，现在各有各的事业。说实话，我当了这么多年的干部，也盼着狮门你们这辈人，将来都有出息呀。

斟满酒，晃着酒杯，阿财对着锦康，笑着说：姨夫，不好意思，让你烧到手了。阿堂是我老细，工作的事得有个规矩，我含糊不得。锦康仰起头，放下筷子，端起酒杯。阿财续道：阿堂要回来，说实话，我是不愿意陪他回来的。香港那边好多事，我忙得不可开交。您是我姨夫，我们相信你，才贸然踩过罗湖。路上我给阿堂说，要是咱们去了砖厂，我相信您还会把我们弄出来。他瞥了眼权叔，摆着手说：权叔也会给阿堂出个保证！他搊着阿堂的肩，拍了几下唏嘘道：回来就是进了砖厂，我和他也是个伴儿。

  锦康将阿堂送到县城，看着他们上了去石龙的汽车。来到县革委会，他向赵主任汇报洽谈的情况。赵主任召集有关部门，将工作分解下去，他要求大家回去即刻向公署对应的部门报告，最好和地区公署的人，一起去省里汇报，落实具体的操作细节；凡想到的问题，他要求都要有个着落。锦康心里踏实好多，他看了下手表，便向赵主任告辞了，匆匆走出县政府的大门，他沿着向阳路，朝汽车站奔去。瞭见去狮门的车，他站在路中间，揽住和司机絮叨了几句。售票员站起来，搊着胸前的包，让他坐在前面。锦康累了，他瞥了眼晃着方向盘的司机，抬脚放在挡风玻璃后，靠在椅子上，偏着头，嘴巴对着滑开缝的窗户，颠簸中，起了鼾声。

22. 落地

回到狮门公社,锦康端起茶缸,抿了两口水。立勤推开门,急匆匆进来,站在桌前,喘着气说:主任,大队组织几个社员,正在清理祠堂的杂物,老人们拦住门口。听说锦堂在那里办厂,他们不让动,情绪有些激动。我辈分低,不敢高声。权叔走过来说,这是宗族的祠堂,坏了宗族的运脉,没法向下辈人交代。锦堂到时亏得血本无归,也让祖宗心里不安呀!锦康呼地直起腰,敲着台面,摆着头说:那天定了的事,权叔没有吭声,做起来他就翻盘了?立勤走过来,附在他耳边说:主任,我估摸着,上面盯着的事,权叔不好硬顶,他心里还是有个结。这些老人都听他的,只要他有个态度,事情就好办了。

锦康瞪眼踱了几步,他对着立勤招了下手,一起走到门外,骑上自行车,带着立勤,向祠堂奔去。到了榕树头,立勤下车,他推了下后座,朝锦康摆着手。锦康将自行车靠在墙根,抽出一根烟,燃起吸了口,对一位社员说:去!把权叔叫过来。权叔拎着水烟筒,蔫着头,弯腰过来,随着锦康,走到河涌边。锦康捻灭烟蒂,走前几步,撩起上衣,手叉在腰间,凝望着河面,缓缓转过身,晃着手,激动地说:老支书,锦堂的设备和原材料,过些天就要从香港过来。咱这里都是沙土小路,县上外贸公司的船,将从罗湖运过来,成品将来也从这里出。办厂的地址,要水陆交通便利,不是说好在祠堂吗?

拿着钎子,权叔挑着烟灰,他吹了几下,将水烟筒放在石凳上。他跷起二郎腿,手搓着面颊,默思瞬间,转头看着祠堂,又抬头望着锦康,摇头笑着说:国家政策放开了，社员也不听话了。这些老人，在族中德高望重，这事还得他们同意才行。锦康跺着脚。立勤走过来，在权叔耳边絮叨几句。权叔执拗地比着嘴，拿起水烟筒，捻上烟丝，见大家围过来，他吐着烟，缓缓地站起来，他凝望着祠堂，抖着肩头的衫子，晃着手说：佘氏一族的灵气、风水和族脉运程，都在祠堂里。我从没听说过，后辈们为了赚钱，把祖宗的祠堂占用了？！

人群嚷嚷着，用表情应和着权叔的说道。玲姨从人群中站出来，用赞许的目光，盯着气恼而又蔫巴的权叔。她盯着大家，看了一阵子，摆着手对锦康说：主任，你用拖拉机带着我，颠簸大半天，让我说服阿堂回来办厂，地方原来就选在了祠堂。阿堂用了祖宗的祠堂，动了祖上的运脉，这让我如何安生？！我想，就是他老豆在世，也会责骂他的。锦康怎么都难以想到，玲姨会出来，和权叔站在一起。走到她身边，他笑着说：祠堂里的祖宗们，看着村子的后辈们，每年都拜祭他们，他们心里也有愧，看着子孙们日子困苦，他们挂在牌位上，干着急没办法。说实话，祖宗们也期望儿孙们过上好日子。过上好日子，不是将祖荫的运程挂在嘴上，还得实实在在地干起来。阿堂回来办厂，就是祖上修来的德，我估摸着冥冥中就是老祖宗们，让他回来带着大家，过上好日子。咱们这块地方，今后兴腾起来，您比庙中的观音娘娘还实在。

看着走过来的映芬，玲姨白了权叔一眼，扬起手说：锦康，你不愧做过老师，话经你一说，好像阿堂还成功臣了。锦康嘿嘿笑了，掏出包烟，递给几位老人。他跃上青石板，袖子抹着脸上的汗，大声说：各位乡里，阿堂回来办厂，你们就能进厂，挣工资了。公社和大队有了收入，你们的工分，也就值钱了。清明祭祖，也能给祖宗奉上乳猪了。祖宗们看着高兴，吃得更有滋味。这祠堂空着，也是空着，一年冷冷清清的，都是祖宗的灵位，你们清明的时候，跪拜一下，平时也懒得搭理。阿堂办个厂，佘家后辈们，进进出出，老祖宗能不高兴吗？

前面站着的几位老人笑了。他们对看着，嚅动着掉了门牙的嘴，嘀咕着点头，抖着肩头的衣衫散开了。锦康过来，递来香烟，权叔摆着手。他抽出根烟，立勤帮他点上。他深深地吸了口，眯着眼说：老支书，你是解放初期的老党员，社员们很尊重你。支部带着群众致富，这是永远都不会变的。阿堂回来办厂，当下条件艰苦，暂时放在祠堂，也是不得已的事。这件事上，上级的态度很坚决。你是大队的支书，不但自己要想得通，还要做群众的工作。

推起自行车，锦康刚要上路，权叔叫住他。锦康转过头。权叔手搭在坐垫上，挠着头，瞥着离去的立勤的背影，摇着头说：主任，说实话，不是我不想配合公社的工作，这政策变化得太快，我有点跟不上了。喇叭上说，上面反对思想僵化。坐在屋檐下，我觉得自己就是思想僵化的人。到这把年纪，我做不了事了，我思前想后，觉得该让位了。立勤跟着我，也好些年了。公社给他个位置，让他锻炼锻炼。锦康愣了，愕然地盯着他。他知道，权叔是全县有名的大队支书，和县上的赵主任交情深厚，他的去留，公社还得慎重，况且他还是个副主任，临时主持公社的工作。他摸着权叔的胳膊，笑着说：权叔，你想多了！大队需要你，有你在这里掌舵，公社放心好多。

权叔心里清朗了好多，他操着水烟筒，哼着好多年都没哼过的《分飞燕》，在镇上打了瓶米酒，晃着身子，进了家门。听到他的哼哼声，老婆从厨房探出头，问有啥好事，那么高兴。权叔瞥着院子，见映芬不在，他晃着酒瓶，递给老婆，让她炒两个菜，随即蹲下，将得天揽在怀里，噘着嘴巴，用满是胡子的下巴撩着。菜摆上桌，从窗台拿来酒杯，斟上酒，权叔跷着二郎腿，比着嘴呷了口，嘴巴噗喋着，吸纳着气，发出惬意的声音。得天睁着大眼，愣愣地盯着爷爷，手指伸到嘴里，随着爷爷嘟囔着。权叔一把将他搂在怀里，举起酒杯，逗着让他舔酒。

映芬进门。得天趔着头，眯眼比嘴，稀拉着吐气。她快步上前，拍了得天一把，瞪眼埋怨着说：不到五岁，就知道喝酒，长大还不泡在酒缸里！权叔松开手，说不关孩子的事。老婆从厨房出来，将米饭放上桌，瞪着权叔，让他少喝点。抿了口酒，夹起一筷头菜，嚼了两口，权叔隔着窗户问：阿芬，随军的事，国柱有没有回音？映芬出来，盛着饭说：别提了，边界吃紧，听他战友的家属说，随军的事停了。权叔举着酒杯，僵住了。映芬摆着筷子说：那边都是山，没咱这里好。那些随军的家属，有些后悔，好些又回来了。

放下酒杯，权叔拎起水烟筒，咂巴着。国柱提干，是他的荣光，儿媳妇孙子随军，吃上商品粮，更是他的光荣。想起阿堂的事，他都用这两件事来冲抵，瞬间感到平和好多。听到随军的事搁置了，他心里的天平，倏然间倾斜了。他站起来。老婆让他吃饭。他摆着手，走到门外，借着昏暗的光，盯着门上的牌匾，踱了几步，蹲坐在树下，瞄着清幽的河水和翻滚的芦苇，陷入沉思。

一场雷雨过后，天气凉爽了。阿堂的设备和料件，到了码头。锦康挽起裤腿，站在岸边，指挥着立勤和精壮劳力，用扁担和杆子，喊着号子，将电动针车、熨烫机和裁剪床抬上岸。孩子们像群蜂，手搭在机器上，随着大人的号子，咬牙皱眉地用着劲。布料上岸，抱着孩子的妇女，牵着孙子的老太，围上来撩起包装布，摸着各式颜色和质地的料子，扯着身上的粗布褂子，她们比对絮叨着，脸上泛着羡慕的神色。

映芬从学校抽调出来，她代表公社协调阿堂办厂的事。回家的时候，映芬说了这件事。权叔板着脸，蹲在檐下，抽着水烟，咳了几声。映芬随军的事，还没有眉目。听到这件事是锦康定的，他本想阻止，念着映芬的心性，他忍住了，他和老婆商量了一番，憋屈着没有作声。

离开香港前，锦文拉着阿堂到油麻地，找了位风水先生，根据他的生辰八字，测算开业的时辰。先生对着阿财，交代着开业的程序和讲究，在纸上画着。阿财晃着胯，摆着头，心不在焉地听着。回到狮门，阿堂和安义叔坐了一会儿，问他开业的时辰。安义翻着眼睛，对着天滚溜了瞬间，掰着手指，说的和香港的风水师大致相同。阿堂将礼品，递给安义叔，留了几包烟。回去的路上，他感到开业不能马虎，得按规程来。坐在公社的办公室，阿财掏出单子，讲着香港的规程。二轻公司的经理，陪着赵主任来了。锦康出来迎接，絮叨几句，眯着日头，抬腕看着手表，来到祠堂门前的榕树下。

阿财戴着墨镜，穿着宽松的花花绿绿的衫，黑细的脖上，金灿灿的链子耷拉在胸前。站在盖着红布的招牌前，他招呼着人，将挂在屋檐的鞭炮垂下。锦康陪着领导，看了一遍，坐在檐下。阿堂派上烟，递上茶水。领导品了口茶，瞄着晃动的茶叶，笑着点头。阿堂偏着头说：香港带来的。阿财进来，抖着腕上滴溜的金表，说时辰快到了。他转过身，举手挥了下，门外的鼓点响起。

两头雄狮，摇头摆尾，随着鼓点，对着坐在地上的孩子，抱着婴孩的妇女、站在树下的老人，眨巴着眼睛。孩子们拿着树枝，嬉闹着撩狮子。在嬉笑的瞬间，狮头举起，闪出爸爸的脸。鼓点变换，狮子踩上板凳，跃到垒起的桌上。门正中的竹竿上，挂着红色的绒球，垂着撮生菜和利市。狮子高台狂舞，互相推搡着，爬高争抢利市。层层叠叠的人头中，老人举着水烟筒，忘记咂巴；婴孩的手放在嘴里，没了吸吮；孩子们眨巴着眼睛，没了嬉闹，盯着竹竿上晃着的绣球，头贴在地上，给爸爸加油；针扎在衣服上，妇女们齐目屏住呼吸，呆愣地盯着舞动的狮子。

拥着竹竿的小伙，随着人群的表情，摇着竹竿，绣球晃动。一只狮子跃上最高的板凳，随着鼓点，蜷曲着身子，瞄着下面的人。鼓点一阵紧过一阵，它缓缓站起来，瞄着绣球下的生菜，瞪眼吐舌。鼓点静息，狮子犹豫着，就要放弃的瞬间，随着骤响的鼓点，它曲腰腾起，张开嘴巴，衔住生菜，落了下来，摇耳晃尾，满身自豪。阿堂站起来，掏出利市封，派给脱了狮装、喘着粗气、汗淋淋的舞狮人。

　　走到门口，站上台阶，阿财操起香港带来的话筒，请赵主任讲话。赵主任接过话筒，祝贺一番，他接过秘书递来的两张纸，对着人群，举起来晃了几下，环视着人群大声说：结婚就看结婚证，没有结婚证，就是非法同居。社员们看好了，这就是莱莉雅服装厂对外加工的许可证和营业执照，是国家批准的合法证明。从今天开始，阿堂的厂子受到国家法律的保护。锦康过去，指着上边的编号，眉毛挑着说：大家看好了，上面的编号是粤字0001号。上面说，这是全国第一张外资执照。狮门的人，有底气自豪，因为咱们这里的炮台，揭开了国家近代史的大幕。从今往后，咱们更有理由骄傲，因为国家改革开放的第一家外企，就落户在狮门。咱们要呵护锦堂的厂子，让它在狮门开花结果。

　　招呼着几位女仔，映芬晃着手，将开业的彩球拉起来。领导和嘉宾站在彩球间，拿起剪刀，剪开彩球的红绸。走到厂牌前，随着阿财的号子，大家扯下蒙着厂牌的绸子。阿堂带着大家，走进祠堂。招呼着香港过来的人，摆好香案，献上猪头、水果，阿财燃起香烛，让阿堂燃香跪拜。赵主任瞥了眼，扯着锦康，正要走开，看到人群中的权叔，他快步过去，握着他的手，拍着他的胳膊，笑着打量了半晌，他们走到边上，亲热地絮叨着。权叔转过头，瞥了几眼开业场面，扯着赵主任，附在他耳边说：主任，你看到的这些讲究，和解放前佘家染坊开业，没什么区别！"破四旧"这么多年了，咱们做了多少工作，现在还这样搞，让狮门的群众怎么看？赵主任趔身愣住了，他扑哧笑了，挠着半晌脖子，扯着权叔的胳膊，瞥着锦康的背影，跟了上去。

　　莱莉雅开业，成了新闻，上了全国的报纸和广播。香港媒体收到消息，在港报道后，引起广泛的关注。两个多月的调整，工厂慢慢顺了。香港公司的财务，核算了下，利润超出当初的预计。锦堂明白闷声发大财的话，他接单的价格，有了弹性。静怡成了大忙人，客户蜂拥而至。香港的各路记者，通过各种关系，想做期专访。锦堂躲在狮门，不愿透露情况。伟哥让阿敏联系阿财，软磨硬泡，阿财招架不住。想到与莱莉雅的合作关系，阿堂让他绕着圈圈，敷衍应付。

工厂没有电话。映芬骑着自行车，穿行在公社和祠堂间，传递着信息。年底，锦康做了公社革委会主任，县上开会，他介绍引进外资的经验。他找到县上领导，掏出锦堂给他的"三个五"香烟，递了过去，摇着头说：外资企业，他们的核心在香港，每天都要不停联系，没有电话，实在不行。您想想办法，破例给锦堂的工厂，装一台电话。主任靠着椅背，眯眼喷着烟，沉思了一会儿，晃着手说：锦康，邮电部门归上面管。他们设备陈旧，就是有部电话，县内还凑合，长途和香港的通话，还是不方便。锦康站起，走到主任身边，笑着说：您先给他批一台电话，这也是咱们的姿态。主任坐直了，搓着脸说：公社写个请示上来，我给地区邮电部门，打个招呼，看行不行。

厂子昼夜不停地生产，工人们轮班。入夜时分，原本静悄悄的狮门，有了不熄的灯光。到了腊月，生产队的活少了，社员们准备着过年。情况好的人家，买些猪肉，灌制腊肠，挂在院子里。农家的鸡，扑棱着翅膀，从栅栏出去，混成鸡群，沿着溪沟，咕咕觅食。公鸡挺胸昂头，垂着耷拉的冠子，单腿站着，瞄着鸡群，情绪到了，从坎上俯冲下去，追着母鸡咯咯叫，抖着翅膀，叠在母鸡身上，激情合鸣。猪圈的黑猪，愣着懵懂的眼，看到公鸡的畅快，瞬间明白了，耳朵竖起，颠着身子，疯跑着蹿上围栏，对着屋舍呜呜叫着，像在呼唤自身的权利。

炊烟罩着村舍，同河涌的薄雾衔着，苍翠的竹林和山野，像幅水墨画，挂在天地间。吃完晚饭的人，招呼着，结伙来到祠堂前，围坐在大榕树下，瞄着灯火通明的祠堂和忙碌进出的人，聊着村子的事，也聊着世界。权叔蹲坐在自家门口，抽着水烟。路过的人驻足，叫他过去。他摇头摆手。得天从门框出来，在门前刺溜着，瞭着祠堂的灯，听着喧闹声，攥着爷爷的竹筒，掰开他的手，扯曳着随稀落的行人，朝祠堂走去。

县邮电局的人，架着梯子，从狮门邮电所，给祠堂架电话线。映芬拿着手电，对着电杆上的人，扯着电话线。孩子们跟在后面，帮着拉线。社员们好奇，人的声音能坐在这根细线上，闪电般地游动。线头到了祠堂门口。社员们站起来，围上去，扶着梯子，听说能和香港通话，他们稀奇得要命。映芬出来，拿着红色的电话机，插上线头，弹着摁键，一串嘟嘟声。一堆头聚来，盯着键盘。一位当过兵的社员，眨巴着眼睛说：红色的电话，在部队，只有首长能用！社员们退了几步，盯着墙上的厂牌，露出不解的神情。

电话接通了。食堂煲了锅猪杂粥，加了几个菜，犒劳装电话的师傅。映芬端着碗粥，见得天趴在祠堂的门框，探头朝里张望。她走过来，将粥递给得天，摸着他的头说：去！厂子不让进，看你馋的，到外面吃去！得天端着粥碗，抱在怀里，弯腰过来，坐在爷爷身边。孩子们的头伸过来，盯着猪杂，嗅着味道，舔着嘴唇。得天翻眼瞪着，低头咕噜了几口，腮帮子蠕动着，将碗递给爷爷。权叔摸着他的头，笑着推回去。孩子们的头，随之移了回去，响起吸啜声。得天低头，刨了几勺，端起碗，仰头咕噜着，袖子抹着嘴唇，他喘着气，眼里闪着力量和得意。

那位退伍军人，走到权叔边，拿起他的烟袋，卷了根烟，燃起抽了几口，摇着头说：权叔，社员们想吃肉，那得有钱。凑齐了钱，又没有肉票，食品站不卖给你。有了钱和肉票，通常还得排队。人家锦堂工厂，三天两头吃肉，听说是食品站预留的。在城市，那是高级干部的待遇。一个小伙子过来，撩起衫子的开襟，抖着说：我妹在里面上班，没几天就不在家吃饭了，说家里的饭菜没有油水。权叔皱着眉头，点头噢噢了几声。小伙子弯着腰，伸长脖子，神秘地说：锦堂买肉，用的是外汇券。外汇券带着粮票和肉票，听说国家最缺的就是外汇。人民币咱老百姓稀罕，国家不缺，那都是国家印的。

快过年了，工厂赶完最后的订单，放假了。阿财安排总务，将祠堂正厅收拾一番，摆上香案，在门前的大榕树上，挂上几串灯笼。放假前，阿堂揣着红包，按照香港的讲究，给每个工人封了十元的利市。工人们回家，和亲戚朋友吹嘘着，花钱大方，炫耀着自己的待遇。春节串亲戚，锦康走到哪家，几杯酒下肚，亲戚拉着孩子，让他给工厂说道，想办法让孩子进厂。

坐在家里，一拨拨的亲戚过来，先是恭维一番，好像村子的事，权叔就是神仙，无所不能。权叔贪杯，酒劲上来，他的舌头硬了，干部的架子顿时垮了，心也柔软了许多。他享受着亲戚们的恭维和奉承，提到孩子进厂的事，他硬着舌头，愣了瞬间，感到一口回绝，前面的恭维，就没了支撑。他难为地点着头，嘴巴呜啦着，不时瞥着忙活着的映芬，心想我算个啥，能说上话的人，在厨房忙着哩。

一阵醉，一阵醒，孩子进厂的请托，压在权叔心里，让他喘不过气来。躺在床上，看着清冷的夜空，他感到往年过年，亲戚们的恭敬是纯净的，当这种恭维，混杂着某种诉求的时候，他有点怀疑这种奉承的真实性。对映芬，他习惯板着脸，春节后，他不时拎着水烟筒，牵着得天，弯腰跟在映芬劳作的身后，在老婆和她叙聊的间隙，笑着絮叨几句。老婆提着扫把，撩起围裙，塞在腰间，不解地瞥着他。权叔嘿嘿笑着，牵着得天，尴尬地出门了。

　　来到祠堂门前，看到支书过来，社员们赶紧站起来，将最好的位置，让给他。阿堂工厂的待遇，是县上工人的三倍，他们央求权叔，将村上的孩子，放进工厂。本家侄子，晃着身子，指着祠堂，俯下身说：叔，祠堂是佘氏的，老板姓佘，也是佘氏的。如果要排队，得让佘氏的后人优先进厂，然后才是其他姓氏的人。权叔哑巴着水烟，当干部多年，他有个习惯，和群众絮叨的时候，他只听不说，最多就是用表情，模棱两可地随附着。

　　大佬好些年都不搭理权叔。村子里，权叔可以指使别人，见大佬嘟着脸，他便会低下头。坐在外围，大佬冷冷看着，默默地抽着烟。权叔瞥了眼，浑身不自在，他站起来，活动着身子，晃着回家了。快到家门的时候，身后传来脚步声和咳嗽声，他转身回头，见十几年没对自己笑过的大佬，挥手让他停停。权叔一愣，转身嘿嘿着。抖着肩上的夹衣，大佬叹了口气，摇着头说：细佬，你知道大佬是个硬气的人。你看你那侄子国栋，整天游手好闲，过年我说道他几句，他瞪着眼，说要进锦堂的厂。我知道你的难处，思前想后，抹掉我这张老脸，求你想想办法，让那衰仔进厂吧！权叔的身子趄了下，瞄着大佬愁苦的表情，他掂量半晌，轻轻地跺着脚，犹豫着点了下头。

　　过了正月十五，映芬上班回来，递给权叔一包点心，笑着说：阿堂从香港回来，说好了过来看望您。锦康主任有急事，他去了公社，让我将点心给你。得天跑过来，扯着点心，手指在里面挠着。映芬扯着得天的胳膊，扬手说：阿堂给得天买了件衣服，我给他试试。穿上港式的衣衫，得天手舞足蹈。权叔解开点心，放在腿上，捻起一块，递给得天。吃饭的时候，他抽着烟，就是不动筷子。映芬给他添上饭，放在桌上。老婆白了他一眼，筷子敲着桌子，噘着嘴说：快吃饭，有啥事？整天吊着脸就像门上的敬德。放下烟筒，权叔搓着脸问：阿芬，阿堂的厂要人不？好些人都想进厂。映芬瞥着他，笑着说：我娘家好多人，也问我。现在就这么大个地方，工人轮班倒，都饱和了。权叔眨巴着眼睛，噢噢着应声，默思了半晌，转过头说：给锦堂说说，生意好，地方不够，想办法扩大。映芬夹着菜说：阿堂也有这个想法，厂子肯定会做大，就是不知什么时候动。

23. 征地

  阳春三月，喇叭播着红线女的《帝女花》。田间劳作的社员们，挺直腰，随着节奏，摇头晃脑地哼唱着。忙完厂里的事，拿着送给安义的收音机和点心，阿堂要去看望他。电话铃响了，锦康让他过去。阿堂放下东西，骑上刚报关进来的125摩托，轰着油门，进了公社大院。公社的干部，听到嘭嘭声，从办公室出来。阿堂熄火下车。他们走过来，对着镜子，扳着手把，踩着油门，稀奇地议论着。锦康拿着报纸，走过来，跨在摩托上，脚踩着地，蹬了几下。阿堂掏出钥匙，插上去，脚挑到空挡，轰了下油门，攥住离合，点到一挡，教锦康松开离合，给了几下油，摩托哧地扬起头，突突着动了起来。

  遛了一圈，锦康下车熄火，拍着摩托坐垫说：比骑自行车简单，有空让我练练！他带着锦堂，进了办公室，拿起报纸，瞄了眼说：锦堂，改革开放的风，越来越清朗了。内地好些地方，开始承包土地，我看"包产到户"的政策，很快就要落实了。狮门来了几拨港商，谈了几个项目，都有很强的投资意向。我给县上领导汇报，希望辟出整块地方，将这些外资企业集中起来，县上很支持。锦康端起茶缸，喝了口水，笑着问：锦堂，听说去年生意不错。接下来有什么打算？

  掏出烟，递给锦康一支，阿堂坐在椅子上，喷着烟，晃着身子，和锦康对看着。他笑着说：挣钱谈不上，生产刚理顺，就是运输和通信，让人头疼。锦康站起来，敲着桌子，充满激情地说：锦堂，我有个想法，你看行不行？阿堂一愣，弹着烟灰，盯着锦康。锦康踱了几步说：公社和大队拿出地，你出资"三通一平"，按照客商的需要，你来建设厂房，再租给港商。锦堂沉思着，就是不表态。锦康有点急，挥着手说：平地由公社完成，"三通"需要资金，公社没家底，拿不出钱来。锦堂喷了口烟，眯眼瞄着腾起的青烟，直起腰说：老师，你的想法很好，我得评估，到时给你个答复。

阿堂站起来。锦康将他送到门口，握着他的手说：锦堂，你是生意人，用生意人的眼光，到狮门走走，看上哪块地方，给我说声，我来协调解决。锦堂笑着点头，手松了下，正要抽开。锦康又捏紧了，晃着说：锦堂，先将自己的厂房建起来，将工厂的规模扩大，弄出点气势出来，将来外资过来，我也有个地方，带人家过去看看。

春节的时候，锦堂带着妈妈，到香港过年。兄弟坐在一起，聊着生意，夸赞他有胆识，听到商业成本，他们估摸着，建议他加大投资。他本来要找锦康谈这件事，没想到他先提出来。锦堂知道，生意场上，最忌讳亮出底牌，让人家看得清清楚楚。最好的方式，就是用模棱两可的沉默，让对方亮出底牌，即使喜不胜收，也要装出犹豫的样子，好像给了对方天大的人情，在这样的序列中，后面的事才好办。

太阳快落山了，阿堂骑着摩托车，沿着沟坎，轰着油门，窜上坝面。听着声音，安义对着门口嗅了嗅，偏着头，喊着阿堂。东西放在床上，阿堂拿出收音机，抽出天线，拧开开关，在吱啦中寻着电台。安义接过收音机，手摩挲着，举在眼前，滚溜着眼珠，怜爱地瞄着。安义指着柜子上油汲汲有些残损的收音机：老爷那年给我买的收音机，还能听，你还浪费钱。阿堂摆着手说：叔，这台能收到长波电台，想听哪里的事，转转就有了。他拆开点心，递给安义叔，扶着他出来，坐在树荫下，笑着说：安义叔，生意忙，我不停地在香港和狮门两边跑，也没时间过来看您。安义摆着手说：你常来，我当然高兴，说明你得闲，我又怕你生意不好。你不来，我知道你忙，说明生意好，我心里有点埋怨，却也高兴。吃了口点心，安义直点头，哑巴着说：阿堂，我听收音机，感到现在的形势就是阵微风，开放的风暴还在后面哩！人家心里有底，这就像剥洋葱，现在才剥了个皮。

抽着烟，瞄着水面晚霞的余晖，阿堂琢磨着将锦康说道的事，说给安义叔，听听他的判断。刚要开口，安义捡起树枝，在地上划了几下，抬起头说：做生意就像钓鱼，你找到个下竿的好地方。钓了一筐鱼，人家知道了，就会跑过来，不可能让你一直独坐闲钓。况且，水里的鱼就那么多，你钓得多的，人家就钓不到了。阿堂伸长脖子，点着头。舔着唇上的点心屑，安义咽着唾沫说：阿堂，趁着这么好的机会，你既要下钩，更要撒网。等别人来了，你已经筐满盆满，也就有底气了。

回到厂子，阿堂叫来映芬和阿财，将锦康老师的意思说了。映芬愕然，搓着手掌，看着阿堂，好像在问，你有那么多钱吗？万一有个闪失，那可咋办？阿财叼着香烟，咧着嘴巴，嘿嘿笑着，他抖着二郎腿，竖起拇指说：老细，你的机会来了！自从我在香港电台做了访谈，好些人找我，问内地的情况，好在我人在这里。香港空间有限，未来将会有一拨一拨的港商拥过来，对厂房的需求很大。阿堂心里高兴，他搓着脸，叹了口气。阿财呼地坐起来，敲着桌子说：老细，我将这些年的积蓄，都押上来。你给我个保函，我通过朋友，在香港银行贷些钱，也投进来，你给我些股份。

锦堂呼地站起来，盯着阿财说：你这么有信心？就这样干吧！将来有什么闪失，咱们得共同面对。他转过身，看着映芬说：阿芬，你和国柱是一家子，想不想入点？映芬摆着手，笑着说：我就算了！就家里那几间破房，能值几个钱？况且我家公在前面，哪有我说话的份儿？阿堂笑了，点着头说：阿芬，如果你不拒绝，我用钱替你入些。映芬站起来，摆着手，嘟着脸说：阿堂，你的心意我领了，使不得，千万别这样，会让我难做的。阿财笑着说：听公社的人说，映芬是预备党员，和咱们不一样，就别难为她了！

合计了半夜，吹着风扇，阿堂和阿财斜靠在床上，睡了过去。铃响了，阿堂揉着眼睛，坐起来，见阿财的喉结刺溜着。他操起刷牙杯子，踹了他一脚。一个咯抖抖，阿财坐起来，打着哈欠，想起昨晚阿堂的交代，他穿上外套，踩上摩托车，来到狮门农机站，和师傅絮叨着，拧开摩托的油盖，拎起油桶，加满了油。阿财简单洗漱，吃了早餐，骑上摩托，掏出墨镜，挂在脸上。带上阿堂，他们在狮门的街巷和田野中穿行，看到中意的地块，他们下车，拿出纸笔，伏在摩托车坐垫上，画着地形。瞄见泄洪房，阿堂拍着他的肩，爬到坝面。

倒腾着收音机，听见摩托声，安义笑着问：邓丽君是哪里的？她的歌很好听！阿财跨在摩托上，拔掉钥匙，摘下墨镜，瞥着他，笑着说：听到香港电台了。那女仔是台湾的，专门唱情歌。安义倒腾着天线，晃着收音机，随着阿堂的问候，他放下收音机。阿堂说了几片地块。安义闭着眼睛，眼珠在皮下滚溜着，稀疏的睫毛颤动着，嘿嘿笑了，他点着说：阿堂，你中意的那几块地，解放前都是佘家的田。你家祖屋对面的那片地，和街道连在一起，交通方便，四周有路，省事好多。

听了安义叔的说道，阿堂和阿财骑着摩托，绕着那片田，突突地转了两圈。他下了车，踩着田埂，手摸着稻下的田泥。阿财知道，他在琢磨桩基，便指着不远处的山丘说：老细，得将那两个山丘要过来，用凿开的土石，填埋软基。要留座小山，也算背山面江，合了风水的讲究。阿堂瞄了一阵，跨上车，带着阿财，来到公社。阿堂掏出那张纸，放在桌上，抽出锦康桌上笔筒的红铅笔，在上面画了个圈。

锦康拿起纸，单手叉腰，踱着方步，看了一会儿，放着桌上，竖起拇指，笑着说：有眼力，很有眼力！这两天，我也睡不好，脑子想着狮门的区域，也觉得这块地不错。阿财递上香烟。锦康抽了几口，吐着烟，踱了几步说：锦堂，昨天革委会开了个会，同意拿出一片土地，建设工厂。我们给县上汇报了，县上很支持。总体思路就是公社和大队出土地，做好基建平整，你们来规划，通路、通水、通电。土地没有费用，厂房租金，得三七分成。

心里高兴，眨巴着眼睛，阿堂沉默了半响，抽着闷烟。阿财给他使眼色，见他不承接，他走过去，顺手用拳头，擂了下他。阿堂眯着眼，警着窗外，僵持瞬间。锦康不解地瞥着，扬起手，笑着说：噢，你们得七，公社和大队得三。阿堂缓缓抬起头，轻轻点了下。锦康说："三通"指的是厂区内，公社协调有关部门，争取政策支持，将水、电和主干路，引到厂区门口。想着工厂入口和省道的距离，阿堂摆着手，有点激动，他走过去，握着锦康的手说：既然合作，就得有诚意。我也不想让公社难做，外面的路，公社有困难，我们承担部分费用。

锦康总感到，阿堂有些黏糊，做事情不够干脆。这个时候，他就想起国柱。公社工作多年，锦康绵软的底子，已经没了，他变得火暴、干脆和倔强。听了锦堂的话，他笑了，那是理解后会心的笑。他敲着桌子说：锦堂，你们看好的那片地，包括两座山丘，也就是一百五十亩左右，我觉得小了。我们这些公社干部，就是敢干，如果是我，可能会想得大些。当然了，做生意，你们是内行，也有自己的考虑。阿财嘿嘿点着头，手从锦康的身后，扯着阿堂的袖子。阿堂犹豫着，挠着脖子说：先把这片做起来，后面看情况，再定！锦康将他们送到门口，用期待的眼神，盯着说：也行！我在旁边给你预留块地。想好了，你随时吱声。

回到香港，阿堂和静怡合计了一番。他约上二哥两公婆，在酒楼喝茶，将自己的打算说了。静怡插话补充着。想了一会儿，锦文说：香港好多商人，坐在一起，都在聊内地的事，好些人都在筹划着回去发展。他抿了口茶，手指弹着台面，笑着又说：阿堂，内地的生意肯定有的想，我就担心这些政策，会不会未来有反复。香港人最担心的，就是这件事。你回去一年多，情况最熟悉，如果评估内地的政策会越来越好，那你就放手做吧。

内地的政策，阿堂也说不清楚。他憕然眨眼，一脸茫然，想起安义叔的絮叨，他的底气来了。他让二哥介绍银行的朋友，将厂房设备和住宅抵押，向银行贷款。二哥有点犹豫。静怡笑着说：姨夫，您放心！我和锦堂反复核算过，未来资金紧张些，但没有大的风险。老婆给锦堂夹了块排骨，手肘蹭了下，比着嘴巴，瞥着他。锦文挠着脖子，扯了几下耳垂，瞥着窗外的港湾，转头犹豫着点了下头。

约好服装界几位老友，说了回去的情况，锦堂将各项支出的明细列出来，让他们评估。如果有回去的意向，他可以按照他们的需求，帮助建好厂房，租给他们。掂量着香港的成本，几位老板掰着指头，算出回去的毛利空间，他们不禁喜上眉梢。没过几天，这些厂商有了回音，传真来他们的需求，以及需要锦堂协调解决的事项。锦堂提出支付保证金，也可以预付厂房租金，他加附银行同期利息，抵作未来的厂房租金。

回到香港，阿财的饭局，应接不暇。按照锦堂的吩咐，他虽酒酣情迷，人们问及内地的情况，他都含糊应对。事情有了头绪，锦堂想起莱莉雅那帮逃港的工友们。这些年，好多人走了，没有什么联系。他将阿财叫到办公室，合计一番，让他约这帮工友，定个时间，在酒楼聚聚，了解他们有没有回去的意愿。阿财知道，阿伟和阿敏这些人，内心看不起他，有了内地的资本，他本来想回港，炫耀一番。锦堂的告诫，像个紧箍咒，弄得他憋屈。听说要召集工友聚会，他来了精神，内心潜藏的炫耀，像膨化剂，倏然发酵。

精心装扮一番，阿财站在酒楼门口，迎候大家。进了包房，工友们派着香烟，叙谈各自的情况，洋溢着温情的气氛。阿财推开门，前面号闹着。大家站起来，围了上来，握手问候。锦堂招呼着，坐在主位。阿财带上门，站在中间，扬手压了几下，厅堂瞬间静了。他缓缓地扫视着，感叹地说：诸位！我记得大家最开心的，就是获得香港的居留权。一眨眼，时间就这样过去了，诸位对于莱莉雅，不离不弃。老细心里装着大家，每每想起来，都十分感激。去年，我和老细回到内地，莱莉雅在港的加工业务停了，大部分工友走了。回内地一年多，内地机会很多。各位都知道，我去年年底在电台做了档节目，我每次回港，好多人约我，探问内地的情况，老细交代，不可张扬。今天都是沙煲兄弟，关起门坐在一起，我就跟大家分享下内地的情况。

阿财绘声绘色地讲着，众人随意的表情退去，内心压抑着的发财梦，又苦于无门的神情，被撩拨起来。阿财息声，大家交头接耳，合计着成本，掂量着自己的本钱。锦堂站起来，笑着点头，谦和地说：各位工友，鱼塘就这么多鱼，得赶早，晚了就钓不到了。各人的情况不同，我给大家建厂房，通水电。你们带上设备，将订单拿过去，就内地的人工成本，生意一定有得做。叫诸位来，就是想告诉内地的机会，无论在哪里，咱们都是一起上岸的兄弟。你们同家人商量下，不要在外面张扬，有意向的，同阿财招呼一声。我的愿望就是，大家都有自己的工厂，得闲的时候，聚在一起，喝茶吹水。

半个月后，锦堂将得到的情况，盘点合计，心里一阵狂喜。在二哥引导下，经过评估，静怡和银行签订了合同，银行给了莱莉雅不小的贷款额度，由莱莉雅提出放款申请，银行按照程序，通过香港的中国银行，按照国家的外汇牌价，折算成人民币，经过人民银行批准，由内地的中国银行放款。锦堂拿着那片地的图纸，咨询几家工业设计公司，让它们按照现代工业生产的要求，做整体规划，绘制图纸。

24. 迁坟

拿着与锦堂签的协议，锦康来到县上，给领导汇报。几位领导听了，提出完善的意见。锦康掏出笔记本，记在上面。他合上本子，笑着说：时间很紧，当下得尽快做好软基的填埋碾压。公社就一台拖拉机，没有别的机械，请县上支持。县上的革委会主任，转过身问：山丘是什么质地？锦康想了瞬间，伸长脖子说：风化的石块和沙土。主任笑着说：这是个标志性项目。我让县农机公司，调几台推土机过去，让水利局派爆破的师傅，打眼爆破，这样快些。将锦康送到门口，握着他的手，叮嘱道：锦康同志，莱莉雅过来办厂，上面领导记着这件事。上个月，我到省上开会，领导还问起你。把这事办好了，我到时陪领导，到狮门看一看。

将权叔叫到公社，锦康拿出那份协议，说要征收那片地。权叔的脸嘟起来，瞄了眼那张协议，默思半晌，他搓着脸说：水稻刚出穗，收了这季稻，再平整吧！锦康理解权叔的心情，他也于心不忍，想到公社的承诺和县上领导的态度，他摆着手说：权叔，等不得！这片地的收成，公社补给大队，不亏你们。想到半年来求他进厂，压在心里的人情，权叔叹了口气，瞥了眼窗外，瞬间感到，人变得复杂了。他弯着腰，站起来。锦康笑着说：大队有了收入，群众的工分就值钱了。给社员们讲清道理，可不要出什么岔子。

回到大队，立勤将征地的图摆在桌上，一群人盯着嘀咕着。会计瞥了眼红线内的两座山丘，走到坐在门口的权叔边，拍着他的肩，说道了几句。权叔一愣，呼地站起来，拨开人群，低头盯着那两座山丘，将立勤扯到屋外，瞪眼跺脚，摆着手问：平平的地能建厂房，那两座丘有什么用？为啥要推掉那座山丘？立勤倏然想起，权叔家的祖坟，就在那座丘上，他挠着脖子，讪笑着应道：都是公社和锦堂定的，是不是要取土？权叔摆着手，虎着脸说：不行，咱得给公社反映，山腰上的那片坟不好动，群众有意见，建议公社调整方案。立勤低头，猛吸了口烟，瞥着日头，喷着烟说：咱都应了公社，如果反悔，公社会怪罪咱工作不力。就锦康主任那脾气，我估摸着，他不会答应的。

屋子的两个人出来，愤气地嚷嚷着迁坟的事。权叔要了根香烟，立勤给他点上。他吸了几口烟，咳嗽着踱了几步，抖着肩头的衫子，哎哎着地出了院子。他瞄着田间，从村头进村，见大佬坐在门前劈柴，他驻步犹豫了半晌，见路上没人，嘟着脸晃了过去。大佬放下斧头，随着权叔的手势，一起进了院子。权叔坐在对面，搓着面颊，沉默了一会儿，瞥着大佬说：锦堂扩大工厂，公社要征地。大佬抱着水烟竹筒，吸了口，点着头应道：好事！快让国栋那些逛荡的青年，有个事做。权叔白了他一眼，指着山丘，晃着身子说：还要平那座山丘，咱的祖坟都在上面。大佬瞬间僵住了，口鼻的烟没了推力，漫着罩着下巴。随着权叔愁苦的叹息，大佬腾地站起来，扔掉竹筒水烟，单手叉在裤腰，扬起另只手，瞪着眼喊道：这是谁的主意？你还是支书，让人挖了祖坟，将来到了那边，祖宗都不让你进门，你就成了孤鬼野魂了。权叔愧疚地眨巴着眼，抹着下巴应道：队上给个地方，将坟迁过去，公社补笔钱。大佬哼哼笑了，指着他的额头说：钱就那么金贵！没听说为了钱，带着儿孙迁祖坟的。权叔缓缓起身，摆着手说：大佬，你说的都在理，我是支书，场面上的事不便吱声。我过来给你知会一声，你有个心理准备，你怎么交涉，我没有意见。

按照公社的要求，立勤带着一帮人，到每家做工作，请几个大族迁坟。群众想不通，锦康带着公社的干部，将这些人叫到大队部，口干舌燥讲了一个上午，补偿的标准上提。那几户人家有些心动，提出每家安排一个人进厂。锦康挽起袖子，干脆答应了，几家人勉强同意了。他们按照乡俗，祭拜一番，迁走祖宗的坟。有家人固执，认准了迁坟，会动了自家的风水和祖脉，僵持了几天，不肯让步。立勤的火气腾起，带着几个人，踹开那家的门，指着歪斜的屋舍，叱问道：就这样的光景，还怕动了风水，我看得换换风水了。没等人家作声，他指着那家的儿子，瞪着眼喊道：就明天一天，你们不迁坟，大队就派人过来，帮你们迁坟，补偿就是人家的工钱了。

迁了祖坟，那家人心里窝着气，由族中大哥带着一帮兄弟，到公社评理。锦康将立勤叫到公社，当面斥责一通。立勤知道主任的难处，他转过身，笑着点头，道了个歉。那家人瞬间蔫了。老父亲站在后面，嗨了一声，跺脚摆手，带着几个儿子走了。

立勤通知权叔的大佬去大队部。他摆着手，将立勤轰出院门，就是没有现身。锦康来到大队部，权叔称病，也没闪面。吃过午饭，锦康带着立勤，推开权叔家的院门。权叔端着簸箕，站在檐下的台阶上，呼哧颠着稻谷。他没想到锦康会来，他板着的脸僵住了。立勤笑着过来，拿来树下的竹凳，让锦康落座。权叔缓过神来，缓缓放下簸箕，捶着弯曲的腰，拎起窗台上的水烟筒，晃着手说：到了这把年纪，身子骨不行了，就觉得气短，使不上劲了。他捻上一锅烟，立勤帮着点上。他喷了口烟，抹着下巴，没等趄身过来的锦康说话，摇着头说：主任，工作没做好，我都没脸见你。立勤刚要出声，权叔摆着手，拍着大腿，哎哎了两声，瞥了眼锦康，叹着气说：我知道征地迁坟的事紧要，等不得。我和大佬的关系，大队的人都知道，十几年没有言语。为了迁坟，我抹下面子，该说的话对大佬说了，不该说的话，硬着头皮，也都说了。没想到他就是一根筋，就认死理，将我闹了一通。

锦康挠着耳孔，路上想好要说的话、盘算着的章法，一下子乱了。他朝着权叔，点了下头，直起腰，心里寻着话茬。吹掉烟灰，权叔站起来，仰头望着树梢，转头问立勤：立勤，叔总觉得天旋地转的，你说我是不是有啥毛病？锦康站起来，瞄了眼树梢，觉得他话中有话。权叔转过脸，嘿嘿着说：主任，我做支书这些年，公社布置的事，从来没有含糊过。那几座坟头，不只是我的祖宗，也是我大佬的祖宗，还有同族的其他人，真是不好办啊！

吸了口烟，锦康低头踱了几圈，对立勤摆着手，朝门口走去。权叔说着送行的话，在他们转身的瞬间，他嘟着脸，嘴角冷冷地抖着。锦康倏然转身，瞥见权叔的面容，柔和举起的手，伴着沉下的脸色，瞪眼指着权叔说：这事难为你了！下来的事，就不劳你费心了，但是你得守住自己的态度，不许添乱。权叔一下子蔫了，他后悔不该将窃喜挂在脸上。他的脸颊抖了几下，懦弱地低下头。锦康指着立勤，大声吼道：立勤，迁坟的事，公社的意志是坚定的，绝不会因为这些事，有什么改变。这一点，你得给社员们讲清楚，不要有侥幸心理。权叔家祖坟的事，你也难做，后面的事，你就别管了，公社自有考虑。

权叔愣了。立勤蒙了，他涨红着脸，嘴角委屈地抽着，瞥了眼权叔，正要解释。锦康快步踱着，他瞬间明白了权叔葫芦里卖的药，火气刺啦蹿了上来，他扬起手吼道：权叔，我本想和你过去，和你大佬说道几句。既然他是这个样子，你告诉他，公社给你们两天的时间，如果还僵着不动，到时让你们见识一下公社的决心。

送走了锦康，关上院门，权叔哧拉坐在竹凳上，想到锦康说的"你们"，他明白尽管自己将大佬摆上前台，在锦康心里，却将他们兄弟捆扎在一起。他拍着大腿，黯然地哎哎了几声，有点埋怨大佬的固执。抽了根烟，权叔知道，公社时常咋呼着恐吓群众，他冷笑着，心想权叔我也是风浪中长大的，"文革"那会儿，锦康多狼狈，现在吆五喝六，他习惯将锦康不同的形象叠合着透视，这个时候，锦康的权威在垂落，自己的分量在翘升。就凭着锦康没头没尾的几句话，他们将坟迁了，锦康表面会赞许他，心底却会藐视他。权叔眯着眼睛，沉浸在翻来覆去的想象中。太阳西坠的时候，他觉得锦康登门，说了那么番话，自己没个响动，场面上过不去。

社员们从田间归来，聚在榕树下。权叔推开院门，对着笑脸迎上的人，板着脸哼哼应候，来到大佬门前，推门进院。社员们疑惑，两个不铆的老弟兄，啥时候说话了。过了半晌，院子传来了吵嚷声。榕树下的社员们，循着声音，结伙过来。大佬叱骂着，将权叔推出院门，声称迁了祖坟，他就没权叔这个兄弟。权叔摇着头退到街上，摆着手对围观的人说：你们看看，都这把岁数的人了，还是这样的脾气。瞄着劝说的人群，权叔回身，对着大佬门前，摆着手说：我好歹也是个支书，征地是公社的大事，自己家的事都摆不平，我没法向公社交代呀！

按照公社的部署，立勤带着一群精壮的劳力，将山丘面向水田那面的树砍掉，蹚开草皮，权叔家的祖坟暴露在光秃秃的半坡上。到了下午，水利局的爆破师傅，带着几位爆破手，戴着安全帽，在锦康的陪同下，踩着石块，开始钻孔。坡下水田里，社员们戴着草帽，挥着镰刀，将正在灌浆的水稻割下来，站在水沟的水牛，嘴黏着稻穗，淋着白浆。太阳落山的时候，两辆拖拉机冒着烟，突突着地停在山丘下。国梁推开院门，见老豆靠在窗户下，急切地说：公社在山坡上打眼，推土机也到了，公社的干部说明天爆破。权叔挪了屁股，噢噢应着，拇指摁着闪烁的烟锅，噗噗吸着烟。国梁跺着脚，指着山丘说：老豆，咱家的祖坟露出来了，社员们指着坟堆，都在议论，我脸上挂不住。见老豆还是不作声，他踹了脚地上的石块，大声说：老豆，公社要是放炮爆破，将咱家的祖坟炸开来，棺木散碎，祖宗的白骨上天，那就成了狮门的笑话了，咱们怎能对得起祖宗哩！

缓缓喷了口烟，权叔抬起头，摆着手说：国梁，稳住！好歹咱们是军属，国柱还在广西边防，我估摸着，锦康不敢妄为！国梁走出院门。权叔站起来，将他叫回来，搓着耳轮说：老豆这边好说，你叫上国栋，好好劝劝你大伯。

天黑了，喧闹的工地平静下来。借着夜色，权叔溜达到山丘边，踩着碎石，爬上自家祖坟边，蹲在边上，抽了两根烟。他在用扑闪的烟火、间或的叹息，向祖宗说着自己的无奈。推开大佬家的院门，国梁、国栋坐在大佬两边，一个拿着树枝，茫然地划着地面，一个搓着脸，连声叹气。大佬白了权叔一眼，偏过头去。权叔坐在边上，拿来大佬的竹筒水烟，捻上一锅烟，抽了两口，抹着下巴说：我思前想后，这事咱做背了，当初有个台阶，就该下来。别人都迁了坟，就剩下咱家的了，现在狮门人都看着咱，他们顺着公社的说道，想着挣钱，孩子们想着进厂，对我有意见的人，说着风凉话，我看这样僵下去，实际上是在羞臊咱的祖宗。

沉默了半晌，大佬揉着眼眶，挺直腰说：唉，我还是咽不下这口气！锦康为了锦堂办厂，联合着欺负人。权叔摇着头，站起来说：大佬，这件事到此为止吧！明天天麻麻亮，咱们一起给祖宗烧纸拜祭，将坟头迁了吧！大佬低头沉思。权叔等了一会儿，看着大佬搓着脸颊，他叮嘱了几句，出了院门。

狮门的人听说要爆山，成群结伙，围在安全线外面。穿着黄色工服的师傅，像田鼠一样，在山腰穿行着。公社和大队干部站起前面，盯着山腰上的人影，转身喊着，让大家主意安全。

锦康举着阿堂工厂的喇叭，跳上土坎，宣讲了一番。掏出锦堂送的香烟，立勤递给锦康。锦康弯着腰，对着窝在鸟窝般掌中的火苗，猛吸几口烟，偏头喷着，簌簌飘起的青烟中，他有点不屑地瞥了眼暮暮的日头，好像在说：得罪了，土地爷，我就要开天辟地了！爆破的人挎着导火线，弯着腰，撅着屁股，往下面溜。锦康拍着立勤的肩，笑着说：公社心里有数，迁坟的事多亏了你，不然能爆破吗？立勤清楚锦康的急与忧，有些事，他不便于亲自上阵，得自己来做；也明白：大家心里都有本账。

前几天不愿迁坟的那家老人，手搭凉棚，瞭见爆破孔就在祖坟的位置，他嘴里嘟囔着，跺着脚，瞥着身后的几个儿子，满心不服。权叔攥着水烟筒，耷拉着眼睛，抖着肩上衣衫，咳嗽着从社员们循声让出的道中走来。那家老人站在前面，指着山坡，絮叨着自家的不服气。权叔抬眼，同情地瞥了他眼，抖着水烟筒，轻轻摇着头，讪笑着说：这么好的水田，那是咱农民的命，正在抽穗的稻子，被糟蹋了，我心里也难受。人啊，说不清，吃饱了，盼着有钱；蹲在屋檐下，饿着肚子数钱，能行吗？

一群人围过来，听着权叔的感慨，点头附和着。

瞭见权叔，锦康推着人群，趔着身子，招呼着过来。权叔偏过头来，对着那位老人，说着锦康说过的话。挤到身后，听见权叔还在劝慰着那位老人，锦康有些茫然。权叔正过头来，见锦康站在身后，他笑着说：主任，前天你走了，我缠着大佬，做了一天的工作，他总算想通了，没给公社添乱。锦康递上根烟，拍着他的肩，爽朗地笑着说：权叔，我心急。工作方式上简单粗暴了些，我也向你做个检讨。权叔吸了口烟，摆着手应道：情绪是有些，但我分得清轻重缓急。锦康摆着手：你毕竟是解放初期的老党员嘛！等到工业区竣工，公社要进行表彰，肯定少不了你。

山脊下的人，嘴上叼着哨子，举起红旗，随着哨子声，摆动了几下。山腰的几个人，手夹着香烟，咬着烟根，猛吸一口，眯着眼，将泛着红焰的烟蒂，摁在导火索上。导火索就像蛇，嗞嗞喷着飞溅的火星，疯狂地蹦跶着身子，向炮眼窜去。爆破师傅，拽着颈下帽子的松紧带，猫着腰，向掩体跑去，趴在石头后面，他们喘着气，瞄着刺啦的火蛇。黑麻麻的群众，弯着腰，趔着的身子向后缩着，眼睛眯成一条缝，惊惧地瞄着跃动的火焰。抱婴孩的妇女，赶紧揽着孩子的头，捂住他的耳朵，将他的头贴在胸前，转过身去。调皮的孩子，蹲在大人胯下，从腿的间隙，瞪眼捂耳，盯着山坡。

随着一连串的闷响，大地抖了几下。天域就像青蓝的水底，泛着涟漪。地下沉睡的怪物，倏然从沙石间蹦起，裹着褐色的浓烟，露出青面獠牙地怒吼着，对着狮门宽阔的江面，顿足捶胸地哆嗦了几下，刺啦瘫在地上，成了堆疏松的沙土。群众缓过神来，嘈杂号闹着。锦康带着干部，掏出香烟，同爆破师傅握手致谢。他接过红旗，站在石块上，踮脚举起，晃了几下。几位推土机手，蹲在履带上，将绳子缠在转轮上，双手抓着绳头，趔着身子，憋着气，向外猛地一扯。推土机突突着，筛糠般吐着黑烟，醒了过来，像红色的屎壳郎，向坡面爬去。

24. 迁坟

  回到狮门,看到推土机和一群社员,干得热火朝天,锦堂有点不敢相信自己的眼睛。锦康戴着草帽,拎着铁锹,指挥着推土机。见锦堂来了,他放下铁锹,摘掉手套,踩着石块,趔着身子,走到路边。锦堂快步走上前,瞥着成片规整的土地,握着锦康的手,将香港那边的情况说了。阿财递上香烟,笑着说:我老细正在报关,准备进口两台面包车,送给公社一辆。锦康喷着烟,迟疑地踱了几步,笑着说:锦堂,你现在正要用钱,钱得用在刀刃上。你的心意,公社领了,车就算了!县上领导坐的是北京吉普,公社弄台进口车,不合适。再说了,公社有了车,就得烧油,开支就大了。

  请来县上建筑公司的工程师,锦康将狮门建筑行业的能工巧匠,集中在公社,让工程师讲解图纸,指点施工要注意的问题,把任务分派到各个小组。开工的那一天,公署的专员,在县领导陪同下,剪彩时勉励了一番。阿财带着人,摆上祭品,在舞狮的锣鼓和炮声中,祭拜一番。公社食品站,杀了头猪。阿堂在镇上摆酒,交代阿财,将安义叔请回来。阿财开着白色的面包车,将安义接下来,交给映芬。人们没见过面包车,一伙人纷纷离席,围上来,摸着车窗,轮番坐上去,屁股颠几下,满足而又不舍地下来。

  揭开车子的后门,拎出袋子,锦堂给主围的人派电子表。席面一下子热闹了,客人们围过来,接过塑胶电子表,摁着边上的键,盯着表面闪烁的数字,好奇地笑着。阿财叼着烟,踱过来,抽出一根牙签,接过电子表,抖着腕上的金表,瞄了下,插进侧面的孔,摁着银色的键,对好时间,递给大家。到了晚上,狮门的人知道了,香港有种表,叫电子表,没有指针,上面扑闪着数字,显示着时间,设定了闹钟,那表就会抖动着,像蟋蟀啾啾叫。

  大队的事,锦康跟立勤商量,就定了下来,权叔埋怨也不跟他招呼一声,感到自己正在被边缘化。锦堂的工地开工了,那一串请托想进厂的人,都安排上了工地,他的心稍稍宽慰。从镇里回家的路上,权叔晕乎乎的,看着手腕上的表,他将衣袖挽得高高的,不时晃着手腕,举起来,放在耳边听听。进了家门,他蹲在老婆身边,晃着腕子,伸出两根手指,眼睛愣愣地说:阿堂做人还行,心里有我。大队送了两个,就我和立勤。得天跑回家,权叔晃着手腕,他好奇地盯着,小手一下子长大了,抠着要解表。权叔摸着他的头,笑着递给他。

  接过表,得天好奇地瞪着,抡起胳膊,晃了几下,摁着边上的键。权叔呼地站起来,一把抓过表,上面的数字就像孙子眨巴的眼睛一样闪着。摸着得天的头，见时间乱了，他顺手扯着他的耳朵，呵斥了几句。老婆放下笼，闻声过来，揽过孙子，瞪着权叔。权叔拿着表，背着手，踱到祠堂门前。阿财拉开车门，刚要上车。他走上前，嘿嘿着递上表。阿财从扫把上扯下根细枝，对好时间，将表还给他，他拉着车门的把手，坐上车，笑着说：权叔，再过几个星期，阿堂带两台彩电过来，送给公社一台，厂子留一台，架上天线，就可以看香港电视了。权叔嘘了口气，愣了瞬间，想到一个方框中，能闪出人来，他挠着头，咧嘴笑了。

映芬下班回来，得天嘟着脸，委屈地扑过去，盯着她腕上红色的电子表，嘻嘻着笑了。映芬摘下来，递给儿子。权叔抽着水烟，用袖子遮住了表。夜半时分，皓月当空，透着屋外的竹林，映在窗户上。静伏在枕头边的电子表，像只黑色的甲壳虫，抖着身子，发出簌簌声。权叔睁开眼，盯着看了瞬间。老婆趔着身子，翻了个身，嘴巴嘟囔着，踹了他一脚。权叔拿起表，摸了几下，压在枕头下，隔了一会儿，枕头下又传来簌簌声，他撩起被子，蒙起头，和间或传来的簌簌声，对峙了好长时间。

指挥着电工，搬来梯子，阿财爬上祠堂前的榕树，将香港带来的鱼骨天线，捆扎在竹竿上，将竹竿束在树枝。孩子们沸腾了，结伙沿着街巷和田埂，传递着消息。天色暗了下来，社员们下地归来，聚在祠堂前，人缝中加塞着孩子们不断晃悠着的脑袋。阿财将彩电放在桌上，插上天线，接通电源，咔嚓摁了开关。屏幕扑哧闪了下，吱啦飘动着艳丽的彩带。他扳开前面的卡盖，手在一排按钮间倒腾着，挥手指挥着树上的电工，调整着天线的方位。随着嘀嗒的声音，本港台的徽标，带着毛边，闪了出来。荧光映着黑压压的人头，吵嚷声瞬间静息，一双双贴在眼白上的黑眼珠，愕然盯着屏幕，好像看到另个世界。

看了下表，阿财关掉电视，扬起手说：回家吃饭吧！七点半开机。人群散开，社员们回到家，草草刨上几口饭，拎着竹凳，在孩子的嬉闹声中，结伙来到祠堂前，坐在大榕树下，絮叨着等待开机。阿财叼着烟，走出来，站在电视机前，挥着手说：今天晚上，香港翡翠台播放汪明荃的红磡演唱会，两个多小时。他看了眼时间，按开电视，调到了翡翠台。霓虹闪闪的舞台上，随着音乐的节奏，俊男美女的伴舞中，汪明荃变换着装扮，走上舞台。大家沉醉了，就像坐在舞台下，忽然舞台消失，闪出一瓶洗发水，大家不知道怎么回事，以为舞台变成了瓶子，渴望演员就像孙悟空，从瓶子里泼出来。阿财站起来，笑着说：这是广告，那个女仔，常和我一起饮茶。权叔喷着水烟，皱着眉问：啥是广告？阿财挠着脖子，笑着说：就是叫喊着卖东西！

公社的鱼骨天线，捆扎在院子的旗杆上，干部们端着饭盘，坐在电视下，知道了香港的事，通过香港，也了解到未来国内的动向。狮门在广西边防的军属们，每天坐在电视下，交流着消息。权叔板着脸，噗噗抽着闷烟。老婆在家摆上香案，对着菩萨叩头，祈祷儿子平安。权叔默然坐在檐下，抽着水烟，唉声叹气，没了与孙子嬉闹的兴致。心里担忧，映芬依旧传递着宽慰的消息。

看到解放军凯旋的画面，权叔咧着嘴，嘿嘿笑了，他抹着湿润的眼眶，长长松了口气。回到家，和家人说了电视里的信息，映芬召来儿子，亲了几口。家婆从厨房出来，将酒瓶放在桌上，撩起围裙，擦着手说：菩萨慈悲，国柱砸了她的像，她也不计较。她显灵了，我和村里一帮妇女，商量要到庙里给菩萨还个愿。权叔笑着，拿起酒瓶，倒上一杯，抿了口酒，眨巴着眼睛，操起筷子说：阿芬，我看香港的电视，这场战争还没有完，我思前想后，你给国柱写封信，让他找找关系，尽快转业。

香港的电视节目，像个橱窗，时尚的发型和服饰、新潮的生活方式，令狮门年轻人趋之若鹜。在锦堂工厂上班的人，经不住子女的软磨硬泡，尝试着按照工厂的板式，在家试着裁剪和缝制喇叭裤、夹克衫。子女成了模特，穿着港式的服饰，引来了羡慕和渴望，在别家家长的央求下，这些上班的人，下班后在家，加班加点做衣服，慢慢找到了感觉。有的人窥探到商机，干脆辞掉工作，买来布匹，开个小店，帮着大家定做服装。看到做不完的订单，他们开始雇请帮工，扩大店面。

儿子回信了，权叔坐在堂屋的檐下，让映芬读信。得天拿着信封，盯着部队的标志，在院子窜来跑去。映芬接过信，家婆将得天揽在怀里，权叔噗噗抽着水烟，耷拉着眼睛。国柱说了部队的情况，让映芬放心，照顾好老人和孩子。又说军人的天职就是保家卫国，不然就愧对了自己的名字。搓着眼睛，权叔叹着气说：哎——国柱倔强的秉性，就像我年轻的时候，没办法！他摇头起身，手背在身后，弯着腰，默然出了门。

25. 港潮

　　公社开会，传达全县引进外资会议精神。会议结束，一群大队干部熙攘着，在街上填饱肚子，回到公社看电视。权叔站起，正要出会议室。文书将他叫住，说锦康主任找他。见权叔进来，锦康让他等下。和几个人絮叨了一会儿，送走他们，带上门，他坐在权叔边上，挠着脖子，嘿嘿着让他喝茶。见他带门，权叔的面颊抽了下，盯着锦康，直起身子。锦康指着水杯，还是让他喝茶。权叔有点不自在，笑着问：主任，啥事？锦康瞥了眼窗外，搓着手，伸长脖子说：权叔，上面有精神，要求大胆提拔和使用年轻干部。成立狮门公社后，你一直担任大队的书记，也是全县的一面旗帜。公社统筹考虑，打算让立勤接任大队的书记，我想听听你的意见。

　　权叔的表情僵住了，近三十年的风风雨雨，像挂历一样，直在眼前晃着。锦康站起来，给他加了些水。权叔眨巴着眼睛，他抓来锦康的烟盒，捻出一根烟，抿在嘴上。锦康给他点上。他深深吸了几口，咳嗽着弯腰低头，看着地面。半年来，他心里一直不得劲，预感到书记这个位，得让出来，他没有想到这么突然。知道立勤接班，他心里舒坦些，毕竟立勤是自己一手提携上来的。他深深叹了口气，抬头瞅着锦康，一猛一缓地喷着烟，转头笑着说：我是名老党员，解放后跟着党走，没有什么愧疚的事。现在开放了，说实在话，自己的脑袋跟不上形势，也该让出位置来。

　　锦康站起来，握着权叔的手，笑着说：权叔，你不愧是老支书，心里有大局。晚上，公社请你吃餐饭，我叫了几个干部，算是给你送个行，感谢你这么多年，对狮门的贡献。权叔出了门。立勤站在旗杆下，笑嘻嘻地瞥着他。权叔跺了下脚，低头哎哎了两声，扭头转身，没有搭理他。快出公社大门的时候，他转身瞄见立勤进了锦康的办公室。回到家里，他摘掉手腕上的电子表，放在窗台上，拎起墙角的水烟筒，靠在竹椅上，噗噗抽着水烟。老婆提着竹篮，牵着得天进门，说着祭拜菩萨的事。权叔像雕塑一般，嘴里冒着烟，没有吱声。

　　天色暗了下来，门外响起自行车的丁零声。立勤推车进来，叫权叔吃饭。权叔抬头翻眼，瞥了他一眼，鼻子哼哧着，在立勤的扯曳下，站起身，对着厨房，让老婆不要留饭。他随着立勤，出了院门。权叔不愿坐车。立勤瞄了眼表，只好推着自行车，并排走着。走进公社的饭堂，另一位和自己情况差不多的支书，也坐在桌旁，权叔的心就像黏稠的浆汁，瞬间扑哧着冒了几个泡，嘟着的面颊有了表情。

　　文书将纸皮箱放在桌上，拿出一排"双蒸"酒，摆在桌上。锦康带着几位干部，笑着进来，转头扬手，让厨房上菜。权叔坐上桌。锦康和几位干部，轮番给他敬酒。权叔颜色上来了，虽然言语不利索，憋着的情绪开解了。他借着酒劲，说着自己的辉煌。立勤站起来，端起酒杯，站在他边上，在他语噎神滞的间隙，恭维着他的权威，感谢他的提携。权叔晃着身子，站起来，仰头喝干酒，抖着酒杯，支吾着说：锦康，我不叫你主任，那样就见外了。我家国柱批斗过你，你可别记在心上。锦康笑着说：权叔，领导干部就要襟怀坦白，你放心吧！国柱保家卫国，是国家的栋梁，有什么事需要公社解决的，你只管吱声。权叔坐下来，扯着锦康的手说：国柱把菩萨的像砸了，战场上，菩萨还保佑着他，毫发未损。难怪世间的人都拜菩萨，菩萨肚量大，不计较。锦康你面善，也是菩萨心肠。

　　联产承包责任制下来了，大队将土地分给社员，以工分为基础的核算体系终结了。没了生产队的基础，大队也成了摆设。权叔感到，自己退得正当其时，大队成了摆设，大队书记也就成了摆设。农民忙着自家的活，交了公粮，剩下的就是自家的收入，他们的生活简单了。家里闷了两个月，权叔披着衣衫，拎着水烟筒，咳嗽着游荡在田间地头。村民见到他，不再像从前那样，点头哈腰，等他说道几句，点头应和着。村民们弯腰田间，听到水牛的哞哞声，还要站起来，瞄上几眼。他的咳嗽声，没了权威，大家听见了，就好像没有听见。

　　边境不消停，权叔担心儿子。一个多月没看电视，他拎着水烟筒，跋着凉鞋，弯腰哧嗒着，向祠堂走去。路边的村民，见他过来，白上一眼，转过身絮叨着。村里的孩子，原来听到他的咳嗽声，都会缩着脖子，恭敬地看着他，只要他嘟着脸，便会跑开。现在这些孩子瞄见他，瞩目盯着他，眼里飘着桀骜不驯。电视机前坐着一片人，权叔从人缝走到前面，挥着水烟筒，咳了几声，人群没有分开，更没有让出个空当，让他坐下去。他们盯着屏幕，嬉笑絮叨着。他垂下头，缩着身子，从人缝中出来，坐在大榕树的围栏上，打量着宽阔的江面，凄然之情，掠上心头。

锦堂的厂房，就要封顶了。映芬坐着面包车，和锦堂在县城和罗湖间穿行。莱莉雅的生意不错，锦堂回到香港，交代经理，按照映芬的体形，常带些新潮的衣服过来。映芬很少穿，看到城里人的装扮，为了办事时不被人轻视，经不住锦堂的恭维和蛊惑，她将那些衣服拿出来，出去的时候，穿在身上。去报关的时候，她和锦堂在路边店，吃了煲腊味饭，时间还早，刚好经过一间港式发屋。锦堂扯着她，走进去，站在她后面，对着镜子，和发型师叨咕了一阵子，帮着她定了发型。做完定型，映芬站起来，她瞪着眼睛，撩着头发，不敢相信自己也能像香港明星那样，光彩照人。付完钱，瞄着映芬，锦堂竖起拇指，嘿嘿笑着。海关上班了，映芬拿着报关的资料，递给关员。关员瞄了她一眼，微笑着接过资料，不一会儿便办好了，目送着她离开。

尝到装扮的甜头，映芬慢慢地放下顾忌，发型和着装变得新潮。做工的妇女，看不惯她的装扮，更看不惯她和锦堂坐着车，成双成对地进出，想到国柱在部队，奔着猜测和遐想，开始在背后嘀咕。嫉妒的嘀咕本没有内容，出了工厂，经过村子各色人物的想象和渲染，慢慢丰满起来，甚至有了翅膀。权叔的余威尚在，多事妇女的嘀咕，男人们也没有当回事，但她们不敢当着权叔两公婆的面嚼舌头，权叔不晓得这些说道。

看着儿媳妇装扮的变化，家里没人时，权叔老婆噘着嘴，不时絮叨着。权叔挥着水烟筒，摇头笑着说：锦堂就是做衣服的，映芬帮着做事，穿几件新潮衣服，没啥不合适的。老婆放下簸箕，手拍着头说：她那头，就像鸡窝。权叔喷着烟，脸嘟了起来。门前荡着一束白光，随着汽笛声，汽车停在门口。老婆端起簸箕，謷着说：回来了！随即闪进厨房。映芬下车进门，将一包烟丝递给权叔，说阿堂从香港带过来的。家婆从厨房探头，问：吃了吗？映芬撩起裙子，坐在屋檐下，从包里拿出老婆饼，让得天拿给爷爷。

打开烟丝包，搓了一撮，捻进燃起的烟锅中，权叔拇指按着，吸了几口说：旧社会大户人家的小姐，有时会穿裙子，她们不用干活。解放后，农村的妇女穿裤子，为啥？劳动人民，都是为了劳动方便。现在的狮门，好多女仔学着香港人，穿着裙子，就是不干活。你看那些小伙子，穿着喇叭裤，蓄着长头发，从后面看，分不出男女来！家婆靠在厨房门框上，偏着头，瞥着映芬，用眼神制止着权叔。权叔眘拉着眼睛，瞄着地上的影子，摇着头说：那喇叭裤，上面窄，下面宽，大腿勒得像萝卜，蹲下屁股都开了，唉——也不知道这些人是咋想的？知道家公话中有话，映芬恬然一笑，抬头看着家婆说：城里的人，都时兴这样的装扮，这就是潮流，像海水涨潮，没准儿说退也就退了。

国庆节前一天，一辆北京吉普驶入公社大院。榕树的喇叭，通知立勤回公社。正午时分，工人吃过午饭，聚在榕树下。村民们扛着农具，牵着水牛，从田埂归来。吉普车出了公社大院，跟了群敲锣打鼓的人。立勤带着大队会计，肩上搭着串鞭炮。车子停在榕树下，公社武装干事跃上榕树的围栏，举起双臂抖动着，激动地喊道：父老乡亲们，报告大家个好消息！部队发来的喜报，县上派人送了过来，国柱同志在对越自卫反击战中，荣立一等功，这是全县人民的骄傲，更是狮门人的自豪。

推开车门，锦康跳下车，挥了几下手。锣鼓手排好队，敲着锣鼓，向权叔家走去。权叔肚子不好，蹲在茅房吭哧着，听到喇叭，他一个趔趄，胯部收了收，赶紧站起来，边系裤带边喊老婆，让她准备茶水和香烟。得天跑回来，兴高采烈地比画着，扯着爷爷，就往外面跑。站在门外，看着一队人过来，权叔弯着腰，晃身迎了上去。立勤取下鞭炮，搭在门前的树枝上，绽开引子，晃着烟头。锦康大步过来，将系着红色绣球的缎带，搭在权叔肩上，递上喜报，握着他的手，瞥着武装部的领导说：权叔，您是老支书，培养了个好儿子。国柱立功，为狮门人长脸了，县上送来喜报祝贺。

猛吸口烟，立勤将烟蒂摁在引子头上，随着噼里啪啦的爆竹声，几位干部进了院子。锦康坐下来，喝了口水，转头问立勤：国柱的儿子呢？立勤弯腰，从院子跑到门前，得天撅着屁股，拉扯着一伙孩子，在冒着硝烟的炮屑堆中，抢着没有爆开的爆竹。他从后面一把揽住得天，抱起往里走。得天愣了下，推着他的胳膊，趔头看着炮堆，挣扎着要下来。立勤将他放在锦康面前。锦康伸出手，想拉着他的手，问几句话。得天抹着鼻涕，从人缝中跑了。大家笑了。权叔摆着手，眯眼笑着说：这小子随他爹，听见炮声，就像丢了魂，直往炮堆里钻。

工厂刚下夜班，要回家的妇女，围着刚从县城回来的映芬，比画着国柱立功送喜报的事。香港的款到了，县上银行好几天，都放不了款。映芬有些焦灼。听到国柱立功，她心里涌起一股暖流，露出羞怯和思恋的喜悦，想到工程款和大家的工资，激动的心情瞬间被闹心湮没了，任凭她们推揉戏逗，她淡然笑着，想着心事。出了厂门，妇女们交头接耳地叨咕着，如果自己的男人立功，她们该是何等的兴奋，她们不解她的冷漠，想到缥缈的绯闻，她们的不解，在猜测中似乎有了答案。

推开院门，公婆房间的灯亮着。听到开门声，家婆隔着窗户说：得天疯了一天，睡着了。映芬噢地应了声，给脸盆倒上水，撩着水洗脸。听不见她的探问，权叔翘了翘下巴。老婆肘撑着床，半直起身，偏头对着窗户说：阿芬，国柱立功了！县上送来了喜报，在我屋里哩。映芬噢了一声。权叔眨巴着眼睛，等着下面的话，隔了一会儿，映芬轻声说：厂子的人，给我说了，都夸养了个好儿子。听见映芬进屋，权叔拿起喜报，盯了一会儿，自言自语地摇着头说：世事变啦，在咱心中，喜报是儿子的自豪，在媳妇心中，那就是张纸。

新厂房落成，锦康陪着县上领导参观。狮门的人随着他们，想拥进去，保安不肯。锦堂摆了下手，保安放行了。仰望着屋顶上的线槽、管道和拉杆，瞧着宽阔的空间，锦康教过物理，他边走边问。人们正要爬楼梯。阿财跑过去，站在一扇绿色闭合的门前，手指点着键，门扇滑开，是个银色封闭的空间。立勤踩进去，又退出来，拦住了锦康。锦堂跨进去，手摁着内面的键，说是运货的电梯。一伙人进去，打量着四周，顿了几下，门开了，上到二楼。立勤挠着头，低头看着，不解地笑着。后面的群众，挤进电梯，上到二楼，跑下去，又上到三楼。

锦堂的新厂开工了。狮门来了几家香港上规模的服装公司，狮门的服装，慢慢成了气候。国内的大型商场，知道了狮门，派业务员过来，猫在小旅店，搜寻着他们的服装款式，没办法和外资厂订货，就给好些服装加工店下单，先付货款，再约定提货的日期。服装店有了资金，租借场地，搭成临时的厂房，想方设法弄几台针车，研制土法的熨烫设备，招收工人，夜以继日赶制订单。新潮的款式，商场上架后，倏然抢购，商场有了底气。更多的业务员蜂拥而至，狮门小型的服装厂，像雨后的蘑菇，在狮门翠绿的林间、偏僻的街巷、老旧的村屋和茂密的蕉林间，冒了出来。锦堂那帮逃港的工友，凑钱合伙成立公司，租用锦堂的厂房，开始营运。在锦堂工厂干了段时间的香港员工，摸准了市场，回到香港，筹措资金，又回到狮门，投资办厂。

　　车子进入罗湖关，锦堂提着包，拿着回乡证，排队过关，后面跟着阿财。几位海关关员站在通道边，盯着人流的行李，不时开包检查。阿财提着个花布包，穿着花布夹克，戴着墨镜，一只手插在牛仔裤兜，像个香港艺人，他抖着腿，龇牙对着一位女关员笑着。一位男关员盯着他，瞪眼走上前，指着他的包，让他靠边。阿财蹲下，刺啦扯开拉链，翻腾着物件，仰头笑着。几个关员的眼睛盯着，将几盒磁带、几条香烟拿出来，放在边上。阿财站起来，趄身摊开手，对着过关的人群，苦笑着摇头。跟着关员进了侧面屋子，那位女关员递上一张纸，让他签名。阿财摘下墨镜，在暂扣通知书上写下名，瞄着她哧哧笑了。推门进来两个人，一位中年关员，拿起磁带，搓着封面明星的脸蛋。翻起的眼碰到阿财，哎哎了两声。阿财瞄着女关员，循声一看，打量着他的制服，纳闷地笑着问：志军，你怎么在这儿？志军放下磁带，扬起手应道：转业到海关了。查包的关员过来，带着歉疚的表情，笑着说：他是我们站长，你们认识？阿财瞥了眼他，瞄着女关员，摆着手说：一个村子长大的。

　　站在车子边，锦堂叼着烟，望着出口，等着阿财。阿财眉飞色舞地出来，手指搓着响。锦堂不解，回身走了两步。阿财抓住他的手，揽着他的脖子说：那个志军转业了，在这个检查站当站长。报关的时候，锦堂约了志军，在福田的顺德蛇庄吃晚饭。阿财带着酒，从狮门过来。映芬跟着阿财，来到餐馆的后面，对着笼子中缠绕成堆、挺着头游着的蛇，点了几道菜。阿财踢着另一侧的笼子，要了几只山雀。走到楼梯间，他眨巴着眼，摇着头对映芬说：蛇是雀仔的天敌，山野中遇到了，那是蛇的美味。广东人会吃，将这些你死我活的野味，放在一个锅里，焖成美味，恣情享受。

　　煲好的锅放在炉头上，咕嘟冒着香味。锦堂给志军的碗里夹了块蛇，志军龇牙啃着，见锦堂端起酒杯，他赶紧站起来说：按说咱们也算有缘分，人生几个节点，冥冥中将咱们粘在一起，跟你们在一起，真是高兴。阿财倒了个满杯，拉着锦堂，为那年冒充他的细佬，给他赔罪。志军摆着手，端起酒杯说：当初没错，今儿个坐在一起，不就是兄弟了吗？几个人仰头喝完，抹着酒淋淋的下巴，垂着空杯碰了下，算是找到了做兄弟的感觉。炒蛇皮端上了桌，志军夹了几片，吞在嘴里，嘴角泛着油汁，筷子敲着碟子说：我最喜欢西芹炒蛇皮，脆香筋道，咬起来就是个香。瞥了眼映芬,志军有些不好意思,他扑啦咀嚼的嘴巴慢了,用纸巾擦着手,端起酒杯,给她敬酒。阿财过来,红着脸,站在他们中间,眯瞪着眼睛,咪咪笑着,一把揽住志军的肩,附耳说:大佬,我老细到了香港,晚上躺在床上,举着她的照片,长吁短叹,日子过得不舒心。映芬白着锦堂,拍着阿财的肩,笑着说:别胡说,快喝酒。阿财垂着空杯,坐在椅子上,晃着头,指着志军说:大佬,你得敬她的酒,当初没你的幌子,我们也去不了香港,锦堂也就不会与阿芬分开。志军打了几下嗝,憋着气,定了下神,走到锦堂边,举着酒杯晃了几下。锦堂站起来,随着映芬,给志军敬酒。志军的舌头硬了,呜啦着问:一家子?锦堂嘘了声,应道:人家那口子,是一等功臣,我是个就会赚钱的生意人,比不得!映芬掩嘴,咪咪笑了。志军一个立正的姿势,给了阿芬一个军礼,加了大半杯酒,举起来说:伟大的军嫂,这是我们军人的骄傲,我必须敬你杯酒。

借着酒劲,一涨一落的絮叨中,映芬知道了锦堂逃港的经过和在香港对于自己的痴情,盘结在心里间或发酵的被现实遮盖的埋怨,在晃动的酒液和知性眼神中,倏然解开了。映芬有点晕,通体舒畅,好像轻了好多。到了酒楼门口,志军将锦堂叫到边上,揽着他的肩,低头说:你们的工厂,可以提出内外销的比例,国家允许你们的产品按照核定的比例内销。锦堂的眉毛,挑了几下,握着他的手,询问办理的程序和要求。志军摆着手,说他将有关政策和要求,寄给锦堂。

回到公司,锦堂叫来阿财,说了情况。阿财手撑着台面,坐在桌上,擂着台面,兴奋地说:老细,据我了解,一些外资企业,尽量多进设备和布料,将多余的设备租给当地的老板,收取租金。他们尽可能做大原材料,部分辅料,用内地的布料代替,将多余的布料卖给内地的老细。锦堂挠着头,他知道内销火爆,听了其中的猫腻,他抽出烟,叼在嘴上。阿财递上火,附在他耳边说:那些内地小厂,款式和工艺慢慢上来了,就缺我们的料子。有些款式,用棉布和的确良做出来,就不是那个味了。

靠在椅背上,锦堂盯着天花板,喷着烟,倏然直起身说:阿财,从政策上讲,我们的设备、布料和辅料,都是海关监管的,这样做万一有个闪失,就得不偿失了,也会留下污点。现在国家有了内销的政策,咱们跟海关好好沟通,提高内销比例,合法合规地经营。锦堂将阿财拉下桌,伸长脖子说:阿财,志军是咱们的兄弟,这事也是他提的醒,你得费心,让他帮咱们协调跟进。阿财晃着腕上的金表说:老细,政策允许的事,咱们不需要找人。要做,咱们就打打擦边球。

你没听狮门干部整天说打擦边球,人家能打,咱们也跟着试试。锦堂抱肘胸前,屁股搭在桌面上,瞥着映芬,眯眼歪着脖子,抖了几下,轻轻点着头。

祠堂恢复了平静,榕树梢的电视天线,和祠堂前的电视机,都进了厂区。厂区有保安,狮门的人进不去。香港的磁带厂来了,后面跟着包装厂和印刷厂。锦堂的工业区,兴腾了起来。附近公社的年轻人,成群结伙地在厂区门口转悠,看到招工广告,他们拿着填好的表,在保安的申斥声中,推搡着排好队,趔着身子,偏头羡慕地打量着工厂进出的人,吞咽着唾沫,憋着气,期望早日进厂。没有进厂的人,垂头丧气地来到本地的小厂,钻进简陋的作坊。天黑了,厂区一片灯火。马路对面旧屋的主人,在门前搭间小屋,卖着夜宵和饮料。下了夜班的工人,稀落着亮出厂证,结伙出来,和外面等着进厂的同学朋友见面,坐在小吃铺的矮桌边,筹划着让他们进厂。

小吃店变换着门面,从零落的几间,成了拥挤的一排。一些店主让香港人,帮着带回收录机,放在收银桌上,插进香港带回的磁带。坑坑洼洼的路径上,叠合着邓丽君的国语歌、汪明荃的粤语歌和许冠杰的呐喊声。找到工作的人,咬开瓶盖,磕碰一下,仰头咕咚着冒着泡泡的冷饮,抿掉嘴角的泡沫,击掌庆贺,一条迷离而又令人向往的路,在他们眼前延伸。工作没有着落的人,困倦地坐在树沟的坎上,眨巴着猩红的眼睛,喉结蠕动着,舔着干裂的嘴唇,呆愣地瞥着四周,抱着怀中行囊,趴在上面,在对睡眠的抗拒中,还是皈依于睡眠了。

开着面包车,阿财带着映芬,跑了一个多月,终于拿到海关核定的百分之三十内销比例的批文。回到工厂,他操起电话,接通香港公司的电话,给锦堂报了下。锦堂让他按照海关的监管要求,做好台账,向税务机关备案,叮嘱他不要张扬。回到狮门,看着海关的批文,锦堂琢磨了半天,抬头问阿财:这个比例的基数就是承接外单的数量,基数大了,内销的数量就跟着增加了。映芬斟上茶,放在台面。阿堂直起身子,对她说:阿芬,告诉香港的接单公司,价格可以适度下调,争取将量往上冲冲。他转过头:阿财,这么好的条件,能不能将莱莉雅的品牌,推向内地?

低头踱着步,阿财走到窗户前,瞄着闪着粼光的河面,回过身,手撑着桌面,弓着身子,笑着说:老细,知道有内销的通道,我的第一反应就是莱莉雅。这段时间,我和内地商场的业务员接触了,内地的消费处在传统消费转型的初期,他们没有品牌意识,追求的就是款式和潮流。莱莉雅的定位是高端女性消费者，香港的价格，内地根本接受不了。锦堂拿起笔，手指尖拨动着，比嘴点头。阿财撩着披肩发，拿起桌上阿敏做封面的服装杂志，噘着嘴，噗噗吹了几下，晃着手说：老细，你就放心吧！莱莉雅是公司的核心，就像演唱会的主角，先让那些配角出来，搞搞气氛。莱莉雅小姐什么时候出场，你得相信我的眼力和判断。

26. 商铺

得天上学了，家里清寂了许多。

当了几十年支书的权叔，对于农活是个外行。看着人家责任田里油汪汪的水稻，再看看自家田里黄茸茸的稻秧，他的脸上有些挂不住。从支书位置上退下来，田间地头碰到大佬，大佬都会驻步，对他说几句宽慰的话。望着大佬蹒跚离去的背影，他感叹兄弟间血浓于水的情分。大佬蹲在渠边，盯着夕阳下的稻田，见权叔过来，他招手让他蹲在边上，指着稻田说：你就会当干部，看看你的秧苗，再看看邻家的稻穗，丢人不丢人。权叔挠着头，不好意思地讪笑着。大佬叹着气说：我抽空帮你拔拔草，你买袋尿素回来，得追追肥。

插秧的时候，散落在田畴间黑点般蠕动的身影中，还有年轻人的影子。收获的季节，泛着黄色的田野中，剩下的都是穿着黑衣、戴着草帽的老人了。当人们的注意力，从田野转向工厂、从蕉林转到小吃店的时候，权叔的压力舒缓了许多。绿油油的水稻，顺着主人家懒惰的惯性，以病殃殃的绒黄和稀拉蔫瘪的稻穗为榜样，没了农人的鼓励和催促，退到了蔓生的状态。

权叔家分到的蕉林，就在锦堂工业区左边侧路的对面。靠近工厂正门的路边，挤满商店和小吃铺。大队会计头脑灵活，看到商机。找到权叔，说他想租借那片蕉林，搭建几间铺位。权叔思前想后，觉得租给别人，还不如自己搭建。细想自己搭建，租给商户，收点铺租，又怕村里人说他图了锦堂的方便。吃完晚饭，靠在屋檐下，权叔抽着水烟。立仁闪进来，蹲在他对面，燃起香烟，对着抽了一会儿，笑着说：权叔，蕉林也没啥效益，你租给我，我付您两倍的香蕉收益。权叔瞥了他一眼，咳嗽着，就是不应声。

挪着屁股，立仁伸长脖子，掰着指头，依旧笑着说：权叔，这事您不吃亏，村上人也不会说道啥。权叔瞪着他，随即垂下目光，盯着一明一暗的灰烬。立仁还不死心，他瞄着权叔，挪着屁股，低声说：权叔，地是你的，租给我，您就是地主，我就是佃户。权叔趔着身子，挥着插在烟锅中的细枝，厉声说：地是国家的，谁说是我的！我斗了半辈子地主，你却将我放在地主的位置上，这不是成心作践我哩！你走吧，这事就到此为止了！立仁站起来，瞥了他一眼，嘟囔着，垂头丧气地走了。

弯着腰，拎着水烟筒，权叔围着锦堂工业区的路，溜达了一圈。马路边搭建的铺位，就像蜘蛛网，包裹着工厂进出的人群。坐在蕉林地头歪斜的矮房前的砖头上，他捻上烟丝，抽着水烟。蕉叶缝隙间，两只指甲盖大小的蜘蛛，扯着亮晶晶的银丝，像高空的架线工人，它们顺着绷起的丝线，一顿一停地探头对视着，商量着织网。喷了口烟，他知道蜘蛛家族，静夜时分，可以蹲在网中，守候美食了。几只蚂蚁爬上权叔的腿肚子上，趔趄着越过浓密的腿毛，艰难地攀爬着。他不解地盯着，往上一摸，膝盖的弯腋黏糊糊的，撩起一看，是斑浆液。地上一溜蚂蚁，推着剪下的绿叶，正在往穴中搬运，他瞬间明白了，看似冠冕堂皇的人，明争暗斗，亦虚亦实，假借着语言和所谓的智慧，看似繁杂蔓芜中，也在沿着蚁虫简单的路径，彰显着人类寻食的本能。

回家的路上，瞥着从工厂涌出的人流，看着工厂进出的汽车，和靡靡之音中叫卖的店主，权叔豁然明白，这是股激流，将会泯灭河床上傲然翘立的礁石。吃饭的时候，他和老婆絮叨着，想在蕉林边搭建几间商铺。他不愿告诉映芬，怕她窃笑他对金钱的让步。权叔沿着田埂溜达。大佬蹲在渠坎上，看着水牛吃草。权叔走过去，说了自己的盘算。大佬笑着说：这是好事，我跟国盛说下，让他过去找你。你抹不下脸，不愿出头，就让他在前面张罗吧！

这么多年，国盛一直埋怨，权叔是大队支书，没有关照过自己。平时见面，他都是不冷不热地点个头。叔父委托他，在路边蕉林搭建商铺，他来了精神。他带着几个兄弟，脱掉上衣，挽起裤腿，将靠近马路的蕉林，往里砍了十几米。他们买来砂石水泥，间隔着立起粗壮的木柱，砂浆固化地基，用竹子搭成人字形屋顶，架上石棉瓦，四周用木板钉起来。国盛留了间靠近工厂侧门的铺面，既是糖水店,也是小卖部。其他的铺面,他租给了别人。狮门有了年味,国盛提着烟酒,来到权叔家,账目盘点后,塞给他一沓钞票。

揣着钞票,嘆嘆抽着水烟,权叔坐在堂屋的檐下,心里舒坦得就想笑。瞄着树冠透过的月光和青白色夜色中屋脊上晃动的衰草,他眨巴着眼睛,扯了几下有点松弛的腿肚子上的皱皮,他想到幼年时家贫,他十五六就跟着佘家的船队打下手,那时他一心想着挣钱成亲,养家糊口。每次货船归来,看到佘家的账房先生点钱,他眼里浸泛着羡慕,间或涌动着占有的欲望。自从做了大队干部,他从小浇灌的财富之欲,就像淋水的火苗,扑啦着熄灭了。那时看到了钱,他就条件反射地想到了集体。这些年,他享受着狮门人的尊敬,间或也有些吃喝,他却从来没有从集体的荷包中多拿过一分钱。走在狮门的街巷中,他的脊梁挺得笔直,他有训斥别人的底气。国家政策变了,人们对于财富的欲望回归到正常的轨道。如果说两年前在政策的吹拂下,大家对于发家致富,还停在心里痒痒的层面,阿堂回来办厂,却真切地打开了狮门人发财致富的眼界,也给了大家洗脚上田从事工商业的机会。磕着烟锅里的烟渣,权叔手伸进裤兜,手指搓着纸面起皱的钞票,他真不知道自己一个经过若干政治风浪锤炼的基层党员干部,什么时候开启了对金钱的欲望,他怎么也想不到曾经的他如今搓着裤兜的钞票,竟是如此地兴奋难耐。抓着窗台,权叔站了起来,他一直坚守着做人底线,自信任凭世事激荡,他都不会变;现在看来他真的变了,悄悄地没有征兆地变了,在他自信自己没有变的情况下,从心上变了。他感到如今自己就是个矛盾体,他在用历史雕琢的标签,维持长久的权威的惯性,内在的他已经不是原来的自己了。他抓起窗台的香烟,抖出一根,点着后猛吸了一口,觉得有些胸闷,他仰起头,对着夜空喷了股青烟,心里有些发堵,内心反复在追问,难道自己大半辈子错了?瞄着曾经是佘家祖屋高翘的屋脊,他曾经认为自己住在这里理所当然,他突然间有了疑问,他不敢往下想。摸着堂屋的柱子,权叔手有些哆嗦,他的手不听使唤地揣在裤兜,搓到钞票的瞬间,颤抖没有了,他憋在胸口的气,随着一声叹息,舒缓了好多。老婆正在后院晾晒柴火。他推门来到后院,晃着身子,将背在身后的手,伸到前面,展开那沓钱,乐呵呵地递给老婆。国柱妈愕然盯着,呆然接过钞票。权叔搓着脸颊,满足地说:以后地里的粮食,咱够吃就行了,多余的粮食也卖不了几个钱。咱们种地随着心情,再也不用拼着力气,就想着种田过日子了。国柱妈笑了,对着月光,举在头顶,搓着钞票。权叔扳下她的手,顺手捏了几下她的手背，笑着续道：有了铺面的租金，咱以后的生活就不愁了。老婆婆娑着眼睛，喜滋滋地搓着钞票，她不敢相信自己的眼睛，想起成年累月在田间劳作的情景，她没想到，原来做生意，钱来得这么容易。

做完一年的订单，工人们三五成群，聚在路边小吃店里，感受着狮门的年味。服装厂将残次的衣服，拿出来，贱卖给员工。磁带厂将有瑕疵的磁带，堆在帆布上，半送给工人。每个工厂就像个蜂箱，人们在厂门口溜达，让同学和朋友帮着选购货品。找来香港带来的歌星磁带，桌上放着台双卡收录机，国盛接过工人递上的空白磁带，将他选定的歌星卡带和空白磁带，插进两边的卡槽，咔嚓按下键，随着吱吱的转动声，空白磁带上有了内容。工人们围过来，伸长脖子，试听一段，递上三角钱，哼着歌曲，笑嘻嘻地走了。

回香港过年的时候，听说锦堂成功了，香港的朋友纷纷约他吃饭。有了成片的工业区，锦堂的底气足了，他感到：仅靠自己的单兵突进，很难形成气候，一个地方兴腾了，就会有更多机会，自己才可能成就更大的事业。他改变了原来的策略，带着阿财，穿行在商会和行业工会间，推介着狮门的投资机会。他将得到的投资意向，按照时间排序，粗略计算，工业区瞬间填满了，想到续接的项目，回想锦康当初的建议，他感到自己保守了。阿财站在边上，神气十足地说：老细，听静怡说，银行对咱们的项目重新评估，调高了公司的信用评级，给了更有弹性的信贷额度，我们享受的是白金客户的利率。这些都是底气，咱们得调整思路，步子可以迈得大些。

回到狮门，锦堂约锦康，知道他到县上开"三级干部"会议了，他找到立勤，将自己的想法说了。立勤抽着烟，拍着他的肩，笑着说：锦堂，年前公社开会，传达县上文件，县上对你们的做法，评价很高。锦康书记总结时说，公社和大队持有股份的分成，一分钱都不能拿出来，要投资到新的项目中去。应该说，公社尝到了甜头，你有什么想法，尽管给锦康书记说，他的格局比咱们大。

县上的会就要结束了，锦堂让阿财开着车，停在政府对面的马路边，要了碗馄饨面，他坐在餐馆里，隔窗瞄着政府的门口。到了下午四点钟，开会的人出来。锦堂赶紧站起来，闪到政府门口，在两排棕榈树间晃动的人头中，寻着锦康。瞄见锦康，他从人缝中逆行迎上，抓住他的手，将他拖到外面，要在华侨大厦请他吃饭。锦康挥着包，摆着手说：算了吧！一大堆事，等着我哩。坐上车，锦堂报告着公司的打算，阿财戴着墨镜，核心的节点上，回头补上几句。锦康哈哈着，拍着锦堂的胳膊，摇着头说：锦堂，说实话，我过年都在想这些事，看来我们想到一起了。

地块划定了，锦康将立勤叫到公社，摊开图纸，指着上面的标线说：立勤，锦堂建设的工业区，效益不错。给村民们说声，分红将投到下个项目。现在红线出来了，还是你们大队的地，你开个会，分头给承包地的村民，做做工作，少了的土地，调剂到其他地方。立勤偏着头，伸出手指，点着看了一会儿，笑着说：书记，最前面的那片蕉林，就是权叔家的承包地。他侄子国盛年前在路边，搭了排商铺，听说生意不错。我怕老支书不同意，到时就被动了。锦康挠着头，想了瞬间，摆着手说：这样吧，我和权叔谈谈。他是老支书，觉悟和大局意识，应该不成问题。

知道锦康找他，权叔一愣。退下以后，他很少进公社的门，也没和锦康单独絮叨过。他拎着他的水烟筒，背手弯腰，晃着身子，朝公社走去。有了铺租的贴补，他一下子轻松了，好多事情也想开了，他不再像以前那样，板着脸等碰面的人，点头哈腰。见到熟人，他驻足说道几句，成了村上一位普通的老人。他琢磨着，公社的摊子大了，书记顾不过来，会不会想到自己，给他一份差事？想着想着，他脸上泛起笑容，脚步也轻快了好多。

敲了下门，随着锦康的答应，权叔推开门。锦康瞥了一眼，摘下眼镜，站起快步过来，拉着他的胳膊，笑着将他让到椅子上，斟上茶，放在他面前。确信了自己的判断，权叔咧着嘴，嘿嘿笑着。锦康侧过身问：老支书，怎么样？都好吧！权叔一下子兴奋了，挺直腰身，点头等着下面的话。锦康站起来，拿来一张纸，抖着说：权叔，公社准备拓展地方，建设厂房。权叔伸长脖子，凑上去，盯着锦康的嘴唇。锦康倏然转头，盯着他。权叔脊梁透凉，缩回脖子，心里一战，偏头垂下目光。锦康搓着手，犹豫着说：你家的蕉林，就在这块地里，你得把这块地让出来，大队给你家调剂一块地，会补偿你的青苗损失。

权叔身子瘫了，脑子一片空白，锦康的神情变得狰狞，他的说道成了没有内容的嗡嗡声。愣愣地看着屋顶，摸着裤兜的钱，他的心里哇凉哇凉的。瞥了眼权叔，从桌上拿起文件，锦康动情地比画着。眼睛的余光，瞄着锦康动画般的神态，一股凄然涌上权叔的心头。他缓过神来，搓着面颊，轻声问：大队知道吗？锦康点头应道：大家研究定下的。权叔叹着气，觉得这件事上，立勤得知会一声。摸出一根烟，锦康转身递上。权叔摆着手，拎起水烟筒，跺脚颠了几下。锦康燃起烟：权叔，这次征地，涉及好几家农户，公社干部拿不准，我说权叔是老党员，该有这个觉悟，我是给人家拍着胸脯保证的。你是老支书，带个头吧，也算是对我工作的支持。

　　一肚子憋屈的话，权叔掂量着该怎么讲，没想到锦康将他束在高台，用话中刺挡住他回旋的路。他吭哧了几下，话到嘴边，又咽下去。门外有几个人，伸头张望着。锦康呼地起来，握着他的手，笑着说：老支书，您虽然退下来，还得关心公社的工作，更得支持立勤。他扯着权叔的手，走到门口，对文书说：我有事要处理，帮我送送权叔。权叔瞥了他一眼，门口的人进屋，他跺了下脚，无奈地随着文书，默然地出了公社大院。

　　天黑了，权叔靠在檐下，抽着水烟，望着树梢的圆月，听着池塘的蛙鸣，一阵闹心。他抓着窗台，缓缓起来，弯腰走到门外，瞄着月色中的人影，缓步朝大佬家走去。大佬招呼他进屋。权叔摆着手，两人踩着蠕动的影子，来到祠堂前，面向江面，坐在青石板上。权叔说了公社的意思。大佬愣了，倏然站起，快步走了几步，回身瞪着眼，晃着手问：那么多的空地，为啥偏偏选定你家的蕉林？立勤是你一手提起的，也不帮你说句话，太不会做人了。盯着江滩上的荒草，权叔摇着头。大佬踹着地面，摸头顿悟，扬起手说：我知道咋回事了！权叔抬起头，盯着他。大佬赫然一笑，摇着头说：立仁要租你的蕉林，你不愿意，人家不高兴，他也没有办法。你想想那个方位，你家的蕉林征收了，立仁家的蕉林，就征了个皮，将来路通了，人家正好建铺面。

　　权叔的脸拉了下来，他呼地起来，扯了下肩头的衫子，颠着弯曲的身子，哎哎着说：这小子，算我瞎了眼！气呼呼来到立勤家，权叔得知他不在家，就急促地踱着步，在门前晃悠着，不时走到路中间，弯腰探脖，朝路两头瞭望着。

　　路东头响起了拖拉机的突突声。盯着曾经是大队宝贝的拖拉机，瞥着坐在上面，晃着方向盘的立仁，他摇头冷笑着。看见权叔，立仁停下车，踹着轮胎，笑着说：我给锦堂的工业区，拉了几车石子。权叔扯着他的胳膊，瞪眼问：阿仁，蕉林建商铺的事，你是不是埋怨我哩！立仁一愣，扬起手应道：权叔，地是你家的，我原想租过来，你觉得不划算。我做点小买卖，生意上的事，你情我愿，这些我都理解。我咋能怨你哩？权叔松开了手，踩着脚问：公社现在又要征我那片蕉林，这事你知道吗？

　　立仁一愣，木然地摇着头。

没见到立勤，权叔来到大佬家，坐在屋檐下，叹着气说了征地的事。大佬偏头瞪眼，呼地站起来，急促地踱着步，扬起手说：得寸进尺，真是得寸进尺！国家给咱的承包地，公社说收就收，哪能这么简单？权叔低头，瞅着月光下自己的影子，上次的事，他顺了大佬的气，好在他中途变轨，落了个堂皇的结果。想到锦康的性格和县上的要求，他知道硬顶，只会延迟几天，改变不了公社的决定。手搭在膝盖上，权叔缓缓地站起来，摇着头说：大佬，我当了多年的大队支书，我知道征地的事单靠着情绪，还是解决不了问题。

推开自家的院门，权叔踱着步，唉声叹气。他不明白自己大半辈子带着一帮人，都在落实国家的政策，现在他倒成了政策调整的对象。想到刚收得顺手的租金就要断档了，他的气就不打一处来，他攥起拳头，对着树干击了过去，就要触树的瞬间，他知道拳头不是老树干的对手，他倏然展开手掌，用力拍了两下。老婆从厨房探出头，问他吃了没。权叔摆着手，他摸了下从堂屋走出来的得天的头，晃进屋子，躺在床上，瞥着墙上一排皱角起皮颜色不再鲜艳的优秀支书的奖状，他捶着胸膛，愤然大笑了起来。昏昏呼呼一夜，天快亮的时候，他睡了过去。老婆将早饭摆上桌，权叔应着她的招呼，揉眼坐起来，他趿着鞋，坐在饭桌前。立勤带着大队干部，让国盛拆掉搭建的铺面。国盛带着承租的商家，号闹着站在路上。锦康得到报告，他带着派出所的人，脚下生风地过来。锦康挽起袖子，指着国盛，瞪着眼睛说：这蕉林是权叔家的承包地，叫你们拆，你们就得拆，有意见也是权叔来讲。我告诉你们，你们这些人没有讨价的资格。国盛红着脸，指着立勤，呵斥道：我叔不同意拆！锦康一愣，瞪眼对立勤喊道：去！将权叔找过来，我要当面问问他，那天他在公社是咋说的？

听到河涌对岸的吵嚷声，权叔拎起竹筒水烟，沿着溪流，漫无目的地向山间走去。到了半山腰上父母迁移过来的坟冢前，他心里咯噔着，有种虚幻清灵的感觉。站在父亲的坟堆前，他捻上锅烟，看着刺啦飘袅的青烟，他蹲下来，扯揪着坟冢的荒草。忙活了一阵子，太阳偏西的时候，他抽着水烟，靠在墓碑上，漠然打量着山下的田畴和江面，他心情沮丧，没想到曾经堂堂的大队支部书记，现在却像战场上的逃兵，蹲在这荒山野岭间，不能回去。

落日的余晖染红了天宇，坝面宽阔的水上，泛着橙色的凌光，泄洪房像变形的火柴盒，静卧在坝面角上。权叔的肚子咕咕叫着，他捡起一根枯死的树枝，踹掉斜叉，弯腰拄着下山，顺着掩映在荒草中的小径，爬上坝面。安义屋子的东西换了，没了霉湿酸腐的味道。他靠在竹椅上，眯眼听着收音机，瞥见权叔的影子，他缓缓挺身，咳嗽两声。权叔喘着气，手摁着腰，咳了两声应着。他笑着径直进屋，倒了缸水，咕噜着出来，坐在安义对面，抽上水烟。安义笑着问：咋的啦，阿权？心里不舒坦？干部当惯了，做平头百姓，你肯定不习惯。

摆着手，摇着头，权叔絮叨着大队征地的事。安义的眼睛迷离着翻了几下，沉思瞬间，他吸纳着垂滴的口水说：阿权，事情可能赶巧了。我估摸着立勤不会故意难为你的。世上的事，复杂着哩！好多事前后搭在一起，人们总要按照因果去推测，这样便有了误解。有的人心底的疙瘩，他一辈子都不愿意说出来，埋怨了一生，其实就是个巧合。权叔挪动着身子，趔了几下，盯着他滚溜难以自控的眼珠，表情上有了几份虔诚。安义笑着说：无论怎么说，锦堂回来办厂都是好事，这两年狮门的变化多大呀！你放心，我见到立勤，给他提个醒，做人还得要守住自己的本分。

从香港带回一副渔竿，阿财得闲时候，便来到水坝钓鱼。忙活了一天，锦堂走出了办公楼，见阿财踩着摩托，要去钓鱼，他喊住了阿财，快步上前，跨坐在摩托后面，说笑着到了坝面。阿财带着渔具，猫在草丛中。安义将锦堂叫到身边，絮叨一会儿，他侧脸笑着说：阿堂，阿叔给你还得说说这个佘字。佘字上面是个人字，这人在上面要站得稳，就得靠"示"。示就是给人看，包含着做人做事得让人服气，令人称道。锦堂抽着烟，眨巴着眼睛，他挠着头，想到了好像老豆也有这样的说道。安义捡起树枝，手指扯着皮说：阿堂，阿叔还得从佘和余说起，这小字上面的两横很紧要，逃港和回来办厂，那两横就是边防线。

摸着脑袋，锦堂懵懂地偏头点着应道：安义叔，我是您看着长大的。生意人都想着挣钱，别的事想得不多，我做得不周全的地方，您得时常给我提个醒。安义笑了，叹了口气说：阿堂，自古以来，东家仁义当头。年馑时舍粥放饭，只要饿不死人，穷人们都记在心里。假如东家吝啬，就算计着自己，穷人都快要饿死了，他们能不造反吗？这样打家劫舍、杀人放火的事就出来了，人间便有了血仇，接下来就是冤冤相报。其实，真正精明的东家，就得会算大账，有了仁义的招牌，穷人的气顺了，东家的路就宽了。

说了权叔的事，安义瞥着锦堂。锦堂愣了下，摸着头说：阿芬是他家的媳妇，我也没听她说过呀。他眨巴着眼睛，想了一会儿，摇着头说：噢！阿芬从来没有在我面前说过国柱家的事。安义摆着手应道：阿芬懂事，她怕你难做，都说香港人情冷。阿堂，你和那些香港长大的生意人不同，从小在狮门长大，你得懂得做人。阿财收拾好渔具，颠着桶中活蹦乱跳的鱼，自言自语地絮叨着。安义站起来，走前两步说：阿堂，你带上几条鱼，抽空去看看权叔。这叫礼贤下士，你不丢面子。权叔的事有了着落，立勤和公社的脸上也有光了，一河水就顺畅了。

摩托快到村口的时候，锦堂拍着阿财的肩膀，来到了权叔家门前。他拎着几条鱼，推开他家的院门。权叔靠在檐下，正和侄子商量着征地的事，见锦堂进来，他们愣住了，冷冷地瞪着他。锦堂驻步，心里一紧，晃着将鱼放进盆中，掏出香烟，递了过去，笑着说：权叔，总说过来和您坐坐，厂子的事情多，总是分不开身来。阿财弄了一桶鱼，我给您送几条过来，您尝尝鲜。

看着递上的烟，权叔犹豫了瞬间：他不接上，侄子就不会伸手接，征地的事就僵住了。他吐了口气，抬手从烟盒捻起一根烟，对着锦堂送上的火，燃起吸了两口。映芬从屋子出来，倒了杯水，递给锦堂。随着扑腾一声，一条鱼打着摆子，落在地上，依旧打着挺。国盛瞥了眼，站起来，抓住那条鱼，就要往地上甩。权叔喝住，摆着手说：行了，眼看就要上笼了，你就让鱼随性畅快一下吧！

锦堂说他去了坝面，听安义叔说了征地的事，事前他根本就不晓得这件事，又说他理解权叔的心情。说话的时候，那条鱼间或在蹦跶着，扰着他的思路。权叔默然地盯着地面，无奈地摇头叹了口气，他抬头瞥着树梢，捶打大腿面说：阿堂，这事不能怪你，都是大队来硬的。立勤是我一手提拔上来的，都怪我当初瞎了眼，没有看清他的真面目。锦堂喝了口水，对着国盛说：阿盛，搭建铺面，都有成本。你放心，我到时补给你们。权叔瞥了国盛一眼，敲着膝盖，低声说：阿堂，农民也不容易呀！锦堂站起来，蹲在权叔边上，贴着他的耳朵说：权叔，那片厂区建好后，规划中有条商业街。您放心，我到时给你两间铺面。权叔身子趔了下，愕然地望着锦堂，他缓缓地站起来，在得的诱惑、舍的推让和知心的感怀中，拍着锦堂的胳膊，将他送到了门口。

27. 残疾

龙舟水刚过，山坡上繁茂的荔枝林，坠着白萦萦的花絮。估摸着荔枝的行情，村民们戴着草帽，屈身在闷热蒸腾着湿气的林间，精心作务着。散落在狮门的服装作坊，经过一番打拼，就像发酵的面团。熟悉的技工，手里有订单的业务员，和全国各地订货的人，混杂在大街小巷的小吃店中。服装经营的酵母，通过同学、朋友和客户及老乡，黏结在一起发酵，新的作坊和工厂在狮门街巷中蔓生着。县城到狮门的班车，增加了班次，变成公共汽车。狮门有了直通罗湖和省城的汽车。车站挤满了扛着行李，操着不同口音的外地人。

狮门公社的武装专干拿着一张纸，在旗杆下急促地踱着步。立勤骑车进了公社的大门。专干喊住他，快步走过去，抖着将那张纸递过去，他跺脚摇头说：立勤，国柱同志在广西边防踩到了地雷，他身负重伤，在后方医院做了截肢。立勤心里一沉，疑惑地瞥了眼，一把扯过那张纸，凸着眼珠盯了两遍，他扶着自行车头，闭眼低头，平复着呼吸。专干拍着他的肩。他将自行车靠在旗杆上，蹒跚着坐在石凳上，瞄着那几行文字，眼前飘浮着国柱的各式表情。他眨巴着眼睛，弹簧般蹦起来，跑到办公室，拿起电话，拨通了锦堂公司的电话。得知映芬去县城办事了，他对着话筒喊道：速告映芬，让她赶快回家。放下电话，立勤跑出公社大门。派出所的偏斗摩托驶了过来。他扬起手喊着，一把抓住偏斗上的旗杆，纵身跨入偏斗，他抖着手里的纸说：快，送我到权叔家！

学校放学，得天跟着同学，趴在桥头的石墩上嬉闹。听见摩托声，他们站在桥边，盯着穿着警服的干警，挥着手里的枝藤，跟在摩托后面，嗅着汽油味，裹在烟尘中，推搡着疯跑。摩托在权叔家门前，咯吱一个急刹，哧啦掉了个头。立勤拍着干警的胳膊，跳下车，推门进去。权叔正在给盆子倒尿素，老婆在边上搓洗着衣服。见立勤撞进来，他瞥了一眼，捶着腰眼直起身子，冷冷地问：征地的事不是解决了吗！你过来还有啥事？立勤哎哎了几声，晃着身子应道：权叔，我知道征地的事，你心里有气，这事我以后再给你解释。权叔哼了一声，依旧抖着尿素袋子。立勤抖着那张纸，平缓着呼吸说：权叔，县武装部来文了，国柱哥在广西边防负伤了！

权叔倏然僵住了，半张的嘴巴颤着，嘴角抽了几下，手抖着问：怎么了？立勤眨眼跺脚，晃着头说：他踩了地雷，没了条腿。尿素袋子哧地滑落，撒了一地。国柱妈拍着大腿，随着老公愣了半响，脸焐成了包子样，嘴唇颤动着，她突然扬起手，拍了几下腿，哭着喊道：菩萨呀！我早晚伺候着你，就是让你保佑国柱平平安安，你怎么就不灵了呢？

摩托停在家门前，得天一下子成了头，撒腿跑到门口，他瞪大眼睛，怯愣愣进来。国柱妈站起来，一把将得天揽在怀里，拍着他的背说：你说我这孙子，咋就这么命苦呀！得天仰头看着奶奶，噘嘴哭丧着脸，仰头扯着她的袖子。立勤走过来，蹲着拉住得天的手，摸着他的头说：得天，课本上有英雄的故事。阿叔告诉你，你老豆他就是英雄。

面包车停在门口，映芬跳下车，她推门看着这一幕，愣住了。立勤递上那张纸。飞快地瞄了眼，她一把抓住得天，软着身子蹲在地上，呜呜地抽泣了起来。权叔的眼睛空落落的，他嘴角抽了几下，咬牙拍着大腿说：立勤，你回去吧！阿叔当了大半辈子支书，大道理都懂。你说这打仗，能不伤人死人吗！

天快黑的时候，锦康陪着县武装部的领导，带着慰问品，进了权叔家的门。权叔呆然坐在竹椅上，随着锦康的介绍，他缓缓站起来。锦康快步上前，握着他的手，让他坐下，叹着气说：权叔，国柱是我的学生，说实话，我喜欢他骨子的那股劲。我有时想，如果国柱转业，回到狮门，定是我的好帮手。现在他负伤了，我心里也不好受呀！权叔搓着脸，摇着头说：我让他早点转业，他写信把我数落一番。我想他的心里是自豪的。武装部的领导点着头，喷了口烟应道：权叔，国柱是残疾军人，县上修了座光荣院，专门安置残疾军人。国柱回来，就住进县上的光荣院，你们是啥态度？

权叔闻言趔身，他摆着手，干脆地说：不行！我的身子骨还算硬朗。让国柱回家，他也好些年没探家了。国柱妈从屋子出来，撩起围裙，抹着眼睛说：回来吧，他就爱吃我做的饭。得天咬着手指，从房门探出头，顺着墙脚刺溜过来。映芬跟在后面，摸着他的头，淡然地说：让国柱回家吧。他也累了，我来伺候他。权叔下垂的嘴角，抖了几下，他瞥了眼老婆，搓着手说：这事就这么定了！你们也别费心了。

　　躺在担架上，国柱回到了狮门。公社院子里，他半躺着，拉着锦康的手，絮叨了半晌。锦康扶着担架，扯着他的手，一直将他送到家门口。映芬和立勤走在边上。国柱不时挺起身，转头打量着狮门的变化，好奇地问东问西，好像那不是他记忆中的故乡。权叔和老婆牵着得天，站在桥头，见担架过来，他咧着嘴巴，悲喜交加地抹着眼睛。看见得天，国柱挺起身，想坐起来，伤口抽痛，他咬着牙，往上颠了几下腰，又无奈地躺下。得天跑过来，攥着爸爸手，好奇地盯着那条空落落的裤腿。捏着儿子绵软的小手，瞄着映芬清秀的脸颊，国柱黑瘦的脸上泛着幸福，他嘿嘿笑着。

　　映芬早早地将房间清扫一番，换上了干净的被单。得天围着爸爸，让他讲战场上的故事。国柱说着讲着，就开始分神，眼睛掠过一丝茫然，激动时语噎眨眼。映芬扯着得天的胳膊，他就是不愿离开，依旧缠着爸爸。家婆送来一瓶开水，拉着得天往外走，瞥着映芬说：国柱回来了，床小，就让得天跟我到上房睡吧！得天趔着身子，还在往回扯，奶奶斥着说：爸爸累了，明天再给你讲故事。

　　五更时分，雄鸡打鸣，国柱突然喘着粗气，浑身颤抖，他趴在床上，手攥着床单，用力扯了几下，做着匍匐爬行的动作，沉闷地吼着口令。映芬醒了，愣了瞬间，她一把搂住国柱的头，在他的背上抚摸着。国柱慢慢静了下来。

　　权叔有闷思的习惯，迷迷糊糊刚睡着，他听见异样的声音，便用臂肘抵了下老婆。她撩起被子，打着哈欠坐起，头贴着窗户，听了一会儿，愣着神问：会不会吵架了？权叔坐起来，弯腰趿上鞋，披着衫子，轻轻推开门，探头溜出，他轻手蹑脚地贴着墙脚走了几步，又退了回来，弯腰带上门，坐在床上。老婆拧着他的胳膊，伸长脖子问：咋样？权叔嘿嘿着说：你就等着抱小孙子吧。

　　一连几个晚上，国柱的屋子都要折腾几次。权叔有些不解，他喷着水烟说：国柱的伤口没有完全好，这样折腾，我担心他身体虚，伤口恢复得慢。你将后院的公鸡杀了，给他补补身子。映芬将换洗的床单，放入盆中，没有来得及洗。家婆端出来，在井边搓洗，她对着日头撩起，见裂了几个洞。她对着坐在屋檐下的权叔，晃了几下。权叔嘿嘿笑着，竖起拇指说：你看你生出的儿子，就是比他爹强。老婆白了他一眼，噘嘴噗噗着。

公鸡宰掉了，没了号令般的打鸣声，在映芬的抚慰下，国柱睡得安稳了。立勤不时过来，和国柱絮叨一阵，说着狮门的未来。看着他们的亲热劲，权叔窝在心里的火气慢慢消退。国柱的伤口愈合了，他挂着双拐，一顿一顿地沿着熟悉的街巷，循着少年的记忆，走走停停，原本自以为即使没了领章帽徽的军装，也是醒目的荣耀，没想到在这热闹的街巷内，新潮的人流中，他四个兜的军装，变得有些扎眼，不时引来异样的关注。映芬给他买了几件时尚的夹克。他拎起来，穿上对着镜子晃着，总觉得别扭。他重新换上军装，他的底气、荣耀和自豪，瞬间从着这身装扮，像罩子般裹着他残缺的身躯。

太阳落山的时候，锦堂从香港回来，知道了国柱负伤回来。推掉晚上安排的客户接待，他让阿财在外面打了个快餐，草草吃了几口，便靠在大班椅上，脚搭在拖台上，嘴里叼着烟，偏头瞄着狮门的夜色。国柱断了一条腿，尘封的往事直在他眼前晃悠，他心里汩汩着快意。转念一想，自己在狮门的事业刚刚进入正轨，如果心里还纠缠在过去的事情上，他和权叔的关系就会紧张，立勤和锦康老师会怎么看他？映芬和国柱是一家人，又在自己的公司做事，她心里一定很难受，里外都难做。锦堂搓着脸，深深地叹了口气，打量橱柜里的文件和证书，再瞄瞄窗外自己的工业区，但他纠结的心绪开解了。这些年来，安义叔虚实相间的开导和教化，让锦堂从追忆往事的情绪中解脱出来。他明白安义叔虽然残疾，跟坝下社会若即若离，但他是站在生命历程的点位，看待世俗的人和事的。回过头看，如果没有放下恩怨的气度，锦堂真不知道他能否在他成长的狮门成就这番事业。锦堂站起来，抖着裤脚，轻轻地跺了几下脚。他脚底发麻，一股真切的实在感从双腿涌了上来。他轻轻地晃着脖子，眯眼嘿嘿笑了，他明白现实会给国柱猛烈的刺激，他再纠结于过往的旧事，就会显得没有气量，让自己身边的人不舒服；如果他放下心结，即使违心地装出一副谦和同情和不计较的样子，一定会赢得狮门人的认同。锦堂拎起从香港带过来的礼品袋，他要带上贵重礼品，就像多年未见的兄弟那样，登门看望国柱。

电话响了，锦堂拿起话筒，立勤催他去探望国柱。锦堂提上礼品，坐车接上立勤，一起来到国柱家门口。立勤下车，拎起礼品袋，走在前面推门。锦堂驻步,瞄着立勤的背影,他想起从小这个身影都是跟着国柱的,现在他却给自己开道。他心里有些窃喜。他摸出一根烟,燃起吹了一股烟,觉得如果自己一事无成,站在权叔家台阶上,他可能会将过往积在心中的怨气世俗地喷泻出来。现在他锦堂不同了,他越是大方慷慨,越是怜爱亲热,国柱就会更加难受。立勤进门,喊着说锦堂来了,他回过头来,见锦堂没有跟上来,他转过身来,又招呼了一声阿堂。锦堂抖了下衣服开襟,笑着进来。自从得到了锦堂给铺面的承诺,权叔对待他的态度明显不同了。他拎起竹凳,放在国柱边上,扯着锦堂的胳膊,让他坐下来。锦堂走过去,扯起国柱的手,兴奋地晃动着说:国柱,好些年不见了,回到狮门,走在这熟悉街巷中,我时常会想到你。知道你献身边防,保家卫国,我常常以你为荣,又自愧不如。说实话,你是咱狮门中学的骄傲。国柱冷冷打量着他,攥住锦堂的手掌,他们晃动的手慢慢停下了,然后松开了。他偏着头,瞥了眼树梢,见映芬给锦堂递上一杯水,他盯着锦堂,晃着头应道:阿堂,说实话,小时候我没少欺负你,我知道那些事叫你忘你也忘不掉。你逃港了,原来我气不顺,还能拿你发泄一下,你没有声息地走了,弄得我有气没处发,你知道我多难受呀!权叔走过来,直给国柱眼色。国柱装作没看见,他瞥了眼映芬,续道:阿堂,你走了,不瞒你说其实最伤心难受的不是别人,就是我了!权叔扯了下他的胳膊,立勤抖着礼品袋,放在国柱跟前,笑着说:阿柱,你还不知道,锦堂听说你回来了,放下香港的事务,赶紧赶回来看你。这是他给你的礼物。国柱看了看精美的袋子,摇头笑了。立勤弯腰续道:阿柱,过去的事就让他过去吧!人家锦堂不计前嫌,回来办厂,这也是国家的政策。咱们以后在狮门,低头不见抬头见,就别纠结过去的事了,用时髦的话就是一切向前看。国柱呼地挺直身子,推了他一把,瞪眼问:一切都要向钱看?你还是不是共产党员了!立勤知道他误会,连忙蹲下,抓住他的手,用手指在他的掌心写着"前"。国柱明白了,他挠头笑了。锦堂坐下来,抖着腕上的金表,推着鼻梁的金丝眼镜,盯着国柱空落落的裤腿,瞥着他笨拙的拐杖,躬身笑着问:阿柱,香港的拐杖好,我到时给你带副拐过来。瞥了锦堂一眼,见他还盯着自己的裤腿,国柱抖了几下,撩起裤脚,就要给他看截肢的断面。锦堂趔着身子,缩着脑袋,不停地摆手。立勤拦住了。国柱笑着说:没事,阿堂没见过,我让他开开眼!锦堂有点不舒服,他搓着手,见国柱热天穿着军装,他鼻子抽了几下,摆着手说:国柱,天热,这衣服穿着不舒服,你得穿宽松透气的运动衣。好的运动衣,国内买不到。我有朋友做外单，到时给你捎几件。

　　掏出香烟，锦堂抖出一根，递了过来。国柱搓着，瞄着英文字母，用拼音拼读着。立勤的火到了，他搭上去，嘴唇抿着，烟头蹦跶着亮了起来。他猛吸一口，恍惚中有点熟悉。立勤附在他耳边说：万宝路，美国货。国柱眯眼瞥着他，调侃着说：立勤，你现在是大队书记。我这个样子回村，你就是我的领导了。立勤拍着他的肩，笑着应道：阿柱，你是野战部队的连长，要是放在解放初期，你回到狮门，起码都是公社书记。权叔抖着手指间的香烟，踱了过来，不住地点头。立勤看了锦堂一眼，摆手续道：阿柱，咱们三个光着屁股长大，都这个年龄了，就别说领导谁了。再说了，你是国家功臣，照顾好你的生活，也是我们的本分。锦堂回来办厂，我们也得全力支持。你们都是我服务的对象呀！

　　锦堂走了，国柱将没有抽完的烟掐灭，放在窗台上。靠在竹椅上，当过侦察兵的国柱摸着空落落的裤腿，他想到了映芬。他呼地坐起来，映芬的衣领上，似乎也有这种味道。将剩下的烟头揣在兜里，国柱拄着拐，进了房间。盆子里有映芬换洗的衣服。他撩起嗅了嗅，掏出烟蒂，闻了闻，他点着烟蒂，吸了口，对着自己的衣袖，喷了一口，又将自己衣服和映芬衣服的气味，比对了一阵，疑云凝结，罩在他心头。他抬起拐杖，撩飞映芬的衣服，哎哎着不愿往深里想，却又难于自控地朝着他不愿接受的方向胡思乱想。

　　晚饭的时候，国柱嘟着脸，闷闷不乐。给他加了碗饭，妈妈瞅着他问：阿柱，发生了啥事？国柱摇着头。给他加了一筷头菜，她笑着说：两口子过日子，哪能不拌嘴的？你和映芬结婚后，你一直在部队上，柴米油盐的事你没经历过。映芬也不易，她还不是希望日子过得好些？你得体谅她。国柱低头刨着饭，想到自己凭着衣服上的味道，就对映芬起疑心，他也觉得自己气量太小了。他嘟着的脸，微微展开了，抬头笑着点了下头。

　　听见映芬回来，家婆从厨房探出头，问她吃了没，她说吃过了。和家公招呼着，她回到房间。一会儿，房间传来得天的哭声。权叔站起来。得天抹着眼泪跑出来，他连声问：怎么了？！映芬气恼地挥着手，斥责着骂道：衣服扔了一地，上面还有鸡爪子，你就知道在屋子翻腾东西。看着爷爷，得天委屈地抹着眼泪说：我没动过！国柱操起拐杖，单腿站起，搭着双拐，腾拉着过来，摸着得天的头，瞥着映芬说：你要啥？跟爹说，爹出去给你买。说着，他用拐指挥着得天，一起出了院门。

八月十五快到了，街巷的商店摆上了月饼。好多年没吃到家乡的月饼，国柱有点馋。他转悠着，在镇上的副食商店，买了盒月饼，搭在拐的抓手上，一颠一颠地往回走。上了拱桥，包月饼的麻纸破了。国柱停下来，坐在桥肩上，他拿出月饼，见四下没人，他两口吃完了。瞥了眼手表，他知道得天要放学了。他摸出一根香烟，叼在嘴上，瞅着学校的方向，刚吸了两口，就听见桥下传来说笑声。他抓着栏杆，站起瞭望，几个妇女正在初秋的河里洗衣。

　　背靠着栏杆，国柱听着听着，话题中有了他和映芬。石板搓衣的妇女，笑着问：你说国柱没了条腿，映芬能受得了吗？水中摆衣的妇女，直起腰，撩着头发，打趣地应道：腿从根上断掉了，怎么用劲呀？拧衣的妇女，扬起手说：国柱估计那是不行了……国柱猛吸了口烟，咬牙擂着护栏，正要离开，就听一个妇女：嘘，操自己的心吧！人家映芬过得多滋润呀，外面跟着锦堂，吃香的喝辣的，家里还有个穿军装的英雄。国柱擂着拐，月饼啪嗒掉在地上，包装破开，月饼四散着滚开。另一位妇女说：旧社会都是男人娶几个老婆。现在开放了，这女人也可以找两个男人。国柱哎哎了几声，用拐杖嗒嗒敲碎月饼，他颠着身子，本想趴在护栏上，高声叱骂几句，想到自己一身军装，桥下又是几个妇女，他又怕传扬出去，让村子人笑话。他架着拐，磕着护栏，咬牙摇头，腾拉腾拉着走开了。

　　用拐杖敲开院门，国柱没有理会厨房探出头的妈妈，他径直回到房间，带上房门。他喘着气，甩掉拐杖，将自己撂在床上。盯着晃动的蚊帐，想起往事，国柱就像颗快要引爆的地雷，他打着摆子，将床折腾得咯吱咯吱乱响。得天放学回家。奶奶摆着头，让他去找老豆。得天放下书包，顺着墙脚溜到门前，将脸贴在门缝上，就要推门进去。国柱操起拐杖，晃着将他斥了出来。

　　权叔弯着腰，走进家门，见得天坐在台阶上，满脸委屈的样子。老婆从厨房出来，比嘴摆头，眼睛滴溜着说：不知咋的啦，国柱像个雷管。晃到国柱屋前，权叔踱了几步，隔着门缝，低头犹豫着问：阿柱，吃饭了！有啥事？房间没有动静，就见青色的烟雾，从门缝中溜出来，在天地间没了踪影。嗨嗨了几声，权叔走到窗下，从碎花布帘的缝隙，瞄见地上散落的烟头，听到了国柱的叹气声。

　　月亮就像吹胀的白皮球，挂在树梢，夜里有了凉意。提着几盒月饼，映芬推门回家。得天攥着笔，趴在矮桌上，噘嘴对着灯影下竖起的书本发呆。她推开家婆的屋门，家公抽着水烟。她将月饼放在桌上，低声说：锦堂从香港回来，买的香港月饼，你们尝尝。得天抹着嘴巴，站在柜边。映芬打开盒子，拿出一块双黄白莲蓉月饼，除掉塑料包装，将月饼切成几块，端着让大家拿。家婆捻起一块，站起来嚼着，拉着她的手说：芬，国柱脾气不好，他从边防回来，又成了这个样子，你就忍着点，有啥事，告诉妈，我来数落他。

将月饼递给映芬，家婆让她回屋休息。权叔和老婆对坐在透着月光的床上，他抽着水烟，呆愣地盯着月光中飘浮的青烟，不时搓着面颊叹气。老婆拨弄着簸箕中的蚕豆，心神不定地瞥着窗外。她站起来，趿着鞋子，撩起衣袖捻着眼角，头贴在门缝听了一会儿，扯起权叔，让去探探情况。权叔披上夹衣，拎起水烟筒，蹲在屋檐下，半闭着眼睛，噗塔噗塔冒着烟，耳朵寻着动静。国柱房间的灯熄了。他揉着膝盖，在关节啪啪的伴奏下，他晃身站起，缓缓地回到房间，他脱鞋躺下，拍着老婆的腿，轻声说：睡了，咱也睡吧。

清晨起来，权叔送得天上学，在外面溜达了半晌。他抖着肩头的夹袄，咳嗽着推开院门，瞥了眼桌上的早饭，纳闷国柱还不起床。国柱妈拎起扫把，弯腰扫着院子，听见国柱屋子的推搡和拌嘴声。她撩起围裙，跑到门前，将权叔唤了进去。国柱攥着拐，站起屋檐下，他比着嘴巴，腮骨抖着，猩红的眼睛眯着天空，晃着头说：阿芬，你别去上班了，跟香港佬混在一起，就不怕别人说三道四！映芬白了他一眼，扬手应道：阿柱，咱凭着本事，清清白白做份工，别人有啥说道的？国柱拿起拐杖，磕了几下，看到台阶的篮子，用拐撩起来，呼地抢到墙脚。映芬倏然愣住了，她站在门框后，推了下他的肩膀。国柱趔着身子，瞪眼晃手，想推她一把。映芬转身，拎起手袋，又推了他一把，嗔怒着说：阿柱，公司要发工资，我和县上银行的人约好了。人家准备好了钱，等着我去拿哩！

举起拐杖，国柱在空中抢着，就是不肯让路。映芬晃着手袋，攥住他的拐杖，平和地说：一帮港商过来，锦堂在县上的华侨大酒店，晚上还要请他们吃饭。阿堂让我一起去，我估计着会晚些回家。国柱瞪着眼，举起另一根拐杖，啪地搭在门框上，好像变了个人，大声呵斥道：映芬！你以为这些天，我就是躺在家里睡觉吗！我告诉你，我是侦察兵出身，你们那些污糟事，我只是不愿意讲出来，讲出来就辱没我们革命军人的荣誉。

看到这一幕，权叔背着手，急得团团转。他跨到国柱跟前，攥着他的拐杖，摇晃着说：国柱，说话可得凭着良心，道听途说的事，会伤人心的。映芬将手袋扔在床上，蹲在房门口，手搭在膝盖上，低头抽泣着。阿财开着车，停在门口，哼着小曲，嬉笑着晃进来，看到这番场景，他目瞪口呆地愣了下，屈身退了几步。扒在头门口，他盯着瞄了一会儿，鼓起勇气，点头哈腰地进门，怯然上前，对国柱嘿嘿着，向映芬招着手，轻声说：阿芬，老细在公司等着你哩，得快点！

脖子上暴起的血管，随着扭动，刺溜了几下，国柱单腿向前腾拉几下，瞪着赤红的眼，晃着身子，呵斥道：阿财，你这身装扮，就像个妖怪。你就是阿堂的狗腿子，如果在战场上，你肯定是个叛徒。他忽地抡起拐，指着阿财的鼻子，喊道：如果我有枪，就一枪毙了你。快滚！回去给锦堂说一声，映芬不干了。见阿财缩身后退，不时瞄着映芬，还是不死心。国柱吼道：再不走，我打断你的狗腿。说着，他挥着拐杖，又向前腾腾了几步。阿财捂着嘴巴，瞥着映芬，瞄着权叔，顺着墙脚，惊惧地屈身溜了。

缓过神来，权叔觉得有失颜面，他快步跟了出来，扯着阿财的车门，晃手解释道：阿财，国柱身体这样了，他发起火来有些拿不住，你别在意。阿财砰地带上车门，摆手点火。权叔趴在车窗上，伸长脖子说：千万别张扬，你就对锦堂说映芬身体不舒服。看到他松开手，阿财点了下油门，车子刺地走了。权叔跟着跑了几步，晃手吩咐道：阿财，叫立勤过来，劝劝国柱。阿财头探出车窗，眯眼摆手说：权叔，我没事。都改革开放了，这事说出去，让狮门人笑话。回身带上门，权叔哎哎着瞪着国柱，晃着身子说：阿柱，你是不是疯了？！你咋变成这个样子了？国柱眨巴着眼睛，抖着双手，厉声问：老豆，你是支书，你原来的气节哪里去了？他瞥了眼映芬，擂着拐说：这也是我的边境线，谁胆敢越过边境，前来进犯，我定叫他有来无回。

权叔蹲下，拍着大腿，唉声叹气地抓住国柱的拐，对映芬说：阿芬，快去上班！国柱趔着身子，抽出拐杖，将踏出门框的映芬，挡了回去，侧身大声说：映芬，你今天要敢迈出这道门，我就打断你的腿！我断了条腿，我也让你断条腿。你断了腿，我看人家还会不会理你？没人理你，我来伺候你。妈妈呼地站起来，挥着围裙，拍着国柱，数落着说：阿柱，你是国家的英雄，在老豆老母面前逞强，就知道顺着自己的性子胡说，你也不怕遭到报应呀！

立勤快步进来，一把抓住拐杖，扶着国柱的肩问：国柱，你这是干啥哩！家里可不是战场。映芬是你媳妇，不是敌人！映芬抽泣着，抹着眼泪，进屋坐在床上。国柱喘着气，趔着身子，脱开立勤的搀扶，靠在门框上，他闭起眼睛，胸部一呼一呼地起落着，抖着手激动地说：立勤，你现在是大队书记，你得主持个公道。撩起空落落的裤腿，他抬头望着天空，带着哭腔说：保家卫国，我将一条腿丢在了广西前线；回到老家，却发现自己的老婆，整天跟着资本家转，你说我这革命军人的气节，能答应吗？他转过脸，扬起一条拐杖，指着天空，抖了几下，大声地问：立勤，你也是党员，凭着良心，你得给我个说法！

　　立勤一愣，挠头沉思了半响，他揽住国柱的肩，笑着瞄了眼树梢，体恤地应道：国柱，你的心情我理解。这样，工厂今天要发工资，这是大事。你先让阿芬回去。咱坐下来，好好说道说道。国柱瞪着眼，瞬间有了陌生感，他后退了几步，抖着手，执拗地问：立勤，你这干部咋当的，革命立场哪里去了？权叔嘟着脸，威严地瞪着国柱，转头看着立勤，不好意思地说：立勤，阿柱刚从部队回来，这两年猫在猫耳洞，便成了这个样子。他对狮门这几年的情况不了解，你可别见笑！

　　与父亲的对视中，国柱屈服了，他搓着面颊，叹着气说：老豆！您给我们兄弟起了国梁、国柱的名，一个是横的，一个是竖的，这一横一竖，搭起来就是一片天地呀。为了国家，咱虽然没有搭上一条命，却也献出了一条腿。你看人家的名字，锦堂——锦堂，那就是不管国家和别人，只要自家的厅堂繁锦奢华就行了。权叔气得直打转，他跺着脚，抢起水烟筒，指着国柱喊道：你这样胡说，也不怕别人笑话！

　　国柱冷笑着，无奈地摇着头，他瞥了眼立勤，讪笑着说：立勤，我守护着祖国的边疆，没想到帝国主义势力，绕到咱的后方，跟咱的另一半，混在了一起。权叔扔掉水烟筒，他呼地冲上前去，挺身站在门框，扬起手挡住国柱，转头对着屋里喊道：阿芬，爹给你做主，赶快回去，不能误了厂子的事。这事传扬出去，让我这老脸往哪里搁呀！立勤晃着头，瞥着国柱，瞄着屋里，挥着手说：阿柱，工厂有好多村上的人，大家都等着拿工资呢！阿芬，快回去！国柱就是个火暴脾气，他心里疼着你哩！他就像雷阵雨，来得快，去得也快！我和权叔给他开导开导，他就好了！映芬拎着包，低头侧身，瞪了国柱一眼，她噘着嘴，嘟着脸走了。

　　抢起拐杖，撩起门扇，国柱腾拉着走进屋，甩掉拐杖，倒在床上，他咬牙抿嘴，咻咻摆着鼻头，愣愣地盯着屋顶。权叔哎哎叫着，扯着立勤走到前院，他摆着手说：立勤，你去忙吧！国柱的脾气我知道，过阵子，他就冷静了。日头挂在树梢的时候，国柱妈做好了午饭，她望着儿子的房间，犹豫着要不要叫他出来吃饭。权叔跟过来，扯了下老婆的胳膊，见房门前散落着几块月饼，他嘀咕着，让老婆过去，将月饼盛在盘中。看着冒着热气的饭菜，国柱妈就是不动筷子，她瞥着国柱的屋子，搓着眼眶，不时地唉声叹气。权叔瞪了她一眼，敲着碟子说：吃你的，别理他！这人吃得太饱了，就容易上火。饿上几天，好多事他就想清楚了，也就不犯糊涂了。

心里像团乱麻，迷迷糊糊中，国柱将少年的不羁、青春的任性、边防的生死考验和家乡的变迁，叠合在一起，在翻来覆去中睡着，又在翻来覆去中醒来。他小腹憋胀，肚子咕咕响。他撑起身子，躺靠在床头上，拿起钱夹，瞄着与映芬的结婚照，他越看越觉得，映芬的表情中藏着委屈，也浸透着无奈。衬兜里有张他与指导员的合照。参战归来，国柱成了连长，连队整合，他与陈指导员搭班。湿热的猫耳洞中，他们抽着烟，盯着山崖下随时都会有战斗发生的密林，成了生死相依的兄弟。

指导员来自沈阳，是个城市兵，浑身洋溢着东北人的乐观、幽默和热情。他的媳妇叫瑛子，在纺织厂上班，有个叫雪梅的可爱的女儿。沉闷湿热的猫耳洞中，他们在蚊虫叮咬和露体散热间调整着穿戴。家里的来信是他们的慰藉，他们之间没有隐私，家信都是交换着看。当个体涌流的情感，退去了羞涩，汇聚在一起的时候，彼此都成了对方心里坚实的支撑。他们相约：如果都在战斗中牺牲，就埋在一起。告诉家人他们生前的约定，让妻子带着子女，一起过来上坟；如果一个人牺牲了，活着的就当尽毕生之力，帮助死者的家属。

连队接到任务，兵力从三个方向，要拿下越军占领的突入国境线的山头。黎明冲锋的时候，连队踩入越军的雷区。爆炸的瞬间，指导员飞身跃起，将国柱压在身下。指导员打着摆子，挺了几下，瘫在国柱的身上，带着体温的血液，喷涌出来，浇灌了他的全身。口鼻涌着血，指导员瞪眼抓着他的胳膊，捏了几下，又瞬间松开了，愣愣地唤着瑛子。国柱抱着他，翻身将他放在地上，往下一摸，自己的半条腿躺在草丛中。他咬着牙，手勒住断腿的截面，撩起索索的裤絮，将伤口包住，操起冲锋枪，发疯地吼着，单腿站起来，咬牙抖动着枪托，嗒嗒射完弹夹的子弹，哧嗒摔在地上。

指导员成了烈士，北国男儿永远地长眠在南国温热的红土地中。整理指导员遗物的时候，国柱交代战友，留了他一封家信。瑛子来到部队，在医院的病房中，他们见了面。国柱含泪说了他与指导员的约定，让她放心，虽然他只有一条腿，他会守候着与指导员的生死之约。想到这里，国柱浑身执拗的劲松了，他也不知道瑛子现在过得怎么样，有没有再找个人家。如果当初他压在指导员的身上，留在了广西，映芬会不会也像瑛子那样的悲切？如果自己倒在了广西前线，会不会成全了她，让她和锦堂搭在一起？他不敢往下想，搓着脸叹了口气，国柱想到了锦堂，他不知道若锦堂知道了自己倒在了广西前线，会是个什么样的心态。他会趁机与映芬旧情复活，还是会保留往日的情恋守住肉体的大堤？他会不会也像自己关心瑛子母女那样，帮助和关心映芬和得天。抖着空落落的裤腿，国柱觉得自己是幸运的，也是幸福的。站在生死的界面上，国柱掂量着自己对于锦堂和映芬的猜忌，他闭眼摇头笑了。看着指导员的照片，国柱摸着断腿的截面，他知道自己承载着双重的责任，他要凭着军人的毅力，在流言蜚语和世事变迁的洪流中，昂首振作起来，让狮门人知道国柱在战场上是个英雄，在狮门变迁的大潮中也不是个孬种。

纳闷父母怎么不过来叫他吃饭，国柱想着如果老豆叫一声，他就顺势下了这道坎。下腹像装满了温水的球，嘟拉拉晃动着；上腹的肚皮，空瘪瘪地推搡着。他撑起身子，拄上拐，从门缝瞄了眼院子。一群鸡咕咕着，在墙脚刨着柴草。国柱推开门，腾拉着进了茅房，随着一束吱啦的激流，一股莫名的畅快从胯间腾起，顺着他的脊梁，在尿流封口的瞬间，到了头顶，随着几滴尿液，他咯抖战了几下。回到房门口，空落落的院子中，只有几只鸡瞅着他。国柱挠着头，推开房门，又躺在床上。

田间劳作的时候，国柱妈掂着儿子。她眯着西落的太阳，直起腰，和权叔招呼一声，便沿着田埂，回到村子，推开了家门。她像哄得天那样，将国柱拉起来，让他坐在屋檐下。她生火热了饭菜，放在他面前。看着他狼吞虎咽的样子，她将月饼盘端出来，放在桌上。国柱一愣，不好意思地笑着，拿起变了形的月饼，填在嘴中，扑哧嚼着。得天回来，笑着过来，嘟囔着嘴巴。国柱捡起一块月饼，晃着递给他。权叔弯腰进门，将农具靠在檐下，他撩起裤腿，蹲靠在边上，操起水烟筒，装上一锅烟，他低头嘟嘟抽着烟，抬头咝咝吸着气。瞥了眼矮桌上空落落的碟碗，他用拇指沾着烟锅，叹着气说：这老天就是不公平，地上干活的、学校上学的，没有饭吃；将瞌睡睡完了，躺着不愿起来的人，倒有吃有喝的，你说到哪里评理去！老婆摘下头巾，白了他一眼说：行了！那都是剩饭，别埋怨了，我这就给你做去。

抓起一块月饼，得天跑了出去。厨房飘起了炊烟。摸出一包椰树香烟，国柱撩开锡纸，弹出一根，伸手递了过来。权叔瞥了眼，摆着手，他拿起水烟筒，捻上烟丝，缓缓地说：阿柱，老豆是从解放前过来的人，当渔民的时候，我也去过几次香港。解放前的佘家，那是方圆有名的大东家，在佘家寻得一份差事，可以说全家吃穿不愁。香港没有那么多田地，种不出多少粮食，人家靠着做买卖。古往今来，历朝历代的中国人都是在土地上做文章，吃饱穿暖是大家的奢求。这几年国家的政策不一样了，学着香港，提倡办工厂，做买卖。国柱喷着烟，他盯着地面，不时点着头。

　　咳嗽几声，权叔侧过脸，瞥了他一眼，吐着烟说：最近一年多，我常看香港电视，抽着烟想了好些事。种地的时候，几亩地就得搭上人的一辈子，最后还得埋在那里。做买卖不一样，买和卖都不固定，都在变化，都得商量，大家都在算自己的账，划算了就做。其实香港人做什么事，骨子里都在算计着。他们看起来谦和，心里掂量着划算了，才和你谈生意。国柱眨巴着眼睛，用拐杖在地上划着，他有点蒙。权叔搔着膝盖，摇头笑着续道：阿柱呀，这种田的人，性格上比较固执。我想这是由天气和土地决定的，一辈子就是那几种作物，容不得你换来变去。

　　沉默中，老婆探出头来，说准备吃饭了。权叔挺了下身子，抹着下巴说：阿柱，你看那个阿财，不时在街上招摇，身边都是些年轻的女仔，还换来变去的，这就是香港的风格。映芬的事，老豆说句实话，狮门是有些传闻。老豆是大队的支书，在狮门也算是个有头有脸的人。锦康是你们的老师，现在又是公社书记。立勤是大队干部，你还是英雄。这些线绷起来，那就是张网子。锦堂精明着哩，他就算是有那个心，凭着香港人的做事风格和我对他的了解，他绝对不敢贸然行事。国柱闭眼捋着头发，沉思了半晌，转头嘿嘿笑了。坐上餐桌，权叔偏着头，贴着他耳边，筷子敲着碗低声说：阿柱，这两年你在广西，老豆帮你留心着哩。老豆给立勤和锦康说过了，如果锦堂和映芬有啥见不得人的事，那锦堂就是破坏军婚，那是要法办的。这些话，我相信他们都会拐弯抹角地传给锦堂的。

　　怯怯地推开院门，映芬隔着家婆的窗户，看见得天睡着了。家婆隔着窗户，絮叨着问候了几句，让她早点去睡。国柱坐在房门的台阶上，在窗户的光影中，他低头抽着闷烟。瞄见映芬木讷地现在门洞中，他捻灭烟蒂，抓起拐杖，颠着起身，腾拉着过来，笑着问：阿芬，回来了！白了他一眼，映芬偏着头，趔着身子，推门进屋。国柱嘿嘿着，跟了进去，围着她憨笑着献殷勤。映芬板着脸，比着嘴巴，她洗漱了一番，撩起被子，面朝墙壁，屈身躺下，就是不理国柱。躺在床上，拉灭电灯，国柱辗转反侧，他变着法子，逗着映芬。映芬拍了他一把。国柱不敢贸然行事。憋屈中，他听到了映芬的呼吸声，瞄着月光下她侧躺的曲线，看着她一起一落的胸，他揪着断腿的面，将被子蒙住了头。

28. 高升

在内地搵到钱的港商,回到香港,带来更多的香港人。嗅觉灵敏的台湾人,在香港注册公司,他们铆足了劲,伺机向大陆投资。锦堂的招商火爆。好多人通过关系,奉上定金,等着他的厂房。入夜的工地上一片灯海,几台推土机轰鸣着填埋地基。

国盛的岳父家,是方圆有名的匠人。国盛跟着岳父,在工地上干了几个月,想到那几个月开店的收入,他明白自己单干的好处。他找到锦堂,说自己能承包工地的活。锦堂挠头想了下,便拿起电话,吩咐工地的经理,给了他一些零活。验收满意后,锦堂将一栋厂房的工程,包给了他。国盛精神大振,他学会了分解图纸,培养了几个学徒,招聘了一群小工,大半年下来,他有了能独立承揽工程的小型建筑队。

坐在工业区的小吃店中,小店的厨师端上了一碗冒气的烧鹅濑粉,他挠着脖子笑着,盯着立仁,迟迟不肯离去。立仁接过碗,抬头问:啥事?厨师瞥着工地,依旧挠着脖子,腼腆地说:你从工地下来,又是本地人。我在老家开过几年拖拉机,想求你帮忙问问,看工地上需不需要拖拉机手。立仁上下打量着他,挑起几根粉,刺溜吸入嘴里,摆着筷子,笑着点了下头。过了两天,他又到那家店吃饭。厨师问立仁,有没有问过?立仁愣了下,不好意思地摇着头。那天散工,立仁走到推土机旁,和站在边上的师傅,絮叨了几句,递上一根香烟问:师傅,你们要不要拖拉机手?师傅接过香烟,打量着立仁,摆着手应道:要拖拉机,不缺拖拉机手。

见到小店的厨师，立仁给出了答案。那位厨师咧着嘴，嘿嘿笑了，拍着他的肩，低声应道：不瞒你说，我姑父就是公社农机站的站长。我就是跟着他在农机站开了几年拖拉机。现在包产到户了，拖拉机没了用场，我就失业了。公社的那几台拖拉机都锈了。立仁停住筷子，瞥了他一眼。厨师见立仁眼神中放光，便弯腰附在他耳边说：你看这样行不行，我给我姑父捎个话，如果拖拉机能开得动，你弄过来，到时我帮你来开。立仁摆着手，厨师勃勃期待顿时瘪了，一脸失望。放下筷子，立仁买了单，他拿起桌上的牙签盒，摇出一根牙签，捂在嘴上撩着，对着厨师摆了下头。

买了瓶冷饮，立仁递给师傅一瓶，他瞥了眼站在收银台后面的小店老板，笑着说：给你老板请个假，我掏路费，咱们明天就去韶关，看看你们公社的拖拉机。第二天黎明，立仁和那位厨师约好，来到狮门车站，他们搭乘班车，晃悠了大半天，来到广州火车站。立仁挤到售票窗口，买了两张去往韶关的车票。他们走进站前的巷子中，要了个快餐，填饱肚子，随着人流进了候车厅。太阳落山的时候，火车喷着气，呜呜长鸣了几声，咯噔地启动了。凌晨时分，他们在韶关下车，猫在候车室，他们躺在条椅上，枕着提包，迷瞪着等天亮。在街边小吃档要了盘炒粉和两碗茅根粥，他们随着上班的人，蹲着吃了早餐，坐上了早班车，来到农机站。几台锈迹斑斑的拖拉机，伏在荒草丛中。站长听了来意，喜出望外，指着拖拉机，连声说修修就行。他找来两个师傅，将两台拖拉机冲水加油，叼着烟蹲在履带上倒腾了半天，搭上绳索，扯拉了好一阵子，拖拉机终于突突地冒起了黑烟。摸着抖动的拖拉机，立仁递上香烟，他将站长拉到边上，蹲在荒草丛中，喷了口烟，眯眼问：站长，你看我是买，还是长租？站长低头想了下，侧过脸笑着应道：你们大老远过来，租我能做主。租金都好说，关键就是让农机站原来的几个拖拉机手有事做。买嘛，说实话，我做不了主，那得问问公社。

听说要将拖拉机改成推土机。站长拉着立仁，找到韶关机械厂，说好了价格，将三台拖拉机开了过去。站长搓着脸，摇着头说：农机站穷得叮当响，根本没钱付改装费。立仁颠了下手包，拍着他的肩说：站长，拖拉机是站上的，我是承租方，按说这改装费就得站上付。这样吧！你也别闹心了，改装费我先垫上，将来从租金中扣。站长点着头，附在他耳边应道：后面事都好说。想买的话，我到时给公社说说，应该不成问题。你看这两位修理师傅，家里情况都不好过，他们缠着我，都想跟着你过去。你得帮帮忙！立仁有点犹豫。站长扯着他的胳膊补充道：你放心，他们都会开拖拉机。

僵卧在荒草丛中的拖拉机，成了推土机。立仁让师傅重新刷漆，他租了两台解放汽车，带着几个拖拉机手，浩浩荡荡回到狮门。他叮嘱几位师傅：大家不要乱说话。如果有人问，就说推土机是我买的，你们都是我雇的。有人问从哪里买的，你们就说不清楚。立仁买了三台拖拉机，狮门人有点不敢相信，在他们心中，拖拉机那是和公社连在一起的。几台推土机成了个方阵，没日没夜地冒着烟，就像红色的甲壳虫，吞噬着解体的山林。

来到坝面，看着安义叔歪斜的屋子，锦堂让他搬下去。安义笑着说：这里清静，我习惯独自在这山水间，听着蛙鸣和蛐蛐叫，感受自然的灵气。锦堂转了圈，坐下来问：安义叔，我正在建厂房，过几天我找几个人过来，材料都是现成的，把你的房子翻修下。安义摆着手：阿堂，你的心意，阿叔领了。这是大队的泄洪房，那是集体财产。我是"五保户"，除了不中用的身体，阿叔就是个彻底的无产阶级。锦堂笑着应道：安义叔，这房子咱不动，我在边上另盖两间房。我给立勤说下，你不用操心。安义嘻嘻笑着，喃喃道：这样不好吧！阿堂，阿叔这辈子，最怕麻烦别人了。

来年的仲夏，挨着泄洪房的两层楼建好了，掩映在茂密的树林和藤蔓间，前面是港式的临湖平台，水泥台阶连接着水面，有排钓鱼的位置。锦堂在树梢装好天线，带了台电视机过来。瞄着五彩的画面，安义抿着掉了门牙的嘴，滚溜着眼珠，摆着手说：阿堂，阿叔这眼睛，画面一闪一闪的，就是看不清楚。锦堂摆着手说：看不清，你就听声，有时听比看还好。他摁开电扇，一股清风摆了过来。安义伸手撩着，仰头盯着头顶，扑闪着眼睛。锦堂扶着他坐下，笑着说：这是摇头电扇，不是屋顶的吊扇。过了一段时间，锦堂在楼下客厅墙面上，挂上一幅有点现代味好像几瓶歪斜油壶的油画。

骑着摩托车，立勤来到坝面。瞄着波光粼粼的水面，他感慨地对锦堂说：同样的地方，就看你怎么用。在狮门人的心中，这个地方，旁边的山丘上都是坟堆。小时天黑的时候，我都不敢从这里过。你看现在收拾得我来了都不想走了。他摆着手，走进客厅，扫视一遍，盯着墙上的那幅画，挠着脖子，琢磨了半晌，转头问：锦堂，那是什么东西？锦堂瞥着他，笑着应道：就是几瓶油。立勤讪笑着，摇头走到门口。锦堂贴在他耳边，低声说：立勤，水库排水沟的田螺不错，你得闲的时候过来，咱们用岸上新鲜的紫苏，炒一盘田螺，肯定有小时候的味道。立勤转过身，笑着说：阿堂，你现在可是大老板了，国家开放了，咱们都得往前看。我觉得还是现在的政策好。

扛着铁锹，权叔从山丘上下来，他瞥着坝面上的那座小楼，想起了狮门人的说道。他犹豫着沿着山径，踹着脚上的软泥，缓缓走了过来。锦堂正在和安义叔聊天，没等他起身招呼，安义偏过头问：忙啥哩，今个儿咋想得起过来了？权叔跺着脚上的泥沙，拄着锹把，摆手应道：安义，今年雨水多，祖坟前积了滩水，我过来拾掇一下。稀奇地瞄了一会儿，权叔坐在竹椅上，他笑着说：安义，狮门最舒坦的人，就算你了，你活得像神仙一样。

抹着下巴，安义吸纳着应道：老支书，这都多亏了你。权叔一愣，感到他话中有话，他不好意思地摇着头。安义摆着手说：你给我定了个"五保户"，又将泄洪房给我住，安义才有今天哪！权叔站起来，走进客厅，盯着那幅画问：画的是啥呀？锦堂手指点着画，应道：权叔，就是几瓶油。安义叔因为丢了油，才犯了错。他说墙上挂上几瓶油，就是不时提醒他，不要再犯错了。权叔不解地瞥了他一眼，背着手噢噢应着走出来。瞥了眼腕上的电子表，权叔接过锦堂递来的香烟，夹在耳背上，他拎起锹，晃身下了坝面。望着他弯腰蠕动的背影，锦堂感到记忆中曾经威严得让他怯惧的权叔，已经变成乡间小径上一个普通的老头了。他搓着面颊，感受到了命运的无奈和捉弄，隐埋心中的疑惑和隐痛，在就要开解发酵的瞬间，他又将它弥合住，不愿再去触碰了。

深圳成了经济特区，报纸广播不停地报道着。深圳就像点着的炮引子，喷着火星，蹦跶刺溜着，想着怎么伸过罗湖桥，搭上香港这艘国际化的航母。在香港注册公司的台湾人，终于看到了机会。他们通过关系，和内地联系，筹划着投资办厂。从北方调过来的基建工程兵劈山填海，逢水架桥。包裹着茂密林木、千百年来沉睡着的石崖和山丘，在连串的爆破声中，开膛破肚，将自己的躯体，奉献给了特区。

锦堂带着几位台湾老板，在狮门考察了一番。用完了午餐，瞥着漫天翻滚的云层，他们让锦堂陪同，去深圳拜会招商局。招商局的人带着他们，站在半山腰临时搭建的工棚中，指着下面山海相接的工地，点着几个人扯起的规划图，介绍着这片土地的未来。锦堂接过台湾客人的望远镜，举起来转动着焦距，对着偌大的工地晃着：各式工程机械，冒着浓烟，裹在烟尘中，像群盔甲勇士，笨拙地在炸开的土堆中，抖动翻腾着，将石块沙土，推向海边。碧波荡漾的弯曲的海岸，随着飞溅的石块，齐整地向前踢着正步，红褐色的平地像飘带，在海和山体间拖拉延展。一阵雷雨过后，黄褐色的泥流，恰似一把刀子，切割着刚刚成形的山体和道路。散落在工地上的建设者，纷纷跳下机械，他们解下安全帽，举在空中，对着漫天的乌云和网状的闪电，颤抖地拍打着如注的雨水。一群人哗哗脱掉上衣，抹着发梢的雨水，搓着面颊的泥垢，一直搓到腰间，随着一串噼啪的闷雷声，映着乌云翻滚天幕上的网状闪电，大家振臂嘶吼着，好像在向天地炫耀，他们就是这片土地的开拓者。前方泥流汇在一起，顺着切割成的沟渠，咆哮着涌入大海，在大海的抚慰下，浊流平静了。

回到狮门，锦堂心里久久不能平静，想起深圳的场景，他将电视和报纸上的文字和图片，和自己几次考察的场景，镶嵌在特区的符号中。特区成了开放的酵母，深圳从烟尘雾罩的火热工地中走了出来。港商将目光聚焦在深圳，对锦堂厂房的需求降温了。锦堂收缩工地，控制成本，他庆幸这两年抓住了机会，自己的工业区，也算有了一定的规模。立仁购置了几台推土机，又贷款买了几辆运土方的货车，他带着自己的土方队，经锦堂的介绍，转战到了深圳，给几家港商企业平整土方。他不停地回到狮门，招收新的工人。看到立仁生意红火，国盛跟着他来到深圳，认识了几位港商，得到了建造厂房的工程。回到狮门，国盛将工程匡算了一番，他找到国柱，让他通过立勤，找到信用社，贷了一笔款。国盛用挣到的钱和贷款，买了搅拌机和脚手架，他带着国梁和几位兄弟，领着一群工友，到了深圳。凭着一口白话，立仁和国盛互相提携，很快和港商混熟了，生意好得让他们捂口窃笑。

狮门公社撤销，恢复了狮门镇。做了几个月镇委书记，锦康便离开狮门，成了县上主管外经的副县长。立勤上调镇政府，做了副镇长，负责外经工作。离开狮门前的那天下午，锦康一个人抽着香烟，沿着狮门的大街小巷，满怀深情地走了一遍。每到一个地方，在那里发生的事，就像电影一样，在他眼前晃动，动情的时候，那些已经离去的人，好像从虚幻中飘了出来，对他说着久远的人和事。坐在学校的操场边，锦康眯着眼，喷了口烟，他好像看到了学生跑操的队列，听到了校园里琅琅的读书声。

天色暗了下来，锦堂和立勤找到锦康，说他们商量着，在镇上餐厅订了个包房，一帮同学想为他送行。站在桥上，瞭着夕阳下红彤彤的江面，锦康猛吸了几

28. 高升

口烟，转身笑着说：平时工作忙，没有时间想心事，我要离开狮门了，一下子放松了。恍然一算，我在狮门工作已近二十多年了。狮门刚刚发展起来，我却要离开，我真还有点舍不得。立勤走上前，指着锦堂那片厂房，笑着说：老师，这些年，狮门多亏您这样的掌门人。我们抓了个时间差，现在可以说是百业兴旺，大家就觉得时间不够用。

映芬挽着国柱，在餐厅门口等候。锦康快步上前，握着国柱的手，一起进了餐厅。阿财坐着面包车，在酒店门口下来，他摘下墨镜，指挥着司机，将纸箱搬进去。他撩着头发，从裤兜掏出一串钥匙，掰开小刀，滑开纸箱封口，拎出几瓶洋酒，笑着放在桌上。他拿出一条"三个五"香烟，拆开每人派上一盒，扶着椅背，低头笑着说：姨夫，您是领导，平时我很少麻烦您。知道您高升了，阿堂高兴，几天前就让我准备。这是香港带过来的酒，法国的，蓝带还有轩尼诗，算是给您饯行了。锦堂拿来菜单，递给锦康。锦康摆着手说：不看了，又不是招待外商。咱们聚在一起，不是为吃，也不是为喝，品的是经历，说的是感情。

锦堂腼腆，国柱木讷，映芬是个女的，阿财虽然也是同学，跟大家在学校时不熟。立勤看了大家一眼，站起来说：这些年，大家在狮门，都在忙自己的事，也没有一起吃过饭。书记，不，今天咱们得叫老师。老师高升了，咱们这些老学生高兴，得好好陪老师喝上几杯，热闹一番。几杯酒下肚，大家分头敬酒。轮到了国柱，他操起酒瓶，咕咚倒了两个满杯，豪气地说：老师，映芬喝不了酒，我就代她了，来个双份的。映芬白了他一眼，扯了下他的袖子，让他悠着点。国柱瞥了眼立勤，端起酒杯晃着说：老师，我上学时不好好学习，没少让您操心。还和立勤带着一帮同学，批斗过你。当时我并没有觉得自己有啥错误，这些年每每想起这些事，我心里就憋得慌，觉得对不住您。我这个人性子直，说实话，想让我给谁认个错，真不容易。批斗的事，我一直想给老师认个错，就是没个机会。今天您要离开狮门了，我再不认错，恐怕以后再没这个机会了。所以今天就用这杯酒，向老师认错道歉。立勤赶紧站起来，端起另一杯酒，双双举在锦康面前。锦康摆手笑了，他端起酒杯，晃着瞄了眼，拍着国柱的胳膊，感怀地说：国柱，过去的事就让它过去吧。沉迷于过去，就会纠结于过往的恩怨中，也就没了前行的动力，成了开创明天的羁绊。你们看现在国家的发展势头多好，咱们生在狮门，能率先感受到改革开放的春潮，这是多么幸运的事呀！我就要离开狮门了，说实话，真有些舍不得呀！我希望你们这帮同学携手共进，为自己也为狮门的未来，续写人生美丽的华章。

喝了一个满杯，国柱抹着垂滴着酒液的嘴巴，攥起拳头，捶了下桌面，红着脸说：祝贺老师高升！平时大家联系不多，老师要走了，我心里还是有些舍不得呀！锦康摆着手，笑着应道：国柱，以后不要再提过去的事了，那是一个时代的遗憾，你是国家的英雄，这点不会变。立勤添上酒，端起杯子，手搭在国柱肩上说：老师，这些年跟着您，学了不少东西。到县上工作，大家高兴，您可不能忘了狮门这帮学生呀。锦康喝完酒，对立勤说：国柱身体不错。我一直琢磨着给他一个位置，让他融入狮门发展的大潮中，没想到自己要离开狮门，说来有些遗憾呀！立勤揽住国柱肩膀，偏头红着脸看着他，笑着点头。锦康坐下来，拿起毛巾捻了下嘴，转头对立勤吩咐道：立勤，我给新来的书记说说，必要的时候，让国柱出来，做做事。整天闷在家里，也不是个事呀！

端起酒杯，阿财拉着锦堂过来。举起酒杯，锦堂说：老师，当初回来，心里没有底，就写信给您。是您给了我回狮门的信心，我有今天这样的事业，多亏了您。锦康拉开椅子，站起来应道：我也得感谢你呀，锦堂。没有你这只头雁，狮门也不会有今天这样的局面，你带活了狮门。锦堂晃着杯子，瞥了眼阿财，对锦康说：老师，您就要离开狮门了，咱们原来约定的合作事项，会不会有什么变化？锦康将立勤叫到身边，爽脆地交代道：立勤，阿堂的事你们得按照原来订立的协议办事，这关乎政府的信誉。他又转过身，拍着锦堂的肩膀说：锦堂，这事你就放心吧。我到了县上，还是分管外经。有啥困难，你可以随时找我。立勤还在狮门，也是镇上的领导，你不但要将现在的事做好，眼界可以再大些。我想你可以联系香港的资源，要从全县的范围着眼，想着做些大事。县上会全力支持你的。阿财晃着脑袋，笑着插话：姨夫，锦堂就是保守，凡事总往坏处想。他歪着嘴巴，奚落地抖着酒杯，转过脸对锦堂说：老细，县长可了不得，那是管镇长的，你怕啥呀！

29. 走私

深圳特区像个风洞，将全国各地的寻梦人，吸引了过来。到那一看，几条现代的公路，就像光秃秃的树枝，带动着边上成片的工地。罗湖中心区，也是几片零落的房子。香港的货柜车驶过了罗湖桥，特区内是免税的，港货涌了过来。二线关没有完善，港货渗流到外围。闯深圳的人，工地上找不到机会，又不甘心灰溜溜地回去，便在特区外寻找挣钱的机会。得知将特区内的港货，偷运到外围的区域，转卖给商店，能即时得到丰厚的回报，流落在街头、涵洞、工棚和密林中的寻梦人，成群结伙，蚂蚁搬家般地将各式港货，偷运到外围区域，暗地里联系好买家，一手交钱，一手交货。

狮门毗邻深圳，本是南粤名镇，服装商贸已成气候，各地的客商云集，走私的货品到了这里，搭乘着服装商贸，流通到全国各地。大半年下来，狮门街巷出现了各式各样的商铺，偷运货品的人，在街巷溜达，他们瞥着四周，弯腰闪进店铺，撅着屁股，肘撑在柜台上，敲着台面，对着走出来的店主，嘿嘿笑着。店主走过来，肘也撑在柜台上，对望滴溜瞬间，店主脖子伸长，嘴巴搭在对方耳朵问：什么走东西？对方低声应道：电子表。价格谈定了，那人匆匆走开。走私过来的东西，隐匿在其他地方，店铺藏着样品。内地客商进店，肘撑在台面上，手撩着腕。店主拿出的表，试探几下，谈好价格，说好交货的时间和地点，内地客便匆匆离去了。

狮门的旅社，人满为患。国盛带着媳妇在深圳做工程，很少回来。权叔的大佬帮着照顾孩子。他跟着镇上醒目的人，将自家空置的屋子，收拾干净，摆上几张床板，犹豫着租给一个叫春生的福建人。大家熟了，语言配合着手势，能够磕磕巴巴地交流了。春生有什么货，告诉权叔的大佬。他拎着水烟筒，联系好买家，再让他们过去对接。一个月后，他不再下田，收着几间屋子的租，在春生一伙人的恭维下，权叔的大佬感到平生从未有过的痛快和舒坦。

田里归来，在祠堂前的榕树下，权叔见到大佬。大佬将他叫到树下，抖着肩上的衫子说：阿柱挂着拐，在街上踽蹒着，你们就没看出点名堂？也不想着做点啥？权叔拄着铁锹，摇着头说：他每个月有工资，虽然待在家里，也是公家人。他心里不紧不慢的，我也不好说他。大佬瞥着锹上的泥，跺了几步，扬起手说：阿权，别在田里忙活了，你能挣几个钱？你家那可是佘家的老房子，在河涌边上，位置最好呀，过了桥就是锦堂的工业区。你回去和阿柱合计一下，将家里多余的屋子，包括柴房收拾下，搭上几个床，租给那些外地人，总比你在田里忙活着好。权叔挠着头，笑着就要走。大佬走过来，弯着腰又说：给国柱说声，那些外地人带过来的东西，放在你那里，过几天就有人拿走了，你帮着照看几天，也不少挣钱。

回到家，靠在檐下，抽着水烟，瞄着自家的房子，权叔琢磨着大佬的话。国柱推开门，进来坐在竹椅上，摆着手说：老豆，镇上的派出所，在荔枝林的破房中，搜出一堆收录机和录像带，将几个人铐了回去，说他们走私。权叔喷着烟，抹着眼睛，瞥了他一眼，摇着头说：我走在街上，大家老支书地叫着，你虽说挂着拐，那也是狮门的英雄。狮门人把咱抬得高，咱们也感到和别人不同，人家都想着揾钱，咱们却想着自己的名节，就是放不开手脚，我看这日子呀，得走下坡路了。

点上烟，喷了一口，国柱眨巴着眼睛，笑着说：老豆，我有工资。映芬在锦堂那里，收入也不错，咱不缺钱，你就甭和别人比了。权叔磕着水烟锅，站起来，走了几步，回身说：国柱，你看咱们邻家，将屋子收拾了，租给外地人。咱那两间屋子，空着也是空着。我和你妈商量了，咱不如收拾干净，租出去，也可以帮着那些外地人存点东西。国柱操起拐杖，划着地说：我听派出所的战友说，狮门的海关批下来了，还在筹建水上边防派出所，白沙头那边，将来还有个检查站。倒卖港货，国家政策不允许，也没有什么前景。

瑛子来信了，说她准备再婚，男方是工厂的司机。国柱承诺的牵挂，有了着落。边防归来三年，夜深人静的时候，他给映芬讲指导员的事，动情时分，煞是伤感。映芬的头贴在他的胸膛上，安慰着他，让他隔两个月给瑛子寄些钱过去。刚开始的时候，瑛子将汇款退回，说她有工资，生活好着哩，让他不用操心。国柱的脾气上来了，写了封信，深情回忆与指导员的兄弟情义，恳求瑛子，收下那点心意，安妥他的心灵。瑛子从了他，间或写信，说着雪梅上学的情况。

深圳的二线关，整修合龙了。顺着路网，设了几个边防检查站，内地的人进入深圳，需要出具公安部门签发的边境通行证。狮门蚂蚁搬家似的倒卖港货的人流，倏然锐减，膨胀起来的商铺生意，淡了好多。蛰居在民宅和窝棚中的外地人，等待时机，看到没有希望，纷纷离开了狮门。

海关挂牌了。外资厂的车，不用再到罗湖报关，在狮门经过查验，打上铅封，凭着海关签发的单证，就可以出关了。珠江口的江面上，飘着国旗、闪着警灯的快艇，箭一样贴着水面，迎风颠着，盘查可疑的船只，守候着水面防线。白沙口的检查站，骑着摩托的缉私人员，接到线报，盘查着过路的车辆。

春生一伙人走了。权叔的大佬的屋子空落落的，他靠在门框上，抽着香烟，想着大半年中，人进人出热闹的场景，一群外地人，将自己围着中间，媚笑恭维着。他叹了口气，眨巴着眼睛，仿佛一切都在梦中，摸着口袋里的钞票，又是那么真切。他蹲在屋檐下，瞄着暮暮的太阳，听着收音机，沉思了好长时间。站起身，想起可能荒芜了的田，操起耙耙，推开院门，踩着荒草间随风露着青泥的田坎，他弯着腰下地了。

权叔挽着裤腿，戴着草帽，在稻田里拔草。大佬过来。他直起腰，上了田埂，操起水烟筒，咻嗒着过来。大佬笑着说：当了一辈子农民，想到田荒了，心里也就慌了。我有些坐不住，还得过来看看。权叔蹲在田埂上，拿起水烟筒，捻上一锅烟，用打火机点上，他嘿嘿笑着。他捏着脚面上的泥粒，屁股颠了几下，歪过头说：阿柱见过世面，我将你的劝说，给他说了。他摇着头，说国家一定会整治，倒腾港货的，好景长不了。

大佬直起腰，将淋着泥水的荒草，扔在沟渠边，应道：就几个月时间，抵种几年的地。权叔低着头，搓着腿肚子。大佬捶着腰，挥着手说：国盛半年多，都没回过家了。他生意脱不开身，他捎话回来，让我不要下地了。权叔点着头。大佬笑着说：细佬，我不像你，一直当着干部。大佬就是个劳动的命，没事做，浑身就不舒服。权叔摆着手，摇着头应道：国梁和媳妇跟着国盛，也去了深圳。我当初将国梁早早分出去，跟着国柱过活，这么多年，我清静惯了。现在，国梁的孩子一过来，我的家里忙活不过来。大佬摆手笑着说：哎——都是为了挣钱。

春生一伙人，回到深圳，他们想进厂做工，听到待遇，大家冷了半截。他们散漫惯了，勉强着进了厂，却受不了港式的严格管理。结伙出了工厂，他们想起了狮门。回到狮门，春生开始向福建倒卖服装，机会到了，也倒腾些港货。看到服装厂生意好做，来到狮门的外地人聚在一起，一群老乡、几个朋友、道上的知己，合伙租借地方，纷纷办起了服装厂。在福建，春生有自己的销售门道；在深圳，他又能买来二手针车，购进新潮布料；在狮门，他还有权叔的大佬的帮衬，他和这些年一起打拼的兄弟们，挖来外资厂的服装师傅，租借锦堂的厂房，让权叔的大佬做持牌人，办起了一间中型的服装厂。凭着倒卖港货的胆识，他们咬着牙关，拼着发财的冲动，消化外资厂内销的款式，慢慢成了气候。

春生租了权叔的大佬的屋子。权叔的大佬不时去春生服装厂，转悠一番，看到墙上执照上有自己的照片，写着自己的名字，想到春生每月付给他的挂名费，他的心里喜滋滋的。忙活完一天的事，春生回到权叔的大佬的院子，几个福建老乡过来，大家坐在用石板垒起来的桌边，摆上工夫茶具，用闽南语絮叨着生意。权叔的大佬弯腰进门。这伙人赶紧起来，笑着递上闪着黄晶晶茶液的茶盅。经不住他们的客气和蛊惑，他犹豫着接过茶盅，抿上几口，他眯着眼，嘴巴噗喋了几下，听说茶能解乏，仰头喝了下去。

一伙人围着大佬坐下，春生递上香烟和闽式小吃，笑着问：阿叔，我想再用您的名义，办个个体户执照，做商贸生意。权叔的大佬撩起裤腿，在腿肚子上搓了几下，扬起手掌，猛地拍了下，他举着手掌，嘿嘿笑着。春生滴溜着眼珠，低头喷了口烟，走过来蹲在他腿前，拍着裤兜说：阿叔，我们就要您个名，别的您不用操心，我们付给你挂名费，还给您发工资。权叔的大佬看似随意的神色，倏然愣了下，他眨巴着眼睛，嘴角不经意地泛起了笑容，嘿嘿着点了下头。

挂着拐杖，国柱在邮电所给瑛子汇了钱。上了桥，靠在栅栏上，摸出香烟，瞄着落日的河涌，他猛喷了口烟，掏出汇款的底单，瞥了几眼，好像看到了隐埋在河涌丛林中的指导员的面颊。与指导员的生死之交，就像一只秤砣，始终压在他的心里。每当他遇到闹心的事，指导员就会闪现，他也会难于自控地扪心请教。搓着汇款底单，国柱顿感踏实好多，他捏了几下断腿的地方，心里有了庄严的自豪感。

坐在饭桌前，权叔正在喝汤。国柱进门，絮叨着镇上的新鲜事。权叔端着汤碗，翻着眼睛，三道抬头纹随着喉结的咕噜，上下抖着，他不解地瞄着国柱。大佬弯着腰，打着嗝进来。权叔拎来竹凳，让他吃饭。大佬摆着手，坐在屋檐下，轻蔑地瞥了眼窗台下的竹筒水烟，摸出一根香烟，叼在嘴上，他搓着打火机，晃着火苗说：阿权，你也算是大队的老支书，你看看狮门有谁还在抽竹筒水烟？权叔抹着嘴角，偏头笑了。

瞥了眼国柱，大佬吐了口烟，转头问：阿柱，镇上工商所的欧所长，听说是你的战友。国柱点着头。伯父弹着烟灰又说：上次那个福建人春生服装厂的执照，是我找立勤办的。那个春生还想办个个体户执照，我不想再麻烦立勤了，你得闲的时候，给所长说一声。过几天，我带着他们，去工商所找下他。权叔放下碗，从国柱的烟盒抽出一根烟，捻着说：大佬，你屋子里的那帮人，虽然见到人，表面都是笑着点头，眼睛总是躲躲闪闪的，我看有些不正道。我劝你别管那些事了，万一有什么冬瓜豆腐，镇上的人怎么看咱？大佬笑了，摆手应道：阿权，你是老支书，重名节。我就是个老村民，觉得这些人身在外乡，确实也不容易，能帮咱就帮下人家。

搭乘摩托车，权叔的大佬带着春生，来到工商所。欧所长放下报纸，挺直身子，听说是国柱的大伯，他点头挥手，让他坐下。打量着站在边上的春生，所长刚要摸桌上的烟盒。春生赔着笑，递上香烟，奉上火苗，那一闪一晃的火苗，浸含着恭敬、尊崇和忐忑。欧所长犹豫着接过香烟，瞥着抖晃火苗中春生那一张一合的白牙，感到他的喘息在扑棱着火苗。火苗熄灭的瞬间，他的烟头搭上了，随着吸气声，火苗即刻立正了。喘息平缓了，春生仰头嘿嘿着。听着权叔的大佬说道，欧所长靠在椅背上，踩着桌侧的台板，仰头盯着日光灯，喷着烟圈。权叔的大佬说完了，所长闭眼晃身，手指撩着眉间，沉思了半晌，突然睁开眼，偏头朝着里间，喊了几声。一位穿着褐色短袖制服，蓄着卷发的小伙出来。所长嘀咕了几句。小伙拿来几张纸，放在桌面上。所长直起身子，敲着敷着纸张的桌面，板着脸说：先填好表，再交上来，我们要送到县局审批。

春生赔着笑脸，点头哈腰出来，他扯着权叔的大佬，进了家大排档。几个老乡围着他，递烟斟酒，用热情的谢意包裹着他。酒酣饭饱后，春生将权叔的大佬送回家，顺手塞给他一沓茶水费。表填好了，交了上去，执照一直没批下来。在春生的央求下，权叔的大佬去到工商所，催了好几次。夜深人静的时候，村子的狗一阵狂吠。头门咯吱一声，随着急促的脚步声，春生带着几个人，将板车上的布袋抬进屋子。权叔的大佬撩起蚊帐，披衫趿鞋，推门出来。春生一愣，摆着手，几个人退到屋子。他笑着说：阿叔，刚到的布料。权叔的大佬打着哈欠，他摆手笑着，向茅房走去。

带着两个孙子，来到镇上的餐馆，权叔要了锅猪杂粥和几盘肠粉。吃完早餐，孙子抹着嘴巴，牵手跑了。他单脚撑在条凳上，手撑在膝盖上，吧嗒着香烟，盯着熙攘的街道上穿着各种款式衣服、操着不同口音、吵嚷忙碌着行人。他七十多岁了，这般景象，只有青年时随着东家，用船起运货物到了香港，在码头上见过。几十年过去了，香港那个年月繁荣的景象，定格在他的头脑中，成了他渴望美好生活的现实图腾。这几年，他越来越感到，狮门就像当年的香港，他为自己是狮门人而自豪，得闲的时候，他习惯于蹲在街边，看着忙活的人流，他甚至有了东家的感觉。

渔船回港了，渔民们搭上布着木条的踩板，将海鲜搬下来，用拖板车运到临街的海鲜市场。档主们拎着水淋淋的鱼虾，高声叫卖着。工商所的市场管理员，拿着发票，喊着市管费的数额，恰似谈生意那样，他们接过几张钞票，塞进人造革袋中，用圆珠笔画一下，扯下发票，递给摊主。春生起床刷牙的时候，见权叔的大佬从外面溜达回来，他停住牙刷，抹着嘴巴滴着的泡沫，偏头问起执照的事。收了春生的茶水费，权叔的大佬心里过意不去，他答应找欧所长，再问问执照的事。来到工商所，看到大门闭着，想起正是工商所收费的时候，他转身弯着腰，和熟人寒暄了几句，便咪嗒着回家了。

推开院门，权叔的大佬踱了圈，他走到那间用柴房改成的屋前，见门锁着。他撩起窗帘，瞄了眼屋子里堆着的春生的货。摸着裤兜里的钱，他走出院门，坐在河涌边上的树墩上，瞭望着对面锦堂的工业区。桥上传来摩托行驶的声音。他缓缓地站起来。欧所长坐在三轮摩托的偏斗中，叼着烟，随着摩托的突突声，他的身后拖着一团黑烟，摇晃着颠了过来。权叔的大佬以为送执照来了，他连忙走到路边，掏出春生给他的香烟，举在空中抖着。欧所长跳下摩托，嘟着脸，嘴角的烟蹦跶着，好像不认识他。他驻步拨开权叔的大佬伸过来的手，瞪了他一眼。欧所长带着人，踹开大佬家的门扇，风风火火地冲了进去。

权叔的大佬蒙了，举在空中的烟盒，还在抖着。他眨巴着眼睛，缓过神来，快步跟着进院。欧所长将屋里的袋子打开，他抖着袋口，瞪着站在门框中，透着光影像木偶般蔫了的权叔的大佬，厉声问：这些货是谁的？权叔的大佬低着头，想起自己是本地人，他瞬间有了底气，便抬起头，瞥了所长几眼，笑着问：怎么了？货是偷来的？欧所长哎哎着，扔下袋子。他的属下挥着夹子说：这些都是走私货。货要没收，人要跟我们去所里问话。

想到货放在自己家里，春生回来若是要货，他该如何是好？权叔的大佬拦在门口，挥着手说：货都是福建客人的。你们搬走了，我怎么向人家交代？欧所长推开他，走到院子，在几间屋子看了个遍，指着权叔的大佬说：你这般年纪了，又是国柱的伯父，如果是别人，帮助走私分子私藏货物，那就是投机倒把行为，我们也要将你带回去调查，还要罚款。权叔的大佬噘着嘴，倔强地偏着头。接过属下递上的纸，欧所长抖着塞给他，瞪着眼说：告诉那些人，让他们到所里接受调查，这是扣留货物的单证。

回到家，国柱说了春生走私的事。权叔搓着脸，叹着气说：任何事总得有个规矩，现在政策开放了，新的事情不断出现，情况严重了，就得整治整治。他拎起水烟筒，燃起锅烟，转头问国柱：货没收了，那帮人会不会找你伯父的麻烦？国柱摇着头应道：立勤说这是全国的严打行动，不但要没收走私的货物，情况严重，还要判刑哩！那些人就像田里的鸟雀，在狮门找不到食，又受到了惊吓，我估计他们远走高飞了。权叔站起来，出了院门，来到大佬家。大佬坐在门前，垂头丧气地搓着脸。权叔坐在边上，咳嗽着吐了口痰，摇着头说：听说国盛在深圳的生意不错！大佬点着头。权叔笑着说：只要他的生意好，你守好家就行了，别再张罗着挣钱了。大佬摊开手，嘴巴哝哝着，满脸委屈。权叔转过身子，伸长脖子安慰道：你放心吧，国柱问过了，这是国家的整治，那帮福建人不敢回来了。

清明节到了，按照狮门人的讲究，在外工作的人，无论事情多么紧要，都要赶回故里祭祖。同族的人抬着乳猪，摆上祭品，在长辈的带领下，在自家祠堂焚香祭拜后，再顺着田埂，来到自家的祖坟，修葺一番，然后燃烛焚香，叩拜祈诵。回到家里，同族人就可以分享祭祀后的乳猪了。锦堂带着母亲，从香港回来，他张罗着佘姓户族，祭拜后，在镇上酒店，摆了几桌，热闹了半天。立勤是公社干部，族里的事不好出面。立仁从深圳回来，给同族的老人奉上礼品，着实光耀了一番。国盛低调，本不想破费，看到其他家族的情形，经不住父亲的坚持，在权叔的带领下，按照记忆中的程序和讲究，重温了古旧的祭拜之礼。

几年的建设，深圳的骨架出来了。特区鼓励外资企业，出台了限制"三来一补"企业的政策。有了"二线关"，内地蜂拥而至的劳工，被限制在关外。凭借边防证进入深圳的人，没有工作岗位，又办不到暂住证，也被遣返到关外。看好"三来一补"生意的港商和台商，将眼光盯在关外，"三来一补"的厂子就像荡漾的海潮，一波接着一波，向狮门涌了过来。这几年锦堂的工业区不温不火的，一下子成了香饽饽，不到半年的工夫，就没了拓展的空间了。

狮门沸腾了：南来北往的生意客、扛着行礼结伙而来的打工者、工厂写字楼和食肆的港客和台湾人，都在狮门狭小的空间，寻着自己的梦想。狮门成了不夜城，商店霓虹闪闪，食店冒着热气，发廊闪烁着暧昧的灯柱。吃完夜宵的老板们，躺在洗头椅上，闭眼感受着洗头妹轻柔的搓洗，缠绵的絮叨，混着洗发水气味的香气。下了夜班的工人，结伙走出工厂，坐在小吃店里，嬉闹着享受一天中最惬意的时刻。找不到工作的打工者，用仰慕的眼神，盯着酒店和发廊进出的客人，羡慕地瞄着工厂出来的人，他们挨着每个厂子，询问着招工的信息，盘算着明天的作为，实在支撑不住了，他们散落在涵洞下、河涌边、柴堆旁，蓬头垢面地互相偎着，或者趴在行李上，在酣睡和迷离间游离。

镇上成立了加工办。映芬从锦堂的公司回来，做了加工办主任。外来人口剧增，狮门的治安成了问题。各个大队成立了治安队。抵不住立勤的劝说，国柱成了治安队队长。锦堂给治安队捐了几辆摩托车。在派出所和国柱的调教下，治安队员骑着摩托车，穿行在大街小巷。吃完早饭，国柱挂着拐，跨上摩托，突突着离开。权叔放下碗，弯腰走到门口，瞭望着烟尘中国柱的背影，他深深地吸着气，感到摩托喷出的油烟，好像厨房屋檐下飘出的炊烟，也有了香味。

开着面包车，阿财来到权叔门前。他叼着烟，斜着身子，腿交叉站着，单肩靠在门框上，叼着的烟一翘一翘的，手指搓了个响。放下水烟筒，权叔弯腰起来，拍着身上的土，笑着过来。阿财摸出一根香烟，嬉闹着插进他的嘴巴，送上火苗，看着冒出的青烟，眼眉挑着说：权叔，好事来了，你挡都挡不住！他拉着权叔，进院坐下，伸长脖子说：锦堂心里有您。权叔疑惑地瞥着他。阿财笑着续道：几年前，征您家蕉林的时候，锦堂说要补偿您两间铺面。权叔笑了，轻轻地点着头。阿财压低声音说：那块地方现在成了商业旺地。锦堂的商业街建好了，好多人托人过来，给出了高价，都在争着哩！他让我带您过去看看，让您先选两间。

搓着香烟，权叔摆着手说：当时征地，也就是个说道，我从来就没上心。你给锦堂带个话，就说我谢谢他的好意。铺面的事，就算了吧！阿财站起来，扯着他的胳膊，说老细交代的事，他得做好，不然回去交不了差。他将权叔推上车，啪地关上门。他拉开车门，坐上驾驶室，松开拉杆手刹，向工业区奔去。在商业街转了一圈，权叔掂量了半晌，他让阿财回去，说明天告诉他结果。阿财走了。天色暗下来，炫白的街灯照着空落落的街面。权叔抽着烟，蹲在不同的方位，瞄着霓虹和街头的喧闹，思量着铺面未来的潜力。

商业街很快兴腾起来。权叔开了家商店。批发商将商品送过来，卖出去再结账。他在商店外摆了台彩电，招揽生意。边上的铺面几经换手，成了大排档，卖着各地的小吃。那些店主就像机器，随着工厂的节奏，没日没夜地忙活着。晚上十点，权叔实在撑不住了，他关门回家了。他的铺面前面，成了两边排档的地盘，地面污迹斑斑。他弯着腰，板着脸，两边的女店主赔着笑，给他端来饭菜，操着方言解释着。权叔听得不大懂，他摇着头，回到店中，耷拉着眼睛，听着收音机的粤剧。两个月后，左边排档的店主，给他买了两条烟，想租下他的铺面。听了她开出的价码，和自己辛苦一月的盈利接近，权叔跺着脚，将铺面租给了隔壁的排档。

隔着百叶窗，阿财看见锦堂靠在大班椅上，拨弄着金笔，盯着工业区的地图发呆。他敲了下门。锦堂坐直身子，按了开门键。他晃着进去，将文件放在桌上，掏出一包烟，抖出一根，叼着嘴上，抢起火机，嘎嘣点着，半个屁股搭在桌上，眯眼偏头喷着烟说：老细，现在内地的消费上来了。我做了市场调查，咱们得将莱莉雅品牌推向内地市场。

锦堂拿起文件翻看着。走到他身后，阿财弯腰附在他耳边说：香港的电视剧风靡内地，粤语歌曲成了时尚，咱们要借着这股潮流，请香港明星代言，赶快将市场打开。见锦堂没有态度，阿财撅着屁股，肘撑在桌上，盯着锦堂：莱莉雅一直请伟哥做品牌策划，阿敏做形象代言，他们都觉得该出手了。

合上文件，靠在椅背上，锦堂晃着身子，依旧盯着工业区的地图，他沉思一会儿，直起身子应道：我同意你的分析。比较起来，做服装品牌，是个缓慢的过程，需要不断地投入。狮门当下的机会很多，从赚钱的角度，还是做厂房更加划算。立勤和映芬前几天过来，问咱们下步筹划。政府希望我们继续做厂房，在香港加大招商力度。

想起在港时，阿敏的殷勤和自己对她的承诺，阿财掐灭烟蒂，笑着摇头。锦堂站起来，拍着他的肩，宽慰着说：阿财，莱莉雅，我是一定要做起来的，那是我老豆的遗愿。前几天在县城，锦康陪着县长，请我吃饭，说县上正在做全县的路网规划，要在各界筹资，给付银行利息。老板出资修路，路通后可以用边上的地块，折抵成修路需要政府给付的资金。

　　瞥了锦堂一眼，阿财掏出一包万宝路，叼上一根，他心里同意锦堂的看法，想起了阿敏，他理性的判断，瞬间扭曲了。锦堂笑着问：你跟阿敏的事咋样？阿财挠着脖子，哧地笑了，晃着头说：老细，你比我有钱，但我过得比你潇洒，我就是不愿将自己拴在一个女人身上。锦堂哧地笑了。阿财直起身子，执拗地瞪着他，低声说：她原来冷，我这火一直偎着她，她虽没有滚烫过，却也是温温的，我就喜欢细火慢炖的节奏。这些年，咱们发达了，她也热起来了，我却成了无烟的红烬。

30. 英皇

　　吃完夜宵，阿财在街上溜达。油坊边上的巷子，闪着红唇女郎形象的霓虹，他打着嗝，脚步不听使唤地凑了过去。几位女孩在假发罩上，学着做发型。他眯着眼，隔着落地玻璃，打量了半响，觉得其中的一个有点眼熟。他靠在墙边，吐着烟圈，又专注地瞄了一会儿，突然间想起了阿敏。猛吸了两口烟，他踩灭烟蒂，推门进去。一群女孩围过来。他晃着身子，躺在洗头椅上，叫来那个女孩，让她给他洗头。洗发的泡沫，蘸在脸上，他条件反射地闭上眼睛。小妹坐在他的头顶前方，盯着他黑瘦的脸、茂密的卷发和脖子上沉甸甸的金链子。

　　昏暗的灯光下，小妹白嫩冒汗颤抖的胸、光洁的脖颈、喘气时上翘的小红唇、别致的鼻孔和调皮抖动的睫毛，直在阿财的眼前晃。他沉浸在惬意的视角游离和神游的想象中。小妹将他扶起来，用毛巾搓着头发说：老板，好啦！阿财没有缓过神，他愣愣地坐在椅子上，左右扭动着颈，咔咔了几声。他摸出一根烟，吐着烟圈，偏着头问：有位置吗？用生姜帮我推个背吧！小妹撩开帘子，走进里间，她探出头来，笑盈盈地招手应道：好啦，请进吧！

　　进了里间，阿财脱掉上衣，松开皮带，酥软地趴在按摩床上，从床洞盯着地面。小妹扯起帘子，勒了几下。盯着她的脚，阿财问：小妹叫啥名？她松开帘子，弯腰贴在他的耳边，轻柔地说：小敏，按照这儿的习惯，您就叫我阿敏吧。阿财一愣，软着的身子一挺，随即瘫在床上，他笑着应道：阿敏，这个名字好！想了瞬间，他偏着头又说：我就叫小敏吧！阿敏容易混淆。小敏笑了，她的手先面后点,边摁边讲穴位的功能,低头贴在他耳边,笑吟吟地问他有没有痛感。盯着她移动的脚步:她的脚趾整齐,没涂过指甲油,小腿匀称细嫩,看不到隆起的肌肉,虽然缺了力度,却多了美感。

遐想中,阿财分了神,漫不经心地应答着。小敏将冻的姜泥,敷在他搓捻后发热的背上。一阵冰冻,接着是蜇痛,他挺了几下身子。她双手来回快速搓热,站在他的头顶,双手在背上从轻到重,快速推搓。一会儿,他背部发热,有点刺痛。小敏说他湿气重,挫几下就起红见紫,要他每月推几次背。阿敏的手从颈推向椎尾,丰满的胸不经意地碰擦着他的背。看着她的脚趾一踮一踮的,他想象着上面的情形,禁不住眼睛上翻,见两条白花花的腿,来回晃动着。

回到了住处,阿财推开阳台的门,拖出一把椅子,哐当扔在阳台上。他掏出一包香烟,抖出一根,偏头捻在嘴上,撩起裤腿,腾地坐在椅子上,双脚交叉着搭在阳台的栅栏上。掏出打火机,扬手一甩,掌心生出一团火苗,飘着浓烈的汽油味,火苗荡到下巴前,他哑巴着燃起香烟,对着湿热难耐的夜空,阿财比嘴喷了几口烟,他眯眼打量着袅袅的青烟,感到那就像香港伟哥笔下的水墨素描,定眼细瞧,又恰似小敏跪在他身上挪动的身姿。半闭着眼睛,阿财一连抽了几根烟,他用惬意的想象丰满着感知的骨架,小敏的一颦一笑直在他眼前晃,没有香港阿敏的世俗和功利,透着单纯和稚嫩。江面上传来了货轮沉闷的汽笛声。阿财挺起身来,啜掉嘴上的烟蒂,他恍若隔世地搓着脸,觉得自己就像江面上的货轮,似乎看到了将要停靠的码头。接下来的日子里,阿财每天睁开眼,都会想到小敏。他晃动着牙刷,看着镜子中嘟嘟垂落的沫沫,想着生意和阿堂的交代,他寻思着在可能的空当,去发廊看看小敏。躺在发廊的按摩床上,阿财没有多少言语,他中意闭着眼睛,感受着小敏轻柔的指法,听她喋喋地絮叨,想起自己对于香港阿敏的承诺,他试图用想象中的阿敏置换现实中的小敏,刚开始想象中的阿敏还会勉强地晃动几下,随着时间的延展,她变得抽象了,在他的记忆惯性中淡漠了。几个月下来,阿财和发廊的小敏好上了。顺着她的意,在锦堂工业区的边上,阿财租下几间铺面,他将之装修成了发型屋,融进港台美发元素。小敏挖走了发廊的师傅,又带着一帮姐妹出来,成了发型屋的老板。阿财的朋友多,他带着港商和香港过来的朋友,成了发型屋的常客。发型屋披上了彩灯和霓虹,随着客人需求,不断扩大规模,用了大半年的时间,成了港客和狮门老板消遣的场所。到了年底,小敏将发型屋全年的经营,做了个盘点。看着她递上来的报表,阿财眨巴着眼睛，愣了半晌，他没有料到，看似不起眼的发型屋，竟然有如此可观的回报。

快过年了，打理完公司的事务，锦堂和阿财坐上公司的直通车，从罗湖回港。盯着阿财这几个月不断变化的发型，想起阿财拉着自己，来到小敏的发屋，小敏和阿财黏糊亲昵的神情，锦堂趔着身子，拍着阿财的手问：阿财，老实讲，那个小敏，是不是你的女朋友？阿财转头笑了，他拍着座椅的扶手，豪气地说：老细，我单身，是自由的，不像你整天牵肠挂肚，你累不累呀！锦堂拍着他的胳膊，竖起拇指，又笑着摇头。阿财趔身偏头，盯着他说：老细，春节回港，我想考察一下香港和台湾的娱乐业。狮门这么多港客和台湾人，他们在内地发财了，晚上总得有个去处呀。瞥着窗外的街道，锦堂摸着下巴。阿财伸长脖子，拍着他的胳膊，低声又说：老细，你不要看不起这个行当。做好了，比你建厂房出租的回报还高。锦堂叹了口气，摇着头说：老豆生前说过，生意最好是不熟不做。内地不比香港和台湾，弄不好，会出岔子的。

听说阿财回港，阿敏挽着他的胳膊，一起来到弥顿道。她不是买衣服，就是买手袋。天快黑了，她拉着阿财，在海港城吃了餐日本料理。走出酒楼，阿财摸出一根烟，偏头点上，盯着街上晃动的腰臀，他想起了狮门的小敏。阿敏走过来，拍着阿财的肩，说她约好了伟哥，等下到兰桂坊唱歌。街上逛荡了大半天，阿财的腿都软了。走进兰桂坊的包房，喝了两罐啤酒，他的精神又上来了。伟哥带着助理，拥着女友进来，要了瓶黑牌。阿财敬了他杯酒，搂着阿敏，将自己的想法说了。捧着雪茄，吹了几口酒，伟哥拍着他的肩，举起酒杯说：细佬，有的做，也有的揾。夜总会这行，我最熟悉，有帮香港兄弟帮衬，你肯定能发达。搂着阿财的脖子，阿敏在他的耳垂上亲了下，撒着娇说：财哥，听伟哥的，肯定没错。香港寸土寸金，场子小气，我去过台湾，人家的夜总会，那才叫气派哩！阿财用滴着酒液的嘴，在她的粉脸亲了下。阿敏揉着他的大腿，翘着红唇说：财哥，得有个气派的演艺场，到时我的姐妹，也可以过去给你捧捧场。

年初三，阿财接到锦堂的电话，说锦康和立勤来了，让他赶到京港酒店。阿财喜出望外，他知道夜总会能不能做成，最后还得锦康拍板。赶到酒店门口的时候，锦康正站在外面抽烟。锦堂招呼大家上车，要到鲤鱼门吃海鲜。锦堂带着立勤，在海鲜池点完菜。他拎着一瓶蓝带进来，让服务生斟上酒，摆在桌上。他拿出一盒雪茄，抽出一根，拔掉帽，抽出雪茄，剪掉屁股，用喷火的火机点燃，笑着递给锦康，让老师品鉴。疑惑着接过来，锦康吹了两口，摆弄着雪茄，转头笑着问：阿堂，你觉得我是不是像香港的黑社会大佬？阿财眨着眼，笑着应道：您是老师，也是大佬，不是黑社会的，应该是红色大佬。锦康吸了口雪茄，仰头靠在椅背上，他眯眼晃着指间的雪茄应道：阿堂，和你们这些港商打交道，按理我也得熟悉香港的生活，这样也好交流啊。立勤站在锦康后面，吹了口烟，俯身轻声说：市长，雪茄没事，古巴的卡斯特罗抽了一辈子雪茄，他也是革命者。

象拔蚌刺身上桌，锦堂往锦康碗里夹了几片，又转身给立勤夹。立勤端起碗，接了过去。锦康端起酒杯，晃着说：去年是值得纪念的一年，县级市升格为地级市，我成了地级市的副市长，这是我没有想到的。开过年，市里要展开主干路网建设，我和立勤过来，想给在港的乡里和港商拜个年，顺便推介路网项目。大家站起来，碰杯祝贺。锦康坐下来，拿起雪茄，盯着烟头的白烬，沾在嘴上吸了口烟，笑着说：锦堂，市里和狮门都想在港设立办事处。这边情况你熟，你帮忙找个地方，租也行，买也好，关键要来去方便。

趁着酒劲，锦康随和了好多，他红着脸，有说不完的话。敬了一轮酒，阿财心里叨咕着自己的事，他想说出来，就是插不上话。锦堂喝高了，他红着脸，扯着摇晃的锦康，嘴巴呜啦着，将他送到门口，看着他上车。他摆着手，让阿财送他们回酒店。坐在前面，阿财在司机耳边嘀咕了几句，车子沿着海边公路，停在兰桂坊门口。锦康下车，晃着身子，靠在车上，眯眼盯着葵花般巨型的霓虹，听着缠绵的音乐，看着成群着短裙的女孩，他支吾着问：这是什么地方？阿财扶着他，笑着说：兰桂坊。他打了个嗝，倏然趔着身子，扯着立勤，摆手就要离开。阿财给司机个眼色，一起拦住他们，笑着说：姨夫，过来唱唱歌，这也是香港的夜生活。你们感受一下，也好和港商们打成一片嘛。

伟哥和阿敏出来，他们扶着锦康，连拖带拽，不容他撅着屁股，缩身踹脚，大家一起拥着他，穿过厅堂，进了包房。靠在沙发上，锦康浑身不自在。阿敏拿着话筒，随着音乐，扭动着腰身，唱着《万水千山总是情》。在立勤耳边嘀咕了几句，阿财端起酒杯。锦康呆愣地盯着屏幕，嘴巴嚅动着。知道他喜欢粤剧，阿财点了首《禅院钟声》。音乐奏起，他将话筒递给锦康，让阿敏和他对唱。掌声热烈，锦康有了信心，包裹着的顾忌和腼腆在退去，随性慢慢释放出来。看到火候到了，阿财将锦康挽坐在沙发上，想说的事刚开了个头，音乐响起，锦康趔趄着站起来，支吾着推开他，他抄起话筒，瞬间有了状态。

回到狮门，在小敏的发型屋温存了几天，在她变着法子的蛊惑下，阿财投资夜总会的欲焰，越燃越旺，恍惚中，他憧憬着街边竖起了自己的娱乐城，门前车水马龙，通体的霓虹闪闪。他想从这几年投资锦堂工业区的分红中，拿出部分资金，又碍于情面，不好意思开口。他在东海渔村定了个包间，约了一帮回来办厂的莱莉雅的兄弟吃饭。火热的气氛中，阿财趁着酒劲，说了自己的想法。这帮人你一言、我一语，帮他畅想着未来。阿财举着酒杯，迷瞪着眼睛晃荡了一圈，随着一串打嗝声，他有些焦灼的心豁然开解了。

　　在锦康撮合下，锦堂拿着图纸，和市上的公路部门商量修路的事。协议签了，他在粤港穿行，筹措资金。锦堂回来了。阿财推开门，坐在他对面，抽烟笑着。指着桌上的协议和墙上标着虚线的路网，锦堂讲着项目的情况。阿财靠在椅背上，吐着烟圈，眯眼瞥着他，心不在焉地听着。感到他神情异样，锦堂问有啥事。阿财挺直身子，搓着面颊，沉思瞬间，摸着下巴，难为情地说：老细，跟着你，我才有今天。修路置换土地再建工业区，那都是好事，我思前想后，还是想做夜总会。锦堂轻轻地摇着头，笑着问：阿财，是不是想拿钱？阿财嘴角抽了几下，无奈地笑了，他点着头应道：老细，以前的项目，咱们的合作不变。下来修路的项目，你也得想办法从原来的项目中抽些资金出来。修路的事我就不参与了，你得给我抽出些资金，我还是想着夜总会的事。

　　镇上给映芬装了台电话。得天放学回来，顺着院门架过来的电话线，从屋檐头追到父母的屋里，他推开屋门，拿起电话的听筒，搭在耳朵上，随即摁了几个键，听见嘟嘟的声音，赶紧放下了话筒。虽然他在工业区的士多店看到过外地人排队打电话，他还是有些稀奇。瞄见柜面上的电话本，他翻到狮门中学办公室的电话号码，拿起听筒，犹豫着拨过去。听筒传来了总务主任的应答声，得天一时想不到要说的话，听着主任越来越急切的询问声，待对方埋怨着挂掉了电话，得天才心有不甘放下了电话。对于电话，权叔本不以为然，当了大半辈子大队支书，社员们没有摸过电话，他的台上总有一部电话，是那个年代权力的象征。坐在屋檐下的竹凳上，瞅着细细的胶皮电话线，想到现在的电话装在了自己家里，不是给他的，而是给映芬的，权叔心里有些不服气。他搓着脸，想到原来电话都是手指摁在数字的圆孔间，转动着拨号，还有吱吱的转动声，现在的电话好像没有转盘。他抬手摁着膝盖，缓缓站起来，瞥见院子没人，走到后院，从窗户朝国柱的屋子里望了几眼，他张望着推开门，缩身进屋，拿起话筒，随意拨了几个号码，听到嘟嘟声，他好奇地笑了。晚饭时分，国柱回来了。权叔拧开酒瓶，倒了两杯酒，父子对饮。得天上初中了，他抓起爸的酒杯，抿了一口，咧嘴喘气。国柱用筷子点着他，权叔递过酒杯，摆手慰道：没事，都成小伙子了，也到喝酒的年龄了。

映芬回来，将拐包放在窗台上。家婆走进厨房，给她盛饭。拐包传来嘀嘀声，一家人停住喝酒，齐目不解地盯着。映芬扯开拐包，拿出坠着链子的黑色方块，闪着绿色的光。得天呼地站起来，跑过去，偏头盯着。走到电话机旁，摁了一串号码，映芬对着话筒絮叨着。得天拿来方块，盯着顶上的屏幕，好奇地摁着侧面的键。放下话筒，映芬笑着说：这是BP机，也叫嗑机，有啥事，要找我，可以留言，也可以留个号码，我拨过去就行了。权叔愣了，眼睛眨巴着，摸着稀疏的挂着酒液的胡须，他不解地嘿嘿笑了。

狮门派出所升格，变成了公安分局，他们鸟枪换炮，将退下来的三轮摩托给了治安队。国柱上下班，他手下的治安队员都是开着偏斗摩托接送。半个月后，国柱搭着拐，耷拉着回来，皮带上挂了个方盒子，银色的链子扣在皮带上。得天跑过去，抠开盒盖，掏出大号的BP机，想拿出去玩，却被链子牵着。国柱拽了回来，塞进盒中。映芬回来，饭菜上桌，国柱的BP机响个不停，他操起来，眯眼晃着瞥了眼，推开饭碗，摆着手说：阿芬，立勤过来接我，约我出去喝酒。

扶着国柱，立勤出了电梯，阿财点头哈腰地候着。国柱一愣，瞥了他一眼，拐杖颤了下。立勤笑着说：大家是同学，别见外。进了包房，阿财递给国柱两条烟，拍着他的肩，笑着说：国柱保一方平安，小小意思。接过递来的香烟，国柱迟疑着搭上火，深吸一口，眯着眼问：立勤，我估计得天考不上高中，到时你得给校长招呼声，让仔有学上。没等立勤开口，阿财笑着说：公司给学校赞助了校车和几台电视机，校长给了几个名额，这事我来办，不用劳烦镇长了。几杯酒下肚，国柱红着脸，随和了好多。阿财揽着立勤的脖子，瞥着国柱，将他的事说了，要他支持。立勤靠在椅背上，盯着吊灯，吐着烟圈，思量一会儿，直起身说：这是新鲜事，国家引进外资，主要是实业，夜总会审批难度大，得市里同意。

倒了个满杯，阿财敬完酒，他抹着嘴角的酒液，贴在立勤耳边说：锦康老师主管外经，只要他拍板，这事就好办。你在镇上，和他对口，得带着我到市里，和他说道说道。酒足饭饱后，几个人勾肩搭背，趔趄着到了小敏的发型屋。阿财晃了下手，她推开里屋的门，找来几位小妹，将他们搀扶着，趴在按摩床上。趁着酒劲，调笑中，他们有一搭没一搭地应和着，在迷醉的想象和温柔的侍应中，起了鼾声。

　　约好了锦康，阿财开着直通车，沿着正在拓宽的省道，中午时分，到了华侨大厦。立勤呼了锦康，告诉他包房的名字。要了道工夫茶，他们合计着该如何和锦康市长提说这件事。走廊传来锦康洪亮的说话声，他们推开门，将他迎进来。服务员递上热毛巾。锦康撩开，捂在脸上，闷了瞬间，搓着面颊说：阿财，市里路网建设，你们很给力，可以预见，明年下半年，全市将掀起新的引资高潮，一个国际化制造业的雏形，即将成形。阿财低着头，吐着烟，不好意思接话。几杯酒后，阿财眯着眼，伸长脖子，笑着问：姨夫的歌声中气足，什么时候到港，再去吼几声？

　　放下毛巾，燃起香烟，锦康笑着说：先得将经济搞上去，唱歌也是放松，放松是为了更好地工作，这不矛盾。立勤转过头说：市长，阿财考察了好长时间，要留住外商，就得有必要的消遣配套。他想在狮门，开家夜总会。锦康愣着了，吐着青烟，搓着额头，沉思了好长时间，转头盯着阿财，哧地笑了。阿财低头吸了几口烟，踹着水磨石地面，好像要在散开的斑块间寻到出路。在烟雾缭绕的僵持中，阿财感到没戏了，他不知道怎么承接锦康咄咄逼人的目光，只好眨巴着眼睛，嘿嘿附和着。锦康摇着头，摊开手，摆着说：阿财，你的心情可以理解，这行业不符合外商投资目录，再说也没有先例呀。阿财知道没有退路了，他定了下神，缓缓站起来，走到窗前踱了几步，回身走到桌子前面，双手撑在台面上，欠着上身，盯着锦康看了半响，笑着说：姨夫，当初锦堂回来办厂，那是一个什么样的政策环境？你立定决心，不怕犯错误，硬是让锦堂打消顾虑，依然回到了狮门。你现在成了市里的领导了，我觉得你没了当初的勇气和锐气了，变得缩手缩脚了。锦康靠在椅背上，眯眼喷着香烟，等到阿财说完了，他转头瞥了眼窗外晃动的树冠，挺直身子，瞥了眼立勤，对着阿财应道：阿财，你说得可能没错。当初好些东西都是一片空白，得靠闯和试，现在国家的政策完善了，咱们想事做事都得在政策的框框中来，不然就乱套了。阿财低头盯着地面，手指轻轻地弹着桌面。锦康站起来，瞥了眼墙上的挂钟，手摸着下巴又说：立勤，阿财的事急不得，我让外经办研究一下，看有没有变通的可能。

　　回去的路上，阿财蔫蔫地靠着座椅，他愣愣地瞄着窗外修路的工地。扯着他的胳膊，立勤劝慰道：这事急不得，市长说有难度，并没有回绝。顾不得锦堂不让在车内抽烟的讲究，阿财掏出香烟，递给立勤一根，摁下车窗，脚搭在前排座椅的扶手上，他眯眼喷着烟，不时搓着脖上的金链。好些天过去了，阿财前后追问了好几次，夜总会的事始终没有回音。阿财郁闷，他约上小敏在酒楼喝了几瓶啤酒，勾肩搭背着回到发型屋，在按摩间温存了一番。走到发型屋的前厅，小敏给阿财开了灌冰镇的可乐。盯着屋顶，阿财和她琢磨着怎么升级发型屋的规模和档次。回到莱莉雅，阿财摁下收录机的卡带，在谭咏麟的歌声中，筹思着莱莉雅内销的事。BP机闪了几下，立勤让他过去，说有事商量。阿财推开门，看到电梯走走停停，他像弹簧一样，嗒嗒下楼，跨上摩托，踹上挡位，向镇政府窜去。

撑起摩托，阿财喘着气，站在立勤跟前。立勤斟了杯茶，放在茶几上，坐下来，跷着二郎腿，偏着头说：刚才锦康市长来电，说外资这么多，你的想法有合理性。过几天，他带上几个职能部门，到狮门和外商座谈，让你精心准备，将你的想法有理有据地提出来，再由镇政府正式行文，将外商的意见和你的投资规划，报给市政府。这样，这件事就进入了政府决策程序。阿财呼地挺直身子，站起来，猛吸了几口烟，踱了几步，用热辣辣目光盯着立勤。立勤站起来，拿来一张纸，递给阿财说：这是外商座谈会的名单，你私下和他们接触下，口径要统一，需求要强烈，更要从留住外商的角度，做做文章。

座谈会结束了。立勤将锦康拉到走廊，看着窗外，附在他耳边说：市长，阿财想投资的夜总会，毕竟在狮门。我想来想去，让他外商独资，有些欠妥。镇上的意思是合资，这样，可以规避风险。锦康的手搭在扶手上，脚踹了几下，仰起头说：立勤，你说得有道理，告诉阿财，到时得以合资的形式审批和注册。锦康走了。立勤将这个要求，告诉了阿财。阿财犹豫了一支烟的工夫，在确定控股的情况下，他答应让立勤帮忙，找合作对象。

带着深圳打拼积累的资金和工程机械，经立勤的撮合，立仁承接了锦堂修路的工程。这些年的磨砺，他站在山丘上，对着图纸，就能估算出工程的造价。他买了辆三菱吉普，带着项目经理，拿着图纸，颠簸在开了膛的山体间，凭借深圳的经验，估摸着每片地块未来的价值。得知锦堂和市里约定的价格，他估算一番，吃了一惊，风急火燎地让立勤介绍关系，独自签下另个标段的合同。

来到立仁家，立勤将阿财开办夜总会的事说了。立仁想着工程上的事，并不上心。他帮着分析，说这是趋势，靠私人企业，根本做不到，借着外资的名号，市里可能会开绿灯。立仁搓着脸，沉思一会儿，侧过脸问：那个阿财，穿戴花里胡哨的，不知道靠不靠谱。立勤笑了，让他放心。立仁揪着眼眉，看着立勤说：夜总会咱不熟，这样，我提供土地，按照他的要求，做好土建。装修工程按市场行情走，最后结算。夜总会挣钱了，按照投资分红；亏损，我不能跟着亏，他还得按照厂房的标准，付给我租金。立勤笑了，他知道经过这些年的历练，原本醒目的大佬，已经成了精明的商人了。

夜总会项目，几经反复，市里终于批复了。立勤找到工商分局，让立仁和镇上的农资公司，签订挂靠协议，以农资公司的名义成立一间贸易公司。拿到市里的批复，阿财回到香港，完成了夜总会的结构和装修设计，在比较中选定了音响设备。回到狮门，按照约定的合股意向，阿财成立了英皇娱乐管理公司。立仁带着他，选定地址，将那块作为自己修路的回报，办了用地手续的地拿出来，建设娱乐城。娱乐城三层，正门进去居中的位置，是个架空的演艺场，边上是包房，沿着旋转楼梯上去，二楼对着演艺场，是飘着阳台的包房，三楼是客房。

半年后，阿财的娱乐城开业了，锦康莅临剪彩。伟哥带着帮香港明星，来到狮门，登台献艺。香港的报纸大篇幅报道，把它作为内地与国际接轨的范例。香港电视播着广告，珠江东岸的高端人群，趋之若鹜，得找到关系，才能订到英皇的房间。

到英皇娱乐消费，成了身份的象征。英皇娱乐就像躺在狮门的蜂箱，夜幕降临的时候，四面八方的人，开着豪车，像蜜蜂一样，结伙来到狮门，瞭望着披着霓虹的建筑，在穿着坠有鳞片短裙的咨客的引领下，踩着音乐的节奏，客人们晃着身子，踏进大厅，灯红酒绿中，享受着别样的风情。

服务生穿着苏格兰裙装，端着盘子，穿行着奉送酒水。接过包间客人的点歌单，他们快速送到点歌房。阿财站在边上，将单子递给每个包房的音响播放生。播放生看着歌单，从好似蜂巢一样的柜槽中，抽着脸盆底大小的唱片，放在边上。一曲播放完，他拿起唱片，将准备好的唱片放上去，摁了点播的歌曲序号，屏幕现出音乐的背景。阿敏登台。阿财踱到台柱边，拉开前面的凳子，坐在暗影中，捧着雪茄，慵懒地靠在椅背上，抿了口啤酒，垂着眼睑，瞥着舞台上扭动着腰身、间或与观众调笑的阿敏。想到刚认识时，她的孤傲、冷漠和对他的奚落，好在他有嬉皮的耐心。看着她使出全身的解数，卖力地表演，阿财晃着二郎腿，一股自豪感涌上心头。

狮门的台湾厂,越来越多。台湾人不像香港人,可以隔三岔五地回家,家属也方便探亲,因为语言的障碍,他们不像香港人那么容易融入当地的生活。台商协会成了他们在内地打拼的心理皈依,忙活完生意,他们电话相约,结伙来到英皇,出手大方,喜欢将白酒兑上苏打水,一杯接着一杯地豪饮。阿财不时进去,派上名片,送上果盘和啤酒,和他们对饮几杯。内地的歌,他们生疏,香港的歌,他们觉得语言绕口。屏幕上闪着泳装靓女,他们吆喝着喝酒,对于唱歌热情不高。回到香港,阿财通过朋友,将台湾的唱片买了两箱,装在公司的布料中,带回狮门。有了闽南语歌曲,这些台湾人借着酒劲,晃着身子,勾肩搭背,随着音乐吼着,大家好像回到了阿里山下。

跟着锦堂过来办厂的那帮逃港兄弟,有了阿财这个场子,他们都是金卡会员。每天晚上,大家轮流做东,泡在夜总会中,交流着生意上的信息,他们的眼界宽了。立仁没有想到,一家夜总会,改变了狮门人的生活。娱乐城门前停满车,整夜霓虹闪闪,他暗暗佩服阿财的眼光。深圳做工程时的朋友,知道他是英皇的股东,纷纷打电话过来,先是恭维一番,然后让他帮着订房。立仁在夜总会固定了几间包房,原本疏离的朋友,一下子近乎了。在夜总会的推杯换盏中,大家不经意间有了更多的生意。

31. 春天

　　路修完了，狮门就是伸开四肢的巨人，一下子舒展开来。做完阿堂的工程，经权叔搭桥，国盛和村上筹划着，由村上出地，他出资建厂房，租给外商。来到锦堂公司，立勤说阿财请吃饭，饭后去唱歌。他让锦堂一起去，锦堂笑着点头。摸着桌上的地球仪，立勤搓着转圈，笑着说：锦堂，狮门成了华南服装交易中心，镇上准备在最好的地段，建布料批发市场和服装交易中心，你有没有兴趣？

　　夜总会生意兴旺，这是锦堂没有想到的，他感到自己保守了，想起安义叔当初的话，他不时有些后悔。锦堂抬头问：什么条件？立勤笑着说：镇上土地折价出资，可以协调银行贷部分款，你也可以出资。锦堂撩着头发，沉思了半晌。立勤拍着地球仪，瞥着他说：批发市场，得由镇属公司控股，布料市场按出资比例持有股份。锦堂站起来，看着忙碌的厂区，转过身说：立勤，批发市场，我就不考虑了；布料市场，给我两天时间，让我琢磨下。

　　邮电局有了模拟移动业务，锦康向邮电部门争取，给外资企业批了些移动电话。立勤得知消息，跑到锦康办公室，拿了几个名额。他让锦堂在香港买来大哥大，在电信部门验机后，开通了移动业务。他们拎着包，来到锦康办公室，掏出部大哥大，竖在桌面上。锦康笑着拿起来，拨通老友的电话，嘻哈了几句。立勤笑着说：老师，锦堂送您的，方便联系。锦康摆着手说：方便是方便，心意我也领了，只是我不能要。如果工作需要，市里会配的。立勤摸着袋里的电话，心想老师收了，他拿上一部，也顺乎情理，如果副市长不要，他这个副镇长，就有点不好意思了。

　　回狮门的车上，锦堂让立勤收下大哥大，他有点犹豫，摆手推托着。锦堂笑着说：这东西现在稀奇，很快就会普及。这部电话，就算借给你的，到时公家配了，你再还给我。立勤笑着点了下头。

　　拿到大哥大，阿财带上小敏去东海渔村喝早茶。他没有去包房，而是坐在大厅正中的位置，让服务员冲了自带的铁观音，他将大哥大放在台面上，捧着雪茄，瞥着进出的人流。他拿出电话本，拎起大哥大，拨了几个电话，对着话筒说着。喝茶的人转过头，好奇地盯着贴在腮帮的半面砖头，交头接耳地絮叨着。小敏叫来两个女孩，拿起他的大哥大，她们新奇地倒腾着。阿财抖着二郎腿，用眼角的余光，扫着大厅里愕然的食客们。

　　掏出电话本，小敏七大姑八大姨地拨着电话。她站起来，抓着大哥大，从走廊踱到窗前，撩着烫得过头有点泛黄的头发，笑着让对方猜她在哪里，用什么打电话，然后嬉笑着说出大哥大。食客们从推车上，挑选着中意的点心。服务员对着食单摁着印，听到小敏混着方言的普通话，食客们用不屑的眼神瞄着，窃窃地指点着。阿财捡起搭在烟盅上的雪茄，火机喷着，手搭在椅子的护手上，踩着餐台的挡板，靠在椅背上，蹬晃着身子，脖上的金链荡着。他耷拉着眼睛，透过飘着的青烟，瞄着厅堂的食客，见小敏裹着裙子的屁股晃来摆去，他喷着香烟，咻咻坏笑着。

　　小敏挽着阿财，大哥大贴在耳边，走出茶楼。街上的人驻足回望，盯着她腮边的半块砖头，一脸茫然。瞥着她嚅动的水红的唇，阿财撩着她的头发，捏着他的屁股，小敏迷情地仰头噘着嘴。权叔正带着得天，刚吃完早餐，他们站在路肩。他弯着腰，对着阿财晃了几下手。阿财嗅着小敏的头发，没有看见，也没有搭理。盯着小敏手中的大哥大，得天挖牙的手，僵住了，他跟了几步，被权叔喊了回来。

　　按照港式的惯例，夜总会上班前，各个部门的主管，要将员工集中起来，检讨昨天的工作，提醒注意的问题。阿财很少在普通员工面前亮相，在发型屋按摩完，他换上小敏熨烫的衣服，手攥着大哥大，晃到夜总会。主管正在训示，见穿着花格西装和牛仔裤、蹬着尖头皮鞋的老板，晃着手里的砖头荡过来。一群人将目光聚在砖头上。阿财拎起砖头，吱吱按了串号码，对着砖头喊了几句。他转过头，打量着大家，对主管说：以后有啥事，就打这个电话。可以随时报告。主管笔直的身子歪了，他挠着脖子，依旧盯着砖头。阿财晃着大哥大，拍着他的肩，笑着说：好好干，细佬，这是大哥大。生意好了，我也到时给你配一部！

大哥大成了身份的象征。盯着老板得意的神情，夜总会的员工端着盘子，在熙攘的人流中穿行，碰面一个眼神，说声大哥大，对方便知道阿财就在身边。新来员工用大哥大置换了老板，大哥大成了阿财的别名。立仁带着深圳过来的朋友，来到英皇。侍应警着门外，嘀咕着大哥大。他红着脸问，知道阿财被唤作大哥大。想起自己也是英皇的股东，他心里有些不舒服。过了几天，他找到熟人，提了捆现金，在邮电局买了部最新款的大哥大。他让人从香港带了个皮套，套在大哥大上面，放进包里，夹在腋下。

各路神仙看好厂房出租，狮门成片的凌乱厂房，拔地而起，挂出招租的牌子。第一波台湾商人投资的风潮过后，在境外媒体的渲染下，外商担心内地的政策，放慢了投资的节奏。二哥将锦堂叫回香港，说香港回归的时间越来越近了，香港有钱人，担心世道变化，好多人都在办理移民。他准备去温哥华，问锦堂有什么盘算。锦堂想了一会儿，笑着说：我的事业主要在狮门，内地情况我熟悉，开放政策肯定不会变。二哥品了口茶，靠在椅背上，手搭在胸前，警着窗外，叹着气说：咱们香港人在内地做生意，顺风顺水，到了国外，就是少数族裔，哪有这么舒坦？他瞥了眼锦堂，直起身子，摆着手续道：细佬，老豆走了这么多年，我得站在他的角度说几句，古训道，前事不忘后事之师，内地政策万一有变，你如何让他老人家在九泉下瞑目呀！

锦堂搓着脸，揪着头发，抓着晃了几下，他端起茶盅，抿了一口茶，笑着说：台湾的高山茶清香，不像普洱这么浓。二哥盯着他。锦堂叹着气，盯着他应道：二哥，狮门对于您，就是个符号。对于我来说，却是刻在心上的印记。待在那里，我的心就坦然；离开了，就感到人生飘零，没有踏实的归属感。这事我和静怡商量了好长时间，感到狮门成就了我的生意，不能赚到钱就远走高飞，就像父母养大了自己，翅膀硬了，远走高飞一样。二哥叹着气，笑着说：家族就像棵树，你是一个权，我是一个权，人各有志，我也不难为你了。

约了帮台湾朋友，又约了些香港老板，锦堂在港岛酒楼轮番请大家吃饭，推介狮门的厂房。他们答应考虑，都没个明确的态度。回到狮门，他走访台商协会。大家对政策有顾虑，比较谨慎，不想贸然出手。国盛和村上的厂房竣工了，只有几个外地人，租了些地方加工服装，成片的厂房空着。权叔的大佬住在门房，不时顺着厂区的路，溜达一圈，蹲下来整修路边的荒草。见出租无望，他坐在屋檐下，瞥着昏暗的路灯，抹着眼眶，时常唉声叹气。

布料市场的主体要封顶了，锦堂本打算用厂房的租金，做后续的投入。租金落空了，他赶紧和香港的银行沟通。银行评估后，基于内地政策的不明朗，迟迟没个答复。阿财嘟着脸，推门进来。锦堂斟上茶，见他愁眉苦脸的样子，问他有啥事。靠在椅背上，发了一会儿呆，阿财摇着头说：老细，香港的客人从英皇回去，在香港报纸上，将夜总会渲染了一番。有关部门得到消息，追查英皇的审批，听说锦康市长，也写了检讨。锦堂站起来，拿起香港的《文汇报》翻着。阿财站起来，敲着桌子，喘着气说：锦康是谁？那是我姨夫！这事让我怎么向我姨解释？锦堂愣了，瞬间嗅到了风险，难道内地的政策，真的要变了？

锦堂蔫了，他让司机开着车，来到祠堂前的榕树下，想着当初回来办厂的情形，他眨巴着眼睛，有些激动。他拿出大哥大，拨了映芬的电话，手指点着绿色的呼出键，犹豫瞬间，他又放下大哥大。不远处大排档的橱窗，挂了排烧鹅，店主站起后面，将卤好的肉，排在盘子中。锦堂踱过去，要了只烧鹅和一盘卤肉，他让店主斩开装盒，付钱后拎着袋子，上车向坝面驶去。

躺在竹椅上，安义听着收音机里的粤剧，他闭着眼睛，摇头哼着。听到汽车声，他拧小音量，摸索着操起拐棍，趿上拖鞋，晃出厅门，眼睛朝坝面下滚溜着。汽车熄火，他举起拐棍问：阿堂来了？锦堂快步走来，将他扶进厅堂。司机找来盘子，盛上餐食，倒上白酒。锦堂给安义叔夹了块烧鹅，举起酒杯，和他对饮了一杯。啃着烧鹅，安义笑着说：阿堂，叔知道你忙大事，今个儿过来，是不是有啥事？锦堂摸出一根烟，低头抽了几口，轻叹了几声。安义放下鹅骨，抹着嘴巴问：碰到闹心的事了？

抿了口酒，锦堂比着嘴巴，吱吱哑哑了几下，缓缓地絮叨着。安义夹了块烧鹅，应和地啃着，一副满不在乎的神情。锦堂说完了，递上香烟。对着伸过来的火苗，叼在安义嘴上的烟，随着他刺溜的眼珠，同步蹦跶着。红烬泛起，他舒缓地吐了口烟，舌头舔着嘴唇，捶着腿面，笑着说：阿堂，古人说利令智昏，阿叔不做生意，这一辈子见到利，我就躲得远远的。你们这些生意人，就像鸡啄食，盯着地面，一心想着赚钱，时间长了，好多直觉和判断的功能就萎缩了，对世事的判断也就迷糊了。锦堂直起腰，弹着烟灰，搓脸沉思着。安义的眼珠，对着皎洁的月亮，顽皮地闪了几下，嘻嘻着说：阿叔是个闲人，干不了活，就喜欢听收音机,翻来覆去地瞎琢磨。这世事和人生差不多,总有个起落松紧。现在日子好了,每个人都找自己的营生,这都是政策好。国家希望百姓好,这是千古的定理,这样的政策不会变。

墨色的山峦,簇拥着一池静水,茂密的草丛间,秋虫呢喃。瞄着清幽的山水,锦堂惯常的思维,就是怎么将这方水土,变成更多的钱。顺着安义叔的絮叨,放下了钱与利,他幡然感到自然的本真,山水似乎也有了灵性。安义将他送到车前。司机启动汽车,打开灯,车灯白晃晃的远光和近光交替,山林在灯光辉映下,变换着模样。拉着锦堂的手,安义贴在他耳边,低声说:阿堂,歌里唱得好,"山不转来水转,水不转来云转",这日月星辰都在转,你说这人能不转吗?锦堂仰起头,摆着脖子,眯眼盯着星空,脚跺了几下,笑着说:呀,真的都在转呀!

布料市场的外墙装饰停了下来。立勤将锦堂约到镇政府,一番寒暄后,拐弯抹角催促着他交付约定的后续资金。锦堂知道他们的交情,如果别人和他谈,可能是铁锤碰铁棒,他明白立勤的难处,没有按期交付承诺的出资,他心里装满了歉疚。出了镇政府,他给香港的银行打电话,问贷款的事。客户经理说了一大堆搪塞的理由。他摇着头,拨通静怡的电话,让她配合银行,赶紧补齐新增的资料,催促银行赶紧放贷。

圣诞节回港,锦堂拜会了几家财务公司,希望通过他们,获得融资支持。他们审看了锦堂厂房和布料市场投资的资料,由于不能异地办理抵押,便开出了高额的利率。锦堂垂头丧气地回到家,和静怡商量了一番,觉得还是银行靠谱些。狮门公司催着他回去,锦堂怕镇上催他,贷款的事没有着落,他不好意思回去。他委托阿财,帮他处理紧要的事,依旧较着劲,缠着几家银行。锦堂灰心了,他觉得银行就像一位娇滴滴女孩,追得越紧,她的提防心越强,总怕上错了床。

到了月底,锦堂接到阿财的电话,说锦康要来狮门,想和他聊聊。锦堂买了些年货,坐上直通车,见到街边报摊,他摇下窗户,要了沓报纸。过了罗湖,他回过神来,担心镇上领导会不会搬来锦康,催他投资的款项。他拿起电话,拨通阿财的电话,询问布料市场的情况。阿财随口说:都停下来了。那些做工程的老板,原来晚上泡在我的场子里,喜好斗酒,这两个星期不见了,估计回家了。锦堂噢噢应着。阿财猜到他的心事,笑着说:老细,工地开工,估计要过年了!

车子驶入深南大道,一路拥堵。锦堂有点烦躁,他指挥着司机,不断地变换车道。车子左拐右转，还是长长的车龙。他摇下玻璃，拿起报纸，撩开扉页，瞄着一溜标题，看到小平莅粤的标题，他拍着扶手，身子颠了下，顿感两边的高楼豁然闪开，天地瞬间开了。他翻到内页，飞快地浏览着，拍着大腿，在后座上颠了几下。司机回过头，不解地瞥了他一眼，他摇下玻璃，伸出头来，盯着前面的路。锦堂拿起大哥大，拨通静怡的电话，对着话筒，激动地吩咐道：阿怡，不要再讨好银行了，资料都齐了，他们爱怎么就怎么的，就随着他们吧！

　　回到狮门，锦堂本来沉郁的心情，一下子爽朗起来。处理完几件紧要的事，他瞥了眼手表，拿起一沓文件，赶到了镇政府。镇上的几位领导，陪着锦康散步。锦堂推门下车，笑呵呵走过去。立勤不解地看着他。锦康握着他的手问：有啥好事？锦堂瞥了眼停在路肩的车，犹豫瞬间，晃着他的手，附在他耳畔轻声地笑着应道：市长，有好事，大家都有好事！一行人进了饭堂的包间，按顺序落座。锦康拿起温热的毛巾，擦着脸，讪笑着说：当下全市外商的投资热情锐减，这是市里没有料到的。他端起酒杯，站起来，和镇里的书记、镇长碰着杯说：越是这个时候，政府越要体谅和关心外商，大家要一起渡过眼前的困境。锦堂给书记敬酒。书记笑着说：布料市场，狮门的人都盯着，你得尽快落实资金。立勤站在边上，瞥着锦堂，刚要圆场，锦堂扯了他一下，豪气地说：放心吧，书记，开过年资金就会到位！书记倒了个满杯，举起酒杯，转身笑着应道：不愧是市长的学生！为了你的承诺，我敬你一杯酒。

　　下楼的时候，立勤将锦堂拉到边上，瞪着眼睛说：书记话中有话，你是老师的学生，看起来堂皇，其实揾着码子，你到时拿不出钱来，将市长往哪里摆？那杯酒，就是个炸弹，你拿不出钱，传扬出去，就成了狮门的笑话了。揽着他的肩，锦堂趔趄着附在立勤耳边，眨巴着眼睛说：我心里有数，你就放心吧！我不让你这个副镇长丢人。锦康坐上车，出了政府的大院。锦堂上车，将报纸那个版面拎出来，折成方块，让司机超车，亮起右灯，缓缓停在路边。他拎着几袋年货，拉开锦康的车门，放在后座上，将折叠的报纸递给他，让他翻翻。

　　回到公司，锦堂打电话，让静怡留意香港报纸的消息和坊间的传闻。嗅到政策动向的港商和台湾人，利用将要过年的间隙，成群结伙地跑到狮门。锦堂带着他们，在自己的工业区转了一圈，又来到国盛和村上开发的厂区。权叔的大佬开了门，见到成群的老板过来，他来了心劲，用值班室电话，通知了国盛。锦堂带着客人，在厂房查看，问着客人的需求，讨论着需要改进的地方。国盛开着车，风一样窜进来，车停在厂房门口，他抱着箱饮料下车，给大家递上软包装的橙汁。临出门的时候，锦堂握着国盛的手，安慰道：别看这片厂房现在空着，时候到了，很快就租出去了。

自从开了夜总会，阿财白天困怏怏的，到了晚上，特别是喝了酒，听到音乐的节奏，他的新的一天，仿佛才刚刚开始。阿财和几位逃港的服装老板吃饭，锦堂没有去。几杯酒下肚，阿财的状态上来了，他叼着雪茄，讲着夜场中的故事。几位老板兴致上来了，端起杯子，倒了几个满杯，要和他打炮。他脱掉外衣，精瘦的胳膊上，筋脉暴起，两条喷着火舌的蛇，爬在胳膊上，好像在为他助威。他端起酒杯，磕了下杯，仰头倒进嘴里。出来酒店门口，一帮人晃着身子，还是不愿离去。阿财豪气地摆着手，大家勾肩搭背，去了英皇唱歌。

冲完凉，刚躺在床上，静怡来电，告诉锦堂，刚接到银行客户经理的电话，公司的贷款批了，可以随时承付。锦堂没有想象中的兴奋，他拿着手机，噢噢应着，就像拉家常。静怡纳闷，问是不是和客户在一起。锦堂坐起来，笑着说：没事，你就对银行说，公司不急着用，开过年再说吧。

回到香港，小平南方谈话的事，成了香港人叙聊的焦点。香港的社会精英判断，内地的开放即将进入快车道。银行公司部的老总，约请锦堂吃饭。锦堂犹豫着答应了。银行老总带着负责莱莉雅业务的客户经理，奉上精美的礼品，对贷款拖了这么长时间，一再向锦堂道歉。锦堂捻起茶盅，对着腿边报纸上小平的彩照，他举杯谢了几下，轻轻地抿了口茶。

正月十五的下午，权叔带着两个儿子，来到大佬家。国盛张罗了一桌菜，开了瓶蓝带，老哥儿俩在儿孙恭维下，絮叨着村子里的往事，喝了几杯酒。门外来了辆面包车，得天跑出去，将客人领进来。大佬一愣，放下酒杯，站了起来。看着他的神情，大家回过头来。一位蓄着小胡子、穿着夹克上衣、系着领带的人，拎着一袋礼品笑着走上前，握着大佬的手，亲热地说：阿叔，您还记得吗？我是福建的春生呀，我给您拜年来了。国盛拿来凳子，让他坐下，斟了一杯酒递了过来。权叔的大佬支吾着问：这些年，你还记得我？春生点着头。他夹着香烟的手哆嗦着，带着愧疚的表情说：春生呀，当年的那批货，让公家收了，单子我留着，等会儿我拿给你。

放下礼品袋，春生摆着手，将他扶着坐下，摇着头说：阿叔，那时刚出道，穷怕了，就想着挣钱，连累您了。春生放下酒杯，扯了几下领带，将边上的手袋拉开，露出大哥大。他掏出一包香烟，笑着续道：阿叔，不瞒您说，当年我在狮门，挣了些钱。我后来去了深圳，做废品回收生意。前几年，我开了间化工贸易部，生意不错。我的客户集中在狮门这边，我回来看看，想租个仓库和门面，将生意搬过来。国盛眼睛一亮，端起酒杯，给他敬酒，摆着手说：这些都是现成的，先喝两杯，等会儿我开车带你过去，看看地方。

权叔的大佬站起来，进了里屋，过了一会儿，他弯着腰，下了台阶，晃着一张纸，递给了春生，眨巴着眼睛说：这是那张单子。你收着，也算了却我的一桩心事。放下酒杯，接过单子，春生用火机燃起，晃着扔在空中，笑着说：阿叔，这事就这样结了，咱们都忘了它。天色暗下来，狮门街上的红灯笼，在微风中晃着，大街小巷的炮声此起彼伏，空气飘着浓烈的硝烟味。随着国盛出来，春生和大家招呼着，就要离开。大佬叫住他，拎着腊肠，晃着递给春生。春生推托。他板着脸说：自己晒的，和外面的不一样。国盛接过来，将春生送上车，把腊肠放在后排，他关上车门，看着车子闪着尾灯，消失在两排灯笼间。

带着妈妈，回到狮门，在年味的余韵中，锦堂感受到勃勃跃动的氛围。布料市场的贷款到账了。他知会立勤，将投资款拨过去，他一下子轻松了。他带着阿财，在工业区转悠。成群结伙的外地劳工，背着行李，像蜂群一样，涌向狮门。看到招工广告，他们在厂门口排队，挤靠着趴在蛇皮袋上，困乏地迷糊着，听到门口的嬉闹声，赶紧抬起头，摸着口袋里的身份证和毕业证，随时准备着拥上去。保安推开门，瞪着眼睛，扬手申斥着门口的人。听到讲家乡话的女孩，他摁着腰间的警棍，捧着笑脸，用老家话搭讪着，蹲下来对着她，神秘地嘀咕几句。排队的人伸长脖子，舔着干裂的嘴唇，用渴望而又羡慕的眼神，迷离地打量着门口。

32. 润泽

阳春三月，内地的报纸、电台和电视台，连篇累牍地报道着小平南方谈话的事。大众满怀信心，展望未来，畅想着自己的生活。锦康成了市里的副书记。立勤和锦堂约他来狮门，他笑着推托了。权叔带着一帮人，将沉在河涌淤泥中的龙舟，淘洗着搬出来，架在岸边，他们挽起裤腿，给龙船抛光上漆。几天以后，鞭炮声中，龙船下水，大家穿着背心，挥着舢板，随着鼓点，熟悉着划船的动作。立勤路过下车，掏出香烟，派给大家。蹲在权叔边上，他笑着说：权叔，您做支书的时候，咱们大队可是狮门的龙舟冠军。今年镇上很重视，请了市里领导和外商老板观看，您可得发挥余热，再展雄风。权叔直起身，捶着腰眼，摆手摇头，应道：老了！不行了。

河道上彩旗飘飘，横着两条挂着五色飘带的绳子，竹子搭成的看台上，一抹的红帽子。水道上的龙舟，像僵住的蜈蚣，晃着两排爪子，随着零落的鼓点，漂曳在水面上。时辰到了，河道两岸，锣鼓齐鸣，爆竹炸响，喇叭响起《步步高》的乐声。声音静息，狮门书记介绍完嘉宾，请锦康讲话。掏出稿子，眯眼瞥着艳艳的太阳，锦康读了个头，索性将稿子揣在裤兜，从小平南方谈话，讲到狮门的未来，让人热血沸腾。

龙舟赛结束，锦堂在酒楼定了个包间，请锦康吃饭，立勤和阿财作陪。锦康笑着进来，热毛巾捂着脸，摆着手说：今天不喝酒，就聊聊天。锦堂愣了下，立勤摆着头，让服务员将开了瓶的酒收起来。阿财斟了杯黄澄澄的高山茶，捧到锦康面前。锦康接过茶杯，品了口茶，笑着说：今天我的讲话，可不是走过场，那都是肺腑之言。他盯着锦堂，轻轻地敲着桌子，温情地说：阿堂，放心了吧！我们共产党人最讲潮流。现在看来，开放的潮流不可阻挡，你们要放开手脚，乘着改革的大潮，大干一场。

饭局快结束的时候，锦康吐着烟，沉思了一会儿，他摇着头，扫视了一圈，有些犹豫地说：哎——说实话，你们都不是外人，我就直说了。几个人收住随意，伸长脖子，偏头盯着他的嘴唇。锦康挠着头发，眉毛挑了几下，摊开手掌，晃了几下：儿大不由父呀！几个人懵然眨巴着眼睛。锦康挺直腰，瞥了眼阿财，搓着下巴说：我就一个儿子，叫润光。按说和阿财算是表兄弟，我估计你们也没啥联系。他大学毕业后，在中学教了几年书，后来调到团市委干了几年。前两年，他到山区的镇，做了个副镇长。我一直告诫他，踏实做人，要凭着本事吃饭，别指望我能帮他什么。前几天，他说要辞职下海。我怎么劝说，都没有用。辞职书递了上去，现在就等组织部门的通知。立勤惋惜地摇头。锦堂微笑着沉思。阿财走过来，手搭在姨夫肩上，低头笑着应道：姨夫，这是好事呀。人来到这个世上不容易，别在一条道上走到底，那样太单调，没啥意思。锦康仰头瞥了他一眼，抬手拍了下阿财准备要捏摸的手。阿财弯下腰，对着锦康的耳边补充道：外面世界更精彩，当然了，有时也很无奈。看着锦堂，眨巴着眼睛，锦康笑着吩咐道：润光那个镇落后，盘子还没展开，机会不多。我想让你带带他，教教他做生意的门道。锦堂笑了，点头让他放心。

带着几个福建马仔，租了栋国盛的厂房，春生买了几辆货车，给塑胶厂供应PVC原料。几个马仔都是跟着他摸爬滚打出来的，个个都是生意场上的人精。和工厂的采购主管接触后，晚上回去，他们交流情况，根据厂子未来生意的大小，盘算着怎么搞定这些主管。他们从小恩小惠开始，随着业务的拓展，出手也就大方了。他们挂在嘴边的口头禅，就是有钱大家赚。对这些兄弟放心，外面的业务花销，春生很少过问。塑胶行道，都是通的，春生的化工贸易部很快有了名气。这帮兄弟筛选潜在的优质客户，通过采购主管，渗透到公司的高层，火候到了的时候，由春生出面，结交客户公司的高管。

夜总会的客户经理们，知道了春生的消费情况，为了业绩和提成，大家纷纷讨好他。春生看似大方随意，他身上揣着一个本子，记载着客户的名单。每个周末，他和一帮兄弟合计后，都要列个表，本周要请谁吃饭，请谁唱歌，谁来作陪，一目了然。应酬结束了，他会和兄弟们琢磨一番，记下陪侍老板的喜好。摸准了那些外资老板的矜持和自傲，春生用持久的耐心和变着花样的邀请，慢慢地软化了他们。春生知道，外资厂的高层，常常都是职业经理人，他们注重工厂的制度和采购的程序。无论是酒桌上的推杯换盏，还是夜总会的勾肩搭背和斗酒嘶吼，他从来不提生意上的事。他心里清楚，下面的业务通了，他要的是这些高层基于内控的程序、对上报采购单的首肯。

夜总会的经理定期要将重要消费客户的信息，列表报给阿财。看到春生的名字，瞄了眼后面的金额，他一阵惊喜。他站起来，将经理叫到边上，低声吩咐：春生来了，他要过去敬杯酒。开了间豪华贵宾房，春生举着酒杯，撩起T恤，摸着干瘪的肚子。他晃着站在几位台湾老板中间，说道着敬酒。经理推开包间的门，笑着走过来，晃着酒杯，大声说：阿生，我们老细来了，他要给诸位敬酒！春生抖着T恤，盖住板结的肚皮，缓缓转过身来，他眨巴着眼睛，大脑忽闪着，他知道能在狮门开这样的场子，那可不是一般的人。他们交换了名片。春生瞄着片子，端起酒杯，给阿财介绍自己的客人，然后碰杯对饮。阿财召来烟童，拿了包南美的雪茄，扯着塑料封纸，对经理吩咐道：入我的单。他拿起黑棒棒，弯腰递给客人。喷了口烟，他对站在边上的经理交代：你给我记住了，春哥和他的客人，都是咱们英皇的贵宾。经理弯着腰，捧着标准的笑容，应和着老板的说道。阿财用冒着烟的雪茄，点着经理，对身后一群举着酒杯高挑的靓女们说：大家记住了，以后春哥过来，无论我多忙，你们都告诉我一声。他晃着酒杯，和客人们碰杯，谦和而又豪气地续道：只要我在英皇，那就得过来给大家敬杯酒。

喝了几杯酒，阿财拉着春生，坐在沙发上，两边簇拥着成群的靓女。他接过靓女递过来的雪茄，嘬着嘴吹了几口，瞄见两位台湾老板屈身狂颠，嘶吼着闽南语歌曲，他倏然来了兴趣。他揽住靓女的脖子，嘀咕了几句。她站起来，走到点歌台。音乐声息，那位靓女拿起话筒，递给阿财，转过身介绍道：各位先生，我们的老板本是香港的歌手，遥想当年，他曾经在红磡，和香港当红歌手同台演唱，那时想听他唱歌，那是要买票的。阿财谦和地摆着手，说都是过去的事了，就不要翻老账了。靓女笑了，向阿财招了下手，续道：各位老板，大半年过去了，我们老板从来没有拿起过话筒。今天诸位贵宾莅临英皇，他十分高兴和激动，他要破例拿出当年的豪情，给诸位献唱一首《光辉岁月》。她扬起手，搓了下。在一群靓女的推搡下，阿财摇晃着站起来，他脱掉上衣，铜牌扣板的牛仔裤上面，是件紧身的背心。他掏出墨镜，摁在脸上，随着音乐的节奏，太空舞步中混杂着霹雳和摇滚，荡在幕布前。他突然僵住了身子，待到吉他奏响，他闭着的眼倏然睁开，晃着披肩发，膝盖随着节奏颠着，动画般地摇着身子，他对着话筒，疯狂地嘶吼。一群靓女扭腰晃臀，应和着他战栗抽动的身体。包间气氛升温，春生和那帮台湾客人，纷纷起身，随着音乐的节拍，竖起拇指对阿财晃着，他们扬手晃身，在缭绕的烟雾喷射的霓虹和刺耳的音乐声中，仿佛逃离了世俗，跌落到了群魔乱舞的癫狂时代。静息的音乐速冻了大家扭动的身子，掌声中阿财摘下墨镜，他喘着气，抱拳致歉道：诸位，好长时间不唱了，气有些跟不上，献丑了。临出门时，他对着经理说：记住，给春哥办张白金钻石卡。又揽着春生脖子，低声说：春哥，以后你过来消费，都是八八折。

润光到了狮门。锦堂和立勤商量，由立勤做东，叫了一帮朋友，为润光接风。润光来到狮门，他跟着锦堂，一拨一拨地接待前来租厂房的老板，按照锦堂的吩咐，他不时去布料批发市场，对接装修的事。锦堂不擅长夜总会的应酬，润光代表他，不时陪着客人喝酒唱歌。阿财和润光有种天然的亲近感。阿财随性洒脱的做派，就像沐浴液，英皇恰似冲凉房，没过多久，便洗却了润光古板的矜持，他内心蛰伏的豪气和胆识，就像溪中黏附在青苔间田螺的触须，慢慢地伸出来，感受着世俗的精彩。探知润光的来头，好些老板经阿财的介绍，在灯红酒绿的推杯换盏中，在妙曼飘曳的舞曲里，和润光成了朋友。

按照传统的讲究，春生回到福建，给父亲做七十大寿。回到狮门，他在酒楼摆了几桌，答谢随了寿礼的朋友。酒足饭饱，一帮人随着阿财，来到英皇，要了两个包间。阿财让驻场的香港歌手过来，举杯敬酒，唱了两首祝寿的歌。春生感到阿财够朋友，拉扯着倒了两个满杯，豪气地和他打了一炮。他们操起话筒，随着音乐的节奏，勾肩搭背，深情凝望，一起唱了首《朋友》。润光站在门口，来找阿财。阿财趔趄着起来，将他拉进来，坐在春生边上，拍着春生的肩，扯着润光的手，用迷醉眼神，呆愣地盯着他们，舌头呜啦着说：春生，这是我的兄弟！春生笑着点头，他拍了春生一把，瞪着眼喊道：不是扯淡！真的，是亲兄弟。春生举起酒杯，和润光喝了杯酒。阿财揽着他的脖子，贴着他的耳垂，喷着酒气，嘀咕了几句。春生迷离呆滞的眼睛，倏然缓过神来，有了窃喜和亮光。

在阿财怂恿下，安义在坝上房子屋檐下，挂上了"安义堂"的牌子，按照道观的讲究，摆上了挂画和香案。狮门人每逢婚丧嫁娶、动土修葺，都会来到安义堂，听他絮叨几句。港台的老板更是讲究，选定厂房、重大决策，都会虔心前去问询。来的人多了，安义慢慢从自己的世界中出来了。他坐上车，来到厂区山野，帮人堪舆，不时现身酒楼茶肆，对着一群虔诚的人，絮叨着命理风水。照着风水大师的定位，阿财在香港做了几身道装，买来古木挂件和金丝楠木的手杖。过了一段时间，他又将安义接到小敏的发型屋，和烫发师傅合计着，给他做了个古味的发冠。一番装扮后，安义就像旧时的仙人，下凡到了狮门俗世。

来到狮门，经不住阿财的蛊惑，半信半疑中，伟哥和阿敏来到安义堂。安义束着高冠，穿着灰色的道袍，躺靠在面湖的藤椅上，捋着半白的胡须，沉浸在仿若隔世的迷离状态中。阿财带着他们，蹑手蹑脚走到他身后，平心静气地瞄着他的侧影，疑惑在僵持中溜走了，虔诚像蔓生的藤蔓，倏然包裹着他们。水面扑通了几下，一条鱼跃出来，又刺溜沉下去。安义闭着眼睛，用嘶哑的声音吩咐道：阿财，过来，给客人斟茶。伟哥一愣，眨巴着眼睛，舌头吐出，对着阿敏吱啦撩了一下。阿敏愕然耸肩。安义摸着拐杖，阿财赶紧上前，搀起他，缓缓转过身来。安义眼睛颤开，眼珠滴溜着，晃悠着进了厅堂，躺靠在太师椅上。

攥着手包，阿敏慢声细语地报上八字。安义掰着手指，絮叨着她的名字，眼睛对着门洞的光，滴溜了几圈，从她的八字说起，拆解着她的名字，最后摆着手，笑着说：人生如同四季，春天百花盛开，彩蝶飞舞，一切都飘着诱惑，到了秋天，就要有秋天的心态，如果还留恋和执迷于春天的娇艳和烂漫，严冬来临时，就会倏然感悟到生命的严酷和猝不及防的凋零。阿敏盯着安义，潸然伤感。阿财偏着头，吐着烟，哧哧窃笑。伟哥板着脸，扯着耳垂，瞥着她涂红的脚趾。安义端起杯，品了口茶，笑着说：命理风水，也就是个说道，心里有个芥蒂，也不可全信。阿财摆着头，让安义给伟哥算算。伟哥眯着眼，思量半晌，笑着摇头。

春生骨子里崇拜命理风水，他跟着阿财，来到安义堂，和安义絮叨几番，抱拳直呼安义为大师。有些台湾人，生意顺了，为了更顺；生意不顺的，为了化解不顺，在春生的鼓动下，都提着礼品，慕名来到安义堂。静默中，他们虔诚地听着安义亦虚亦实的点化。安义的絮叨，恰似甘霖，淋洒着他们郁结的心田，吱吱泛着气泡。坐在边上，春生抽着烟，瞄着安义滴溜着眼珠。这些老板，只有这个时候，才会自己坦露心迹。春生顺着他们的絮叨，掂量着他们纠结的事，他预估着老板的未来，筹思着自己生意和与这些客户交合的空间。

回到公司，春生将这些老板的情况，记在本子上。他靠在椅背上，叼着香烟，脚搭在条柜上，不时抖着，他拿着笔，眯眼勾画着，揣摩着怎样作为，才能让他们在感念中，心悦诚服地和他黏附在一起。他想起润光，便将润光名字标上去，他拉了条线，牵出了锦康，他在锦康名字上画了个圈，想到他的能量，圈中的锦康瞬间活了，溢着灿灿的彩光。这些老板的事，在彩光的吹拂搓揉中，有了开解的路径。

不哼不哈中，春生每逢饭局和唱歌，就给润光打电话，约他过来，大家热闹一番。润光希望结识做生意的朋友，对于不熟的应酬，他想起父亲的叮嘱，心里还是有点纠结，看到春生无欲无求的热情，他不时翘头的芥蒂，在碰杯和号歌中，耷拉了下来。一段时间下来，润光的身体和情绪，每当到了晚上，就向往着被一群人围着，及推杯换盏中的迷醉和夜总会里无忌放松的癫狂。春生突然冷了，好多天没有给润光电话了。润光有点嘀咕，他拿起手机，摁了春生的号码，就要拨出的瞬间，他想起自己的身份，便犹豫着放下了电话。没有饭局和唱歌的安排，他坐卧不宁，浑身不自在。他拿起电话本，翻了几页，好些人都不是老友。他习惯别人约自己，让他主动约别人，他还是抹不下面子。他扔掉电话本，又拿起电话，想起春生的变化，他心里有些难解，会不会自己不经意间得罪了春生。润光犹豫着拨通了春生的电话。春生抱歉了半晌，低声应道：阿光，我最近常在深圳，和客户谈生意。我过两天就回狮门。润光有点不爽，他挂掉电话，躺在床上，木然地盯着蚊帐。

火候到了，春生开始约请润光，无论是饭局，还是唱歌，他都会叫上几位外资厂的老板。润光对春生的芥蒂没了，甚至有了交际的习惯和渴望，对于他带来的客人，也就随和了好多。这些老板摸准润光的喜好，变着法子讨好和恭维。趁着酒劲，润光有点飘浮。阿财进了包房，和这些老板轮流敬酒，拉扯推搡中，弥漫着友情。润光呆愣地瞄着，他羡慕表哥的随意和洒脱，想到自己也是个生意人，他瞬间荡涤了内心的焦灼和捆扎，摇晃着站起来，端起酒杯，拎着酒瓶，学着表哥的姿态，向每位老板敬酒。

志军调到狮门海关，成了关长。上任后，他驱车来到市里，拜会市领导。锦康不管外经，他代表市政府，在分管副市长的陪同下，在华侨大厦宴请志军。志军端着酒杯，走到锦康身边，说着他和狮门的渊源。听到他是狮门中学毕业的，锦康站起来，笑着说：噢，你是狮门中学的，咱们也算是缘分，我在那里教过书。你毕业那年年底，我才调过去。歌里有句词，"那次的擦肩而过，换来今次的相遇"，是不是？他转过身，肃然道：海关，就是国家的关！志军关长责任重大，既要守住国门，也要助力狮门的发展。

从外商那里，阿财知道志军调到狮门，做了海关关长。他赶紧给锦堂打电话。锦堂闻知，笑着说：阿财，我在港处理些事，明天下午赶回去。你和关长联系，约他吃餐饭，为他的到任接风洗尘。收了线，阿财拉开抽屉，翻出电话本，就是找不到志军当年留给他的电话。他拎起夹克，下楼开着挂着粤港直通牌的奔驰600，他摇下玻璃，手指夹着香烟，另一只手摁着方向盘，顺着大街上熙攘的人流，他不时摁着喇叭，缓缓地来到海关大楼。

停好车，腋下夹着鳄鱼皮的包，阿财嗒嗒着上了台阶，保安拦住他。他晃着手袋，叼着香烟，眯眼瞥着保安，就要进去。保安瞪着他，将他推了出来。阿财摘下香烟，手指点着保安，大声说：找你们关长！保安笑了，挠着脖子问：先生有约吗？回到门口的烟灰缸前，掐灭烟蒂，阿财转过身，没有好气地应道：我没有他的电话，约不了！你给志军通报一声，就说有个叫阿财的，在楼下等着想见他。

保安挺直的身子，瞬间曲了，怯怯地瞥着阿财，挠头犹豫着。阿财来气了，他瞪着眼，嚷道：快去！愣着干什么？保安走进门，拉开抽屉，拿出电话簿，操起桌上的话筒，吱吱按了三个号码，随着一串嘟嘟声，他紧张地调整着表情，身子倏然笔直。话筒里传来一声喂，他笑着说：报告关长，有位叫阿财的先生，他想见您。关长拉长声音，纳闷着问：哪个阿财？保安捂着听筒，瞥了他一眼，嘟着脸问：你是哪个阿财？阿财走前两步，想接过话筒。保安盯着他，趔着身子。阿财晃着身子说：香港的阿财，和他一个村子的。报告完，关长同意了。保安拉开抽屉，取出来访牌，笑着递给阿财，点头哈腰地将他送到电梯口，叮嘱着关长的楼层和房号。

在东海渔村定了间房，阿堂交代老板，提前一晚炖一煲靓汤，由立勤、阿财和润光作陪，为志军接风。立勤让锦堂将陪餐的人，报给志军，问他的意见。志军同意了。锦堂和阿财来到渔村，和老板合计着点好菜，他琢磨了半晌，将阿财叫到边上，吩咐他在英皇留间豪华房，如果志军不推辞，饭后就到夜总会放松放松。志军的车准点停在门口的红地毯上。立勤上前，拉开车门，手搭在车门上，赔笑看着他下车。锦堂闪过来，抖着西装的开襟，握手笑着说：关长，听说您来狮门高就,我连忙从香港赶回来。多谢您百忙中念旧赏面。

站在包间门口,见志军过来,阿财晃着胸前的金链子,猴急般地闪过来,他一把抓住志军的手,嘿嘿晃着。进了包房,立勤介绍润光。志军拉着他的手,笑着说:我知道了,锦康书记在市里请我吃饭,送我上车时,提起过你。阿财拆开酒的包装,探头问:关长,咱们喝洋酒还是白酒?瞥了眼立勤,志军靠着椅子,摆着手应道:洋酒贵,别奢侈了,部队首长过来,都是喝茅台,我就当回首长,喝茅台吧!阿财将几瓶酒拿下去,弯腰贴着立勤耳朵说:咱们很少喝茅台,没带茅台。立勤站起来,拿起电话,走了出去。一会儿,他将阿财叫出去,让他开车去镇上的糖业烟酒公司,拿几瓶茅台过来。

一帮人在清醒中叙聊,在客套中碰杯,并没阿财期望中的高潮。一煲腊味饭上桌,志军盯着滴着油、亮晶晶的腊味,放下酒杯,夹了片入嘴,嚼了几下,点着头说:地道,就是家乡的味道。立勤站起来,接过服务员递来的饭铲,淋上生抽,刨着撩匀,给志军盛了碗,夹了堆腊味,放在他碗中。志军刨了口饭,蠕动着腮,筷子敲着碗说:小的时候,这腊味饭,只有过年的时候,才能吃到。秋冬季节,在街道上溜达,看到饮食公司餐厅的腊味煲,冒着热气,盖子颠着,喷着香气,我就会蹲在边上,伸长脖子,闻上一阵。大家的应和声中,他将空碗递过来,让立勤再加碗饭。

咽下最后一口饭,志军打着嗝。阿财递上茶杯。他喝了口茶,拍着隆起的肚皮,笑着说:见到你们,吃着家乡的腊味饭,就放松了。阿财递上烟,送上火,笑着说:肚皮在于运动。喷了口烟,志军眯眼笑着。瞥了眼锦堂,阿财附在志军耳边,轻声说:关长,等下去英皇,咱们吼几嗓子,去消消食。志军扑哧笑了,双手抱在胸前,闭眼沉思瞬间,摆着手说:那里运动量不够,我得到江边走走,你们别管了。走到酒楼门口,天空飘起了雨,志军的车驶了过来。阿财伸手,撩着雨星,拉开车门,笑着问:下雨了,英皇没雨!志军扔掉烟头,砰地带上车门,摇下玻璃,摆着手说:风雨无阻,这是军人的本色!

润光跟着春生,摸出化工贸易的门道。他们成立了再生资源公司,收购外资企业经过海关核销的废料。他们买来加工机械,将这些散碎的废料,加工成胶粒,再卖给塑胶厂。同外资厂的老板熟了,又有润光的关系,春生的马仔,通着外资厂的采购主管,试着多报少出,大量的化工原料,以废料的形式卖给他们。他们更换包装,推向市场。尝到了甜头,想象着未来,润光心中一喜,决然辞去锦堂公司的职位，租了国盛的厂房，他雇请了一帮人，将几个工业区的塑胶废料承包了下来。

布料市场开业了，为了快速回笼投资，锦堂做通镇上的工作，将面向大路的铺面，对布料批发商出售。站在布料市场的门口，想起刚回到狮门的往事，瞭望着对面街角的政府大院，锦堂恍然感到，这些年与映芬疏远了，歉疚之情涌上心头。他拿起电话，约映芬吃饭，说有事和她商量。锦堂在一间台湾老板开的西餐厅定了个包间，要了杯咖啡，坐在帷幔后面，打量着忙活的人流，期盼着映芬的出现。

瞥了眼手表，锦堂燃起一根烟，拿起桌上的时尚杂志，翻看着模特。隔着烟雾，他幻想着如果映芬穿上这件衣服，会是个什么样的感觉。服务生拿着菜单进来，映芬跟在后面。锦堂赶紧起身，让她坐在软包的沙发上。映芬笑着放下包，瞥着他说：你是个大忙人，今天怎么这样悠闲，想起请我吃西餐了？锦堂端起茶杯，淋灭烟蒂，望着映芬，叹着气应道：阿芬，忙的时候，生意推着你，由不得你分心；得闲的时候，常常想起你，有时拿起电话，摁了几个号码，又觉得没啥正经事，怕打扰你，也就没摁出去。映芬笑了，摆着手说：去年底，看到你的布料市场停工了，镇上的人有各种说法，我都替你担心，本想打电话问问情况，又觉得帮不上忙，也就忍着没打扰你，后来看到市场装修了，我的心也放下了。锦堂的胳膊撑在桌上，头放在手掌间，凝望着她，呆呆地眨巴着眼睛，轻轻应道：阿芬，那是一个坎。不光是市场的资金，还有厂房的出租问题，如果那样僵持下去，我迟早都沉没。映芬叹着气，瞥着窗外，搓着手说：阿堂，看来当老细也不容易呀！锦堂低着头，沉默了半晌，缓缓将手伸过来，轻轻地抓住她的手，哽咽着说：阿芬，这两年，咱们虽然各忙各的，心里却都装着对方。说实话，我最困难的时候，除了家庭，你依旧是我心中的支撑。我默默地告诫自己，在狮门跌倒了，就怕你看不起那个曾经的阿堂，更怕你心里为我难受。搓着他的手，映芬一紧一松地握了几下，低着头应道：阿堂，老话说，人在做，天在看。你无论事业有多大，也无论站着还是趴下，依旧是我心里的那个阿堂。

窗外传来了突突声，摩托停在对面的街上，国柱挂着拐，从偏斗下来，后面跟着几个保安。映芬抽出手，靠在椅背上，头贴着帷幔，瞄着国柱一颠一颠的背影，她恬淡地摇着头，茫然地叹了口气。锦堂叫来服务生，点好餐，搓着脸颊：阿芬，布料市场一层的铺面，过几天就要开售了，对象是布料批发商。我看好将来的生意，到时给你留两间，这事你不能推辞，不然我的良心不安哪。映芬摆着手，看到锦堂的情绪平和了，她缓缓地说：阿堂，咱们从小一起长大，我珍视成长的感情和友谊。说实话，我不愿意添加金钱的成分。这件事上，我理解你的良苦用心，也请你理解我的坚持。等到有一天，当我们闭上眼，就要离开人世的时候，我们都可以问心无愧地说，我们一直埋在心里的这份感情是纯洁的。锦堂低头，一个劲地摆着手，动情地应道：阿芬，当初我对不住你。你怎么这么固执，今生今世你就不能给我一个看似世俗的补救机会吗？难道你要让我带着这份愧疚，去见上帝吗？映芬攥住他的手，摇着头说：阿堂，钱能买来的东西，就是商品了，你觉得我们的感情是商品吗？锦堂抬起头，浑身不自在地晃着，他叹了口气，头埋在搓着脸的手掌间，有些无可奈何摇头续道：阿芬，我真没想到，你想得这么深。我也不为难你了，好吧！那两间铺面，我替你留着，租金我开个存折，帮你存着。在我的心里，它已经是你的了，如果我把它卖出去，那就是出卖了我的情感，你叫我情何以堪？于心何忍呀！

　　回到公司，锦堂的心情久久难以平复，想起那年投资工业区的时候映芬的顾忌，他怕她顾及国柱的面子，不接受那两间铺面。他来到镇政府，推开立勤办公室的门。立勤看见锦堂过来，扬起手让沙发上的下属出去，他斟了一杯信阳毛尖，递给锦堂，走到办公桌后面，从抽屉拿出几张纸过来，坐在靠窗沙发上，抖着那几张纸，笑着问：阿堂，听说布料市场一楼铺位要发售？锦堂品了口茶，点头应道：主要是要回笼部分资金，镇上同意了。立勤趄身偏头，拍着大腿说：阿堂，好些老友约我吃饭，都想买你的铺位，你得帮我留十几间铺面。锦堂靠在椅背上，瞄着他就是不作声。立勤起身坐在他边上，对着批发市场一楼的平面图，拿起笔圈着他中意的铺面。锦堂抱拳胸前，愣愣地瞥着，还是不吱声。立勤急了，扯着他的胳膊，让阿堂答应。锦堂直起腰，摆手应道：立勤，好些人都盯着那些铺面，我也不知道咋办。市场是我和镇上合资的，你们也有话事权，我只能尽力而为了，让我答应给你留下那些铺面，说实话，你就难为我了。盯着平面图，立勤眯眼喷了口烟，低头晃了几下。锦堂说了他想给映芬留两间铺面，让他说服国柱接受他的意思。立勤挺直腰，转头笑着应道：都是同学，你怎么这么偏心呀！我想要铺面，真金白银地给钱，你就是不答应；人家不要，你却要我做工作，让人家接受你的好意。锦堂愣了下。立勤拍着他的肩，顺手捏着说：阿堂，我知道你是个有情有义的人，我刚才那是开玩笑，你别当真。不过，说句真心话,我比你更了解国柱,我估摸着他是不会接受你的好意的。锦堂转身仰头,抓着他的手,眨巴着眼睛:立勤,你有办法,我相信你。实在不行,也算我尽心了。

过了几天,立勤回话,国柱发火了,说锦堂瞧不起他。布料市场开售了,狮门的布料商,提着现金,找到各种关系,开售就被抢购一空。投资回收了大半,锦堂按捺不住喜悦,他给静怡打电话,商量着未来的投资方向。静怡笑着说:我和香港银行的经理聊过了,他们看好莱莉雅的前景,希望我们将狮门的生产基地,整合在香港公司的资产中,打包上市。锦堂一愣,对于上市融资,他以为仅仅是个概念,犹豫了一会儿,他让静怡和银行细化方案,找公司的律师论证,等他回港后,再行定夺。

在英皇定了间包房,锦堂叫上立勤和润光,要热闹一下。酒酣时分,阿财带着经理,推门进来,他拱着手,围着锦堂叫着老细。英皇的经理不认识锦堂,她随着阿财捧着笑脸,一副不温不火见过世面的神情。阿财让她给锦堂敬酒。她斟了两个半杯。阿财瞪着她,将她的酒杯加满,晃着手斥道:大家姐,识做点!他真是我的老细。他要是有心,可以即刻盘下英皇,就是你们的老细了。锦堂站起来,端起酒杯,拍着阿财的肩,笑着说:一同打拼的兄弟。我年龄大些,他叫我老细。经理捧着菊花笑,仰头喝掉酒,垂着酒杯,对着阿财晃了几下。

英皇开业,锦堂很少光顾。阿财邀请了好多次,他都以各种理由拒绝了。锦堂的光顾,让阿财有点激动。他脱掉上衣,戴上墨镜,晃着身子,站到锦堂前面的茶几上,将情绪揉进去,吼了首《光辉岁月》。做生意这么多年,锦堂养成冷峻的心性,他很少激动,盯着阿财激情四射的表演,想起这些年走过的路,鼻子往上抽了几下,从烟盒抖出一根烟,叼在嘴上,对着经理递上的火,他喷着烟,眯眼打量着阿财抖动的身躯,沉寂在内心深处的感怀和追忆,一股脑儿地涌了上来。他直起腰,倒了杯酒。阿财下了茶几。锦堂站起来,盯着他嘿嘿了半晌,眨巴着眼睛说:细佬,为了苦难岁月干杯,更为光辉岁月干杯!阿财加个满杯,不顾他的阻拦,瞥着他,趔着身子,仰头倒进嘴里。他抹着下巴,酒液顺着嘴角,滚落到背心上。他撩起背心,搓着肚皮,笑着说:老细,这么多年了,阿财谢谢你了!

躺在沙发上,锦堂迷瞪着眼,瞥着立勤和润光,他嘴里呜啦着,不停地摆着手。服务生端来蜂蜜水。他抿了几口。锦堂半闭着眼睛,在舞曲的节奏中,打量着斑驳霓虹中晃动的身子,他翻身喘着粗气。音乐静息的时候,锦堂揉着眼睛,坐了起来。润光要派小费。他扬起胳膊,扯住了润光,趔趄着拿过账单,伸手拿起皮包,掏出钱包,抽出一沓港币。服务生笑着说:房费和酒水老板都免了。锦堂抽出几张千元大钞,放在盘子中。经理笑吟吟进来,趴在锦堂肩上,盯着一沓港币,直对着他飞眼。锦堂抽出两张大钞,啪地塞进她手中。她噘起嘴,凑了过来,看着锦堂偏开的头,用鼻头蹭了下他的耳垂。包间门开了,阿财晃着进来,他呆然打量着盘子中的钞票,立刻明白了咋回事。他瞪着眼,扬手抓起盘中钞票,扯过经理手中的大钞,晃身后退,打了几个嗝,又屈身荡到锦堂边上,将钞票攥起来,塞进他的皮包,指着经理训斥道:爱钱?是不是?那也要看钱是谁的!哎呀呀——你们今天真是给我丢脸了,让我在大佬面前抬不起头呀!锦堂拉住他的胳膊,让他坐下来,摆手让她们别介意。阿财瞪着锦堂,嘴巴抽动了几下,突然揽住锦堂的头,嘀咕道:老细,你还记得那年刚刚到港,你给我买了本时尚杂志,我压在床下,都翻得碎掉了。锦堂扑哧笑了,随即推了他一把。阿财又揽住他,瞥了眼边上的经理,眼珠滴溜着续道:大佬,你看看我的经理,像不像那本杂志封面上的日本时尚女郎?锦堂抬起头,瞄了经理一眼。阿财扯着他的胳膊,笑得前仰后合。

33. 上市

拉开抽屉，拿出婴孩时父母的合照，锦堂端详着。记起老豆的叮嘱，他想到了上市的事，拉开书柜的门，捻翻着找到了几年前策划公司做的方案。他品了口茶，靠在大班椅上，将方案看了一遍，燃起根烟，眯着眼睛，默思了一会儿。他走到窗户前，脚踹着地毯，大拇指搓着太阳穴。摁灭烟蒂，拿起话筒，他像弹钢琴一般，嘀嘟按了串号码。几声嘟嘟，他操起电话，搭在耳边，话筒里传来阿财的哈欠声。他笑问：老细，还在睡觉？阿财懒洋洋应道：做了夜总会，黑白颠倒了。他直起身子，续道：老细，啥事？锦堂说：阿财，黑白颠倒，违背自然规律，长久下去可不行呀！这样，你过来一下，咱商量个事，了却你的心愿，也让你将黑白正过来。

推门进来，站在锦堂办公桌前，见桌上放着那本方案，阿财瞬间明白咋回事了。他比着嘴巴，递给锦堂根烟，抖出一根，叼在嘴上，偏头晃身，瞥着锦堂说：老细，我现在很忙，也摸出了娱乐业的门道。这几年，英皇的生意不错，我和立仁商量着，准备在夜总会的后面，靠近江岸的地方，建座五星级酒店。锦堂斟了杯茶，递给他，看着他坐下来，抖着二郎腿。锦堂抠着手指甲，和缓地说：阿财，香港的银行筹划着，想让莱莉雅上市。

弹着烟灰，阿财挺直身子。锦堂摆着手说：说实话，我现在根本就不缺钱。当然了，上市要有项目。银行对莱莉雅充满信心，这也是你我多年的愿望。阿财站起来，拿来当年的方案，翻看了几页。锦堂伸长脖子，盯着他问：阿财，回来吧！咱们齐心协力，让莱莉雅在大江南北，遍地开花。端起茶杯，淋灭烟蒂，阿财眨巴着眼睛，挠着披肩发说：老细，我也不年轻了。总体策划和统筹，我还是有信心的。繁杂的管理，我就不参与了。锦堂盯着他，好像在让他掂量自己的选择，见阿财没有动摇的迹象，他站起来，晃着手说：这些年，莱莉雅业务局限在香港，我也不上心，原来的老员工，大都退休了。你熟悉这个行道，费费心，帮我物色几个人。阿财仰头盯着天花板，拍着椅子的扶手，瞅了一会儿，挺身站起来，笑着说：老细，放心吧，我心里有谱了！

　　证券部的经理，带着个团队，对莱莉雅做了清产核资，给出了上市的时间表，列出每个时点要解决的问题。锦堂带着阿财，坐着直通车，回到香港。阿财通过伟哥和阿敏，约了几位业界大佬，按照锦堂的吩咐，在原来策划方案的基础上，按照香港上市销售网络覆盖全国的要求，洽商合作的具体事宜。几经反复，方案确定了。伟哥推荐了几个人，按照香港的薪酬标准，提出待遇要求。锦堂带着静怡，和伟哥见面，就品牌推广和营销，达成了协议。伟哥瞥着阿敏，笑着说：阿敏一直是莱莉雅的形象代言人，她在香港有些剧作，没有在内地推出。内地的代言如果让她做，可以考虑将这些电视剧，在内地的电视台播出，节奏可以适度提前，等到莱莉雅专卖店开业，她就可以串场，到内地的城市，做营销推广活动。

　　阿财站起来，走到锦堂边，给他加茶。他瞥着阿敏，低头说：老细，阿敏在内地的影响力，不可小视。英皇能有今天的局面，阿敏的帮衬和伟哥的策划，起到了关键的作用。锦堂点着头。阿财坐下，盯着阿敏艳红的嘴唇，用权威的口吻说：女装设计这块，内地刚刚起步，整个理念落后。得盯着国际潮流，将设计部门，放在香港。可以和香港顶级的服装设计师签订合同，购买他们的设计作品；也可以参照国际惯例，由莱莉雅品牌推出服装款式，按照销售的利润，给设计师提取佣金。

　　轻轻吸着雪茄，伟哥一直没作声，他直起腰，弹着烟灰，手扯了下束在脑袋后面的辫子，看着冒起的青烟说：品牌营销就像打仗，讲究随机应变。我策划的营销方案就是个框架，内地情况日新月异，得审时度势，盯着竞争对手，有能力下先手棋。锦堂搓着手，瞄着静怡，轻轻地点着头。伟哥瞥着窗外，手弹着桌面说：锦堂先生，内地这么多人口，刚开放时，须踩在香港岛上，招揽全球。他们的翅膀硬了，腿脚有劲了，便会走向全世界。香港的地缘优势和文化融合的优势,将会慢慢显得乏力。如果香港的商人,秉持固有的优越感,将来就会被动。

锦堂倏然愣了,淡然的眼神聚起,盯着伟哥。伟哥摆着手,笑着说:锦堂先生,在法国或者意大利,成立一家公司,将莱莉雅在那里注册,再许可狮门的工厂使用,收取商标许可费,一切操着正步来,这样就可以将莱莉雅,包装成欧洲的牌子。锦堂心里颤了下,转不过弯来,他捏着鼻头,扯了几下。伟哥拿去雪茄,喷火燃起,吹了几口,笑着说:必要的时候,在法国物色有历史的小牌子,将他们的公司收购过来,再将品牌推向内地。如果大势不错,在巴黎服装的T台上,做几场秀,在内地电视上播放,就真正国际化了。锦堂想着莱莉雅,那里有老豆的期望,他想赚钱,也并不是完全为了赚钱。他摊开手,晃着说:精力不济,还是要竖起莱莉雅的牌子。

伸长脖子,扭动了几下,没有料想的嘎嘣声,伟哥耷拉着眼睛说:做品牌和营销,代言明星和企业就绑定了。莱莉雅就是个香港的女装牌子,具体而又缥缈。阿敏是鲜活的,她就是个明星。我想这样,由我找香港音乐界的大佬,在日本的音乐中,精选几首悦耳的曲子,从日本购得版权,找香港或台湾的音乐大佬填词,由阿敏来主唱,莱莉雅公司赞助。我们全力运作,如果能获得香港年度金曲奖,在内地传唱开来,莱莉雅的生意就来了。锦堂有点蒙。阿财瞥着阿敏,笑着问:能获奖吗?伟哥的眉毛挑着,笑着说:香港是个商业社会,好多事情都是商业运作的结果。音乐大佬的词,穿着东瀛的和服,谁唱都能拿奖。说白了,只要你肯出钱,没有办不成的事。扯着脖子上的链子,阿财趔着身子,瞥着阿敏,调侃道:老细,这不行,捧红了阿敏,莱莉雅市场开了,我却请不起她了。阿敏白了他一眼,咯咯笑了。

回到狮门,锦堂让公司的财务,将莱莉雅公司的资产和财务资料,整理了一番。半个月后,静怡陪着证券部的主管,带着会计师和律师,来到狮门,对公司提交的资料审核。一个星期后,他们开碰头会。看着最终的报告,主管推着鼻梁上的金丝镜,笑着说:资料总体符合要求,就是当初建厂房的用地,没有土地权属证明,只有份合同,厂房也没有房产证。按照香港证券交易所的审核规则,这两块不能计入公司资产。如果去掉这部分,就是机器设备和材料的价值,流动资金和应收货款没有问题,品牌价值,需要香港专业机构的评估。

翻着报告,锦堂仰头靠在椅背上,闭眼沉思了瞬间。他缓缓抬头,搓着面颊,对着静怡说:内地开放后,好多制度在逐步完善,能不能由政府出具个证明，说明情况？主管盯着他，决然地摇着头，摊开手说：如果没有这两块的评估入账，这边的资产加上香港那边的，盘子做不起来，上市的意义不大。想到与伟哥签订的策划合同和预付费用，锦堂叹着气说：如果这件事没有办法解决，是不是意味着内地的企业到港上市，这条路走不通？主管笑着说：资产要入账，权属关系必须清晰，这是上市的国际通则，香港也不例外。

香港的客人走了。锦堂约立勤，将情况说了。立勤拿起报告，翻了一会儿，摇着手说：锦堂，据我所知，狮门企业好像没有在香港上市的，就像你当年回来办厂一样，你总是走在前面，为业界探路，碰到的都是新问题。锦堂笑着摇头。立勤直起腰说：你准备好资料，我来约锦康书记，让他约分管城建规划的副市长，咱们到市里汇报一趟，将情况说明，就现在这样的形势，肯定有变通的办法。听到现在这样的形势，锦堂不太明白，但他知道立勤有更到位的理解，他疑惑了瞬间，站起来，拍着他的胳膊说：立勤，咱是光着屁股一起长大的，碰到棘手的事，第一个想到的，就是你。立勤站起来，让他甭客气。

坐着直通车，在镇政府接上立勤，锦堂来到运河边的华侨大厦，乘电梯来到三楼的包房。服务员递上毛巾。锦堂擦着脸，笑着问：立勤，你这副镇长做了好多年了，就不想着进步？放下毛巾，立勤摇着头说：前几年，市里想让我到别的镇，做副书记。我思前想后，和家里人商量一番，还是舍不得离开狮门。锦堂点着头，瞥了他一眼。立勤摆着手，随意地说：在哪里，做什么，说到底就是过日子。这些年，我也想开了，没有太高的奢望了。立勤电话响了。他拿起电话，锦康的秘书说书记出发了。他瞥了眼手表，腾起身子，和锦堂下到酒店门口，抽着烟，瞥着驶过来的汽车。

带着副市长，锦康下了车。酒店经理瞄见，从大堂出来，将他们送进包间，叫来中餐经理，写好菜单，递给锦康。锦康瞥了眼副市长，瞥了眼菜单，摆着手说：不用看了，你们定吧！锦堂要开酒。他叫住，侧着脸说：中午不喝酒，下午开会。菜上了桌，锦康笑着问：啥事？就在饭桌上说吧！立勤夹着菜，将锦堂的事说了。锦康瞥了眼副市长，点起一根烟，吸了两口，靠着椅背说：上市是好事，前段时间，省里发了份文件，鼓励企业到资本市场上融资，这也是国际惯例。听说一些地方，还出台了奖励政策。锦堂瞬间有了信心，他端起茶杯，走到锦康身后。锦康摆着指间的烟，偏着头说：我说话不算，得听市长的。锦堂对着副市长，晃着茶杯。副市长犹豫着站起来，拿起茶杯，碰了下说：你的事，我让国土和住建部门研究一下，比对书记说的政策，看能否变通操作。

立勤站起来，给副市长敬茶。副市长笑着说：你是镇上领导，情况有一定的把握，现在办理土地证，得走一整套流程，补交土地增值的价差，还有各种税费。房产得符合城规，要有工程验收手续，才可能办房产证。锦堂咀嚼的嘴，停了下来，瞥着锦康，咳了几下，用纸巾捂着嘴，走进洗手间。洗手间的水哗哗响，锦康看着立勤，摆着手说：回去跟你们书记说声，锦堂第一个到狮门投资，合同和当初的各项承诺，还得履行，这也是政府的信用。必要时，可以动用镇上的财政，变通一下嘛。停了瞬间，他又对副市长说：锦堂的厂，是我引进的，说实话，蛮有感情的。市里得有政策倾斜，必要时，我向书记、市长汇报。

洗手间的门开了，瞥着出来的锦堂，副市长举起杯，笑着说：书记您放心，我得让企业知道规范程序。至于锦堂这件事，我建议由狮门镇政府写个报告，提出诉求，我召集有关部门，专题协调一次。锦康笑了，摆着手说：锦堂，你们这些老板也要理解政府的难处，按照规矩办事，那是我们的职责。锦堂笑了，扯着立勤胳膊，两人端起茶杯，站在副市长两边。副市长站起来，端起茶杯，转向锦康，晃着说：我们一起给锦康书记敬杯茶，他可是全市利用外资的功臣。锦康站起来，摆着手说：功臣说不上，就是顺应时势，实实在在做点事。

回到狮门，立勤带着锦堂，将市里的意见，向狮门的书记汇报了。书记摸着额头，想了一会儿，笑着说：这是件好事，我到国外参观学习，著名的企业都是上市公司。锦康书记有国际眼光，我们就按照他的指示，具体落实。立勤笑着点头，伸长脖子续道：书记，加工办的映芬，当年代表政府，跟进锦堂的企业落地，她熟悉当年的情况，我建议由她负责这件事。书记摆着手，笑着说：加工办你分管，这些事你定就行了。锦堂站起来，握着书记的手，邀请他到香港走走。书记谦和地说：香港我好长时间没去过了，只是镇上的事多，我出门得给市上领导请假。将锦堂送到门口，书记笑着说：你约下锦康书记，他得闲的时候，我陪着他，到香港看看。

回到办公室，立勤将映芬叫了过来。铺面的事，压在锦堂心里。映芬进门，瞥了他一眼，锦堂有点不自在。立勤招呼着她坐下，斟上茶，翻着本子，将锦堂的事说了。白了锦堂一眼，映芬欠着身子说：这些事的决定权，都在市里部门，镇上是听市里的。立勤直起身子，单手搭在沙发靠背上，笑着说：阿芬，锦康书记有了意见，咱们的书记同意，你熟悉情况，带上锦堂，跟市里部门协调，就会快一些。锦堂上市的事，香港那边有个时间表，拖不起。映芬看着锦堂，含笑点着头。锦堂搓着脸，抽出根烟，捻在嘴上，对着立勤的火，燃起吸了几口，摇着头，感慨地说：唉——棘手的事，还得你们帮忙！

　　服装批发市场竣工了。国柱成了管理中心的副主任，负责市场的消防和安保。受镇长委托，立勤和市场管理中心的主任，拎着礼品，来到安义堂，请安义帮着测算开业的良辰吉日。问了批发市场的全名、附近的建筑和路网，安义闭着眼，嘀咕一会儿，他挺起身，眼珠闪了几下，摸着胡须问：市场有几个门？大门在哪个方位？主任挠着脖子说：设计四个门，准备开两个门，就是北门和南门，北门前面是狮门大道，正门就是北门。安义嘿嘿笑了，摇着头说：我记得那个地方有条河涌，在哪个位置？立勤应道：就在市场的南边。安义摆着手说：山水河岳，都是自然的造化。所谓命理风水，就是要揣摩自然，按照自然的意志而为。狮门大道，宽阔平坦，进出方便，看似方便，可那是人弄出来的，不可与自然的造化对垒。况且，面水为财，这是风水上的定律。

　　沉默一阵子，立勤眨巴着眼睛，纳闷地问：安义叔，市场门该怎么开，才合乎风水上的讲究？安义想了瞬间，犹豫着说：你们是政府，不讲究这些。我说出来，权当参考。市场是批发市场，面向的是批发客户，不像那些零售的商场。我觉得大门要朝南开。主任嘟着脸，抽着闷烟，摆着手说：镇长，北边大门都装好了，南边原来是走货的，要变也不容易。立勤摆着手，问安义开业的日子。安义掰着手，嘀咕了瞬间，他站起来，在立勤搀扶下，走出屋子，眯眼瞭着暮暮的太阳，给出测算的日子。

　　回到镇政府，立勤带着主任，给镇长讲了开门的事。镇长拿起日历，翻了一会儿，板着脸，敲着桌子说：市场装修的时候，你们就要想到这些事，得问问大师。现在就要开业，又不合风水，怎么办？主任笑着说：镇长，风水就是个说道，信则有，不信则无。镇长瞪着眼，敲着桌子，挺直腰说：我们都是干部，不信，就没有了。那些批发商迷信，你说这风水，有还是无？立勤笑了，瞥着主任，对着镇长竖起拇指。镇长站起来，踱了几步，摆着手说：我前段时间路过，下车在市场周边转了个圈。朝北的那边，人流熙攘，路边落满黄叶，给人萧瑟的感觉。南向那边，河涌边几排水杉树，一道清水，幽静而典雅。我当时就感到不爽，又说不出个门道来。主任低着头，一声不吭。镇长晃着手，吩咐道：去！赶紧找建筑公司，加班加点，将南边的门装起来。

33. 上市

回到立勤的办公室，主任回身带上门，递上香烟。抽了几口闷烟，主任摇着头说：管理中心刚成立，我们接收的是市场物业，装修的事我管不了。在南边装门，这是装修公司的事。这话我不好说，你知道镇长的脾气，他最忌讳下面和他讨价还价。立勤靠着椅背，晃着身子，笑着点头。主任伸长脖子，瞥着立勤说：市场的工程是立仁做的。你能不能给他说说，先调些人过来，将门移装过来？立勤喷了口烟，没有应声。主任续道：当然了，这是新增加工程，要额外支付工程款。我现在没有钱，打报告给镇上，批下来，马上付给立仁。

瞄着窗外晃动的树梢，立勤颠了几下身子，站起来说：难处我都知道，我等下给立仁打个电话，让他帮忙。给政府打报告，增加工程款的事就算了。主任眨巴着眼睛，他有点蒙。立勤走过来，拍着他的肩膀说：将来铺面要卖，如果立仁想买，给他个优惠。工程款从铺面价款中抵掉，不就行了？主任吸了口气，挠着脖子，眼睛闪烁着，怯弱地瞄着立勤。觉察出他的为难，立勤笑着说：这些都是实在发生的，镇长都知道，你也别为难。如果你难做，管理中心就用收取的物业费，支付立仁的工程款。

服装批发市场开业的那天上午，镇上的领导，穿着正装，来到铺着地毯的现场。穿着旗袍的礼仪小姐，给他们佩上红花。眯眼瞭着市场，在醒狮的锣鼓声中，他们翘望着市领导的到来。镇长摸出根烟，立勤给他点上。他走了几步，站在河涌边，打量着黄铜色的南门，叫来管理中心的主任，竖起拇指，鼓励了几句。国柱拄着拐，在边上调动着保安，将涌过来的观众，拦在护栏外，指挥着车辆停靠。锦堂带着群外商，佩上红花，沿着地毯，彬彬有礼地过来。镇长掐灭烟蒂，快步迎上。国柱抹着额头的汗。立勤过去，絮叨了几句，让保安拿来椅子，让他坐下。

两辆三菱吉普，按着喇叭，驶了过来。摄像师扛着摄像机，弯着腰跑过去，单腿跪在地上，眯眼看着相框，对准了车门。秘书从副驾位推门下车，拉开后座的车门。锦康下了车，撩起西装的开襟，扣上一枚纽扣，仰头眯眼，瞥着树荫下斑驳的阳光，对着迎过来的人，挥手招呼着。礼仪小姐拿着红花，笑吟吟地给他佩上。他握着镇委书记递上来的手，笑着说：市长本来要来的，省里有领导临时过来，他分不开身，委托我全权代表。镇委书记晃着他的手，点着头说：您是老书记，百忙中莅临，我们高兴！

鼓乐声中，随着大门两边啪啪喷起的飞絮，开业庆典结束了。披着五色的飘絮，随着镇委书记，锦康走进市场，兴致勃勃地边走边问，畅谈着狮门的未来。正午时分，嘉宾上车，来到东海渔村。锦康走进包房，秘书帮着脱掉上衣，挂在衣架上。他撤掉领带，递给服务生，接过递上的热毛巾，搓着脸说：西装好看，却拘束人的身体和心性，穿上西装，对自己的要求就高了。书记和镇长脱掉西装，迎合着说：老书记过来，我们高兴，咱们就轻松些。镇长让服务生开酒，他挽起袖子，在转盘上摆了一溜酒杯，笑着说：锦康书记，咱们的时装批发市场，全国最大。我和书记商量，刚开始免租，先将市场做起来。有了人气，狮门就变成全国性的服装交易中心了。

大家轮流给锦康敬酒。锦康不像平时那样，端起酒杯，舔下就放下来，他仰头将酒液倒进嘴里，那番豪气，着实让人诧异。他将锦堂叫进来，抽着烟说：锦堂是全国引进外资的头雁，狮门有今天，就是要有股敢为天下先的劲，其中，锦堂起到支点的作用。他指着酒杯，放下香烟，笑着说：锦堂，我知道你酒量差点，可今天书记、镇长都在这里，豁出去了，我陪着你，敬书记、镇长一杯。锦堂咧着嘴，抽了几下。立勤赶紧站起来，要替他喝酒。锦康瞪了他一眼。立勤退了回去。锦堂勉强地端起酒杯，举起碰杯，见人家将酒倒进嘴里，他试着灌了下，扑哧呛了出来，咳了几下，见没妥协余地，他硬着头皮，将剩下的酒液，比嘴眯眼，喝了下去。

瞥着锦堂，拿起烟盅上的烟，锦康吹了几口，红着脸说：什么是眼光？眼光就是当别人懵懂的时候，你能意识到机会。什么是能力？能力不仅是别人扛不起码头上的麻袋，你能扛起来，更是指你能成就机会，其中包含着胆识。镇委书记转过脸，嘿嘿点头。锦康放下香烟，拿起茶杯，将烟蒂淋灭，看着镇长说：你们现在看着成片的工厂，摸着自己的荷包，心里高兴，这很正常。未来狮门的竞争力，不是成片的厂房，而是有没有龙头的上市公司。有了上市公司，产品就有了出去的平台，就可以带动一个产业。

狮门的书记给镇长个眼色，两个人左右站起来。书记端起酒杯，笑着说：锦康书记一席话，让我们茅塞顿开。看来我们要有长远的眼光，好多工作得调整思路。锦康站起来，碰着杯说：要会算小账，更要会算大账。会算小账，那叫精明；会算大账，那才叫聪明。会算小账，不会算大账，那就是小聪明。喝完酒，坐下来，他指着锦堂说：锦堂要在港上市，这是求之不得的好事，用地手续和房产证这些事，市里有了会议纪要，镇里要抓好落实，落实的核心问题，就是效率。镇长站起来,瞥了眼立勤。立勤走过来,他看着锦堂,吩咐了一番。

下楼的时候,锦康有点晕乎,他抓着狮门书记的手,指着披着彩带的批发市场,恭贺了几句。镇长叫来立勤,叫他安排房间,让锦康书记休息下。锦康摆着手,在立勤的搀扶下,上了车。阿财在英皇给锦康安排了房。锦康中意狮门那家老字号,立勤让锦堂定了几道土菜,在安义堂摆好餐桌,备好晚上的菜。太阳快落山时,锦康起来,推开房门。立勤就在隔壁,听到响动,走了过来。锦康漱着口,毛巾沾着嘴巴,笑着问:今天随意了,可能有些失态?立勤笑着,说准备了几道狮门土菜,在坝上用餐。锦康驻足,犹豫瞬间,摆着手说:给润光个电话,让他过来吃饭,我好长时间没见到他了。

快到坝上的时候,锦康拿起电话,调出志军的电话,摁通后笑着说:关长大人,我到狮门了,有没有时间,抽空接见下我这个地方小吏呀?志军责怪他过来,没提前招呼,说他忙完工作,即刻过来,安排锦康吃饭。锦康爽朗地笑着说:你别客气了,要知道,我是狮门的老书记,这里是我的地头。你能来,就算赏面了,这是私人聚会,不用你费心了。立勤知道关长要来,给锦堂电话,让他带几瓶茅台过来。车子停在坝面。锦康走下来,一股清风迎面袭来,他犯困的关节,软酥酥的。安义站起来,挂着拐杖,挪了过来。锦康走上前,打量着他古旧的装扮,笑着说:坝下的人,都在铆足劲,往前活,您却往回活。安义撩着胡须,应道:书记,往前跑得太快了,心浮气躁;往后退一些,恬静聚神。我大半个身子已经入土的人,不爱凑热闹。

电话响了,立勤走到边上,润光说春生也想过来,不知方便不方便。立勤想问锦康,想到关长也过来,他说可能不太方便。阿财开着奔驰,走在前面,后面跟着辆小面包,他照看着厨师,将汤、菜和煲放在厅堂中。润光到了,开着春生的宝马。锦康转过头来,看着他下车,走前几步问:谁的车?润光感到老豆不高兴。他挠着头说:春生的。锦康摆着手,低头说:做人低调些,别张扬。润光嘟着脸,点着头。阿财过来,拉着润光,和立勤陪着锦康,沿着水库边的沙石小径散步。锦康手机振了下,他掏出来,看到关长的电话,抱歉了几句,一行人加快脚步,踩着夕阳下蠕动的影子,走了回来。

志军和锦堂站在坝面上。锦康从坡下走来,志军走下坡,握着他的手,扯曳着上来。锦康笑着说:平时工作忙,想和你吃餐饭,总是抽不出时间,晚上都是土菜,你也别嫌弃。志军踹着沙石间的草根,对着厅堂嗅着说:锦康书记,您得知道，我也是狮门人，闻到家乡的味道，就流口水。锦堂搀扶着安义，让他坐下，大家按照顺序，围着桌子落座。立勤将盛满的酒樽和酒杯，放在大家面前，揭开菜盘的盖子。嗅着飘起的香味，一帮人鼻子抽搐着，倒上了酒。

瞄着老豆，润光谦和地和志军喝了杯酒，便闷坐在阿财边上。志军倒了杯酒，走过来，拍着他的肩，笑着说：阿光，按说我也是锦康书记的学生。我和你喝杯酒，今后有啥事，你尽管吱声，只要不违反原则，海关一定全力支持你们。锦康端起酒杯，跟着过来，他爽朗地笑着，瞥着润光：润光做过副镇长，他的规则意识，我还是放心的。你们现在的生意，离不开海关的支持，你得跟关长喝个大的。润光拿起酒樽，在志军阻拦下，将酒液倒进嘴里。落座的时候，锦康瞥着润光，晃着酒杯说：阿光，做生意要合规守法，这样才能长久，不要想着走捷径，更不能让关长难做！

厅外草丛中，蟋蟀啾啾叫着，一轮明月挂在天际，映在水面上。锦康走出来，深深吸了口气，自语道：这地方原来没有人来，没想到这么好！安义咳了几声。立勤瞥着锦康说：安义叔待在这儿，也有几十年了。锦康笑着应道：安义不是人，他快成仙了，狮门人都叫他大仙哩！摸着胡须，安义脸上泛出笑容。阿财过来，瞄着志军，对锦康说：书记好不容易过来，也难得关长今天赏面，走！咱们到英皇放松下。瞄了眼润光，见志军不太热烈响应，锦康摆着手说：好了，我明天还要开会，就不过去了。志军握着他的手，送锦康上车，他转身和润光客套了几句，也上了车，随着锦康离开了。

在阿财的帮助下，通过投资移民的方式，润光有了香港身份。锦康原来有个心结，他就润光一个仔，润光生了个女孩，他又是国家干部，按照规定不能生二胎，这了却了锦康有个孙子的念想。润光下海的时候，他惋惜儿子已经铺就的仕途，想到将来得个孙子，他的纠结即刻开解了。润光辞职后的那个晚上，锦康斟了两杯洋酒，惆怅却又深情地对儿子说：辞职好！先做好生意，将来弄个香港身份，再给老豆生个孙子。润光笑了，点头碰杯。移民申请递上去了，润光暗地使劲调理，老婆的肚子大了。锦堂帮助他在香港找了家知名的妇科诊所，得知老婆怀上了儿子，他悄悄告诉老豆。锦康开心地嘿嘿着，眨巴着眼睛，顿觉生命沉甸甸的，他对于未来有了更真切的期待。

润光在香港生下儿子后，春生资助他在港买了房子。锦康带着老婆，照看了几天孙子，心满意足地回来了。在阿财的张罗下，润光在港做了弥月宴，他问老豆，要不要在狮门摆酒？锦康考量再三，和老婆合计着，觉得还是要低调，不同意摆酒。知道润光的香港身份，春生带着他，来到深圳，考察了几间台湾的保税仓，认识了一帮做化工的台湾商人。得知润光的背景，一帮人鼓动他，在狮门做间化工保税仓。香港买房，春生帮了一把，知道了保税仓的运作，润光心里痒痒的。

在福田的顺德蛇庄，春生宴请那帮台湾商人。酒足饭饱后，一伙人趁着酒劲，来到夜总会。勾肩搭背中，他揽着润光的脖子，嘴巴贴着他的耳边，低声说：兄弟，一天的参观，保税仓是咋回事，你也清楚了。你现在是香港的身份，不如由你出面协调，咱们仿照人家的模式，在狮门做个化工保税仓，大家合伙一起搵钱。润光迷离地看着他，嘿嘿笑了。春生跟着笑了，偏头续道：阿光，咱们有化工贸易平台，还有废料回收，再加上化工保税仓，你自己好好想想，生意会是个什么状况！他欠身端起酒杯，和润光碰了下，用热切的眼睛盯着他，豪气地说：阿光，为了保税仓，咱们兄弟干杯！

在立勤的强力协调和映芬的勤力催促下，经过两个多月的补充资料，莱莉雅工厂的土地证和房产证办了下来。从市里回来的路上，映芬有些兴奋，她拿起手机，给锦堂打电话，说了这件事。锦堂高兴，连声道谢，说要约请老友们庆贺。直通车停在莱莉雅行政楼门口，侧门弹开，映芬弯腰下车。锦堂快步走在前，手搭在车门的上方，晃摇点头，看着她下车。映芬将装着证的档案袋递给他，她瞥着锦堂，很少调侃的她唏嘘着说：董事长，事儿妥了。锦堂扑哧笑了，带着她上了电梯，他摁了串密码，进了办公室。喝了杯茶，锦堂叫来助理，引领着映芬，来到公司新装修的展厅。展厅暗暗的，只有橱窗垂下的光，看了几件礼物套装，映芬觉得锦堂又要送给她衣服，她瞥了眼表，正要找个理由告辞。锦堂扬起手，让助理回到展厅门口等着。他欠着身子，抓起映芬的手说：阿芬，这事不容易办，辛苦你了！证下来了，公司上市的事，扫清了最后的障碍。这样，莱莉雅是你看着过来的，如果没有你当初的帮忙，公司也就没有今天，更不用说在香港上市了。你是公司初创时的核心，按照香港的商业惯例，我要给你部分原始股，也算是对你这些年付出的回馈。

映芬红着脸，瞥了他一眼，抽出手掌，摇着头应道：阿堂，我说过，咱们之间不谈钱。锦堂踱了几步，走到橱窗前，瞄着墙上禁止吸烟的标牌，抽出一根香烟，猛吸了几口烟，他猛然转过身来，瞪眼摆手，大声说：阿芬，你怎么这么固执？就像一颗顽石，我真拿你没有办法。看到映芬淡然摇头，锦堂无奈地笑了，他走到映芬边，单手举起拍着橱窗玻璃，摇头低声地说：阿芬，有些事我本来不想对你说。公司上市，就得平衡利益关系，公司的客户、高管和狮门的好些人，包括锦康书记和立勤，只要他们不拒绝，我都给了些原始股。我给你说了，这是商业惯例，不是对你一个人的。映芬抬起头，茫然地看着他。见她犹豫中可能的退让，锦堂侧过身，盯着她晃手续道：阿芬，原始股就是按照原始价，你得掏钱来买，不是白送给你的。她瞥了眼窗外，依旧没有回应。锦堂急切地跺了下脚，手掌平摊着抖了几下，笑着说：得天眼看就成小伙了，你得替他的将来想想，不行就用他的名字持股吧！映芬低头晃着提包包，笑着应道：阿堂，你一直替我着想，我好感动。这件事上，我得回去和国柱商量下。

　　香港证券公司的团队，请来评估团队，对莱莉雅狮门公司的资产做了评估，出具了评估报告。回到香港，在公司律师的提点下，锦堂签署了上市需要提供的文件，莱莉雅上市进入倒计时。阿财跟着锦堂，在香港忙活了一段时间，回到狮门公司，他接待了从香港过来的伟哥团队，按照锦堂在香港定下的方向，对莱莉雅这些年的营销制度做了全面梳理和提升，拟定了莱莉雅上市后细致的营销推广计划。按照伟哥的设想，莱莉雅上市，在香港证交所敲钟的那天，当晚将推出由莱莉雅赞助的阿敏红磡演唱会。莱莉雅品牌先在内地的一线城市推出，商业中心的专卖店，要挨着国际服装品牌，按照国际化的标准统一外观装修。阿敏的代言广告，要闪现在城市商业中心立面的核心位置。阿敏内地的巡回演出，在获得许可后，由香港的专业演艺公司筹划并提供舞台灯光、音响和背景，广告要先期在当地主要电视台的黄金时段循环播放。演唱会的那天下午，阿敏乘坐彩车，在歌迷簇拥下，先到莱莉雅专卖店，在现场和顾客互动。购买莱莉雅服装的顾客，现场参与抽签。抽到的顾客乘坐大巴车队，跟在阿敏的彩车后，趁着都市夜色初染，花灯璀璨，在主干街道巡游后，直接驶入演出现场。

　　一行人回到了香港，约好了锦堂，来到莱莉雅总部。阿财招呼伟哥一行落座。锦堂从里间出来，和大家握手，他接过伟哥递上的方案，靠在椅背上，手指搓着右腮，专注地看着。伟哥掏出雪茄盒，他拿出烟斗，捻上烟丝，轻轻地喷了口烟。他偏头瞥着锦堂，看似放松随意，却不时抬起腿，交替摆着二郎腿造型，间或抖动着尖头皮鞋，他知道这是个大单，成了就能成就自己在香港服装界和策划界的声望。锦堂呼地挺直腰，抖了几下文本，连拍了几下沙发的扶手。伟哥瞥了眼阿敏，身子随着锦堂晃动的手掌颤了几下，他放下跷起的二郎腿，欠身偏头，搓着烟斗嘴，呆然瞅着锦堂。锦堂站起来，走到吧台后，摁了一串密码，拎出一瓶"路易十三"，让助理斟了几杯酒。伟哥笑了，他瞥了眼阿敏，阿敏跟着笑了。阿财站起来，端起两杯酒，缓缓踱过去，递给他们。锦堂搓着酒杯的颈，和大家碰杯，笑着说：你们的策划很周密，如果能成功实施，相信一定会有轰动效应的。辛苦了！诸位。抿了口酒，伟哥自信地应道：您放心吧，这仅仅是个开头，品牌营销要不断翻新，这样就能勾起和稳固顾客的兴趣，最终培养顾客对莱莉雅品牌的忠诚度，这才是我们长久的目标。看着阿敏，锦堂举起酒杯说：阿敏，你是香港的明星，我相信女性的直觉和敏感，希望你给莱莉雅服装的款式和格调，多提意见。他转过头，又和伟哥碰了下杯，谦和地说：莱莉雅和国际大牌挤在一起，怎么定价，大有学问，这也是营销的核心，您还得费心。伟哥点头应道：这就是市场定位。我们得做市场分析，摸准客户的消费心理。

34. 瑛子

各地的服装经销商，来到狮门，他们吃完早餐，坐在南门的台阶上，盯着河涌的水杉，拿出笔记本，筹思着进货。国柱还是军人作风，他拄着拐，指挥着几位保安，围着商场转了一圈，从北边的门进去，乘坐电梯，回到五楼的办公室。一位保安拎着早餐进来，冲了杯铁观音，笑着放在他的桌前。国柱拿出餐盒，掰开筷子，将烫粉上的辣椒搅拌匀了，他夹起一条，吸溜吃着。值班的保安组长，站在桌前，拿着本子，向他汇报着昨晚值班的情况。国柱揭开茅根粥的盖子，端起来喝了几口，他摆着手，笑着让他回宿舍休息。

高中毕业后，得天跟着国盛，做了两年建筑。回到家里，他时常絮叨不适合整天泡在工地上，说他想找份别的工作。权叔抽着烟，瞥了他一眼，摇头嘿嘿笑着。国柱有点恼火，瞪着他斥道：阿天，你国盛叔那么多工程，我每次问你的情况，他没有二话，都是点头说好。我就觉得奇怪了。现在看来，你还是吃不了苦。权叔搓着脸上的褶子，深深地叹了口气，偏过头说：阿天，你算是赶上了好时代。狮门的人，只要肯吃苦，日子都是一年一个样，不像你老豆那辈人，只能去参军招工。古人讲天时地利人和，我想这人和，不仅仅是人脉，还要能吃苦。国柱叹了口气，拿起拐杖，搓着地上的草，鼓着眼珠：阿天，你爷爷给你起了个好名。我那天碰到安义，他眨巴着眼睛说，只要你们家的得天肯吃苦，能争口气，就凭着得天的名字，你将来的运脉挡都挡不住。

摸出根烟，得天叼在嘴上，他掏出打火机，偏着头点上，他眯眼喷了口烟。

国柱瞥着他，咬着牙，腮骨蠕动了几下。得天瞄着他，摆着头应道：老豆，做工程的黄金期，已经过去了。现在建的酒店、夜总会和厂房，没有雄厚的资金和工程机械，怎么能跟人家竞争？请个会看图的项目经理，没有大的工程，咱养都养不起。听了得天的说道，权叔偏着头，看着国柱说：阿天说得有道理，说明他也在动脑子。国柱拍着大腿，撑着拐杖，站起来腾拉了几步，转过身说：阿天，先在你国盛叔那里好好干！我帮你问问，你也得留意下，想想自己适合做什么。

　　映芬整天和外资老板打交道，得天围着妈妈，嘟囔着让他帮忙。这些年，看着儿子成了大小伙，映芬觉得人生有了支撑，她感到狮门像得天这代人，没有受过苦，内心崇拜香港的潮流，他们思想开放活跃，对于又苦又累的工作，提不起兴趣，他们内心有强烈的赚钱欲望。锦堂给她原始股的事，她掂量来掂量去，还是没有给国柱说。他了解国柱的性格——即使他再穷再缺钱，他也不会承接锦堂的恩赐。听着儿子的絮叨，看着他没精打采的样子，映芬不时回想起锦堂的话。她有时会后悔，觉得自己太固执了，锦堂给他原始股的事，她应该私下给得天说一声，如果他坚持，她确信国柱最终也会让步的。这半年，映芬能感受到得天的神态和眼神中有了淡淡的怨气。她后怕将来得天知道了锦堂曾经给他股份，送他家铺位，父母没有顾及他的感受便毅然决然地回绝了，那时得天会不会怨恨自己？对于得天的要求，映芬没有反应，她在暗暗地观察儿子，她确认——如果得天赚到钱，可能对于锦堂的好意，一笑而过；如果落魄到打工揾食的地步，他一定怨恨父母的，当他的经济状况和狮门同龄人差距越来越大的时候，这种怨恨便会越来越强烈。想到最近开业的几家台湾人的"三来一补"厂，正缺中方厂长，她随口问得天，愿不愿去。听到能当厂长，得天来神了，他笑着点头。映芬走前两步，低声说：那些工厂的厂长，叫起来好听，也就是挂个名，主要是帮着工厂打理对外的杂事，你可不要想着做老板。得天的手机响了，他掏出来，摁在耳边，嘀咕了几句，他摆着手，蹦着跑了出去。权叔从外面回来，他望着孙子的背影，晃着身子走进院门，摆着手说：阿芬，阿天没有个定性，做事不踏实。

　　狮门人不曾料想到，服装批发市场的生意那么火爆，三层和四层空置的铺面，被商户抢租一空，可谓一铺难求。首层的租金像武功的空翻，一个劲地往上走。得天跟着一帮同学，混迹在茶楼歌厅。知道国柱是市场的副主任，大家不断鼓动他，赶紧弄个铺面，合伙做服装批发生意。得天心里怕国柱，他不敢向老豆开口。酒楼吃饭回来，他带着醉意，围着映芬，将一帮同学的诉求，说给妈妈，让她帮着说服老豆，想办法弄间铺面。映芬思前想后，盯着得天问：阿天，那外资厂的厂长，你就不做了？得天挠着脖子，摆着手说：妈，那是个什么厂长呀？就是个打杂的。平时没有多少事，坐在工厂里，看着台湾人忙活，我都有点不好意思了。那位台湾老板说，我不用过来上班，厂子外面的事，需要时过去一下，帮着协调下就行了。映芬点着头，她叹了口气，摆手应道：阿天，你老豆就是头倔驴。我找机会给他说道了，他也不一定答应。

　　得天的事，国柱起初并不上心。映芬没完没了的絮叨，他有些心烦。抿了口茶，眯着眼睛，打着饱嗝，盯着墙上的市场平面图，他想起外面传扬的管理中心的人，变着法子，用别人名义承租铺面，再转租的事，国柱感到心里憋得慌。掐灭了烟蒂，他拄着拐，带着当班的保安组长，顺着消防通道，看到楼梯拐弯处，堆了一堆裹着黑色胶带的货物，他指着消防标志，摆手让保安通知货主，赶紧搬走货品。在市场转了一圈，他回到办公室，记忆中空落落的几个地方，挤满了散碎的批发档口，他喝了口茶，推开主任办公室的门，犹豫着说了得天的事。主任递上香烟，伸长脖子笑着应道：柱叔，你也不早说，本来很简单的事，现在复杂了。商铺都租出去了，租期最少都是五年。你只能碰碰运气，看哪家不想做了，或者交不起租金，商铺收回来了，咱们优先考虑得天的事。

　　回到办公室，国柱知道主任的话，看似温情体谅，其实就是个宽慰，没有什么指望。想起得天嘟着的脸和映芬三番五次的絮叨，他靠在椅子上，叹了口气，不知该怎么回复老婆。文员送来一沓报纸，晃着手里的信，递上来说：柱叔，您的信，沈阳来的。国柱挺直腰，接过信，见是瑛子的笔迹，他摘下嘴上的烟，搭在烟灰缸上，撕开封口，抖出信瓤，看着看着，他的脸嘟了起来。瑛子来信说：纺织厂前年改制，她下岗了。一直想找个营生，都没有如愿。雪梅在北京服装学院，就读研究生，需要钱，她实在没办法了，想来南方，找份工作，给孩子挣学费。

　　国柱读了两遍信，将信搭在胸前，躺靠在椅子中，他闭上眼睛，脑海闪现着指导员的影子，想起了他们的约定。

　　晚饭的时候，国柱看不到得天。收拾完厨房，映芬抱着衣服，推门进屋，坐在床边，低头折叠着衣服。国柱抽着烟，摇头叹气。映芬偏头问：有事？他掏出瑛子的信，递了过来。映芬接过信，看了遍，摆着手应道：哎，你叫嫂子过来，现在狮门大街上，到处都是外来打工的人，无论咋说，咱还是本地人，找份事做，也不是啥难事。国柱夹着香烟的手颤了下，他嘿嘿笑着，眨巴着眼睛，哎哎着点头。映芬搓着衣服，抬起头说：这些年，常听你说广西边防的事，我理解你和指导员的兄弟情分，我也一直没见过瑛子，我知道她是个要强的人，不到万不得已，她是不会开口的。你明天给她汇些钱过去，让她应下急，催她赶紧过来。国柱点着头，呼地站起来，他拄着拐，走到院子里，望着泛着光晕的月亮，兴奋地在院子踱步了半响。

八月十五刚过，国柱接到瑛子的电话，知道了她到广州的车次和时间。晚上吃饭的时候，国柱掏出记录的纸片，对得天说：阿天，你瑛子姨从沈阳过来，她没来过广州，车站上什么人都有，你会开车，到广州去一趟，将她接回来。接过纸片，得天眯了眼，偏头摆手应道：老豆，广州火车站我也没去过，听说那里很乱。再说我也不认识她，让我怎么接？映芬放下饭碗，盯着得天，数落着说：阿天，你老豆腿不好，叔叔可是他的救命恩人呀，你得理解老豆的心。得天揣起纸片，摆着手应道：好了，还是先把自家的事办好吧！我最怕你们男女混搭，一唱一和地唠叨。国柱拿着筷子，敲着碗沿斥道：阿天，别站在狮门看外面，外面的世界大着哩。瑛子姨可是大城市过来的，咱们都是小城镇，你得收着点，别看不起别人。

批发市场的停车线画好了，国柱正在巡看，得天来电话，说他的车太破了，怕坏在高速路上。国柱让他等一下。他搓到国盛的电话号码，摁通后借了他的"霸道"，让得天去开车。开着"霸道"，过了狮门收费站的闸口，得天一踩油门，"霸道"像头公牛，呜呜怒吼着，在几个车道间，左突右窜。得天戴上墨镜，瞄着闪动飘转的迈表，看着闪到后面的车子，他拍着方向盘，嘿嘿笑着。从沙河收费站下了高速，得天的车瘾还在奔腾，车子上了环市路，他踩着油门，窜到小北路立交，刚下了立交桥，路肩站着两名交警，边上停着闪着警灯的摩托。一名交警让他停车。得天蒙了，他摘下墨镜，摇下玻璃，呆然地看着交警。一个抬手礼，交警让他出示证件。心里埋怨着老豆，得天从牛仔裤后面的裤兜中掏出钱包，搓出驾驶证，从扶手柜拿出行驶证，叠在一起，笑着递过去。交警翻看着证件，嘟着脸说：超速行驶，实线变道。说着拿出本子，勾画了几下，撕下一张纸，让得天签名。得天瞄着车外，顺手抽出两张大钞，夹在纸中，折叠起来，笑着递给交警。交警捏了下，说了声开慢点，挥手让他走了。学着港产片里的情节，得天抬手一个礼，说了声Yes，随即摇起车窗的玻璃。

站前广场，挤满了人。得天将车停在流花酒店的停车场，他瞄了眼时间，在内巷找了间排档，要了煲腊味饭，填饱肚子。他随着熙攘的人流，穿过桥下的斑马线，来到站前广场。广场西边是排歪七竖八挂着招牌的商铺，地上散落着垃圾，铺面前面的桌上放着一排电话。困倦的旅客拎着行李，摸出几块钱，递给嘴上叼着香烟的小伙，他们摁通电话，焦急地等待着接听。另一张桌前排着队，一位老者坐在桌后，拿着黑色的粗笔，将需要接站乘客的姓名，写在捆扎在竹竿上的纸牌上。得天排着队，写好了接客的牌子，他举在手中，跟着涌动的人流，蠕动着来到西边的出站口。屏幕上显示着将要到站的车次，喇叭播报着停靠的站台，举着牌子的接客人，随着人流，潮水般涌了过去，好些人趴在铁栅栏门上，盯着昏黄地道中拎着、扛着或托着行李，牵着孩子，互相叫喊的人流。看到要接的人从光影中闪出，他们踩着铁栅栏，屈身攀爬着，挥手朝里面大声叫喊。

站在外围的水泥墩上，得天瞭望着地道，看着逃难一般的场景，嗅着混有方便面味道的汗味，他捏着鼻子，垂下牌子，摸出一根烟，叼在嘴上，燃起后晃着身子，对着人群间变着形的空隙，噗噗喷着青烟。两个捡矿泉水瓶的少年，从人群中窜出来，盯着他的香烟，手搭在嘴上，做着抽烟的动作，他们露着白牙，眼珠机灵地滴溜着。得天垂目瞄了下，跳下水泥墩，他掏出香烟，递给他们。两个孩子接过香烟，从裤兜摸出火机，点着吸了两口，对看着挠头笑了。得天晃着牌子，指着出站口，笑着问：举着牌子，帮我接个人，行不？稍大的少年收住了笑，手摆着应道：三块钱！得天摸出钱包，抽出两张零钞，犹豫着说：你们拿着牌子，帮我接到人，领到这里来，我再给你钱。他们低头合计了几句，便抄起牌子，猴子般地从人群的腿缝间挤溜了进去。

车到站了，瑛子下车，扑面感受到了岭南的热。落到地道，她随着推搡的如潮人流，拎着行李，喘着粗气，走出地道。两个少年攀在铁栅栏门上，将牌子伸在里面，上下晃动着。得天站在水泥墩上，晃着身子，不时瞭望着。瑛子扛着白蓝相间的蛇皮袋子，抱着脱下来的棉衣，抹着脸上的汗，张望着出站口。知道国柱的儿子接她，她放下袋子，扯着粘在身上的衣服，她定眼盯着晃动的牌子。她扛起袋子，攥着车票，挤进铁栅栏中，快到门口的时候，她看到了自己的名字，往下一瞧，是两个衣服褴褛的孩子。她心一下子凉了，挥手招呼着，想着国柱是不是二婚了，为啥孩子这么小？难道南方的计划生育这么松，他一下子生了两个？转念一想，国柱就这般境况，这么多年，一直还在接济她。瑛子瞬间感到有些愧疚。

检票员拿过票，捏着钳子，咔嚓打了眼，递给了瑛子。后面的人推着她的袋子，将她挤了出来。两个少年的头，吱溜钻出来，咧嘴笑着，不时吸纳下垂的鼻涕。小的在前面引路，大的闪到身后，扶着她背上的袋子，他们从人群中闪了出来。得天晃着腰，下了水泥墩，挥手笑着喊道：瑛姨好！我是得天，国柱的仔。抹着额头的汗，看着身边的两个少年，瑛子嘿嘿笑着。少年将牌子递给得天，喘着气伸出手。瞄着广场到对面酒店停车场如蚁般蠕动的人头，得天指着那边说：送到流花酒店的停车场，多少钱？少年伸出手掌，说五块。得天点着头。大的扛着袋子，小的在边上扶着，瑛子跟在后面，一行人躲闪着过了马路。

车子出了酒店的闸口，看着窗外的棕榈树，瑛子对得天说：沈阳都下两场雪了，广东还这么热，这国家可真大呀。得天戴着墨镜，露牙点着头，他一踩油门，车子上了站前的高架。从袋子里拿出挤扁了的点心，瑛子笑着递给得天。得天瞥了眼，鼻头嗅了下，他摆着手，露牙摇头。咬着点心，瑛子好奇地望着窗外，间或问着得天。得天不是点头，就是摇头。瑛子靠在椅背上，困劲上来了，她偏着头，睡了过去。手机响了，得天用拇指拨开，偏着头，呱啦了一阵。瑛子醒了，竖着耳朵，她一句也没听懂，异乡的落寞感即刻涌上心头。车子下了高速，得天用蹩脚普通话，支吾着说：老豆在酒店开了房，让你直接到酒店。瑛子一愣，不解地看着他，想问却又不知道怎么开口。得天转过脸，解释道：我老豆让你到酒店，先冲个凉。想到沈阳的冷，好不容易到了，人家又让自己冲凉。她笑着问：啥是冲凉？得天笑了，拍着方向盘，想了瞬间，转过头说：就是你们北方人说的洗澡。

车子停在酒店门口。国柱拉开车门，喊着嫂子，笑呵呵地伸出手来，握着瑛子的手，用力抖了几下。他后退了两步，指着映芬，介绍道：嫂子，这就是映芬。瑛子拉着映芬的手，上下打量着，大妹子长大妹子短地絮叨着。得天拿下行李，摆着手，就要离去。国柱抡起拐杖，点着他说：给瑛姨把行李拿上去。瑛子转过身，拉国柱的胳膊，劝着说：国柱兄弟，都是自家人，住酒店多费钱呀！还是住在家里吧。国柱笑着，瞥了眼映芬。映芬走过来，挽起瑛子胳膊说：嫂子，咱都不是外人，这家酒店是我亲戚家开的，你就别客气，先住下再说吧。

到了房间，瑛子洗了个澡，她吹干头发，抹了点雪花膏，换了身单衣，下到酒店的大堂。盯着她苗条的身材，白里透红的肤色，映芬拉着她的手，指着国柱说：嫂子，国柱不方便，咱们在这里先吃个饭。明天我们请你去吃海鲜。瑛子摆着手，挽着映芬的胳膊，一起进了餐厅。国柱跟在后面，他让服务员拿来菜谱，问着瑛子，写了几个菜。国柱要喝酒，映芬不理会。瑛子摆着手，笑着说：大兄弟，你的心情，嫂子理解，改天再喝吧！看到瑛子坐在对面，国柱有些激动，不时说着指导员的往事。瑛子有些伤感，她放下筷子，抽泣着应道：大兄弟，嫂子就是个苦命人。我后来找的那个人，对我们娘儿俩不错，没想到前些年冬季开车去内蒙古，出了车祸也走了。我怕你操心，也就没有告诉你们。国柱愣住了，他搓着脸颊，摸出一根香烟，点着猛吸了两口，眨巴着有些湿润的眼睛，偏头瞄着窗外。映芬给瑛子夹菜，问雪梅上学的情况。瑛子鼻子吸纳了几下，抹着眼睛，笑着应道：不好意思，这些年，我就想见到你们，见到了都说些伤心的事。雪梅上学从小就不用我操心，说实话，我指望着她将来有些出息。

　　记起了正事，国柱给瑛子夹着菜，偏着头问：嫂子，你在工厂做啥？有什么特长？瑛子摆着手，叹了口气应道：厂子改制了，成了私人企业。我在纺织厂，跟着纱锭，三十年了，真没有啥特长。映芬笑着说：就凭着嫂子的利落劲，她做什么事，熟悉几天，那都是把好手。国柱点了根烟，眯眼吸了两口，搓着烟嘴问：做衣服行吗？瑛子嘿嘿笑了，筷子敲着碟子说：你还别说，我踩缝纫机三十年了，流行黄军装那会儿，厂区的好多姐妹，买来布料，让我帮着裁剪缝制，那时可风光啦。映芬拍着她的胳膊说：现在都是针车，将裁剪好的布料，捻好边送进针线槽，不用你去踩，简单多了。瞥了映芬一眼，国柱捻灭烟头说：阿芬，给锦堂说声，让嫂子到他厂子去，咋样？映芬白了他一眼，摆着手应道：为啥要我说？你给他说，不就行了？

　　瑛子过到莱莉雅做事，国柱隔三岔五地过来，探问她的工作情况。过了一段时间，锦堂听到了国柱与指导员的交情，他想让瑛子从流水线上下来，帮忙管理食堂。国柱将锦堂的关照给她说了。瑛子摆着手，说靠自己劳动挣钱，她心里舒坦。她不需要老板关照。国柱有点急，他拄着拐，摆着手说：你都这个年纪了，跟着那些小姑娘，加班加点，我和映芬心里过意不去呀。食堂管理员，怎么说都是公司的管理人员，工资也高一些。瑛子嘻嘻笑着，摇着手应道：大兄弟，我就是从厂子出来的，苦和累没有问题。食堂里名堂多，我们厂管食堂的，克扣工人伙食，让工人戳脊梁骨。嫂子知道你为我好，这事你就别难为嫂子了。

　　保安收了台缝纫机，说是摆在批发市场门口，帮客人改裤脚，阻碍了进出。

国柱看着报纸，哼哼应了声。他站起来，刚要上厕所，一位五十多岁的妇女，不顾保安的拦住，从走廊上号闹着冲过来，讨要缝纫机。国柱回身坐下，摆着手，对她说：这样，以后不能摆在市场门口，阻碍交通，影响商场的形象。那位妇女噘着嘴，翻了他一眼，不情愿地点着头。国柱小腹涨坠，他转过脸，对保安组长说：人家也不容易。将缝纫机给她吧，别在这里吵了！门口进来个男的，和妇女抬着缝纫机走了。蹲在便盆上，想到那么多商铺，国柱估摸着改裤脚的生意有得做。他想起瑛子，哼哼着喷了几口烟。

回到办公室，国柱觉得让瑛子帮客人改裤脚，也得有个地方。他挂着拐，在楼下巡了个圈，这里可谓是寸土寸金。正门的左边，有间堆放着消防用品的小屋。来到主任办公室，国柱说了和指导员的情谊。主任听得入迷，竖起了拇指。说了自己的盘算，主任明白得天的事，没有办成，如果这件事还没有个着落，就凭着国柱对战友的赤诚之情和火暴的脾气，他肯定会和自己拍桌子。主任挠着脖子，笑着应道：烈士家属，又是下岗职工，咱们应当照顾。只是这些消防器材，总得有个地方摆放。国柱笑了，摆着手说：一层的面积那么大，按照规定，消防器材也得分散放置，便于应急使用。这个问题，你放心，我们想办法解决。

回到办公室，国柱找来保安组长，合计了一番。他让保安到消防器材销售公司，买了批红色的消防专用柜，将柜子固定在消防栓旁，内置灭火器。空间腾出，清洁后，他坐在里面，不顾商场禁烟的标志，摸出一根烟，偏头吸着。冬日的阳光透了进来，纤尘在光柱中纷飞，狭小的空间蕴含着暖暖的能量。国柱眯着眼，寻思着空间的利用。晚上吃饭的时候，国柱说了想让瑛子帮着顾客改裤脚。得天端着碗，愣住了，张开的嘴巴裹着正在咀嚼的饭粒，他瞪着老豆，盯着妈妈，倏然放下碗，扬起手说：老豆，我让你找个铺面，几个月过去了，也没有个结果。瑛姨过来没几天，你就张罗着给她弄个铺面，看来你心上根本就没我这个仔。

话本是说给映芬听的，没想到得天半道拦住，得天的事，国柱没有在意，更没有想到儿子有这般情绪。他瞪着眼，盯着儿子。得天用恼怒的表情，翻着眼瞥着。国柱搓着脸，软了下来，笑着说：得天，在门口给人改裤脚，你抹得下脸面？这是女人做的事，你一个小伙子，得想着青年人该干的事。得天喷着烟，瞥着屋檐，摆着头说：行了！什么时候，你都有道理。我做不了，就不能租给别人，收点租？那样好歹也算个老板。狮门人买的铺面，有几个自己做的，还不是租给那些外地佬？映芬放下碗，看着得天说：得天，你得理解老豆。瑛姨不是别人，先把她安顿下来，你的事，老豆会想办法的。

心里有些不畅快，国柱拄着拐，推开院门，在外面溜达了一会儿。得天出去了。国柱坐床边，搓脸叹气，对映芬说：得天失教了！哪有这样和老豆说话的？我也到这个年龄了，再年轻几岁，我就会抽他。映芬咦咦地摆着手，白了他一眼，噘着嘴说：小伙子就得有点性格，整天蔫不拉几的，将来能有啥出息！他随你了，要埋怨就埋怨自己吧！国柱眼里泛着光，抓着映芬的手，笑着说：结婚这么多年了，你总算说了实话，我一直以为你喜欢锦堂蔫蔫的样子，看来我错怪你了，你心里还是中意有点男子汉气的人。映芬抽走手，轻轻拍了他一把，笑着续道：说正经的，得天的事咱得费费心，再这样拖着，他整天跟着那帮朋友瞎混，他也和人家有个比较，我估摸着他的火气会越来越大。

抽出根烟，点着吸了两口，国柱低着头说：前天几位外地人，想长租几个车位，搞货运代理。这几天，我一直想着让得天办个货运代理部。市场每天发往全国各地的服装，堆得到处都是，生意肯定有的做，就怕你那宝贝儿子，看不起这个行道。映芬眨巴着眼睛，点着头应道：放心吧，得天也急着找事做，这事我来跟他说。

得天喝醉了。几个朋友将他送回来，他咳嗽着呕吐了。权叔披着夹衣，和老婆出来，蹲在得天前面，捶着背，让他呕出来。映芬出来，扯了几片纸巾，给他擦着嘴角。站在门框中，瞥了一眼，国柱擂着拐，哎哎地摇着头。得天消停了，映芬回到屋子，国柱叹着气说：你看看，你那宝贝儿子能有啥出息？就知道喝酒。肘抵着他的胳膊，映芬瞥了眼国柱：都随了你了！国柱摇着头，嘿嘿苦笑着。将拐放在床边，他叹着气又说：阿芬，看来你这个儿子生错了。

工厂下班的时候，国柱和映芬来了，将瑛子叫出来，来到一家排档，要了几个菜。国柱说了改裤脚的事。瑛子笑得合不拢嘴，她端起茶杯，眼眶湿湿地应道：大兄弟，大妹子，我代表我们全家，躺在地下的，留在沈阳的，在北京上学的，感谢你们！现在这社会，人情淡，人家都说广东这边，就知道挣钱，都想着钱，人情冷淡，过来后的点点滴滴，都让我感动。你们嘴上不说，心里装着我这个东北大嫂，想尽办法帮着我。映芬摆着手，扯了下她的袖子说：嫂子，我家里有台缝纫机，你先凑合几天。我到时问问那些服装厂，帮你找台针车，那样省力，出活也快！

噗噗吸了几口烟，国柱抬起头，笑着问：得起个名字，叫啥好呢？就叫瑛子裤脚店。瑛子摆着手说：年轻的时候，大家瑛子长瑛子短地喊着，蛮亲切的，都这个岁数，还这样叫，我有点飘。映芬说：叫瑛姨裤脚店，咋样？瑛子侧过脸，点着头。国柱扑哧一笑，喷了口烟，眼睛眨么着，摆着手说：不行！瑛姨，听起来像英夷，狮门有炮台，那时咱们将英国佬叫英夷，林则徐在这里和他们干过仗，这名不吉利。扯着瑛子胳膊，映芬问：你在家是老几？瑛子应道：按哪家算？地下的，还是沈阳的，或者我自己家的？映芬拽着她的胳膊说：自家的或者指导员家的。瑛子说：按照地下的那位，他是老二，他们家的平辈，都叫我二嫂。自己家这边，我排行老四，没出嫁时，好多人叫我四妹子。国柱拍着大腿，默思瞬间，扬起手说：就叫二嫂裤脚店，或者是四妹子裤脚店。瑛子比着嘴说：我在厂子唱过民歌，四妹子是有故事的人，我也不年轻了，还是叫二嫂妥些。国柱端起茶壶，瞭着斟茶的水柱说：二嫂裤脚店好！让我想起了指导员。

二嫂裤脚店开业了，瑛子一下子年轻了。她肯帮人，很快和周边的批发商熟了。人们二嫂长、二嫂短地叫着她。她就像阵风，衬着咯咯的笑声，在市场中轻柔地飘着。国柱在市场巡看，见裤脚店前排着队，瑛子忙活不过来，他搭着拐过去，让保安帮着收衣服、剪线头。边上商铺的老板，忙活的间隙，看到这番情景，猜着他们的关系。瑛子心直口快，大大咧咧，商铺的老板问着国柱，她乐呵呵应着。过了段时间，从她们闪烁的神情中，她感到其中的玄妙，她索性给商户讲国柱和指导员的事。嚼舌头的人哑声了，瑛子赢得了人们的尊重。国柱断掉的腿、晃动的身子，也跟着似乎正常了。

35. 雪梅

　　公安分局战友的家，就在市场边上。得天从外资厂出来。国柱租下战友家楼下的铺位，开了个得天货运部。各地回程的货车，停在停车场，留下电话，等候着回程的货物。瑛子言语灵便，外地客商来到市场，看到她一口东北话，自然亲近，絮叨着便熟了。她拿来凳子，递上茶水，聊着服装的款式和价格，慢慢摸出了其中的门道。生意忙不过来，瑛子给原来工厂的姐妹打电话，让她们过来，有的收裤子，有的量身裁剪，有的缝制，有的烫熨。瑛子脱出身来，承接着批发商送来的活，她们有说有笑，好像又回到工厂的车间。

　　市场熙熙攘攘，国柱的战友买了块地皮，建了栋房子，从旧屋搬走了。战友乔迁，在酒楼摆酒。国柱奉上红包，将战友的旧宅子，整栋租下来，二楼给了得天。知道瑛子和一帮姐妹租住的地方远，交通不变，他将三楼和四楼给了瑛子。瑛子将批发商给的，需要修补的衣服，拿回租住的屋子，晚上加班赶工。她收拾好厨房，买来灶具，饺子出锅，装进饭盒，总要送给国柱。东北来的进货商，慕名而来，瑛子都是饺子炖菜招呼。瑛子帮着得天，揽着托运的生意。得天的生意，一下子也火了起来。

　　学校放寒假，瑛子给女儿雪梅打电话，说了狮门的情况，让她过来过年。雪梅答应了，给了她车次。国柱知道了，要得天开车去接。得天说生意忙。瑛子摆着手，说自己熟了，不用他们费心。瑛子带着两个姐妹，坐上班车，来到广州火车站。看着车站上如蚁的人潮，想到自己扛着蛇皮袋刚来的情形，她有点伤感。

想着现在的情况，她感到狮门真是个神奇的地方，短短几个月的时间，改变了她的人生。雪梅出站，撂下行李，像个小孩，抱着妈妈，晃着身子撒娇。她问候着阿姨，走到出租车站。瑛子叫了辆出租车，雪梅瞪着眼睛，摆手制止。阿姨扯着她胳膊，笑着说：没事，你妈现在也算是老板了！

　　发了两车货，得天叼着烟，抖着二郎腿，眯眼搓着一沓钞票。出租车摁着喇叭，停在楼梯口。他挺起身子，伸长脖子，瞄了眼噗噗喷着气的排气筒，靠在埋在货堆中的大班椅上，看着《天龙八部》。一串银铃般的笑声传来，他愣了一瞬，头贴着货堆探出来，一件黑红相间的条绒风衣，晃了几下，随着嗒嗒声，消失了。他拿起桌上的钞票，搓了几下，折起揣进裤兜，顺着货堆，走到楼梯间，抓着扶手，轻手轻脚屈身上去，伸着脖子，从楼梯的缝隙，嗅着香喷喷的味道，眼睛疑惑地滴溜着。快到三楼了，他驻足犹豫着，想着用什么样的说辞上去，才不会唐突。他摸出一根烟，抽了几口，还是想不到说辞。他晃着脑袋，悻悻地下了楼。

　　回到货运部，靠在大班椅上，脚搭在茶几上，得天眯眼躺了一会儿。他站起来，将椅子对着过道，拉开抽屉，拿出《天龙八部》，搭在腿上，瞄着外面。楼梯响起脚步声，他赶紧拿起书，专注地盯着。瑛子带着雪梅，下了楼，转身离去的瞬间，见过道的光影中，坐在椅子上的得天。她挥着手，招呼了一声。得天弹簧般蹦起来，拿着书走过来，嘿嘿笑着。瑛子指着雪梅说：得天，这是雪梅，刚过来，我带她去市场转转。雪梅莞尔一笑，推着鼻梁上的眼镜，点着头走了。盯着她高挑的身材，想着她白皙的面颊和清秀的眉目，得天愣了，后悔没有听老豆的话。

　　雪梅来了，得天估计老豆会请她们吃饭，等了两天，不见动静，他忍不住了。他推掉应酬，回到家，吃饭的时候，将话题往瑛姨那边引。国柱不解地眨巴着眼睛，瞥了眼映芬，笑着说：雪梅这孩子懂事，一个学生，我从来没有见过，从北京过来，还忘不了给我带包点心。得天找个了话头，笑着说：老豆，人家过来了，你做叔叔的，得请人家吃餐饭，这是人之常情。国柱白了他一眼，摆着手说：瑛姨困难的时候，咱得帮忙，现在她生意顺了，有了盼头，人家女儿过来，一家人在一起，多好呀！咱就别打扰人家了。得天的手机响了，他掏出手机，讲了几句，收了线，说：又是瑛姨给我介绍的东北生意，我不管你们了，瑛姨关照我好多生意，我得记着人家的好，请人家吃餐饭。不给你们说，不妥当；说了，你们去不去，自己定，我不难为你们。映芬笑了，看着国柱，对得天说：我来请雪梅吃饭，谁让人家叫我阿姨哩！

在海鲜排档订了个包房，映芬告诉了儿子。得天一听，即刻否定，说他来订地方，你们到场就行了。得天在东海渔村，要了间面朝江面的房，定了煲水鸭汤。国柱和映芬到了包房，看着菜单，笑着说：这小子大方了，就像变了个人。映芬咪咪笑着，冲洗着餐具，侧过头说：得天八成看上人家雪梅了。国柱笑了，叹着气说：婚姻都是缘分，这些年，咱们帮了瑛子不少，也算是问心无愧。得天有这样的心思，就麻烦了，雪梅愿意，皆大欢喜，也算是我和指导员修来了来世的缘分；雪梅不愿意，得天一头热，瑛子夹在中间，实在难做。映芬说：这事咱们得中立，跟着得天热，瑛子就难做。孩子的事，他们自己做主吧。

走廊上响起脚步声，传来得天的声音。国柱腾拉到门口，将瑛子母女让进来。得天照着香港明星的款，装扮了一番。瑛子和雪梅落座，他张罗着上汤，将盛着洋酒的杯摆上桌，介绍着汤的功效。映芬瞥着儿子，白了眼国柱，毛巾捂着嘴巴，浅笑着。瑛子喝了汤，端起酒杯，站在国柱和映芬间，动情地说：大兄弟、大妹子，这些年，咱们没有见过面，心里都有对方，都将对方看成家里人。过来这几个月，你们费心了，嫂子都记在心里。来，嫂子敬你们一杯！说着碰了下杯，仰头倒进嘴里。国柱刚坐下，瑛子叫来雪梅，拉着她的手说：大兄弟，孩子打小就知道广东有个叫国柱的叔叔，像父亲一样，给她资助和关爱。孩子长大了，就让她敬你和大妹子一杯酒，我陪上一杯，算是躺在地下的孩子父亲的。

得天的计划乱了，他没有想到瑛姨这么豪气。

放下酒杯，国柱讲着猫耳洞的故事。雪梅不时插话，眼睛红红的。听着老豆的絮叨，得天有些不耐烦，他捻着酒杯的颈，盘算自己的说道。国柱掏出香烟，捻上一根，吸了两口。得天站起来，瞥着雪梅，举着酒杯说：瑛姨，雪梅来狮门过年，我本来要去接的，没想到年前生意好，忙不过来，抱歉！瑛子站起来，问了得天的生日，让雪梅叫哥。得天晃着酒杯，赶紧走过去，红着脸碰杯。瑛子端起酒杯，扯着他的胳膊说：得天，你也是我的儿子，雪梅就是你父母的女儿，这样，我们两家就儿女双全了。来！为了心里惦记的，却一直没有见面的大家庭的团聚，咱们再干一杯。

象拔蚌刺身上来了，得天帮着瑛姨和雪梅拌着芥末，弯着腰说：瑛姨，这么短时间，你的人缘那么好，我服您了！年前这段时间，你给我介绍了那么多客户,我得单独敬您杯酒。瑛子蘸着芥末,嚼着象拔蚌切片,脸缩成了包子,嘴巴嘟囔着,晃着手直哈气。她端起酒杯,定了下神说:我都是你干妈了,再说谢就见外了。雪梅咳嗽着,用毛巾捂着鼻子。见老豆吐出的烟,顺着排气孔,在餐台上摇曳着。得天嘟着脸,瞥着他,手扇了几下,转过头说:老豆,你的烟瘾真大,这里是中央空调,少抽点。国柱翻着眼,笑着捻灭烟蒂,端起茶杯,淋上茶水。

第二天,得天带着雪梅,喝完早茶,雪梅说她想看看狮门的女装名店。得天开着车,将她带到女人街。雪梅从包里拿出夹子,站在店铺里,盯着挂在橱窗中的各式女装,记着画着。得天跟在后面,看着她专注的神情,不好意思扰她。半天过去,他顶不住了。他让雪梅慢慢转悠,自己坐在街头的麦当劳等她。太阳偏西了,得天端着杯子,吸着可乐,见雪梅抱着夹子,慢悠悠回来了。他走过去,问她想吃啥。雪梅笑着,指着麦当劳,推门进去,要了个套餐。她吃着汉堡,夹子搭在腿上,用水彩笔描着,抬起头问:哪里有布料买?得天笑着说:这里是全国的服装批发中心,什么布料都能找到。

来到布料市场,雪梅挑了堆布料,账单出来了,她想起没有带钱,将布料留在柜台,说明天带钱过来。老板笑着摇头,将布料放进柜台。得天赶紧过来,从牛仔裤兜中,掏出钱包,雪梅拦不住,他付了钱,提着布料袋,趋身出来。坐上车,雪梅侧过脸,笑着说:得天哥,钱是你付的,我就想试试自己的眼光和设计能力。过几天,衣服做出来,挂在商场卖了,就说明我的感觉不错,到时还你的钱;卖不出去,衣服就算送给你了,我不收人工费。得天嘿嘿笑着,点着油门,车倏地窜了起来。他竖起拇指,来了个港式敬礼。雪梅捂着嘴巴,嘻嘻笑着。

雪梅设计的服装做出来了。瑛子挂在衣架上,在附近的商铺炫了一番,她拿起竹竿,挂在裤脚店前面的绳子上。过年买衣服的女客,见裤脚店挂着几件新潮女装,上前询问。瑛子挑下来,让她们品评。她烫着裤脚,笑着说:这是绝版,独一无二。女客们看着她,摸着料子。瑛子抖着裤子说:不瞒你们,我女儿是北京服装学院的研究生,寒假回来,设计了几款,挂在这里,试着卖,中意了,开个价,也算是缘分。几位女客商量一阵,开出价格,要了那几件衣服。瑛子点着钱,她有点不敢相信自己的眼睛,难道雪梅的设计就这么值钱?她给姐妹说了声,摸着裤兜的钱,走出市场,买了几袋海鲜,轻快地回到住处,拉着雪梅的手,转着圈说:看来妈后半辈子有指望了,你设计的几件服装,抵妈妈改一个星期的裤脚。雪梅问了价格，闭着眼睛，举起手，在空中抖动着。

雪梅给得天布料的钱，得天就是不要。知道她设计服装的价格，他瞪着眼，愣了半晌，顿时感到他们之间的差距。回到家，得天说了雪梅的事。国柱盯着他，摇着头说：让你好好上学，你就是不愿意，看到差距了吧！社会都是公平的，有的靠智力吃饭，有的凭劳力挣钱。映芬笑着说：镇上领导也知道，狮门服装要长久，就得靠设计。那些做品牌的服装厂，感到狮门啥都好，就是缺设计师。大牌的设计师，瞧不起狮门这小地方，给的钱再多，人家也不愿意来。看着得天沮丧的神情，国柱拍着他的胳膊说：没事，仔！老话说，条条大路通北京。你年轻，只要动脑子，好好干，会有出息的。国柱很少鼓励儿子，听了这番话，得天抿着嘴，笑着点了下头。

过了正月十五，锦堂从香港回来，他跟阿财合计着，在东海渔村，请立勤、国柱一帮同学吃饭。莱莉雅上市了，内地市场的拓展也很顺利，专卖店运转正常，有了丰厚的回报。锦堂高兴，从香港带了几瓶老酒和干鲍。阿财和立仁的酒店破土动工了。小敏去年给阿财生了对双胞胎，他就像变了个人，沉稳内敛了好多。几杯酒下肚，大家的话题开了。立勤捧着酒杯，问锦堂有啥困难。锦堂笑着说：你当了狮门的副书记，这餐饭也算是给你恭贺的。国柱不方便，坐在椅子上，举起杯，伸长胳膊和锦堂碰了下，笑着问：你需要设计师吗？锦堂站起来，走过来，弯着腰，手搭在国柱肩上说：我的设计公司在香港，内地的设计还停留在模仿阶段，理念跟不上。国柱转过头，拍着他的胳膊说：我有个侄女，北京服装学院的研究生，春节过来，试着设计了几件女装，立马就卖掉了。锦堂晃着酒杯，噢噢应着，思量瞬间说：得闲的时候，让她到我公司坐坐。

雪梅收拾行李返校。得天借了台宝马，在汽车美容店清洗干净，他准备陪着瑛姨，送雪梅去广州。国柱给得天电话，让他带着雪梅，去莱莉雅公司转转。

走进莱莉雅的展厅，雪梅掏出夹子，看着每套衣服，画着涂着，像进入了另一个世界。锦堂的助理轻声介绍着，她摸着面料，扯着坠边，不时问几句。锦堂有事要出去。他本想和她招呼一声，见她没有上来，他拿起上衣，下到展厅。助理赶紧过来，对着雪梅说：这位就是莱莉雅的总裁，锦堂先生。雪梅看得入迷，恍然转过头，推着鼻梁上的眼镜，眨巴着眼睛，愣了瞬间，侧身走过来，握着锦堂的手，恭维了几句。看着她聚目沉迷的样子，锦堂笑着问她需要改进的地方。雪梅默然一笑，看着本子说：混搭得很有品位，好多元素都是舶来的，可以看到国际大牌的影子，但缺少统一性的核心理念。

　　锦堂点着的头停住了，吸了口气，呆然地后退一步。打量着这位不知天高地厚的姑娘，他转念一想，倏然间感到她具有成为大牌设计师的见地和执着。雪梅抱着夹子，抹着下巴，指着橱柜中缀满水晶的礼服，说着收臀开衩的建议。锦堂听着，不住点着头。得天看着表，快步进来，挥着手袋，说时间到了。雪梅收起夹子，和锦堂告别。送到门口，临上车前，锦堂握着她手，笑着说：如有兴趣，毕业后可以到莱莉雅的香港设计中心工作，那是个服装设计国际化的交流平台。雪梅点头道别，在得天的催促下，上了车子。

　　得天给雪梅买了大袋的广东特产。国柱和映芬陪着吃了午饭，看着他们离开。回北京后，雪梅将自己设计的图样，寄给妈妈。瑛子买来布料，找来师傅，裁剪后做成样品，挂在裤脚店，有需要的批发商，可以看样订货。订单逐渐多了，瑛子的地方不够用。得天通过同学，在自家蕉林附近，找了间外资厂用过的厂房。映芬在外资服装厂，买来一批二手针车和熨烫设备。瑛子的服装厂开业了。她熟悉工厂，姐妹们也是管理的好手，招了批工人，在欢笑和激情中，工厂运转了起来。她们合计着，让雪梅精选服装学院学生的设计，按照销售情况，给设计师提取佣金。她们将裤脚店改成服装学院学生设计作品的展台，没有多长时间，就成了市场的一景。

　　市、镇领导陪着各地的客人，到服装批发市场参观。走进大门，都要站在瑛子的展台前，让她介绍一番。瑛子嘴皮子利落，骨子里透着国有企业职工特有的那股精气神，讲具体事，她绘声绘色，起承转合间，她看似随意的絮叨，又能将具体的事，升华到政策的高度，让人豁然振奋。媒体记者捕捉到这件事的新闻价值，对这帮东北下岗女工，结伙来到狮门，从改裤脚到开办服装厂，到把服装学院学生设计推向市场，做了连续报道。多个核心媒体纷纷转载，形成了媒体热点，她们成了下岗职工创业的典型。按照市里的要求，立勤带着狮门的部门领导，来到瑛子的工厂，巡看一番，要求更新厂容厂貌，建议瑛子将二嫂服装厂变成公司，瑛子从厂长成了公司的总经理。

36. 展会

阿财的五星级酒店开业,成了狮门的地标。他将英皇娱乐城搬迁到酒店的附楼。每逢周末和节假日,香港的客人拥过来,酒店可谓是一房难求。有了酒店的背景,阿财在香港的名声大振。当演艺界的明星、服装界的大佬下榻酒店,阿财不像土生土长的香港人那么精于算计,总是奔着一腔豪气,亲自在门口迎候,送上果篮。吃饭的时候,他串场走动,带着一帮经理,向客人敬酒。好多客人直落到夜总会,阿财趁着酒劲,操起咪头,癫狂中,一曲《光辉岁月》,常常将气氛推向高潮。

狮门政府向市里打报告,策划金秋时节,举办第一届国际服装展览会。镇长找到锦堂,想让他牵头,用香港的会展经验,用国际化的理念和标准,办好展会。锦堂犹豫了半响,向镇长推介了阿财,将他在香港服装界和演艺界的影响,渲染了一番。镇长直起腰,眨巴着眼睛,摆着手问:阿财有那么大的能量?锦堂笑着说:镇长不知,莱莉雅品牌的包装策划,都是他做的,公司上市后,在省会城市开专卖店,也都是他的功劳。镇长摆着手说:这样,找个时间,让我见识下。

知道镇上的意图,阿财将伟哥约到狮门,按照香港展会的模式,做了个方案。他拿着方案,和锦堂合计了半天,由锦堂约请镇长。阿财在自己酒店留间房,带着伟哥,点好菜,备好酒水,在房间等候。6点刚过,手机响了,见是锦堂的电话,他操起电话,接听着快步走到酒楼门口。门口摆着婚宴的牌子,新郎和新娘站在门口,一群人陪着,见到客人,迎上去,让他们签名。客人笑着祝贺,捧上红包,走进大厅。阿财点了根烟,走到停车场的闸口边,瞄见锦堂的奔驰过来,他跨步上前,拉开车门。镇长走下车,看着热闹的场面,笑着说:今天是个好日子,有人摆酒。阿财弯腰点头,在前面引导着,将镇长迎进包房。

翻着一沓方案,镇长皱眉点头。伟哥和阿财站在两边,弯腰瞄着,说着细节。镇长点着头,合上方案。锦堂递上香烟,他对着阿财伸过来的火苗,瞥了眼伟哥,喷了口烟,笑着说:阿财,我就知道你做夜总会和酒店,不知道你还有展会策划这一手。阿财笑着说:镇长,我在香港的本业,就是服装设计和品牌策划。跟着锦堂回来,这些年公司主要做定牌加工,我只能转行做酒店了。镇长点着头,随着阿财的手,瞥着伟哥。阿财续道:镇长,这位就是香港的伟哥,著名的展会策划师,香港好多展会,都是他的杰作。伟哥微笑着,合掌胸前,点着头。品了口茶,镇长直起腰说:阿财,你的酒店给狮门争光了,有了五星级酒店的配套,我们才有底气办国际服装展。今年是头炮,一定打响!要对标国际展会的惯例,体现我们毗邻港澳的优势和特色,在国际化上下功夫。

服务员盛上汤,揭开汤盅的盖。锦堂笑着说:镇长放心!国际大牌服装,在香港都有公司,伟哥和他们熟悉,他们也想开拓内地市场,这是双赢的事。伟哥和欧洲服装界,有多年合作的基础,到时请些欧洲模特,过来走走秀。镇长喝了口汤,一下子来了神,敲着桌子说:这样好!到时领导和嘉宾过来,看几场像巴黎服装展会一样的模特秀,咱们国际化的特色就出来了。伟哥燃起雪茄,吹了几口,自信地笑着,端起酒杯说:镇长,我们按照您国际化的思路,再细化方案,到时给您个惊喜。端起酒杯,镇长笑着说:今天是黄道吉日,人家摆酒结婚,咱们的合作也算是敲定了。这样,为了狮门国际服装展览会的圆满成功,我敬大家一杯。

雪梅毕业,回到狮门,正赶上服装展会最后的冲刺期。她跟着阿财,协助策划莱莉雅女装的模特秀。锦堂将阿财叫过去,将两场莱莉雅服装秀的模特,由亚洲模特改成欧洲模特。雪梅根据模特的体形,按照国际时尚潮流,调整服装的款式和搭配。瑛子接到通知,为了体现展会的多元,镇上想给她做场模特秀。她有点受宠若惊,冷静下来,她觉得自己的工装土气,给展会丢脸,坚决推辞。立勤和映芬受镇长之托,来到瑛子的公司,动员她还是要秀一场,感怀政府的关照。瑛子叫回雪梅,征询女儿意见。看着橱窗里的一排工装,雪梅笑着说:没事,工装也是服装，更能体现劳动者的美。这场工装秀我来统筹，把咱们的工装时装化，让人们眼前一亮。

忙完货运公司的事，得天开着车，带着雪梅赶场。夜深了，雪梅将几套设计图，递给裁剪师傅，她摘下眼镜，打着哈欠。走出设计室的门，静默的夜色中，一辆汽车噗噗了几声，亮起灯闪了几下，驶到她前面。车门落下，得天伸出头，挥着手说：累了吧，上车，哥带你吃夜宵去。雪梅犹豫着，转过头来，见妈妈倚在门框，对着她轻轻地摆手。她拉开车门，刚坐下，车子就像发情的牛犊，吼叫着冲出厂门，在一晃一抖的路灯下，窜到临江的夜宵一条街。

欢腾了半晚的人，趔趄着从夜总会出来，成群晃悠着过来，要上盘田螺、几瓶啤酒，趁着兴奋的余韵，嬉闹吆喝着，呆愣地盯着下了车的雪梅。几个人摸着祖露的胸，嘿嘿笑着。得天瞪着他们，抓起脖上的金链，扯了几下，将雪梅带到潮汕海鲜粥档。他拿着菜牌，指点絮叨着，点了锅螃蟹粥，要了盘炒河粉，接过服务员递来的啤酒，张开嘴巴，就要咬开。雪梅摆着手，挡住了。泛着海腥味的夜风吹过来，她感到浑身黏黏的。游弋在江面上的轮船，荡着昏黄的光尾，水牛般鸣叫着。得天揭开粥煲的盖，将蟹黄拌匀，舀在碗中，递给她。雪梅莞尔一笑，接过碗勺，撩着啜了口粥。

展会开幕的前几天，静怡和阿昌来到狮门，住在阿财的酒店。阿昌从澳大利亚留学归来，锦堂高兴，在东海渔村要了间房，请一帮同学吃饭。服装批发商场是展会的主场，国柱带着保安，在公安分局的指导下，筹划着人流疏导和安保工作。听说锦堂请吃饭，他让立勤带他敬杯酒，说自己忙，脱不开身。知道国柱的脾气，立勤告诉映芬，让她劝下国柱，说这顿饭不寻常，得给锦堂个面子。国柱回到家，映芬笑着问：阿昌和静怡来了，请大家吃饭，咱们得带点东西过去。国柱搓着脸，犹豫瞬间，摆着手说：我分不开身，你去就行了。映芬嘟着脸，数落着说：锦堂儿子来了，咱场面上要过得去，阿昌和得天同辈，最好叫上得天。国柱咂巴几口烟，瞥了眼映芬，摇着头说：好，听你的，叫得天开车接我。

照应着国柱，映芬走进渔村的包房。得天叼着烟，手指圈着着汽车的钥匙扣，挑转着，跟在后面。锦堂站起来，将静怡和阿昌介绍给国柱一家。围着餐桌坐下，阿财拎着茶壶，给杯子斟茶。看着阿昌，国柱想起少年时的阿堂。阿昌偏着头，眨巴着眼睛，盯着他空落落的裤腿。国柱抓着椅子的扶手，挪动着屁股，坐定后抓起裤腿，抖了几下，嘿嘿笑着。得天歪头瞥着阿昌，觉得他用看似礼貌的皮，包裹着内心的冷傲。阿昌收住好奇，抿了口茶，掏出手机，搓着屏幕。立勤站起来，拍着阿昌的肩说：叔叔的腿，是保卫国家丢掉的，他是国家的功臣。阿昌淡然一笑，似懂非懂地点着头。

带着群欧洲模特，伟哥做了几个国际大牌的秀。莱莉雅品牌融合了法国的时尚和日韩的潮流，点缀着中式服饰的元素，穿插在大牌模特走秀间。国际大牌进入内地市场，都盯着一线城市，在最繁华的商业中心，开设直营店，排斥加盟的模式。蜂拥而至的服装经销商们，看着模特走秀，了解到这些大牌的营销模式和奢侈的价格，只能望梅止渴。莱莉雅采用港式加盟营销，瞬间成了经销商大受欢迎的对象，营销网络像力士肌肉上凸起的筋道，随着发力和喘息，一下子爆发出来。

精选了几个行业，雪梅设计出工装系列，既有往昔的回忆，也有现时的多彩，更有未来的想象。第一场秀，主流媒体嗅到其中的新闻价值，想起前期对瑛子的报道，他们使尽解数，续展热点话题，从不同视角解读，即刻成了展会的新闻热点。第二场工装秀的时候，阿昌拉着妈妈，坐在T台转角的前排。雪梅的设计秀，得天号闹着大群朋友，站在阿昌对面的T台边，烘托气氛。阿昌坐在前排，跷着二郎腿，双肘合抱胸前，垂着眼睑，冷傲地瞥着台口。透过飘曳着烟气的光柱，瞥着阿昌雕塑般冷峻的脸，得天拧着嘴唇，瞥着四周的哥们儿，一声尖厉的口哨，他们嬉笑着摆手。

台子两侧角上，咻咻了几下，随着霓虹的闪烁，两股变换着色彩的烟柱，聚在一起，又蘑菇般地散开。主持人从蘑菇中闪出，介绍完雪梅，随即隐去。音乐的节奏，就像脚步声，踏了过来。模特穿着浅蓝色无尘车间女装配员的工装，喜气洋洋地走出来。T台两侧伸缩着镜头的照相机和摄像机，迭闪着银光，咔嚓咔嚓响着。垂下合抱的臂肘，阿昌搓着下巴，下垂的眼睑抬了起来。得天来劲了，他想让阿昌知道，狮门也是个多彩的地方，也有自己的设计和创意。他晃着身子，透过霓虹间模特摆动的臀，对着阿昌喊叫着。阿昌弯着腰，肘撑在大腿上，划开手指，捋着泛黄的烫发。

轻柔的节奏响起，穿着护士装、戴着护士帽的白衣天使，踩着粉色的烟，款款出来。喧闹的大厅静了，只有照相机的咔嚓声。阿昌单臂撑在膝盖上，眨巴着眼睛，愣愣地盯着台上晃动的仙子。护士们排着队，站在T台边，对着观众招手。雪梅在主持人声嘶力竭的邀请中，走了出来。阿昌蒙然起身，盯着她鼓掌。

得天带着哥们儿，将一簇簇鲜花递给她。雪梅微笑招手，回身转过T台拐角的时候，瞄见阿昌穿着正装，呆然盯着自己，她微笑点头，脚踮了下，晃着花束。得天腾拉坐在椅子上，拍得发麻的手掌垂了下来，搓着面颊，雪梅慌乱的脚步，在他眼前闪着。他扯着耳垂，抬起头，见阿昌转过身，对着雪梅离去的背影，凝望鼓掌。

走秀结束了，得天带着哥们儿，拥到后台，帮着整理东西。阿昌像块翘立的石头，在溪流般散去的人流中，呆愣站着，依旧盯着台口。静怡扯着他的衣袖，他一步三回头地离开了。得天凑到雪梅耳边，指着嬉笑眨眼的脸，挠着头说：阿梅，这班弟兄过来捧场，走秀很成功，大家都为你高兴，我订了间房，得庆贺下。雪梅瞄了眼手表，指着胸前的牌子说：得天，莱莉雅那边，还有一场秀，我得过去帮忙。得天柔和的表情，瞬间飘着不快，贴着她的耳，恳求道：阿梅，别让哥丢面子。雪梅趔着身子，瞥了他一眼，笑着说：好啦！告诉我地方，你们先去，我到那边看看，等下打的过去。

莱莉雅的服装秀，就要开始了。雪梅跟着几位设计师，将服装搭在每个模特的衣架上，对着正在上妆的模特，叮嘱着着装的细节。音乐响起，传来主持人的声音，出场的模特排好队，站在幕布后面。主持人拖着长长的尾音，宣布莱莉雅夏季服装秀开始。T台指挥举起手指，掐在一起，晃了下，音乐的节奏出来了，他挥着手里的夹子。模特挺直腰，捧着笑脸，走了出去。雪梅给指挥说了几句，拿起皮包，从舞台后面探身出来。阿昌坐在前排，瞄了眼侧面，扫到她离去的背影，他吸了口气，腾地站起来。后面吵嚷起来。工作人员走过来，示意他坐下来。阿昌弯腰转身，歉意地笑着坐下，依旧瞥着边上。他弯着腰，悄悄溜出来，顺着舞台后面的走廊，走着望着，看不到雪梅的身影，他摇着头，回到座位上。

展会结束了，莱莉雅在阿财的酒店包了个厅，举办答谢晚宴。看着满堂宾客，锦堂带着静怡和阿昌，端着酒杯，站在舞台的灯柱下，向大家敬酒。阿昌没有这样的经历，他腼腆地站在妈妈身边，盯着暗红的地毯，听到老豆介绍自己，他走前一步，弯腰鞠躬，抬头的瞬间，瞄了眼暗光中的人脸，他的心颤了下，定眼一看，将雪梅的脸从模糊的脸丛中捡了出来。他顺势举起酒杯，对着她所在的那个方向，晃了几下。走下台，他的背正对着雪梅那个方向，他不住地转过身，晃头瞥着，看到成排的脸，对着自己点头笑着。

在阿财陪同下，锦堂给每桌的客人敬酒，静怡和阿昌跟在后面。到了雪梅的桌前，阿财笑着说：老细，阿梅了不起，是难得的设计师！锦堂晃着酒杯，走过去，碰着杯说：我们是老熟人了，好多人都夸你的工装秀。如不嫌弃，莱莉雅欢迎你，可以先到我们的香港设计中心去，适应以后，如有兴趣，公司可以考虑派你到法国进修。当然了，你得先和我们签订服务合同。阿昌羞涩退去，脸上泛着笑容，碰杯时候，他绅士般弯下腰，晃着酒液，瞥着雪梅，轻声说：香港欢迎你。雪梅喝了口酒，捂着嘴巴，眼眉挑了几下，咯咯笑着，点头致谢。

37．苦恋

　　雪梅累了，她赖在床上，迷离中想着香港，梦游着巴黎，睡了个自然醒。瑛子忙着公司的事，没有搭理她。雪梅通身舒坦，爬起来，靠在床上，拿起得天送给她的手机，见得天打了串电话，她撩起被角，趿上拖鞋，回拨过去。得天埋怨几句，知道她在家里睡觉，又自责了一通，说晚上过来，接她去吃饭。雪梅犹豫着，又找不到理由推辞，只好顺着他的热情，勉强答应了。瑛子回到家，雪梅用毛巾搓着头发，她坐在床边，温情地看着。放下毛巾，她拉着妈妈的手，说想去香港工作。瑛子摆着手，笑着说：雪梅，你爸走得早，国柱叔叔一直帮着咱们。妈妈下岗，能有今天这样的光景，都仗着叔叔的人脉。雪梅点着头应道：这些我都明白，那年上大学报考专业，也是想到叔叔这边的服装业，我才报考了服装设计专业。

　　抓住女儿的手，瑛子搓着说：妈妈有句话，不知当讲不当讲。雪梅晃着她的手，笑着说：吞吞吐吐的，那就不是我妈了！瑛子眨巴着眼睛，淡然一笑，叹着气说：雪梅，国柱叔和你爸，那可是生死之交，我常想，如果你爸活着，看到你和得天，肯定希望你们走到一起。雪梅松开妈妈的手，噘着嘴巴，白了她一眼，摆着手说：妈，你的心思我明白，你是个直肠子，千万别向国柱叔提这件事。我们做服装设计的，最忌讳约束，家就是种约束，我从来就没想过结婚成家。瑛子呼地直起腰，扯着她的袖子，瞪着眼说：呀！——呀！——那你这个女儿，我算是白养了！她揉着妈妈的肩，撒着娇应道：妈，你放心，我来伺候您一辈子。

　　出了家门，盘算着雪梅去香港的事，瑛子思前想后，觉得这件事，她得和国柱招呼一声。她走进市场,和熟人招呼着,来到国柱的办公室。国柱欠起身子,攥着拐,就要起身。她快步走过去,让他坐下。国柱斟上茶。瑛子吹着茶叶,品了口,笑着说:大兄弟,雪梅这孩子不听话,她要到莱莉雅的香港公司工作,我好说歹说,她都不回心。国柱喷了几口烟,眯眼思量瞬间,挺直腰,笑着说:好事,这是好事!到香港工作,空间不一样,见识多了,将来才有出息。瑛子没想到他这样的态度。她抿了口茶,搓着茶杯说:香港是个花花世界,一个女孩子过去,说实话,我有点不放心。国柱笑了,摆着手说:锦堂和我光屁股长大,别的我不了解,雪梅到他的公司做事,你就放心吧!

出了服装批发市场,瑛子一下子轻松了。她觉得自己想多了,国柱压根儿没那个意思,他想的都是雪梅的事业。瑛子走了。国柱瞥了眼门口,他撑着拐杖,关上门,躺靠在椅背中,摸出一根烟,叼在嘴上,点着猛吸了几口,闭着眼睛,思绪、呼吸和一明一暗的烟蒂应和着。他沉浸在往事的回忆中,迷糊了一阵子,他坐起来,抓起话筒,拨通了映芬的电话,将雪梅的事说了。映芬愣了,噢噢应了几声,他能感到她无奈而又伤心的表情,沉默了一阵,映芬好似自言自语地说:得天是个较劲的孩子,这事该怎么给他讲呢?国柱心疼老婆,笑着说:阿芬,得天随我,你现在知道我当年追你,有多苦呀!映芬叹了口气,哧地笑了,摆着手说:去!你这木头,也知道耍贫嘴了。

吃完晚饭,一伙人散了。得天拉开车门,看着雪梅上车。他开着车子,出了镇区。雪梅瞥了他一眼,问到哪里去。得天摇下玻璃,指着宽阔的江面说:你到狮门这么长时间,还没有去过炮台,我带你去吹吹海风。汽车停在炮台的停车场,商铺亮着灯,卖着工艺品、海鲜干货和茶叶蛋。汽车里出来的情侣,挽着手,不时抱在一起。雪梅明白了得天的意思,前面茂生着芦苇的江堤,没了路灯,她驻步瞭望着晃动的墨色的江面,问得天,香港在哪个方向。得天指着远处,说着方位。雪梅转过头,得天握住她的手,搓揉了几下,试着往前扯了几下。她没有迎合。他瞬间收住快要爆掉的激情,咽了口唾沫。雪梅笑着说:得天哥,谢谢你的照应。过几天,我就要去香港上班了。你以后来香港,一定要告诉我。

得天的手颤抖着,捏了几下。雪梅酥软的手蠕动着,没有骨节的应和。他稍稍松开,拇指在她的掌心,搓了几下,叹着气说:阿梅,自从我老豆从广西回来,他就时常念叨你们。虽然分隔几千里,在他的心里,我们真是一家人。雪梅盯着他,嘴角抽了几下。得天笑着问:阿梅,你说咱们在狮门相遇,算不算缘分？雪梅低下头，踹着沙土。得天捏了下她的手，晃着说：阿梅，不要到香港去！狮门多好呀。阿姨的生意势头正猛，她也需要你去帮手，给别人打工，多没有意思呀！他的手刚松了下，雪梅抽出手掌，转身盯着江面上闪烁的灯光。

站在她前面，得天盯着她，恳求着说：阿梅，咱们就成全缘分吧！我父母打心眼儿喜欢你。她转过身来，摇着头说：得天，你得理解我，我是学服装设计的，得到外面学习见识，我从来没有想过要结婚。别等我了，得天，别让叔叔阿姨跟着难受，这样我心里也好不舒服。

推开院门，映芬将手袋放在椅子上。国柱靠在屋檐下的椅子上，低头抽着闷烟。公婆睡了。她搀扶起老公，进了房间。国柱瞄着手表，喷了口烟，摆着手说：得天和雪梅，八成在外面吃饭，这个时间了，也该回来了。坐在床边，映芬拿出手机，调出得天的号码，就要拨出去。国柱直起身子，摆着指间的烟：孩子的事，咱就别跟着掺和了。他摁开电视，两公婆瞄着电视画面，没有交流，都想着心事，侧耳听着窗外。院外传来汽车声。映芬呼地站起来，关掉电视，拍着国柱的肩膀说：得天回来了。你坐着别动，我出去看看。映芬推开门，探出头。得天拎着手包，嘟着脸，气冲冲晃着身子，踹着脚下的石子，荡进大门。

映芬赶紧出来，想问问情况。得天白了她一眼，走进屋子，咣当关上门。怕惊动老人，映芬扒在门缝，轻声唤着得天，见儿子不应，她对着门缝，宽慰了几句。国柱抓起拐杖出来，得天依旧不应声，他拎起拐杖，敲着门扇，急切地说：得天，你是个男人，得有点骨气。恋爱这些事，得你情我愿，那是勉强不来的。映芬直起腰，转身盯着他。国柱有点不好意思，他靠在门边，看着映芬，低声说：难得你也是个痴情男儿，这点像老豆。映芬掐着他的胳膊，扯了几下。国柱一个趔趄，续道：该争取的，还是要争取的。

去香港前，瞄着莱莉雅的直通车，雪梅踱在树后，给得天打了个电话。得天要过来送行。看着妈妈和一群人等着自己，她赶紧推辞，客气了几句，就收线了。雪梅走后，得天经常不着家，他时常约上一帮朋友喝酒，喝高的时候，他回到家里，大声号闹。知道儿子难受，映芬迁就着他。国柱擂着拐杖，摇着头，埋怨他不像个男人。一个月后，得天喝完酒，开车回家，刮倒街上卖小吃的人。交警赶到，仗着酒劲和一伙兄弟的助威，他拉扯着交警，不让扣车。两个交警嘀咕了几句，一个走到路肩，给国柱打电话。国柱冲完凉，刚躺下，得知得天撞了人，他呼地坐起来，拍着床头柜，瞪眼凶了映芬几句，责怪她护着得天。

路边围着一群人，卖小吃的亲戚朋友不顾交警的劝阻，扬手喊骂着拥过来。得天脱掉上衣，脖上的金链晃荡着，他挥着拳头，也在往前冲。国柱推开车门，腾拉着过去，抬起拐杖，撩开人群，大声呵斥着得天。卖小吃的一个亲戚，在批发市场做清洁，见国柱过来，立刻变轨，他从推搡的人群中散了出来，游离到外面，摸出根烟，眼睛骨碌着，猛吸了几口。国柱咬牙瞪眼，抡起拐杖，朝得天甩了过去。得天朋友愣住了，趔身护着他，劝阻着国柱。阿财的酒店就在边上，他带着几个保安，拨开人群，号着过来，抓着国柱的拐，瞥着赶过来的映芬，对交警笑着点头，扬起手让大家散了。卖小吃的瘸着腿，依旧撕扯着，讨要个说法。那个做清洁的扔掉烟头，推开人流，窜到前头，对着国柱点头笑着，瞪眼推着卖小吃的，扬起手喊道：别闹了，你受伤了，得到医院去。卖小吃的不解地盯着他。做清洁的抓起卖小吃的的胳膊，捏了几下，对着他挤眉弄眼，然后转过身来，笑着对国柱说：主任，没事了，我带着他，到医院看看。你赶快回去休息吧。阿财给交警递上香烟。看到双方协商好了，他们将开好的扣车单收起来。国柱拿过扣车单，让交警依法处理。

吃了早饭，国柱没有上班。映芬看着得天屋子紧闭的门，瞥着国柱坐在屋檐下阴郁的脸，她拎起包出了门，又折返回来。国柱瞄着她，深深地吐了口烟，摇头摆手，叹着气说：你去上班吧！我昨晚没睡着，想了一夜，我给得天说道几句。映芬指着房门，摆着手，拎起挎包，回望着走了。等不到得天起床，国柱瞄着爬上树头的日头，他摁下把手，轻轻地推开门，靠在门框上，望着枕在手掌上呆愣的得天，摇着头说：阿天，老豆知道你心里难受。感情的事，得尊重对方的选择，该放弃的就不要纠缠了，不然，那就是自己和自己较劲。得天愣了半响，缓缓坐起来，他揉着眼睛，摇着头应道：老豆，我给你丢脸了。我知道该怎么做，你就别操心了。国柱拎起凳子，放在得天床前，他燃起一根香烟，眯眼盯着地面，喷了几口烟，瞥着地上散落的烟蒂，叹气又道：阿天，你瑛姨和我们一样，都希望你和雪梅能走到一起，这也是我和指导员的生死之约。她知道雪梅要去香港工作，专门过来征求我和你妈的意见。说实话，人家的女儿，亲娘的话都不听，我和你妈还能说啥哩！再说了，雪梅对服装设计那股执着的劲，就是我和你妈完全站在你这边，阻挡她去香港工作，能有效果吗？弄不好，既让你瑛姨难做，也让咱们对雪梅帮助的动机打了折扣，让知道的人不齿。得天点着头坐起来，他晃着垂在床边的腿，两只手撑在床沿上，撑起软着脊梁松塌的身子，闭眼摆头应道：老豆，我知道你们的难处。要怪就怪我当初没有好好上学，就是个高中毕业。如果我有大学学历，雪梅可能就会上心些。

　　通过朋友的关系，得天在一家港资企业挂了头衔，办了张商务版的港澳通行证。他不时搭乘朋友的直通车，去到香港探视雪梅。站在维多利亚港，眺望着湛蓝的海湾和林立的高楼，穿行在弥敦道的人流中，他瞬间感到香港就是香港。香港这种气魄和空间的延展，缓释了狮门在得天心里的天然优越感，也让他开悟了对于雪梅来香港工作的理解，晃悠中让得天滚烫的激情冷却了，认识到了他们之间的差距。雪梅很忙，得天想去莱莉雅服装设计中心看望她，雪梅用诸多理由搪塞，不让他过去。坐在酒店大堂，得天瞥了眼时间，见约定时间过了，雪梅还没有出现，他有些失落。端起茶几上的橙汁，他嗞嗞咂巴着吸管，瞄着旺角街上的如潮人流，他真不知道雪梅是真忙，还是以忙为借口，慢慢熄灭他狂热追求的烈焰。雪梅戴着墨镜，手揎在挎在肩上的包上，长长的秀发飘逸着，她张望着急匆匆裹在人流中，从对面街角穿过斑马线走过来。得天放下杯子，盯着她时尚的裙子，心头一热，心头倒腾了半晌的推测和难解即刻烟消云散了，她那急火火的神态，说明她还是夜里让他辗转难眠的那个雪梅。他呼地站起来，整理着衫子，快步迎到门前。雪梅瞄见了得天，愣住一笑，推着鼻梁上的墨镜，将挎包挪在腹部走了过来。得天咂巴着喝过橙汁有些干裂的嘴唇，他喉结蠕动，上前一把抓住雪梅的手，扯了几下，没有扯动。他不想松开手，便攥着她的手一起坐在大堂酒吧的凳子上。得天招手，要了杯果汁。雪梅从他手掌中抽出手，顺势举起来，叫来服务生，将果汁改成咖啡，偏头说：整天几班熬夜，就靠咖啡提神，有些离不开了。得天笑着点头，窝在心里的话、闷在胸口的情、憋在喉咙的语，在神色触碰的试探中，他怕唐突地不合时宜的表露，出现尴尬的僵局，那样自己便没了希望，他恐惧戛然而止的死局，便在生硬答应中，让激情酵素留在心里，继续发酵，他宁愿忍受混着醋味杂着酒意的微醺，也不能独自承受空落落的一无所有。喝了半杯咖啡，得天指着对面的酒楼，要请雪梅吃饭。雪梅摘下墨镜，笑着摆手道：阿天，你来香港看我，我当然高兴。我在港工作，也有一份薪水，按照道理，应该我请你吃饭才对。坐在酒楼临窗的卡座吃了个饭，雪梅的手机响了。她拿起手机，走到外面嘀咕了一阵子，走过来拎起包，对得天说：阿天，我们有场时装秀，正在赶工，我得回公司。单，我买了，你就在这里喝喝茶，我得走了。得天要将雪梅送到门口，她摆手让他留步，转身又道：阿天，后面我没时间陪你了，你自己安排吧！等忙过这段时间，我请假回到狮门，再请叔叔阿姨吃饭。

　　回到座位，捧起杯抿了口茶，得天偏头瞭见雪梅依旧风风火火穿过斑马线，坐上了计程车。他靠在椅子上，瞪着她刚才用过的碗筷骨碟和纸巾，想到她刚才还坐在对面有说有笑，现在却已然离去了，得天缩着身子，脖子搭在椅背上，瞪着屋顶密密麻麻的管道，他缓缓闭上眼睛。迷糊了半晌，得天感到胸闷，他伸手掏出香烟，抖着叼上一根，摸出打火机，举在空中就要点火，他想起这里是香港，边睁开眼睛，搓着手指间的香烟，盯着台面上的剩菜，垂头离开了酒楼。站在街角的吸烟柜边，他掏出火机，燃起香烟，狠狠地吸了两口，闷在口腔有些发晕的时候，他噘着嘴一噗一噗地喷出，瞭望着耸入云端的高楼的玻璃幕墙，想起了酒店的订房和后面的安排，得天突然感到香港没有了想象中的温情，变得冷漠。想起了狮门，他的心里涌起了一股暖流。他捻灭了烟蒂，回到酒店，收拾行李，退掉了后面的预订，独自来到京港酒店大堂，买了张回狮门的车票。

　　太阳坠在罗湖的水面，得天过了关，他想起明天下午约好的朋友的直通车。他掏出手机，告诉朋友他有事回来了。大巴停在狮门英皇酒店门口。得天下车，拎起行李就要回家。想到父母知道他去香港看望雪梅，提前回家，父母问起来有些尴尬。他拖着行李，进了英皇酒店，低头走到前台，开了间房，又摁低棒球帽的檐，他悄悄地进了房间。

　　得天肚子有些饿，他想约上一帮朋友，去江边的海鲜长廊夜宵，又怕碰到熟人，他思前想后，又不想吃酒店的送餐，摸着瘪瘪的肚子，他拿起电话，让老友在夜宵店打了几款中意的粉面和青菜过来。老友推门送餐，知道了他的事，摆着手指的香烟，嘿嘿笑他这般痴情。看着他狼吞虎咽，劝慰道：阿天，常言说人往高处走。狮门多好呀！狮门不好，国内外那么多人纷纷跑到狮门发展干什么？香港有啥好的，就是看起来气魄些。当年就是在狮门这里，让英国人占了便宜，才将那块地方割让出去，让英国人管理。得天撩起纸巾，擦着嘴巴，不住地附和点头。那位老友递上烟，续道：阿天，清朝就是个大地主。你想地主家给别人地，肯定都是些难以耕种的边角料，绿油油的水田，他能那样大方？得天摇头，发誓再也不去香港了。怨气慢慢纾解了。思恋随着时间的嘀嗒，又在他休耕后的心田中集聚，得天顶不住郁结在心口的纠结和难挨的相思，他盘算着再次赴港，筹划着见到雪梅浪漫的细节。几经反复，得天的心凉了——一年后，受莱莉雅的指派，雪梅去了法国。得天彻底绝望了，他抹去了雪梅的电话号码，变得沉默寡言。

38. 作难

在香港工作了一年多，雪梅苦练粤语，将自己的所学融进香港服装设计的理念中，很快从设计团队中脱颖而出。阿昌提出让她去法国米兰进修。锦堂忙着狮门的生意，香港的事主要由静怡和阿昌打理。回到香港，静怡说了雪梅的事。锦堂想到了国柱和雪梅的关系，本着培养莱莉雅自己的设计师，便同意了阿昌的建议。冲完凉，锦堂裹着睡衣，用浴巾撩着湿漉漉的头发，走出了洗手间。静怡斟了杯现磨的咖啡，拉开冰箱，挤了串奶液，递给锦堂，和他走出房间，坐在露台的藤椅上。盯着眨眼的繁星，听着夜虫的吟鸣，静怡转头瞄着锦堂，抿嘴笑了。沉默了半晌，她捋着发髻问：阿堂，我感到阿昌好像对那个雪梅有点意思。锦堂啜了口咖啡，手搓着杯子，呆然望着山下的港湾。静怡走过来，站在他身后，弯腰贴耳续道：阿堂，你打拼了大半辈子，才有今天的事业，如果阿昌能找个对等的人家的女仔，你的压力也就小了，孙辈的生活和教育我们也就放心了。锦堂叹了口气，轻轻地点了下头。静怡搓着他的肩头：阿堂，阿昌和雪梅恋爱，我就睁一只眼闭一只眼，装作不知道。如果将来我拦挡不住，他们要是结婚了，我担心让香港的朋友圈子看不起，也怕她家的事拖累了阿昌。听着静怡的絮叨，锦堂并没有上心，他想的是自己和国柱、映芬间随着世事变迁已经变僵钝，但不时想起来却仍然是让他心旌暗痛的情殇。他不想让上一代的情怨变了形、绕着圈潜流到下一代。动机和所顾及的不同，目标却是契合的。锦堂站起来，走到护栏边，转身对随在身后的静怡吩咐道：阿怡，香港这边的事，你得多留心。阿昌和雪梅的

38. 作难

事，你就是个猜测，可别操之过急。你最好和阿昌谈谈，说说咱们的态度，让他守住方寸。

回到狮门，锦堂想起了阿昌和雪梅的事。他将立勤和阿财约到公司，转弯抹角问了瑛子的情况。知道得天苦恋雪梅，因为她去了香港工作无果，锦堂心里一惊，内心不停地责问难道自己担心的事情果真发生了，难道上代人之间的情怨又将在下代人身上演绎？荔枝大旺的时节，玲姨捎来话，说她好些年没有回狮门了，就想吃几口狮门老树上的几颗桂味。锦堂安排完公司的事，让司机开车，来到狮门怀德的一片荔枝林。他戴上草帽，踩着树下腐烂了的泛着果酸味的坠落的荔枝，随着扛着梯子的园主来到树下，在园主的搀扶和告诫声中，登上靠在树冠晃动的梯子，迎着炽烈的阳光，抹着淌流的汗液，摘了半篮荔枝，他喘着气下到地面，摘下帽子，不停地扇着凉。回到香港的家，锦堂让阿姨清洗荔枝，用盐水浸泡了半个钟，捞出来放在冰柜中冻了半晌。他捧着荔枝盘，推开了妈妈房间的门，他剥开赤红的荔枝壳，将白嘟嘟的荔枝递给妈妈。玲姨噗噗咬了几口，掰看着褐色的核，问着安义的情况。锦堂笑着应道：安义叔现在是狮门的名人了，他门前宾客盈门，请他算命测字得提前预约。玲姨撩起纸巾，捻着嘴角。锦堂递上一杯茶，摆手又说：我每次去到坝面，安义叔常问起您的情况。说今年秋季他让人用狮门古旧的配方和工艺，生晒些腊肠，到时让我带过来，让您记住狮门的味道。玲姨呆然看着墙上的佛龛，摆手应道：难为你安义叔了，好些年没见过面了，他还惦记着我。

吃完晚饭，锦堂和静怡在山径上散步。听到雪梅放假没有回来，阿昌借故去了法国，私下和雪梅结伴畅游欧洲，锦堂驻步愣住了，埋怨静怡没有管住儿子。静怡挽起他的胳膊，摇头晃着他的胳膊应道：阿堂，阿昌长大了，有了自己的判断，咱们只能说清道理，最后还得他自己拿主意。他去欧洲，我本是不同意的，无奈公司确实有事务要去洽谈，他过去也是顺理成章的。后来知道了他们的事，我责备了阿昌几句，你猜他怎么样？锦堂转过脸，盯着静怡。静怡晃着他的胳膊续道：人家根本就不上心。他嬉皮笑脸地晃着我的胳膊，让我别管他的事。锦堂踩了几下脚，他掏出香烟，抽出一根。静怡指着边上的牌子。锦堂将香烟塞进烟盒，摆手说：阿怡，这事咱们不能妥协。我抽空和阿昌聊聊，得给他亮明底牌，让他心中有数。静怡扯着他的胳膊，应道：阿堂，咱们做父母不容易呀！如果过分强硬，他们将来分手了，那还好说；如果他们生活在一起，那雪梅会不会记恨？咱们将来怎么和人家相处哩？

　　回狮门前一天下午，锦堂将阿昌叫到办公室，他起身带上门，给他冲了杯咖啡，笑着说了自己的想法。阿昌抿了口咖啡，摆手应道：老豆，你有没有搞错？现在不是人家雪梅追你的仔，而是我在追人家女仔，人家愿不愿意我还不知道。锦堂直起腰，摆着手：阿昌，你还年轻，将时间和精力用在生意上。那个雪梅呀，我思来想去，还是不适合你，你就别执着了。阿昌盯着老豆，看了半晌，他搓着面颊，嘿嘿着摇头：老豆，香港的街头靓女如云，那也就是养养眼。能遇到让人魂不守舍和朝思暮想的人，真不容易。我有时想啥叫缘分，我心里否定了好多次，最后确定了我第一次在狮门服装展会的莱莉雅秀场见到了雪梅，那就是缘分！缘分是两个人之间的事，你们这些外人那是感受不到的。锦堂躺在大班椅的椅背中，嘴角抖动着瞥着儿子。阿昌敲着台面，又说：老豆，人和动物不一样。动物看到异性，估计没有缘分一说。人之所以为人，在于他们不仅仅关心异性外表的妩媚，更在于双方社会密码的契合。锦堂瞪眼直起腰，跟着阿昌敲着台面，伸长脖子应道：阿昌，你是我的仔，在你眼里老豆就是外人，老豆就是不通人性的畜生。阿昌愣住了，他连忙摆手解释道：老豆，我说的是人性，不是针对您的，您误解了。锦堂呼哧吸了口气，闭眼沉思了半晌，他呼地站起来，指着阿昌训斥道：阿昌，老豆告诉你，人间的感情我看得多了。别仗着你在澳大利亚读了几年书，就在我面前显摆。我告诉你，你和雪梅的事，老豆老母就是不同意。你就好自为之吧。

　　回到狮门，公司诸事缠身，锦堂将阿昌和雪梅的事慢慢淡忘了。知道锦堂和儿子谈得不欢而散，静怡夹在中间有些难做，看着阿昌我行我素，她怕老公闹心，总是打着马虎眼，敷衍着锦堂间或记起来后不经意的询问。转眼快到八月十五了，按照这些年的惯例，锦堂在阿财的英皇酒店订了个包间，请一帮同学吃饭。立勤帮忙通知大家。聚餐时间快到了，他给锦堂打来电话，让他抽时间再邀请国柱和映芬，说没了他们参加，同学聚会总感到缺些啥。锦堂想起雪梅和得天的事，他们会不会心里不高兴，又不好意思说出来。他拿起电话，拨通了映芬的手机，总算说通了她，勉强答应过来跟大家见个面。搓着手机的电话簿，他找不到国柱的手机号码，他即刻知道这两年和国柱疏远了。想起大半年前换过手机，锦堂估摸着这段时间再也没和他联系过了。从立勤那里得到了国柱的手机号，就要拨出的瞬间，他犹豫了。他拉开抽屉，拎起装着香烟的袋子，摁通案头的座机,让司机开车在楼下等。锦堂走到窗前,他燃起一根香烟,推开窗户,眺望着艳阳下狮门的河涌和远处的山峦,琢磨见到国柱,他该怎么样顾及国柱的脸面,既不挑明这件事,又能恰当地向国柱传达自己淡淡的歉意。转身在案头的烟灰盅掐灭烟蒂,锦堂拎起袋子,来到服装批发市场的地下停车场,乘坐电梯来到四楼。市场办公室的主任瞄见了锦堂,快步走过来,将他迎到办公室门口。锦堂驻步,偏头问:国柱在哪里办公?主任挠着脖子,赔着笑脸,指着保安部边上的办公室,犹豫着将他领到门口,推开门朝里面喊道:柱叔,你看谁来了?国柱从座椅上直起腰,手搭在拐上,就要起身,看到锦堂站在门口,他将抬起的身子放下,将竖起的拐放在沙发的扶手上。锦堂招呼着让他别起来,他打量着屋子的摆设,将袋子放在国柱边上,顺手接过主任递上来的茶杯。主任递上香烟,坐在锦堂对面,躬身赔着笑脸。锦堂抿了口茶水,粘在嘴唇上的茶叶,偏头打量着在冒着热气的水柱中推搡打滚的复活了的茶叶片,他推诿着主任递上来的一浪高过一浪的恭维的神情,摆手问:有事吗,主任?主任赶紧抬起屁股,摆手退了出去。锦堂掏出香烟,弹出一根,递给国柱。国柱摆着手指间的香烟,瞥着问:锦堂,你现在是大老板了,今天怎么想起过来看望我了?没等他吱声,国柱欠身又道:你过来,得说一声。我没啥权力,却能招呼一帮保安站在市场门口列队欢迎你呀!锦堂靠在沙发背上,偏头打量着他,一言不发。国柱要讲的话讲完了,锦堂跷起二郎腿,转动脚腕子,抿嘴点头。国柱欠起身子,叼着香烟吸了两口,眯眼问:锦堂,找我啥事?锦堂放下晃动的腿,他挪动着身子,趋身应道:国柱,当初雪梅到香港工作,这既是她专业的追求,我当时也考虑你和她家交情,心里也想帮助她飞得更高,便邀请她去了香港的服装设计中心。回过头想,这件事可能有些不妥,没有顾及你和阿芬的感受,也没有问你们的意见。国柱挪着屁股,偏头瞥了他一眼,暗想得天追求雪梅的事,虽然他觉得有些丢人,让得天不要给别人讲,莫非锦堂知道了这件事?他瞪着锦堂,眨巴着眼睛,缓缓喷了口烟,转念一想,他明白就是锦堂估摸到了,他也得装作没有这件事,他不能给锦堂埋汰自己的机会。捏着断腿的面,国柱哼哼着应道:锦堂,知道雪梅到香港工作,我们都高兴。阿芬私下说你可能是看在同学的情面上才答应这件事的。说实话,只要雪梅将来有出息,我也好向躺在地下的战友交差了,算是解了我的一坨心事。锦堂拿起桌上宣传市场的杂志,撩着翻了几页,放下杂志说:阿柱,去年八月十五同学聚餐,你和映芬都没参加,大家觉得没有尽兴。今年如果你还不参加,那就是对我有意见了，我的脸上有些挂不住。我给映芬说好了，到时我派车接你们，今天我又专门请你赏面，如你还不答应，那就有些绝情了。国柱抖着裤腿，摇头瞥着锦堂，无奈地点头答应了。

聚餐前的那天下午，锦堂交代人，从香港购了两箱当下流行的冰皮月饼，送到英皇酒店。立勤和锦堂站在酒店门外寒暄，直通车到了，他们迎上前去，招呼着阿芬，将拐递给国柱。国柱搭上拐，蹒跚了几步，他拍着立勤隆起的肚腩，笑着问：立勤，几个月了？映芬捶了他一把。立勤捏着国柱那条健硕的大腿，竖起拇指，附在耳边应道：阿柱，你的战斗力不减呀。一帮同学坐定喝汤，锦堂招呼服务生斟酒。包间的门开了，阿财带着经理，笑着进来，他挽起袖子，让经理将几瓶酒放在配餐桌上，摆手对大家说：这是我从香港酒庄收来的老酒。今天这餐饭，饭菜是锦堂的，酒是我的。他转过身，瞥了眼墙脚的月饼，扬起手：老细，你整天就埋在莱莉雅的大楼数钱，外面的事啥都不知道。要冰皮月饼，还用得着去香港买吗？狮门英皇阿财酒店的冰皮月饼，口味肯定不错。说着他吩咐经理，让他安排给每个客人送两盒冰皮月饼，又转身走到锦堂身后，拍着他的肩膀，对立勤说：立勤，你是镇上的领导，你尝尝我的月饼和香港的月饼，帮英皇做做广告。龙虾焗意面上桌，阿财端着酒杯，给每个客人敬酒。一圈下来，他瞥了眼酒樽中剩下的酒液，抓起酒樽，晃着说：诸位同学，阿财也是狮门中学毕业的。锦堂偏心，每次同学聚会，都不通知我。我喝掉剩下的酒，我对此表示强烈的不满和坚决的抗议。立勤拍了下锦堂，他们站起来，端着酒杯过来，陪着阿财喝了杯酒，算是赔罪。阿财有些晃悠，他放下酒杯，拱手就要出门。锦堂将他送到门口。瑛姨刚好经过。她笑着和锦堂招呼了一声，瞄见国柱和映芬坐在里面，她探头招手，吐了下舌头，便倏然离开了。酒酣之时，瑛子端着酒杯，推门进来。她走到国柱边上，揽住映芬的肩，说了一段感恩的话，给国柱敬了杯酒。放下酒杯，国柱指着锦堂说：瑛子，锦堂现在是雪梅的老板，她能去香港工作，你得给人家敬杯酒。想起阿昌和雪梅的事，锦堂心里五味杂陈，他犹豫着站起来，应着大家的号闹声，举杯和瑛子碰了下，轻轻地抿了口酒液，就要放下杯。瑛子闷了半杯白酒，翻转酒杯晃动着。国柱看不过眼，他攀住椅子的扶手，站起来，伸手要抓锦堂的酒杯，帮他喝掉酒。锦堂拦住了，他端起酒杯，将酒液倒进嘴里。

敬了一圈酒，瑛子走了。立勤揽住国柱的肩，瞥着映芬，喷了一口烟，缓缓地说：阿柱，就你和指导员的交情和这些年虽然远隔千里却无私扶助的精神，我觉得你们两家得好上加好,如果让得天和那个雪梅走到一起,那就是个完美的收官。国柱有些晕,他瞄了眼映芬,没有神情的提示,他打了个嗝,接过立勤递上来的香烟,笑着应道:立勤,不瞒你说,广西边防的时候,我和指导员躺在猫耳洞中,击掌约定,如果我们生的都是男孩,那就是兄弟;如果都是女孩,那就是姐妹;如果生一个男孩一个女孩,将来就是儿女亲家。这可能就是旧社会说的指腹为婚。锦堂的头枕在椅背上,双手抱在胸前,呆然盯着屋顶的冷风口,他觉得这世界太小了,也太巧了,自己担心的事果然应验了。隔着国柱的后背,他偏头瞥了眼映芬泛着白发的脸颊,眼前闪现着雪梅的身影,内心叩问着自己在与国柱竞争映芬的过程中,败下阵来,难道阿昌也要在父母的严令下默然退出,拱手成全得天与雪梅的缘分?锦堂直起腰,抿了口可乐,他淡然一笑,搓着面颊,他不知道为什么自己心里堵得慌,感到浑身不自在。立勤端起酒杯,走到锦堂身后,低头说:锦堂,如果得天和雪梅好上了,你就将莱莉雅的设计中心从香港迁回狮门,这也是市里鼓励的事,我到时帮你申请政府补贴。锦堂推开了立勤摁在肩上的手,他仰头瞥了立勤一眼,晃着酒杯应道:立勤,莱莉雅设计中心和国际服装时尚接轨,由阿昌负责。要不要迁回狮门,我说了不算,还得我们家阿昌决定。说了这番话,锦堂感到胸口的气顺了好多,他举起酒杯,对着一围同学晃着续道:婚姻既讲究缘分,更讲究天命。这是安义大师说的。

雪梅从法国学成归来。阿昌知道了父母的心思,他不能对雪梅说,心里寻思着从奶奶这里打开缺口。回到家里,他推开奶奶的屋门,坐在她对面的棉蒲团上,乖巧地听她絮叨。玲姨很少出街,也很少看电视,虽然她能识文断字。锦堂给她配了老花镜。几十年磨砺,她已经没了富家千金的文韵了,对于戴眼镜她心理上很抗拒。看到孙子是玲姨最开心的事。过了一段时间,趁着妈妈回狮门,阿昌开着车子,带着雪梅看望奶奶。几年的香港生活,雪梅能讲一口流利的粤语。她递上几本自己设计的服装图册,翻开点着上面的绣花,给老人欣赏着。看着她儒雅的仪态,听说雪梅是服装设计师,她絮叨着年轻时绣花的功夫。盯着阿昌和雪梅亲昵的神态,玲姨瞬间明白了咋回事。她搓着雪梅绵软白皙的胳膊,怜爱地端详着,好像在她的身上找寻自己的影子和逝去的韶华。

和玲姨接触多了,雪梅不断琢磨老人的喜好。她按照在阿昌家墙上照片看到的老人结婚时的发髻和服饰,给她量身定制了她喜欢和可能接受的面料,仿照照片上的款式,帮着她做了几套衣服。她约好阿昌,过来看望老人。老人敲着木鱼，闭眼盘坐在蒲团上，单手竖在胸前。阿昌牵着雪梅，弯腰溜进屋子。他竖起手指，晃着让她不要作声。雪梅跪在垫子上，打量着屋内的摆设，偏头瞥见玲姨竖在胸前的兰花指，她顽皮地学着竖起手掌，蜷缩指头，寻找兰花造型。木鱼声息，玲姨缓缓睁开眼睛。阿昌递上茶盏，在雪梅搀扶下，玲姨站起来，随着他们走到厅堂。雪梅抖开几件衣服，玲姨摸着面料，盯着线口，夸手工好。雪梅说这是她专门选料裁剪缝制的，她挽起老人的胳膊，让穿上感受下。玲姨摆手，就是不肯。阿昌挽起奶奶的胳膊，有些撒娇地说：人家雪梅用了几晚赶制的，您就穿上试试吧！经不住孙子的鼓动，玲姨在阿姨和雪梅的照应下，进了屋子。不一会儿，她穿着改进款的旗袍，在雪梅搀扶下出来。阿昌快步上前，拉着她在镜子前转了几圈，直夸奶奶有气质。雪梅让她坐在沙发上，她站在后面，打开带来的梳妆盒，搓着老人散开的发髻，对着解放初期富家小姐的发型图案，她将发上油，做了个发冠造型。阿昌举起镜子，让奶奶看。玲姨端详了一会儿，嘴角抽搐了几下，她抹着眼泪，摆手应道：阿昌，你们费心了。当初你爷爷娶我的时候，奶奶也是这般造型。唉——穿上这身衣服，看着这般发髻，我就想起了你的爷爷。

　　回到狮门住了一段时间，静怡回到香港，看着家婆的装扮和仪态，她诧异不已。过了几天，吃完晚饭，她问家婆为何变了装扮。玲姨白了她一眼，她想起阿昌的嘱咐，便摆手笑着应道：时兴你们这些香港女人花里胡哨，就不让我这内地过来的老太婆穿得洋气一些？静怡噘嘴笑了。入夜时分，她拨通了锦堂的手机，将老人穿戴说了一番。锦堂笑了，说老人家这一生不易，只要她高兴，就随着她。好些天看不到雪梅，玲姨心里有些嘀咕。阿昌过来了。她将孙子唤到房间，问雪梅的情况。阿昌走到门口，伸长脖子张望了几下，轻轻地带上门。他坐在奶奶身边，说了他和雪梅的事。听到锦堂静怡不同意，她来气了，扯着阿昌手抖了几下说：阿昌，有奶奶在，你就放心吧！只要你和阿梅彼此真心喜欢，奶奶还活着哩，你别怕你老豆。

　　冬至前一天，锦堂回到了香港。他和静怡带着阿昌，请二哥一家吃了餐饭，他顺便在那家酒楼订了间包房，打算冬至那天一家人过来吃饭。回到家，看着老母的发髻和装扮，他想起墙上的照片。他将安义叔带来的腊肠递给老母。玲姨解开袋子，拎起一根腊肠，用指甲掐了几下，捧在鼻下吸了几口气，转头对锦堂说：阿堂，你闻闻，就是你小时候狮门的味道。明天我下厨，给你煲一煲腊味饭。锦堂摆了下手，趋身应道：明天是冬至。按照狮门人的讲究，冬至大过年。

38. 作难

我给两个阿姨放假了，人家也要回家过冬，咱们也清闲一天。我在酒楼订了个包间，按照老豆在世时讲究，咱们到酒楼吃过冬的饭。玲姨白了他一眼，端详着墙上老爷的照片，她摸着发髻应道：阿堂，你老豆走了。如果他在世，咱们就到酒楼吃饭。他不在了，咱们去外面吃饭，也就没人照应他了，你说他站在墙上难受不难受？

退掉了酒楼的包房，锦堂指挥着阿昌，跟在妈妈后面，帮打下手。静怡遛狗回来，她冲了杯咖啡，张罗着煲汤。有了奶奶的支持，阿昌有了底气，他不再像原来那样，眼神言行间和老豆较着劲。饭煲噗噗喷着气，玲姨揭开盖子，将切成片的腊味放进去，再撒上野冬菇的末子。嗅着饭煲的香味，锦堂站在妈妈边上，嘀咕狮门的轶事。静怡拌着生菜沙拉。腊味饭煲好了。玲姨揭开盖子，撒上葱花，用勺子将拌好的汁淋在上面，她接过阿昌递来的木质饭铲，挖到底，撩起来搅拌几下，又盖上盖子，摸着伸过来阿昌的头，说得闷一会儿。静怡将几盘菜摆上桌。锦堂招呼着妈妈解下围裙，坐在主位上。锦堂接过静怡递来的菜盘，就要摆上老豆挂像前的香案上。静怡摆手说：阿堂，你老豆年轻的时候回到狮门，冬季就好一碗腊味饭。别的菜品就别摆了，我估摸着他也没啥胃口，等下我给他送碗腊味饭，他就高兴了。

吃完晚饭，玲姨燃起三炷香，闭眼晃了几下，插在香案上的香炉中。锦堂坐在沙发上，翻看着香港的报纸。静怡贴了张面膜，走到露台上，对着清凉夜风，扭动着腰肢。玲姨走过来，扯了一把锦堂。锦堂一愣，瞥了眼落地玻璃外晃动的身影，随着老母进了她的房间。玲姨坐在铺垫上。锦堂将两个铺垫摆在一起，手撑着地面，盘腿坐下，喘气扯着脚后跟。玲姨盯着他鼓起的肚皮，拿起木鱼槌，敲着腿肚子说：阿堂，阿昌恋爱的事，本是你和静怡要操心的，我隔了一辈，本来就不该管。你常年在狮门，阿昌给我说了他和阿梅的事。我也见过阿梅几次，觉得人家女仔见过世面，知书达理，又是服装设计师。这些都不紧要，关键是人家对人家阿昌一片痴情，我看这事就遂了年轻人的心愿。打量着老母的装扮，锦堂明白了那是咋回事。这几个月，他也经常想起这件事，表面上他没有松口，心里却不再像以前那样反对了。瞄着老母的发髻，他暗暗佩服雪梅的心计，觉得有些后怕，他抠着脚底，祈求这些事都是阿昌的主意。锦堂伸开腿，顺了口气，他晃着手应道：阿昌还年轻，应该将精力放在生意上。男人没有事业，那就没有地位，没有地位就很难找到称心如意的女仔。玲姨叹了口气，温柔看着锦堂，笑着说：阿堂，我知道你心里装着映芬，这也是你心里的一块心病。你有胆有识，也算饮了国家开放的头啖汤，现在事业有成，我估摸着你看到映芬和国柱过活在一起，心里还是不舒服。锦堂就像泄了气的皮球，他低着头，闭眼搓着手，沉默了半晌，他缓缓抬起头，淡然一笑应道：老母，我不怨天不怨地，那都是命。玲姨伸出手，攥住锦堂手掌搓摸说：阿堂，不要将你的遗憾留给阿昌。阿昌长大了，有了自己的判断，你和静怡就成全他们的感情吧！锦堂攥着老母的手，捏了几下，嘴角抖着续道：老母，雪梅是个好女仔。你说的我都明白。你可能不知道，雪梅是国柱战友的女儿。她能读完大学，都是国柱资助，她就像是国柱的干女儿。国柱和他的战友有约，如果他们生了一对儿女，将来就做亲家。况且雪梅在狮门的时候，得天追了人家好长时间。这些都是我后来听到的。玲姨眨巴眼睛，站起来，走到佛龛前，上了一炷香，转身笑着说：阿堂，这也是天意呀！没想到几十年以后，国家开放了，映芬换成了雪梅，权叔家得天和咱们家阿昌又要重演你和国柱当初的故事。锦堂站起来，揽住老母的肩膀，低声说：我思来想去，就是不愿意阿昌重走我的老路。世界这么大，天下靓女俊男这么多，为啥狮门的下一代还要狭路相逢，定要决出个输赢来？走到窗前，玲姨扯开窗帘，望着山下成片灯海，她淡然一笑，转头对锦堂道：阿堂，你别把自己套在套子中。阿梅喜欢阿昌，这是明摆着的事。国柱和映芬都是明白人，他们也会顺势而为，绝不会难为咱们。阿梅和阿昌走到了一起，谈不上报了你的情怨，也算你和国柱扯平了。如果国柱认了雪梅这个干女儿，说明他心里彻底放开了。你们转了个弯，也算是成了儿女亲家，过去的事也就一笔勾销了。

　　第二年的八月十五前几天，阿昌和雪梅在香港订婚。瑛子硬着头皮，来到市场办公室，请国柱和她去香港，代表女方家长参加订婚仪式。国柱递上一杯茶，躺在大班椅上，半闭着眼睛，思量了半晌，直起腰说：嫂子，指导员走了，雪梅订婚，按说我代表指导员过去一趟，见证雪梅的订婚仪式，也说得过去。瑛子放下茶杯，笑着点头。国柱直起腰，抖着空落落裤腿，喷了口烟续道：嫂子，香港人很势利，我这般样子过去，就怕给雪梅丢脸。你也不要难为我。看着你们母女都有了自己的事业，我心里暗暗为你们高兴。瑛子的脸嘟了起来，她拿起茶杯，抿了口茶，刚要开口，国柱扬起手又说：嫂子，咱们两家的情经过了战火的洗礼，都珍藏在心里。你们需要帮助，我义不容辞。咱们就别计较场面上的事了。说着他拉开抽屉，抽出一个红包，从裤兜掏出钱包，塞了一沓钞票，站起来，扶着台面走了几步,递给瑛子,面带愧色地说:嫂子,这是我和阿芬的心意,你得收着。瑛子趔身退了几步,放下茶杯,摆着手应道:大兄弟,这可使不得。雪梅打小就缺父爱,得天的事,她觉得对不住你们,更没有颜面见你们,这几年咱们两家疏远了,我心里也难受。你不想过去,我也不勉强,钱我是不能收的。说着瑛子缩身离开了。望着她离去的背影,国柱抓起拐,擂着地面,哎哎地拍着脑袋。

39. 释怀

这几年，瑛子的生意不错，来狮门进货的东北人，没有人不知道瑛子的。她是个热心肠，凡是东北的客户遇到了难事，只要她能帮忙的，她都乐呵呵地帮助。有了瑛姨的人脉，得天的生意集中东北片区。苦恋着雪梅，虽然没有结果，却让他对于东北人有了亲近感。他欣赏东北人的能说会道，也佩服他们的仗义豪情，更执迷于东北人洒脱的生活态度。他结结巴巴地能讲东北话，混迹在东北哥们儿王军开办的酒楼中，他吃着酸菜水饺，喝着老白干，挽起袖子，踩着凳子划拳，浑然迷醉的时候，看着东北大妞腰身，他就想起了雪梅。吆喝了一阵子，得天有些累了，他盯着满桌歪七趔八沉醉的哥们儿，打量着歪倒在桌上的酒瓶。他眯眼地摇着头，雪梅啥都好！就是她浑身透着的好像芒刺一样自恋和孤傲，让他难以接受，更让他不能靠近。王艳站在收银台后面，吩咐服务员收拾桌面。瞥了眼趴在桌上的得天，她冲了一杯蜂蜜水，媚笑揽起他的脖子，将杯沿搭在他的唇边。得天晃了下身子，愣着看了她一会儿，他突然笑了，摸了她白嫩的臂肘，嘴里呜啦着应道：阿艳，你真好！喝了几口蜂蜜水，盯着王艳的背影，他埋怨起了老豆，如果没有他的帮扶，雪梅不可能去北京上学，她现在也许就是这间酒楼的服务员，说不定就是王艳那角色。想到这里，得天嘿嘿笑了，他偏头瞄着王艳，将记忆中雪梅的身姿代入眼前晃动的身影中，恍惚间感到她就是脱掉芒刺的雪梅。

王军从狮门进货，到沈阳批发，是瑛姨介绍的第一批客户。做服装批发，他赚到了钱，又和几个东北哥们儿在狮门开了间酒楼。妹妹卫校毕业，他找到关系，分在工厂的医务室。厂子供销科科长的儿子是个混混，仗着老爸的脸面，他在厂子吆五喝六。去年冬季感冒，这小子去医务室挂针，盯上了王艳，软磨硬泡地要和她交朋友。王军春节回家，听了妹妹的委屈，他将科长的公子约到公园的雪野中，劈头盖脸地揍了一顿，便带着王艳来到了狮门。王艳和得天眉来眼去，王军添柴加火，看到他们黏糊在一起，他突然感到自己在狮门有根了，他的底气一下子足了。冬天到了，王艳给得天看了好些东北雪野的照片，她揽住得天的脖子，嘬着红唇说她想滑雪了。得天没见过雪，他转头亲了下她的腮，用东北口吻应道：妹子，放心吧！哥带你去，时间你定。第二天中午，王军来到酒楼。王艳怯怯地说想回东北滑雪。哥哥瞥了她一眼，晃着指间的烟头应道：艳，冬季到春节，酒楼生意最旺，就缺人手，你还是别回去了。王艳眨巴着眼睛，走到他身边，低声说：哥，得天没见过雪，他想让我陪他去滑雪。王军愣住了，他猛吸了几口烟，转头笑着说：艳，你的事也是大事。行了！酒楼的事你就别管了，你们开开心心地玩去吧！

　　来到长春，王艳带着得天，吃了一顿杀猪菜，听了一场二人转。穿着厚厚的羽绒，戴着落地时买的狗皮帽子，得天见到雪就像要发疯了，他不顾王艳的拉扯劝导，在雪地里打滚撒欢。听了场二人转，得天上瘾了，每天晚上都嚷嚷着去看二人转。后面几天，得天租了辆"霸道"。他们来到长白山，在雪野里泡温泉。在教练的陪护下，站在山顶的滑道上，伴着飞雪和狂风，在振臂狂吼中恣意撒欢。飞机起飞了，望着舷窗下的茫茫雪原，想到就要回归狮门的生活，他着实有些不舍。过了三个月，得天躺在床上，摸着王艳的腰，说她胖了。王艳转身，侧身抱住得天，大腿搓着他的腹部，笑着捏着他的胸肌，咯咯笑了。又过了两个月，王艳的肚皮隆起来了。王艳知道瞒不住了，她抱着得天，贴在他耳根撒着娇低语道：天哥，我有了。得天趔身颤了下，推了她一把，瞄着她的肚皮，赫然瞪眼，直起腰问：啥？你有了！他翻身下床，坐在靠窗的凳子上，抽出一根烟，燃起猛吸了两口，手捋着头发，"哎哎"着摇头。王艳淡然笑了，她坐在床头，摸着肚皮问：天哥，这是咱们情感的结晶，难道你不高兴？得天依旧摇头摆手，眯眼沉思了半晌，掐灭烟蒂应道：阿艳，我是本地人，和你们不一样。这事要让我父母知道了，我老豆肯定要砸断我的腿。王艳笑了。得天纳闷，抬头问：真的，有啥好笑的？王艳坐在床边，摆着手说：天哥，你放心吧！你老豆肯定不会。得天茫然望着她。王艳伸长脖子，拍着他的肩说：你老豆断了条腿，那是为了国家。你要是再断一条腿，那也是为了下一代。你们父子俩都很高尚。得天欣赏王艳的幽默，他摆手让她别说了。王艳知道他的心思，走过来蹲在他的边上，摸着他的腿续道：阿天，别那么较真，天塌不下来。你老豆断了条腿，他宁愿自己再断一条腿，也舍不得让你断腿。再说了，你妈也上了年纪，家里一老一少都断了腿，她怎么照顾得过来？手机响了，得天接了个电话，就要出门。王艳挽着他的胳膊，送到门口，仰头嘬嘴：天哥，你果真断了腿，妹子养着你。

到了周末，王军把得天叫到酒楼，他开了个包间，要了几个菜，开了一瓶白干，两个人对饮了几个回合。他将王艳叫进来，带上门，给她倒了一杯酒，他举起酒杯，在得天面前晃着说：阿天，哥祝贺你要当爸爸了。从今个儿起，咱们就是一家人了，王艳就是你媳妇，我就是你的大舅哥。在王军温情又带着威严的眼光下，得天弱弱地端起酒杯，他瞄了王艳一眼，晃了几下，又放下了酒杯，哎哎地应道：军哥，这事我家里不知道，能不能把孩子打掉？我做做父母的工作，我和阿艳结婚后再要孩子。这样下去，我倒无所谓，就怕我父母脸上挂不住，也就没了协商的余地。王军放下酒杯，他拿起烟盒，举在得天眼前，使劲地捏了几下，抖出一根烟，叼在嘴上，偏头燃起来，噗噗喷了几口，趔身偏头说：阿天，军哥是啥人？你可能也听说过。我这个人容易激动，激动了就把控不住自己。今个儿是我妹妹的事，咱们事实上都是一家人，我不断告诫自己不能激动。阿天，你给哥一个不激动的理由呀。得天噘嘴低头，手伸到桌面，晃着攥住酒杯，抖着举起来。王军笑了，敲着桌面：阿天，这就对了。军哥这个人，浑身都是毛病，我有时都想拿起刀子，在自己腿肚子上捅两刀，但是军哥讲义气，只要你认我这个哥，哥就得体谅你，也得护着你。得天仰头喝了酒，瞥了眼王艳的肚子。王艳挪着凳子，靠着在边上，转身贴在他耳边问：阿天，你猜我肚子里的小东西是男孩还是女孩？得天嘿嘿笑着，不置可否。王艳揽着他的肩，瞥了眼他哥，摆手说：阿天，我哥心肠好，凡事中为别人想，你别在意。王军闷了一杯酒，嘴唇咂巴得噗噗响，他伸长脖子说：阿天，哥理解你。王艳也是个明事理的人，她不会胡搅蛮缠。咱们不领结婚证，也不办婚礼，咱们就要孩子。得天愕然看着他，拿起酒樽，斟上酒，举起酒杯应道：哥，难为你了，阿天给你赔不是了。王军笑着举起酒杯，晃着嘟起脸，正色道：阿天，哥告诉你，跟了王艳，你就得专一，不准在外面拈花惹草，也不准再结婚。就我老妹这长相和素质，没名没分做你老婆那还可以；如果她将来成了二房，军哥的脾气你也是知道的。王艳嗑着瓜子，扬起手笑了，瞥着得天应道：哥，你就别啰唆了。阿天就不是那号人，如果他满腹花花肠子，你老妹能跟他吗？王军斟满酒，揽住得天脖子，轻轻地晃了几下说：阿天，哥怎么说都是个外地人。狮门这地儿，你根深叶茂，哥好多事还得你帮忙。得天搓着酒杯。王艳在桌下踹了他两下，得天笑着点了下头。王军端起酒杯，站起来说：阿天，哥喝了几杯酒，就喜欢胡说八道。刚才的话，你也别当真，不喜欢就当哥没有说。得天随着举起杯，晃着碰了几下，瞄着王军涨红的脸和豪放的神态，他彻底蒙了，不知道他的葫芦中卖的什么药。

阿昌和雪梅结婚的前夕，锦堂约了一帮同学吃饭，他送上请束，邀请大家去香港，参加儿子的婚礼。一伙人翻看着精美的烫金请束，相约一起参加。国柱靠在椅背上，就是不吱声。锦堂瞄着映芬，闭眼转动脖子。映芬盯着国柱，期待他的态度。立勤知道有些微妙。他站起来，走到国柱身后，弯着腰说：阿柱，阿昌结婚，那是锦堂人生中的大事。咱们从小一起长大，到了下一代结婚，你还是过去一趟，给锦堂添添喜。国柱瞥了映芬一眼，直腰拿起酒杯，对映芬说：阿芬，阿昌结婚，我和映芬当然高兴。不说别的，我们两公婆先敬阿堂一杯酒，算是道贺。他转过身来，对立勤说：阿勤，佘家在香港也是有头有脸的人家，锦堂香港的亲朋好友，那也是香港的名流。我一介残疾武夫，挂着拐在宴会场面上蹒跚着，辱没了锦堂的身份。心意到了就行了，我就不去了。立勤知道国柱的性格，他端起酒杯，对国柱说：阿柱，狮门中学我们那届学生，走到一起的就你们一对。你不去我能理解，不行就让阿芬代表你们家，过香港凑个热闹吧。国柱知道他回绝了，让立勤面子上过不去，也显得自己不近情理，更让映芬生气。他端起酒杯，晃着应道：这个提议好，让阿芬过去，见识一下香港的结婚场面，将来我家得天结婚，咱心里也就有谱了。

到了年底，莱莉雅要公布年报。在董事会秘书的帮助下，阿昌协调几个部门，盘清库存和原料，核定内地专卖店的成本，扣除了工厂的折旧，经过上下反复推敲，终于拿出了总的财报。在秘书递上的财报上签上名，阿昌舒然躺在大班椅上，忽然想到这些天冷落了雪梅。他拿起电话，在尖沙咀那家日本料理店订了位，下班后带着雪梅，进店坐在临窗的榻榻米雅间。喝了几杯清酒，阿昌抱歉了几句。雪梅攥着他的手，搓着放在自己的肚子上，伏在他耳根，喃喃道：阿昌，我有了。阿昌一愣，盯着她的肚子看了半响，扑哧笑了，一把将她搂在怀里，在她额头上亲了两口，俯身将头贴在她的肚皮上，闭眼听了一会儿，拿起电话，就要告诉妈妈。雪梅拦住了，靠在阿昌胳膊上，仰头眨巴着眼睛说：阿昌，咱们结婚了，我妈过来住了几天，她不适应香港的生活，就匆匆回去了。我到香港做事后，很少回狮门。我想回狮门，和我妈住上几天。阿昌抚摸她的头发，答应陪她回狮门。

得知雪梅有了，静怡就像变了个人。她拿起电话，走到露台上，给锦堂说了雪梅怀孕的事。听说阿昌要和雪梅回狮门，她嫌弃阿昌的车窄小，就调来了锦堂的商务车，她给家婆说道了几句，便和他们回到了狮门。知道要做爷爷了，锦堂按捺不住内心的喜悦，和静怡商量想请狮门朋友热闹一番。静怡说现在为时尚早，不要张扬，她说得请瑛子吃餐饭。为了不事张扬，锦堂没有选定阿财的英皇酒店，他在东海渔村要了间包房。静怡备了份礼，让阿昌和静怡接亲家母过酒楼。拎着礼品，雪梅挽着阿昌的胳膊，笑吟吟地坐上车。望着窗外的街景，雪梅感到熟悉而又陌生，觉得狮门的变化太快了。车子在女人街的十字路口等候绿灯，雪梅摇下玻璃，打量着街上的靓女俊男，瞄着得天带她买过布料的店，摸着自己的肚子，她觉得有些歉疚。她叹了口气，靠在椅背上，闭眼想象着她如果她当初从了妈妈的心愿和得天走到一起，现在会是个什么境况。想象刚散开，她就收住了。她晃着手，摸索着抓住阿昌手，十指相扣着捏了几下。阿昌侧过身，揽住她的肩，嘴唇蹭着她的耳垂，低声问：阿梅，怎么了？是不是不舒服？雪梅睁开眼睛，脸贴在他的胸前，揽住他的腰，脸朝着他的怀里拱了几下，闭眼应道：阿昌，我感到好幸福。

听说阿昌和雪梅回来，瑛子的眼眶湿润了。她交代好公司的事，提着篮子，来到市场，找到相熟的档主，选了上好的肉皮和臀肉，回到家剁了肉，拌好了饺子馅，又熬了一锅皮冻。雪梅快到的时候，她解下围裙，站在门口朝路口张望着。看着雪梅下车，她有些诧异。她接过阿昌的礼品袋，盯着女儿的肚子。雪梅挽起妈妈的胳膊，侧脸说她有了。瑛子驻步，愕然望着她的腰身，眼眶湿湿地笑了，随即招呼他们进屋。阿昌打量着屋子，喝了口茶，寒暄了几句，让岳母收拾一下，去酒楼吃饭。瑛姨摆手，说她准备好了。雪梅噘嘴，说那是她公婆的意思。瑛姨不再坚持，她进屋换了身衣服，和他们来到了酒楼。

客套寒暄中，吃完了晚饭。锦堂和静怡将瑛子送到门口，吩咐阿昌送岳母回家。瑛子和雪梅坐在后排。她攥着女儿手，贴在她的耳朵说：雪梅，晚上跟妈一起住,妈给你包饺子。雪梅挽起她的胳膊,仰头点了下头。车子到了门口,阿昌下车,拉开了后面车门,看着她们下车。雪梅捶着腰,摆手对阿昌吩咐道:阿昌,你回酒店吧!晚上我就住在我妈这里,和我妈好好唠唠嗑。阿昌挠头一愣。雪梅笑了,补充道:哎——就是吹吹水。不对——拉拉家常。阿昌笑了,在雪梅的摆手示意下,他上车走了。回到家,瑛子换上睡衣。她从柜子里拿出一套衣服,让雪梅换上,说自己家里别拘束。瑛子走进厨房,撩起盆子上的纱布,洗手揉着面团。雪梅抖着裤子,靠在门框沿上,问要不要帮忙。瑛子摆手,让她在客厅歇着。外面响起了敲门声。瑛子拍着手上的面粉,摸了下鼻子,留了坨面印,她快步走到门口,应声拉开了房门。阿昌拎起袋子,愕然地打量着岳母。瑛姨有些难堪,她扬起手背,撩了下面颊,嘿嘿笑着让他进屋。雪梅走过来。阿昌将袋子递过来,摆手说:阿梅,你的洗漱用品和睡衣。雪梅让他进屋。阿昌摆手:老豆找我,聊莱莉雅的生意,我得赶紧过去。说着他抓起门把,轻轻地带上了门。

　　瑛子进了洗手间,洗了把脸,走出来对雪梅说:梅,你就知足吧!你看人家阿昌对你多好呀。雪梅换上睡衣出来,笑着点头。瑛子抖着裤腿续道:妈到了这个年纪,回到家也就不讲究了。我没想到阿昌过来,给你丢脸了。雪梅坐在沙发上,应道:妈,没事。瑛子坐在女儿边上,叹了口气,捶着腿面又说:梅,你到香港做事后,我和你国柱叔一家的联系也少了。有时碰到了得天,我就觉得心里对不起他,总想和他说几句知心话。他瞥见我,远远就躲开了,实在绕不开了,他笑着点下头,就低头快步走开了。你国柱叔那可是咱家的恩人呀,我想不管得天怎么样,咱们对你国柱叔和映芬姨的感激不能变。雪梅欠身点头。瑛子叹了口气:你和阿昌订婚、结婚,你国柱叔心里不舒服,他也不好说啥。你这次回来,得和妈去看望他们一家,不然人情礼仪上过不去,更不知道这关系以后咋处。雪梅端起茶杯,抿了口茶应道:妈,这些我都知道。你联系吧,我到时和你一起过去。

　　母女聊得尽兴,瑛子给雪梅煮了碗饺子。看着她吃饺子的神态,她想起她小的时候,也想起她抱着雪梅,坐在指导员的自行车后面,在公园游玩的情景。在妈妈催促下,雪梅进房睡了。瑛子收拾了一番,进屋躺在床上,盯着闪着绿灯噗噗喷气的冷气口,寻思着怎么约国柱一家。第二天上午,她来到狮门外经办,找到了映芬二楼的办公室。她敲了几下门,没人应声。瑛子站在走廊,推开窗户,瞭望着马路对面的广场。走廊响起脚步声。她走前几步,问映芬在不在。工作人员指着楼上，说她在开会。瑛子上到三楼，透过会议室的条形玻璃，看到满屋子都是人，她掂量了一会儿，下到二楼。映芬开完会，从走廊上看到瑛子靠墙坐在铺着报纸的地上，她快步过来，责怪瑛子过来也不招呼一声。她推开办公室的门，笑着将映芬让进屋，给她沏了杯茶。瑛子将昨晚思来想去的说辞抖搂出来。映芬撩着刘海，侧身笑了，她摆着手应道：嫂子，阿梅虽然这些年不见，国柱不时也说起她。她回来了，应该我们请她吃饭。你放心吧，我等下和国柱商量一下，订个地方，你们过来就行了。看到门外有人等着，瑛子站起来。映芬将她送到门口。她拉着映芬的手，扯到走廊上，低声嘱咐道：阿芬，叫上得天，我好长时间没见到他了，就想和他说几句话。映芬愣了下，应道：嫂子，阿天整天不着家，就知道和一群狐朋狗友混。行了，我给他说声，看他有没有时间。

  保安端着盘子，给国柱送来了午饭。国柱挂着拐，坐在大班椅上，他揭开汤碗，伸长脖子喝了几口汤，操起筷子夹了块苦瓜，咬了一口，台上电话响了。他瞥了眼号码，知道是映芬，便拿起电话，顺口问：阿芬，是不是要请我吃饭呀？映芬笑了，应道：阿柱，你真是个神仙，都快赶上安义了。不是我请你吃饭，是有人要请你吃饭。国柱笑了，听说是雪梅母女，他收着笑容，嘟着脸应道：人家现在是香港的阔太太，咱们就别沾人家的光了。映芬说了瑛子等她的诚意，开导了半晌，国柱觉得和瑛子母女僵下去，有些愧对指导员，便勉强答应了。他交代映芬订间房，他们请瑛子母女吃饭。

  映芬在龙泉酒家订了间包房，告诉了瑛子。瑛子嘱咐她叫上得天。映芬喝了口茶，默思了半晌，拨通了得天的电话。得天陪着王艳，正在市里逛商场。听说雪梅回狮门了，要和他们家吃饭，他推着购物车，走到边上，嘟囔着不想去。映芬说了瑛子的意思。得天瞥见王艳过来，说让他想想，便收线了。商场一楼的正门口，开了间肯德基。将购物袋放入车子尾厢，她盯着肯德基的门店，嘴巴咂巴着说：阿天，我嘴巴有些苦，吃啥都没味道，不如咱们吃肯德基。瞥了眼她的肚子，得天怕她热气。王艳噘嘴跺脚，得天摇头讪笑，随着她推开了肯德基的店门。回狮门的路上，得天一直在盘算要不要见雪梅，他有些心不在焉。临近海关货检场的国道，挤满了货柜车。得天摇下玻璃，伸长脖子，望着前面的车龙，他拍了几下方向盘。王艳笑了，让他别着急，她挽起他的胳膊，拉起他的手掌，放在她凸起的肚皮上。得天摁开车内音乐，随着张学友的歌声，他搓着王艳的肚子，盯着斑马线穿行的人流，想象着雪梅现在的样子。他觉得如果不见雪梅，就说明自己还没放下，心里还有结。揣摩王艳隔着孕妇裙光滑的肌肤，想起王军的告诫，他眨巴着眼睛，摁了几下汽笛，决定不仅要见雪梅，而且要洒脱地见见她。到了狮门，约定吃饭时间已经过了。得天开着车，在街巷中左穿右窜，抄近道到了王军的酒楼后面。他拉开车门，将王艳扶上楼梯，便腾腾地下楼，他拉开车门，点了下油门，车子呼哧仰起头，向龙泉酒楼奔去。

　　得天推门进去的时候，瑛姨正在给老豆敬酒。国柱放下酒杯，埋怨他不该迟到。得天朝瑛姨点了下头，瞥了眼雪梅他笑了，拉开凳子，坐在她边上。映芬说餐具洗过了，她滑动转盘，就要给得天倒茶。雪梅站起来，拎起茶壶，给得天冲了一杯茶。得天手指弹着桌面，呆愣地盯着雪梅微微凸起的肚子，他将揣摩王艳肚皮的感觉，臆想到雪梅身上。映芬伸长腿，在桌面下踹了得天一脚。得天仰起头，拿起酒樽，斟了个满杯，他举起酒杯对着瑛子说：大姨，我老豆帮过你，你到了狮门，也帮我揽了好些生意，我得敬你一杯酒。瑛子一听大姨这个称呼，突然有了东北老家的感觉，她端起酒杯，看着国柱说：咱们两家，那是打断骨头连着筋，大姨就盼着喝你的喜酒哩！得天一愣，随即笑着将酒倒进嘴里，他想起了王军的吩咐，又想到王军也是瑛姨介绍的客户，瑛姨会不会知道了自己的事。他咂巴着嘴，回味着酒味，转头让服务员上盘拍黄瓜。雪梅端起茶杯，站起来对得天说：得天哥，我在狮门的日子里，多亏你的照顾。虽然我在香港工作，现在也成家了，想到狮门有你们一家人，我心里就感到暖暖的。得天掏出烟盒，抖出一根烟。映芬摆手，示意他别抽了。得天即刻明白了，他嗅着香烟说：大姨，我现在的客户主要是东北那片的，我喜欢你和雪梅这样的性格。他瞥了眼老豆，趔身敲着桌面又说：大姨，我找媳妇，就找个东北姑娘，你说咋样？映芬瞥了眼国柱。国柱偏头看着窗外。瑛子没有注意到国柱的神情，她端起酒杯，和得天碰了下，笑着应道：得天，你真有这个心思，这事就包在大姨身上了。她对国柱晃着酒杯，见他有些冷淡，便收住承诺续道：当然了，结婚可不能马虎，这还得家里同意才行。得天换成东北腔，他不时瞄着雪梅，说着东北的好。国柱搓着香烟，有些分神，他将酒樽酒加完，举起酒杯说：阿天，雪梅累了，咱们跟你瑛姨喝了这杯酒，让她们回去休息吧！放下酒杯，国柱招呼服务员买单。服务员笑着过来，伏在他耳边说外面的先生买过了。国柱以为碰到了朋友，他们走到门口，莱莉雅的司机打开车门，等候瑛子母女上车。服务员指着他对国柱说：就是那位先生买的单。国柱转身，盯了映芬一眼，拐磕着台阶。雪梅接过司机递上的袋子，塞在映芬手里，笑着说：芬姨，这是我的一点小意思，送给你和国柱叔。她又转过身，挽住国柱的胳膊续道：叔，吃餐饭，谁买单都一样，您别往心里去。见雪梅送手信，得天灵机一动，想捉弄一下雪梅。他从汽车尾厢拿出买下的婴儿用品，塞进塑料袋，跑过来放在车尾，砰地合上尾盖，随着车子启动，他快走着趴在车窗对雪梅说：阿梅，东西不值钱，都有用，也是哥的一片心意。

40. 弥月

初秋时节，雪梅在香港玛莉亚医院顺产生了个儿子。锦堂带着老母，和静怡去医院看望雪梅。阿昌将奶奶扶上电梯，搀扶着她进了病房。玲姨笑着抱起婴孩，逗弄着孩子肉嘟嘟的粉脸，笑着笑着抽泣了起来。静怡接过孩子。玲姨拉着锦堂的手，搓摸了半晌说：阿堂，娘做梦都没有想到你会有这么大的事业，我会来到香港，这些年过得这么舒坦。现在你做爷爷了，我也是四代同堂了，娘这一生算是圆满了。弥月摆酒的那天，玲姨清早坐在屋子中，将老爷的像放在佛龛下面，敲着木鱼，闭眼默诵了一阵阿弥陀佛。她放下木鱼锤，盯着香烛后面的老爷的像，说着锦堂得了孙子的事。二哥在加拿大。他去年中风了，坐在轮椅上。听说阿昌有了儿子，他给锦堂打来电话，恭贺了一番，说他不能回来，到时让二嫂过来。阿财带着一帮曾经打拼过的兄弟过来，轮番给锦堂敬酒。锦堂没了平时的矜持，他来者不拒，有些晃悠。阿财扯着他，走到玲姨身后。他俯身贴在她耳根，晃着酒杯说：玲姨，阿堂得了孙子，你有了重孙，按照狮门的讲究，要在祖宗祠堂里挂灯。趁着这个机会，让锦堂在狮门摆个酒，弥补那些年的缺憾。玲姨转头笑了，拍着阿财的手，看着锦堂说：阿堂，阿财说得有道理。那些年咱们是怎么过来的，你心里最清楚。这些年开放了，你的生意做大了，在狮门也算是有头有脸的人物，咱们不计较以前的事，在狮门办个弥月酒，给祖宗一个喜庆，也答谢一下这些年帮过你的那些贵人。锦堂想了一会儿，应道：说来惭愧，回狮门这么多年，家里也有好多喜事，咱在狮门还没有正式摆过酒。老母，您放心吧！

我和阿财合计一番，要摆酒咱就得有点气魄。

回到狮门，锦堂提着点心，和阿财来到坝面。他递上点心，说了孙子的生辰八字，说孙子在祠堂挂灯，想摆酒宴请狮门的亲朋好友。安义笑着点头，他捏着手指，嘀咕着八字，眼皮下的眼球骨碌了一阵子，他缓缓睁开眼，接过阿财递上的香烟，对着阿堂递上的火苗，吸了口烟，哑着嗓子说：阿堂，祠堂挂灯好讲究，那是在祖宗那里上户口，从此孩子就算有根了，祖宗们便会护佑孩子成长。锦堂搓着手，附和了几句。阿财将挂灯和摆酒的筹划说了一遍。安义偏过头，眯了眼暮暮的日头，给了挂灯的日子，叮嘱了几句，他摸着下巴说：阿堂，老爷在香港走了，他在祖宗寺庙中也没个位置，趁着给孙子摆酒，将你老豆的灵位从香港请回来，请几位寺庙的住持帮着安顿一番，也算是他魂归故里了。

回到莱莉雅，锦堂和阿财按照安义叔的提点，将挂灯和宴客的事宜定了下来。阿财找到开印刷厂的朋友，拿着雪梅设计的请柬样式，请他帮忙印制。挂灯前两天，锦堂回到了香港，给老母说了安义的意思。听说要将老爷的灵位请回狮门，玲姨泪眼婆娑地笑了，她长长叹了口气，应道：阿堂，这些年咱们咋就将这事给忘了？狮门挂灯，我这把年纪了，经不得吵嚷，不打算回去。既然老爷的灵位要回狮门，要在祠堂做法事，我就得陪着老爷回去，这是我的本分。锦堂让她回去住阿财的酒店。玲姨摆手吩咐道：阿堂，将咱的老屋收拾一下，娘什么地方都不去，就想在老屋的旧床上睡上一晚。

挂灯前一天，锦堂带着妈妈回到了狮门。在阿财的酒店用完午餐，玲姨让锦堂将她送到坝面。安义闻知玲姨过来，他拄起拐杖，哆嗦着走出来，站在坝面上，单薄的身子就像稻子成熟季节竖在田里的稻草人。瞄见车子爬坡，他踉跄着前行了两步，抹着嘴巴，嘻嘻笑着，就像稚气的孩童。玲姨下车，快步上前，抓住他的手掌，摩挲着问东问西，将安义搀扶着坐在水库边的平台上。锦堂冲了壶茶，斟了两杯茶，放在茶几上。玲姨摆手说：阿堂，明天好些事等你安排哩，你回去吧！我和你安义叔絮叨絮叨，你忙完了过来接我。想起那年蕉林中背影的对话，锦堂一愣，他随即挠头笑了，扯着耳垂上车回去了。

祠堂门前挤满了人，锦堂请了权叔大佬，指挥着族里的一帮年轻人，张罗着祭祀和挂灯的仪式。玲姨坐在祠堂的竹椅上，望着正厅香案上老爷的像，和几位老人聊天。锦堂搀扶着安义，走进祠堂的院子。玲姨站起来，将他让到椅子上，她走进厅堂，跪在垫子上，合掌闭眼，对着祖宗的牌位和老爷的像，絮叨了半响。权叔坐在自家门前,瞄着街巷中成群的族人向祠堂走去,想起锦堂的邀请和他委婉的回绝,他感叹世事的变迁。祠堂门前鞭炮炸响,鼓乐声声,他本想过去招呼一声,听说要将佘家老爷安顿在祠堂中,玲姨也回来了,他搓着脸,胸口有些发慌。

　　阿昌给了瑛姨一沓请柬,说弥月宴客是两家的事,让她将亲朋好友请过来,热闹一番。拿到请柬,她和雪梅商量了半晌,凑出了邀请的名单。王军和她相识多年,这些年没有啥来往,也在她的邀请之列。她给了王军几张请柬。他便带着王艳,抱着外甥,走进了宴会大厅。得天从洗手间出来,瞭见王军他们坐在女方的餐区,他缩头退了回去,站在宴会厅内置的花园,抽了一根烟,琢磨了半晌。他掐灭烟头,顺着红地毯过来,看见王军,他笑着过去,手搭在他肩上,摸着儿子的头,逗弄了几句,回到自己的餐位上。立勤带着锦康进来。锦堂和静怡迎上去,将他迎到主桌的位置上。他撩起毛巾,擦了把脸,见安义和玲姨坐在对面。他站起来,走到他们边上,絮叨了几句。看到坐在边桌上的权叔和国柱,他随着锦堂走过来,握着权叔的手,体恤地问候了几句。知道得天是国柱的儿子,他笑着问映芬,儿子啥时结婚,得告诉一声,他得过来蹭蹭喜气。喜宴开始,在司仪的招呼下,锦堂上台,讲了一段话。他接过司仪递上的酒杯,朝台下晃了下手。静怡和瑛子带着阿昌、雪梅,抱着孩子走上台子,在司仪感言中,他们衬着舞台的彩光,举起酒杯,向台下的宾客敬酒。放下酒杯,雪梅怀中孩子噗噗吹着口水,对着晃动的光柱,舞着拳头。雪梅转身,一束强光刺了过来,孩子吱哇号哭起来。一群人围过来,招呼着雪梅下台。雪梅晃着胳膊,逗着儿子,他尖厉的哭声越来越大。玲姨站起来,让雪梅抱着孩子出去透透气。

　　立勤带着一帮同学,过来给锦康敬酒,润光和春生随在后面。锦康站起来,和大家碰杯,他举起酒杯,笑着说:我退休了,好多事也想明白了。人生一世,草木一秋。能光着屁股一起长大,一生都待在一起,那就是缘分。人老了,珍惜这种缘分,生命才有价值。映芬搀着国柱,站在后排,锦康拨开春生和润光,笑着过去,晃着酒杯说:国柱,你是国家功臣,是狮门中学的骄傲,这一点什么时候都不会变!你耿直,还批斗过我,我却打心眼儿喜欢你这种敢说敢做的性格。立勤拍着国柱的肩,应道:老书记,您可能不知道,雪梅是国柱牺牲了的战友的女儿,国柱这些年默默资助她完成了学业,她到狮门来,也是国柱的缘故。雪梅和阿昌结婚生子,国柱和映芬的贡献突出。锦康转头,将锦堂叫过来,让他敬国柱一杯酒。锦堂加了个满杯。国柱笑了，喝掉杯中酒，也斟了个满杯，他端起酒杯，和锦堂碰了下，仰头倒进嘴里。锦堂喝了一口，停住喘了口气，瞥见国柱藐视的眼神，他学着国柱的样子，将酒倒进嘴里。

得天喝了几杯酒，他站起来不时瞄着门口王军的餐位，怕他喝得稀里糊涂的时候过来敬酒，口无遮掩地胡说。权叔摆着手，对得天说：阿天，你老豆不方便，你代他给同族的长辈去敬酒。得天拿起酒樽，刚敬了几杯酒，瞭见王军红着脸，扯着王艳晃了过来。得天赶紧过去，将他堵住，瞪着王艳说：军哥，你的心意我领了，敬酒就算了。王艳抱着孩子，扯了把王军。王军抡起胳膊，晃着酒杯应道：艳，有哥在你怕啥！又盯着得天说：阿天，都是长辈，我不过去敬酒，那就是不敬。说着他推开得天，朝权叔那桌走去。得天一看挡不住，他跑到前面，介绍道：这位是王军，在狮门做生意。王艳低头跟在他身后。权叔放下酒杯，瞥见王艳怀中孩子向他晃拳蹬腿，咯咯地笑。他转过身来，噘嘴逗弄着，抬头问王军：你儿子？王军瞥了眼得天，摆手应道：得……得……得天走过来，捏了下他的胳膊，王军缓过神来，笑着续道：得了，你就当他是我的儿子。权叔有些纳闷，他又盯了眼孩子，他还在朝着他吹泡泡。王军弯下腰，贴在权叔耳边又道：阿叔，说实话，那是我外甥。

锦堂从香港采购鲍翅，召来香港的鲍翅名厨，到阿财的酒店主厨。阿财请来几位香港明星，穿插着祝福的花絮和节目。锦堂就像变了个人，他带着静怡，在阿财陪同下，向每桌客人敬酒。到了后半场，他的舌头硬了。他想起了国柱，晃悠着站起来，举着酒杯，不顾立勤的阻拦，又和国柱倒了个满杯，打了一炮。国柱坐下来，嘴角吸纳酒液。映芬拿起毛巾，转身给他捻着嘴巴。锦堂迷瞪双眼，胸口发潮，他眼前一黑，有些昏厥。他告诫自己，今天是大喜的日子，得撑住，不能倒在宴会厅中。他顺势抓住椅子，摸索着坐下，睁开眼睛，盯着国柱和映芬，嘿嘿笑着。

瞄见国柱和锦堂喝酒，王军不顾得天的劝阻和王艳的拉扯，硬要过来给国柱敬酒，嚷嚷要给他说几句话。得天健步挡在他前面，抓起他的胳膊，搭在肩上，连拖带曳地将他送回餐位。王艳白了得天一眼，将孩子塞给得天，捶着王军的背，让他喝几口水。得天抱住孩子，不想站在王艳边上，他怕乡里误解。国梁从洗手间出来，见得天抱住孩子，他驻步摸着孩子脸，想到得天追过雪梅，他笑着问：阿天，你的孩子？得天赶紧趋身，摇头否认。国梁笑了，将他往前推了几步。开场的时候，舞台上灯光闪烁，客人打量着雪梅怀中的孩子，后来就不见他的影子了。看见得天抱着孩子，这些人以为就是雪梅的孩子，按照狮门讲究，客人们纷纷站起来，从裤兜掏出红包，塞进褶褓中。得天趔身躲避，却没有合适言辞，走到红地毯中间位置，他怕露馅，赶紧弯下腰，将孩子裹在怀里，从人缝中溜了出去。

酒会快要结束了，阿财吩咐客房部经理，架着酣醉的锦堂，提前回到了客房。服务员递上蜂蜜水。锦堂抬起头，喝了几口，打了一串嗝，他翻身趴在沙发上，咕噜着呕了一摊。服务员拿来胶桶，接在下面，另一个操着拖把，收拾着呕出的东西。锦堂迷瞪着眼睛，摆手让服务员出去。他趴在沙发上，呼噜着喘气。客房经理拿来毛巾，给他盖上，轻手轻脚地退了出来。

推开房门，一股恶臭的气味扑面而来。静怡捂着鼻子，瞥着趴在沙发上的锦堂，嘟囔着快步打开窗，她对着窗口喘了几口气。阿昌进来，他捂着鼻子，拿起电话，通知前台换房。静怡拨通阿财的手机，让他开多一间房。阿财拿着房卡，递给静怡，指着锦堂说：老细不容易。这么多年，我从来没有见他饮这多酒，他这是高兴呀！让他好好休息吧。

阿财招呼着阿昌，架起锦堂，让他躺在里间的床上。阿昌帮他脱掉鞋子，盖上被子，他摁灭房灯，退了出来。阿财陪着静怡，进了行政套房，坐在厅里，聊了会儿家常。静怡打了个哈欠。他赶紧站起来，让她早点休息。一觉醒来，静怡洗漱一番，她拿起房卡，走到锦堂房间门口，纳闷平时早起等着她吃早餐的锦堂，为何还关着门。她按了几下门铃，没有动静。她轻轻地敲了几下，叫着锦堂的名字，还是没人答应。她拍了几下门，依旧没有反应。她嘴巴贴在门缝，大声喊了几下，扳起门把，用力地荡了几下。想起锦堂多年的高血压，这两年，他常说头晕眼花，再想到他昨晚的醉态，她瞬间感到情况不妙。她跑回房间，拿起电话，拨通锦堂的手机，快步走到门口，她听见屋内手机的嘟嘟声。静怡的身子霎时软了，她手指哆嗦着拨通阿昌的手机，嘟嘟声息了，她对着手机喊道：昌，快来，你老豆出事了！手机哐当坠落地上，她摇着把手，顾不得端庄的讲究，喊着阿昌的名字。

阿昌和雪梅跑过来，后面跟着阿财。住客听到叫喊，推开门，探头瞭望。在阿财的斥责声中，服务员跑过来，打开了房门。电视忽闪着，播报着亚洲金融对香港影响的专题新闻。锦堂蜷曲着身子，趴在地毯上。阿财将他的头抬起来，又将他翻过来。锦堂嘴巴歪了，鼻孔坠着一淋鼻涕，间或颤动着。静怡呜呜哭了，阿昌红着眼，攥着锦堂的手，搓揉晃着。阿财让客房经理赶紧拨打120。他掐着锦堂的人中，让大家不要吵嚷。狮门医院的急救车到了。医生摸着锦堂的脉搏，护士量着血压，又松开锦堂的裤带，给他灌了两粒药片，让他静息了一会儿，然后将他放上担架。静怡带着家人，坐在急救室门前。阿昌隔着玻璃，焦急地踱着步，瞥着里面的动静。医生出来，摘下口罩，疲惫地说：估计是脑溢血。我们给市医院去电话了，他们的急救车一会儿就到。阿财陪着医生，顺着走廊，边走边聊锦堂的病情。他走回来，静怡一把抓住他的手，嘴角抽搐着问：阿财，怎么样？医生咋说的？阿财眨巴着眼睛，搓着她的手背说：医生说了，阿堂没有生命危险。静怡紧绷的面颊松弛了，含泪中有了笑容。

　　锦堂进了市人民医院的ICU病房，在锦康老师帮助下，医院请来了省人民医院的专家会诊，给出了权威诊疗方案。立勤和阿财跟了过去，办完住院手续，他们将静怡一家安排住在红楼附近的华侨大酒店。走出酒店的门，立勤掏出烟，递给阿财一根，燃着后猛吸了几口，他眯眼瞥着暮暮的日头，心里有种虚脱的感觉。昨天这个时候，锦堂还在风风火火，张罗着孙子的酒宴，今天这个时候，他却躺在冰冷的病床上，他倏然感到生命的脆弱。手机响了，国柱来电话，问锦堂的病情，说他和映芬要过来。立勤解释了半晌，总算拦住他们。车子来了，立勤掐灭烟蒂，拉开车门，就要上车，听到身后传来熟悉的声音。他扭头一看，瑛子拿着手机，好像在和雪梅通话。他转过身，说锦堂需要静养，让她不要去惊扰。瑛子摆着手，叹着气说：都是为了孙子。阿昌爸出事了，我这亲家母也不是外人，我没有啥本事，照顾人还行。立勤让她上车，说等锦堂病情稳定了，你再过来。瑛子摆着手说：你们走吧！我帮着雪梅，带带孩子吧。

　　过了几天，出血控制了，锦堂间或有了知觉。国柱和映芬坐着立勤的车，来到了红楼。隔着ICU的玻璃，他们看见锦堂裹着白色的头罩，鼻上插着吸氧管，脖子上坠着进食管，静卧在四周摆满屏幕的病床上。映芬挽着国柱胳膊的手，抖动着捏了几下，嘴角抽搐着，脸贴在他的胳膊上，低声抽泣着。护士拿来几件白大褂，让他们穿上。她轻轻推开门，招手让他们进来。立勤走前一步，弯着腰，轻声唤道：锦堂，我是立勤，大家来看你了。锦堂歪斜的嘴巴嚅动着。国柱架着拐，手攥着床架子，红着眼睛说：锦堂，快醒来，我给你抓田螺吃！不用水煮，咱有压榨的花生油，紫苏炒田螺，你肯定爱吃！锦堂的睫毛颤抖着，眼角沁出一滴泪。

  松开搀扶国柱的手,映芬走到锦堂头前,攥着他的手掌,搓摸了一会儿,伏在他耳畔,轻声说:阿堂,你还记得油坊前的榕树下,我们玩石子吗?咱们挽着裤腿,在小溪中摸田螺吗?一切好像就在昨天。锦堂的睫毛抖动了几下,耷拉着的手掌,抽动了几下。映芬笑了,搓着他的手说:阿堂,安义叔老了,走不动了。他说想过来看你,和你絮叨几句。锦堂的嘴唇闭合了几下,他沉睡多日的眼睑,展开一道缝,眼角的泪珠,漫流了下来。他从上帝重新给他开启的有限的缝隙中,无神地打量着映芬的脸和身后的人影,嘴角勉强地往上抽了几下。

  香港医院派来了救护车。锦康赶到医院,攥着锦堂的手,安慰了几句,看着锦堂被抬上车,救护车闪着灯走了。立勤招呼一帮同学,要陪老师去华侨大酒店饮茶。锦康摆手笑了,他摇着头说:锦堂就是个例子,整天忙活着生意,说不行就不行。大家到了这把年岁了,也该保养了。几个月后,锦堂恢复了意识,他慢慢有了自己的分析和判断,但他的下半身没了知觉,只能坐在轮椅上。锦堂思来想去,在律师拟定的文件上,签上自己的名。阿昌接替他的角色,成了莱莉雅集团的总裁,穿行于粤港两地。

  锦堂坐在轮椅上,隔着窗户,看着繁忙的港湾,听着海面上的汽笛声,他摸着自己的腿,感怀生命的脆弱,埋怨老天在这个年岁,就让他坐在轮椅上。静怡是个基督徒,为了让锦堂安心静养,她让菲佣推着他,每逢周末,和她来到教堂礼拜。锦康的情绪,逐渐平复了下来。太平山腰的别墅,锦堂很少去住。到宅子看了一番,他让设计师出了个整修方案,在天台上做了个中式园林,在静怡的催促下,他们从油麻地的旧居,搬到了太平山上。

41. 探访

半梦半醒间，窗外传来啾啾的雀声。锦堂颤开眼睑，朝霞从窗帘边渗进来，就像给黑色的帘子，粘了道毛茸茸的黄边。他摸到枕边的铃，按了几下。两个阿姨轻轻地敲了下门，她们推门进来，将他放在轮椅上，帮着梳洗了一番。锦堂指着外面，给他披上毯子，她们将他推到天台上。静怡穿着睡衣，走到他身后，合掌对着空幽的海湾，低头问：阿堂，闷不闷？要不要到山下的酒楼，喝茶去？锦堂耷拉的眼皮抖了下，嘴角抽着，摆了几下手。静怡贴在他耳边问：早餐想吃啥？锦堂抬起手，指头搓了几下。静怡转过身，吩咐道：让司机下山，到那家老字号，给先生买鸡蛋烫粉和及第粥回来，烫粉别加肉。

吃完早餐，阿青拿着报纸和文件，给锦堂读报，报告莱莉雅股票的情况。靠在椅背的垫子上，耷拉着眼睛，他的嘴巴间或翕动着。阿青的手机嘀嘀了几下，她停下来。锦堂瞥着她，摆了下手。她放下报纸，掏出电话，走到厅外。过了一会儿，她轻快地回来，站在他身后，弯着腰说：先生，阿昌说内地的锦康先生到港了，来参加荔枝节恳亲会，他想过来拜访您。锦堂的眼里有了光，哆嗦的手拍着扶手，嘴角抽着说：就说我在家静候，他是我的老师。他将静怡叫过来，让她吩咐厨房，准备几个菜，他要在家里，请锦康老师吃饭。

墙角的摆钟哐当着。靠在轮椅上，锦堂不时睁开眼，瞥着时间。过了十点半，他让阿姨将他推到别墅的天台上，他朝着上山的径，瞭望着爬坡穿行的车子。阿昌黑色的保时捷，像只铮亮的甲壳虫，从密林掩映的山径爬了上来。阿青弯着腰，指着不断变大的车子，在他耳边嘀咕着。锦堂挺直腰，咻咻喘着气，他晃着头，抖动的手搭在扶手上，摁着开关键，轮椅簌簌向前滑去。静怡愕然，赶紧跑过去，掰开他的手。轮椅停了，她扬起手，和开门下车的儿子招呼着。

下了车，锦康没有按照阿昌的引导，走进屋子。他踩着林坡的石阶，挥手上来，蹲在锦堂轮椅前，摸着他已经萎缩的腿，泪眼婆娑，说不出话来。锦堂抓住他的手，笑着说：老师，我这个做学生的，本该去看您，却让您过来看我，着实有些惭愧。阿昌推着轮椅，走到厅堂外的天台。阿姨端上果盘，斟好茶水。锦康坐下来。他掏出香烟，抽出一根，捻了几下，笑着说：香港到处禁烟，我这样的老烟民，真还有些不习惯了。锦堂摆着手，让阿姨拿来烟盅，他欠着身子说：我也有瘾，医生不让抽烟，我也没有办法。这里是私人空间，您就随意抽吧！

锦康拎起包，抽出个泛黄的旧本子，递给锦堂，笑着说：看看，这是什么？接过本子，搓了几页，锦堂瞪着眼睛，一脸茫然。阿青递上放大镜。他拿起对着纸页，瞄了几眼，嘴角抽搐着，露出了笑容，他抓起锦康的手，揉了几下。锦康趔着身子，指着文字说：前段时间搬家，我在老屋书房中找到的。这是你高一年级的作文，那时你和国柱一样，都有一颗红亮的心。阿昌拿过本子，好奇地翻着。锦堂摆着手，有点不好意思，松开锦康的手，他笑着问：老书记，如果那个年代，我能够当兵，您说我还会跑到香港吗？锦康摆着手说：我们常讲，历史不能够假设。你到了香港，现在看来，也是国家改革开放中里程碑式的人物，更值得骄傲。

菜上了桌，静怡出来，让大家吃饭。锦康捻灭烟蒂，随着锦堂的轮椅，走进餐厅。阿昌将醒好的红酒，斟在酒杯，递给锦康，谦和地说：老书记，医生说老豆要适量饮些红酒。这款酒就是法国著名酒庄的上品酒，您品品味道。接过酒杯，对着吊灯，锦康轻轻地晃动着。酒液就像无头的红衣女郎，扯着拖地的裙摆，沿着圆润的杯壁，一颠一荡地跳着探戈。锦堂摇着头说：您是老师，比我年长十几岁，身体那么好。我做梦也没有想到，自己会是今天这般境况。安义叔想见我，给我写了段话，说人的命都是定数，既要随机而为，也要随遇而安。他还说，孙子挂灯摆酒，酒酣不醒，我的时运迁转到了孙子身上，预测我那孙子，将来会有大作为。

喝了几口酒，锦堂收杯了。放下筷子，锦康侧过脸说：锦堂，这些年阿昌打理莱莉雅，确实不易。当下的网络销售已如猛虎，拼的是价格和款式。原来的人买件衣服,要穿好几年,讲究牌子和面料,现在的年轻人追求的是一波一波的潮流。狮门原来几个大牌子,依靠的是遍及全国的专卖店,这几年都垮掉了。他们迫不得已,将牌子许可网店使用,每件衣服收几元的贴牌费,品牌知名度都快沉没了。锦堂夹了片鲍鱼,咀嚼着,不时点头。锦康瞥了眼阿昌,笑着说:我退休这么多年了,好多事也是看不明白。一方面鼓励厂家,做强做大品牌,给了好多政策;另一方面,又鼓励网络商家过度竞争,让专卖店没了空间,支撑品牌的大厂日落西山。阿昌给老豆夹着菜,摇头附和着。

靠在椅背上,手弹着花梨桌面,锦康絮叨了几句红木家具。他挺起身子,晃着酒杯说:阿堂,现在狮门和以前不一样了。那些年,只要来投资,政府都欢迎。这几年,内地的环保抓得很紧,凡是有污染的企业,都要进环保工业园。不瞒你说,润光和春生搞了个环保工业园,前几年冷冷清清,这两年可以说一房难求呀!锦堂闭着眼睛,靠在椅背上。阿昌俯在他耳边说:咱们老厂那片工业区,没有专用的污水处理系统,群众的意见很大,政府下了几份整改通知书,如果整改达不到标准,就得停产。好在有老书记出面,暂时还算正常。锦康瞄着锦堂,趔着身子,转头低声说:阿堂,那块厂区,边上都是楼盘,商业价值很高!锦堂瞬间睁开眼睛,他转过脸,眨巴着眼睛。锦康笑着续道:市里刚好有"三旧改造"的政策,可以让阿昌想办法,变更土地用途,把那片老厂区开发了。阿昌拉开包,掏出文件和图纸,低声说:老豆,这是平面规划图和商业前景的分析报告,有空我再给你具体汇报。

瞥了眼静怡,锦堂无奈地抹着眼睛,他迟缓地转过身,用颤抖的手,敲着桌子,虎着脸问阿昌:莱莉雅怎么办?就这样收摊不做了?我去了那边,怎么给你爷爷交代!阿昌低着头,沉思瞬间,搓着脸说:老豆,此一时彼一时,莱莉雅不可能再有往日的辉煌了!我将在狮门建座莱莉雅大厦,收缩实体专卖店,以网上销售为主,也可以许可其他商家,贴牌销售。锦堂轻叹一声,摇着头说:钱是什么?说到底就是一堆只有国家能印刷的纸。莱莉雅是什么?那是香港时尚女装的代表。走到街上,你看着女仔穿着自己牌子的时装,那就是一种价值。

对于莱莉雅,锦堂有如此深沉的情感,这是锦康没有想到的。他枕在椅背上,合臂抱在胸前,沉默一会儿,直起身说:阿堂,"三旧改造"的政策,也有时间限制,政府把关很严,也不是你想做就能做成的。好歹我也做了这么多年的领导,还有些人脉,很多人还会给我个面子。地块手续办下来,自己单干可以,找别人合作也行。有了开发的回报，阿昌可以到粤北或者两翼买地，重建厂房。那些地方，我也有些关系，必要时帮你们牵牵线。锦堂侧过脸问：那个厂区除了莱莉雅自用的厂房，别的厂房都是和狮门镇属公司合资建的，他们能同意吗？阿昌瞥着锦康。锦康侧过脸，咳了几下。阿昌笑着应道：老豆，镇上也有这个愿望。只要咱们点头，就可以申报了。

闭眼沉思了半晌，锦堂无奈地摆着手，对阿昌说：好吧，这件事你定吧！老豆离开生意场这么多年，脑子溢血了，不管用了。他举起茶盅，歉疚地说：老师过来，十年没有见面了，我很高兴。本想是个轻松的聚会，没想到像在谈生意，实在不好意思。锦康端起茶盅，晃着说：阿堂，政府都希望自己的城市漂亮些。厂区开发的事，狮门领导找过我，他们知道咱们的关系，希望我出面协调一下。虽然离开狮门这么多年，我对狮门还是有感情的，现任领导求到我，我总得发挥余热，帮政府分忧解难。难为你了！阿堂，我代表狮门镇政府，感谢你的配合。锦康站起来，拿起两个牛皮纸袋，递给锦堂，轻声说：阿堂，我知道你啥都不缺。这是多年前朋友送给我的普洱茶，听说可以降血脂。

锦康走了。锦堂靠在轮椅上，眯眼听了段粤剧，他直起腰，挥手让静怡关掉碟机，他叫来阿昌，将自己推到屋外的平台上。给老豆斟上茶，端着现磨的咖啡，阿昌坐在边上，瞄着西落的太阳。锦堂咳咳两下，沙哑着问：阿昌，老豆蒙了，锦康书记过来，说受狮门政府之托，我回想他说的话，好像不那么简单。阿昌一惊，连忙放下咖啡，蹲在轮椅旁，拉着他的手，眨巴着眼睛说：老豆，我在狮门这么多年，老书记帮了不少忙。他无论怎么说道，都是想尽快促成这件事。锦堂耷拉着眼皮，瞥着儿子。阿昌撑不住了，他站起来，端起咖啡，瞭望着港湾。他转过身来，老豆还盯着他。阿昌走过来，笑着说：老豆，您身体不好，把个方向就行了，我不想让您太操心。锦堂揉着眼睛，颇为伤感地说：昌，老豆还能想问题，就想给你操操心。等到哪天老豆真的不能言语了，你想问也问不出什么名堂了。阿昌蹲下身，搓着他的手说：老豆，前几年，镇上的公司改制，润光通过香港的公司，收购了原来和咱们合资的那家镇属公司，成了合资公司的股东。厂区的商住开发，实际上就是咱两家的事。老书记顾及面子，不愿意把事情挑明了。

闭眼靠在椅背上迷糊了半晌，锦堂咂巴着嘴巴，轻叹了一声，他抬起手晃了几下。阿昌挽住老豆，将他扶到床上，撩起薄被给他盖上，调暗了床头的台灯，躬身站在床边。锦堂摆了下手。阿昌退到房门口，缩头笑着点了下头，轻轻地带上了房门。夜风习习，躺在床上，锦堂心里久久难以平静。在他心里，锦康老师一直都是内地干部纯真务实的标牌。当年润光下海，锦堂的心里也曾有过不解，后来听阿财说老书记希望有个孙子，他觉得这也是人之常情。这些年过去了，润光不曾麻烦过他，锦堂的记忆中，润光都成了模糊的符号了。瞭望着窗外的夜色，锦堂感到商业文化就像珠江的潮水，大多时候细浪漫卷，不时也会电闪雷鸣，在巨浪滔天中荡涤人们传统的矜持，重塑社会运转的动力。老书记名节高贵，他是狮门开放的功臣，尽管他依旧包裹着受人尊敬的持重，在商业酵母的温润中，他心中的坐标却在偏转。抹了下长长的白眉，锦堂感叹老师的内敛和周详，他总是在思考和解析政策，将自己内在的不好示人的欲求深埋在政府号召的光鲜中，用政策的咆哮温情地做着自己的事。大拇指摁住眼眶，搓摸了半响，锦堂明白了商人的事业，可以天经地义地传承，能够在子孙的摇旗呐喊声中一路辉煌；官员的权力和威望在位时实在，退位时虚缈，终如坠落的夕阳，沉寂在清寂的夜色中。在权力让渡的预期中，好些官员看到权力和威望的延展无望，便将权力的楔子捶入经济的履带中，将即将悬空的权力转化成看得到、摸得着的实惠。锦堂吐了口气，找到了老师这些年行为的坐标，他悬结的心舒和了。转念一想，几十年中，他在狮门赚得盆满钵满，老师退休了，润光在狮门做些事情，本着知恩图报的信条，他本该主动地帮助润光，没想自己心中难以割舍的莱莉雅情节，却让老师来到香港，转弯抹角来说服自己。锦堂挺了下腰，觉得有些对不住老师。

　　拿起床头的相册，锦堂操起放大镜，对着照片凝望。他垂下放大镜，随即闭上眼睛，内地打造莱莉雅品牌的事，像胶片一样，在他已经愚钝的大脑中，缓慢地抖动着。他想起了阿财，也想起已经老去、很少露面的伟哥，也不知道和阿财黏糊几十年的阿敏，是否有了停泊的港湾。端起床头杯，他抿了口水，肘撑着溜下身子，拉起被子撩在胸前。想起那片低矮破旧、灯火通明、涌动着工人的厂区，将变成花草茂盛的高楼小区，他心里涌动的亲切感，瞬间没了。夜深了，窗外间传来轮船沉闷的汽笛声。锦堂既不能辗转，也不能反侧，他的身体已经驯化了他的情绪，昏昏沉沉间，他习惯于游离在现实和梦境中，更中意沉迷于对往事的追忆中。

42. 过冬

莱莉雅"三旧改造"项目启动了。

通过微信，阿昌将规划的平面图发给阿青。吃过早餐，锦堂拿起毛巾，擦着嘴巴，摆着手说：昨天晚上，似睡非睡，想的都是莱莉雅在狮门起步、在内地发展那些事。我在平台上透透气，你们慢慢吃。阿青走进来，在静怡耳边嘀咕了几句。静怡转过身，笑着说：阿堂，阿昌做开发的平面图出来了，他想让你高兴，发给了阿青。她将图片连到电视，去看看吧！

锦堂瞥了她一眼，摆着手，就要出去。孙子听说老豆开发的楼盘有了图片，放下碗，抹着嘴上的米粒，拉着阿青的手，闹着要看。阿青握着他的手，对着锦堂晃了几下。孙子跑过去，抓着爷爷的胳膊，嬉笑着将他推到厅堂的电视前。

按开电视，阿青拿起遥控器，摁了几下，屏幕闪出楼盘的全景图。阿青摁着遥控，介绍着整个项目的情况。孙子趴在电视前的地毯上，头放在撑起的手掌上，腿抬起晃动着，咬着嘴唇，扑闪着睫毛，盯着艳丽的图片，好像要钻进去。静怡攥着茶杯，弯腰眯眼，指着画面，转过头对锦堂说：阿堂，没想到那片破旧的厂区，能建出这样的楼盘。这栋不错，能看到江面，到时做套带花园的复式别墅，咱们闷了，就回狮门住几天。锦堂瞄着图片，抖着下垂的嘴，一脸茫然。孙子蹬掉拖鞋，锦堂盯着他晃动的屁股和黑泽飘逸的头发，咧着嘴巴，咻咻笑了。

摁着轮椅的键，锦堂滑进睡房。阿姨扶着他，躺在床上，垂下窗帘，带上房门。午饭时分，阿姨摆好碗筷，盛上汤水，问静怡，要不要叫先生。静怡轻手轻脚走到睡房门口,将门拉开道缝,弯腰朝里瞄了下,带上门,摆着手说:先生一直睡不好,别管他了。太阳偏西的时候,厅堂的铃响了。阿姨推开房门,将锦堂搀扶到轮椅上。他唤来阿青,摆着手说:阿青,我闭上眼,还是莱莉雅的事,我心里堵得慌。你安排一下,我要到莱莉雅香港的老厂区看看。阿姨端上饭菜。静怡取出衣服,放在沙发上,让阿姨给他换上。

埃尔法停在门口,阿昌为了老豆出行方便,卸掉后排的座位,在门口装上升降板。阿姨推着轮椅,顺着伸出来升降板,将轮椅摆正位置,卡在椅槽中。阿青招呼着,让静怡坐在旁边。她拎着手袋,弯腰上车,坐上副驾的位。车门滑动,吱啦合上,车子顺着并不宽阔的山径,恰似只白色的甲壳虫,撩着青色的藤蔓,宛转而下,驶上滨海公路。靠在椅背上,揉着大腿,锦堂下垂的嘴角嚅动着,瞄着窗外熟悉却又变得陌生的街区。车子穿过旺角,瞥见街角那间餐厅,他转过头,抬起手,晃了几下。静怡伸长脖子,瞄了眼,对着阿青说:那家餐厅,我年轻时常和先生光顾,现在冷落了不少。

车子离开公路,向右上了个斜坡,路中是那棵铁栅栏围起来的大榕树,对面是那座尖顶的教堂。瞄见榕树,锦堂摆着手,车子停在路肩。自动门弹开,司机过来,站在边上。锦堂弯着腰,抬起头,瞭望着夕阳下镀着橙色光彩的茂密树冠,想起刚到香港时,和阿财喝醉了,勾肩搭背晃到树下,靠躺在树根边,看着脚下斑驳的月光,就像看到了家里珍藏的金元宝。静怡抓着他的手,教堂尖顶下的钟,咣当当响了,锦堂嘴角挂着笑,偏头望着橙色的尖顶,那是上帝的召唤。那个年代,碰到闹心的事,对映芬的思念按捺不住的时候,他回到工厂,摘下手表,习惯叼着香烟,靠在窗户边,默然地看着教堂顶上的钟表。

上了车,锦堂偏着头,瞥着楼间长条形移动的天井,瞄着街边熟悉的茶餐厅,见几家服装厂楼下拉开卷闸,处理着尾货,他瞬间感到市场的萧条。香港莱莉雅的经理,带着帮主管,站在门口,迎候老细。静怡弯腰下车,招呼着让锦堂的轮椅下车。锦堂和大家握手,不住地点头。

香港公司的经理将锦堂推到会议室,公司文员站起来,侧过身子,看着莱莉雅传说中的老细。经理拿出平板电脑,报告着公司的情况,临了摇着头说:老细,公司传统的接单、派单和承运结算的业务,勉强还有些微利。莱莉雅设计中心,快要散了,设计的款式,到了内地,那么多专卖店,根本做不起量。量上不去,就没有利润,设计师也就没了信心。一年中,有那么几款好卖,没有几个月时间，内地服装网店一窝蜂跟过来，将设计师心血吸食掉了。

锦堂品了口茶，盯着茶杯，看着茶包，他不明白原来公司都是上等的红茶包，怎么换成有点涩口的绿茶包了。他搓着茶杯，靠在椅背上，闭着眼睛，沉思半响，晃着头问：有什么打算？经理搓着手，轻叹着应道：老细，莱莉雅毕竟是著名品牌，一款服装批量生产的空间越来越小了，高端人群的品牌定制有所起色。我们做了市场调查，莱莉雅可能要收缩传统的实体专卖店，向高端定制市场转型。锦堂点着头，放下茶杯，摆着手。经理推着轮椅，贴在他耳边说：老细，这片服装工业区，日子最好过的，就是咱们公司。阿昌总裁有韬略，我们有内地的业务，香港这边，微利维持，还是有底气的。

走廊尽头，是阿昌的办公室。锦堂摆着手，经理让文员打开门。锦堂看着书柜，摸着办公台，搓着掉了颜色的大班椅的扶手，歪着头，对静怡笑着说：你选的？静怡走过去，蹲在他边上，说：都几十年了，有这个成色，算是不错了。锦堂摁着轮椅，滑到窗前。经理走过去，推开窗扇，站在他边上。对着窗外林立的玻璃包裹的铠甲的巨人，和夹缝中教堂的尖顶，锦堂比画絮叨着。眯着眼睛，想起到港后的前几年，对映芬的朝思暮想，在他的眼前飘闪着。瞄着玻璃中静怡的暗影，他眨巴着眼睛，感慨时光已逝，无奈地摇着头，他转身仰头，对着静怡讪笑着。静怡走过来，将裹在他肩上的披风，正了几下。

到了公司的展厅，看着成排灯光映照下，站立在玻璃橱窗中的模特，锦堂瞄着边上的标牌，听经理介绍设计理念、哪位明星穿过和在莱莉雅品牌中的影响。静怡一直穿着自家的牌子，看到穿过的衣服，她就像见到老朋友，弯腰贴在锦堂耳边，絮叨着青春岁月，掏出手机，对着衣架模特拍着照片。到了那件丝绒套装前，锦堂眯眼看着，竖起拇指，扭头对静怡说：你穿着这件衣服，送阿昌上幼稚园的情形，我忘不了。静怡笑着，拿起手机，对着坠着水晶领围的衣服，转着圈，一串咔嚓。

车子离开了公司，锦堂沉郁的心情，疏解了许多。瞭望着港岛璀璨的夜景，他抓着静怡的手，看着窗外的街景，轻轻晃动，追忆着他们的温情岁月。红灯亮起，车子停下。瞥着街口的茶餐厅，锦堂要品尝那家的牛腩粉。静怡让司机泊车，和阿青推着锦堂，进了那家餐厅。穿着白色厨服的店主，笑着从收银台走出来，拉开屋角的凳子。

锦堂笑着说：吃了几十年你家的牛腩，还是忘不了。店主拿着本子，招呼着点了餐，捧上褐色牛腩的汤粉。锦堂拿起筷子，挑起米粉，搅了几下，笑着说：阿怡，那年我加了一夜的班，清早跟着阿财过来吃粉，就是在边上的报摊，买了张报纸，看到内地开放的消息。她给阿青个眼色。阿青出去，等到锦堂吃完粉，她拿着沓报纸，递给他。锦堂将报纸放在腿面上，从牙签盒抖出牙签，手捂在嘴巴上，撩着牙缝，眯眼瞄着报纸上的彩图。

狮门人有过冬大过过年的讲究，佘家延续着这个传统，每逢冬至，一家人都会聚在一起，吃餐饭。冬至前两天，阿昌给老豆捎来话，说工业区开发的事，市里将要研究，他不能回港。几个月没有见到阿昌，知道他不能回来过冬，锦堂心里就像冷暖空气交汇时的霾，无奈中混杂着沉郁。平安夜的那天下午，阿昌和雪梅回来了，他脱掉西装，洗漱一番，随妈妈走进老豆的房间。一番嘘寒问暖，锦堂问着生意的情况。阿昌笑着应道：工业区开发的事，年前就会批下来。莱莉雅方面，将实体店收缩了部分，成本降了。我和雪梅商量，许可一些商家，贴牌销售，回补了一些收益。锦堂靠在轮椅上，叹了口气，抖着手指说：别盯着眼前，想办法守住莱莉雅的牌子，不到万不得已，别让其他人贴牌。

放下书包，孙子跑进来，雪梅跟在后面。锦堂眨巴着眼睛，嘟着的脸晃着了几下，抬起手说：阿昌，老豆的生意一路过来，离不开狮门，那是咱们佘家的根。现在香港的那些年轻人，不知怎么了，不断搞事。你有空，带着孩子到狮门看看，让他知道佘家的来由，别就知道赚钱，让后辈随波逐流，最后忘了祖宗。摸着儿子的头，雪梅走过来，蹲在家公轮椅边，笑着说：我和阿昌在狮门忙活，孩子管得少，您放心，我和阿昌商量了，等莱莉雅厂区改造开工了，明年暑假带着儿子，到东北看看。锦堂点着头。

喝几口咖啡，阿昌放下杯子，转头对妈妈说：狮门过来那帮朋友，到香港过平安夜，我在四季酒店订了房，我们过去，吃餐饭。静怡瞥着锦堂，见他嘟着脸，摆着手说：阿昌，你好长时间没有回来，带着雪梅和儿子去吧，你老豆不方便，我们留在家里过。阿昌搓着脸，隔着指头缝，瞄着老豆，看到没有翻转的希望，他站起来，走到门口，又回过头来，同妈妈摆着手，忐忑着离开了。厅堂角上摆着圣诞树，坠着闪烁的彩灯。静怡拿出小袋，递给锦堂，说孙子回来，得派圣诞礼物。

九点多钟，阿昌和雪梅回来。孙子跳跃着，跑在前面。见爷爷耷拉着脑袋，半闭着眼睛，靠在椅背上，他赶紧息声，瞅着奶奶，倚在门框上。静怡走上前，牵着他的手,带到锦堂跟前,笑着说:爷爷给你准备的圣诞礼物,等不到你们,快要睡着了。锦堂睁开眼睛,摸着袋子,掏出礼物,递给孙子,摸着他的头发,搓着他耳垂。阿昌弯着腰,轻声说:老豆,山下可热闹了,维多利亚港挤满了看烟花的游客。咱们到平台上坐坐。锦堂噢了声。阿昌推着轮椅,指着山下的夜景,喝茶絮叨着。

阿姨端上咖啡,阿昌抿了口,侧身扒在栅栏上,伏在老豆耳畔,掐着指头,神采飞扬地算着工业区开发的回报。锦堂的眉毛挑了几下,瞥着静怡穿着的那件丝绒套装,摸着下巴,咳了几下。阿昌赶紧蹲下,搓着老豆的手,笑着说:老豆,您虽然在这里闲居,市里的领导不时问起您,说要将您当初回狮门办厂的事,写入市志。我们的"三旧改造"批下来,会列入市里重点项目。市镇领导让我邀请您,明年龙舟赛的时候,回去一趟,看看狮门的变化,参加项目开工典礼。锦堂闭着眼睛,摆着手说:给他们带声谢,我这般模样,就不去凑热闹了。

来年的清明节,按照老豆的叮嘱,阿昌随佘氏一族的后辈,在族中老者的张罗下,抬着乳猪,点上香烛,在祠堂祭拜一番,来到祖坟前,焚香叩拜。从山坡下来,他坐上直通车,直奔香港。他闭着眼睛,靠在椅背上,随着车子的颠簸,惬意地晃着身子。他的眼前晃动着将要开建小区的图景,幻想着售楼部挤满了人,自己的手机不停地响着,好多人通过各种关系,都想有个折头。他坐在售楼部里间的办公室中,跷着二郎腿,大家递上预售合同,仰着笑脸,用期待的目光恳切地看着。他操起金笔,啄着开心果,像元首一般,凭着心情,画上折头。

莱莉雅生意好的时候,父亲病愈的脸上,时常挂着笑容,不时让雪梅带孙子过来,戏逗一番。这几年,莱莉雅的生意淡了,父亲的情绪低落,脾气有些古怪,身体也每况愈下。阿昌最伤心的,就是无论自己多么卖力,都得不到老豆的肯定。父亲是个商人,却似乎对于商住开发获取的回报,并不那么在意。车子过来深圳湾口岸,他掏出批文,琢磨着怎么才能说动老豆,让他回狮门看看,给自己长长脸。

手机响了,阿昌搓开屏幕,妈妈问他走到哪里了,说老豆等不及,让他直接到爷爷的墓地。他拍着司机,交代去西贡。司机踩着油门,保时捷就像发疯的公牛,变换着车道,昂着头,咆哮着窜了起来。回来的时候,阿昌坐在老豆的车上。他掏出开发的批准文件,笑着递给他。锦堂瞄了眼,呆然地盯着窗外,沉默了半晌,摆着手说:你爷爷的心愿,就是将莱莉雅做起来,看到莱莉雅日落西山,我真没有脸面去见他老人家。在阿昌看来,清明祭祖,就是个过程,他没有想到老豆的情绪,这般低落,藏在心里的诉求,像烟柱一样,瞬间散开了。

43. 相逢

　　梅雨季节，空气闷热又潮湿，一连几天的雨，锦堂的生活，像闹钟一样，日复一日地嘀嗒着。他靠在椅背上，瞄着窗外晃动的树梢，听着《禅院钟声》一顿一挫的声腔，觉得自己就像独自在空幽的禅院中打坐，凄然的情绪包裹着他。中午时分，黏稠的低云和缭绕的雾气散去，太阳像多日未见的姑娘，泛着紫色的光晕，挂在湛蓝的天宇，对着山川河岳，嘻哈逗闹着。推开厅堂的门，静怡在天台踱了几步，让阿姨将烘干的衣物拿出来，在太阳下晒晒。锦堂摁着键，滑到天台。阿青斟了杯茶，放在茶几上。她坐在边上，翻着沓报纸，说着外边的事。电话抖了几下。她拿起电话，锦堂摆着手。她走到边上，接完电话回来说：先生，狮门有个叫映芬的女士，和立勤先生来港了，想见见您，问您是否得闲。

　　软垂着的身子，倏然挺了下，耷拉的眼皮跳着，锦堂的眼珠就像电视，从黑白哗地转成彩色。他嘴巴颤开，咝咝啜了口气，手搓着扶手，呆然看着阿青。静怡扒在栅栏上，屈着身子，瞥了眼锦堂，浅笑着。阿青跟了锦堂好几年，没见过他这番神情，她瞄了眼静怡，更是一脸茫然。

　　锦堂好些年没有见到他们了。阿昌回来，他不时探问着他们的情况。秋冬季节，映芬都会给他带些家晒的腊肠。沉浸在禅院钟声的声韵中，遐想中，他觉得映芬就在他身边，那哀怨的对唱，就像他们的絮叨。静怡不中意粤剧，起初并不在意，她慢慢地品出了其中的奥秘。她以他身体需要静养为由，试图阻止他沉浸在这样的氛围中，锦堂就会抗争几句。时间长了，她也理解了，锦堂这把年纪，又是这样的身体，潜藏在他内心的情愫，压抑这么多年，在他垂暮的生命中，动画般晃动着，也是人之常情。

像冬眠的蛇，锦堂苏醒了。他吩咐阿青，在酒楼订桌菜，送到家里来，让她从酒窖拿出了珍藏多年的红酒。扯着松垮的睡衣，他让静怡找身正装。静怡嘟着嘴，笑着说：都是老家的朋友，何必这么讲究。锦堂板着脸，瞥了她一眼，叹着气说：多年不见了，大家想我可能半躺在床上，不能动弹，一副邋遢的样子。我要让他们看看，站不起来的锦堂，依旧还是讲究的锦堂，过着有尊严的生活。静怡挑选了一套休闲的英式西装，帮他穿上。他摁着轮椅的键，晃到衣镜前，扯着衬衣的领，对着镜子，有了笑容。

老爷临终时，给玲姨留了套房子。锦堂装修布料批发市场前，她在狮门和香港之间走动，有时也会跑到大岭山的姐姐家住上几天。锦堂在狮门忙活，她不想给儿子添麻烦。那时，阿昌住校，静怡忙着香港公司的事，回到家里，她和家婆客套几句，就进房了。玲姨总觉得和静怡间隔着层很难弥合的缝，礼道的絮叨，让她挑不出毛病，也成了一道坎儿，将她们限在各自的空间中。锦堂回来，悄悄问妈妈，静怡怎么样？她都是满脸笑容，直夸媳妇孝顺。布料市场资金紧张的时候，静怡心里装着事，嘟着脸回家。锦堂妈估摸着有事，有时探问了几句。静怡闪出笑容，随即摆着手，让她不用操心。玲姨心里不畅快，回到狮门，她将锦堂叫到身边，找了堆理由，让他帮着整修老爷留下的屋子。屋子收拾好了，她回到香港，在黄大仙庙请了尊菩萨，供奉在厅堂中。将老爷遗像摆在边上，她叫来庙里认识的神婆，盘腿坐在蒲垫上，嗅着袅袅的沉香，听着佛音，兰花指搭在盘起的腿上，她闭着眼，满脸虔诚。

挂灯的时候，锦堂请妈妈回去。她白了静怡一眼，笑着摇头。锦堂出事了，静怡思量再三，瞒着家婆，没有告诉她。出血控制住了，静怡和姨夫商量着，请香港医院的特护车，将锦堂接回香港。锦堂颤开眼睛，虚弱喊着妈妈。阿财回到香港，转弯抹角地说了锦堂的事。玲姨软溜地瘫在沙发上，泪眼婆婆，说她整天伺佛，怎么就不灵验哩。她嚷着要回去，阿财转告了静怡的意思，说锦堂不能激动，让她留在香港，不要过去。锦堂住进了香港的医院，她随着静怡，在护士的引导下，进了病房。她拉着儿子手，抽泣着刚絮叨了几句，静怡便伏耳制止了。锦堂出院了，看到他稳定了，她回到独居的屋子，木鱼声声，为儿孙祈福。

这几年，玲姨信佛。静怡拉着锦堂，礼拜耶稣。他们活在自己的世界中。想起妈妈的时候，他吩咐司机，将她接过来，说得最多的还是狮门的旧事。对望寡言的时候，妈妈时常叹气，摇头叹息：好些年没回狮门了，也不知你安义叔身体怎么样，是不是还帮人测字算命。映芬过得怎么样？按说也该当奶奶了。锦堂让阿姨装了袋映芬带过来的腊肠，摆着手说：安义叔抽了一辈子烟，肺不好，气短咳嗽。我交代阿昌，带他到大医院看看。映芬有心，每年晒的腊肠，总要带些过来。

　　司机在京港酒店接上了映芬和立勤，阿青即刻给酒楼打电话，让他们将饭菜送过来。锦堂想起了妈妈，他晃着手，将阿青唤过来，摸着脑门吩咐道：阿青，我忘了件事，我妈妈这些年常惦记着映芬，你放下手上的事，将她老人家接过来。轮椅停在上次接锦康的位置。静怡拿了件披风，出了厅堂，给他披上，站在轮椅后面。车子停下来，侧门徐徐滑开。锦堂前倾着身子，眯眼盯着车门，好像要用目光，将车里人掏出来。立勤下车，举目张望。映芬跟着下来，他指着坐在轮椅上的锦堂，挥着手，晃了几下。锦堂摁着轮椅键，滑到天台门口。映芬一愣，迟疑瞬间，笑嘻嘻快步过来，和静怡絮叨几句，蹲在轮椅边，抓住锦堂的手，嘴巴往上抽了下，笑着晃了起来。立勤拉着锦堂另一只手，埋怨他这些年也不回狮门，看看大家。指着太平山，锦堂像个有客人来访的孩子，说着自己的房子。

　　静怡招呼着客人，围着餐桌坐定。阿姨摆上菜盘。锦堂瞥着门口，指着茶杯，让大家等下。过道有了脚步声，锦堂妈唤着映芬和立勤，随着阿青的搀扶，颤抖着伸出手，快步走来。映芬赶紧站起，迎上去，拉着她的手，亲昵地笑了。玲姨拍着她的背，扯过来搂着说：阿芬，婶子想你呀！立勤站起来，玲姨拉着他的手，在他的胳膊上捏了下，瞥着锦堂，感慨地说：你看你，身体多好呀！

　　立勤笑着看向锦堂，紧紧握着他的手，这才发觉端着酒樽的阿青。静怡走进厨房。立勤眨眨眼睛，弯腰伏在他耳根，打趣着悄声说：锦堂，你的这位才女秘书，我进来乍一看，还以为是年轻时的映芬呢。

　　映芬闻言，愕然一怔，不由自主地打量一眼阿青，她的眉眼脸形果真和自己年轻时颇有些相似。映芬心下明白锦堂的心思，她涌起复杂的情绪，感动、心酸、怅惘，心却是暖的。这个人哪，还在以这样的方式念想着她呢。

　　静怡转过身，笑着问他们：什么事呀，你们笑这么开心？立勤自知失言，怕静怡知道了难堪，眨了眨眼，忙拿出袋子，掏出几包橙黄的龙眼干，递给静怡，岔开说道：阿堂，我知道你什么也不缺，就带了几包老屋后面的龙眼干，还是老味道。你还记得小时候，大人下田，我们偷偷地爬上树，摘龙眼吃吗？

锦堂笑了。阿青剥了一粒龙眼，递给他。锦堂含在嘴里品着，他眯着眼睛，陷入久远而温暖的回忆里。

给客人夹着菜，锦堂絮叨着小时候的事。几杯酒下肚，大家没了拘谨，调侃着抖落锦堂的轶事。映芬瞥了他几眼，脚在桌下踹了下他，瞄着静怡，端起酒杯，和立勤给她敬了杯酒。放下酒杯，映芬掏出一张纸，递给锦堂，她看着玲姨，低声说：阿堂，安义叔不行了。我每次看他，他都问起你和玲姨。知道我要来港，他让我带封信过来。锦堂嘴巴僵住了。玲姨停住了筷子，偏着头过来，瞄着他展开的纸页，纸上有安义歪斜的笔迹：阿堂，叔快不行，就想和你絮叨几句，你妈妈还好吗？

合上纸页，锦堂靠在椅背上，闭上眼睛，嘴角抽了几下。玲姨放下筷子，瞥着外面。一围人愣了，望着锦堂，屏住了呼吸。等了一会儿，他颤开眼帘，搓着下垂的脸颊，长长叹了口气，转过头来问：肺病？要不要来香港，我约名医，好好检查检查？映芬摆着手说：阿叔想得开，他说只有入土，才能重生。

收起信，锦堂交给阿青。他端起杯，晃了几下，瞄了眼妈妈，摇着头说：阿芬、立勤，说实话，我这个样子，不想回狮门见人了。这些年，我坐在太平山上，瞭望着北边的水面，狮门的事在我的脑子中，翻来覆去，我的心没有离开过狮门那块地方。

玲姨抬起头，对映芬说：阿芬，回去告诉你阿叔，就说婶子回去看他。她瞥了眼锦堂，摆手又道：阿堂，别成天闷在山顶上，身体允许的时候，回狮门走走。立勤站起来，走到锦堂身后，揽着他的肩，低头笑着说：阿堂，社会越发展，市里越记得你当初回来办厂的事。好多人想写你的故事，你闭居香港，不赏脸，也不是个办法呀！锦堂的嘴巴抽了几下，他放下酒杯，摸着他的手，搓了几下，晃头点了下。

阿财的家安在狮门。他的一对儿子虽然有香港身份，却习惯狮门的生活，他们很少回香港。回到狮门，立勤将锦堂回来的事，告诉了阿财。阿财正在水库钓鱼，他收起电话，将鱼竿插在竿座上，拿起帆布凳上的香烟，点着猛吸了几口，半躺在水库的荒草坡上，眯眼盯着夕阳下泛着橙光的水面和漂曳着的黄色浮标，往事随着荡漾的粼粼水波，抖动着他的心绪。当初他鼓动锦堂在狮门办弥月宴，号闹着一帮朋友，变着花样给他敬酒，没有想到锦堂出了事。这些年，每每想起这些事，愧疚之情就会包裹着他，让他有种窒息的感觉。浮标下坠着荡了几下，他挺身起来，抓住鱼竿，绷起来收线。一条非洲鲫鱼蹦跳着闪出水面，在草丛中打着挺，朝着他瞪眼吐气。

走上坝面，映芬从屋子出来，招呼阿财喝茶。拍着腿上的草屑，他走过去，笑着问：阿堂怎么样？映芬走前几步，晃着手应道：坐在轮椅上，要人伺应，他还问起你呢。

阿财进了厅堂，随着映芬坐在里间安义的床前。安义满脸的褶子，缩在松软的枕头上，感到阿财拉起他的手，他滚溜了一辈子的眼珠，在眼皮下弹了下，松塌的眼皮挣扎着展开，到了半道，又缩了回去。安义咳了几下，喘着粗气，沙哑挣扎着絮道：阿堂，阿堂要回来了？阿财伏在他耳边，捏着他的手说：安义叔，锦康到香港，请他回来，他都没有答应，您让阿芬带了个话过去，他就答应回来了，还是您的面子大呀！安义松弛的嘴角，哑巴几下，露出了笑容。

阿财弹着烟灰，晃着脖子说：锦堂可是我的贵人，没有他带着我，我也没有今天。听说他要回来，我思量着咱是做酒店的，得安排老细住咱的酒店。想起那年锦堂在酒店出事，我有点犹豫。不说一声吧，不合礼数；太盛情吧，又怕人家心里有芥蒂，更怕难为锦堂。说完，阿财叹了口气。

映芬开解他说：这可不像是你阿财的性格，都这把岁数了，变得瞻前顾后了。邀请锦堂住酒店，那是对老细的尊重。锦堂那么大的老细，他什么意思，会讲出来的，你们毕竟是抱团过来的兄弟嘛。阿财点点头，这才宽慰了不少。

锦堂回狮门的消息传开了，那帮逃港的老板们，纷纷打来电话，建议阿财组织一个聚会，十几年没有见面了，得好好热闹下。阿财约好阿昌，来到莱莉雅公司，一番寒暄，他站起来，踱了几步说：阿昌，听说你老豆要回来。叔是开酒店的，你老豆也是我的兄弟，更是我的老板，得住在我的酒店。阿昌盯着墙上的小区规划图，晃着金笔，靠坐在大班椅上。见他没有反应，阿财走过去，敲着桌面，重复着自己的意思。阿昌挺身站起来，将他让到沙发上，斟上茶，递给他，笑着说：财叔，你不知道，我老豆闷在家里，不愿意见人，整天想着心事，脾气有些古怪。这事我做不了主，你的心意我明白，我给老豆说道说道，最后还是他拿主意。

送走了阿财，回到办公室坐下，秘书拿来几份文件，汇报着小区容积率的批复。阿昌拿起文件，呼地站起来，扯开领结，走到落地玻璃前，拍着文件，对着秘书说：这几个月的努力，总算有了结果。你要知道，狮门这个地段，政府没有核定这样的容积率。关键时候，还得锦康书记出马。坐在椅子上，搓着脸，阿昌觉得有点失态，他摆着手，示意秘书出去。盯着闭合的门，他站起来，来开抽屉，拿出根雪茄，撤掉包装，剪掉烟屁股，喷着举在胸前，脚搭在条柜上，舒坦地靠在椅背上，瞥着窗外的树梢，他盘算着增加的容积率，公司获取的收益。

台上的电话静着音，闪了几下。阿昌操起来，见是润光，他挺直腰，摁开免提。两个人对着话筒，笑了一阵子，润光说：老豆昨天晚上回来说，狮门的房价，还是个洼地，未来还有很大的上升空间。他让咱们不要急，分五期慢慢开发。阿昌想了一会儿，皱着眉问：批文上有时间限定，这样行吗？润光嘿嘿着应道：放心吧，昌总，事是死的，人是活的，到时再想办法吧！

44．狮门

　　睡了午觉，在阿姨的照料下，锦堂坐着轮椅，出了睡房。他叫来静怡，脑袋颤抖着说：阿怡，我梦见了狮门的鸭喉煲萝卜。静怡摆着手，应道：阿堂，医生说了，你不能吃内脏。锦堂就像个孩子，眯眼咻咻笑着，沙哑着说：映芬过来，带了袋怀德鸭喉，你用萝卜煲下，我就尝尝味道。静怡嘟着脸，走了出去。摁着键，锦堂来到平台上，望着落日的彩霞，嘴巴不住地抽动着。静怡品着咖啡，跋着拖鞋出来，坐在边上，偏过头说：阿堂，阿昌来电话，阿财听说你要回狮门，让你住在英皇酒店。锦堂趔身，愕然地看着她，摆手摇头。放下杯子，静怡看着他说：那年就是在他的酒店出事的，我给阿昌说了，无论住在哪里，都不能住阿财的酒店。锦堂叹了口气，摆着手说：阿怡，别埋怨阿财，他是个好兄弟，和我一同打拼过来，也不容易，他的心思我理解。那年的事都是我的命，别扯到他身上。锦堂闭上眼睛，一阵清风袭来，他举起手说：给阿昌说一声，我回去就住祖屋。静怡转过身，蹲在轮椅边，抓着他的手，晃着说：阿堂，你老了，怎么像个孩子，老屋年久失修，好些年不住人了，你要住进去，那就是难为人。锦堂眨巴着眼睛，嘴角抖了几下，摇着头说：阿怡，我这个样子了，还能不能再回去，我自己都不知道。老宅子有祖宗的气脉和运程，我得躺到屋子中，和宅子说说话。

　　得知老豆要住回老宅。阿昌坐着车，在祠堂前的榕树下落车。河涌边用青石砌上了围栏，两岸的淤泥滩上，杂草丛生，水面缩成了窄道，露出草丛的泥根，散发着难以言表的异味。狭窄的巷子粘连着挤在一起的高低不一、形状各异的屋子，操着不同口音的人，穿行在巷子中，骑着三轮车、开着摩托车和推着板车的人，袒胸露背，摸着额头的汗，喊叫着老婆，斥着孩子，为生计忙活着，巷子飘来呛人的味道。几座歪斜的老宅子，散落在凸起的裙楼中。站在自家的门前，阿昌掏出钥匙，开了院门，院子杂草丛生，泛着湿霉的腐味。他捂着鼻子，跃上堂屋的台阶，盘算着整修的事。

听说锦堂要回老宅。阿财笑了。他拨通阿昌的电话，带着酒店工程部的经理，来到锦堂家的老屋。前后转了圈，他吩咐经理，连夜出方案。阿昌笑着说：财叔，你别费心了，我们公司有工程部。阿财揪掉杂草，眯着眼说：阿昌，这院宅子我比你熟悉，我跟着你老豆这些年，知道他心里想啥。我是做酒店的，好多材料都是现成的，你甭操心了，只要你认可图纸，剩下的事，我来安排。阿昌有些不好意思，刚要开口，阿财站起来，拍着他的肩说：阿昌，我跟你老豆，那是打断骨头连着筋的情分，你就给叔叔这个机会吧！等你的地产项目开工了，再有这样的事，叔就不管了。走下台阶，阿财推开厢房的门，说：阿昌，你老豆住在这间厢房，你奶奶住在堂屋。如果她也回来，我估摸着也会住回老屋，咱得将屋子好好整修一番。

车子出了深圳湾口岸，阿昌给雪梅打电话，让她带着儿子，赶到老豆那边吃饭。回狮门的日子临近，锦堂变着花样，让厨师做他记忆中的狮门美食。坐在厅堂，听着粤剧，瞥着墙角的摆钟，他掐算着时间。知道阿昌回来接他，他拿起那本相册，颤抖着翻开，看上一会儿，闭眼迷糊一阵子，叹着气，拿起放大镜，又对着相册端详。雪梅领着儿子，推门进来。孙子跑到他边上，推着轮椅，就要往平台去。锦堂睁开眼睛，摸着他柔顺的头发，扯着他的手，嘟嘟着嘴巴，弱弱地问：陪着爷爷回狮门，高兴不高兴？孙子扑闪着睫毛，若有所思地瞥着奶奶，又看着妈妈。雪梅赶紧过来，笑着说：当然高兴了，那里有咱们的根。静怡扯着孙子的手，白了锦堂一眼，进了睡房。锦堂叹着气问：香港设计中心怎么样？雪梅蹲在边上，仰头应道：整个服装业的设计去向，变化太快，像阵风潮，专业的设计大师引领风尚的时代，慢慢淡化了。锦堂默默地点着头。雪梅续道：老豆，阿昌也是万不得已，他理解您的苦心。看不到希望的犹豫和拖延，只会让莱莉雅的肌体，像失了水分一样，终会变成干瘪的腊肉。锦堂晃着手，竖起拇指，垂目看着她，点着头说：这是我听到的最到位的说话，莱莉雅瘪下去，我也心疼你的设计能力呀！雪梅抓着他的手，笑着说：老豆，莱莉雅不会消失，只要有机会，我们还要东山再起。

门外响起刹车声。雪梅站起来，扬起手说：老豆，阿昌回来了！她随着跑出门的儿子，走到门口，接过阿昌的提包。锦堂摁着轮椅，看着阿昌过来，抖着手说：阿昌，给伺应你奶奶的阿姨去个电话，让她过来，晚上住在这边，明天一起走。阿青摆着手，掏出电话，让他们聊天，走了出去。听说狮门的老宅子收拾好了，锦堂笑着点头。静怡嘟着脸说：阿昌，旧宅子湿气重，又闷又热，洗澡上卫生间都是个问题，我不习惯，得住酒店。阿昌摆着手，笑着说：放心吧！财叔听说老豆回去，高兴得不得了，按酒店的标准，装修了两间房。阿青推门进来，弯腰伏在锦堂耳边，轻声说：先生，老太太怕她睡不好，说她晚上不过来了，让阿昌明天早上接她。锦堂沉思瞬间，点头应着。

两辆商务车，阿昌坐在副驾驶的位上，老豆和奶奶坐在中间，后排是妈妈和阿青。雪梅带着孩子，坐在另辆车上。沐浴着海湾的淡淡海腥味，迎着醇和的阳光，车子上了主干公路。阿昌按下了窗帘，指着外面成片高楼和盘旋的立交，说着香港的变化。到了深圳湾口岸，车子排着队，等着过关。锦堂疑惑地瞄着窗外。阿昌转过头说：老豆，这是新的口岸，电子通关，从这里到狮门，附近有高速公路，路程缩短了好多。锦堂直起腰，扒着车窗，瞭望着窗外的景色，他不敢相信，原来荒草茂盛的滩涂，变成了宽阔的街道和林立的高楼。出了狮门闸口，循着记忆，瞥着外面的景色，想着当年情形，锦堂靠在椅背上，侧过脸对静怡说：不可思议！香港百年，才有现在的景象，内地十几年，就不输香港了。静怡瞥着他，欠身扒着椅背，摆着手说：你猫在太平山上，看到就是那片天地。这几年，阿昌不容易，他得跟上内地的发展节奏，寻找机会，有了想法，给你说了，你就知道板着脸，给他泼冷水。扯着她的袖子，锦堂笑着说：阿怡，我都这个样子了，这么多年，你的身材还是没有变，穿上莱莉雅服装，戴上帽子，挂上面纱，还可以走T台。推开他的手，静怡噘着嘴巴，拍了下他的肩。

电话响了，阿昌搓开屏幕，车里传来阿财的声音，问候了几句，他笑着说：老细，狮门那家吃河豚的店还在，有狮门人记忆中的砂锅鸡煲，要不要去那里？阿昌转过身问奶奶。她抓住锦堂的手，搓摸着，等他的说话。锦堂偏过头，看着阿昌说：小时候，你爷爷汇钱回来，你奶奶常给我零花钱，我不时偷偷溜到那间店，要个鸡煲解解馋。他搓着妈妈的手，笑着说：你娇惯着我，我有时心里不畅快，看着大人抽烟，用兜里的零花钱，跑到供销社买包烟，揣在裤兜，躲在草垛间抽。

　　阿财在那家餐厅订了间房，合计了几道菜式。车子出了闸口，锦堂招呼着按下玻璃，他偏着身子，盯着宽阔的公路，褐色的塑胶绿道和一簇簇整洁的商住小区，锦堂咧着下垂的嘴巴，晃着头，孩童似的笑了。

　　听说锦堂回来，锦康从市里赶过来，在阿财的酒店喝茶。阿财进来，说车子快到了。几个人闪出酒店的电动门，抽着烟，瞄着进车的闸口。车子停在门口，阿昌推开门，跑到侧面的门边，搀下奶奶，和阿青一起，伺应着轮椅下车。锦康握着锦堂妈的手，叙着家常。看着轮椅过来，他走前几步，拉着锦堂松垂的手，笑着说：锦堂，可把你盼回来了！他指着边上的楼群和林荫道，抖着手说：你看，狮门像个城市了，而且品位不低。静怡掏出相机，对着酒店前的绿化，闪着快门。孙子跑到喷水池，向着莲花旁成群的白鹤撩着水。雪梅走过去，抓着他的手，将他递给迎上来的外婆手中。

　　推着锦堂，穿过酒店的大堂，阿财进了右侧的茶室。锦堂木然地瞄着高起的屋顶和大理石的旋转楼梯，疑惑当初自己是怎么出去的。茶妹递上盅茶，锦堂晃着啜了口，转过头问：安义叔怎么样？现在住在哪里？阿财偏过头，看着锦堂妈说：一阵一阵的，前几天呼吸困难，喉咙里有痰，住进狮门医院的呼吸科，映芬在那里陪着。锦堂妈攥着儿子的手，叹了口气说：阿堂，咱得先去探望你安义叔。阿财加着茶说：婶子，映芬给安义叔说了，他知道你们今天回来。我等下给映芬个电话，让她给医生说下，安排见面的时间。放下茶壶，阿财看了眼时间，对锦康说：老书记，时间到了，我在那家河豚店，订了间房，咱们移步过去，尝尝狮门的老味道。

　　河豚店好多年没有变，也许店主就是要在自己店里，留下老时光，让食客们在泛着黄的空间中，追寻往昔的岁月。静怡捂着鼻子，站在门口张望着，看到大家落座，她鼻子抽了几下，吱吱推开门，盯着墙上的毛主席画像，好奇地凝望着。店主颠着凸起的肚腩，胸前挂着围裙，端着大瓷缸，笑着进来，将瓷缸放在桌上。他撩起围裙，擦着手，掏出烟，递给锦康，笑着说：老书记，您还记得我吗！听说你和莱莉雅的老板过来，阿财吩咐我，找了些野生的河豚。我也到了这把年纪了，说实话，平时很少下厨。知道你们过来，我专门煲了汤，你们尝尝，看是不是过去的味道。锦康放下香烟，瞥了静怡一眼，摆着手说：今个儿高兴，咱们不抽烟，也不喝酒，就是感受过去的时光。走到阿财后面，店主手搭在他肩上，指着摆上桌的菜式说：几盘河豚，清蒸的、粥油的和焖焗的，姜都是两年生的本地红姜，外面买不到。锦堂晃着勺子，啜了几口汤。店主笑着说：老细，汤我煲了大半天，固本补肾，喝了不起夜。静怡白了他一眼，扑哧笑着。锦堂直起腰，晃着手，将阿昌叫过来，吩咐他装碗汤，给安义爷爷送过去。

一连喝了几碗汤，锦康趄着身子，将碗递给店主。他笑着说：时间过得真快，那些年，锦堂约上我和阿财，过来吃顿河豚，就是莫大的享受，转眼间，店还是这家店，我们却慢慢老了。他指着店主续道：你呀，真是你老豆的亲儿子，跟你老豆长得一个模子。那个时候，你老豆埋怨你读书不行，你跟着他打下手，现在也成老板了。瑛子一直没有作声，照顾着外孙。锦康看着她，竖起拇指，笑着说：狮门就是个岭南小镇，大家就知道这里销过烟。改革开放几十年，狮门成了全国第一镇，人口百万，南来北往的人，到这里打拼，圆了自己的梦想。瑛子放下筷子，一个劲地点头。看着锦堂，眨巴着眼睛，沉思一会儿，锦康扯着他的手说：锦堂，狮门今天就像团光润筋道蓬松的面团，你就是酵母。听说你回来，好些媒体都想采访你，如果方便，市委宣传部想做个专题采访。锦堂吐出鱼骨，纸巾擦着嘴唇，连忙摆手，笑着说：老师，过去的就让它过去吧，我个人微不足道，看到今天的狮门，作为根脉埋在狮门的后人，我真是高兴。锦康拿起烟，搓了几下说：锦堂，回忆昨天，是为了珍惜今天，放眼明天。你呀，也太低调了。

送走了锦康，锦堂妈嚷着回祖屋。过了拱桥，临河涌的路边，挤满大大小小的店铺。小吃店将台凳摆在外面，满脸油污的店主，擦着桌子，招呼路人进店吃饭。车子鸣着笛，随着人流蠕动。锦堂拍着前面座椅，要下车。阿昌招呼着司机，将车停在路肩，推着老豆，嗅着飘过来的油烟，向祖屋走去。静怡撩起纱巾，捂着嘴巴，趄身躲着迎面过来的啃着烤玉米的小伙。阿昌的仔脱开外婆的手，从人群挤溜到烧烤档前。师傅叼着烟，摆弄着竹签上的肉串，刺啦刺啦冒起混着香味的烟。静怡驻步，伸手将孙子扯到路肩，埋怨地瞄着轮椅上晃动的锦堂的背影。

走到院门前，锦堂闭着眼睛，沉思瞬间，颤开眼睛，叹着气点了下头。阿昌推开门。阿财酒店的几位服务员出来，笑吟吟将他们迎进去。院子摆着石桌，围着几个石凳。门窗都换了，地面贴上了地砖，屋子隔了间冲凉房。阿财推着锦堂，顺着堂屋台阶的斜坡，来到天井下。屋角堆着几个箱子，看着上面的标签，阿财打开外面的箱子，拿出袋东西，抽出来递给他。

展开那张缺了一角的起絮泛黄的地图，看着已经模糊的字迹，锦堂的嘴角抽了几下，搓着面颊，拉着妈妈的手，揽在胸前，闭眼沉思。阿昌的眼睛湿了，他扯着儿子，走到边上。阿财蹲下，攥着锦堂的手，宽慰着说：阿堂，都过去了，别伤心了。接过阿财递来的塑胶本，锦堂搓开，瞄了几眼，抬头瞥着静怡，摇头将本子还给他。

服务员斟好茶，摆在院中的石桌上。从堂屋出来，瞄着院子茂盛的老树，再瞧瞧溜达着的孙子，锦堂抱拳说：阿财，我回狮门，真是麻烦你了，忙前忙后的，我也跟你不客气了。你回家歇息去吧。我也累了，要睡一会儿。阿财离去。他晃着手，哑着说：阿财，有空带你两个仔过来，还有小敏，我想看看他们。阿财回过身，鼻头一酸。这些年来，他和小敏没有办过婚礼，有了孩子，补办了香港身份，就这样一路过来了。锦堂是老细，忙着公司的事，从来没有说过他的老婆和孩子。他内心里明白，锦堂觉得他不着调。他的几句话，开解了他心里的疙瘩。迟疑了瞬间，他哎哎应着。

躺在厢房的床上，屋顶上的椽和瓦，还是原来的样子。锦堂呆然望着，在生命坠落的轮回中，他有些伤感，感叹生命的脆弱。椽瓦依旧，它们看着老豆长大成人，成家立业；又见证了自己孩提时代被命运的作弄；它们看着母亲过门，也聆听过她坐在檐下，望月的轻喟和哀叹。这些年，母亲独居，木鱼伺佛。静怡推着他，礼拜上帝。哀怨孤凄的粤剧声腔中，想着自己的经历，评书上的人和事，朋友的生命轨迹，他经常有看破尘世的空灵感。生命亦如世事洪流中的浮萍，湍流中澎湃着欲望的本能，浮萍裹挟着泥沙，推搡拥挤在河道上，有的沉入水底，有的置于岸上，有的仰头盘旋在枝杈间，一路号歌。洪流蓄于潭中，喧嚣归于平静，苛求和欲望的本能终成云烟。

45．探病

　　洗漱一番，阿昌和雪梅坐在堂屋的天井下，陪着奶奶说着旧事。孙子拎着树枝，蹲在院墙下，戳着草丛，寻着甲虫。静怡披着衫子，推门出来。阿昌走上前问：老豆睡着了？妈妈摆着手，坐下来，瞥了眼家婆，摇着头说：年轻时，他有没有睡着，我知道；这些年，他有没有睡着，我看不出来。他中意在似睡非睡的迷糊中，圆他年轻时没圆的梦。

　　阿昌斟上茶，递给妈妈，笑着说：老豆不容易，我在狮门待着，常听说那个时候村里人欺负他。奶奶叹着气应道：你老豆初次逃港，被遣送回来，送到常平的砖厂劳动，我抹下脸皮，和你安义爷爷，给人家说尽了好话，才将他放了出来。她指着门口，眨巴着眼说：你老豆蓬头进来，黑瘦的脸上就剩下滚溜的眼珠，顾不得招呼我，就往厨房里钻。

　　院门开了，阿财进来，推开厢房的窗户，偏头眯眼望了下。锦堂妈指着他，对阿昌说：阿财和你老豆在砖厂劳动，他家是贫农成分，先出来，来到家里，给我出主意。阿财抽了口烟，摆着手说：婶子，我和阿堂不一样，我不记闹心的事，留下都是快乐。阿堂喜欢恋旧，我和他分析过，可能和他从小爱听安义叔的评书有关。屋子传来咳嗽声。阿青走过去，推开门，回头低声说：先生醒了。阿财快步推开门，将锦堂搀扶着，坐上轮椅。锦堂望着树梢，看看妈妈，笑着说：祖屋就是祖屋，太平山上睡不好，回来躺在自家的厢房，看着小时候的屋顶，睡得好香，一下子精神了。

瞄了眼树梢的夕阳，阿财欠着身子，伏在锦堂耳边问：老细，想吃啥？我带你去。锦堂嘴巴咂巴着，扬起手说：批发市场边上的巷子中，有家买黄鳝粥的小店，还开着吗？阿昌看了眼妈妈，对老豆说：小店不卫生，还是去酒店吃吧！锦堂晃着头，侧过脸，看着阿昌说：香港讲民主，你们别为难了，想喝粥的去那家小店，想去酒店的跟着阿昌。

阿财推着锦堂，到了桥头，上了车，七拐八转地停好车，来到那间粥店。从收银台拿来过塑的菜牌，他放在锦堂面前，锦堂将菜牌推给妈妈。锦堂妈要了碗牛腩粉，让店家焯盘生菜。衬着碟子的黄鳝砂锅粥端上来，阿财衬着纸巾，揭开盖子，放上姜丝和葱花，勺子拌匀，拿过开水烫过的碗，给锦堂盛上。锦堂抖着勺子，舀起勺粥，噗噗吹着，啜进嘴里，哈着气吸溜着。电话响了，阿财指着屏幕说：映芬的电话。说着推开门，走到外面。

喝着粥，锦堂瞥着门外。阿财推开门，笑着说：安义叔知道你们要去看他，精神了好多。映芬问了医生，安排在七点左右。瞄了眼墙上的挂钟，他让锦堂慢慢吃，说这里过去，一会儿就到。锦堂妈看着阿财说：香港人看望病人，要带上花篮，这附近哪里有卖的，我出去买。阿财拦住她，操起电话，让酒店送个花篮，在住院部门口等着。锦堂偏着头问：看望安义叔，总得带点啥。阿财摆着手说：他不能进食了，带吃的没有用，就靠着点滴。店主端上碟牛腩，笑着说：我还记得您，您就是莱莉雅的老板，原来常光顾我这小店，好些年没看见您了，这是刚出锅的牛腩，送给您的。锦堂笑了，晃手谢着，他感到狮门人重情有义，自己离开这些年，好多老字号的店主还记得他。

车子随着人流蠕动，阿财回过头说：老细，我知道你和安义叔的感情，这些年，你不在狮门，我请了个韶关会讲白话的阿姨，帮着照顾他。锦堂妈欠起身子，抓住他的手，搓着说：阿财，阿堂有你这样个兄弟，值了！阿财撩着头，笑着说：没有阿堂，哪有我阿财的今天？

车子到了医院的后门。阿财按下玻璃，对着保安嘀咕几句。保安一个歪斜的敬礼，推开了铁门，笑着让车子进去。接过酒店送来的花篮，阿财推着轮椅，进了电梯。电梯门开，映芬站在门口，后面站着两位医生。她抓住锦堂妈的手，亲昵地晃着，推着轮椅，介绍着院长和主治医生。

隔着玻璃，安义埋在病床中，几根管子耷拉在白色床铺上，叠在一起的屏幕，扑闪着红蓝的数字和曲线。锦堂贴上玻璃，还是看不到安义。护士拿来几件白大褂,让他们套上,绕到后面,轻轻推开门。她闪进去,探出头来,指头弹了几下。映芬推着锦堂,跟在阿财的后面,进了病房。映芬走过去,伏在叔叔耳边,轻声唤道:叔,您看谁来了?安义的喉结弹了下,嘴巴噗噗着,手无力地摸索着。锦堂欠着身子,合掌将他干瘪的手攥住,搓摸着唤道:叔,我是锦堂,和我妈从香港过来,探望您来了。深陷的眼窝中,裹着眼皮的眼珠滚溜着弹起,黏着的眼皮吃力地翻开,露出道缝。锦堂妈伸出手,搓着他起着皱皮的肘。锦堂曲着身子,抽泣着说:叔,对不起,这些年不方便,没有来看您。安义露出褐色的牙,嘶哑着说:阿堂,叔能理解你,人都是土命,终要入土。土地实在,一松手,让你长大;攥住了,你就不长了;往回一拉,你就没了。这些叔想得开,你别伤心了。锦堂说:我知道您病了,带话让您到香港治病,您咋就这么固执!安义喘着气,嘴里呜啦着。护士拿起吸管,塞进他的嘴巴,吸掉喉咙中的痰。停了半晌,安义缓了过来,弱弱地说:阿叔给人算了一辈子的命,活着的事,都看开了。玲姨伏在他额头,呜呜哭了。安义笑着说:阿玲,你年轻时苦。阿堂给你争气了。老爷有情,你老了也享福了。我到了那边,给东家说一声。又是一阵喘气。医生走过来,指着屏幕说:病人呼吸不畅,你们请回吧。锦堂松开手,映芬抹着眼泪,将他送到门口。隔着玻璃,锦堂看着蓬松的病床和边上站着妈妈。阿财几番催促,他们垂着头,默然离开病房。

出了医院的门,瞄着车窗外喧闹的街市,锦堂依旧沉浸在离别的心境中。他捶打着大腿,心里空落落的,这熟悉的街景,装着他一生的记忆。回到老宅,阿昌还没回来。阿财照顾着锦堂,将轮椅推到石桌旁,接过服务员递上的茶水,放在锦堂面前,弹着桌面说:老细,别伤心了,安义叔无儿无女,没什么牵挂。他守着做人的道义,一辈子问心无愧,他心里安然着哩。锦堂摆着手,叹了口气应道:哎,这些我都明白。安义叔看病住院的费用,你和映芬合计一下,给阿昌说个数,我让他安排人去结账。阿财摆着手说:安义叔是"五保户",现在狮门的政策好着哩,看病住院都是政府买单。锦堂瞅着妈妈,摇着头问:那我们还能做点啥呢?阿财点起烟,吸了几口,晃着香烟说:阿堂,我不叫你老细了。你在香港待久了,总觉得钱能解决好多问题。这几年我慢慢想明白了,狮门这地方,有些东西你是用钱买不来的。想起那帮回来办厂的逃港老板的盛情,他蹲在锦堂边,摸着他的手说,阿堂,那帮逃港的随着咱们回来办厂的老板,听说你回来了,嚷嚷着要看望你。我寻思着大家聚聚。锦堂笑了,摇着头应道:阿财,心意我领了,只是我这般模样,有些不方便。

吃过晚饭,权叔坐在檐下的椅子上,端起茶几上的茶杯,举起来晃了几下,他瞄着灯光下荡起的茶叶,在椅背上搓着不再挺直的背,他突然感到人生就像一枚茶叶。一根茶枝,不论生在山丘向阳的坡头,还是生在幽凹的阴池畔,那都是自然的宿命。枝叶采摘成茶,最后到谁人家中,落入谁人口中,用什么水和什么温度来冲泡,茶叶都是被动地顺应。他荡了下茶杯,觉得沉入杯底的那片展开的酱色叶片,就像自己这一生,风光过后,沉积下来,默然打量着水面上飘曳着的青叶。他仰头喝了口茶,顺势将青叶吸入嘴中,想到那青叶就是水杯中的锦堂,他咽下茶水,嚼了几下,又觉得他坐在轮椅上,便将嚼碎的青叶吐在掌心,搓着看了几眼,随即丢在地上。屋外的榕树头哗啦晃着,权叔想到躺在病床上的安义。他漠然搓着脸颊,胸口有些发闷,靠着椅背,眨巴着眼睛,透过窗户,呆然望着厨房里忙活着的老婆。

院门开了,映芬从门缝闪了进来,随即带上门。家婆从窗户探出头来,问她吃过饭没有。映芬站在窗户外,摆手说她不饿。家婆问安义的病情。映芬叹了口气,瞥了眼灯影下权叔,摇头应道:刚才锦康老师和立勤过来探望,医院的院长也陪着过来了。他们交代院长,要尽力治疗。家婆缩回头,点头笑了。瞥了眼得天黑着的窗户,映芬转头道:安义叔一阵清醒一阵昏迷。医生说就是这两天的事。我回来冲个凉,还得过去,晚上就不回来了。映芬进屋。权叔缓缓抬起头来,他纳闷锦康会从市里过来,专程来看望安义。他蜷起腿,手攥住膝盖骨搓揉了半晌,屈身站起来,单手捶着腰眼,咪嗒着出了院门,站在榕树下,瞭望着河涌对面的镇区。映芬捋着湿漉漉的头发,走出院门。权叔走过来,说他想去医院,和安义见个面。映芬驻步,犹豫了瞬间,应了家公。权叔跟在她后面,看似随意地问这些天哪些人看过安义。映芬知道家公的心思,想到阿叔清寡却不易的一生,她顺着家公的询问,说了一大串狮门头面人物的名字。权叔晃着腰身,眼睛瞪了起来,跟步中间或踹着地,他有些喘气。

站在狮门医院住院部的重症监护室门外,映芬和护士嘀咕了几句,她接过护士递来的白大褂,转身让权叔等一下,便随着护士,进了侧面的过道。权叔扒在玻璃窗上,瞪眼看着躺在白色被枕中鼻子插着管子、胳膊滴着吊瓶的安义。映芬进去,低头伏在他的耳边,指着窗外低声说道了几句。安义咳了两声,身子挺了下。映芬盯着吊瓶,挤了下塑胶球,又盯着屏幕的曲线打量了瞬间,随即碎步推门出来。她晃着递给家公一件白大褂，让他穿上。权叔摆手退了两步，心想这不就件白色的孝衫吗？穿上它自己就成了安义的孝子了。映芬抖着白大褂，摇头瞥了眼跟过来的护士。护士接过白大褂，说着探视病人的规定。权叔疑惑地问锦康过来也穿这个，映芬说医院规定，大家都得遵守。权叔犹豫着展开胳膊，极不情愿地穿起白大褂，嘟着脸跟在映芬后面，低头进了病房。映芬攥住安义叔的手，捏了几下，低头轻唤。权叔好奇地张望着屏幕上红蓝交替的曲线，侧耳听着吱吱鸣叫的声音。安义闷哑地咳了两声，喉咙咕噜地喘着气。映芬扯起边上的塑胶管子，轻轻地插入阿叔的嘴中，吸溜吸出一团浓痰。权叔呆愣地盯着胶管中上行的痰团，喉结蠕动了几下，嗓子有些发痒。安义稀疏的睫毛颤了几下，嘴唇噗喋了几下。权叔走到床边，低头盯着他不断晃动的睫毛，期待其眼睑展开，他想看看安义好些年都没有看到过的咕溜的眼珠。权叔眨巴着眼睛。安义陷入眼眶裹着眼皮的眼珠终于没有睁开，他有些失望。安义攥了映芬的手。她将耳朵贴在阿叔的嘴巴前，眨眼瞥着家公，听着阿叔的哑声嘀咕。映芬站起来，将凳子放在床头，低声说：阿叔想和你说道几句，他让我出去一下。权叔不解，他攥住安义好似标本一般的手，探身坐下，学着映芬的模样，将耳朵贴在安义嘴边。安义舔着嘴唇，喘几口气，挣扎着问：阿权，我就要闭眼了。你能过来看我，我心里高兴，就是有件事，你得给你说个明白。权叔抬起头，瞥了安义一眼，捏了下他的骨结，又将耳朵贴了上去。安义哑笑着问：阿权，油坊的那几斤油，你当时确信就是我偷的？权叔一愣，直起身子，挠头想了瞬间，对着他的耳朵说：阿义呀，你是啥样的人，我心里清楚，狮门的人都清楚。那几斤油肯定不是你偷的。安义笑了，又问：那你怎么还要冤枉我，将我从油坊赶出来？松开安义的手，权叔摇头笑了，他俯身叹了口气，感怀着应道：阿义，没了几斤油那是事实，当时那是件大事，公社勒令严查。我想来想去，你眼睛不好，又无牵无挂，你来将这件事顶上，影响最小。查到别人，还要连累一串人。安义晃着头，手指抖着应道：阿权，那几年啥都缺。你做大队书记，我估摸着你家也没油吃。权叔趄身，瞥了眼塑胶管中滚溜的药液，想起几年前和国柱饭后闲聊，说起那几瓶油的事，他即刻感到安义话中有话。他低头问：阿义，阿堂有没有过来看你？安义咧嘴笑了，轻轻点了下头。权叔攥住他手，捏着说：阿义，锦堂要是没回来看望你，那就真的是对不住天地良心了。

沉默了一会儿，权叔突然记起解放前佘家布船被劫的事。他屈身盯着安义蜡黄的脸，琢磨了半晌，轻声问：阿义，当年佘家的布船被劫，县上的警察来到狮门勘查盘问，东家过来问你，你给他是怎么测算的？安义知道这件事是他与权叔一生梁子，大家埋在心里，碍于颜面，不愿提及。映芬说家公过来看望他，安义估摸到他会问到这个问题。安义嘴巴呜啦着，喘气吐了口唾沫。权叔扯起纸巾，帮他擦掉嘴角的唾沫。安义的眼睛晃出一道缝隙，眼珠游离着应道：阿权，我知道你一直惦着这件事。刚解放那几年，你就去了土改工作队，我本想找你说说，思前想后又觉得不合适。后来出了油坊丢油的事，我回到了生产队，也就没了说这件事的念想了。权叔眨巴着眼睛，不住地点头。安义缓了口气，抬手摸着权叔的胳膊续道：阿权，我都是这个样子了，有些话不说就没机会了。布船的事老东家恼火，他得赔人家好些钱。县上警察局怀疑你，要将你抓回去拷问。东家过来问我。我说阿权虽然强悍耿直，却不是串通劫匪，劫船越货的性格。我还说要抓阿权，有些不近情理。他是佘家的船老大，为佘家做事，不能仅凭一丝怀疑，就将人家抓去下狱，让佘家的伙计们心寒。权叔一把攥住安义的手，不停地晃着，他挤弄着紧闭的眼睛，咝咝吸了口气，嘴角不住地抽搐着。权叔松开安义的手，拍着他的胳膊应道：阿义，这些年，咱们很少见面，过去的场面上，我也难为过你。话说开了，我的心里也舒坦了。安义喘气点头。权叔站起来，撩起被角，扯着敷在他的颈下，低头说：阿义，好人有好报！你安心养病，等你过了这道坎儿，我到坝上找你吹水。他朝门口走了两步，听见安义嘶哑的哼哼，他转过身，看见安义抬手晃着。权叔回身过来，耳朵贴在安义嘴巴前，他弱弱地说：阿权，看来我要先走一步了。泄洪房那块地方，现在金贵，我走了就交回集体。权叔有些激动，他盯着安义，想到自己将来要离开这个世界，估计也是这般清醒。他挺起身，应和着就要离开。安义倏地抓住他的手，往下扯了几下，续道：阿权，这人生就像是珠江口的潮水，有涨有落。好些人的一生就像我这个废人，只能随着潮起潮落晃荡，一辈子都没有涌上潮头。你这一生也算站在潮头几十年，也该值了。护士拎着吊瓶，随着映芬进来。权叔俯身摸了下安义的额头，低头转身离开了。

夜虫簌簌，锦堂躺在床上，嗅着霉湿的味道，他担心安义叔能不能度过这一夜。他即刻中止这样的念想，用内心涌流的祈祷，中和着压也压不住的担心。手搭在胸口，平复着呼吸，他颤开眼睛，月光隔着窗纱，映了进来，安义叔的面容，沉浸在灰色的空间中，他的眼皮蠕动着显出来，皮下的眼珠间或滚溜着，挣扎着想闪出来，却没能出来。锦堂心里发紧，睁大眼睛，安义裹着眼皮的眼珠，倏然间沉没了。锦堂搓着面颊，瞭望着窗外月光辉映的瓦楞间飘曳的荒草，听着草丛间夜虫的鸣叫，他蓦然感到，安义叔在用他的坦然，开悟着让自己面对站不起来的现实。

46. 相聚

　　用过午饭，睡了半晌，锦堂出了房间。他唤来阿昌，让他给阿财电话。电话通了，他晃着要过电话，问安义叔今天怎么样。阿财应道：早上映芬来电话，说昨天晚上后半夜，急救了两次，他昏迷不醒。医生不让探视了。锦堂噢噢应着，感到自己和安义叔之间似乎有心灵感应。刚要收线，阿财笑着问：阿堂，锦康老师昨晚过来了。狮门中学的老同学，约了锦康老师，我在酒店请大家吃餐饭，也算尽个店主之谊。静怡拿着披肩，帮他披上，噘着嘴说：阿堂，千万别闹腾了，你需要静养。瞥了眼阿昌，摸着孙子的头，锦堂摇着头说：狮门那帮早年回来办厂的老板，让阿财约我吃饭，我回绝了。这次再推托，有些不近人情。况且都是一班老同学，还能见上几面呢？阿昌转过身，对着妈妈笑着说：狮门人情味重，不去说不过去。你要是不放心，我陪老豆过去。锦堂摆着手应道：阿昌，忙你的，我要带上孙子过去。阿昌扯过儿子，蹲在锦堂轮椅前，劝道：老豆，人家没见过你孙子，初次见面，都是要给利市的。你就别难为那帮同学了。

　　立勤提着包狮门特产推门进来，他远远就喊着锦堂。看见玲姨，他快步过去，拉着她的手，嘘问她的身体。静怡从堂屋出来，立勤迎上去，客套了几句，便推着锦堂往外走。阿昌跟过来，拦住立勤，笑着说：勤叔，财叔的车子，我老豆上不去，还是坐我的商务车吧。穿过狮门的老街，车子停在酒店门口。车门滑开。锦康走上前，伸长脖子，和阿财招呼着锦堂下来。国柱腋下搭着拐，他弯腰抓住锦堂的手，嘿嘿笑着。立仁看见锦堂，从大堂跑出来，蹲在锦堂轮椅前，将他的手夹在手掌间,不停地搓着。立勤扯了下他的衣领,他仰头眨巴着眼睛,赶紧站起来。阿财推着锦堂的轮椅,后面跟着一群人,乘电梯到了三楼。穿着旗袍的咨客,在阿财的指挥下,带着客人进了中餐的狮门包间。阿财走到餐台前,搓动着转盘,指着台面的一堆酒,扬手笑着问:喝什么酒?他瞥了眼锦堂。锦康摆着手应道:我不能喝,医生说的。大家多年没有见面,你们随性吧!别因为我不能喝酒,扫了大家聚会的兴致。

服务员捧上果盘,放在转盘上。品了口茶,搓着头发,锦康扫视着大家,在学生的邀请下,他缓缓站起,笑着说:你们都是我的学生。今天高兴,我想说几句。同学们息声,就像当年听课,专注地盯着锦康。他抽出一根烟,叼在嘴上。阿财晃着打火机,一声清脆的咯嘣声,他递上了火苗。锦康燃起香烟,眯眼吸了口烟,他摆着手说:上学的时候,大家挂在嘴边的就是我们是文明古国,有几千年的历史,我们地大物博,人民勤劳。咱们的祖先一辈辈在脚下的这块土地上,一生辛勤耕耘,就是为了多几亩田,多几间房,多生些儿孙。他们就像河涌的草木,随着四季变化,枯荣生息。他们掐算农时,从来都是看着老天的面色,祈求上苍,护佑风调雨顺。同学们,我们这茬人,是华夏民族生命排序中最幸运的一代,咱们没有像农耕时代的祖辈那样,将生命皈依于土地。应该说我们是幸运的——在巨变的时代,彻底改变了民族的运转轨迹,衍生和裂变出好多机会,成就了好多人孩提时想都不敢想的奢求。

国柱靠在椅背上,眯眼叼着烟,静悟着老师的话,他突然挺直腰,喊了声好,扬起手带头鼓掌。掌声静息。锦康弹了下烟灰,眯眼瞄着大家,笑着续道:同学们可曾记得,上学的时候,大家常说共产主义,就是楼上楼下,电灯电话。如果按照这个标准,我们已经进入共产主义社会了。他放下烟蒂,拿起叉子,叉了片奇异果,他晃着说:来!为了狮门更加明媚的未来,咱们吃块奇异果。大家笑了。放下叉子,他继续说:说实话,锦堂回来办厂那会儿,我就想着给镇上的人找份事干,让社员们的工分价高些。几十年过去了,国家一步步发展,我们的要求也在不断地提高。回过头来看,如果站在的传统农业社会的角度看,我们今天的生活,那就是天堂了。

菜上桌。阿财端起酒杯,站起来,他缓缓扫视着大家,走到锦堂边上,拿起酒樽,加了个满杯,动情地说:锦康老师,诸位同学,我和锦堂回到狮门,一晃几十年过去了。我们生意做得不错,多亏老师和同学们的帮衬,在狮门这块土地上，有你们这帮老友，我和锦堂心里稳定好多。他举起酒杯，晃着和大家碰杯，他走到锦康和锦堂中间，续道：同学们，什么是底气？什么是胆识？你们就是我们的底气和胆识。锦堂喝不了酒，他是我的老细，没有他带着我去到香港，也就不会有我阿财的今天。我代表阿堂，敬大家一杯。

锦堂咧嘴笑了。锦康回身望着国柱，趔身问：国柱，映芬没来？国柱放下杯子，欠身偏头应道：阿芬照顾安义叔哩！立勤拎着酒樽，敬了轮酒，他站在锦堂边，红着脸说：咱们这帮同学了不起呀！有饮了开放头啖汤的大老板，还有和平年代的战斗英雄，归结到底，还是老师教得好！我提议，咱们一起敬老师。锦康站起来，晃着酒杯应道：惭愧，说到底，还是这个时代好。

靠在椅子上，国柱抽着闷烟。瞥了他一眼，锦康放下酒杯，笑着说：学校的时候，国柱可是个风云人物呀。他参军提干，也是国家的功臣，今天同学聚会，请他给大家讲几句。国柱叼着烟，闭眼沉思瞬间，手搭在拐上，刚要起身，立勤让他坐着。手指夹着烟，在桌沿磕了几下，他缓缓地说：经历过枪林弹雨和生死考验的人，对于活着的理解，和你们不太一样。地雷引爆的刹那间，指导员趴在我身上。他丢了性命。我残疾的身体，担负着对他的承诺。瑛子从沈阳过来，成了老板。在座的好多人帮过她，我打心里感激大家。从情分上说，雪梅可以说是我的干女儿。她有出息，和阿昌走到一起，也算是我和锦堂磕磕绊绊中修来的缘分。锦堂晃着头，盯着国柱，他嘴角抽搐着，一个劲地点着头，他伸出手来，攥住国柱依旧粗糙有力的手，轻轻地晃了几下。

锦康端起酒杯，站起来，扬着手说：真情贵过金啊！虽然阿昌和雪梅已经有孩子了，咱们也好不容易聚在一起，还得为锦堂和国柱结为亲家，咱们补一杯恭贺的酒。想起了得天，国柱闭眼沉思瞬间，他苦笑着，迟疑了一会儿，掐灭烟蒂，在立勤的搀扶下，单手撑在椅子扶手上，缓缓站起来，他晃着酒杯，仰头将酒液倒进嘴中。抹着哑巴着的嘴巴横流的酒液，他皱眉瞥了锦堂一眼，脸上荡着苦涩和无奈。

聚会快结束的时候，润光推门进来。阿财挪了个位置，让他坐在锦康边上。锦康有些醉意，睁着发蒙的眼，指着锦堂，让他给锦堂敬酒。润光端着酒杯，站在锦堂边，欠身笑着说：老豆常说起您，要市志办将您的事写入市志，留存在历史中。锦康拍了下脑袋，摆手转身问：锦堂，媒体采访会，你能不能赏个面？锦堂端起茶杯，和润光碰了下，摇着头说：狮门古镇，自古闻名。我一个生意人，刚好碰上国家开放的大潮，我算不得什么，采访的事就免了吧。

阿财抖着烟盒，抽出一根香烟，走到锦康身后，躬身给他嘴里捻上一根香烟，帮他点着。锦康白了他一眼，悠然地喷了口烟，他抖着指间的烟，盯着盘中鱼骨撑起的凸眼张嘴的鱼头，摇头笑着说：阿堂，低调，你就是低调！这些年我赋闲在家，常将你和国柱比较，如果说他是一员猛将，那你就是一位难得帅才。当初的好多事，你心里其实早有盘算，你就是磨磨叽叽地，吊政府的胃口，逼我们把底牌亮了出来。锦堂晃着头，下垂嘴角吸纳几下，他拿起毛巾，捻了下下巴，孩童般地笑了。他眨巴着眼睛，瞥了国柱一眼，偏头举起颤抖的手，缓缓地应道：老书记，你那时也让人家批斗，你得懂得我的苦衷——我家里是地主成分，得夹着尾巴做人，想硬也硬不起来呀。

回去的路上，阿财手机响了。映芬来电话，哽咽着说，安义叔走了。他让司机停车，趔着身子，伏在锦堂耳边说：安义叔走了。锦堂闭上眼睛，靠在轮椅上，喉结起伏着。阿财掏出纸巾，抽出一片，递给他。缓缓睁开眼睛，哆嗦着攥住阿财的手，锦堂哑着说：阿财，我明明知道安义叔不行了，却没有最后送他一程，而是和老师同学把酒言欢，我心里愧疚呀！阿财捏着他的手，瞥了眼窗外，劝慰道：阿堂，你别难过了。锦康老师过来，同学们的盛情，咱们一档归一档，别混在一起。再说我也知道安义叔说走就走了。锦康拿起纸巾，抹了下眼角，苦着脸续道：阿财，有些话我只能给你讲。以前在狮门的时候，我与妈妈相依为命，老豆就是香港过来的汇款单。童年的记忆中，总有安义叔滚溜的眼睛和评书里的故事。他走了，我心里空荡荡的，憋涨得慌，咱们去医院，我得再看他一眼。阿财让司机掉头，转头问：要不要给婶子说声？锦堂闭眼沉思了一会儿，摇着头说：我妈也这把年纪了，就让她睡个好觉吧。

出了电梯，映芬靠墙站着，呆愣地仰望着窗外。阿财推着轮椅，走到她身边。她垂下头，闭着眼睛，轻声说：阿叔走了。她凄然一笑，好像在自言自语：走了好，他活得太痛苦了。锦堂抬起胳膊，攥着她的手，轻声应道：阿芬，这些天，你辛苦了。香港回来的路上，我想着如果安义叔好了，我要让他去油坊，坐在藤椅上，像小时候那样，给咱讲杨家将的故事。看来我的愿望，再也不能实现了。映芬抹着眼睛，摇头淡然一笑，她推着轮椅，走到安义床前。几根乳胶管拔掉了，盘在一起，搭在没了跳跃的曲线和闪烁数字的屏膜上。静卧在绵软的被子中，安义叔眼窝塌陷，凸起的喉结没了。欠着身子，锦堂攥着他冰冷的手，合掌搓摸着，下巴搭在床上，他闭眼抽泣着。阿财走到外面。映芬蹲下来，抓住他的手，头贴着床，侧脸看着锦堂盈满泪水的眼，她啜泣着劝慰道：阿堂，你的心情我知道。人死不能复生，你得保重身体，就别难过了。

护工推着床进来，他们揭开被子，将安义抬起来，放在床上。锦堂按着轮椅，抓住床沿问：要去哪里？护工隔着口罩应道：送去太平间，等下殡仪馆的车过来。映芬掰开锦堂的手，两个人怯愣愣看着推着病床的人，消失在炫白的走廊中。阿财过来。锦堂哆嗦着手，在他裤兜摸索着，他掏出烟盒，抽出一根烟。阿财帮他点上。贪恋地吸了几口，他咳着耷拉着头，闭眼晃动着。拿着夹子的护士过来，指着墙上的标志，虎着脸叱道：这里禁止抽烟，能不能替病人想想！阿财瞥了她一眼，眨巴着眼应道：兄弟伤心，他抽着烟，就是为了纪念床上的病人。护士噘着嘴，白了他一眼，趔身走了。

车子到了祠堂前，锦堂抬起头，叹了口气，看着映芬说：阿芬，我心里难受，咱们到坝上安义叔的屋子坐坐。映芬点着头。阿财吩咐司机，晃手指着路，向坝面奔去。坝面黑漆漆的，车灯随着颠簸，映着熟悉而又看不清的林木。车子喘着气，爬上了坡。映芬下车，借着车灯的光，从包里掏出钥匙，她开了门，按开了灯。

阿财招呼着锦堂下车，将他推到木栅栏前。他走进屋子，拉开冰箱，拿着几罐啤酒，放在桌上，扯开封口，递给锦堂一罐。他抓起一罐，朝水库走了几步，望着黑魆魆的水面和影影呼呼的山林，仰头咕咚了几口啤酒，回身抹着嘴角的沫沫，吸纳着说：阿堂，别伤心了！咱说说开心的事。锦堂嘴角颤抖着，轻轻地抿了口啤酒，偏头指着夜色中水库的对岸，哑着嗓子有些感怀地说：阿芬，逃港前，我经常到对岸水草丛中，练习游泳。安义叔估摸到了。他没有明说，总是绕着弯鼓励我。有次我赤着身子出来，见你帮他收拾屋子，我只好蹲在树林中，身上让蚊子叮了好多包。映芬笑了，转过头应道：阿堂，你去了香港，阿叔最开心，常要我打听你的情况。锦堂点着头，盯着映芬，讪笑着说：我到香港的前几年，夜里经常梦到和你在油坊的榕树下玩石子的情景。碰到解不开的疙瘩，心里想着如果去问安义叔，他会是个什么样的说道。

小屋门洞中映出菱形的光。锦堂摁着轮椅键，滚到光影中，他揉着眼睛，呆然打量着墙面上几个油瓶的水墨画。阿财走过来，蹲在轮椅边，顺着他的视线，茫然望着屋内。映芬将锦堂推进屋。锦堂摸着屋内的摆设，想象着安义叔在人世间最后日子生活的情形。厅堂里屋墙角的柜子上,摆放锦堂送给他的老旧的电视机和卡式收录机,边上盒子里排了一排早年各个时期的磁带。床头靠着一把竹筒水烟筒,褐色竹筒搓摸得光溜溜的,沉寂着岁月的沧桑,中间系着红色的丝线,线头拴着一片铜钱状的褐白相间的玉片。轮椅到了床前,锦堂拎起水烟筒,扯着红绳,摸着玉片,低头放进嘴中吸了几下,转头对映芬说:阿芬,安义叔的水烟筒,我要带回香港,留个纪念。映芬点头接过水烟筒,装进袋子中。走到小屋门口,锦堂回头瞥了眼墙上的画,将阿财叫到身边,吩咐道:阿财,我的身体就是这个样子了。这次回到狮门,了却了我的好些心愿,也不知道此次归港,今后还能不能再回狮门。阿财蹲下来,扯着他的胳膊,笑着安慰道:老细,你还是老毛病,遇事总是朝最坏处想。现在交通多方便,过境不用下车,从香港回狮门就像从天平山到西贡那样方便,你千万别胡思乱想。锦堂瞄了眼映芬,攥住阿财的手,板着脸续道:阿财,你也是狮门有头有脸的人了,我想托你办件事。阿财转动手腕,握住锦堂的手晃着,埋怨道:老细,多年不见,你怎么这么客气?给你做事那是我的本分。锦堂叹了口气,点头道:将来安义叔骨灰入土的时候,你帮我买几斤油,淋在他墓前的松柏下。阿财眨巴着眼睛,刚要出声,锦堂抬手续道:阿财,按照我的话做,这事不要追前问后了。快上车的守候,阿财推着轮椅,伏在锦堂耳根问:老细,是花生油还是橄榄油?锦堂偏头瞪了他一眼。阿财笑着续道:安义叔这些年都在吃橄榄油,我送给他的。锦堂笑了,抬手说:花生油吧!还是花生油有味道。

　　回到老宅,阿财将锦堂推到屋檐下。见映芬跟在后面,坐在檐下台阶上的玲姨愣了下,对着映芬晃着手,就要起身。映芬碎步过来,拉着她的胳膊,让她坐下来。玲姨瞥了眼垂头丧气的锦堂,扯着映芬的袖子问:阿芬,你不是照顾安义叔哩,咋就过来了?映芬低头,噘嘴瞄了眼锦堂,就是不吱声。玲姨急了,一把抓住她的手,晃着催问:是不是你安义叔……锦堂直起腰,搓着脸颊应道:安义叔走了。玲姨闻言,松开晃动的手,松垮地坐在藤椅上,直愣愣盯着屋脊伸出的树梢。映芬蹲在她膝前,合掌攥住她的手,带着哭腔,宽慰着玲姨。玲姨就像一尊木偶,晃着身子。阿财将锦堂推到她跟前。玲姨呆然间回过神来,噘嘴抹着眼角,叹着气凄然一笑,摸着映芬的手应道:阿芬,姨经历的世事多,生老病死的事我想得开。只是这活生生的一个人,咋说走就走了?锦堂抬起头,说映芬这些天辛苦了,让阿财送她回家,早点歇息。

47. 送别

安义的送别仪式在殡仪馆的兰花厅举行。不顾一家人的劝阻，玲姨叫来映芬，随着她早早来到殡仪馆。映芬的两位大佬站在闭合的门庭前，吩咐族人安排送别仪式。阿昌的车停在台阶下，映芬搀着玲姨下车。映芬妈招手，将玲姨迎上平台，让儿子拿来椅子，让她坐下。玲姨对着映芬嘀咕了几句，便拉着映芬妈的手，坐了下来，嘘问着竹器场那些工友的情况。映芬推开门，从厅堂出来，她对着玲姨说道了几句，便扶起她，走到门前，推开门扇，闪了进去。映芬探出头，给大佬交代了几句，便带上了门。瘦弱的安义静卧在玻璃棺中的鲜花丛中，就露出了一张脸。映芬搀着玲姨，围着安义走走停停，转了一圈。她站在安义的头前，合掌闭眼，嘴巴嘟囔着。映芬瞥了眼墙上电子屏，搬来一张凳子，让玲姨走下。她缩身站在后面，轻轻地抬起脚，后退到花圈丛中，从侧门出了厅堂。

参加告别仪式的人陆续到了，大家聚在一起，感怀安义平淡却又坚守着风骨的一生。阿昌的车过来了，他照顾老豆下车。映芬走过去，推着锦堂的轮椅，向厅堂侧面的小径走去。锦堂进了告别厅，他不让映芬推，独自摁着轮椅按键，围着安义的玻璃棺转了一圈。玲姨抬头睁开眼睛，隔着鲜花丛中安义的脸颊，望见了坐在轮椅上的锦堂，她再也控制不住了，掏出纸巾，捂在嘴上，抽泣起来。锦堂轮椅滑了过来，映芬从花圈后面闪出来，一起安慰着锦堂妈，一起出了侧门。锦堂叫来阿昌，让他送奶奶回去。玲姨望了眼喧闹的人群，随着阿昌上了车。

告别仪式的时间到了。大家按照殡仪馆工作人员的要求，在门前排好队，准备进入。佘氏一族的好些人，多年没有见过锦堂了，他们围过来，握手问候。锦堂微笑点头，他倏然感到在香港这么多年，大家见面，看似谦和雅致的礼数中包裹的都是互相利用的商业规则和冷漠的竞争，虽然他好些年没有回狮门了，邻里们见面，看似有些僵硬简单的问候中却充满了家乡的温情和朴实，他瞬间也明白了老豆为什么对没有在家乡入土为安而耿耿于怀。锦堂掌心发热，这是多年没有的事。厅堂的门开了，阿财推着锦堂，站在前排。映芬的大佬读完安义为自己写的悼词，哀乐声中，大家围着安义的遗体，缓缓转圈，鞠躬致哀。锦堂抓着轮椅的扶手，对着安义叔安详清瘦的脸，鞠了三个躬。他掏出帛金，递给映芬的大佬。映芬妈给了他包着糖的白手绢。锦堂出门的时候，权叔弯着腰，随着一群老人进来。权叔瞄见他，愣了下，趋身低头。锦堂叫了声。他屈着身子过来，笑着说：阿堂，好些年没见了。你从香港回来，能送安义一程，真是有情有义。他往前走了两步，又转身扬手续道：阿堂，现在大家有钱了，人情却淡了。要我说，你比村里好多人重情义。

　　树冠上头罩着团快速飘移的黑云，清朗天空暗了下来。几道网状闪电过后，就是一串炸裂的闷雷，瓜子大的雨滴，从哗哗抖动的树冠簌簌坠下。抹着飘过来的额头的雨水，锦堂摆着手，对阿财说：阿财，这是老天给安义叔洗尘呢。立勤从人群闪出来，举起一把伞，砰地撑开，要送锦堂上车。锦堂扯着他淋湿的裤腿，说等下再走，他要感受一下老天迎候安义叔归天的气氛。阿昌的车停在台阶下的雨帘中。车门滑开，他撑起伞，撩着裤脚，踩着台阶的雨水上来，埋怨老豆不该坐在雨檐边。告别仪式结束了，雨也停了，人群散去。锦堂坐上车，转头瞥见侧面小径上，几位穿着黑色正装的人，将玻璃棺推出来。他探头问立勤。立勤瞥了眼，摆手应道：阿堂，告别仪式完了，遗体就要火化。锦康噢了一声，闭眼靠在椅背上。车子到了殡仪馆闸口，锦堂直起腰，拍着阿昌的肩，让司机掉头去火化的屋子。司机瞥了眼阿昌。阿昌摆了下手，司机嘟着脸，有些不情愿地打着方向盘。车子停在火化房前。阿昌下车，要招呼老豆下车。锦堂叹了口气，摆手让阿昌上车，他攥住车子侧面手把，欠身望着褐色烟筒，盯着噗噗冒出的青灰色烟雾，他好像看到了安义叔虚化成了青烟，摇曳身躯，在向他招手告别。青灰色烟雾归于雨后的白云。锦堂软着身子，靠在椅背上，闭眼摆了下手。阿昌对着司机，抬了下下巴。车子噗地仰起头，向殡仪馆门口驰去。

　　回到宅子，锦堂感到浑身乏力。静怡拿起毛巾，帮着他擦掉头上的雨水，又给他测了血压，量了体温，说他可能感冒了。阿昌忙活着开工庆典的事，回到家里，妈妈嚷嚷着回香港。从老豆房间出来，他对妈妈说：老豆是狮门莱莉雅的创建者，市里领导过来，都希望他能出席典礼。我让狮门医院的院长带上医生，给老豆看看，挂瓶点滴，再坚持下。妈妈白了他一眼，数落着说：生意重要，还是你老豆的身体重要？拉着妈妈的手，阿昌晃着说：没有你和老豆的打拼，哪有莱莉雅今天的事业。老豆埋怨生意没做好，他得帮着我，撑撑场面，我也就有底气了。

立勤接到阿昌的电话，带着狮门医院的两位医生过来，做了一番检查，临了开了血检和胸透的单子，让锦堂到医院做个检查。立勤走过来，说能否开些药，先控制一下病情。两位医生对看着耳语了几句，年长大夫摆手应道：老细每天都要吃降压降脂的药，他有点低烧，没什么大碍，我们就怕随意开些感冒药，对他原来的药效有影响。静怡跟前跟后，见立勤送走了医生，他一把将阿昌拉到屋外，噘嘴埋怨道：阿昌，狮门的医院咋能跟香港的医院比？我还是想让你老豆回香港治疗，你们开工庆典的时候，他再回来。阿昌挠着脖子，他知道老豆这次回到狮门与其说是参加他的开工庆典，还不如说是想和安义爷见上一面。老豆现在回了香港，开工庆典的时候，就很难再请他回来了。老豆在屋内咳了两声。阿昌在院子踱了几步，仰头瞭望着晃动的树梢，他明白自己接手莱莉雅这么多年了，并没竖起自己的旗帜，场面上人们说起阿昌，没有多少人知晓和认同；说到了老豆，人们就会送上恭敬的眼神，竖起拇指恭维几句。锦堂的化验单出来了。静怡从阿昌手里拿过单子，放在台面上，拨弄手机屏幕，拍了几张照片，用微信发给香港的医生朋友，并将锦堂发病起因和症状描述了一番。香港医生回复，说他们得会诊。静怡抖着检验单，在院子对着阳光晃了几下，转过头来疑惑道：阿昌，就狮门医院那些设备，检验的结论不会有错吧？阿昌笑了，他摆手应道：妈，我平时待在狮门，雪梅和你孙子也时常回来，有个头疼脑热的，我们都是去狮门医院看，人家也没有你想象得那么差劲。静怡的手机吱吱了几下。她赶紧拿起手机，搓开微信，听完香港医生的语音，又搓开他给出的药单。阿昌掏出狮门医院开的处方，两个人核对了一番，知道大同小异，静怡抿嘴笑了，不再坚持回香港了。

静养了几日，锦堂感觉好了些。雪梅带着儿子回到老宅子。锦堂见到孙子高兴，他让静怡推着他，来到河涌的拱桥头，指着绵延的山峦和成片繁华的街区，给孙子说着狮门的过去和他已经消解得不再苦涩的童年。静怡有些不高兴，她拍了下锦堂的肩，俯身对着他耳畔低声道：阿堂，孙子是香港仔，你别叨咕你那些陈年旧事了。锦堂偏着头，瞥了静怡一眼，下垂嘴角翘起抖了几下，手掌蜷起来又展开，他闭眼叹了口气，摇头应道：阿怡，你是土生土长的香港人，我和你不一样。回来办厂的那些年，香港身份是我的荣耀，也是我的底气和眼界。好些年没有回来了，这次回来，我和以往感觉不同，也许是自己老了，身体又是这般境况，我觉得香港再好，我在香港住得多久，生活多么富足，我都是个匆匆的过客。静怡躬身，用下巴轻磕了几下锦堂的头。锦堂攥住她的手，搓摸了半晌，瞥了眼孙子不解的神情，轻声续道：狮门这些年日新月异，可怎么说它还是个岭南名镇，不能和香港相提并论。年轻的时候，我身体好，铆足了劲就想着挣钱。对于安义叔时常絮叨的八卦五行和天干地支没有个概念，我觉得那也就是个说辞。这次回来，看着狮门古旧的起着青苔的石板街，望着祠堂前茂密的大榕树，坐在安义叔小屋前，瞄着浩渺的水面，我才真切地感受到五行和天干地支的存在。狮门这些东西融进我的身体里，让我感到有了精神头。

　　日头西落的时候，瑛姨提着一袋东西，笑盈盈地进了院子。雪梅快步上前，接过她手中袋子，抖开袋口，朝里面张望着。静怡从屋子出来，淡笑着一愣，没等她言语，瑛姨摆手说：亲家你们回来了，我不过来，那就失礼了；贸然过来，又怕打扰你们。这不，我剁好了饺子馅，发好了面，连擀面杖都带过来了，我给你们包顿饺子。静怡的笑中有了温度，她走过来，客气了几句，让雪梅给她帮忙。听说瑛姨过来，锦堂让静怡给阿财打电话，在他的酒店订了几道菜。吃完晚饭，瑛姨起身收拾完厨房，她拎起袋子，就要回去。锦堂将她叫到身边，让她坐下，看着雪梅递上一杯茶。锦堂望着窗外，沉思半晌，转过头问：阿瑛，我回来这些天，也没看到得天，阿芬和国柱也没有说起他。他现在情况怎么样？瑛子搓着茶杯，爽朗的性格一下子矜持了起来，她呆然盯着地面，沉默了半晌，摇头应道：得天和家里闹翻了，他基本上不回家，跟着我一个叫王军的东北老乡，在狮门做酒楼，开汽车维修店，还弄了间婚庆公司，也不知道能不能挣到钱。她瞥了眼锦堂，又说：王军有个妹妹叫王艳，长得水灵。我听东北老乡私下说，得天好像和她在一起。这事好些年了，我估计国柱和映芬都知道。他们和得天的矛盾就在这件事上。锦堂噢噢应和着。瑛子抿了口水，摇头笑着说：这些年，我和国柱一家就是年节时问候一下，平时很少来往，我琢磨着他们可能心里埋怨我。锦堂伸长脖子，鼓眼问：为啥？瑛子站起来，放下茶杯，闭眼摆头应道：那个王军，原来从狮门进货，在东北批发服装。他是我介绍给得天的客户，我没有想到他们唱了这么一出戏。

48. 典礼

　　拆迁后的工地上，几辆挖掘机排好队，举着长长的挖掘铲。铲兜裹着绸缎做成的绒球，垂着长长的鞭炮。几个彩球飘在空中，扯着镶着红字的缎带。几路醒狮随着鼓点，缩身翘首，准备在垒起的高架上，一决高下。阿昌和润光站在入口，迎候着领导。领导们下车，随着他们来到签名台前，接过礼仪小姐递上的粗笔，在红色的纸上，龙飞凤舞地画上大名。礼仪小姐给来宾佩上胸花，引着客人来到竖起的规划效果图前，与阿昌握手留念。阿昌的儿子没有见过这样的场面，他站在醒狮前，愣头愣脑地看着。雪梅弯着腰，从台前溜过，扯着他的手，回到贴着标签的座位上。

　　阿财推着锦堂，和静怡来到庆典的会场。锦康看见锦堂，和润光快步过来，引导轮椅来到效果图前，合影留念。他招呼着阿财，推着轮椅，向坐在前排的领导介绍锦堂。好些领导知道坐在轮椅上的就是锦堂，纷纷起身，站在他边上，晃着握在一起的手。媒体记者醒目，拿起相机，对着他们，一阵咔嚓。记者们知道了锦堂的身份，成群围过来，举起录音笔，伸长脖子询问锦堂当初回来办厂的事。锦堂下垂的嘴巴颤抖着，他闭眼晃头，满脸无奈。春生臂肘上搭着西装上衣，手扯着领带，往上推着领结，弓着腰找寻自己的座位，瞄见人头中间锦堂难堪的神情，他快步过来，扯了正在和锦康聊天的阿财一把，将人群豁开，摆手笑着解释道：诸位，我老细身体不好，不能太过吵嚷。如果要采访，庆典结束后主办方会安排时间的。阿财明白了锦堂的难受，他朝边上庆典的保安晃了下手，推着锦堂在前排正中的地方归位了。阿昌陪着主管城建的副市长过来,看见锦康坐在前排,他赶紧过来,拉着锦康的手,亲热地聊着。阿财偏头,对锦堂说:老细,这位副市长你肯定不认识,他年轻时给锦康书记做过秘书。锦康陪着副市长过来,向他介绍锦堂。副市长弯腰点头,从秘书手里接过名片,捧着递了过来。锦堂点头笑了,他接过名片,端详了片刻,依旧笑着点头。

锣鼓声中,两支舞狮队从两边登场,在宽阔的混着碎砖破瓦的沙土地上龙腾虎跃。临时搭成的舞台右边,一位戴着茶色眼镜的人,指挥着一帮穿着黄色T恤的人,正在调整台上摆设。锦堂瞄了几眼,觉得有些眼熟,他偏头指着那人问边上的阿财。阿财伸长脖子,瞪眼看了眼边上穿着同样T恤的工作人员胸前标志,低头说:老细,那就是国柱家的得天,现在有些发福了。他有家庆典公司,今天这场开工庆典,可能就是他们公司做的。锣鼓声息,狮群退场,主持人款款出场,一点开场白后,就是介绍到会的领导和嘉宾。读到锦堂的名字,看不到有人站起来招手,主持人不认识他,瞄着台下,又读了遍他名字,人群哄嚷起来。阿昌屈身站起来,对着主持人打手势。主持人还是不明白,往前走了两步,刚要喊锦堂的名。阿财有些急了,他扶着轮椅,倏然站起来,摘下庆典配发的红帽,在空中晃着几下,临坐下时手指点着轮椅上的锦堂。

庆典结束了。阿昌吩咐老豆先不要动。领导和嘉宾们站起来,走过来和锦堂告别。一辆警车缓缓驶进来,停在舞台左侧,车上下来几个人,盘问着正在拆台的工人。阿财走前几步,见几个人围住一个穿着黄色衬衫戴着墨镜的家伙。还没等阿财反应过来,两个人款着墨镜的胳膊,墨镜手腕上搭件衣服,朝警车走去。阿财挠头想了瞬间,他拽住忙活的工人,说了几句话,回身走到锦堂轮椅边,瞭望着随散去的人流蠕动的警车。送走了领导和嘉宾,阿昌和立勤过来。阿昌伏在老豆耳边,轻声问:老豆,我们在财叔的酒楼摆庆典酒,好些领导和嘉宾都过去捧场,您过去闪个面。锦堂闭着眼,他摇头摆手应道:阿昌,那么多领导,你去忙活吧!别操心老豆。老豆清静惯了,吵嚷的时间长了,我就胸闷。立勤瞥了眼阿昌,他弯腰推着轮椅,抬头说:阿昌,别难为你老豆了。他又低头伏在锦堂耳根说:阿堂,阿昌有心,趁着公司的开业庆典,给咱们几个同学安排一个包间,你过去热闹一下吧。锦堂攥住立勤的手,捏了几下,瞥了眼静怡,摇头应道:立勤,我和你不一样。我是靠药养着,得按时服药,马虎不得。阿财走过来,从立勤手中接过轮椅,让他别勉强锦堂了。

回到老宅子，吃完午饭，静怡张罗着收拾东西。锦堂喝了口汤。静怡和雪梅收拾餐桌，她对雪梅说：阿梅，等下让仔仔睡个午觉，等阿昌回来，他就安排车子，送咱们回香港。锦堂端起静怡递过来的温开水，喝了口水，仰头咕噜着漱完口，将水吐进纸杯中。他拿起一片纸巾，擦着嘴巴，瞥了眼静怡说：好不容易回来了，怎么那么着急，就不能多住几日吗？静怡放下拿起的碗筷，应道：阿堂，孙子要补习英文，再说我在狮门无亲无故的，住得有些闷，想早点回去。锦堂唉了一声，闭眼靠在椅背上，晃着头，不知是理解后的同意，还是无可奈何的顺应。

　　躺在堂屋床上迷糊中刚睡着，窗外传来立勤的声音。听说要找锦堂，静怡说他刚睡着，问他有啥急事。立勤急得吭哧了半响，也没说出个因由。锦堂偏头对着窗外，举手喊了声。静怡快步过来，挽着锦堂坐起来，噘嘴对着他的耳根嘟囔道：阿堂，赶紧回香港。你看就你这样的身体，回到狮门还要应付这些事。立勤朝屋内瞥了眼，见静怡要将锦堂挽上轮椅，便走进来将锦堂抱着放在轮椅上。锦堂欠身问：立勤，有啥事，这么急？立勤瞥了眼静怡，搓着手，就是不吱声。静怡扬起手说：阿堂，你们聊，我是个外人，站在这里不方便。立勤挠头笑了，好像用笑的歉意认同她的话，还像是用挠头表示他还没想好，跟她在不在边上无关。静怡端起茶杯，抿了口茶水。立勤依旧挠着脖子嘿嘿着。静怡白了他一眼，放下茶杯，出了屋子。

　　立勤站起来，从窗户张望了一眼，提着竹凳坐在锦堂边上，低声说：阿堂，得天和那个叫王艳的姑娘过活在一起，听说还生了个儿子。王艳的哥王军在老家犯事了，今天庆典结束的时候，让公安逮住押回东北了。国柱和映芬对得天的事，想管也管不了，便睁只眼闭只眼。得天看到王军让人抓了，就带着王艳和儿子，回家找国柱，说要补办个婚礼，和王艳搬回来住。国柱闻言，火冒三丈，拎起拐将得天赶出屋子。王艳哭，孩子叫，得天顺势攥起窗台上的酒瓶，将大半瓶白酒倒进嘴里。他凭着酒劲，拿起竹竿，将家里乱砸了一通。听说国柱腾拉，在院子追着得天打。锦堂耷拉着眼睛，静静地听着，不时点头。立勤不解地看着他，问他怎么办。锦堂叹了口气，摇头应道：立勤，常言道，清官难断家务事。这是国柱的家事，你最好别管出了界。立勤趋身，瞪着锦堂，他没有想到他有这番说辞。立勤搓着脸颊，盯着地面沉默了半响，淡然一笑，续道：阿堂，中午几位同学的聚会，国柱和映芬说好了参加，结果两人都没过去。我回到家，阿芬就跑过来，哭诉着家里的事，她哀求着让我过去，劝劝国柱。想到映芬伤心的神情，锦堂挺直腰，应道：最可怜的就是阿芬了。她一个女人家，一边是老公，一边是儿子，难为她了。立勤点着头说：阿芬你了解。她是个贤惠刚强的女人。即便是我们从小一起长大，不到万不得已，她是不会求我帮忙的。锦堂攥住立勤的手，晃着半晌应道：阿芬的事，该咋办？立勤趋身瞥了下门口，低头沉思了一会儿，摸着脸颊说：阿堂，这样，他们刚吵过架，让他们一家人冷静一下，太阳快落山的时候，我过来接你，咱们一起过去，看事而为，给他们说和说和。想到等下要回香港，锦堂有些犹豫。立勤站起来，踱了几步，让锦堂想想化解国柱家冲突的办法，没等他吱声，他扬手出了屋子，和静怡招呼了一声，便撒腿走了。

摁着轮椅的键，锦堂滑到门口。静怡放下手里的衣物，回身过来，欠身问：阿堂，啥事，那么神秘？锦堂愣了下，摆手应道：阿怡，国柱和儿子吵架了。立勤怕你笑话，私下说了些情况。阿昌进门，他接过雪梅递上的茶水，喝了一口，坐在老豆边上的椅子上说：准备了好些天，开工典礼总算结束了，可以说嘉宾捧场，领导满意。锦堂眯眼点着头，没有吱声。阿昌趋身对着他的耳朵，眨巴着眼睛，低声应道：老豆，新旧领导见到你，都说起你当初的勇气和贡献。现在全市都在转型升级，您又顺应政府号召，忍痛拆掉莱莉雅的工业区，他们都觉得对不住你，还说要在政策上回馈你。锦堂笑着摇头。阿昌续道：还是锦康老书记给力。他顺着话问副市长，怎么个回馈？副市长答应在规划允许的红线内，可以考虑增加容积率。锦堂离开商界多年，不知道容积率的意思，他瞥了眼阿昌，本想探问，看到阿昌兴奋和按捺着兴奋的神情，他约莫知道其中门道，话到了嘴边，又噗噗着嘴巴咽了回去。

静怡将收好的行李放在茶几，她趋身伸脖让雪梅抓紧时间，撩起搭在臂肘上衣服，招呼阿昌给老豆换衣服。锦堂摆手说：阿怡，你们先回吧！国柱家的事，我和立勤约好了，要过他家劝解劝解。雪梅瞥了眼阿昌，摸着儿子的头应道：阿昌，让妈妈和儿子先回吧，我留下来照顾老豆。静怡白了锦堂一眼，嘀咕道：不是说好了吗，咋能说变就变哩？她又转过头，对雪梅说：阿梅，我和几位姐妹约好了，由我做东明天去弥敦道的酒楼饮茶。人家都安排好了，我不能失约呀。

送走了老母，阿昌回来，坐在老豆边上，依旧兴奋难耐。锦堂眯眼靠在椅背上，抬手轻声说：阿昌，你这天辛苦了，歇息去吧！让老豆一个人静静。阿昌站起来，给他斟了一杯茶。刚走到门口，锦堂将他叫回来，偏头低声嘱咐道：阿昌，内地做事，好些都是在灰色地带穿行。同样的事，此一时，彼一时，都有个说道。阿昌眨巴着眼睛，噢噢应着，刚要直起腰，锦堂一把抓住他的胳膊，扯了几下，趔身续道：阿昌，你得记住，有些事只能做不能说，有些事只能说不能做，有些事要大声说小心做，有些事却要大胆做小心说。看着阿昌离去的背影，锦堂突然感到阿昌虽然在狮门打理莱莉雅多年，遇事还是有些稚嫩。他想起自己大半辈子的经历，后悔当初将儿子送到国外读书，骨子里还是烙着香港底色的洋味。

　　西落的日头透过院墙边上的树梢，哗啦啦洒在窗户上。锦堂眯眼呆然打量着窗户上的光斑，他瞥了眼呼呼喷着冷风的空调口，扯起搭在轮椅扶手上的毛巾被，撩起来盖在身上，又点了下扶手上的摁键，将靠背放低，他躺靠在椅背中，想着这辈子和映芬未了的情缘。窗户上光斑在抖动中下沉，落在了屋檐下，屋子里暗了下来。锦堂咳了两声，鼻头抽动了几下，他在这方清静空间中，酥化和消解着隐埋在心中的情愫，眼睑颤开的时候，他的眼眶湿了。立勤探头走进院子，纳闷为何这般清静，他轻手轻脚地踱到屋檐下，从窗缝中瞄着好像睡着了的锦堂。走到门口，抬手推门的瞬间，他有些犹豫，便掏出烟盒，抖出一根香烟，叼在嘴上，偏头点着，眯眼吸了两口。厢房的门开了，阿昌趿着拖鞋，揉眼出来。他纳闷立勤叔坐在檐下，便快步过来，絮叨了几句，转身轻轻地推开门，轻声说：老豆，立勤叔来了。锦堂挺直腰，招手让立勤进屋。听说他们要去得天家，阿昌要叫车送他们过去。立勤站在轮椅后，倒腾着调直椅背，笑着应道：阿昌，忙你的去吧！我推着你老豆过去，我们也想追忆一下小时候的感觉。锦堂笑了，拍了下扶手说：阿昌，你勤叔就是想找回小时候欺负老豆的那种感觉。

　　夕阳映着用水泥砌的槽中的河涌，北边还是古旧的石巷旧宅，对面却是镀着橙红色夕阳一片连着一片的密密麻麻的高楼。立勤推着锦堂，沿着石板街，缓缓前行。到了拱桥桥头，锦堂指着有些破旧的桥拱，拍着立勤胳膊，仰头问：立勤，你还记不记得小时候，你经常和国柱将我堵在桥头，从我手里索要饼干和糖果？立勤驻步，笑着摇头，他俯身应道：阿堂，你生意那么大，小时候那些冬瓜豆腐的小事，你咋记得那么清楚，而且都是别人欺负你的事？他捏了锦堂的肩，嘘道：阿堂，我时常后悔。你说如果小时候我和你站在一起，你肯定会帮衬我，说不定我现在也成大老板了。快到国柱门前的时候，立勤看见权叔从院子走出来。他蜷曲着腰，低头看着地面，腿有些罗圈，走起路来向外翻着，没了他们记忆中的威严。立勤慢下脚步，见权叔走远了，他弯腰推着锦堂，到了国柱家院门前。锦堂转头打量着有些冷落的祠堂和祠堂前依旧繁茂的大榕树，他想起了儿时的情景和刚回来办厂时的热闹。立勤推开虚掩的门。呆坐在院中唉声叹气的映芬，见锦堂过来，她愕然一愣，站起来低头怯怯地过来，她白了立勤一眼，又瞥了锦堂两眼，低声说：阿堂，让你们见笑了。我本想着退休后有国柱和我的工资，生活过得不算富有，也还滋润，没想到得天的事，弄得我们这些年过得好苦呀！锦堂欠身点头，等她抽泣声息，瞄着院子温情问：阿芬，阿柱哩？映芬掏出纸巾，捻着眼角，晃着手应道：他和儿子都快打起来了。得天在家里发疯地撒完野，他抡着拐杖，砸了的东西敲打了一遍，火气攻心，晕着跌倒了。我叫来医生，量了血压，给他开降压药，我给他服完药，将他扶到床上躺下了。

映芬推开堂屋的门，偏头对着里面唤道：阿柱，立勤和锦堂过来了。立勤找来两条薄板，搭在台阶上，将锦堂推进屋子。臂肘撑着床边，国柱侧身半坐着。锦堂摆手，让他躺下来。映芬撩起枕头，垫在他背后，让他靠在床上。国柱搓着脸，闭眼摇头，淡然一笑，自嘲着说：阿堂，今天是你家阿昌开工庆典，我本想和映芬过去，沾沾你家喜气，没想到却出了这档子事，让我颜面扫地。立勤递给他一杯水。国柱接过水杯应道：这真是一家欢喜一家愁呀！立勤坐在床头椅子上，掏出香烟，递给国柱一根，两个人点上，喷出的青烟在锦堂前面缭绕混成一团，向门口飘去。立勤摸着床头的拐，劝慰道：阿柱，常言道儿孙自有儿孙福，你就别难为自己了。狮门也不再是小时候的狮门了，成百万的人口，谁认识谁呀？别再纠结面子了。你看得天这辈年轻人，有多少人都是找的外地媳妇？有啥不好！映芬坐在床边，叹了口气，轻轻点了下头。国柱扬起手抖着应道：立勤，人家那都是父母同意，明媒正娶，得天弄的这叫啥事呀！立勤站起来，踱了几步，扬起手说：阿柱，咱们得客观看待这件事。那个王艳我见过，人家长相不错。如果得天和她在东北遇到了，说实话，你家得天撅屁股追人家，人家可能还不搭理哩；如果在上海碰到了，我估摸着人家王艳也不会同意；到了狮门，那就另当别论了。咱们是本地人。外地人想在狮门落脚，羡慕咱们，也就拔高了狮门人的身价，咱们可不能自然就觉得自己高人一等。锦堂笑了，竖起拇指应道：阿柱，你还别说，立勤这些年领导没有白当，说得有板有眼。国柱噘嘴瞥了立勤一眼，就像小时候指挥他。锦堂伸长脖子唏嘘道：阿柱，还是你有眼光，看出立勤是个好苗子，培养得好。国柱挺了下腰，摆手说：阿堂，有没有搞错？那是我老豆的功劳。

天色暗了下来。映芬摁开灯，给水杯续上水，她捋着额前凌乱的刘海，缓缓抬起头说：我和阿柱商量好了，得天不是要搬回来吗？那我就将租出的政府分给我的那套房子收回来，我们搬过去。阿柱眼不见为净。我这个为娘的，还得不时过来，帮忙带带那可怜的孩子。国柱扭着低垂的头，脖子上凸起的血管和筋道刺溜着，彰显他的窝屈。锦堂打量着屋内摆设，他知道这些年映芬和国柱过得有些清苦。他将立勤叫过来，说自己有几句话想给国柱说，让他在外面抽根烟。立勤有些疑惑，他挠头笑着，走到门口，回身轻轻地带上了房门。锦堂摁了扶手上的键，滑到床头，颤抖着抓住国柱的手，搓了几下说：阿柱，我身体不好，这次回到香港，不知道有生之年还能不能再回到狮门。当初我回来办厂，锦康书记将映芬从学校抽过来，给我帮忙。说实话，莱莉雅能走到今天，阿昌能有今天的生意，离不开阿芬当初的付出。莱莉雅上市的时候，按照香港的惯例，阿芬就是初创合伙人，我想给她一些股份，她坚决不要。我的良心过意不去，就将她应得股份留出来，我交代财务，办理了代持手续。今天我当着你们两公婆的面，把话撂在这里，无论你们要不要，那些股份就在那里。映芬白了国柱一眼，低头踹着地上的矮凳的脚。国柱低头搓着头发，沉思了半晌，抬头应道：阿堂，你是个有情有义的人。到了这把年纪了，过往的好些事，我们也该忘掉了。股份的事，我们不能要。要了，咱们就成了商业关系了。难道咱们从小长大，也有些磕磕绊绊的情谊就抵那些股份吗？锦堂摇头笑了，他松了口气，对着映芬说：阿芬，这样，我交代财务，适时将代持股份在合理价位抛出去，扣除当初认购的成本和利息，剩下的盈余就是你的所得。我将这笔钱存在香港。我不会动，如果你们不要，就让这些钱一直存在那里吧！映芬垂着头摇着，她抬起头，刚想说话。锦堂瞪着她，又瞥了眼国柱，摆着手将立勤喊进来。

看到锦堂要走，国柱拿起拐，从床上下来，说家里厨房让得天砸了，便要请他们在外面吃饭。立勤推着锦堂，走出了院门。映芬随着国柱，跟在后面。望着夜色中茂密晃动的榕树头，锦堂回过头来，摆手感叹道：你们在狮门多好呀！还能串门走动一下，坐在祠堂前的这棵大榕树下，看着狮门的老街，想想过去的那些事。我回到香港，住在好些人终生梦寐以求的太平山腰上，只能遥望海湾和群山，那是多么清寡的日子。

大榕树下，锦堂拍了下立勤的胳膊，让他停一下。国柱颠了过来，在映芬的搀扶下，坐在树下的青石板上。望着村口北边两条河涌交汇的水面，锦堂想起那年和阿财逃港时，顺着大潮退去的暗流，划水荡到港岛的情形；他又想起那年回来办厂，站在罗湖桥上，瞄着江口涨潮时水面涌起的层层白浪，他立定决心，回乡一搏的决然；眨眼的瞬间，锦堂突然间想起了安义叔看似不经意的叨咕中给他的点化，百般感怀浓缩在他弱弱的叹气声中。他望着映芬，瞥了眼闷头抽烟的国柱，攥住立勤的手，搓了几下，感怀道：你们可曾记得小时候咱们在榕树下打闹嬉戏的情景？唉——人生就这样，我们都快要谢幕了。活着的时候，为了名利争斗打拼；离开这个世界的时候，成功或者失败也都是个标签，最终都是宿命的枉然。人就像屋檐下的燕子，叼草垒窝，衔食喂崽，叽叽喳喳一辈子，最后落下的就是檐下窝巢和树头上更加叽叽喳喳的吵嚷。立勤俯身应道：阿堂，生活简单点，想得那么多，你多累呀！锦堂笑了，咳咳着续道：立勤，困居香港这些年，闲来没事，我就会想起安义叔的说道。顺着他的开导，我翻来覆去想自己和狮门好些人的一生，好些事情，抽去了名利的筋脉，才可能会看得更真切些。锦堂滑到国柱面前，笑着盯着他抽烟，看到他掐灭了烟蒂，他轻声说：国柱，阿昌的项目开工，好些人道贺，人们认为是件好事。为啥是件好事哩？因为能挣到钱。其实我一直都是反对的。我老豆的遗憾就是没在狮门入土为安，他临终时吩咐我要将莱莉雅做起来，那是他一生的夙愿。说实话，我宁愿不挣那些钱，也期望莱莉雅在狮门还有根基。工厂没有，莱莉雅就是一根还能唤起一些人记忆的鸿毛，最终就是烟消云散。

立勤走过来，让映芬照顾国柱回家。他拍着锦堂胳膊劝道：阿堂，阿昌不错，这叫顺势而为，就像你当初回来办厂一样。锦堂摇头。立勤低头伏在他耳根说：阿堂，退位就彻底地退，别垂帘听政了。垂帘听政那是女人干的事，没有好结果。锦堂不走，他执意要看到映芬照顾国柱，一拐一颠走进家门。映芬没有办法，她望着锦堂，淡然一笑，挽起国柱的胳膊，向家门口走去。

望着映芬的背影消失在门框中，锦堂闭眼靠在椅背上。立勤理解他五味杂陈的感受，他摸出一根香烟，走到河涌边，点着后猛吸了两口，眺望着五彩霓虹背景下孤寂得没人搭理的拱桥。低头沉思了半晌，锦堂心里空落落的，仰起头盯着几棵粗大弯曲的根系缠绕着的大榕树，望着哗啦抖动的树冠，他瞬间感悟到：人的一生，就像这翻涌的浪潮，有起有落。起落才有了能量，给了人生别样意外和惊喜。祠堂前的这棵大榕树，给了他一生的记忆，见证了他们这茬人的生命起落，它陪着祠堂中安放的一辈辈的祖宗，从生到死。大榕树才是这方土地真正的尊者。佘家的成与败、得与失，最终都是这块土地上匆匆的过客。

后 记

大学毕业前，系主任苦口婆心地动员我留校，我决然地拿着接收通知书回到陕西。一个多月的奔波，没有满意的接收单位，在现实冰冷的荡涤中，几年来心里铸就的大学生的优越感，溃流决堤了。回到学校，留校是不可能的，适逢华南师大要人，我挤上绿皮火车，南下报到。

多年间，我时常想起村子的陈半仙。他蹲在粪堆上，挑着老碗里的裤带面，眯眼打量着我，停住筷子，说从我的八字命理看，还是要去南方。生命就是一柱光，我们在光下理性地盘算，其实光柱外潜藏着自己难以预知的本然的宿命——也许，莫非我冥冥中真的和岭南有缘？

二十世纪九十年代前期，我为工商系统的专业证书班授课。我穿行在深圳、惠州、东莞和广州间。我记得东莞北门桥下洗衣的女子，运河边好似民宅的办公楼里挤满了操着不同口音，伸头踮脚推搡着办理执照的人流；我也记得罗湖桂圆路的街景，沙头角拥挤购物的人潮和雨后敞开的绿野山丘流着泥水沟壑纵横在赤红色宽阔的路面；我还记得惠州清幽西湖边寻工者倦怠的面容，同"打私办"的人星夜在去往大亚湾路上追赶走私车辆，车辆在工业区门前翻车后狼藉的场景。

九十年代中期，我调到东莞市工商局。那时的东莞就像个大工地，成千上万的人拎着行李，乘车来到莞太路的汽车总站。总站周边街区无论是艳阳烈日，还是梅雨绵绵，抑或是月明星稀的午夜，总是挤满了寻工的人流。公共汽车鱼贯进出，车门口站着胸前挂着布袋，举着招牌晃动，用嘶哑声音招呼着生意的售票员。士多前的台阶上坐着挑着方便面，喝着面汁的人，他不停回望着在士多拿着电话联系熟人的同伴。晃着招牌劳务中介和小旅店的人，混迹在人群中，询问要不要找工或住店。酒楼食肆灯火通明，生意人推杯换盏，会商着行情，洽商着生意。莞太路临近运河街区路边，停满了香港的货柜车。司机躺靠在座椅上，脚搭在车窗凉快，不时挺身坐起，随着车龙移动着货柜。镇街"加工办"的楼内，外商们拿着项目文本，和村镇干部商谈承租厂房的事宜。从国有企业游离出来的技术人员，在这片热土上，融入现代企业管理和技术体系，成了外资生根壮大的人才支撑。千万青年贴附于单调的工业槽线上，辛劳中磨练着意志，他们渴望学到技术和管理，成就自己的打工梦想。

在火热的时代跃进序列中，丰饶而浸润着岭南文脉的东莞，依然呈现着积淀和传承的古韵雅风。梅雨季节祭祖，后面就是龙舟水，四乡八村古乐声声，在纵横交错的河涌水道上，承袭着传统的习俗，赛龙舟，全村吃龙舟饭。到了新历六月底，荔枝上市，丘陵和山区的镇村，又是荔枝节。秋风渐起，这里的乡野田舍间，竹藤上挂满了赤红的鲜肉腊肠和绛红色的内脏肠。粤剧声韵中，"三禾宴"、腊味饭和鸭喉煲萝卜成了秋冬的佳肴。

东莞是开放的潮头，先是港澳人士回来兴业，接着是台湾同胞，后面是日韩和外资企业。东莞成就了外来投资者，印证了国家的开放政策，让好些企业成了行业翘楚。珠三角是香港的肺，历经产业锤炼，其强大的产业能量，让香港有了国际产业、金融和航运吐纳的底气。东莞也是千万寻梦者梦想成真的地方。外来打工者成就了外资企业。外资企业又是个孵化器，在严谨的程序和技术的矩阵中，它培养的人才，助力了民营经济的加工替代和自立崛起。在时序演进的大幕下，我间或可以看到曾经蓬头灰脸的逃港者，裹挟在回乡投资热流中，最终在这里成就了自己人生的辉煌；内地的下岗工人，凭借自己的坚韧和辛劳，在这里找到了人生的坐标；好些背着行囊，靠残羹果腹，睡过涵洞的寻工者，在这里打拼，最终成了行业的佼佼者。

东莞今非昔比，莞太路的汽车总站搬迁好多年了，璀璨的都市夜色下，变得有些冷落。红灯驻车的时候，我习惯摇下玻璃，打量着环形的天桥，蓦然转换着四季，在这一隅永恒的时空中，想象着一群群南下寻梦者青涩面容，想必他们也到了中年。滔滔的时代洪流，是由一个个人、一群群人、一团团人和一代代人命运的起承转合堆砌出来的。《珠江潮》就是想给曾经在这片土地上打拼的人，留下一份温情的人生脚注。